BASTEI
LÜBBE

BASTEI LÜBBE W.E.B. GRIFFIN IM TASCHENBUCH-PROGRAMM:

HONOR BOUND

14 382 Band 3 Die Akte Galahad

PHILADELPHIA-COPS

14 154 Band 7 Die Ermittler

DIE OSS-SAGA

13 937 Band 1 Die letzten Helden
14 181 Band 2 Schattenkrieger
14 308 Band 3 Spione in Uniform
14 592 Band 4 Die Kämpfer von Mindanao
14 778 Band 5 Geheimauftrag »Roter Drache«

W.E.B.
Griffin

LETZTE GERECHTIG-KEIT

DIE PHILADELPHIA-COPS

Aus dem Amerkanischen
von Joachim Honnef

BASTEI LÜBBE

BASTEI LÜBBE TASCHENBUCH
Band 15 166

1. Auflage: Juli 2004

Vollständige Taschenbuchausgabe

Bastei Lübbe Taschenbücher
ist ein Imprint der
Verlagsgruppe Lübbe

Deutsche Erstveröffentlichung
Titel der amerikanischen Originalausgabe:
Final Justice

Lektorat: Rainer Delfs
Umschlaggestaltung: Bianca Sebastian
Satz: QuadroMedienService, Bensberg
Druck und Verarbeitung:
GGP Media, Pößneck
Printed in Germany

ISBN 3-404-15166-6

Sie finden uns im Internet unter
www.luebbe.de
www.bastei.de

Der Preis dieses Bandes versteht sich einschließlich der gesetzlichen Mehrwertsteuer

In liebevoller Erinnerung

an Sergeant (im Ruhestand) Zebulon V. Casey
Internal Affairs Division
Police Department, the City of Philadelphia

›Es kam eine Zeit, in der Fälle mit großem Fingerspitzengefühl bearbeitet werden mussten, und dann suchte man Zeb aus. Diese Fälle schlossen Schusswaffengebrauch der Polizei und Bürgerrechtsverletzungen ein, und er spürte flüchtige Rechtsbrecher im ganzen Land auf. Er war keiner eurer durchschnittlichen Cops. Er war sehr, sehr professionell.‹

Howard Lebofsky
Oberster Justizbeamter von Philadelphia

1

1

Es war Sonntagnacht, und das Roy Rogers Restaurant in Süd-Philadelphia an der Ecke South Broad und Snyder Street war um 23 Uhr 15 fast bis auf den letzten Platz besetzt.

Amal al Zaid, der sechzehn seiner einundzwanzig Lebensjahre als Dwayne Alexander Finston gelebt hatte, bevor er zum Islam konvertiert war, wischte vor der Küchentür etwas Verschüttetes auf, als zufällig sein Blick auf die Wanduhr neben der Eingangstür fiel.

Sein erster Gedanke war, dass seine Schicht noch fünfundvierzig Minuten dauern würde, dann war Feierabend, und er konnte mit seinem Fahrrad nach Hause in das Apartment fahren, das er mit seiner Mutter, zwei Brüdern und einer Schwester teilte, schnell duschen und dann bei der Moschee vorbeischauen.

Der zweite Gedanke war: diese beiden sind üble Typen.

Amal al Zaid hatte zwei Männer das Restaurant betreten sehen. Beide waren Anfang zwanzig. Einer war von durchschnittlicher Größe und Statur, der andere klein und übergewichtig. Sie verharrten gleichzeitig an der Tür, schauten sich im Lokal um, tauschten dann einen Blick und nickten sich zu.

Der durchschnittliche Typ glitt in eine Sitzecke in der Nähe der Tür. Der kleine Dicke, aus dessen Jacketttasche etwas in Zeitungspapier Eingewickeltes ragte, durchquerte das Lokal bis fast zu Amal al Zaid, der vor der Küchentür aufwischte. Amal al Zaid schob den rechten Flügel der Küchentür auf und hielt ihn auf, während er das Wägelchen mit den Putzutensilien in die Küche schob.

Dann spähte Amal al Zaid vorsichtig durch das kleine Guckfenster in der Küchentür. Er sah, dass sich der kleine, fette Typ in die letzte Sitzecke zur Linken gesetzt hatte, mit dem Rücken zur Küchenwand. Er zog das, was immer auch in das Zeitungspapier eingewickelt sein mochte, aus seiner Tasche und legte es auf die Sitzbank, und Amal al Zaid sah, was es war: ein kurzläufiger Revolver.

»O Scheiße!«, murmelte Zaid kaum hörbar, drehte sich um und sah sich in der Küche um.

Die Schichtleiterin, Maria Manuela Fernandez, eine Fünfunddreißigjährige in makellosem Küchenweiß, die mit ihren einssiebenundfünfzig zweiundsiebzig Kilo auf die Waage brachte, stand ein paar Schritte entfernt und überprüfte die Serviertabletts, die soeben aus der Spülmaschine gekommen waren.

Zaid ging zu ihr, berührte sie am Arm, und als sie sich umwandte, sagte er: »Manuela, ich glaube, wir werden überfallen.«

Mrs Fernandez' Augenbrauen ruckten hoch.

»Da ist ein fetter Typ mit einer Waffe in der letzten Sitzecke«, sagte Zaid und wies zur Wand, »und ein anderer – sie kamen zusammen rein – in der ersten Nische rechts bei der Eingangstür.«

Mrs Fernandez ging schnell zur Küchentür, spähte durch das Guckfenster, eilte dann zum Telefon an der Wand neben der Tür und wählte 911.

Nach dem zweiten Klingeln meldete sich Miss Eloise T. Regis in der Funkzentrale des Philadelphia Police Department im ersten Stock des Polizeipräsidiums in der Innenstadt von Philadelphia an der Eighth und Race Street.

Das Polizeipräsidium ist in Philadelphia allgemein als ›Rundhaus‹ bekannt, denn das Gebäude hat buchstäblich keine geraden Wände – weder außen noch innen – oder Flure. Selbst das Innere der Aufzüge ist gerundet.

Im Funkraum sitzen Reihen von zivilen Angestellten, die unter der Aufsicht einiger Polizeioffiziere an Telefonen und Funkkonsolen sitzen und Anrufe aus der Bevölkerung und von Streifenwagenbesatzungen im Dienst entgegennehmen und offizielle Befehle an die Besatzungen der Polizeiwagen übermitteln.

Es gibt zweiundzwanzig Polizeidistrikte in Philadelphia und sechs Kriminaldezernate. Außerdem eine ›Special Operations Division‹, welche die Highway Patrol – trotz des Namens weitaus mehr eine Eliteeinheit als ein Amt zur Überwachung des Verkehrs auf den Highways – und die ›Special Investigations Unit‹ einschließt.

Zusätzlich gibt es Spezialeinheiten wie die Dezernate K-9, Marine und Flughafen, Sitte, Rauschgift, Organisiertes Verbrechen, die Einheit zum Schutz von Prominenten – und andere.

Jeder Distrikt, jedes Dezernat und jede Spezialeinheit hat seine eigenen, mit Funk ausgerüsteten Polizeifahrzeuge aller Art.

Und obendrein ist das Kommunikationsnetz natürlich nötig, um rund um die Uhr den sofortigen Kontakt mit den Fahrzeugen der ranghohen Kommando-Hierarchie der Polizei aufrechtzuerhalten, mit dem Polizeichef und dessen Stab, dem stellvertretenden Polizeichef und dessen Stab, den Chief Inspectors und ihren Stäben und einer Fülle von anderen ranghohen Polizeioffizieren. Bei Hunderten von Polizei- und Unterstützungsfahrzeugen im Dienst zur selben Zeit war es nötig, durch sorgfältige Planung und empirische Erfahrung ein System zu entwickeln, das den sofortigen Kontakt mit dem richtigen Fahrzeug zur richtigen Zeit erlaubt.

Der Polizeichef – oder der befehlshabende Offizier der Marine Unit – ist nicht wirklich daran interessiert, sofort etwas über jeden Autounfall in Philadelphia zu erfahren. Ebenso wenig juckt es ihn, wenn die Flughafenpolizei einen Gefangenentransporter anfordert, um drei Betrunkene aus ihrem Zuständigkeitsbereich abholen zu lassen, die für einen Detective, der in einem Einbruchdiebstahl in Chestnut Hill ermittelt, von großem Interesse sind.

Philadelphia ist aus polizeilichen Zwecken in acht geografische Bezirke und die Park Division aufgeteilt. Jeder Bezirk wird von einem Inspector geleitet und enthält zwei bis vier Distrikte, die jeweils unter dem Kommando eines Captains stehen. Im Allgemeinen hat jeder Bezirk seine eigene Funkfrequenz, doch einige Distrikte, wirklich viel beschäftigte – zum Beispiel der 25. Distrikt im Ost-Bezirk – hat eigene, separate Funkfrequenzen. Fahrzeuge der Kriminalpolizei oder diejenigen anderer ermittelnder Einheiten (Rauschgift, Organisiertes Verbrechen et cetera) haben Funkgeräte, die auf dem ›H-Band‹ operieren. Alle Funkeräte in Polizeiwagen können auf eine Allzweck- und Notfall-Frequenz umgeschaltet werden, die ›J-Band‹ genannt wird. Die Special Operations Division hat ihre eigene Frequenz, das »S-Band«.

Zum Beispiel würde ein Polizeioffizier im 16. Distrikt sein Funkgerät routinemäßig auf F-1 einschalten, was ihm erlauben würde, mit seinem (dem West-)Distrikt zu kommunizieren. Wenn er auf F-2 umschaltet, wechselt er auf das allgemeine J-Band. Ein Wagen, der Süd-Philadelphia zugeteilt und auf F-2 geschaltet ist, ist in Kontakt mit dem Süd-Bezirk. Ein Detective, der irgendwo operiert und auf F-1 geschaltet ist, benutzt das H-Band der Detectives, aber ebenfalls – wenn er auf F-2 umschaltet – das J-Band.

Ranghohe Polizeioffiziere haben kompliziertere Funkgeräte und können mit anderen hohen Tieren der Polizei über die Frequenz der Kriminalpolizei oder über die Frequenz irgendeines anderen Dienstes kommunizieren, an dem sie ein persönliches Interesse haben. Normalerweise müssen Beamte in Polizeifahrzeugen über die Zentrale kommunizieren und dürfen nicht von Wagen zu Wagen sprechen. Die Kommunikation von Wagen zu Wagen ist auf dem J-, H- und S-Band genehmigt.

›Funkdisziplin‹ ist strikt vorgeschrieben. Andernfalls würde Kommunikations-Chaos herrschen.

In der Funkzentrale kann jedoch durch einfaches Umschalten eines Hebels eine Funkbotschaft gleichzeitig an jedes mit Funk ausgerüstete Fahrzeug übermittelt werden – vom Polizeiboot auf dem Delaware River über Hunderte von Streifenwagen bis zu den Wagen des Polizeichefs und Bürgermeisters.

Dies geschieht meistens, wenn in der Funkzentrale ein Anruf

eingeht: ›Polizeibeamter braucht Unterstützung. Schusswaffengebrauch‹.

Nicht jeder Anruf bei 911, der polizeiliche Hilfe erbittet, ist legitim. In Philadelphia gibt es genug Verrückte, die gern die Cops in Dinge verwickeln, die nichts mit der Aufrechterhaltung von Ruhe und Frieden in der Stadt der brüderlichen Liebe zu tun haben.

Und Philadelphias Jugend, die aus Fernsehkrimis den Jargon gelernt hat, ruft pro Tag zehn- bis zwölfmal die 911 an, um einen Mord, Totschlag, Raub oder Autounfall zu melden – alles, was einen Schwarm von Polizeiwagen mit zuckenden Lichtern und heulender Sirene auf den Plan ruft, um an einer bestimmten Straßenecke zu beobachten und einen sonst langweiligen Tag aufzumöbeln.

Die Leute in der Telefonzentrale sind jedoch keine Anfänger. Miss Eloise T. Regis, zum Beispiel, war seit über zwanzig Jahren im Job und wusste für gewöhnlich, ob dieser besondere Alarm echt war oder nicht. Das hörte sie am Klang der Stimme oder der Selbstsicherheit des Anrufers.

Als Miss Regis den Anruf von einer aufgeregt klingenden Latino-Lady entgegennahm, die einen Raubüberfall im Roy Rogers Restaurant an der Broad und Snyder meldete, wusste sie, dass es ein echter Alarm war.

Um 23 Uhr 21 ging ein Funkspruch hinaus:

»Möglicherweise bewaffneter Raubüberfall im Gange. Roy Rogers Restaurant, Broad und Snyder. Telefonisch gemeldet von unbekannter Zivilistin.«

Officer Kenneth J. Charlton vom 1. Distrikt, der in dem Gebiet Streife fuhr, antwortete: »Eins-sieben. Ich fahre zum Roy Rogers.«

Als Mrs Fernandez aufgeregt mit Miss Regis sprach, krachte ein Schuss. Dann ertönten einige unverständliche Rufe.

Die Tür zur Küche flog auf, und der fette Typ mit dem Revolver stürmte hindurch. Er sah Mrs Fernandez telefonieren, und als sie ihn gewahrte, ließ sie den Hörer fallen und wich vom Telefon weg, bis sie mit dem Rücken an die Wand neben dem Telefon stieß.

Der fette Typ ging zu dem Hörer, der vom Apparat baumelte, hielt ihn ans Ohr, lauschte einen Moment, um herauszufinden, mit wem Mrs Fernandez gesprochen hatte, und riss dann die Schnur aus dem Apparat.

Dann sah er Mrs Fernandez an, sagte »Verdammte Schlampe!«, hob seinen Revolver an und feuerte auf sie. Die Kugel traf sie unterhalb ihres linken Ohrs und trat oberhalb des rechten Ohrs aus dem Schädel aus.

Ihr zuckender Körper glitt an der Wand hinab, und dann stürzte sie vornüber zu Boden.

Der fette Typ schwang seinen Revolver zu dem anderen Küchenpersonal herum. Es waren drei Männer und drei Frauen. Der Fette hatte Amal al Zaid nicht gesehen, als er in die Küche gestürmt war. Er hatte die Tür mit so viel Schwung aufgestoßen, dass sie über den Türstopper hinausgesprungen war und jetzt im rechten Winkel zur Schwelle offen stand. Dahinter presste sich Amal al Zaid gegen die Wand, buchstäblich gelähmt vor Angst.

»In den verdammten Kühlraum, ihr Arschlöcher!« Der Fette wies mit seinem Revolver auf den begehbaren Kühlschrank.

Als das Küchenpersonal – einige stolperten in ihrer Hast, und eine der Frauen stöhnte vor Entsetzen und presste die Hände vor den Mund – in dem riesigen Kühlschrank verschwunden war, ging der Fette schnell hin, schlug die Tür zu und sah sich in der Küche um.

Allmächtiger!, dachte Amal al Zaid. *Dieser wahnsinnige Nigger wird mich sehen!*

Der fette Gangster fand, was er suchte, auf einer Arbeitsplatte – einen Wetzstahl mit hölzernem Griff –, nahm ihn und rammte ihn in die Ösen an der Kühlschranktür, die für ein Vorhängeschloss vorgesehen waren. Dann wandte er sich um und ging zur Küchentür.

Amal al Zaid nahm an, dass der Kerl, der soeben Manuela erschossen hatte, ihn sehen würde, und verlor die Kontrolle über seine Blase. Vorübergehend vergaß er sogar, dass er kein Christ mehr war.

Vater unser, der du bist im Himmel. Geheiligt werde Dein Name …

Der Fette blickte nach links, als er die Küche durchquerte,

verharrte kurz, um auf die Leiche der Frau zu blicken, die mit den verdammten Cops telefoniert hatte, und ging dann durch die offene Küchentür hinaus in den Restaurantbereich.

Amal al Zaid fand den Mut, um durch den schmalen Spalt zwischen Tür und Pfosten zu spähen. Er sah, dass sich der fette Gangster einen Weg durch den Speiseraum bahnte und Brieftaschen, Geldbörsen, Uhren und Ringe von den Gästen einsammelte.

Der andere Hurensohn stand an der Kasse nahe des Eingangs und nahm das Papiergeld aus der Registrierkasse.

Der Fette beendete das Ausrauben der vier Leute in der Sitzecke und ging dann zum Eingang des Restaurants.

»Scheiße, Scheiße, verdammte Scheiße, da ist ein verdammter Cop!«, stieß der Typ an der Registrierkasse hervor und wies durch das Fenster.

Er duckte sich hinter die Registrierkasse. Der Fette schlüpfte in die Sitzecke rechts von ihm.

Um 23 Uhr 26 betrat Officer Charlton das Restaurant, die Dienstwaffe gezogen. Er warf einen Blick zur Registrierkasse, sah den Mann, der dahinter kauerte, und ging ein halbes Dutzend Schritte um die Kasse herum.

Der Gangster an der Registrierkasse schnellte plötzlich hoch, stürzte sich auf Officer Charlton, schlang die Arme um ihn und verhinderte, dass er seine Pistole einsetzen konnte.

Der Fette sprang aus der Sitzecke, rannte zu ihnen, schob seinen Revolver unter Charltons ›kugelsichere‹ Weste und feuerte.

Officer Charlton versteifte sich, wurde dann schlaff und stürzte zu Boden. Der Gangster, der hinter der Registrierkasse gewesen war, stieg über Charltons Leiche hinweg. Dann drehte er sich um und schoss zweimal auf den Toten. Danach rannte er aus dem Restaurant auf die South Broad Street hinaus hinter dem fetten Gangster her.

Nach ein paar Sekunden stieß sich Amal al Zaid von der Wand ab und rannte in den Umkleideraum der Angestellten.

Scheiße! O verdammt, ich habe mir in die Hose gepisst!

Im Umkleideraum der Angestellten öffnete er seinen Spind und nahm sein Handy aus dem Jackett, tippte 911 ein, und als eine Stimme sagte »Polizei-Notruf«, platzte er heraus: »Hier ist das Roy Rogers Restaurant Ecke Broad und Snyder. Zwei Schwarze haben soeben die Küchenfrau und einen Cop erschossen, der hereinkam, während wir ausgeraubt wurden.«

Dieser Anruf wurde zufällig ebenfalls von Miss Regis entgegengenommen. Und abermals sagte ihr die Erfahrung, dass der Anruf echt war.

»Sergeant!«, rief sie, hob die Stimme nur, um ihn aufmerksam zu machen, nicht, um seine Erlaubnis zu erbitten. Dann legte sie den entsprechenden Hebel um.

Drei schnelle, kurze Pieptöne, die eine Notbotschaft ankündigten, wurden an jedes Polizeifahrzeug in Philadelphia gefunkt.

Miss Regis drückte den Knopf, der ihr Mikrofon aktivierte.

»Unterstützung für einen Officer, Broad und Snyder, Meldung, dass ein Polizeibeamter erschossen wurde, Broad und Snyder, im Roy Rogers, Meldung, dass ein Officer erschossen wurde. Dies ist eine Zivilistin am Telefon, wir haben Beamte in dieser Gegend, die auf die vorherige Meldung eines möglichen bewaffneten Raubüberfalls reagieren.«

2

Das zweite Fahrzeug, das beim Roy Rogers Restaurant eintraf, nachdem der Fahrer die erste Meldung ›möglicherweise bewaffneter Überfall im Gange‹ über das F-Band gehört hatte, war ein neuer Buick Rendezvous CXL Sportwagen, auf dessen Dach drei Antennen montiert waren, mit denen die Frequenzen des Polizeifunks gehört werden konnten. Eine vierte Antenne war an der Heckscheibe montiert, und kurz bevor sich der Fahrer der Snyder Street näherte, schaltete er das rotierende Blaulicht ein, das er mit dem Magnetfuß aufs Wagendach gesetzt hatte.

Der Fahrer war jedoch kein vereidigter Beamter der Polizei von Philadelphia, und die Benutzung des Blaulichts, um schneller im Verkehr voranzukommen, verstieß gegen mindestens vier Gesetze des Staats Pennsylvania: Amtsanmaßung und Erregung öffentlichen Ärgernisses, um nur zwei zu nennen.

Der Buick Rendezvous und die teure Funk- und Computerausrüstung waren Eigentum des *Philadelphia Bulletin*, mit dem der Fahrer, Michael J. ›Mickey‹ O'Hara, ein drahtiger, kraushaariger Mann Ende dreißig, beruflich verbunden war. Das Blaulicht mit dem Magnetfuß war Eigentum der Polizei von Philadelphia, das Mr O'Hara von einem ausgebrannten neutralen Polizeiwagen entfernt hatte, wodurch er gegen weitere Paragrafen des Strafgesetzbuches verstoßen hatte.

Mr O'Haras berufliche Verbindung mit dem *Bulletin* bestand seit einundzwanzig Jahren. Mit sechzehn war er als Zeitungsausträger angeheuert worden, kurz nachdem er von der West Catholic High School geflogen war. Monsignor Dooley hatte Mickey mit einer Tasche voller Francesco ›Frankie the Gut‹ Guttermos Pornoheftchen erwischt, und als sich Mickey geweigert hatte, seinen Komplizen bei diesem illegalen und unmoralischen Unternehmen zu nennen, hatte ihn der Monsignore rausgeschmissen.

Mickey fand sofort eine Heimat im Journalismus und wurde Reporter, bevor er alt genug war, um zur Wahl zu gehen. Er stieg in der Hierarchie des *Bulletin* auf, und seine Honorare wurden natürlich fetter. Er war durchaus zufrieden mit seinem Job und dem Gehalt beim *Bulletin*, bis sein alter Jugendfreund, Casimir Bolinski, das Thema zur Sprache brachte.

»Seien wir ehrlich, Mickey, diese Bastarde bescheißen dich«, sagte Casimir, als sie durch Philadelphia fuhren, um seine Eltern zu besuchen.

Es war mehr als eine müßige Bemerkung, nämlich die eines Profis. Weil Mickey sich geweigert hatte, seinen Kumpel beim Verkauf der Pornoheftchen – Casimir – zu verpfeifen, war Casimir nicht von der West Catholic High School geflogen. Bereits als ›The Bull‹ bekannt, bekam er nach der High School ein Football-Stipendium auf der Uni Notre Dame und ging anschließend zu den Green Bay Packers.

Während seine Teamkameraden bei den Packers ihre Freizeit mit verschiedenen unproduktiven Vergnügungen verbrachten, studierte Casimir Jura. Das wollte er eigentlich gar nicht, doch Mrs Antoinette Bolinski, die ungefähr ein Drittel so viel wie ihr Mann wog, war eine Person von großer Willenskraft, und ›Der Bulle‹ hütete sich davor, mit ihr zu streiten.

Zu seiner Überraschung machte ihm das Jurastudium Spaß, und sofort zeigte er ein Talent für die geschäftlichen Aspekte des Metiers. Am Tag, nachdem ihn die Packers mit einer rührenden Feier verabschiedeten, kündigte Casimir J. Bolinski, Dr. jur., die Eröffnung seiner Anwaltskanzlei an, in der er sich hauptsächlich den Beziehungen zwischen Profisportlern und ihren Arbeitgebern widmen wollte. Er begann mit der juristischen Vertretung von Profi-Footballspielern, und bald sprach sich herum, dass ›The Bull‹ so erfolgreich Tantiemen und Gehälter aushandelte, dass er selbst die Erwartungen der Spieler übertraf. Bald standen auch Baseball- und Basketball-Profis und sogar eine Reihe von Jockeys – sozusagen die crème de la crème in der Welt des Sports – an der Tür seiner Kanzlei Schlange.

»Weißt du, Mickey«, erklärte Casimir, »als ich bei den Packers ausstieg, besuchten mich in der Anfangszeit die Jungs und fragten: ›Wie hängen die Eier, Bull? Was soll der Scheiß, dass du dich als Anwalt versuchst?‹ Und jetzt kommen sie gebadet und in ihrem besten Anzug zu mir und sagen: ›Vielen Dank, dass Sie mich empfangen, Dr. Bolinski.‹«

Antoinette Bolinski war entzückt, als sie herausfand, dass Dr. jur. für Doktor der Rechtswissenschaft steht und sie berechtigt war, Casimir als ›mein Gatte, Doktor Bolinski‹ zu bezeichnen. Damit fing sie sofort an. Der Titel klang klasse, und wenn ihn andere Anwälte nicht benutzten, dann zum Teufel mit ihnen.

Und dann hatte sich Dr. Bolinski für Mickey eingesetzt. Die versammelten Anwälte des *Bulletin* mussten sich seinen überzeugenden Argumenten beugen. Er machte klar, dass die paar zusätzlichen Dollars, die sie O'Hara mehr zahlen mussten, ein Pappenstiel im Vergleich zu dem Verlust an Auflage sein würde, wenn Mickey kündigen und zur Konkurrenz wechseln würde.

»Menschenskind, du warst schön blöde«, sagte Casimir später. »Du hast schließlich den Pulitzer-Preis. Du hättest wissen sollen, was du wert bist.«

Als Ergebnis von Dr. Bolinskis Verhandlungen mit dem *Bulletin* erhielt O'Hara als freier Mitarbeiter ein vierfach so hohes Honorar, ein eigenes Büro und einen Dienstwagen seiner Wahl mit der von ihm gewünschten Ausstattung. Außerdem verpflichtete sich der *Bulletin*, alle Spesen im Zusammenhang mit O'Haras Arbeit zu zahlen, und es wurde schriftlich festgehalten, dass ihm die Rechnungen für sämtliche ›Geschäftsessen‹ zur Betreuung von Informanten erstattet werden würden.

Es gab jedoch Ausgaben, die er selbst bezahlen musste. Mickey war der einzige Unterstützer seiner verwitweten Mutter, und es kostete ihn ein kleines Vermögen, für ihre Unterbringung in einem Pflege- und Erholungsheim für Senioren zu sorgen. So änderte sein neuer Wohlstand nur wenig an seinem bisherigen Leben.

Nachdem er mit dem Gedanken gespielt hatte, Dr. Bolinskis Vorschlag zu befolgen und den *Bulletin* entweder für einen Mercedes oder einen Cadillac bezahlen zu lassen, entschied sich Mickey für den Buick Rendezvous. Er sagte sich, dass er sich mit einem Kraut-Mobil oder einem Caddie die Sympathien der meisten Informanten – vor allem Polizeibeamte – verscherzen würde. Es hieß, Mickey kannte mehr Cops beim Vornamen als jeder sonst, und die Cops kannten Mickey vom Ansehen besser als ihren Chef, den Commissioner.

Mickey wusste, dass die meisten Cops von Philadelphia – gewiss nicht alle – ihn mochten, und das beruhte auf Gegenseitigkeit und der Tatsache, dass er ihre Namen richtig aussprach, sich an die Fakten hielt und niemals einen Vertrauensbruch beging.

Wie in den meisten Nächten fuhr Mickey O'Hara im Buick Rendezvous kreuz und quer durch die Stadt, als er über Funk von dem möglicherweise bewaffneten Raubüberfall hörte. Zu diesem Zeitpunkt befand er sich fünf Blocks südlich des Roy Rogers auf der South Broad Street.

»Möglicherweise, dass ich nicht lache!«, murmelte er, knallte das Blaulicht aufs Wagendach, blickte in den Rückspiegel und wendete trotz Verbots auf der Broad Street.

Als er beim Roy Rogers eintraf, sah er einen blauweißen Streifenwagen mit offen stehender Tür auf der Snyder Street parken. Das sagte ihm, dass der Cop soeben erst eingetroffen war. Der Raubüberfall war möglicherweise noch im Gang, denn der Cop hätte die Tür seines Steifenwagens geschlossen, wenn er es nicht höllisch eilig gehabt hätte.

Er parkte in der zweiten Reihe auf der Snyder Street neben dem Streifenwagen, schnappte sich seine Digitalkamera vom Beifahrersitz und sprang aus dem Rendezvous. In diesem Augenblick rannten zwei Schwarze aus dem Restaurant. In einer Reflexhandlung hielt Mickey die Kamera ans Auge und schoss ein Foto.

Der kleine, dicke Typ sah ihn, hob den Arm und feuerte mit einem kurzläufigen Revolver auf den Reporter. Der Schuss ging daneben, doch Mickey warf sich vorsichtshalber neben dem Rendezvous auf den Boden. Als er wieder aufblickte, hetzten die beiden Schwarzen – für Mickey die Täter – die Snyder Street hinab.

Mickey rappelte sich auf, lief zum Roy Rogers und trat ein.

Gleich hinter der Tür lag ein Cop auf dem Boden mit dem Gesicht nach unten in einer sich ausbreitenden Blutlache.

Mickey schoss ein Foto von der Leiche, dann ein zweites aus einer anderen Perspektive, und dabei wurde ihm klar, dass er den Cop kannte. Es war Kenny Charlton vom 1. Distrikt.

Verdammte Scheiße! Kenny war ein guter Kerl, siebzehn, achtzehn Jahre im Dienst. Seine Frau arbeitete für die Stadt. Sie hatten ein paar kleine Kinder.

Das grüne Licht in der Kamera leuchtete auf, und er machte noch eine Aufnahme.

Er wollte um die Leiche herumgehen, spürte eine Bewegung hinter sich und blickte über die Schulter.

Ein sehr großer Schwarzer in der besonderen Uniform der Highway Patrol betrat das Restaurant, die Dienstwaffe gezogen. Ein Kollege folgte ihm auf dem Fuße.

»Ich glaube, die Täter sind die Snyder runtergerannt«, sagte Mickey und wies hin. »Zwei Schwarze, einer klein und dick.«

Sergeant Wilson Carter drehte sich zu seinem Kollegen um. »Hol eine Taschenlampe!«

Der zweite Cop der Highway Patrol – Mickey kannte das Gesicht, doch der Name fiel ihm nicht ein – eilte aus dem Restaurant.

Sergeant Carter sah auf die Leiche von Officer Charlton hinab, kniete sich daneben, tastete nach der Halsschlagader und schüttelte den Kopf.

»Mensch, Mickey, was ist passiert?«, fragte er.

»Ich traf erst kurz vor euch ein«, erwiderte O'Hara und zuckte hilflos mit den Schultern.

Das Nahen heulender Sirenen war zu hören.

»Sie haben auch jemanden in der Küche erschossen«!, rief einer der Gäste des Restaurants.

Sergeant Carter schaute sich nach dem Rufer um. Der Gast, ein sehr großer, sehr dünner Schwarzer mit falkenartigem Gesicht, stand auf und wies zur Küche.

Sergeant Carter durchquerte das Lokal. Mickey folgte ihm. Die Digitalkamera in seiner Hand verbarg er, so gut er konnte.

Carter stieß die Tür zur Küche auf und trat ein. Mickey fing die Tür ab, bevor sie zufallen konnte, und folgte ihm.

Auf dem Boden lag die Leiche einer korpulenten Frau, offensichtlich eine Latina, mit verzerrtem Gesicht in einer Blutlache.

»Mein Gott!«, stieß Sergeant Carter hervor.

»Einer von ihnen kam in die Küche«, sagte ein junger Schwarzer in weißer Küchenbekleidung. »Manuela rief die Cops an. Er erschoss sie.«

»Sie sind alle fort?«, fragte Carter.

»Es waren nur zwei«, sagte der junge Schwarze. »Sie sind abgehauen.«

»Haben Sie den Täter gesehen? Die Täter?«

Der junge Schwarze nickte.

Carter ging wieder in den Speiseraum.

Mickey blieb zurück. Er schoss ein Foto von dem jungen Schwarzen, bat ihn, nicht fortzugehen, und fotografierte die Leiche auf dem Boden aus zwei verschiedenen Perspektiven.

Dann schob er die Digitalkamera in seine Tasche.

»Wie heißen Sie?«, fragte er.

»Amal al Zaid.«

»Buchstabieren Sie das bitte?« Mickey notierte das und fragte anschließend nach der Adresse.

Dann erkundigte er sich bei Amal al Zaid, was passiert war, und hatte es gerade fast fertig notiert, als drei andere Polizeibeamte die Küche betraten – ein Lieutenant, ein Detective und ein Uniformierter.

Lieutenant Stanley J. Wrigley war mit O'Hara bekannt.

»Menschenskind, Mickey, wie sind Sie hier hereingekommen?«, fragte er.

»Ich traf kurz vor der Highway ein«, erwiderte O'Hara. »Die Täter sind zwei Schwarze. Carter hat eine Fahndung rausgegeben.«

»Sie müssen hier verschwinden, Mickey, das wissen Sie«, sagte Lieutenant Wrigley.

»Ja.«

»Tun Sie mir einen Gefallen«, sagte Wrigley. »Gehen Sie durch die Hintertür raus. Sonst meckern die Medienleute, Sie bekämen wieder eine Sonderbehandlung.«

»Ja, klar, Stan.«

»Haben Sie die Täter sehen können?«, fragte der Detective.

»Nicht gut. Ich habe nur zwei junge Schwarze gesehen, einer davon klein und dick.«

»Haben Sie das Carter gesagt?«, erkundigte sich Wrigley.

Mickey nickte.

»Danke, Mick«, sagte Wrigley, und O'Hara ging zur Hintertür der Küche und verließ das Restaurant.

3

Zwölf Minuten später betrat Mickey O'Hara sein verglastes Büro neben der Redaktion des *Philadelphia Bulletin*, ließ die Jalousien an der Glaswand und der Tür herunter, damit er von der Redaktion aus nicht gesehen werden konnte, schloss die Tür ab und setzte sich an seinen PC.

Ihm standen zwei Computer zur Verfügung. Einer war mit dem Netzwerk des *Bulletin* verbunden, der andere war sein persönlicher. Während er darauf wartete, dass sein PC startete, drehte er sich auf seinem Schreibtischsessel zur Tastatur des Terminals vom *Bulletin* und tippte schnell:

Chefredaktion
Halten Sie mir bitte Platz für den Doppelmord im Roy Rogers frei. Ich war dort und habe vielleicht Fotos.
O'Hara.

Er las, was er geschrieben hatte, und drückte auf die Taste SENDEN.

Dann drehte er seinen Schreibtischsessel wieder zu seinem eigenen Computer. Dieser modernste Apparat, den laut Vertrag der *Bulletin* bezahlt hatte, war nagelneu. Er verfügte über hundert verschiedene Schriftarten, jede klarer und lesbarer als die einzige Schriftart, die für die Terminals des *Bulletin* benutzt wurde.

Mickey nahm seine Digitalkamera – ein weiteres teures elektronisches Gerät, das laut Dr. Bolinskis Vertrag ›für die Erfüllung von Mr O'Haras Aufgaben‹ vom *Bulletin* bezahlt wurde – aus seiner Hosentasche, entfernte behutsam die Speicherkarte, ersetzte sie durch eine andere und schob die Speicherkarte, die in der Kamera gewesen war, in den Schlitz eines Geräts, das mit der Tastatur seines Computers verbunden war.

Er tippte auf einige Tasten, wodurch die Aufnahmen auf der Speicherkarte in seinen Computer übermittelt wurden, und mit dem schnellen Betätigen weiterer Tasten holte er die Fotos auf seinen LCD-Monitor.

Dann schloss er die Speicherkarte in eine Kassette in seinem Schreibtisch ein.

Mickey spielte mit dem Gedanken, ein Buch zu schreiben. Casimir Bolinski war überzeugt, dass er es für ihn verkaufen konnte. »Ein Bestseller, das ganz große Geld, Mick, wenn du dich nur auf deinen faulen irischen Arsch setzen und ein Exposee schreiben könntest.« Und dann würde er die Fotos brauchen.

Er tippte wieder, und das Foto-Bearbeitungs-Programm erschien auf dem Bildschirm. Das erste Foto, die beiden Schwarzen, die aus dem Roy Rogers kamen, war eine miese Aufnahme – verständlich bei den Umständen.

Zum einen hatte er den Sucher so hastig ans Auge gehalten, dass das Bild schief war. Die beiden Täter waren nur im unteren rechten Viertel und nur bis zur Hüfte zu sehen.

Schlimmer noch, der eingebaute Belichtungsmesser hatte das helle Licht vom Eingang des Restaurants für ausreichend gehalten und die Kamera entsprechend eingestellt. Der Eingang war nahezu perfekt klar, doch die beiden Täter befanden sich nicht im Licht und waren folglich kaum zu erkennen. Man konnte sehen, dass es zwei männliche Personen waren, jedoch nichts von ihren Gesichtszügen ausmachen.

Mickey nutzte alle Möglichkeiten des Bearbeitungsprogramms. Er versuchte, die beiden Täter aufzuhellen. Das klappte nicht. Es half auch nicht, wenn er den perfekt aufgenommenen Eingang des Restaurants verdunkelte. Er versuchte alles, was ihm einfiel, doch nichts funktionierte.

Schließlich gab er auf. Er entfernte den unnötigen Hintergrund, speicherte ›0001.JPG‹ unter ›Täter XRR.JPG‹ und druckte drei Kopien aus.

0002.JPG und 0003.JPG – die Fotos der Leiche von Officer Kenneth J. Charlton – mussten ebenfalls bearbeitet werden. Er nahm sich jedes Bild sorgsam vor, entfernte unnötigen Hintergrund und die Blutlache, in der Charltons Kopf lag, und veränderte das verzerrte Gesicht so, dass seine Augen wie geschlossen wirkten. Dann speicherte er die Aufnahmen unter Charbul1.JPG und Charbul2.JPG und gab den Befehl ein, jeweils ein Foto auszudrucken und außerdem über Internet an O'Hara@PhillyBulletin.com zu senden.

Das Gleiche machte er mit den anderen Aufnahmen, dem Foto der armen Frau in der Küche und des jungen schwarzen Zeugen.

Obwohl die Prozedur ein wenig kompliziert war, brauchte er für alles weniger als zehn Minuten. Er hatte große Erfahrung in diesen Dingen und verfügte über die beste Ausrüstung, die mit dem Geld des *Bulletin* gekauft werden konnte.

Mickey wusste, dass einige Leute – fast jeder Cop – denken würden, er hätte einfach die Speicherkarte der Polizei übergeben sollen, um sie bei ihrer Suche nach den Mördern zu unterstützen.

Damit hatte Mickey einige Probleme. Erstens: Wenn die Cops die Speicherkarte hatten, würde es für ihn unmöglich sein, bis zum Redaktionsschluss des *Bulletin* um drei Uhr Kopien davon zu bekommen. Zweitens: Während Mickey es zwar für nötig hielt, dass die Öffentlichkeit Fotos der Leichen von Kenny Charlton und der toten Latino-Lady am Tatort zu sehen bekam, waren Familien betroffen, und es gab keinen Grund, dass sie sehen mussten, wie grausam die Morde gewesen waren. Es war schon schlimm genug, Daddy und Mom im *Bulletin* tot zu sehen.

Als er fertig war, nahm er mit einer Hand den Hörer seines Telefons ab und zog mit der anderen die Telefonliste unter der Schreibtischunterlage hervor.

Er fand die Nummer, die er suchte, und tippte sie ein.

»Erster Distrikt. Corporal Foley.«

»Mickey O'Hara, Jerry. Habt ihr schon die Täter vom Roy Rogers?«

»Noch nicht, Mick. Es wird noch nach ihnen gefahndet.«

»Sind Sie sicher, Jerry?«

»Na klar, bin ich sicher, sonst würde ich inzwischen erfahren haben, dass sie etwas haben. Jeder Cop in Philadelphia sucht nach ihnen.«

»Danke, Jerry.«

Mickey legte den Hörer auf, schaute auf den leeren Monitor vor sich, auf dem der Cursor blinkte, und überlegte, was er schreiben sollte. Nach einer Weile tippte er:

Chefredaktion
Schlagzeile: Intensive Großfahndung nach Roy Rogers-Mördern

Von Michael J. O'Hara
Reporter des Bulletin
Fotos von Michael J. O'Hara

Philadelphia, 27. April. Die Polizei begann kurz vor Mitternacht eine Großfahndung, zuversichtlich, dass sie die beiden jungen schwarzen Täter schnell festnehmen kann, die laut Augenzeugen Mrs Maria Manuela Fernandez, Küchen-Schichtleiterin des Roy Rogers Restaurants, South Broad und Snyder Street, während eines Raubüberfalls und dann Police Officer Kenneth J. Charlton vom 1. Distrikt erschossen haben. Als Officer Charlton auf einen Notruf hin zum Tatort fuhr, wurde er sofort getötet. Amal al Zaid, ein Wartungsarbeiter des Restaurants, sagte dem Reporter, dass Mrs

Fernandez, eine allein erziehende Mutter von drei Kindern, ohne Warnung von einem der Räuber erschossen wurde, als sie den Überfall telefonisch bei der Polizei meldete, und dass Officer Charlton ein paar Minuten später beim Betreten des Restaurants aus dem Hinterhalt erschossen wurde.

Fünf Minuten später las Mickey schnell den Text auf seinem Bildschirm, verfluchte die verdammte Schriftart des Computers, setzte ein fehlendes Komma ein und drückte die Taste SENDEN.

Dann nahm er die Fotoausdrucke von der Ablage des Druckers, steckte diejenigen, die für die Cops bestimmt waren, in ein großes Kuvert, nahm die anderen bearbeiteten Fotos und verließ sein Büro, um in die Chefredaktion zu gehen.

»Sind das die Fotos?«, fragte der Chefredakteur.

»Ich dachte mir, Sie sollten sie in Farbe sehen«, sagte Mickey. »Ich habe sie als Anhang beigefügt, aber sie sind durch das billige Netzwerk nur schwarzweiß zu sehen.«

Der Chefredakteur betrachtete die Fotos.

»Kein Blut«, sagte er. Es war eine Feststellung und zugleich eine Frage.

»Sie haben es bemerkt, Sie Adlerauge, nicht wahr?«

»Gute Arbeit, Mickey«, sagte der Chefredakteur.

Mickey hob in einer Geste *Haben Sie etwas anderes erwartet?* die Hände und verließ die Chefredaktion.

Er stieg in seinen Wagen, der auf einem Stellplatz mit dem Schild RESERVIERT FÜR MR O'HARA parkte, und fuhr zum Rundhaus, wo er auf einem Parkplatz mit dem Schild RESERVIERT FÜR INSPECTORS hielt und das Gebäude betrat.

Die Uniformierten hinter dem Schalter am Eingang betätigten den Türöffner zur Halle.

Einer der uniformierten Beamten, ein Corporal, rief: »Ich dachte, Sie wären draußen beim Roy Rogers, Mickey.«

Mickey schwenkte das Kuvert in seiner Hand.

»Ich bin dort gewesen und habe das aufgenommen«, sagte er und ging zum Aufzug. Er fuhr einen Stock hinauf, ging dann über einen Flur zu einer Tür mit dem Schild MORDKOMMISSION und trat ein.

Nur ein Detective hielt sich in dem Raum auf, ein junger Mann, der aussah, als brauche er einen neuen Rasierapparat und mindestens einen Monat vitaminreiche Mahlzeiten.

»Sie halten hier die Stellung, Fenson?«

»Was kann ich für Sie tun, O'Hara?«, fragte der Detective.

»Ist Washington der Lieutenant?«

»Jedenfalls noch diese Woche«, sagte Fenson.

Lieutenant Jason Washington hatte die Prüfung zur Beförderung zum Captain gemacht. Es wurde allgemein erwartet, dass er sie bestehen würde.

»Ich hörte, die Ergebnisse der Prüfung zum Sergeant werden morgen bekannt gegeben«, sagte O'Hara. »Die der Lieutenants und Captains sollten gleich danach dran sein.«

»Können Sie sich Jason Washington in Uniform vorstellen, in der er einen Anwesenheitsappell im Distrikt abhält?«

»Nein, das kann ich nicht«, gab O'Hara zu. »Ist Washington da?«

»Er ist beim Roy Rogers-Tatort. Was kann ich für Sie tun?«

»Die Frage ist, was ich für Sie tun kann«, erwiderte O'Hara. »Können Sie Washington ans Telefon bekommen und ihm sagen, dass ich ein Foto der Täter habe? Ein mieses zwar, doch Foto ist Foto.«

Er legte es auf den Schreibtisch des Detectives.

»Sind Sie sicher, dass sie es sind? Und Sie haben Recht, es ist mies.«

»Ganz sicher«, sagte O'Hara. »Ich habe es aufgenommen.«

»Washington hat vor ein paar Minuten angerufen und angekündigt, dass er bald zurückkommt«, sagte der Detective.

Mickey O'Hara benutzte die Herrentoilette und holte sich dann einen Pappbecher mit Kaffee aus dem Automaten.

Acht Minuten später kam ein gewaltiger, elegant gekleideter Schwarzer in die Mordkommission. Hinter seinem Rücken wurde er wegen seiner Größe und Leibesfülle ›der schwarze Buddha‹ genannt. Lieutenant Jason Washington hielt sich – und das war im Allgemeinen auch die Meinung anderer – für den besten Detective in Philadelphia und möglicherweise für den besten Kriminalbeamten einer Mordkommission zwischen Bangor, Maine, und Key West, Florida.

»Michael, mein Freund, wie geht's Ihnen?«, sagte Washington mit einem herzlichen Lächeln und freundlichem Schulterklopfen.

»Hey, Jason«, sagte O'Hara. »Ich habe ein lausiges Foto von den Tätern.«

Er wies auf den Ausdruck, der auf dem Schreibtisch des Detectives lag.

Washington nahm ihn, betrachtete ihn sorgfältig und sah dann O'Hara an.

»Ich stimme Ihrer Beurteilung der Qualität zu«, sagte er. »Und die Quelle, Mickey?«

»Ich fuhr auf den Funkruf ›Raubüberfall im Gange‹ dorthin«, sagte O'Hara. »Als ich dort eintraf, liefen diese beiden weg. Ich machte die Aufnahme.«

»Und Sie glauben, dass es die Täter waren?«

»Ja, das sind sie«, sagte O'Hara. »Sie passen auf die Beschreibung, die ich von einem der Angestellten erhielt.«

»Die Kamera hat sich auf das Licht im Eingang eingestellt«, sagte Washington. »Schade.«

»Vielleicht kann euer Labor mehr herausholen als ich mit dem Computer«, meinte Mickey.

»Detective Fenson«, sagte Washington. »Meinen Sie, Sie können in Anbetracht von Mr O'Haras Ruf als einer der erfahrensten Fotografen der dunklen Seite unserer schönen Stadt dieses Foto so schnell wie möglich zum Labor bringen?«

»Das ist eine ziemlich schlechte Aufnahme, Lieutenant.«

»Trotzdem eine Aufnahme, Detective Fenson«, erwiderte der schwarze Buddha sanft. »Ich weise ständig darauf hin, dass wir jeden Stein umdrehen sollten, um fündig zu werden.«

Fenson nahm den Ausdruck des Fotos und verließ den Raum.

»Ich bin dankbar für das Foto, Mickey«, sagte Washington. »Selbst wenn andere das vielleicht nicht sind. Mein Gefühl sagt mir, dass dieser Fall nicht so leicht abzuschließen sein wird, wie anscheinend jeder meint.«

»Warum haben Sie dieses Gefühl?«

»Intuition«, sagte Washington. »Nichts Konkretes.«

»Ihre Intuition ist – wie heißt es? Legendär?«

»Das hat man gesagt.« Washington lächelte und fügte dann hinzu: »Ich habe einfach dieses Gefühl, Mick. Ich hoffe wirklich, dass ich mich irre.«

»Ich habe auch ein paar Aufnahmen von den Leichen«, sagte O'Hara und überreichte ihm das Kuvert.

Washington sah sich die Fotoausdrucke an und blickte dann zu O'Hara auf.

»Ich nehme an, das wird in Kürze im *Bulletin* veröffentlicht?«

»Ich habe sie etwas sauberer gemacht«, sagte O'Hara. »Aber, ja, die Aufnahmen werden erscheinen.«

Washington verstand die Bedeutung von O'Haras Worten.

»Danke, Mickey.«

O'Hara zuckte bescheiden mit den Schultern.

»Darf ich Ihnen eine Tasse anständigen Kaffee ausgeben, Jason?«

»Einen Café Royal? Im Four Seasons?«

»Warum nicht? Der *Bulletin* bezahlt.«

»In diesem Fall nehme ich Ihr nettes Angebot an«, sagte Washington.

2

1

Büro des Deputy Commissioner (Patrol)
Polizeipräsidium
Eighth & Race Streets, Philadelphia, Pennsylvania
Donnerstag, 7 Uhr 45

Als Deputy Commissioner (Patrol) Dennis V. Coughlin, ein großer Mann mit rötlichem Gesicht, der mit neunundfünfzig noch all sein silbergraues Haar hatte, sein Büro im Polizeipräsidium betrat, sah er auf seinem Schreibtisch drei Dokumente, die seine sofortige Aufmerksamkeit verlangten.

Sie lagen in einem ledergebundenen Ordner, auf dem ein schwerer Kaffeebecher mit dem Logo der Emerald Society stand, ein Verein zur Förderung von Polizeibeamten irischer Abstammung.

Denny Coughlin war vor siebzehn Jahren »The Emerald« beigetreten, gleich nachdem er frisch von der Polizeiakademie den Dienst angetreten hatte, und hatte zweimal als Präsident fungiert.

Coughlin zog das zweireihige Jackett seines eleganten dunkelblauen Anzugs aus, als er zum Schrank ging. Er enthüllte einen stupsnasigen .38er Special Smith & Wesson Revolver an seiner rechten Seite.

Abgesehen von den seltenen Tagen des Jahres, an denen er eine Uniform trug, hatte Denny Coughlin das gleiche Pistolenholster seit dreiunddreißig Jahren an seinen Gürtel geschnallt, seit dem Tag, an dem er sich zu seinem Dienst als Kriminalbeamter gemeldet hatte.

Er hängte sein Jackett auf einen Bügel in den Schrank, schloss dessen Tür und kehrte zu seinem Schreibtisch zurück.

Captain Francis Xavier Hollaran betrat das Büro mit einer Thermoskanne Kaffee. Hollaran, ebenso groß wie Coughlin, hatte mit neunundvierzig ebenfalls noch alle Zähne, doch von seinem einst üppigen roten Haar war wenig übrig geblieben.

»Ich bin zur Mordkommission gefahren«, sagte er statt einer Begrüßung. »Nichts, was nicht da drinsteht.«

Hollaran nickte zu den Dokumenten, die auf Coughlins Schreibtisch lagen.

»Es ist erst neun Stunden her«, erwiderte Coughlin. »Sie werden bald etwas haben.« Er schwieg kurz und fügte dann hinzu: »Mein Gott, werden sie denn niemals lernen?«

»Wenn man so viele Anrufe bekommt, die falscher Alarm sind, kann man nachlässig werden«, meinte Frank Hollaran.

»Und tot«, sagte Coughlin ein wenig bitter.

Zwei der Dokumente in dem Aktenordner unter dem Kaffeebecher der Emerald Society schilderten die Ereignisse im Zusammenhang mit dem Tod von Officer Kenneth J. Charlton vom 1. Distrikt. (In Philadelphia ist ein ›Distrikt‹ das, was bei vielen anderen Polizeibehörden als ›Bezirk‹ bezeichnet wird.)

Das ›Aktivitäten-Blatt‹ listete jeden Schritt auf, den Detectives der Mordkommission in dem Fall unternommen hatten, einschließlich Protokollen von jedem durchgeführten Verhör. Das Aktivitäten-Blatt war ein prozesswichtiges Dokument, das heißt, es wurde dem Verteidiger jedes Angeklagten zur Verfügung gestellt. Als Anhang gab es ein Kurzprotokoll, ein so genanntes ›Weißes Papier‹, das ein weniger förmlicher und nicht so genauer Bericht war. Als inoffizielle, interne Aktennotiz war das Weiße Papier nicht prozesswichtig. Beide Dokumente zusammen fassten die Einzelheiten des Falles und den Stand der Ermittlungen zusammen.

Demnach war Officer Charlton am vergangenen Abend um

23 Uhr 26 auf den Funkruf ›möglicherweise bewaffneter Überfall im Gange‹ zum Roy Rogers Restaurant Ecke South Broad und Snyder Street in Süd-Philadelphia gefahren. Das war eine Tatsache und als solche auf dem Aktivitäten-Blatt aufgeführt. Ebenso Fakt war, dass Officer Charlton nicht auf das Eintreffen von Unterstützung gewartet hatte, bevor er in das Restaurant gegangen war.

Auf dem Weißen Papier wurde gemutmaßt, dass Officer Charlton nahe beim Tatort gewesen war, als er den Funkruf erhalten hatte, und sich vermutlich gesagt hatte, dass in ein, zwei Minuten Verstärkung eintreffen würde und die Räuber entkommen könnten, wenn er mit dem Betreten des Restaurants warten würde.

Ferner nahm man an, dass die Räuber vielleicht das Eintreffen des Streifenwagens gesehen hatten. Charlton war siebzehn Jahre im Job gewesen, und wenn er überhaupt Sirene und Lichtorgel benutzt hatte, war er erfahren genug gewesen, um sie abzuschalten, bevor er sich dem Tatort genähert hatte. Einer der Täter hatte sich hinter die Kasse geduckt und Officer Charlton aufgelauert, um ihn dann zu packen und festzuhalten, während der andere Täter einen Revolver unter die Schutzweste geschoben und ihn erschossen hatte.

Nachdem der Komplize des Todesschützen zweimal auf Charltons Leiche gefeuert hatte, waren beide Täter aus dem Restaurant geflüchtet. Bei einer Autopsie konnte vielleicht herausgefunden werden, ob der erste Schuss tödlich gewesen war oder ob Charlton noch gelebt hatte, als der zweite Täter noch zweimal auf ihn geschossen hatte.

Es war juristische Haarspalterei.

Nach Paragraf 2501a des Strafgesetzbuchs von Pennsylvania wird Mord als Tat definiert, die absichtlich, wissentlich, bewusst oder grob fahrlässig den Tod eines anderen Menschen verursacht.

Paragraf 2502b definiert dieses Verbrechen als Mord zweiten Grades, wenn die Tat von jemandem begangen wurde, der als Haupttäter *oder* Komplize bei der Verübung eines Kapitalverbrechens beteiligt ist. Bewaffneter Raufüberfall ist ein Kapitalverbrechen.

Wenn also entschieden wurde, dass Officer Charlton sofort an dem Schuss starb, den Täter Nummer eins an der Registrierkasse auf ihn abfeuerte, dann war Täter Nummer zwei, der ihn festgehalten hatte, des Mordes zweiten Grades schuldig, weil er ein Komplize bei der Ausübung eines Kapitalverbrechens gewesen war.

Wenn Officer Charlton noch gelebt hatte, als Täter Nummer zwei zweimal auf ihn geschossen hatte, dann war Täter Nummer zwei schuldig des Mordes zweiten Grades, weil er der Haupttäter war, und Täter Nummer eins war schuldig als der Komplize.

Das Aktivitäten-Blatt berichtete, dass beim Eintreffen anderer Polizisten beide Täter in die Nacht verschwunden gewesen waren und dass Mickey O'Hara ein Foto von schlechter Qualität von ihnen gemacht und der Mordkommission übergeben hatte.

Der stellvertretende Polizeichef Coughlin und Captain Hollaran waren vertraut mit all den Einzelheiten des Berichts auf Coughlins Schreibtisch. Sie waren im Roy Rogers Restaurant gewesen, bevor Officer Charltons Leiche vom Coroner (dem richterlichen Beamten zur Untersuchung der Todesursache in Fällen unnatürlichen Todes) vom Tatort entfernt worden war.

Es gab eine ständige Dienstanweisung, dass Commissioner Coughlin, der für den gesamten Streifendienst der Polizei von Philadelphia verantwortlich war, bei einer Reihe von Umständen unverzüglich benachrichtigt werden musste, und zwar rund um die Uhr. Diese Umstände schlossen den Tod eines Polizeibeamten im Dienst ein.

Und es gab eine inoffizielle Dienstanweisung, die von den Leuten in der Funkzentrale ständig angewandt wurde. Immer wenn ein Anruf kam und man bat, mit Deputy Commissioner Coughlin verbunden zu werden, damit er vom Tod eines Polizeibeamten im Dienst benachrichtigt werden konnte – oder etwas fast so ernster Art – wurde zuerst Captain F.X. Hollaran informiert.

Und wenn Hollaran solch eine Nachricht erhielt, wartete er zwei, drei Minuten – oftmals nutzte er die Zeit, um sich anzukleiden und seinen Smith & Wesson ins Holster zu schieben – und rief Coughlins private und geheime Telefonnummer an, um von Coughlin zu erfahren, ob er ihn abholen oder selbst zum Tatort fahren sollte oder ob Coughlin ihm irgendeine andere Anweisung gab.

Diese inoffizielle Anweisung ging auf viele Jahre zurück, auf die Zeit, als Captain Denny Coughlin das Kommando über die Kriminalpolizei erhalten hatte und Detective Hollaran von der Mordkommission – ohne dass es irgendjemand geplant hatte – Coughlins rechte Hand geworden war.

Während Coughlin unaufhaltsam in der Hierarchie aufgestiegen war, hatte Hollaran mit ihm den Aufstieg geschafft, vom Dienst als uniformierter Sergeant im 5. Distrikt über die Zeit als Lieutenant der Kriminalpolizei Nordost bis zum Leiter des 9. Distrikts.

Gestern Nacht, als Hollaran Coughlin angerufen hatte, war dessen Antwort gewesen: »Sie sollten mich besser abholen, Frank. Es wird wohl eine lange Nacht werden.«

Seine Prophezeiung erwies sich als richtig. Der Commissioner persönlich, Ralph Mariani, traf Minuten nach Coughlin und Hollaran im Roy Rogers ein. Er wies Hollaran sofort an, ein Benachrichtigungsteam zusammenzustellen. Der Bürgermeister hielt sich außerhalb der Stadt auf und war deshalb nicht verfügbar, und so würde Mariani den Angehörigen die schlimme Nachricht überbringen.

Als das Team schließlich zusammengestellt war, bestand es aus Polizeichef Mariani, Coughlin, dem Geistlichen der Polizei von Philadelphia, dem Pastor der Methodist Episcopal Church, der mit der Familie Charlton verbunden war, dem Captain des 1. Distrikts und Officer Charltons Lieutenant und Sergeant.

Captain Leif Schmidt, der Leiter des 1. Distrikts, rief Mrs Charlton an und sagte ihr, dass er einen Bericht bekommen hatte, nachdem ihr Mann verletzt ins Methodist Hospital gebracht worden sei und dass er einen Wagen zu ihr schicken würde, um sie zu Hause abzuholen.

Sergeant Stanley Davis, Officer Charltons Sergeant, begleitet von Officer Marianna Calley, fuhr zu Charltons Wohnung und schlug Mrs Charlton vor, dass Officer Calley, die Charltons Kinder kannte, bei ihnen blieb, während Mrs Charlton zum Krankenhaus fuhr.

Das Benachrichtigungs-Protokoll war aus schmerzlichen Erfahrungen im Laufe der Jahre entstanden. Es war besser, die Ehefrau im Krankenhaus zu informieren, dass sie jetzt Witwe war, als ihr das zu Hause zu sagen. Dafür gab es mehrere Gründe. Vor allem wurde verhindert, dass die verdammten Leichenfledderer der Fernsehstationen der Witwe eine Kamera vors Gesicht hielten und wissen wollten, wie sie sich fühlte, nachdem ihr Mann erschossen worden war.

Es erlaubte auch dem Benachrichtigungsteam, sich im Krankenhaus zu formieren, bevor die Witwe dort eintraf. Normalerweise würden der Bürgermeister, der Polizeipräsident und andere ranghohe Weißhemden dort sein, und es war besser, sie zu einem bekannten Ort zu bestellen, statt zur Adresse des Beamten. Manchmal würde dort nicht Platz für sie alle sein, und fast mit Sicherheit würden sie von den gottverdammten Aasgeiern der Medien umgeben sein, die alle den Polizeifunk abhören und wissen würden, wohin sie fahren mussten.

Es machte die Aufgabe, die Witwe im Krankenhaus vom Tode ihres Mannes zu informieren, keineswegs leichter, aber jeder hielt das für den besten Weg.

Das dritte Schriftstück auf dem Schreibtisch des stellvertretenden Polizeichefs befand sich in einem Kuvert. Der Absender war mit ›Deputy Commissioner (Personnel)‹ angegeben, und es war adressiert an ›Comm. Coughlin ONLY – zur persönlichen Kenntnisnahme‹.

Coughlin versuchte den Umschlag mit dem Fingernagel aufzuschlitzen, schaffte es nicht und nahm schließlich ein kleines Taschenmesser aus einer Schublade seines Schreibtischs zu Hilfe.

Das Kuvert enthielt einige zusammengeheftete Papiere. Coughlin überflog die erste Seite und gab sie dann Hollaran.

»Ich glaube, das nennt man eine Dichotomie«, sage Coughlin. »Die gute Nachricht ist auch die schlechte Nachricht.«

Hollaran las die ersten drei Seiten dessen, was inoffiziell, jedoch allgemein als ›Die Liste‹ bezeichnet wurde.

Es waren die Ergebnisse der jüngsten Prüfung für die Beförderung zum Sergeant. 2782 Polizeibeamte – Corporals, Detectives und Patrolmen mit mindestens zweijähriger Dienstzeit –

hatten die Prüfung absolviert. Ihr Bestehen und die tatsächliche Beförderung bedeutete eine vierzehnprozentige Erhöhung des Grundgehalts für Streifenbeamte und eine vierprozentige Erhöhung für Corporals und Detectives.

Ein wesentlicher Prozentsatz der Kriminalbeamten verdiente so viel mit Überstunden, dass sie nach bestandener Prüfung und Beförderung zum Sergeant – der weitaus weniger Überstunden hatte – eine ernsthafte Reduzierung ihres Einkommens hinnehmen mussten. Viele Detectives machten die Prüfung zum Sergeant erst relativ spät in ihrer Laufbahn, als notwendigen Schritt zur Beförderung zum Lieutenant und Captain, weil die Höhe der Pension auf dem Dienstrang basiert.

Die Prüfung bestand aus zwei Teilen, dem schriftlichen und mündlichen. Ursprünglich hatte es nur die schriftliche Prüfung gegeben, doch es hatte Proteste gehagelt, dass sie ›zu kulturlastig‹ sei, und eine ebenso wichtige mündliche Prüfung war der Auswahlprozedur hinzugefügt worden.

Es war Voraussetzung für die mündliche Prüfung, dass zuvor der schriftliche Teil bestanden wurde, und etwas über fünfhundert Prüflinge waren bei der schriftlichen Prüfung durchgefallen und für die mündliche nicht zugelassen worden.

Die mündlichen Prüfungen hatten einen Monat nach der Bekanntgabe der Resultate der schriftlichen begonnen und sich über vier Monate erstreckt.

Sechshundertvierundachtzig Patrolmen, Corporals und Detectives hatten den mündlichen Teil der Prüfung zur Beförderung zum Sergeant bestanden und kamen für die Beförderung in Frage.

Das hieß nicht, dass sie alle tatsächlich befördert werden würden. Nur siebenundfünfzig der Männer auf ›Der Liste‹ – weniger als zehn Prozent – würden ›sofort‹ – binnen einer Woche oder einem Monat – befördert. Eine Reihe von Faktoren – hauptsächlich das Budget der Stadt – entschieden darüber, wie viele Berechtigte befördert wurden und wann. Die Berechtigten, die nicht ›sofort‹ befördert wurden, mussten warten, bis eine Stelle frei wurde – zum Beispiel, bis ein Sergeant in Pension ging oder befördert wurde.

Das bedeutete, dass eine Person, die unter den ersten hundert oder vielleicht hundertfünfundzwanzig auf ›Der Liste‹ stand, eine gute Chance hatte, befördert zu werden. Jeder unter den hundertfünfundzwanzig konnte die Beförderung fast mit Sicherheit vergessen, bis ›Die Liste‹ ungültig wurde – für gewöhnlich nach zwei Jahren – und eine Prüfung zur Beförderung zum Sergeant angekündigt und durchgeführt wurde.

Der erste Name auf der Liste in Hollarans Hand – der Prüfling mit der besten Note – war Payne, Matthew M., Dienstummer 231047, Special Operations.

»Warum bin ich nicht überrascht?«, fragte Hollaran, lächelte und fügte in salbungsvollem Tonfall hinzu: »Detective Payne ist ein hervorragender junger Beamter, auf den die Polizei im Allgemeinen und sein Pate besonders zu Recht stolz sein können.«

»Gehen Sie zur Hölle, Frank«, sagte Detective Paynes Pate und fügte hinzu: »Was er braucht, sind ein paar Jahre – mindestens drei oder vier – in Uniform in einem Distrikt.«

»Sie meinen doch nicht wirklich, dass Matt um eine Verwendung in einem Distrikt ersucht? In Uniform?«, fragte Hollaran und lachte.

Police Commissioner Mariani hatte die letzte Prüfung zur Beförderung zum Sergeant mit einem neuen Dreh angekündigt. Er hielt ihn – nach Beratung mit anderen ranghohen Polizeibeamten und Personalexperten – gut für die Moral. Die fünf besten Prüflinge durften ihre drei Lieblings-Verwendungen nach der Beförderung angeben, wovon eine garantiert sein würde.

Deputy Commissioner Coughlin hatte das zuerst für eine gute Idee gehalten. Dann war ihm klar geworden, dass die Neuerung höchstwahrscheinlich von Matthew M. Payne genutzt werden würde, und das änderte die Dinge. Dass Matty Bester geworden war – was bedeutete, dass es keine Ausrede geben würde, um ihm die Verwendung seiner Wahl zu verweigern –, machte es sogar noch schlimmer.

»Ich habe am vergangenen Donnerstag mit ihm zu Mittag gegessen«, sagte Coughlin. »Ich habe ihm gesagt, dass er, wenn man alles in Betracht zieht, eine ziemlich gute Chance hat, sich hoch genug auf der Liste zu platzieren …«

»Wie vorausschauend von Ihnen, Commissioner«, sagte Hollaran lächelnd.

»Meinen Sie, dass Ihnen die Leitung der letzten Nachtschicht gefallen wird, Captain?«

Die Leitung der letzten Nachtschicht – Mitternacht bis acht Uhr – wurde allgemein als die Version der Polizei für das Fegefeuer für Captains betrachtet. Diejenigen, die diese Position ausfüllten, hatten für gewöhnlich auf die eine oder andere Weise die ranghohen Tiere verärgert. Es gab keine Erleichterung in den Stunden von Mitternacht bis zum Morgen. In der gesamten Dienstzeit musste man in Uniform sein, und er war der einzige Captain der Abteilung, dem kein neutraler Wagen zur Verfügung stand. Einige Captains der Nachtschicht fanden sich damit ab und versahen ihren Dienst, ohne zu klagen, während sie darauf warteten, durch einen anderen Captain, der die Hierarchie verärgert hatte, ersetzt zu werden, doch viele resignierten und gingen lieber in den Ruhestand.

»Na, na«, sagte Hollaran, unbeeindruckt von der Drohung. »Matt hat die Prüfung gemacht und sie hervorragend bestanden. Er ist ein guter Cop, und das wissen Sie.«

»… und er kann seine Verwendung wählen«, fuhr Coughlin fort. »Deshalb sollte er ein paar Jahre in Uniform ernsthaft erwägen.«

»Und?«

»Er sagte, seine drei Wahlmöglichkeiten werden Special Operations, Highway Patrol und Mordkommission sein.«

»Auf einem Motorrad kann ich mir Matt irgendwie nicht vorstellen«, meinte Hollaran.

»Und die Highway untersteht Special Operations. Er ist seit ihrem Bestehen dabei.«

»Bleibt also die Mordkommission«, sagte Hollaran.

»Das ist sein wahrer Wunsch, weil er weiß, dass er nicht für immer bei der Abteilung Special Operations bleiben kann.«

»Und das überrascht Sie? Mit Ihnen und Peter Wohl als seine Förderer?«

Coughlin warf ihm einen ärgerlichen Blick zu.

Hollaran lächelte plötzlich.

»Haben Sie wieder unverschämte Gedanken, Frank?«, fragte Coughlin. »Oder amüsieren Sie sich über etwas anderes?«

»Ich denke an den schwarzen Buddha«, sagte Hollaran.

»Warten Sie, bis er herausfindet, dass die freie Stelle des Sergeants mit dem frisch gebackenen Sergeant Payne besetzt werden wird.«

Coughlin musste lächeln.

»Sie kommen ziemlich gut miteinander aus«, meinte Coughlin. »Was ihre Situation für beide noch peinlicher macht.«

»Sie werden damit zurechtkommen«, sagte Hollaran.

2

Um fünf nach neun traf Detective Matthew M. Payne – ein großer, muskulöser Sechundzwanzigjähriger mit intelligent blickenden Augen – mit einem neutralen, neuen Ford Crown Victoria auf dem Parkplatz hinter dem Rundhaus ein.

Er war schick gekleidet mit Tweedjackett, Flanellhose, weißem Hemd und Krawatte, und als er schließlich einen freien Parkplatz fand und mit einer Aktentasche aus dem Wagen stieg, wirkte er mehr wie ein Börsenmakler oder Anwalt als wie jemand, den man sich unter ›Police Detective‹ vorstellt.

Ein Beweis dafür schien zu sein, dass er beim Betreten des Gebäudes seine Dienstmarke und den Ausweis vorzeigen musste, bevor ihn der Polizeibeamte, der den Zugang zur Halle bewachte, passieren ließ.

Als er zum Aufzug ging, wurde er jedoch von einem schlanken, drahtigen Achtunddreißigjährigen mit abgetragenem blauem Blazer erkannt. Der Mann mit dem schütteren Haar bot kein beeindruckendes Bild, doch Matt – und andere – wussten, dass er einer der besten Detectives der Mordkommission war, von gleicher Güteklasse wie Jason Washington.

»Sieh an, das Model der Special Operations«, sagte Detective Anthony C. Harris als Begrüßung. »Was bringt Sie vom Arsenal hinunter zu den arbeitenden Cops?«

»Hey, Tony«, sagte Payne lächelnd, als sie sich die Hände schüttelten. Er warf einen Blick auf seine Armbanduhr. »Haben Sie Zeit für eine Tasse Kaffee?«

Harris schüttelte den Kopf.

»Raten Sie mal, wer will, dass ich mich am Roy-Rogers-Tatort umsehe?«, sagte Harris.

»South Broad? An diesem Tatort? Ich las Mickeys Artikel im *Bulletin.*«

Harris nickte.

»Ich dachte, ihr hättet die Täter inzwischen gefasst«, sagte Payne. »Mickey schrieb von ›massiver Großfahndung‹.«

»Es würde helfen, wenn wir wüssten, nach wem wir fahnden«, sagte Harris. »Niemand hat jemanden aus der Verbrecherkartei erkannt, und es gibt keine Gerüchte auf den Straßen.«

»Ich dachte, es gäbe jede Menge Zeugen?«

»Gab es auch. Ich habe mir soeben die Phantomzeichnungen angeschaut. Demnach müssten fünfundzwanzig verschiedene Personen Kenny Charlton erschossen haben.«

»Du hast Charlton näher gekannt.«

»Er war einer der guten Jungs, Matt«, sagte Harris mit einer Spur Bitterkeit. »Mit etwas Glück werden die beiden Bastarde Widerstand leisten, wenn sie identifiziert sind und verhaftet werden.«

Ich bin Cop, ein Detective – Hölle, ich werde Sergeant –, und ich weiß nicht, ob er es ernst meint oder nicht.

Harris verstand es, die Mienen der Leute zu deuten, und wechselte schnell das Thema.

»Was gibt's Neues bei Ihnen, Matt?«, erkundigte er sich.

»Ein berühmter Filmstar kommt nach Philadelphia«, sagte Matt.

»Ich dachte, alle Filmstars sind berühmt«, erwiderte Harris. »Welcher ist es?«

»Das hat man mir noch nicht gesagt. Ich bin unterwegs zur Vorbesprechung mit Gerry McGuire vom Personenschutzkommando. Und nur für die Akten, es gibt auch Filmstars, die nicht berühmt sind.«

»Eins zu null für das Model«, sagte Harris. »Lassen Sie's sich nicht zu Kopfe steigen, aber der schwarze Buddha und ich haben Sie vermisst, Matt, nachdem Sie jetzt wieder bei den normalen Cops sind …«

Sowohl Jason Washington als auch Tony Harris waren gegen ihren erbitterten Widerstand zu der Abteilung Special

Operations versetzt worden, als sie gebildet worden war. Erst kürzlich hatten sie zur regulären Polizei zurückkehren dürfen – nachdem sie andere Detectives für die Special Operations nach den hohen Standards des Chefs, Inspector Wohl, ausgebildet hatten.

»Lecken Sie mich, Tony!«

»... und wir nicht viel von Ihnen sehen. Warum kommen Sie nicht vorbei, wenn Sie Zeit haben, und spendieren uns ein Mittagessen – nicht heute, warten Sie, bis wir die Täter im Mordfall Charlton haben.«

»Ja, das werde ich tun.«

»Grüßen Sie den Filmstar von mir«, sagte Harris, klopfte Payne leicht auf die Schulter und ging durch die Halle zum Ausgang.

Matt durchquerte die Halle, um zum Konferenzraum zu gehen.

Die ›Dignitary Protection Unit‹, eine Unterabteilung des Personenschutzkommandos, hat die Aufgabe, Würdenträger und Prominente zu beschützen, die Philadelphia besuchen. Philadelphias eigene Prominente – zum Beispiel der Bürgermeister und der Staatsanwalt – werden von Polizeibeamten beschützt, doch diese Beamten arbeiten nicht für die Dignitary Protection Unit.

Es ist ein Problem, die Abteilung mit Personal zu besetzen. Manchmal brauchen mehre Prominente – sogar ein Dutzend gleichzeitig – Personenschutz, manchmal nur ein, zwei oder überhaupt keiner.

Das hat zu der Entwicklung geführt, dass nur ein paar Personen – ein Lieutenant, zwei Sergeants und ein halbes Dutzend Detectives in Vollzeit dieser Abteilung zugeteilt sind.

Bei Bedarf werden zusätzlich Detectives – die keine Uniform im Dienst tragen und folglich bereits die nötige zivile Garderobe haben – vorübergehend von ihren jeweiligen Abteilungen abgestellt. Wenn der Würdenträger/Prominente dann die Stadt verlassen hat, kehren diese Detectives zu ihrem regulären Dienst zurück.

Im Laufe der Zeit waren die meisten Detectives, die vorübergehenden Dienst bei der Dignitary Protection Unit leisteten, von der Abteilung Special Operations und uniformierte Beamte von der Highway Patrol, die ein Teil der Special Operations war. Special Operations hatte staatsweite Befugnis, was bedeutete, dass ihre Beamten mehr über die Hintergassen und dergleichen der ganzen Stadt wussten als ihre Kollegen, die ihre Laufbahn in einem Distrikt verbrachten. Das war nützlich für die Dignitary Protection Unit.

Und die Polizei hatte noch keine Beschwerde von irgendeinem prominenten Besucher gehört, weil auf dem Weg von der Pennsylvania Station oder dem Flughafen zu seinem Hotel sein Wagen von schick uniformierten Polizeibeamten auf glänzenden Motorrädern mit Sirene und Blaulicht eskortiert wurde.

Doch das Spektakel war in Wirklichkeit ein angenehmes Nebenprodukt der Tatsache, dass die Beamten der Highway Patrol die Elite der Polizei von Philadelphia waren. Es war schwer, in die Highway Patrol hineinzukommen und darin zu bleiben, wenn man nicht die Ansprüche erfüllte. Wenn man dabei war, konnte man damit rechnen, dort zu sein, wo die Action – die Bekämpfung der schwersten Kriminalität – stattfand.

Mit anderen Worten, der Prominente in seiner Limousine wurde von vier – oder acht oder sogar zwölf – der am besten ausgebildeten, am besten ausgerüsteten, mit allen Wassern gewaschenen Uniformierten der Polizei beschützt.

Folglich hatte sich die Dignitary Protection Unit angewöhnt, zuerst von der Abteilung Special Operations Personal anzufordern, besonders weil deren Leiter fast immer und ohne Frage zur Verfügung stellte, was angefordert wurde.

Es gab viel Gerede, dass es das Klügste wäre, die Abteilung einfach Special Operations zu unterstellen – wenn der Schutz von Würdenträgern keine spezielle Operation war, was dann?

Das war nie geschehen, aus einer Reihe von Gründen, die nie wirklich ausgesprochen wurden, jedoch die Tatsache einschlossen, dass Inspector Peter Wohl, der Chef von Special Operations, vermutlich niemals eine Wahl zum beliebtesten Weißhemd bei der Polizei gewonnen hätte.

Zum einen war er mit siebenunddreißig der jüngste Inspector bei der Polizei von Philadelphia. Zum anderen hatte er bereits nach Meinung vieler Inspectors und Chief Inspectors zu viel Befugnis. Und in seiner Laufbahn – besonders als er Staff Inspector bei der Abteilung Innere Angelegenheiten gewesen war, abermals der Jüngste mit diesem Rang – hatte er eine Reihe von schmutzigen Cops, einige mit hohem Dienstgrad, in den Knast gebracht.

Fast alle Polizeibeamte aller Dienstgrade haben zwiespältige Gefühle gegenüber schmutzigen Cops, obwohl sie es nicht gern zugeben, und gegenüber den Cops, die sie erwischen und in den Knast schicken. Schmutzige Cops verdienen den Knast, und die Jungs, die sie dorthin bringen, verdienen Dankbarkeit und Bewunderung von jedem ehrbaren Polizeibeamten.

Andererseits: *Old Harry war siebzehn Jahre lang ein guter Cop, bevor dies geschah, und wie soll seine Familie durchkommen, wenn er im Knast sitzt? Und wenn er rauskommt, keine Pension, nichts. Ich bin froh, dass nicht ich ihn auf dem Gewissen habe.*

Als Peter Wohl die mündliche Prüfung ablegte, war seine Fähigkeit, mit den widerstreitenden Gefühlen im Umgang mit schmutzigen Cops zurechtzukommen, einer der Gründe für seine Beförderung.

Während also fast jeder meinte, die Dignitary Protection Unit gehöre zur Abteilung Special Operations, kam sie nicht dorthin. Sie blieb eine eigene Abteilung.

Es herrschte jedoch ein so reges Kommen und Gehen zwischen den beiden Abteilungen, dass Inspector Wohl entschieden hatte, einen Mann mit der Verbindung zwischen den beiden zu betrauen.

Er hatte diesen Dienst Matthew M. Payne übertragen – zusätzlich zu Paynes anderen Aufgaben.

Es war kein Geheimnis, dass Inspector Wohl Detective Paynes Förderer war, sein Rabbi, wie es allgemein hieß, und viele glaubten, dass Payne aus diesem Grund für die Aufgabe eingeteilt worden war. Und in gewissem Maße beruhten die Verdächtigungen auch auf Tatsachen.

Die Funktion eines Rabbis bei der Polizei besteht darin, einen jungen Polizeibeamten auf mehr Verantwortung – und einen höheren Rang – vorzubereiten. Als Peter Wohl in der Polizeihierarchie aufgestiegen war, war sein Rabbi damals Chief

Inspector Dennis V. Coughlin gewesen, der jetzige Deputy Commissioner.

Als Coughlin die Karriereleiter emporkletterte, war sein Rabbi der damalige Captain Jerome H. »Jerry« Carlucci, schließlich der Bürgermeister von Philadelphia, gewesen. Carlucci brüstete sich gern damit, dass er jeden Rang bei der Polizei von Philadelphia gehabt hatte außer Polizistin, bevor er dem Ruf der Bürger gefolgt war und sich in ein öffentliches Amt hatte wählen lassen.

Und der Ehrenwerte Carlucci hatte ebenfalls einen Rabbi gehabt. Seiner war Chief Inspector Augustus Wohl – kurz vor dessen Pensionierung – gewesen, dessen einziger Sohn Peter mit zwanzig auf die Polizeiakademie gegangen war.

Wohl war der Ansicht, dass es Detective Payne gut tun würde, etwas über den Personenschutz zu lernen – je mehr ein Cop über den Polizeiapparat wusste, desto besser –, aber ein anderer Grund war seine Tauglichkeit dafür.

Von demjenigen, der an den Besprechungen der Abteilung Dignitary Protection teilnahm, wurde erwartet, dass er Wohl präzise darüber berichtete, was sich ereignet hatte und was von Special Operations erwartet wurde.

Matt Payne hatte nicht nur das Talent, einen Bericht schnell und akkurat zu schreiben, sondern verfügte auch fast ständig über einen modernsten Laptop, auf dem er die Berichte schrieb und an Inspector Wohls Computer übermittelte, lange bevor er selbst von den Besprechungen ins Hauptquartier der Special Operations zurückkehrte, das einst ein Waffenarsenal der U.S. Army gewesen war.

Als Payne die Tür des Konferenzraums öffnen wollte, kam ihm Sergeant Al Nevins, ein stämmiger Fünfundvierzigjähriger, auf dem Flur entgegen und hielt ihn am Arm fest.

Nevins war einer der beiden Sergeants, die der Abteilung Dignitary Protection ständig zugeteilt waren.

»Gott liebt mich«, sagte er. »Sie sind früh. Ich hatte schon befürchtet, rechtzeitig hier zu sein und zu erfahren, dass Sie nicht zu finden sind.« Er gab keine Erklärung für seine Worte. Stattdessen drehte er den Kopf und rief mit erhobener Stimme: »Lieutenant, Payne ist hier.«

Lieutenant Gerry McGuire, der Leiter der Abteilung Dignitary Protection – ein etwas pummeliger, sympathisch wirkender Fünfundvierzigjähriger – kam über den Flur zu ihnen. Er war – überraschend für Matt – in Uniform.

»Ich habe versucht, Sie durch Al ausfindig zu machen, Matt«, sagte McGuire. »Ich bin froh, dass Sie hier sind. Wir ziehen dies jetzt durch. Im Ritz-Carlton.«

»Wer kommt in die Stadt, Sir?«, fragte Matt.

»Stan Colt«, sagte Lieutenant McGuire.

»Jetzt ist mein Leben komplett«, bemerkte Matt.

Stan Colt war ein fast unglaublich gut aussehender, muskulöser Schauspieler, der seine Karriere in einer Rockband begonnen hatte. Er hatte seine Popularität, die er durch eine unbedeutende Rolle in einer Polizeiserie im Fernsehen erlangt hatte, benutzt, um seine erste Filmrolle zu bekommen, in der er einen Detective spielte. Dieser Film war sensationell erfolgreich gewesen, nach Matts Ansicht hauptsächlich wegen der Spezialeffekte. Es hatte ein halbes Dutzend Nachfolgefilme gegeben, von denen Matt keinen gesehen hatte. Der erste Film hatte ihn an die Comics erinnert, die er als Kind geschmökert hatte – in einer Szene hatte Stan Colt zweiundzwanzigmal gefeuert, ohne einen siebenschüssigen .45er Colt nachzuladen –, doch Matt hatte gehört, dass sie allesamt Kassenschlager gewesen waren.

»Matt«, sagte McGuire, »denken Sie daran, dass der Bürgermeister und der Polizeichef ihn als eine Ikone Philadelphias betrachten, auf der gleichen Stufe mit Benjamin Franklin.« Er blickte auf seine Armbanduhr und fügte hinzu. »Wir müssen um neun Uhr dreißig dort sein.«

Er winkte Matt vor sich her durch die Halle. Sergeant Nevins folgte ihnen.

»Was geht im Ritz-Carlton vor?«, fragte Matt.

»Mr Colts Voraustrupp ist dort«, erwiderte Lieutenant McGuire. »Und möglicherweise der Erzbischof, doch wahrscheinlicher Monsignor Schneider. Und der Commissioner hat gesagt, er kommt vielleicht vorbei. Colts Leute nennen es eine ›Frühstückskonferenz vor dem Besuch‹.«

»Was ist los?«

»Die West Catholic High School verleiht Mr Colt sein High-

School-Diplom«, sagte McGuire. »Das er anscheinend nicht bekam, bevor er ins Showbusiness ging und berühmt wurde. Im Zusammenhang damit wird es zwei teure Mittagessen geben, zwei noch teurere Abendessen und ein mit Stars und Sternchen gespickter Empfang für Mr Colt und eine Reihe von Freunden. Der Erlös der Veranstaltung wird an die Stiftung der West Catholic zur Förderung von Kirchengebäuden gehen. Der Erzbischof soll begeistert sein, wie ich gehört habe. Und der Bürgermeister und der Polizeichef sind begeistert, wann immer der Erzbischof begeistert ist.«

»Kapiert«, sagte Matt.

Die Aufzugtür öffnete sich, und Lieutenant McGuire ging voran. Sie verließen das Rundhaus.

»Wo ist Ihr Wagen, Al?«, fragte McGuire den Sergeant. »Meiner ist wieder in Reparatur.«

»Meiner steht gleich dort drüben«, sagte Matt und bereute es sofort.

Die Zuteilung neutraler Dienstwagen bei der Polizei von Philadelphia funktionierte nach dem Prinzip des Hinunterreichens. Neue Wagen gingen an die Chief Inspectors, die bei Erhalt ihre nicht benutzten Fahrzeuge an Inspectors weitergaben, die ihrerseits ihre eigenen gut benutzten, wenn nicht gar verschlissenen Fahrzeuge an Captains weitergaben, die ein Anrecht auf einen neutralen Wagen hatten. Und die Captains gaben ihre inzwischen fast völlig abgenutzten Wagen noch weiter nach unten in der Hierarchie.

Special Operations bekam einen Bundeszuschuss für ›experimentelle Polizeitechniken‹, aus dem unter anderem die Dienstfahrzeuge bezahlt wurden. Die Wagen der Special Operations wurden nicht aus dem Budget der Polizei bezahlt, und an den Zuschuss war die Bedingung geknüpft, dass ›nicht benötigte und nicht ausgegebene Gelder‹ der Bundesregierung zurückerstattet wurden. Dass Ergebnis war, dass kein Dollar ›nicht benötigter und nicht ausgegebener Gelder‹ jemals an Washington zurückgegeben worden war, und jeder bei den Special Operations, der einen neutralen Wagen hatte – bis hinab zum popeligen Detective und Streifenbeamten in zivilem Einsatz – fuhr ein neues Fahrzeug.

Wenn das jährlich bewilligte Geld eintraf, kaufte die Abteilung Special Operations neue Wagen, und die gebrauchten Fahrzeuge wurden dem Fahrzeugpark der Polizei zur Zuteilung übergeben.

Aus Matts Sicht war das eine rundum gute Sache für die Polizei von Philadelphia. Einmal pro Jahr erhielt sie umsonst über dreißig Wagen, die meisten davon in ausgezeichnetem Zustand. Und sie brauchte der Abteilung keine dreißig neutralen Dienstwagen zur Verfügung zu stellen und dafür zu bezahlen.

Doch aus der Sicht von Lieutenant McGuire – und der meisten anderen Lieutenants und Captains und sogar einigen der ranghöheren Beamten – sollten popelige Detectives und Officers in Zivil keine neuen Dienstwagen bekommen, wenn Captains und Lieutenants Wagen fahren mussten, die kurz vor der Verschrottung standen.

Lieutenant McGuire sagte jedoch nur, als er sich neben Matt auf den Beifahrersitz setzte: »Ich liebe den Geruch eines neuen Wagens.«

Sie fuhren die Market Street hoch, dann um das Rathaus herum zum Ritz-Carlton, dessen Haupteingang sich auf der Westseite der South Broad Street befindet, gerade gegenüber dem Rathaus.

McGuire warf einen Blick auf seine Armbanduhr und sagte: »Parken Sie beim Eingang. Ich will nicht zu spät kommen.«

Matt fuhr auf einen freien Platz, der normalerweise für Taxis reserviert war, nahm ein mit Plastik überzogenes Schild POLIZEIBEAMTER IM EINSATZ aus dem Handschuhfach und legte es auf das Armaturenbrett. Dann eilte er hinter McGuire und Nevins her.

Der Voraustrupp von Stan Colt befand sich in einer großen Suite, deren Fenster einen Ausblick auf die Statue von William Penn auf dem Rathaus bieten.

Ein Büffet war aufgebaut worden – ein beeindruckendes, komplett bis zu einem Mann mit weißer Kochmütze, der auf einer Kochplatte Rühreier zubereitete. Sieben oder acht Personen hielten sich in dem Raum auf, einschließlich zweier Männer mit dem Kragen des Geistlichen. Matt kannte den Erzbischof vom Sehen, und es war keiner der beiden, also musste der grauhaarige Mann in dem maßgeschneiderten Anzug Monsignor Schneider sein.

Im benachbarten Raum stand ein langer Konferenztisch mit Karaffen für Wasser und Kaffee und Tassen und Gläsern, und sogar Notizblöcke und Kugelschreiber waren ausgelegt worden. Zwei Telefone standen auf dem Tisch, und Fernseher waren an den Wänden montiert.

Diese Suite dient nicht dem Luxus – obwohl sie keine Bruchbude ist – sondern als Ort, an dem der Boss seine Untergebenen versammeln und inspirieren kann.

Matt ging in den Konferenzraum, nahm eine Telefonschnur aus seiner Aktentasche und hielt Ausschau nach einem Telefonanschluss. Er fand keinen, ließ sich auf die Knie nieder und kroch unter den Tisch. Da gab es zwei Doppelstecker, und er schloss die Telefonschnur in einem davon an.

Er kroch unter dem Tisch hervor und sah zwei lange, nylonbestrumpfte Beine.

»Kann ich Ihnen helfen?«, fragte eine weibliche Stimme, als er sich aufrichtete.

»Nein, danke«, sagte er. »Ich habe es geschafft, reinzukommen …« *Allmächtiger! Ist die eine Augenweide!* »… hatte nur ein wenig Probleme mit dem Loch.«

»Laptop?«, fragte die Blondine.

»Ja, Ma'am.«

»Sie machen Notizen?«

»Ja, Ma'am.«

Vermutlich ist sie Stan Colts Freundin. Sie ist viel zu schön für einen normalen Mann! Absolute Spitze!

Sie streckte ihm die Hand hin.

»Ich bin Terry Davis«, sagte sie. »Vom GAM.«

»Mit einem ›r‹ und einem ›i‹ oder zwei ›r‹ und einem ›y‹?«

»Nicht, dass das etwas ausmacht, aber es sind zwei ›r‹ und ein ›y‹.«

»Und was ist GAM?«

»Global Artists Management«, antwortete sie, und dem Klang ihrer Stimme war anzuhören, dass sie überrascht war, weil er das nicht wusste.

»Natürlich, das hätte ich wissen sollen«, sagte Matt.

»Wenn Sie sonst noch etwas brauchen, lassen Sie es mich wissen.«

»Vielen Dank.«

»Haben Sie gefrühstückt?«

Vor nicht ganz einer Stunde hatte Detective Payne zwei Spiegeleier, zwei Scheiben Taylor-Schinken, zwei Brötchen, ein Glas Orangensaft, ein Glas Milch und zwei Tassen Kaffee verkonsumiert.

»Ich könnte ein wenig zu essen vertragen, da Sie es erwähnen.«

»Nun, wenn Sie Ihren Laptop angeschlossen und in Betrieb haben, möchten Sie dann nicht etwas frühstücken?«

»Sie sind sehr freundlich«, sagte Matt.

Sie lächelte ihn an und schritt zurück in den Raum mit dem Frühstücksbüfett, wobei sie Payne davon überzeugte, dass sie von beiden Seiten einen atemberaubenden Anblick bot.

Er schaltete den Laptop ein, drückte die entsprechenden Tasten und überlegte kurz, ob er den Text förmlich und offiziell formulieren sollte oder nicht. Er entschied sich für die lockere Form und tippte sehr schnell den privaten PC-Namen für Inspector Wohl und dann seinen eigenen. Er gab ein, dass er eine Kopie ausgedruckt haben wollte.

0935 Prominenter ist Stan Colt, der in die Stadt kommt, um Geld für die West Catholic High School lockerzumachen. Bis jetzt zwei $$-Abendessen, zwei $$-Mittagessen und ein Wohltätigkeitsempfang. Werde Termine, Orte etc nach dem Frühstück wissen, das in der Suite im Ritz-Carlton stattfindet. Anwesend McGuire, Monsignor Schneider, Terry Davis vom GAM und andere. Ich glaube, ich habe mich verknallt. 701.

Binnen Sekunden meldete ihm der Computer, dass seine Mail verschickt worden war. Vermutlich eine Minute später würde auf dem Bildschirm des Computers auf dem Schreibtisch von Inspector Peter Wohl im Hauptquartier der Special Operations mit einem Gongton eine E-Mail von 701 angekündigt werden, was Detective Paynes Nummer der Dienstmarke war. Eine gleiche Aktion würde auf Detective Paynes PC im Büro stattfinden, und wenn er in sein Büro zurückkehren würde, hatte er die Kopie der Post auf dem Desktop-Computer.

Er ließ den Laptop an und ging zum Büffet. Lieutenant McGuire, der an einem Tisch mit Monsignor Schneider und dem anderen Geistlichen saß, winkte ihn zu sich.

»Ja, Sir?«

»Payne, kennen Sie den Monsignore?«

»Nein, Sir.«

»Monsignore, dies ist Detective Payne von Special Operations, der Abteilung, die das meiste Sicherheitspersonal für Mr Colt bei seinem Aufenthalt in Philadelphia stellen wird.«

»Es freut mich sehr, Sie kennen zu lernen«, sagte der Monsignore und stand lächelnd auf, um Payne die Hand zu geben. »Ihr Chef und ich sind alte Freunde.«

War das eine zufällige Information, um mich zu entspannen, oder willst du mir damit sagen, dass du direkt zu Wohl gehen wirst, wenn ich dir in irgendeiner Weise missfalle?

»Detective Payne, dies ist Father Venno von meinem Büro«, fuhr der Monsignore fort, »der mein Verbindungsmann sein und die Erzdiözese vertreten wird.«

»Guten Tag, Father«, sagte Matt höflich, gab Venno die Hand und sah über dessen Schulter hinweg Terry Davis an einem Tisch mit zwei unbesetzten Stühlen sitzen. Er fragte sich, ob er hier wegkommen und sich zu ihr setzen konnte.

»Warum nehmen Sie sich nicht etwas vom Büffet – die Rühreier sind köstlich – und leisten uns Gesellschaft?«, sagte Monsignore Schneider.

Mist!

»Vielen Dank, Sir«, sagte Matt und ging zum Büffet.

Obwohl er nicht annähernd so viel Appetit hatte, wie er gehabt hatte, als er erwogen hatte, mit Miss Davis zu frühstücken, waren die Rühreier von gewissem Reiz, und er kehrte mit einem ›Western Omelett‹, einem Muffin und einem großen Glas Orangensaft zum Tisch zurück.

»Das war gestern Nacht eine unglückliche Sache, nicht wahr?«, sagte Monsignor Schneider. »Im Gene Autry?«

»Im Roy Rogers, Monsignore«, korrigierte ihn Father Venno.

Der Monsignore wiederholte seine Frage an Matt Payne

gerichtet, und seine Miene machte klar, dass er sich nicht gern berichtigen ließ.

»Ja, das war es«, sagte Matt.

»Hat es irgendwelche Entwicklungen in dem Fall gegeben?«

»Die Kollegen arbeiten daran, Sir«, sagte Matt. »Ich nehme an, sie werden den Fall ziemlich schnell abschließen.«

»Gott sei Dank«, meinte der Monsignore.

»Officer Charlton war ein guter Mann«, sagte Lieutenant McGuire, »das ist eine sehr traurige Situation.«

Über Father Vennos Schulter hinweg sah Matt, dass die beiden Stühle an Terry Davis' Tisch jetzt von Sergeant Al Nevins und einem anderen Mann – vermutlich vom GAM – besetzt wurden und dass jeder am Tisch jeden anlächelte.

»Mir ist soeben eingefallen, wo ich Sie hintun soll«, sagte Father Venno in zufriedenem Tonfall.

»Wie bitte?« Matt sah ihn verständnislos an.

»Sie waren vor ein paar Monaten in diesen – unglücklichen Zwischenfall in Doylestown verwickelt, nicht wahr?«

›Unglücklicher Zwischenfall‹? Und es war vor einem halben Jahr, nicht vor ›ein paar Monaten‹. Ich hatte soeben begonnen, es endlich zu vergessen. Vielen Dank, Father!

»Welcher unglückliche Zwischenfall ist das gewesen?«, fragte Monsignor Schneider.

»Am Crossroads Diner, Monsignore«, sagte Father Venno. »Das FBI und Detective Pane versuchten jemanden festzunehmen …«

»… einen Terroristen«, unterbrach der Monsignore, der sich erinnerte. »Einen Terroristen mit einer Maschinenpistole. Mehrere Leute kamen ums Leben.« Er sah Payne an. »Sie waren darin verwickelt?«

»Ja, Sir, das war ich«, sagte Matt.

»Wie ich mich erinnere«, sagte der Monsignore, »starben drei Personen, und eine junge Frau wurde angeschossen.«

»Ich glaube, es gab nur zwei Tote, Monsignore«, sagte Lieutenant McGuire. »Der Terrorist, ein Mann namens Chenowith, und eine Zivilistin, eine junge Frau, die mit dem FBI zusammenarbeitete. Wie hieß sie noch, Matt?«

»Susan Reynolds«, antwortete Matt.

Und ich habe sie geliebt, und sie mich, aber wir schafften es nicht mehr zu der romantischen Hütte abseits der Straße, weil dieser wahnsinnige Chenowith mit seiner Automatikwaffe losballerte.

Er sah plötzlich vor seinem geistigen Auge ein schmerzliches Bild. Susan auf ihrem Rücken auf dem Parkplatz, den Mund und die blicklosen Augen aufgerissen, das blonde Haar in einer sich ausbreitenden Blutlache. Die Kugel hatte ein kleines Einschussloch unterhalb ihres linken Auges hinterlassen und ein viel größeres am Hinterkopf, wo sie ausgetreten war.

Er legte das Besteck und die Serviette auf dem Tisch ab und stand auf.

»Wollen Sie mich bitte entschuldigen?«, sagte er und hielt nach einer Toilette Ausschau.

Als er davonschritt, hörte er Monsignor Schneider fragen: »Detective Payne hat Erfahrung darin, mit dem FBI zusammenzuarbeiten, nicht wahr?«

»Ja, die hat er, Monsignore«, antwortete McGuire.

Dann war Matt in der Toilette und beeilte sich, zum Waschbecken zu gelangen. Er hoffte, dass er sich schnell genug kaltes Wasser ins Gesicht klatschen konnte, um den Brechreiz zu unterdrücken, der in ihm aufstieg.

Eine Minute später lehnte er mit dem Rücken an der Toilettenwand, wischte sich mit einem Handtuch über das Gesicht und atmete schwer. Er hatte es geschafft, sich nicht zu übergeben, doch er war in kaltem Schweiß gebadet.

Du musst aufhören, an diesen Scheiß zu denken, Matthew. Das war vor langer Zeit. Susan wird nicht zu dir zurückkommen, und du musst all dies wirklich vergessen, oder du wirst noch in einer Gummizelle landen.

Schließlich hängte er das Handtuch auf den Halter, atmete ein paar Mal tief und langsam durch, entriegelte die Tür und verließ die Toilette. Alle strömten im Gänsemarsch in den Konferenzraum – wie lange war ich im Klo, verdammt? –, und er stellte sich am Ende der Schlange an, um schließlich seinen Platz am Konferenztisch einzunehmen, wo er seinen Laptop zurückgelassen hatte.

Er sah einen dunkelblauen Plastikhefter neben dem Laptop liegen. Auf dem Deckel stand sauber gedruckt: *Stan Colts Besuch in Philadelphia*. Matt schaute sich am Tisch um und sah, dass jeder einen dieser Hefter erhalten hatte und dass ein weiterer Laptop auf dem Tisch stand. Dahinter saß ein Mann, der etwa in seinem Alter war und einen grauen Straßenanzug trug.

Es stellte sich heraus, dass Matt neben Monsignor Schneider saß.

»Ist alles mit Ihnen in Ordnung, Sohn? Sie sehen ein wenig blass aus.«

»Eine kleine Magenverstimmung, Sir. Ich hätte das Omelett nicht hinunterschlingen sollen.«

»Wenn ich um Ihre Aufmerksamkeit bitten darf«, sagte ein adretter Mann in dunklem Anzug, wartete, bis jeder ihn ansah, und fuhr dann fort: »Ich halte es für eine gute Idee, wenn wir alle einander kennen lernen. Ich werde mit mir anfangen. Mein Name ist Rogers Kennedy, und ich bin Vizepäsident von Global Artists Management, der Leiter von GAMs New Yorker Büro. Lassen Sie mich sagen, dass ich erfreut bin, hier zu sein. Es ist meine Absicht, dafür zu sorgen, dass Mr Colts Aktivitäten hier so viel Geld wie möglich für die West Catholic High School einbringen, die Mr Colt wirklich am Herzen liegt, und alles zu tun, damit Mr Colt gern an dieses Erlebnis zurückdenkt. Ich möchte sozusagen dafür sorgen, dass irgendwelche Schlaglöcher in der Straße zuvor geglättet werden oder dass die bestmöglichen Umgehungsstraßen benutzt werden.

Diese bezaubernde junge Dame, der lebende Beweis dafür, dass es das Gegenteil der berühmten dummen Blondine gibt, ist Miss Terry Davis von GAMs Westküsten-Abteilung. Vizepräsidentin Davis ist verantwortlich für die Organisation des Managements von Mr Colts Besuch …«

1005 leitender gam-mann ist rogers kennedy vp von nyc
terry davis gam vp aus la ist chefin für die organisation des managements

»… und dies ist Larry Robards«, fuhr Rogers Kennedy fort und wies auf den jungen Mann mit dem anderen Laptop, »mein administrativer Verwaltungsleiter, der alles notiert, damit wir nichts vergessen.«

Mr Robards lächelte in die Runde.

»Administrativer Verwaltungsleiter«? Was, zum Teufel, ist denn das?

larry robards ist kennedys ›administrativer Verwaltungsleiter‹, sprich sekretär

»Monsignore?«, fragte Kennedy.

»Ich bin Monsignor Schneider«, sagte Schneider. Er lächelte, stand jedoch nicht auf. »Der Erzbischof hat mich gebeten, Stanleys Besuch und die Wohltätigkeitsveranstaltungen abzuwickeln ...«

Stanley? Ist das Stan Colts richtiger Vorname – Stanley?

»... und dies ist Father Venno, der sich nach meinen Anweisungen für Stanley zur Verfügung hält, von dem Moment an, in dem er aus dem Flugzeug steigt bis zu seinem Rückflug«, sagte Monsignore Schneider.

Venno lächelte in die Runde.

mgr.. schneider repräsentiert erzbischof
father venno ist sein stellvertreter – für colt während seines aufenthalts rund um die uhr verfügbar

»Ich bin Lieutenant McGuire«, sagte McGuire und erhob sich. »Ich leite die Dignitary Protection Unit. Dies ist Sergeant Al Nevins, der die Schreibarbeiten erledigen wird. Wir beide – die gesamte Polizei von Philadelphia – sind entschlossen, dafür zu sorgen, für Stan Colts Zeit in Philadelphia – um Ihre Formulierung zu benutzen, Mr Kennedy – die Straßen so frei von Schlaglöchern zu machen wie möglich. Lassen Sie mich versichern, dass Sie unsere völlige Kooperation haben werden.«

Er nahm wieder Platz.

lt. gerry mcguire für dignitary protection

»Danke, Captain, das ist gut zu hören«, sagte Kennedy und fügte hinzu: »Mr Colt wird natürlich sein eigenes Sicherheitspersonal haben. Von Wachenhut, glaube ich. Terry?«

»Wachenhut Security Services, richtig«, bestätigte Terry Davis.

»Ich werde sie anweisen, Lieutenant McGuire, so bald wie möglich Verbindung mit Ihnen aufzunehmen.«

»Ja, Sir«, sagte McGuire.

wachenhut rent-a-cop

Kennedy blickte sich am Tisch um und lächelte Matt an.

»Und dieser Gentleman?«

»Mein Name ist Payne, Mr Kennedy. Von Special Operations.«

»Ich glaube, ich verstehe nicht ganz.«

»Wir stellen die Detectives und die Beamten der Highway Patrol zur Verfügung – und fast alles sonst –, um das Lieutenant McGuire gebeten wird. Ich bin hier, um eine erste Vorstellung davon zu bekommen, was das sein könnte.«

»Sie sind von der Polizei?« Kennedy klang überrascht.

»Ja, Sir.«

»Detective Payne, Mr Kennedy«, sagte Monsignor Schneider, »ist, wenn ich das einwerfen darf, einer der Besten von Philadelphias Besten ...«

Mein Gott, wie kommt er darauf?

»Detective Payne?«, fragte Terry Davis überrascht.

»... dessen Großtaten im wahren Leben wirklich als Basis für einen von Stanleys Filmen dienen könnten«, fuhr der Monsignore fort. »Es freut mich, dass die Polizei ihn für dieses Projekt eingeteilt hat.«

Hey, ich bin nicht zu diesem ›Projekt‹ eingeteilt.

»Nichts für ungut, Detective«, sagte Kennedy. »Wir freuen uns, Sie dabeizuhaben.«

Du hast mir soeben allen Grund gegeben, sauer zu werden. Und ich will wirklich nicht Babysitter für einen Filmstar spielen.

Matt blickte zu Lieutenant McGuire, der Matts Unbehagen bemerkte und ihm grinsend und heimlich ›Kopf hoch!‹ signalisierte. Matt antwortete ebenso heimlich – mit dem Stinkefinger –, und der Lieutenant grinste noch breiter.

»Wenn Sie jetzt bitte den Hefter öffnen«, fuhr Kennedy fort,

»werden Sie den vorläufigen Zeitplan finden, den wir für Mr Colts Besuch ausgearbeitet haben, und ich halte es für eine gute Idee, ihn jetzt durchzugehen, um festzustellen, ob uns vielleicht irgendwelche möglichen Schlaglöcher auf Stans Weg entgangen sind.«

Matt öffnete den Hefter.

Wohl wird mindestens drei Kopien haben wollen. Ich kann dies ins Büro mitnehmen und ablichten. Besser noch, ich scanne es in den Computer, und wenn die zwangsläufigen Änderungen gemacht werden, müssen sie nicht drauf geschrieben und das ganze Ding muss nicht von neuem abgelichtet werden. Oder ich kann es jetzt in den Laptop tippen und mir das Scannen schenken.

Er begann sofort zu tippen und war längst damit fertig, bevor Rogers Kennedy, Monsignor Schneider und Lieutenant McGuire Punkt für Punkt durchgearbeitet hatten. Als er aufblickte, bemerkte er, dass Terry Davis ihn anschaute. Er lächelte ihr zu, und sie sah fort.

Bedenke eines, Matthew: Wenn dein Leben wirklich vorüber war, als dieser Hurensohn Chenowith Susan killte, warum fragst du dich dann jetzt, wie Vizepräsidentin Davis im Evaskostüm aussehen mag? Oder warum denkst du darüber nach, wie du sie in diesen Zustand versetzen kannst?

Peter Wohl, Dad, Amy, fast jeder – einschließlich des zweitklassigen Psychiaters, zu dem sie mich geschickt haben – sagte mir, dass es seine Zeit dauern würde, dass ich schließlich aber über Susans Verlust hinwegkommen würde.

Wenn das der Fall wäre – und das wäre bei Gott großartig –, warum quälte mich dann sofort die Erinnerung an Susan, die tot in ihrem Blut lag, als Father Venno von ›diesem unglücklichen Zwischenfall‹ sprach?

Er blickte wieder über den Tisch zu Terry Davis.

Als ob sie seinen Blick auf sich spürte, schaute sie zu ihm.

Wirst du die Rettung für M. M. Payne sein, du langbeinige, blonde Göttin? Oder bin ich bereits über die Grenze ins Lalaland gerutscht?

Er zwinkerte ihr zu.

Sie blickte kopfschüttelnd fort, doch er sah, dass sie lächelte.

Als die Konferenz vorüber war, ging er zu ihr.

»Nun, ich nehme an, wir werden uns noch öfter sehen«, sagte sie. »Kann ich irgendetwas für Sie tun?«

»Sie meinen, in Zusammenhang mit diesem Job?«, fragte er.

»Ja, natürlich.«

»Ich bezweifle, dass es dazu kommen wird«, sagte er. »Ich war nur hier, weil mein Boss anderes zu tun hatte.«

»Und nicht selbst kommen wollte?«

»Das haben Sie gesagt, nicht ich«, sagte Mat. »Aber da ist etwas, was Sie für mich tun können.«

»Sagen Sie es.«

»Gehen Sie mit mir zu Abend essen.«

»Nein.«

»Das ist glasklar, wie?«, sagte er. »Sie lassen sich nicht den geringsten Spielraum.«

»Ich bin um halb eins von einem Ausflug an die Küste zurück. Von jetzt bis dann werde ich mir das Blabla einer Freundin von einem Schulkind anhören, das ich noch nie gesehen habe.«

»Darf ich zu hoffen wagen, dass sich Ihre Antwort von einem ›verdammt, nein‹ zu einem ›vielleicht ein anderes Mal‹ ändert?«

»Wir werden zusammenarbeiten. Ich bin überzeugt, dass wir noch einige Male miteinander essen werden.«

»Matt!«, rief Lieutenant Gerry McGuire. »Ich muss zurück zur Arbeit.«

Matt sah sie an und zuckte mit den Schultern. Dann verließ er die Suite.

3

1

Matt Payne setzte Lieutenant McGuire und Sergeant Nevins am Rundhaus ab. Dann fuhr er – nach einigem Überlegen an der Ausfahrt vom Parkplatz – zurück zur Innenstadt, statt zum Delaware River und der Interstate 95, über die er zum Hautquartier der Special Operations gelangt wäre.

Inspector Wohl würde ihn gleich nach der Konferenz im Arsenal erwarten – immer noch so genannt, obwohl die U.S. Army längst fort war –, doch das ließ sich nicht ändern. Er musste schnell duschen und sich umziehen. Er stank nach kaltem Schweiß. Manchmal fühlte er sich nach den Schweißausbrüchen nur unbehaglich, doch bisweilen wurden sie auch von schlechtem Geruch begleitet. Matt führte es auf das jeweilige Essen zurück, das er zu sich genommen hatte. Er hoffte, dass dies der Grund war. An andere unangenehme Möglichkeiten wollte er nicht denken.

Er fuhr über die Bruce Street und westlich davon an der Broad Street vorbei zur 19th Street, wo er zweimal rechts ab auf die Manning bog. Die Manning war mehr eine Gasse als eine Straße, aber sie bot Zugang zur Tiefgarage unter dem Herrenhaus am Rittenhouse Square, in dem sich die Delaware Valley Cancer Society befand.

Das einhundertfünfzig Jahre alte Backsteingebäude war vor

ein paar Jahren zu Büroräumen umgebaut worden, was letztendlich zweimal so teuer gewesen war, als ein Abriss und Neubau gewesen wäre, wie der Besitzer oftmals erwähnte.

In dem Gebäude – mit Ausnahme eines winzigen Apartments im Dachgeschoss – waren jetzt moderne Büroräume mit allen Annehmlichkeiten, einschließlich einem Aufzug und einer Garage für die leitenden Angestellten im Kellergeschoss. Von außen hatte sich das Gebäude die Würde des Rittenhouse Square erhalten, den viele für den attraktivsten Platz in Philadelphia hielten.

Als der Besitzer – das Gebäude war seit seiner Erbauung im Familienbesitz – die Kosten für den Umbau der Mansarde genehmigte, stellte er sich vor, dass die winzigen Räume vielleicht an ein älteres Ehepaar oder eine Witwe oder einen Witwer vermietet werden konnten, an jemanden mit begrenzten Mitteln, der in der Innenstadt arbeitete, vielleicht im Franklin Institute oder der öffentlichen Bücherei, der bereit war, die kleinen Zimmer mit den schrägen Wänden hinzunehmen, weil die Wohnung gemütlich und billig war und rund um die Uhr vom Wachenhut Sicherheitsdienst bewacht wurde.

Stattdessen wurde das Apartment von einem einzigen Junggesellen bewohnt, dem Sohn des Besitzers, Matthew Payne, weil die Stadt Philadelphia verlangte, dass ihre Angestellten in den Stadtgrenzen lebten, und die Wohnung der Paynes in Wallingford, einer Vorstadt, nicht diesen Kriterien entsprach.

Der Besitzer des Gebäudes hatte bestimmt, dass zwei Parkplätze in der Tiefgarage für ihn reserviert wurden. Er sagte sich, dass sowohl seine Frau als auch seine Tochter einen Parkplatz in der Innenstadt von Philadelphia zu schätzen wussten.

Matt Payne fuhr mit dem neutralen Crown Victoria auf einen der reservierten Parkplätze. Auf dem zweiten reservierten Parkplatz stand ein silberner Porsche Carrera 911, der sein Geschenk gewesen war, als er sein Examen an der University of Pennsylvania bestanden hatte.

Er schloss den Wagen sorgfältig ab und ging zum Aufzug, der offen stand. Er drückte den Kopf für die 3, die Tür schloss sich, und der Aufzug fuhr hoch. Als er im ersten Stock war, lockerte Matt seine Krawatte und begann sein Hemd aufzuknöpfen. Das Hemd war fast bis zum Gürtel offen, als der Aufzug hielt und die Tür aufging, und er wollte aus der Kabine treten, weil er annahm, im dritten Stock angekommen zu sein.

Stattdessen war er im zweiten. Zwei weibliche Angestellte der Delaware County Cancer Society hatten den Aufzug gerufen, um in den dritten Stock zu fahren, der selten angefahren wurde, weil es dort nur einen Lagerraum der Krebsgesellschaft gab.

Die Damen wichen bei dem unerwarteten Anblick eines Mannes zurück, der nur halb bekleidet und offenbar im Begriff war, sich weiter auszuziehen, und aus dessen Schulterholster der Griff einer ziemlich großen Pistole ragte.

»Verzeihung«, sagte Matt Payne, zog mit beiden Händen sein Hemd zusammen und zeigte mit einem Nicken an, dass sie willkommen waren, ihm im Lift Gesellschaft zu leisten.

Die Ladys lächelten etwas gezwungen und zeigten an, dass sie auf den nächsten Aufzug warten würden, trotzdem vielen Dank.

Matt drückte wieder auf die 3, und der Aufzug fuhr einen weiteren Stock hinauf. Als sich diesmal die Tür öffnete, war niemand in Sicht. Matt durchquerte schnell das kleine Foyer, steckte den Schlüssel in das Kombinationsschloss einer Tür, schob sie auf und ging die kurze Treppe zu seinem Apartment hinauf.

Keine anderthalb Minuten später stand er in seiner Dusche – das Badezimmer war so klein, dass kein Platz für eine Badewanne war – als sein Handy klingelte.

Er streckte den Kopf und die Hand mit dem Handy hinter dem Duschvorhang hervor.

»Payne.«

Es gab keine direkte Antwort. Stattdessen hörte Matt eine vertraute Stimme, die triumphierend sagte: »Ich hab ihn gefunden, Inspector!«

Vor seinem geistigen Auge sah er Police Officer Paul T. O'Mara. O'Mara, ein adretter junger Beamter in tadelloser, gut sitzender Uniform, saß an seinem Schreibtisch im Vorzimmer des Chefs der Abteilung Special Operations. Officer O'Mara war Inspector Wohls Verwaltungsassistent.

Er hatte diesen Dienst übernommen, als der Amtsinhaber – Officer M.M. Pane – zum Detective befördert worden war.

Office O'Mara stammte wie Inspector Wohl aus einer Polizeifamilie. Sein Vater war Captain, der Leiter des 25. Distrikts. Sein Bruder war Sergeant im Verwaltungsdienst. Sein Großvater war – wie Peter Wohls Vater und Großvater – aus der Polizei von Philadelphia in den Ruhestand getreten.

Noch wichtiger, sein Vater war ein Freund von Deputy Commissioner Dennis V. Coughlin und Chief Inspector (im Ruhestand) Augustus Wohl. Als Officer O'Mara nach fünf Jahren Dienst bei der Verkehrspolizei zum zweiten Mal an der Prüfung zur Beförderung zum Corporal gescheitert war, hatten Commissioner Coughlin und Chief Wohl ein Wort unter vier Augen mit Inspector Wohl gesprochen.

Sie hatten darauf hingewiesen, dass jemand, der ein wenig Probleme mit den Prüfungen zur Beförderung hatte, nicht zwangsläufig ein schlechter Cop ohne Potenzial war. Es bedeutete nur, dass er Schwierigkeiten hatte, Prüfungen zu bestehen.

Im Gegensatz zu dir, Peter, oder, was das anbetrifft, Matt, war die Schlussfolgerung gewesen. *Ihr seid in Wirklichkeit gar nicht so schlau, ihr seid einfach nur gut im Bestehen von Prüfungen.*

Sie hatten vorgeschlagen, Officer O'Mara etwas breitere Erfahrung zu ermöglichen und ihn deshalb zur Abteilung Special Operations als Wohls Verwaltungsassistent zu versetzen, denn Matty wurde befördert und die Stelle war frei.

Officer O'Maras Leistungen als Wohls Verwaltungsassistent waren zufriedenstellend. Er war ungemein loyal, tüchtig und zuverlässig. Das Dumme bei Officer O'Mara war, wie Detective Jesus Martinez oft sagte, dass er am Ende der Schlange gestanden hatte, als der Verstand verteilt worden war, und er befürchtete, ein origineller Gedanke und ein Schluck kaltes Wasser würden ihn vermutlich umbringen.

Inspector Wohl war einen Moment später in der Leitung.

»Wann wird die Konferenz vorüber sein?«, fragte er ohne Einleitung.

»Sie ist bereits vorüber.«

»Sie sind auf dem Weg hierher?«

»Eigentlich, Sir, bin ich unter der Dusche.«

»Haben Sie vor, heute zur Arbeit zu kommen?«

»Jawohl, Sir. Ich werde sofort losfahren.«

Dann war die Leitung tot.

Mist. Als er gefragt hat ›Sind Sie auf dem Weg hierher?‹, hätte ich sagen können. »Ja, das bin ich, Sir.«

Was ist da los?

Weshalb telefoniert er hinter mir her?

2

Zwanzig Minuten später betrat Detective Payne die eingezäunte Ansammlung alter Backsteingebäude, die einst das Frankford Arsenal der U.S. Army gewesen war und von der Stadt Philadelphia ein wenig zu hoffnungsvoll ›Arsenal Business Center‹ getauft worden war.

Als das Geschäft im Arsenal ausblieb, gab die Stadt zwei Einheiten der Polizei die Erlaubnis, einige der Gebäude zu nutzen. Eine war die Sex Crime Unit, und die andere die viel größere Special Operations Division, die dort ihr Hauptquartier einrichtete.

Matt fuhr durch die Ansammlung von alten und zumeist unbenutzten Gebäuden des Arsenals, bis er zu einem der ›neueren‹ Gebäude gelangte – der Grundstein war 1934 gelegt worden – und nach einem freien Parkplatz Ausschau hielt. Es gab keinen. Selbst der für COMMISSIONER reservierte Stellplatz war belegt.

Schließlich parkte er einen Block entfernt und ging zu Fuß zum Gebäude mit dem Hauptquartier der Special Operations. Inspector Wohl hatte sein Büro im ersten Stock, dort, wo einst das Büro des befehlshabenden Offiziers des Army-Arsenals gewesen war.

Er stieß die Tür zum Vorzimmer von Wohls Büro auf.

Officer O'Mara drückte auf einen Kopf seiner Gegensprechanlage.

»Sir, Detective Payne ist hier.«

»Schicken Sie ihn rein.«

Matt klopfte höflich an die Tür und wartete auf die Erlaubnis zum Eintreten.

»Kommen Sie rein, bitte«, rief Inspector Wohl.

Matt schob die Tür auf.

Es hielten sich fünf Personen im Büro auf. Inspector Wohl, der hinter seinem Schreibtisch saß; Captain Michael K. Sabara, ein vierzigjähriger, stämmiger Libanese und Wohls Stellvertreter; Captain David Pekach, der kleine, wieselgesichtige siebenunddreißigjährige befehlshabende Polizeioffizier der Highway Patrol; und, Seite an Seite auf Wohls Couch, zwei Weißhemden, deren Anwesenheit in Wohls Büro Matt überraschte: Deputy Commissioner (Patrol) Dennis V. Coughlin und dessen Stellvertreter Captain Francis X. Hollaran.

Was, zum Teufel, ist los?

»Ich bin entzückt, Detective Payne«, sagte Inspector Wohl sarkastisch, »dass Sie es geschafft haben, uns in Ihren überfüllten Terminplan einzubauen.«

»Da ist ein Bastard, den ich wirklich gern in Handschellen sehen möchte«, sagte Captain Hollaran und übergab etwas Captain Pekach.

»Nur in Handschellen?«, fragte Captain Sabara. »Ich möchte ihn gegrillt sehen. Ich würde ihn persönlich auf den heißen Stuhl schnallen.«

Trotz seines etwas bedrohlichen Äußeren war Captain Michael Sabara ein ziemlich sanfter Mann. Matt war über seine leidenschaftliche Äußerung überrascht.

›Gegrillt‹? – ›Ich würde ihn persönlich auf den heißen Stuhl schnallen‹?

Von wem reden sie?

»Was haben Sie gesagt, Detective Payne?«, fuhr Inspector Wohl fort.

»Entschuldigung, Sir, ich musste mich umziehen«, sagte Payne.

»Wann haben Sie zum letzten Mal eine Postkarte bekommen, Dave?«, fragte Commissioner Coughlin.

»Vor ein paar Monaten«, erwiderte Pekach. »Die davor kam aus Rom. Diese aus irgendwo in Frankreich.«

»Vermutlich von dort, wo er wohnt«, sagte Coughlin kopfschüttelnd. »Der Hurensohn weiß, dass die Franzosen ihn uns nicht ausliefern werden.«

»Wenn es nichts mit Monsignor Schneider zu tun hat, will ich gar nicht wissen, warum Sie sich umziehen mussten«, sagte Inspector Wohl.

»Es hatte nichts mit dem Monsignore zu tun, Sir.«

»Gut«, sagte Inspector Wohl. »Ich nehme an, bei dem Treffen ist alles gut gelaufen?«

»Alles ist prima gelaufen«, sagte Matt. »Ich habe Ihnen eine E-Mail geschickt, Sir.«

»Das haben Sie. Und ich habe mit Freude zur Kenntnis genommen, dass Sie glauben, sich verknallt zu haben, aber ich habe mich gewundert, weshalb Sie mich offiziell informiert haben.«

»Sie sind verliebt?«, fragte Captain Pekach.

»Nein, Sir, das bin ich nicht.«

»Warum haben Sie es Inspector Wohl dann mitgeteilt, und auch noch als Teil Ihrer dienstlichen Pflichten?«, fragte Deputy Commissioner Coughlin.

»Es war ein kleiner Scherz, Sir«, sagte Matt.

Allmächtiger! Warum, zum Teufel, habe ich das getan?

Aber, verdammt noch mal, ich habe es an seine persönliche E-Mail Adresse geschickt, also war es nicht offiziell.

»Sie sollten mit solcherlei Dingen vorsichtig sein, Matty«, sagte Commissioner Coughlin, und sein Tonfall ließ darauf schließen, wie enttäuscht er über Matts Mangel an Professionalität war.

»In wen sind Sie verliebt, Payne?«, erkundigte sich Captain Sabara.

»Da war ein Mädchen bei der Konferenz«, hörte sich Matt sagen. »Ich ...«

»Der Typ Mädchen, den Sie zum Essen mit nach Hause zu Ihrer Mutter nehmen könnten?«, setzte Sabara nach.

»Oder zum Abendessen mit meiner Martha?«, fragte Captain Pekach.

Martha war seine Frau.

»Sir?«

»Noch wichtiger«, sagte Sabara, »wie kommen Sie auf den Gedanken, dass diese Dame Ihre Liebe erwidert?«

Sie ziehen mich auf. Nur so zum Spaß? Oder ist mehr daran?

»Eigentlich, Sir, wusste ich vom ersten Blick an, dass sie sich in mich verliebt hat. Anscheinend habe ich diese Wirkung auf Frauen.«

Es gab Lächeln, jedoch kein Gelächter.

»Sie sollten sich eines merken, Matty«, sagte Commissioner Coughlin sehr ernst. »Das eine, was ein Detective – oder ein frisch beförderter Sergeant – sich nicht erlauben kann, ist der Ruf, ein Frauenheld zu sein ...«

Was hat er gesagt – ›oder ein frisch beförderter Sergeant‹?

»... denn das neigt dazu, die Frauen seiner Kollegen zu verärgern«, sprach Coughlin zu Ende.

Jetzt folgte Gelächter.

»Herzlichen Glückwunsch, Matty«, sagte Coughlin. »Sie sind die Nummer eins auf der Liste.«

Er stand auf, ging zu Matt, schüttelte ihm die Hand und legte einen Arm um seine Schultern.

»Da will ich doch verdammt sein«, entfuhr es Matt.

»Verdammt? Vermutlich, fast mit Sicherheit«, sagte Wohl. »Aber im Moment sind wir alle stolz auf Sie.«

»Ja, das sind wir, Matt«, sagte Pekach. »Ich bezweifle sogar, dass unser geliebter Boss jemals die Nummer eins auf der Liste gewesen ist.«

»Doch, das ist er gewesen«, korrigierte Pekach ihn. »Peter war die Nummer eins auf der Liste zur Beförderung zum Lieutenant.«

Officer O'Mara erschien mit einer Digitalkamera, bat sie alle sich aufzustellen und knipste vier Fotos von ihnen.

»Es gibt einen Wermutstropfen«, meinte Pekach. »Matt, Martha wird eine Party für Sie geben.«

»Das braucht sie doch nicht«, wandte Matt ein.

»Sie ist trotzdem wild entschlossen«, sagte Pekach.

»Ich muss zurück zur Arbeit«, sagte Coughlin. Er blickte zu Hollaran. »Frank und ich wären längst fort, wenn Detective Payne es nicht für nötig gehalten hätte, mitten am Tag ein Bad zu nehmen.«

»Es war absolut nötig«, verteidigte sich Matt.

»So werden wir aufbrechen, sobald Matty seine Eltern angerufen und ihnen die guten Neuigkeiten mitgeteilt hat.«

»Sir?«, fragte Inspector Wohl verwirrt.

»Es macht Ihnen doch nichts aus, wenn ich ihn für ein paar Stunden ausleihe, oder, Peter?«

»Nein, Sir.«

»Ich warte draußen auf Sie, Matty«, sagte Coughlin.

»Jawohl, Sir.«

Es folgte Händeschütteln, und einen Moment später war Matt mit Wohl allein im Büro.

»Setzen Sie sich, trinken Sie eine Tasse Kaffee und rufen Sie an«, sagte Wohl. »Sie sehen ein wenig mitgenommen aus.«

Matt sprach aus, was er dachte.

»Ich dachte, ich würde bestehen«, sagte er. »Nicht als Nummer eins, aber bestehen. Nun ist das eingetroffen – jetzt bin ich *Sergeant* Payne?«

»Sie werden sich daran gewöhnen, Matt«, sagte Wohl, schenkte Kaffee in eine Tasse ein und wies zur Couch, ein Befehl für ihn, dort Platz zu nehmen. »Coughlin wird warten«, sagte er. »Machen Sie sich auf eine weitere Predigt ›was Sie brauchen, sind ein paar Jahre in Uniform‹ gefasst.«

»Eine weitere? Sie wissen von der ersten?«

Wohl nickte. »Und nur für die Akten, Matt, ich glaube, er hat Recht.«

»Ich will kein Sergeant in Uniform sein«, sagte Matt.

»Sie brauchen diese Erfahrung«, sagte Wohl. »Ende meiner Ansprache.«

»Danke«, sagte Matt, setzte sich, nahm sein Handy aus der Tasche und wählte eine eingespeicherte Nummer.

Es dauerte nicht lange, bis der Ruf durchging.

Mrs Elizabeth Newman, die Haushälterin der Paynes, meldete sich.

»Ich dachte, sie wissen das, Matt. Ihre Mutter ist nach Wilmington gefahren, um dort zu übernachten.«

Gottverdammt, das habe ich gewusst!

»Danke, Elizabeth. Es war mir bekannt, doch ich hatte es vergessen.«

Beim zweiten Anruf meldete sich Mrs Irene Craig, Chefsekretärin von Brewster, Cortland, Payne, Esq., Gründungspartner von Mawson, Payne, Stockton, McAdoo & Lester, unbestritten die renommierteste Anwaltskanzlei Philadelphias, mit einer liebevollen Wut in der Stimme: »Ich habe zwei Nachrichten auf Ihren Anrufbeantworter gesprochen, Matt. Ihr Daddy ist heute Morgen um halb neun mit dem Zug nach Washington gefahren und wird mit Ihrer Mutter in Wilmington übernachten.«

Und ich habe beide Nachrichten erhalten, verdammt noch mal!

»Es tut mir Leid, dass ich Sie gestört habe, Mrs Craig. Verzeihen Sie mir.«

»Nein, das werde ich nicht. Aber ich liebe Sie trotzdem.«

Beim dritten Anruf informierte ihn eine nasale Frauenstimme ein wenig schnippisch, dass Dr. Payne den ganzen Tag unterrichtete und nur in einem Notfall erreicht werden konnte.

»Vielen Dank. Richten Sie Dr. Payne bitte aus, dass sie die Raten für den Fernseher noch immer nicht bezahlt hat. Wir müssen ihn wieder abholen, wenn wir ihren Scheck nicht binnen zweiundsiebzig Stunden erhalten.«

»Amy unterrichtet montags den ganzen Tag«, sagte Inspector Wohl.

Inspector Wohl wusste mehr über Dr. Paynes Termine als ihr Bruder. Sie waren eng befreundet und gelegentlich Geliebte.

Matt schaute ihn an, sagte jedoch nichts.

»Rangniedrige Polizeibeamte sollten den stellvertretenden Polizeichef nicht warten lassen«, sagte Wohl. »Das sollten Sie sich aufschreiben.«

»Ja, Sir. Vielen Dank, Sir.«

Deputy Commissioner Coughlin stand auf der Treppe vor dem Gebäude und wartete auf Matt.

»Sie fahren, Matty«, befahl er. »Frank musste etwas erledigen. Sie können mich später am Rundhaus absetzen, oder ich lasse mich irgendwie mitnehmen.«

»Jawohl, Sir. Wohin fahren wir?«

»Zum Roy Rogers Restaurant an der Broad und Snyder«, sagte Coughlin. »Haben Sie davon gehört?«

»Ja, Sir. Ich hab heute Morgen Tony Harris im Rundhaus getroffen. Hat man die Täter gefasst?«

»Noch nicht«, sagte Coughlin. »Wir werden sie natürlich fassen. Das hätte bereits der Fall sein sollen. Ich möchte wissen, warum wir sie noch nicht haben.«

Und auf dem Weg dorthin muss ich mir die Predigt anhören.

Ich hasse es, ihm einen Wunsch abzuschlagen.

Und er hat Recht – und Peter hat klar gemacht, dass er mit ihm einer Meinung ist. Ich würde vermutlich viel Neues lernen, wenn ich als uniformierter Sergeant Dienst in einem der Distrikte schiebe.

Aber ich will kein Sergeant in Uniform sein und die Zeit damit verbringen, herumzufahren und zu warten, dass etwas passiert, Familienstreitigkeiten schlichten und mich mit Diebstahl und all dem Kleinkram beschäftigen.

Ich mag es, Detective zu sein und als Kriminalbeamter in Zivil zu arbeiten.

Und ich habe nicht diese neue Regel erfunden, dass die fünf Besten ihre Verwendung wählen dürfen. Man hat diesen Preis angeboten, und ich habe ihn gewonnen, ehrlich und anständig, und ich will ihn haben.

Das werde ich ihm sagen.

Wenn sonst alles scheitert, sollte man die Wahrheit sagen.

»Was haben Ihre Eltern gesagt?«, fragte Commissioner Coughlin.

»Mein Vater ist heute Morgen nach Washington gefahren«, erwiderte Matt. »Er trifft meine Mutter in Wilmington, und sie übernachten dort. So werde ich bis zu ihrer Rückkehr warten müssen, um es ihnen zu erzählen. Und Amy konnte ich telefonisch nicht erreichen, sie unterrichtet montags den ganzen Tag.«

»Drängt Ihre Schwester Sie immer noch, auf die Rechtsakademie zu gehen?«

Da kommt es. ›Vielleicht sollten Sie sich's überlegen, Matt.‹

»Mit großer Finesse und noch größerer Entschlossenheit.«

»Sie meint es gut, Matty«, sagte Coughlin.

»Ich weiß.«

»Was lässt Peter Sie zurzeit bearbeiten?«, fragte Coughlin.

Dass brauche ich dir nicht zu sagen. Andererseits bist du der stellvertretende Polizeichef. Du hast jedes Recht der Welt, zu fragen.

»Ein Fall möglicher Korruption. Captain Cassidy vom 18. Distrikt fährt mit seinem neuen GMC Yukon XL zu seiner neuen Eigentumswohnung in Atlantic City. Seinen bisherigen Wagen – das Modell vom letzten Jahr – hat er seiner Tochter geschenkt, die mit einem Sergeant im 11. Revier verheiratet ist. Sie haben ebenfalls eine Eigentumswohnung am Strand.«

»Peter hat den Fall von der Abteilung Interne Ermittlungen?«, fragte Coughlin.

»Bis jetzt nahm ich an, er hätte ihn von Ihnen«, sagte Matt. »Von Ihnen oder Chief Lowenstein. Er sagte, er möchte Antworten haben, bevor sich die Abteilung Interne Ermittlungen damit befasst.«

Chief Inspector Matthew L. Lowenstein war der Chef der Kriminalpolizei.

»Und? Haben Sie inzwischen schon irgendwelche Antworten gefunden?«

»Bis jetzt nicht.«

»Was haben Sie denn bis jetzt herausgefunden?«

»Seine Hauptausgabe ist die Eigentumswohnung«, sagte Matt. »Die Rate für die Hypothek – zweihundertfünfunddreißigtausend Dollar – beträgt etwa zweitausendvierhundert Dollar pro Monat. Sie haben die Einrichtung auf Kredit gekauft, und die Raten betragen dreihundertdreiundzwanzig Dollar pro Monat. Der Yukon …«

»Was ist ein Yukon?«

»Ich bin mir nicht ganz sicher. Was Cassidy hat – und auch der bisherige, den er seiner Tochter geschenkt hat –, ist der große GMC. Bis ich mit dem Fall begann, dachte ich, die Wagen heißen ›Suburbans‹.«

»Okay«, sagte Coughlin.

»Jedenfalls kauften sie den neuen Yukon – ohne Eintausch und ohne Anzahlung – auf Pump über vier Jahre. Das sind sechhundertdreiundachtzigDollar pro Monat. Alles in allem sind das ungefähr …«

»Kosten von dreitausendvierhundert pro Monat«, unterbrach Coughlin. »Das ist ein Brocken vom Gehalt eines Captains.«

»Sein Haus ist abbezahlt«, sagte Matt. »Er wohnt in Nordost-Philly, nicht weit von Chief Wohl entfernt.«

»Ich weiß.«

»Er hat Töchter im Schulalter, eine auf der Archbishop Ryan

High School und die andere auf der Temple. Ich weiß noch nicht, was das kostet.«

»Es ist nicht billig.«

»Was das Einkommen betrifft, vor neun Monaten starb seine Mutter, die bei ihm wohnte. Ebenso sein Bruder, ein lediger Bruder in Easton. Es gab einige Versicherungen – ich arbeite an der Überprüfung, wie hoch – und einigen Besitz. Auch daran arbeite ich.«

»Was sagt Ihnen Ihr Gefühl?«

»Ich bezweifle, dass er korrupt ist«, sagte Matt. »Das ist nicht der Typ.«

»Meinen Sie, Sie können das einem Menschen ansehen, Matty?«

»Der schwarze Buddha hat mir gesagt, dass man sein Gefühl nicht ignorieren soll, nur weil man es bei Gericht nicht verwenden kann«, sagte Matt.

»Sie sollten sich abgewöhnen, ihn schwarzer Buddha zu nennen, wenn Sie zur Mordkommission gehen.«

»Das macht ihn nicht ärgerlich«, wandte Matt ein. »Er sagte mir ›Buddha war ein weiser Mann, und Gott weiß, dass ich schwarz bin‹.«

Coughlin lachte.

»Haben Sie sich Gedanken darüber gemacht, was Lieutenant Washington davon halten wird, wenn Sie zur Mordkommission gehen?«

›Wenn Sie zur Mordkommission gehen‹ hast du jetzt schon zweimal gesagt, Onkel Denny. Komm schon zum Ende der Predigt.

»Klar«, sagte Matt.

»Abgesehen von der Tatsache, dass Captain Patrick Cassidy ein freundlicher Ire ist, er gut zu seiner Frau und seinen Töchtern ist und vermutlich einen süßen Hund namens Fiffi hat, warum sind Sie nicht misstrauisch wegen seines plötzlichen Wohlstands?«

»Es kann viele Erklärungen dafür geben.«

»Ich bin ganz Ohr.«

»Er hat seit Jahren für seine Mutter gesorgt. Sie kann ihm Geld vererbt haben. Oder der Bruder. Selbst wenn sie ihm nichts vermacht haben, kann ich seine Frau regelrecht sagen hören:

›Okay, das ist vorüber. Deine Mutter ist tot. Ich will eine Eigentumswohnung am Strand.‹«

»Selbst wenn sie sich die nicht leisten können?«

»Ich hoffe, herauszufinden, dass sie sich das leisten können«, sagte Matt. »Ich wollte heute nach Easton fahren und das Testament des Bruders überprüfen.«

»Sie wollten?«

»Hier bin ich, zu Befehl«, sagte Matt.

»Wir werden nicht lange im Roy Rogers sein«, sagte Coughlin. »Ich will mir nur den Tatort ansehen, nachdem die Spurensicherung ihren Job erledigt hat. Ich dachte, Sie möchten sich das vielleicht anschauen, weil Sie vielleicht zur Mordkommission gehen.«

Das waren zweimal ›wenn‹ und einmal ›vielleicht‹. Wo bleibt die Predigt?

»Das möchte ich. Danke.«

Sie fuhren ein, zwei Minuten schweigend, und es gab keine Predigt, was Matt überraschte und beunruhigte.

Es muss bei dem ›wenn‹ und dem ›vielleicht‹ einen Haken geben.

Was war los? Hat er mit dem Commissioner gesprochen, der mich zu sich zitieren und mir sagen wird: ›Sie sind zwar berechtigt, zur Mordkommission zu gehen, aber die gesamte Polizei hat ein echtes Problem. Sie brauchen wirklich einen Sergeant mit Ihrer Erfahrung bei der Abteilung Besondere Opfer, und Sie werden gewiss verstehen, dass die Bedürfnisse der Polizei wichtiger sind als Einzelinteressen. Ich gebe Ihnen mein Wort, dass Sie eines Tages zur Mordkommission kommen werden.‹

Wenn es so läuft, wird er mir das bestimmt nicht erzählen.

Scheiße!

»Über wen haben Sie gesprochen, als ich ins Büro gekommen bin?«, fragte Matt.

»Wen meinen Sie?«

»Den ›Bastard‹, den Frank Hollaran gern in Handschellen sehen und Mike Sabara persönlich auf den elektrischen Stuhl schnallen möchte.«

»Isaac ›Fort‹ Festung. Der Hurensohn schickt Pekach Postkarten.«

»Wer ist dieser Festung?«

»Wissen Sie das wirklich nicht?«, fragte Coughlin, und seine Stimme klang überrascht.

»Nein, das weiß ich nicht«, bekannte Matt. »Der Name klingt irgendwie vertraut – aber nein, ich weiß es wirklich nicht. Was hat er getan?«

»Wie alt sind Sie, Matt?«

»Siebenundzwanzig.«

»Ich nehme an, deshalb haben Sie nie von ihm gehört. Als Sie sieben waren – nein sechs; sie hat ein Jahr lang im Koffer gelegen –, erschlug Fort Festung seine Freundin, stopfte ihre Leiche in einen Koffer und stellte ihn in einen Schrank. Als man sie schließlich fand, war die Leiche mumifiziert.«

»O Gott! Und er schickt Dave Pekach Postkarten aus dem Gefängnis?«, fragte Matt und fügte hinzu, als er sich an den Wortwechsel erinnerte: »Ich glaube, Dave hat gesagt, aus Frankreich.«

»Das hat er«, sagte Coughlin. »Festung kam nie ins Gefängnis. Nachdem Dave einen Durchsuchungsbefehl erhielt, die Leiche fand und ihn verhaftete, erreichte sein Anwalt, jetzt unser beliebter Senator Feldman, für eine Kaution von vierzigtausend Dollar seine Freilassung bis zur Anklage, und Festung haute ab und tauchte unter.«

»Er wurde des Mordes angeklagt und kam auf Kaution frei?«, fragte Matt ungläubig.

»Ja, so war es. Und seither ist er auf der Flucht. Vor ein paar Monaten fand man ihn in Frankreich.«

»Und jetzt wird er ausgeliefert und verurteilt?«

»Er ist bereits verurteilt worden. Der einzige Prozess in absentia, von dem ich je gehört habe. Die Geschworenen urteilten schuldig, und Eileen Solomon verurteilte ihn zu lebenslänglich ohne die Möglichkeit einer bedingten Haftentlassung.

»Die Staatsanwältin?«, fragte Matt überrascht.

Die Ehrenwerte Eileen McNamara Solomon war soeben als Staatsanwältin von Philadelphia wiedergewählt worden und hatte 67 Prozent der Wählerstimmen erhalten.

»Bevor sie District Attorney wurde, war sie Richterin«, sagte Coughlin. »Und nein, Matty, es sieht nicht aus, als ob er ausgeliefert werden würde. Er hat die französische Regierung in der

Tasche. Und er weiß das. Es macht ihm Spaß, uns das unter die Nase zu reiben, besonders Dave Pekach. Darum ging es bei der Postkarte. Er dreht dem System immer noch eine lange Nase.«

»Nicht zu glauben!«, sagte Matt.

»Besorgen Sie sich die Akte und lesen Sie sie«, meinte Coughlin und nickte dann zur Windschutzscheibe hinaus. »Ich frage mich, ob sie einfach nur lahmarschig sind oder etwas in der Hand haben.«

Matt folgte seinem Blick. Der Transporter der Spurensicherung parkte auf der Snyder Street, fünfzig Yards vom Roy Rogers Restaurant entfernt.

»Ich glaube, da ist ein Parkplatz direkt vor dem Van frei«, sagte Coughlin. »Sie können mich dort absetzen.«

»Wollen Sie, dass ich mit reinkomme?«, fragte Matt, als er an den Straßenrand fuhr.

»Das war mein Gedanke«, sagte Coughlin und stieg aus. »Wenn Sie zur Mordkommission gehen, könnten Sie das hier lehrreich finden.«

Das war jetzt dreimal ›wenn‹ und einmal ›vielleicht‹.

3

Matt musste bei dem Uniformierten vor dem Eingang des Roy Rogers seine Dienstmarke vorzeigen, bevor er ihn passieren durfte, und dann stellte er überrascht fest, dass Coughlin gleich hinter der Tür auf ihn wartete.

Das Restaurant war leer bis auf einen Mann, den Matt für den Geschäftsführer hielt. Er saß in einer der Nischen bei der Tür und trank Kaffee, und ein Techniker der Spurensicherung versuchte Spuren in einer Nische hinten im Restaurant bei der Tür zu finden – oder vielleicht zu sichern.

Und dann wurde die Küchentür geöffnet, und Detective Tony Harris kam hindurch und sah Coughlin. Er ging zu ihm.

»Commissioner.«

»Tony«, erwiderte Coughlin, und sie schüttelten sich die Hände. Dann fragte Coughlin: »Haben sie etwas gefunden?«

»Jason bezweifelt, dass sie genug gefunden haben«, sagte Harris. »Deshalb hat er sie zurückgeschickt.«

»Die berühmte Philosophie von Jason Washington, bei der Suche nach Beweisen jeden Stein umzudrehen?«

»Nie zu vergessen, die Steinchen unter dem Stein umzudrehen«, sagte Harris.

»Können Sie für mich den Stand der Ermittlungen zusammenfassen, Tony? Der gescheite Matt Payne könnte dabei etwas lernen.«

»Klar«, sagte Harris. »Zwei Täter. Sie kamen durch diese Tür. Zwei junge Schwarze, einer davon dick. Laut Aussage eines Mitarbeiters schauten sie sich um, und dann ging der Dicke zur letzten Nische links und setzte sich. Der andere setzte sich in die erste Nische – wo Sie sind, Matt. Mein Augenzeuge wischte bei der Küchentür den Boden und duckte sich in die Küche. Er spähte heraus und sah, dass der dicke Täter einen Revolver – der in Zeitungspapier eingewickelt war – aus seinem Jackett nahm, und sagte das der Schichtleiterin in der Küche. Sie rief neun-eins-eins an. Als Nächstes hörte mein Augenzeuge einen Schuss.« Harris wies zur Decke über der Stelle, an der Matt stand. »Wir stellten die Kugel sicher. Vollmantel Kaliber 38. Dann ging der dicke Täter in die Küche …«

»Sehen wir uns das an«, sagte Coughlin.

»Jawohl, Sir.« Harris führte sie zur Küchentür.

»Wir haben eine Reihe von Fingerabdrücken, von beiden Flügeln der Tür«, sagte Harris. »Von allen hier Beschäftigten haben wir Abdrücke genommen, sodass wir sie gut mit den gesicherten vergleichen können.«

Er schob die Türflügel auf.

»Der Augenzeuge befand sich hinter der Tür, mit dem Rücken zur Wand«, sagte Harris. »Er sah, dass der dicke Täter sich den Telefonhörer schnappte, kurz lauschte – vermutlich lange genug, um zu wissen, dass sie mit der Polizei telefoniert hatte –, riss die Telefonschnur aus der Wand, beschimpfte sie, hielt seinen Revolver auf Armlänge und erschoss sie. Sie rutschte an der Wand herab und fiel dann vornüber.«

Er wies zu der Kreidemarkierung auf dem Boden und zu dem verschmierten Blut an der Wand.

»Dann trieb der dicke Täter jeden außer dem Augenzeugen, den er nicht bemerkte, in die Kühlkammer und rammte einen Wetzstahl in die Ösen für das Vorhängeschloss.«

Er wies zu der Kühlkammer und fuhr fort: »Dann kehrte er ins Restaurant zurück, ohne meinen Augenzeugen zu sehen, und begann, den Gästen Brieftaschen et cetera abzunehmen. Täter Nummer eins nahm unterdessen Geld aus der Registrierkasse. In diesem Augenblick kam Kenny Charlton durch die Tür. Täter Nummer eins duckt sich hinter die Registrierkasse. Kenny sieht ihn, der Täter springt auf, schlingt einen Arm um Kenny, ringt mit ihm. Der dicke Täter rennt herbei, schiebt seine Waffe unter Kennys kugelsichere Weste und feuert. Kenny bricht zusammen. Täter Nummer eins steigt über Kennys Leiche hinweg, schießt zweimal auf ihn und folgt Täter Nummer zwei durch die Tür hinaus und die Snyder hinunter. Mickey O'Hara schießt ein Foto von ihnen, aber es ist eine lausige Aufnahme, was nicht Mickeys Schuld ist.«

»Warum hat der dicke Täter seine Waffe unter Charltons Weste geschoben?«, fragte Matt. »Warum hat er ihm nicht in den Kopf geschossen? Oder in den unteren Rücken unterhalb der Weste?«

Coughlin warf Matt einen Blick zu, den er nicht deuten konnte, und Matt sagte sich schließlich, dass es Ärger war, weil er eine Frage gestellt hatte, die offenbar nicht beantwortet werden konnte.

Tony Harris hob in einer hilflosen Geste beide Hände.

Der Geschäftsführer des Restaurants näherte sich mit drei Bechern Kaffee.

»Ich dachte, Sie und der andere Detective möchten vielleicht …«

»Das ist sehr nett von Ihnen«, sagte Coughlin.

»Mr Benetti, dies ist Commissioner Coughlin«, stellte Harris vor.

»Oh, Verzeihung …«

»Mir gefällt der Gedanke, noch Detective zu sein«, sagte Coughlin. »Ich habe es nicht übel genommen.«

»Ich – äh – weiß nicht, wie ich es sagen soll«, druckste Benetti herum. »Aber ich bin froh, Sie hier zu sehen, Commissioner. Ich hasse den Gedanken, dass das Verbrechen, das diese Tiere Mrs Fernandez und Officer Charlton angetan haben, ein ungelöster Fall bleiben könnte.«

»Wir geben unser Bestes, um sicherzustellen, dass der Fall aufgeklärt wird«, versicherte Coughlin.

Benetti sah ihn an und gab ihm dann die Hand.

»Danke«, sagte er und ging davon.

Coughlin blickte über die Schulter und wies dann zu einer der Sitznischen. Er setzte sich auf eine Seite der Bank, und Tony Harris und Matt auf die andere.

»Immer noch keine Ahnung, wer diese Killer sind?«, fragte Coughlin.

Harris schüttelte verneinend den Kopf.

»Die Phantomzeichnungen sind so gut wie nutzlos«, sagte er. »Jeder glaubt, jemand anderen gesehen zu haben. Wir werden auf einen Tipp oder die Identifizierung durch die Fingerabdrücke angewiesen sein.«

Coughlin schüttelte den Kopf.

»Eine Frage, Tony. Ich möchte eine spontane Antwort hören. Was würden Sie davon halten, Sergeant Payne bei der Mordkommission zu haben?«

Harris lachte und lächelte dann.

»Ich habe gehört, dass die Liste raus ist«, sagte er. »Gut für Sie, Matt!«

»Das beantwortet nicht meine Frage, Tony«, sagte Coughlin.

»Willkommen, willkommen!«, sagte Tony.

»Ich hätte wissen sollen, dass dieser Versuch nichts bringt«, meinte Coughlin. »Auf der Rechtsakademie lernt man, nie jemandem eine Frage zu stellen, deren Antwort man nicht vorhersehen kann.«

»Commissioner, Sie haben gefragt«, sagte Harris. »Was ist falsch daran, wenn Matt bei der Mordkommission arbeitet?«

»Er ist zu jung, zum Beispiel. Er ist nicht lange genug im Job, zum Beispiel. Ich könnte noch einige Gründe anführen, die dagegen sprechen.«

»Er ist auch gescheit«, sagte Harris. »Und er ist einer, der die Steinchen unter dem Stein umdreht. Ich habe mich nicht gefragt, warum dieser Bastard Kenny nicht in den Kopf oder den unteren Rücken geschossen hat. Matt denkt bereits wie der schwarze Buddha. Das andere Zeug können wir ihm beibringen.«

Coughlin schnaubte.

»Und er wird einen guten Zeugen im Zeugenstand abgeben«, fuhr Harris fort. »Das sollten Sie bedenken.«

»Verdammt, für einen Moment dachte ich – um ehrlich zu sein, ich hoffte es – dass Sie mich nur aufziehen wollen. Aber Sie meinen es ernst, nicht wahr?«

Tony Harris nickte.

»Ich dachte, ihr wärt alle dafür, dass er zur Mordkommission kommt?«, sagte er.

Coughlin blickte zwischen den beiden hin und her, antwortete jedoch nicht sofort darauf.

Schließlich fragte er: »Sind Sie hier fertig, Tony?«

»So gut wie.«

»Ich brauche eine Mitfahrgelegenheit zum Rundhaus.«

»Es ist mir ein Vergnügen.«

»Matt fährt nach Easton und erledigt dort einen Job, den ich Peter Wohl gegeben habe und den er Matt übertragen hat«, sagte Coughlin. »Und er sollte jetzt aufbrechen.«

»Welcher Job ist das?«, wollte Harris wissen.

»Einer von denen, über die ich lieber nicht rede«, sagte Coughlin und sah Matt an. »Aber je eher Sie etwas wissen, desto besser.«

»Jawohl, Sir, ich verstehe.«

»Sind Sie sauer auf mich, Matt?« Coughlin sah ihn fragend an.

»Ich könnte niemals sauer auf Sie sein«, sagte Matt.

Coughlin schaute ihm in die Augen und nickte schließlich. Dann stand er auf und schob sich aus der Sitznische.

4

Matt fuhr in Richtung Schuylkill Expressway, weil das der schnellste Weg aus der Stadt hinaus war. Als er auf die South Street bog, rief er eine eingespeicherte Nummer über sein

Handy an. Inspector Wohl meldete sich über sein Mobiltelefon nach dem zweiten Klingeln.

»Hier ist Matt, Boss. Commissioner Coughlin ist auf dem Rückweg zum Rundhaus, und ich bin unterwegs nach Easton. Okay?«

»Aus Ihrem fröhlichen Tonfall schließe ich, dass Sie sich abermals geweigert haben, seinen weisen Rat zu beherzigen.«

»Er hat keinen gegeben«, sagte Matt. »Er hat versucht, mich durch Tony Harris zu beeinflussen.«

»Und?«

»Tony sagte, ich denke bereits wie der schwarze Buddha und sie könnten mir beibringen, was ich wissen muss, und ›willkommen – nein zweimal willkommen – bei der Mordkommission‹.«

Es folgte ein Moment Schweigen.

»Der Commissioner hat mir erzählt, dass er Ihnen den Cassidy-Job gegeben hat«, sagte Matt schließlich.

Wieder eine Schweigepause.

»Wenn Sie etwas Unangenehmes herausfinden, rufen Sie mich an«, sagte Wohl dann. »Andernfalls informieren Sie mich morgen.«

»Jawohl, Sir«, sagte Matt.

Wohl unterbrach die Verbindung ohne ein weiteres Wort zu sagen.

Bei der nächsten Kreuzung – South und 20th Street – änderte Matt seine Absicht, zum Schuylkill Expressway zu fahren, und fuhr stattdessen zurück zum Rittenhouse Square. Dort in der Tiefgarage parkte er den neutralen Ford und stieg in seinen Porsche um.

Ihm war in den Sinn gekommen, dass er den Porsche in jüngster Zeit selten gefahren hatte und dass es ihm gut tun würde, ihn ein bisschen zu bewegen. Am meisten gefiel ihm an dem Porsche – er dachte ein wenig snobistisch, dass die meisten Leute das nicht verstehen konnten – nicht die Höchstgeschwindigkeit, sondern die Wendigkeit und Kurventechnik auf schmalen Serpentinenstraßen. Wie zum Beispiel die zwanzig Meilen auf der Route 611 zwischen Kintnersville und Easton, wo die Straße am alten Delaware Canal entlang führte.

Auf der gewundenen Straße hing er seinen Gedanken nach …

Gott, war das ein unerwartetes Kompliment von Tony Harris, zu sagen, ich denke wie Jason …

Und es hätte zu keinem besseren Zeitpunkt kommen können. Onkel Denny wurde kalt erwischt …

Wann wird die Beförderung tatsächlich stattfinden?

Was mache ich, wenn das Testament von Captain Cassidys Bruder nicht gerichtlich registriert ist? Manche Leute machen gar kein Testament. Wie nennt man das: Erbe ohne Hinterlassung eines Testaments oder so …

Mit etwas Glück hat das Gericht alle Daten in einem Computer gespeichert, und ich kann eine Suche nach allen Immobilien auf den Namen John Paul Cassidy starten …

Ich muss mehr über diesen Sowieso herausfinden, der die Leiche seiner Freundin in einen Koffer gestopft hat und Dave Pekach höhnische Postkarten aus Europa schickt …

Onkel Denny sagte, die Leiche war (a) mumifiziert und (b) ein Jahr lang in dem Koffer? Hat sie nicht gestunken?

Ich muss herausfinden, wann Stan Colt Philadelphia mit seiner Anwesenheit beehren wird. Möchte wirklich mehr – viel mehr – von Vizepräsidentin Terry Davis sehen.

Schön, ihre Beine. Und alles sonst …

Er hatte nicht bedacht, dass die Route 611 durch Doylestown führte, vorbei am Crossroads Diner, bis das Esslokal in Sicht kam.

Scheiße, Scheiße, Scheiße!

Vor seinem geistigen Auge sah er das schreckliche Bild: Susan mit einem Kugelloch unter ihren blicklosen Augen.

Nein, verdammt, nein! Nicht zweimal an einem Tag!

Denk an etwas anderes.

Terry Davis unter der Dusche.

Eine mumifizierte Leiche in einem Koffer. Wenn du kotzen willst, denk an eine stinkende, mumifizierte Leiche.

Aber (a) Mumien stinken nicht. Sie sehen wie Lederstatuen aus, aber sie stinken nicht, denn sie haben (b) eine Art Konservierungsprozedur durchgemacht. Ich glaube, ich erinnere mich von der Schule her, dass Mumien ausgenommen, die leere Bauchhöhle mit etwas

Konservierendem gefüllt – war es Sand oder waren es Steine? – und dann in Leinen gewickelt wurden.

Die Leiche im Koffer dieses irren Mörders mochte nach einem Jahr ausgetrocknet sein, aber technisch gesehen war sie nicht mumifiziert. Warum war sie nach einem Jahr kein Skelett? War das Fleisch in dieser Zeit nicht völlig verwest – mit einem höllischen Gestank?

Es gibt vieles, was ich über Leichen nicht weiß. Und ein Sergeant der Mordkommission sollte eine Menge darüber wissen.

Vielleicht kann ich einen Kurs an der Uni belegen. Keinen Studentenkurs, einen Kurs in der medizinischen Fakultät. Amy ist Lehrerin. Sie sollte (a) das Wissen und (b) die Beziehungen haben, um dafür zu sorgen, dass ihr kleiner Bruder zugelassen wird.

Menschenskind, ich fahre fünfundsiebzig Sachen in einer Fünfundfünfzig-Meilen-Zone!

Tut mir Leid, dass ich zu schnell gefahren bin, Officer. Wenn ich am Crossroads Diner vorbeikomme, erinnere ich mich natürlich an meine Freundin, die mit weggeblasenem Hinterkopf auf dessen Parkplatz lag …

Terry Davis hat lange Beine. Schöne lange Beine.

Warum machen mich Beine an?

Warum machen mich einige Busen, andere jedoch nicht an?

Warum macht Terry Davis mich so an?

Sie hat wirklich schöne Beine.

Und sie roch auch gut.

Er erkannte, wo er war. Was er als ›Ende der Rasergeraden der 611 aus Doylestown heraus‹ bezeichnete. Der Beton-Highway ging in eine Asphaltstraße über, beschrieb eine scharfe Biegung nach links, dann nach rechts, und dann kamen die Serpentinen.

Gleich nach der nächsten Kurve führt die Straße wieder am alten Kanal entlang.

Nicht zu glauben. Ich habe nicht gekotzt.

Und ich bin nicht schweißgebadet.

Danke, Gott!

Er fuhr in die scharfe Linkskurve und gab dann Gas.

4

1

Johnny Cassidys Shamrock Bar in Easton befand sich auf einem Hügel in der Nähe des Lafayette College. Selbst um vier am Nachmittag hielten sich viele Gäste darin auf, Studenten und Personal des College.

Matt setzte sich auf einen Hocker an der Bar und bestellte ein Bier, ein Solei und einen Cassidy Burger – ›Berühmt auf dem ganzen Hügel‹. Er begann eine Unterhaltung mit dem Barkeeper, an dessen weißem Hemd, dessen Ärmel hochgekrempelt waren, ein Plastikschild mit dem irischen Kleeblatt und dem Namen »Mickey O'Neal« haftete. Matt schätzte ihn auf vierzig und es überraschte ihn nicht, dass er gesprächig war.

Als Matt nach Johnny Cassidy fragte, schüttelte O'Neal traurig den Kopf und sagte, dass er vor fünf, nein sechs Monaten verstorben war. Johnny hatte sich müde gefühlt, war schließlich zum Arzt gegangen, und sechs Wochen später war er tot gewesen. Er war in derselben Woche gestorben wie seine Mutter.

»Und was wird mit der Bar geschehen?«

»Sie wird geöffnet bleiben«, sagte Micky O'Neal überzeugt. Dann erklärte er, dass er vor Johnnys Tod fünfzehn Jahre lang für ihn gearbeitet hatte, angefangen vom Kellner am Nachmittag bis zum stellvertretenden Manager, und ihn wirklich gut gekannt hatte. Johnny war Taufpate von zweien seiner Kinder gewesen. »Sie nannten ihn Onkel Johnny.«

Als Johnny wusste, dass seine Zeit fast um war, schloss er einen Handel mit Mickey und seinem Bruder. Johnnys jüngerer Bruder, netter Kerl, Cop in Philadelphia, hatte rührend für seine Mutter gesorgt. Johnny hatte nie geheiratet. Demnach gehörten jetzt fünfundzwanzig Prozent des Lokals O'Neal und der Rest seinem Bruder, dem Cop.

»Wir haben abgesprochen, dass ich ihn im Laufe der Zeit ausbezahle, wissen Sie, aber im Augenblick betreibe ich das Lokal für uns beide. Einmal im Monat schreibe ich ihm einen Scheck für seinen Anteil an unserem Gewinn aus. Es ist ein ziemlich guter Handel für die Beteiligten. Die Bar bleibt geöffnet, was bedeutet, dass ich einen Job habe, und sein Bruder bekommt einmal pro Monat einen Scheck – über eine hübsche Summe, muss ich sagen. Johnny sagte sich, dass er bei seinem Bruder in der Schuld stand – habe ich gesagt, dass er Cop in Philly ist? –, weil er seine Mutter all diese Jahre finanziell unterstützt hat.«

Jetzt gab es Antworten auf die Fragen, die durch das aufgeworfen worden war, was Detective Payne im Gericht des Northampton County erfahren hatte. Vor sieben Monaten waren für einen Dollar alles Guthaben, alle Immobilien und das Inventar aus dem Privatbesitz von John Paul Cassidy, wohnhaft Tatamy Road 2301, Easton, an die Shamrock Corporation verkauft worden. Das Gebäude Tatamy Road 2301 beherbergte Johnny Cassidys Shamrock Bar und darüber vier Wohnungen auf zwei Etagen.

Auf den ersten Blick – Matt würde natürlich noch ein bisschen mehr herumschnüffeln – war es eine perfekte Erklärung für Captain Cassidys plötzlichen Wohlstand. Wenn der Bruder eine Lebensversicherung gehabt hatte, was wahrscheinlich war – und die Mutter ebenfalls, was gleichfalls wahrscheinlich war –, würde das erklären, woher er das Geld zum Kauf der Eigentumswohnung am Strand gehabt hatte. Und der Erhalt eines monatlichen Schecks für seinen Gewinnanteil erklärte, warum Cassidy es sich leisten konnte, seinen noch fast neuen Gebrauchtwagen seiner Tochter zu schenken und einen nagelneuen Yukon XL ohne Anzahlung und auf monatliche Raten zu kaufen.

Detective Payne trank sein drittes Bier ›auf das Haus‹ und aß noch ein Solei, und dann stieg er wieder in seinen Porsche und kehrte nach Philadelphia zurück.

2

Er konnte nicht der Versuchung widerstehen, über die interessante Serpentinenstraße längs des alten Delaware Canal zu fahren. Doch er wollte nicht noch einmal durch Doylestown – am Crossroads Diner vorbei – fahren, und so bog er ein paar Meilen südlich von Riegelsville von der Route 611 auf die Route 32 ab und folgte ihr am Delaware entlang.

Ein paar Meilen hinter New Hope meldete sich sein Handy. Er warf einen Blick auf seine Armbanduhr und sah, dass es 16 Uhr 45 war.

Das ist vermutlich Peter Wohl. Obwohl er gesagt hat, dass ich ihn morgen früh informieren soll, will er wissen, was ich herausgefunden habe.

»Ja, Sir, Inspector, Sir. Detective Payne zu Ihren Diensten, Sir.«

»Hey, Matt«, sagte eine vertraute Stimme. Es war die von Chad Nesbitt. Seit der Kindergartenzeit waren sie die besten Freunde.

»Der Kronprinz der Tomatensuppe persönlich? Womit verdiene ich die Ehre?«

»Wo bist du?«, fragte Chad, eine Spur von Wut in der Stimme.

»Ungefähr fünf Meilen südlich des malerischen New Hope auf der Route 32. Ich nehme an, es gibt einen Grund für deine Neugier?«

»Was machst du da oben?«

»Ich bekämpfe natürlich das Verbrechen. Schütze hilflose Bürger wie dich vor Missetätern.«

»Daffy möchte, dass du zum Abendessen kommst. Kannst du kommen?«

Daffy war Mrs Nesbitt.

»Warum macht mich das misstrauisch?«

»Matt, um Himmels willen, schließe Frieden mit ihr. Es wird wirklich beschissen für mich, wenn ihr euch immer gegenseitig an die Kehle geht.«

»Was ist der Anlass?«

»Da gibt es ein Mädchen, das dich kennen lernen will.«

»Nicht nur nein, sondern verdammt nein.«

»Dieses Mädchen ist nett. Es wird dir bestimmt gefallen.«

»Ist sie eine Nymphomanin, die einen Schnapsladen besitzt?«

»Manchmal, Matt, kannst du ein richtiges Arschloch sein«, sagte Chad.

Es folgte lastendes Schweigen.

»Na komm schon, Matt. Bitte.«

»Wenn du mir dein Ehrenwort gibst, dass wir vom Blabla gleich zur Sache kommen können, sprich zu fleischlichem Vergnügen auf deinem Teppich ohne ...«

»Leck mich. Komm oder lass es bleiben.«

»Wann?«

»So bald du hier sein kannst.«

»Okay«, sagte Matt. »Gib mir eine halbe Stunde, je nach dem Verkehr auf der Interstate 95.«

Die Wachenhut-Sicherheitsleute, die am Beginn des Stockton Place in Society Hill in einem Wachhäuschen im Kolonialstil standen, wurden von Wachenhut mit mehr Sorgfalt ausgewählt als das Personal, das über hundert andere Objekte im Gebiet Philadelphia bewachte.

Nicht nur der örtliche Vizepräsident des Sicherheitsdienstes wohnte in einem der luxuriösen Apartments der Häuser hinter dem gestreiften Schlagbaum, sondern auch leitende Angestellte von anderen Großfirmen, bei denen eine große Anzahl von Wachenhut-Sicherheitsleuten beschäftigt war, hatten dort ihren Wohnsitz.

Stockton Place Nummer 9, zum Beispiel, eines der zwölf Backsteingebäude, gehörte der NB Properties, Inc., deren Hauptaktionär Chadwick Thomas Nesbitt III. war, und wurde von Mr und Mrs Chadwick T. Nesbitt IV. bewohnt.

Mr Nesbitt IV. arbeitete sich in der Aktiengesellschaft hoch.

Vor kurzem war er zum Vizepräsidenten von Nesfoods International ernannt worden; sein Vater war der Aufsichtsratsvorsitzende. Vier Fabriken von Nesfoods International im Gebiet Philadelphia ließen von der Wachenhut Corporation für die nötige Sicherheit sorgen. Viele andere Betriebe von Nesfoods auf der ganzen Welt beschäftigten ebenfalls diesen Sicherheitsdienst.

Deshalb setzte Wachenhut seine besten Sicherheitsleute am Stockton Place ein, sozusagen als Eigenwerbung.

Es war nicht nur eine Frage der Sicherheit, die rund um die Uhr garantiert wurde. Es musste auch für die zu Schützenden und ihre Gäste so angenehm wie möglich geschehen. Der Sicherheitsmann vom Dienst an diesem Tag war zwanzig Jahre bei der Militärpolizei gewesen. Sein Ruhestandsgeld reichte nicht so aus, wie er gedacht hatte, und da er mit siebzehn zum Militär gegangen und mit achtunddreißig ausgeschieden war, hatte er sich noch einen Job gesucht.

Wachenhut war froh gewesen, ihn zu bekommen. Nach einem halben Jahr gab man ihm eine Lohnerhöhung und teilte ihn zum Dienst in Stockton Place ein. Seine Vorgesetzten hielten ihn für fähig, ein Händchen für diese manchmal heikle Aufgabe zu haben. Er bewies, dass sie Recht gehabt hatten.

Als sich der silberne Porsche Carrera dem Schlagbaum näherte und stoppte, nickte der Sicherheitsmann vom Dienst dem Fahrer zu und sprach dann leise mit seinem Auszubildenden.

»Nun, dieser Typ sieht nicht aus, als wolle er in ein Apartment einbrechen oder hausieren. Nur wenige Einbrecher oder Hausierer fahren solche Wagen. Sie lächeln ihn also an, fragen ihn, wen er besuchen möchte, und erkundigen sich dann nach seinem Namen. Dann sagen Sie ›Vielen Dank, Sir‹, lassen ihn passieren und rufen dann denjenigen an, den er besuchen will, um ihn anzumelden.«

»Kapiert«, sagte der Auszubildende und trat aus dem Wachhäuschen.

»Guten Abend, Sir«, sagte er zu dem Fahrer. »Wie kann ich Ihnen helfen?«

»Matthew Payne. Ich besuche Mr Nesbitt«, erwiderte Matt.

»Danke, Sir.« Der Auszubildende trat in das Wachhäuschen und drückte auf den Knopf zum Heben des Schlagbaums. Bevor der Porsche jenseits des Schlagbaums war, rief der Sicherheitsmann vom Dienst an.

»So wird das gemacht«, sagte er zum Auszubildenden, und als sich jemand am Telefon meldete: »Hier ist das Tor. Wir haben soeben einen Mr Payne auf dem Weg zu Mr Nesbitt passieren lassen.«

Matt fuhr vor Haus Nummer 9 an den Straßenrand und hielt. Er stieg aus, ging zur rot angestrichenen Haustür und klingelte.

Fast sofort wurde die Tür von Mr Nesbitt IV. geöffnet, der Matt Payne sehr ähnelte, jedoch etwas kleiner und schwerer war.

»Hallo, du hässlicher Bastard«, begrüßte er Matt. Er hob die Stimme und rief ins Haus: »Lasst den Stoff verschwinden! Die Cops sind hier!«

Dann umarmte er Matt.

»Danke fürs Kommen. Und benimm dich um Himmels willen.«

Das Foyer von Nummer 9 hatte ein Dachfenster, das von der Straße aus nicht zu sehen war. Zur Rechten befand sich die Tür zum Aufzug, zur Linken die Tür zur Treppe. Der erste und zweite Stock hatten Balkone in den Lichthof.

Mrs Chadwick T. Nesbitt IV., die ehemalige Daphne Elizabeth Browne, von den meisten ›Daffy‹ genannt, erschien auf dem oberen Balkon. Sie blickte hinunter, lächelte und rief: »Matt, wie schön! Komm rauf.«

Matt und Chad betraten den Aufzug, und als sich die Tür schloss, fragte Matt: »Wie schön? Ist sie besoffen?«

Chad lachte.

»Einem geschenkten Gaul schaut man nicht ins Maul«, meinte er.

Der Aufzug hielt, die Tür glitt auf und gab den Blick auf das Wohnzimmer des Apartments frei. Glasscheiben vom Boden bis zur Decke boten einen Blick auf den Delaware River, die Benjamin Franklin Bridge und den Strand von New Jersey. Ein riesiges beleuchtetes Reklameschild auf einem stillgelegten Gebäude zeigte einen Teller mit dampfender Suppe und dem Werbeslogan ›Nesfoods = Geschmack und Nahrung‹.

Daffy Nesbitt gab Matt ein Küsschen auf die Wange, drehte den Kopf und rief: »Terry, dies ist Chads und mein ältester Freund der Welt.«

Auf dem dicken Teppich saß neben der zweiundzwanzig Monate alten Miss Penelope Alice Nesbitt niemand anders als – Terry Davis.

Sie lächelte über Matts erfreute Überraschung.

Matt blickte Mrs Nesbitt an.

»Bring es hinter dich, Daffy«, sagte er.

»Was soll ich hinter mich bringen?«

»Was auch immer du als Nächstes in dem Irrglauben sagen wirst, dass es entweder clever oder schrecklich amüsant ist.«

»Hey, Matt, sie meint es nett«, sagte Chad.

»Das ist ja meine Sorge«, meinte Matt.

»Hallo, so sieht man sich wieder«, sagte Terry.

»Wieder?«, fragte Daffy.

»Wir haben uns heute Morgen kennen gelernt«, erklärte Terry.

»Ich würde Daffy sagen, dass wir zusammen gefrühstückt haben, doch das könnte sie falsch auslegen.« Matt lächelte Terry an.

»Wer ist denn jetzt clever und schrecklich amüsant, du Blödmann?«, ereiferte sich Daffy.

»Daffy, bitte versuche, dich vor meiner Patentochter zu beherrschen«, sagte Matt salbungsvoll.

Terry Davis lachte.

»Ist sie das wirklich?«, wollte Terry wissen. »Ihre Patentochter?«

»Ja«, sagte Matt.

»Sie ist allerliebst.«

»Ja.«

»Was meinst du mit ›wir haben zusammen gefrühstückt‹?«, fragte Daffy.

»Sogar im noblen Ritz-Carlton«, sagte Matt.

»Möchte jemand was trinken?«, erkundigte sich Chad.

»Hast du Champagner?«, fragte Matt.

»Du hasst doch Champagner«, meinte Daffy.

»Nicht an den Tagen, an denen ich befördert werde«, sagte Matt. »Aber ich werde mich mit Scotch begnügen.«

»Befördert zu was?«, wollte Daffy wissen.

»Zum Sergeant, danke der Nachfrage.«

»Kein Scheiß? Hey, das ist gut für dich, Matt.« Chad ging zur Hausbar und holte eine Flasche Champagner. »Ich wusste doch, dass noch eine da ist.«

»Terry«, sagte Daffy, »Matt ist Polizeibeamter.«

»Ich weiß. ›Einer von Philadelphias Besten‹«, sagte Terry.

»Wer hat das gesagt?«, frage Daffy ungläubig.

»Der Monsignore. Wie war noch mal sein Name?«

»Schneider«, sagte Matt. »Ich glaube, er ist ein heimliches Cop-Groupie.«

Er ließ sich auf den Teppich sinken, hob das Baby an und kitzelte es. Es kreischte entzückt.

»Matt, du weißt, dass du das nicht mit ihr machen sollst«, sagte Daffy.

»Offenbar mag sie es«, meinte Matt. »Was hast du gegen kitzeln?«

Dennoch reichte er das Baby Terry und stand auf.

»Es regt sie zu sehr auf«, sagte Daffy.

»Oh«, entfuhr es Matt.

Der Champagnerkorken knallte. Matt ging zur Hausbar, nahm ein Glas und gab es Terry.

»Danke«, sagte sie. »Meinen Glückwunsch.«

»Danke«, erwiderte er und wandte sich dann an Daffy.

»Ja, vielen Dank, sehr gerne.«

»Gerne – was?«

»Gerne würde ich zum Abendessen bleiben«, sagte Matt.

»Würdest du es glauben, du Klugscheißer, dass Chad versucht hat, dich anzurufen, um dich zum Abendessen einzuladen? Man erklärte ihm, du wärst nicht in der Stadt und man wüsste nicht, wann du zurückkehrst.«

»Ich habe ihn dann selbst erreicht, doch ich wusste nicht, ob er es schaffen kann«, sagte Chad. »Deshalb habe ich dir nichts davon erzählt.«

»Daffy hat die schreckliche Angewohnheit, mich den hässlichsten Weibern anzubieten«, sagte Matt. »Ich glaube, die bezahlen sie.«

»Ich dachte, dass sie das Gleiche mit mir vorhatte, als sie sagte, jemand kommt, den sie mir wirklich vorstellen möchte«, sagte Terry. »Sie sind nicht annähernd so hässlich, wie ich befürchtet habe.«

»Dann können Sie Ihr Geld nicht zurückverlangen, oder?«

Terry lachte.

»Sie sind wirklich ein Bastard, nicht wahr?« Sie nahm ein zweites Glas Champagner von Chad an und machte eine Schau daraus, zu überlegen, ob sie es trinken sollte oder nicht. Dann zuckte sie mit den Schultern und reichte es Daffy.

»Unter diesen Umständen werde ich noch mal gnädig sein«, sagte Matt.

»Was heißt das?«

»Ich werde dir heute Abend nicht den Hals umdrehen, weil du Amor spielst«, erklärte Matt. »Die halbe Polizei weiß bereits, dass ich in Terry verliebt bin.«

»Verdammt, du bringst Terry in Verlegenheit!«

»Sind Sie verlegen, Terry?«, fragte Matt.

»Es fällt mir immer noch schwer, mich an den Gedanken zu gewöhnen, dass Sie Polizist sind. Und dass Sie hier aufgetaucht sind. Haben Sie gewusst, dass ich hier bin?«

»Natürlich. Ich habe Sie beschatten lassen, seit sie das Hotel verlassen haben. Haben Sie den Mann mit Mantel und Schlapphut gesehen, der sich vor Ihnen auf der Broad Street entblößt hat? Das war einer meiner besten Männer.«

Terry lachte. »Quatsch.«

»Wir dachten daran, zu Hause zu essen«, wechselte Daffy schnell das Thema. »Terry muss um halb zwölf am Flughafen sein. Ich habe Shrimps auf dem Markt in der 12th Street gekauft, doch Montag hat die Köchin frei.«

»Das ist Daffys Art zu fragen, ob ich so nett bin, meine weltberühmten Wild Turkey Shrimps zuzubereiten«, erklärte Matt Terry.

»*Wild Turkey* Shrimps?«

»Auf wildem Reis«, sagte Matt. »Ja, Daffy. Ich bin bereit. Aber *du* wirst die schleimigen Krustentiere schälen müssen. Das ist unter der Würde eines Meisterkochs wie mir.«

»Ich muss Penny baden«, wandte Daffy ein.

»Ich werde die Shrimps schälen«, sagte Terry. »Das muss ich erleben. Wild Turkey – Sie reden von dem Whisky? – Shrimps?«

Matt nickte.

»Nehmen Sie Ihr Glas mit. Ich bringe die Flasche. Die Küche ist aus irgendeinem unerfindlichen Grund unten.«

Matt führte Terry in die Küche, schaltete die Leuchtstofflampen an, zog sein Jackett aus und legte es auf die Arbeitsplatte. Dann nahm er seine Dienstwaffe aus dem Schulterholster, hielt die Mündung zu Boden, fort von Terry, entfernte den Ladestreifen und stieß dann die Patrone aus der Kammer aus.

»Ich bin beeindruckt«, sagte Terry. »Wenn das Ihre Absicht war.«

Er warf ihr einen bösen Blick zu, sagte jedoch nichts. Er steckte die ausgestoßene Patrone ins Magazin, schob das Magazin in die Pistole und die Pistole ins Schulterholster. Dann schnallte er das Schulterholster ab und hängte es auf einen leeren Haken des Topfständers über dem Herd.

Danach blickte er sie an.

»Ich wollte Sie nicht beeindrucken. Aber ich mag keine Waffen mit einer Patrone in der Kammer herumliegen lassen.«

»Verzeihung«, sagte sie und fragte dann: »Was für eine Waffe ist das?«

Er sah sie einen Moment an und gelangte zu dem Schluss, dass die Frage ein Friedensangebot war.

»Ein Colt Modell Officer«, sagte er. »Ein .45er. Eine Version des alten .45er Army.«

»Tragen den alle Cops?«

»Nein. Die meisten Cops in Philadelphia tragen Glocks. Sie sind halbautomatisch wie diese, aber neun Millimeter, keine .45er.«

»Warum haben Sie dann eine andere?«

»Ich halte dies für die bessere Waffe.«

»Und man erlaubt Ihnen das?«

»Mit großem Widerwillen. Ich musste eine Menge Schei... Schwierigkeiten bewältigen, bis ich die Erlaubnis erhielt, diese zu tragen.«

»Was ist das mit Colt?«, fragte Terry.

»Wie bitte?«

»Das hat offenbar irgendeine Bedeutung. Stan ließ seinen Namen gesetzlich in Colt ändern. Und in seinen Filmen trägt er immer eine Colt Automatic.«

»Wie hieß er vorher?«

»Coleman.«

»Stan Colt, geborener Stanley Coleman?«

»Ja.«

»Wenn alle Stricke reißen, hilft ein Pseudonym, nehme ich an.« Matt lachte. »Um Ihre Frage zu beantworten, ein ›Colt‹ hat wohl eine gewisse Romantik. Man nennt den alten .44er Colt Revolver ›Die Waffe, die den Westen erobert hat‹. Und das Colt Modell 1911 – der große Bruder meiner Pistole – war die Dienstwaffe während des Vietnamkriegs. Jetzt benutzen die Truppen eine Neun-Millimeter Beretta.«

»Haben Sie jemals jemanden mit dieser Pistole erschossen?«

»Nicht mit dieser.«

»Aber Sie haben jemanden erschossen?«

»Warum lassen wir dieses Thema nicht fallen?«, brauste Matt auf.

»Verzeihung«, sagte sie, und es klang beleidigt und ein bisschen sarkastisch.

Matt fand einen Plastikbeutel mit Shrimps im Kühlschrank. Er stellte ihn in die Spüle, riss den Beutel auf und begann Shrimps zu pulen.

Nach einer Weile ging Terry zu ihm und nahm eine Hand voll Schrimps.

Er warf ihr einen Blick zu, sagte jedoch nichts.

Sie arbeiteten schweigend vielleicht drei Minuten, und dann sagte Matt: »Dies ist nicht das erste Mal, dass Sie Shrimps geschält haben.«

»Woher wissen Sie das?«

»Die meisten Leute wissen nicht, wie der Schwanz gedrückt wird.«

»Mein Vater hat ein Boot. Wir haben einen Liegeplatz auf Catalina Island. Ich bin praktisch mit Krabbenfischern aufgewachsen.«

»Ihr Vater ist ein Filmstar? Produzent? Regisseur?«

»Anwalt«, sagte sie. »Mit Beziehungen zur Filmindustrie. Genug, um mir meinen ersten Job bei GAM zu verschaffen.«

»Meiner ist auch ein Anwalt mit Beziehungen«, sagte Matt.

»Das hat mir Daffy gesagt – als sie mich zu dem Blinddate überredete.«

»Eigentlich ist es mein Adoptivvater«, sagte Matt, als er eine große Pfanne aus einem Regal nahm.

»Ihre Eltern waren geschieden? Meine auch.«

»Mein Vater starb, bevor ich geboren wurde«, sagte Matt. »Er war Cop, ein Sergeant namens John X. Moffit. Er reagierte auf einen stummen Alarm und wurde erschossen. Meine Mutter heiratete meinen Vater – das klingt lustig, nicht wahr? – ungefähr ein halbes Jahr später. Er hatte seine Frau bei einem Autounfall verloren. Ein wirklich guter Kerl. Er hat mich dann adoptiert.«

»Sind Sie deshalb Polizist geworden? Wegen Ihres Vaters?«

»Das ist sicherlich einer der Gründe«, sagte Matt und wickelte ein Paket Butter aus. »Es gefällt mir, Cop zu sein.«

»Daffy missfällt es.«

»Ich weiß. Daffy wäre erfreut – wegen Chad –, wenn ich eine nette junge Frau wie Sie heiraten, auf die Rechtsakademie gehen und eine angemessene Rolle in der Gesellschaft spielen würde.«

»Ja«, erwiderte Terry nachdenklich. »So viel habe ich aufgeschnappt. Erzählen Sie mir von Ihrer Beförderung.«

»Heute kam die Liste der Beförderungen zum Sergeant«, sagte Matt. »Mit überwältigender Bescheidenheit gesagt, ich war der Beste und darf meine Verwendung auswählen.«

»Und welche ist das?«

»Mordkommission.«

»Was hat das zu bedeuten, eine Art Todeswunsch?«

»Wie?«

»Mordkommission klingt gefährlich«, sagte sie. »Da haben Sie es mit Killern zu tun, nicht wahr?«

»Darüber habe ich mir nie Gedanken gemacht«, sagte Matt.

»Aber wenn ich's mir jetzt überlege – die Arbeit bei der Mordkommission ist nicht gefährlich. Auf der Straße zu sein ist gefährlich. Mein Vater war uniformierter Sergeant in einem Distrikt. Das ist voller Gefahren. Cops werden verletzt, wenn sie bei einer Ruhestörung oder Schlägerei gerufen werden oder wenn sie Temposünder stoppen. Bei der Mordkommission gibt es nichts dergleichen zu tun. Sie haben zu viele Stan-Colt-Filme gesehen.«

»Ich verstehe wirklich nicht.«

»Streifencops stehen den bösen Jungs jeden Tag gegenüber. Gestern Nacht wurde ein Raub im Roy Rogers Restaurant in der Broad Street gemeldet, und ein uniformierter Cop fuhr hin. Einer der beiden bösen Jungs schob einen Revolver unter seine Schutzweste und erschoss ihn. Der erste Typ von der Mordkommission traf erst ungefähr eine Viertelstunde später am Tatort an. Unterdessen waren die bösen Jungs längst fort.«

Sie schaute ihn an, sagte jedoch nichts.

»Der Trick ist, sie langsam in Butter mit etwas Pfeffer anzubraten«, sagte Matt und wies auf die Pfanne. »Kurz vor dem Servieren geben Sie den Schnaps dazu und flambieren ihn. Und da der Reis nicht fertig ist, können wir jetzt Pause machen und ein Glas Wein trinken, während wir auf den Reis und die Gastgeber warten.«

»Was ist, wenn die Beamten der Mordkommission sie verhaften – die bösen Jungs, meine ich? Ist das nicht gefährlich?«

»Erst muss man herausfinden, wer die bösen Jungs sind. Dann muss man sicherstellen, dass man ihnen – zur Zufriedenheit der Staatsanwaltschaft – den Prozess machen kann. Wenn sie nicht bereits im Präsidium sind, umgeben von Cops, muss man zur Festnahme genügend Uniformierte mitnehmen, um sicherzustellen, dass niemand zu Schaden kommt.«

»Das ist nicht sehr wie in Stans Filmen, oder?«, fragte sie.

»Nicht sehr«, stimmte er zu und füllte ihr Glas.

»Und warum hat dann die Mordkommission das Ansehen? Sie waren stolz wie ein Pfau, als Sie erzählt haben, dass Sie zur Mordkommission gehen.«

»Die Kriminalbeamten der Mordkommission sind die Besten bei der Polizei«, sagte Matt. »Wenn Sie jemanden für ein

Kapitalverbrechen verurteilen wollen, muss die Beweisführung peinlich genau stimmen. Da darf es nicht den geringsten Fehler geben. Und Leute, die andere umbringen, sollten dafür bezahlen.«

»Und wie steht es mit Sergeants der Mordkommission?«

»Die Bescheidenheit verbietet mir, diese Frage zu beantworten.«

»Bescheiden sind Sie nicht gerade, Sergeant.«

»Ich bin auch kein Sergeant. Ich bin nur Nummer eins auf der Liste. Nur Gott weiß, ob ich tatsächlich befördert und zur Mordkommission geschickt werde.«

»Und unterdessen müssen Sie etwas tun, was unter Ihrer Würde ist, wie zum Beispiel Stan vor bewundernden Fans beschützen? Oder umgekehrt.«

»Was heißt das?«

»Da wir jetzt beide beruflich damit befasst sind, sollte ich Ihnen erzählen, dass Stan junge Frauen liebt. Sehr junge Frauen.«

»Das sollte den Monsignore und den Kardinal beschäftigen. Und ich brauche mich nicht mit dem Problem zu befassen, was ich jetzt leider sehr bedaure, muss ich sagen. Das ist Sache der Abteilung Personenschutz. Und da das Thema zur Sprache gekommen ist, dies kann wirklich gefährlich sein. Würdenträger und Prominente ziehen Wahnsinnige an wie ein Magnet.«

»Und Sie haben nichts mit dieser Abteilung zu tun?«

»Nein. Ich war heute Morgen nur da, um festzustellen – für meinen Boss –, was es mit dem triumphalen Besuch auf sich hat. Ich bin bei der Abteilung Special Operations, und wir stellen für gewöhnlich Personal ab, das die Abteilung Dignitary Protection bei einem Fall so braucht.«

»Ich bedaure es auch, dass Sie nicht mehr damit befasst sind«, sagte Terry.

»Wir werden dieses Problem lösen, wenn Sie zurückkommen«, sagte Matt. »Ich möchte Sie wirklich öfter sehen.«

»Und was machen Sie bei den Special Operations?«, fragte sie, offenbar um das Thema zu wechseln.

»Heute habe ich zum Beispiel bewiesen, dass ein Cop, der mehr Geld ausgibt als normalerweise ein Cop, dies völlig ehrlich tun kann.«

»Innere Angelegenheiten?«

»Nein. Dies war inoffiziell, bevor sich die Abteilung Interne Angelegenheiten damit befasst. Jetzt wird es keine Ermittlung geben. Eine gute Sache, denn die Leute sehen einfach schlecht aus, wenn die Abteilung Innere Angelegenheiten gegen sie ermittelt.«

In diesem Augenblick erschienen Mr und Mrs Chadwick T. Nesbitt IV. und eine frisch gebadete Penelope in ihrem Nachthemdchen in der Küche, und Detective Payne setzte seine Zubereitung von Wild Turkey Schrimps mit wildem Reis fort.

Um 22 Uhr 45 erklärte Matt, dass er Terry gern zum Flughafen bringen würde, damit sie ihre Maschine erreichen konnte.

Um 23 Uhr 17 schloss er den Kofferraum des Porsche, nachdem er Terrys Gepäck ausgeladen hatte. Sie stand nahe genug bei ihm, sodass er sie hätte küssen können, doch ein uniformierter Polizeibeamter kam und sagte: »Sie müssen den Wagen hier wegfahren, tut mir Leid.«

Matt zeigte ihm seine Polizeimarke und sagte: »Drei neunundsechzig«, was im Polizeijargon hieß: »Ich bin Polizeibeamter.«

Der Uniformierte ging davon. Matt sah Terry an, traurig über die verlorene Gelegenheit.

Terry stellte sich auf die Zehenspitzen und küsste ihn züchtig auf den Mund.

»Danke«, sagte sie, wandte sich dann schnell ab und betrat das Flughafengebäude. Sie drehte sich einmal um und blickte zu ihm zurück, doch dann verlor er sie aus den Augen.

Matt stieg in den Porsche. Auf der Fahrt zum Rittenhouse Square sagte er sich, dass dieser Tag alles in allem ziemlich gut gewesen war.

3

Der Ehrenwerte Alvin W. Martin, Bürgermeister von Philadelphia, lächelte Police Commissioner Ralph J. Mariani an und winkte ihn im Rathaus in sein Büro.

»Danke, dass Sie so schnell gekommen sind, Ralph«, sagte er. »Haben Sie schon Kaffee getrunken?«

Der Bürgermeister wies auf ein silbernes Kaffeeservice auf einem Sideboard.

»Ich könnte noch eine Tasse gebrauchen, danke«, erwiderte Mariani.

Bürgermeister Martin war dreiundvierzig, schlank, und er trug einen maßgeschneiderten Anzug.

Polizeichef Mariani war ebenso piekfein angezogen, jedoch untersetzt. Er war italienischer Abstammung und begann bereits kahl zu werden.

»Ich bin beunruhigt gewesen, als ich vom Ärger im Roy Rogers erfahren habe«, sagte der Bürgermeister.

»Traurige Sache«, meinte Mariani. »Ich habe Officer Charlton gekannt. Ist ein feiner Mann gewesen.«

»Und Mrs Fernandez, die mit dem Leben bezahlt hat, weil sie neun-eins-eins angerufen hat.«

»Eine echte Tragödie, Sir«, sagte Mariani.

»Ich fahre heute Nachmittag um drei zur Leichenhalle«, erklärte Martin. »Eigentlich sollte ich ›Leichenhallen, Mehrzahl‹ sagen. Erst die für Officer Charlton, dann die für Mrs Fernandez. Ich halte es für eine gute Idee, wenn Sie mit mir kommen.«

»Ja, Sir. Selbstverständlich.«

»Ich bin mir sicher, dass die Presse dort sein wird«, sagte der Bürgermeister. »Ich möchte ihr wirklich etwas zu erzählen haben.«

»Leider haben wir nicht viele Neuigkeiten, Sir«, sagte Mariani. »Wir arbeiten natürlich daran. Und es ist nur eine Sache der Zeit, bis wir diese Tiere festnageln, aber bis dahin …«

»Wenn Sie sagen, Sie arbeiten daran, was heißt das genau?«

»Dass wir uns mit allen Mitteln auf diesen Fall konzentrieren.«

»Wer leitet die Ermittlung?«

»Lieutenant Washington von der Mordkommission, Sir.«

Der Bürgermeister kannte Lieutenant Jason Washington. Das hieß jedoch nicht, dass er ihn mochte. Er hielt ihn für einen schwierigen Mann, der nicht verbergen konnte – oder es vielleicht gar nicht wollte –, dass er Politiker verachtete.

Bürgermeister Martin hatte Lieutenant Washington kurz nach seiner Übernahme des Amtes aufs Korn genommen. Die Polizei stellte einen Beamten – meistens einen Sergeant – als Fahrer der bürgermeisterlichen Limousine ab, der gleichzeitig natürlich als Leibwächter diente.

Martin hatte mit dem Gedanken gespielt, einen weißen Beamten zu haben, einen sehr großen, glücklichen, lächelnden Iren, der im Hintergrund auf den Pressefotos gut aussehen würde. Doch bevor er die Ernennung aussprechen konnte, hatte er Washington zielbewusst durch die Halle des Rundhauses schreiten sehen und sich erkundigt, wer er war.

An diesem Abend erwähnte er den riesigen Lieutenant bei seiner Frau Beatrice beim Essen.

»Ich dachte, du kennst Jason«, sagte Beatrice. »Er ist Marthas Mann.«

Der Bürgermeister kannte Martha Washington, die Freundin seiner Frau. Beatrice hatte es ›mit der Kunst und diesen Dingen‹, wie es ihr Mann sah, und Martha Washington war eine sehr erfolgreiche Kunsthändlerin und Malerin mit einigem Ansehen.

»Nein, ich kenne ihn nicht«, bekannte der Bürgermeister. »Meinst du, er möchte der Fahrer des Bürgermeisters werden?«

»Das bezweifle ich«, sagte Beatrice. »Ich kann mir Jason nicht als Chauffeur vorstellen – weder als deinen noch als den von sonst jemandem.«

»Du wirst dich daran gewöhnen müssen, die Frau des Bürgermeisters zu sein, Schatz.«

Martin bemühte sich, Washington in der Gesellschaft kennen zu lernen, doch das erwies sich als schwieriger, als er angenommen hatte.

Er arrangierte, dass die Washingtons zur Cocktailparty eines Freundes eingeladen wurden. Sie sagten ab. Er ließ sie von einem weiteren Freund zur Cocktailparty einladen. Sie sagten mit Bedauern ebenfalls ab. Beim dritten Versuch klappte es, und er lernte die Washingtons endlich kennen. An diesem Abend war sein erster Eindruck von Jason Washington, dass er ihn mögen würde, vermutlich sehr, und dass er sich im Hintergrund auf Pressefotos einfach prima machen würde.

Washington war ein beeindruckender Mann, hervorragend gekleidet und gebildet, ohne damit zu prahlen. Der Bürgermeister musterte Washingtons Anzug mit dem Blick eines Mannes, der einen guten Schneider zu schätzen wusste, und fragte sich, wie er es sich leisten konnte, sich bei dem Gehalt eines Kriminalbeamten so gut zu kleiden. Er sagte sich, dass die Künstlerfrau die Rechnungen bezahlte.

Schließlich schaffte er es, ihn allein zu erwischen.

»Ich möchte wirklich mit Ihnen zusammenkommen, Jason. Es macht Ihnen doch nichts aus, wenn ich Sie ›Jason‹ nenne, oder?«

»Überhaupt nichts.«

»Ich bin gerade dabei, einen Fahrer auszuwählen. Wären Sie interessiert?«

»Bei allem Respekt, Sir, absolut nein.«

»Eigentlich hätten Sie wichtigere Aufgaben, als nur die Limousine zu fahren«, sagte der Bürgermeister. »Ich brauche wirklich jemanden, der mir die Feinheiten der Polizeiarbeit erklären kann.«

»Sie werden sicherlich kein Problem haben, solch eine Person zu finden, Sir.«

»Und insbesondere brauche ich jemanden, der Kenntnis darüber hat, was ich für unsere schwarzen Freunde bei der Polizei tun kann.«

»Das kann ich Ihnen mit wenigen Worten sagen, Sir: Unterstützen Sie eine bedeutende Gehaltserhöhung und bringen Sie das durch den Stadtrat. Polizisten haben es oftmals schwer, sich finanziell über Wasser zu halten.«

»Ich sprach speziell von schwarzen Polizeibeamten.«

»Es gibt zwei Arten von Polizeibeamten, Sir. Die schlechten – eine kleine Minderheit – und all die anderen. Und die anderen tragen blau.«

»Das ist ein bisschen chauvinistisch, nicht wahr, Lieutenant?«

»Vereinfacht, vielleicht, Sir, und vielleicht chauvinistisch, aber ich denke nicht so, denn das Wort enthält eine Spur von Streitlust, die ich gewiss nicht beabsichtigt habe.«

»Lassen Sie mich ganz offen sein«, sagte der Bürgermeister. »Als ich nach dem Namen eines hervorragenden schwarzen

Polizeibeamten herumfragte, der mir Fragen über die Polizei im Allgemeinen und schwarze Polizeibeamten im Besonderen beantworten kann, wurde mir sofort Ihr Name genannt. Sie haben einen ausgezeichneten Ruf. Und ich frage mich, wie es kommt, dass Sie Lieutenant sind.«

»›Nur‹ Lieutenant? Meinen Sie das?«

»Also gut, wenn Sie es so sehen wollen. Meinen Sie nicht, dass die Rasse irgendetwas damit zu tun hat, dass Sie dreiundzwanzig Jahre Polizist gewesen sind, bevor Sie zum Lieutenant befördert worden sind?«

»Sir, ich habe die meiste Zeit meiner Laufbahn bei der Mordkommission verbracht …«

»Sie sind mir als einer der besten Ermittler in Mordfällen beschrieben worden.«

Washington ignorierte das Kompliment und fuhr fort: »… wo wegen der ungewöhnlich großen Zahl an erforderlichen Überstunden die meisten der Detectives so viel verdienen wie Inspectors und einige sogar so viel wie Chief Inspectors. Ich habe ein wenig spät meinen jetzigen Dienstgrad erreicht, weil ich nie an der Prüfung zur Beförderung teilgenommen habe, bis ich die schriftliche Zusage erhielt, dass ich nicht von der Mordkommission versetzt werde, wenn ich bestehe und befördert werde.«

Der Bürgermeister erkannte, dass er wütend wurde. »Ich wusste nicht, dass man so einen Handel machen kann.«

»Er ist nicht üblich.«

»Ehrlich gesagt, je mehr Sie die Idee ablehnen, desto besser gefällt sie mir. Ich brauche jemanden, der mir sagt, wie die Dinge sind, anstatt mir nach dem Munde zu reden. Und ich hatte bisher den Eindruck, dass Polizeibeamte dort dienen, wo sie nach Ansicht ihrer Vorgesetzten am wertvollsten sein können.«

»Das stimmt natürlich«, erwiderte Washington. »Aber es stimmt ebenso, dass sich Polizeibeamte in meinem Alter, mit über zwanzig Jahren Dienstzeit, jederzeit zur Ruhe setzen können, wenn sie das wünschen.«

Der Bürgermeister sah plötzlich vor seinem geistigen Auge die Schlagzeile im *Bulletin*: LIEUTENANT DER MORDKOM-

MISSION GEHT LIEBER IN DEN RUHESTAND, STATT FAHRER DES BÜRGERMEISTERS ZU WERDEN.

»Nun, ich bin natürlich enttäuscht«, hatte der Bürgermeister gesagt. »Aber ich werde sicherlich Ihre Wünsche respektieren. Sie werden verfügbar sein, nicht wahr, wenn ich einen Experten brauche, der mir etwas erklärt?«

»Ich stehe Ihnen zu Diensten, Sir«, hatte Washington geantwortet.

Jetzt blickte Bürgermeister Martin über seinen Schreibtisch und fragte: »Und was hat Lieutenant Washington zu sagen, warum diese Leute noch nicht festgenommen worden sind? Die Tat ist zwei Tage her, Commissioner.«

»Ich habe gestern Abend mit ihm gesprochen, Sir«, erwiderte Mariani. »Er sagt, er tut alles nur Mögliche, und dass etwas dabei herauskommen wird. Im Augenblick wissen wir nicht mal, wer die Täter sind.«

»Gab es keine Zeugen?«

»Es gab Zeugen, Sir. Mickey O'Hara vom *Bulletin* machte sogar Fotos von den Tätern, als sie das Restaurant verließen. Er war einer der Ersten am Tatort. Leider war er kein sehr guter Fotograf.«

»Wir haben Fotos von diesen Leuten?«, fragte der Bürgermeister ungläubig.

»Kein sehr gutes Foto, Sir.«

»Ich kann die Story im *Bulletin* förmlich sehen«, sagte der Bürgermeister unwirsch. ›*Selbst mit einem Foto, das vom* Bulletin *zur Verfügung gestellt wurde, ist die Polizei nicht fähig, die Täter zu identifizieren, geschweige denn festzunehmen …*‹«

»O'Hara würde keine solche Story schreiben«, sagte Mariani. »Er versteht unser Problem.«

»Sie haben offenbar mehr Vertrauen in die Presse als ich«, sagte der Bürgermeister. »Und keiner der Zeugen kann die Täter beschreiben?«

»Wir haben sofort Phantomzeichnungen anfertigen lassen. Als Ergebnis haben wir eine Reihe Bilder, die sich nicht mal ähneln. Jeder will etwas anderes gesehen haben.«

»Kurz gesagt, sie haben keinen Hinweis darauf, wer die Täter sind?«

»Wir tun unser Bestes, Sir.«

»Das ist wirklich nicht gut genug, Commissioner«, sagte der Bürgermeister. »Ich brauche etwas für die Presse, und zwar bis heute Nachmittag fünfzehn Uhr.«

»Was soll ich den Presseleuten sagen, Sir?«

»Wie wäre es, eine Task force zu bilden?«

»Wir haben bereits jetzt eine mit allem außer dem Namen, Sir. Ein Cop ist ermordet worden. Washington kann alle Mittel haben, die er verlangt. Es wird nur einige Zeit dauern, befürchte ich.«

»Ein Cop und eine allein stehende Mutter dreier Kinder«, sagte der Bürgermeister. »Wir wollen sie doch nicht vergessen, nicht wahr?«

»Wir vergessen sie nicht, Sir. Aber wenn ein Polizeibeamter getötet wird, ist das eine Art Mobilisierung der gesamten Polizei.«

»Nur für die Akten, Commissioner, die gesamte Polizei sollte mobilisiert sein, wenn irgendeiner unserer Bürger brutal ermordet wird.«

»Ja, Sir, selbstverständlich.«

»Was ist mit Special Operations, Commissioner?«

»Sir?«

»Angenommen, ich kündige heute Nachmittag an, dass ich befohlen habe, der Abteilung Special Operations die Ermittlungen zu übertragen?«

»Sir, es ist ein Fall für die Mordkommission«, sagte der Commissioner.

»Sie halten das für keine gute Idee, nehme ich an?«

»Sir, wir würden nichts damit erreichen, was nicht bereits getan worden ist. Wenn ich Inspector Wohl anrufe ...«

»Wer ist das?«

»Der Leiter von Special Operations, Sir.«

»Okay.«

»Wenn ich ihn gleich jetzt anrufen und ihm den Job geben würde, dann würde er sagen ›Jawohl, Sir‹ und dann mit Lieutenant Washington telefonieren und ihn fragen, wie er helfen kann. Ich weiß es nicht als Tatsache, aber ich wette, dass Wohl das bereits getan hat.«

»Lassen wir es trotzdem tun«, sagte der Bürgermeister. »Es offiziell machen. Und diesem Inspector – Wohl, sagten Sie …?«

»Ja, Sir.«

»… diesem Wohl sagen, Washington Feuer unter dem Hintern zu machen.«

»Jawohl, Sir, Inspector Wohl war einst Detective der Mordkommission …«

»Umso besser.«

»Ein Anfänger bei der Mordkommission. Jason Washington, als ein sehr erfahrener, sehr guter Detective der Mordkommission, erhielt die Aufgabe, Detective Wohl anzulernen, damit er …«

»Commissioner«, unterbrach der Bürgermeister scharf. »Ich bekomme das Gefühl, dass Sie sich aus irgendeinem für mich unerfindlichen Grund sperren. So wiederhole ich mich: Rufen Sie diesen Inspector Wohl an und sagen Sie ihm, dass er jetzt der Leiter der Task force ist und ich Resultate erwarte.«

»Jawohl, Sir, das werde ich sofort tun.«

»Noch eines«, sagte der Bürgermeister. »Gestern Abend rief mich der Kardinal zu Hause an.«

»Ja, Sir?«

»Wegen des Besuchs von Stan Colt. Der Kardinal sagte, Colts Anwesenheit hier kann zu einer halben Million Dollar oder mehr für die West Catholic High School führen.«

»So wird es vermutlich sein, Sir.«

»Der Kardinal will sicherstellen, dass Mr Colts Besuch glatt verläuft. Und in diesem Fall will ich, was der Kardinal wünscht.«

»Ich auch, Sir. Nachdem der Kardinal mich über Mr Colts Kommen informierte, gab ich Mr Colt den Status ›Würdenträger auf Besuch‹ für seine Reise. Er wird unter dem Schutz der Dignitary Protection Unit stehen.«

»Das hat er mir gesagt«, erwiderte der Bürgermeister. »Er rief mich wegen der Zuteilung eines besonderen Detectives zu Colts Besuch an. Offensichtlich hat dieser Detective einen sehr guten Eindruck auf Monsignor Schneider gemacht. Dieser Monsignor erledigt für den Kardinal die wesentlichen Details für Colts Besuch, und er war sehr beeindruckt, als sie sich auf einer Art

Vorauskonferenz getroffen haben. Ich möchte Folgendes erledigt haben …«

»Gewiss, Sir. Haben Sie den Namen des Detectives?«

»Payne«, sagte der Bürgermeister. Und dann las er im Gesicht des Commissioners. »Sie kennen ihn? Wird es hierbei ein Problem geben?«

»Wir haben gestern die Ergebnisse zur Prüfung zum Sergeant veröffentlicht«, sagte der Commissioner. »Detective Payne hat als Bester abgeschnitten.«

»Mit anderen Worten, er ist ein sehr gescheiter Detective?«

»Und ein sehr guter.«

»Und jetzt ist er Sergeant.«

»Das wird er sein, wenn die Beförderungsfeier stattfindet.«

»Und wann findet sie statt?«

»Wann immer Sie entscheiden, Sir.«

»Wie wäre es mit …« Er zog seinen Kalender zu Rate. »Ich habe morgen früh von neun Uhr fünfzehn bis zehn keine Termine.«

»Sir, wir haben die Mittel, um die besten einundzwanzig Männer auf der Liste sofort zu befördern. Es wäre schwierig, alle einundzwanzig so kurzfristig zusammenzubekommen.«

Der Bürgermeister bedachte ihn mit einem Blick, der wütend und neugierig zugleich war.

»Wir könnten die besten fünf befördern«, sagte Polizeichef Mariani. »Sie werden sich erinnern, Sir, wir haben den fünf besten Prüflingen angeboten, dass sie ihre Verwendung wählen dürfen.«

»Und Sie können morgen früh alle fünf hier haben?«

»Ja, Sir. Dessen bin ich mir sicher.«

»Gut. Wir holen ihn her und befördern ihn und die anderen, und dann teilten wir Sergeant Payne der Dignitary Protection Unit zu.«

»Aber da gibt es leider ein kleines Problem. Payne ist berechtigt, seine Verwendung auszuwählen.«

»Commissioner, warum überzeugen Sie Detective Payne nicht davon, dass die Dignitary Protection Unit eine feine Wahl der Verwendung sein würde?«

»Er möchte zur Mordkommission gehen, Sir.«

»Woher wissen Sie das?«

»Das hat mir Deputy Commissioner Coughlin gesagt, Sir. Er ist Detective Paynes Pate.«

»Übertragen gemeint oder buchstäblich?«, fragte der Bürgermeister sarkastisch.

»Beides, Sir.«

Der Bürgermeister atmete wütend tief durch.

»Dann schlage ich vor, sie schlagen Deputy Commissioner Coughlin vor, er soll Detective Payne vorschlagen, dass die Dignitary Protection Unit eine feine – in der Tat die einzige – Wahl ist, die Detective Payne treffen kann.«

»Sir, der Preis – die Wahl der Verwendung – ist weit und breit veröffentlicht worden. Wenn wir unser Versprechen nicht einhalten …«

»Was?«

»Ich befürchte, die Polizistenvereinigung würde …«

»Mein Gott!«, explodierte der Bürgermeister. »Wie wäre es denn damit, Commissioner? Wir befördern Payne. Sergeant Payne wird der Mordkommission zugeteilt, und dann *vorübergehend* für Stan Colts Besuch der Dignitary Protection Unit zugeteilt.«

»Das würde prima klappen, Sir.«

»Dann sorgen Sie dafür, dass es veranlasst wird«, sagte der Bürgermeister. »Ich werde Sie hier gegen Viertel vor drei erwarten. Danke, Commissioner.«

5

1

Inspector Wohl und Detective Payne waren allein in Wohls Büro im Arsenal. Paynes Laptop stand auf Wohls Couchtisch, und Payne neigte sich darüber und benutzte ihn als Notizbuch, während er Wohl über seine Ermittlung wegen des plötzlichen Wohlstands von Captain Cassidy berichtete.

Wohl hob eine Hand, um Detective Payne zu stoppen, weil sein Handy klingelte.

Er nahm es von seinem Schreibtisch und meldete sich. »Wohl.«

Dann steckte er das Handy in eine Halterung auf seinem Schreibtisch, mit der es freigeschaltet wurde.

»Sind Sie noch dran, Inspector?«, ertönte Jason Washingtons tiefe, volltönende Stimme aus dem Lautsprecher.

»Ich habe nur das Handy in die Freischaltung gesteckt.«

»Lieutenant Washington meldet sich zum Dienst, Sir.«

»Muss ich Ihnen sagen, dass dies nicht meine Idee war, Jason?«

»Ich hörte, dass es die Idee des Tages vom Bürgermeister war«, sagte Washington.

»Nur für die Akten, Lieutenant: Sie sind der Chefermittler für die Task Force des Bürgermeisters, die in den Mordfällen im Roy Rogers ermittelt. Sie werden direkt mir melden. Gibt es irgendetwas, was Ihnen Ihre Ermittlung erleichtern könnte?«

»Nein, Sir.«

»Wenn es etwas geben wird, werden Sie es mich sofort wissen lassen?«

»Jawohl, Sir.«

»Und jetzt inoffiziell«, sagte Wohl. »Wer hat es Ihnen gesagt?«

»Der Commissioner. Inoffiziell. Er hat mir auch über Matt erzählt. Ich dachte, Matt würde mich anrufen.«

»Das dachte ich auch«, sagte Wohl. »Detective Payne, warum haben Sie Lieutenant Washington nicht angerufen, um ihn über Ihre spektakuläre Leistung zu informieren?«

»Ist er dort?«, fragte Washington.

»Quietschvergnügt. Nun, Detective Payne?«

»Ich dachte«, sagte Matt und hob die Stimme, damit das Mikrofon auf Wohls Schreibtisch sie aufnehmen konnte, »Tony würde es Ihnen erzählen.«

»Das hat er tatsächlich getan. Wann können wir mit Ihrem Dienstantritt rechnen, Sergeant?«

»Die Papierkörbe in der Mordkommission müssen geleert werden, nicht wahr, Jason?«, erkundigte sich Wohl unschuldig.

»Ich bin noch kein Sergeant«, sagte Matt.

»Sie werden, wie ich hörte, morgen früh um ungefähr halb zehn einer sein. Darf ich annehmen, dass Sie sich sofort danach zum Dienst melden werden?«

»Ihre Papierkörbe müssen ja zum Platzen voll sein«, sagte Wohl.

»Ich habe für Sergeant Payne nichts so Profanes im Sinn, Inspector. Seine erste Aufgabe wird sein, Detective Harris und Harris' Team zu beaufsichtigen.«

Matt dachte: *Da wird ein Blinder den Blindenhund herumführen.*

»Ist Tony irgendwie in Ungnade gefallen?«, wollte Wohl wissen.

»Eigentlich, Peter, war es Tonys Idee. Er nimmt an, Matt kann andere Leute davon abhalten, ihm über die Schulter zu blicken. Und wir alle wissen, wie hervorragend Sergeant Payne tippen kann.«

Wohl dachte darüber nach. *Das Problem, wie der Anfänger Sergeant Payne in die Mordkommission passen wird, ist gelöst. Jason sagte, es sei Tonys Idee gewesen, aber ich nehme an, Jason ist daran beteiligt gewesen. Matt wird Harris überallhin folgen, ihn von so vielen Verwaltungsaufgaben wie möglich entlasten. Da beide gescheit und sich seiner großen Unwissenheit über die Arbeit in der Mordkommission bewusst sind, wird er seinen Mund halten, alles tun, was Tony ›vorschlägt‹ – unter anderem dafür zu sorgen, dass Tonys Team tut, was Tony von ihm verlangt – und dabei eine Menge lernen.*

Wohl grunzte zustimmend.

»Hat Tony etwas über die Täter herausgefunden?«, fragte Wohl.

»Sie sind irgendwo da draußen, Peter«, antwortete Washington. »Ich halte es für höchst unwahrscheinlich, dass der Mob zwei Profis aus New York kommen lässt, um das Roy Rogers zu überfallen.«

Wohl lachte.

»Eine entfernte Möglichkeit ist, dass diese beiden Meisterkriminellen, wenn sie erst die Beute draufgemacht haben – nach besten Schätzungen weniger als fünfzehntausend Dollars – es wieder tun werden.«

»Ja«, stimmte Wohl zu. Er hielt es für möglich, dass die Verbrecher einen zweiten, dritten oder vierten Raubüberfall begingen, bevor sie – fast zwangsläufig – gestellt wurden. Dann war es wahrscheinlich, dass sie bei ihrer Festnahme als die Roy-Rogers-Täter identifiziert werden konnten.

»Die Sache hat eine Kehrseite«, fuhr Washington fort. »Ihre Bereitschaft, ihre Waffen zu benutzen.«

»Verstärkt durch die Tatsache, dass sie wissen, bereits wegen Mordes dran zu sein«, warf Wohl ein.

»… und sie zu keiner höheren Strafe verdonnert werden können, wenn sie ihre Waffen wieder einsetzen«, vollendete Washington für ihn.

»Oder sie tauchen unter«, sagte Matt, »weil sie wissen, dass sie wegen Mordes gesucht werden.«

»Das war die Stimme von den billigen Plätzen«, sagte Wohl.

»Ich wollte es als Weisheit aus dem Mund von Babys bezeichnen«, meinte Washington. »Es sei denn, natürlich, er hat Recht.«

»Sagen Sie ihm das nur ja nicht. Sein Ego braucht keine Stärkung.«

»Eigentlich, Peter, wird er frischen Wind in die Ermittlung bringen, was vielleicht sehr nützlich sein wird. Gestern, als Tony und Coughlin und unser neuer Sergeant durch das Roy Rogers gingen, wunderte sich Matt laut, warum Täter Nummer zwei seinen Revolver unter Charltons Schutzweste schob. Tony grämte sich, weil ihm diese Frage nicht selbst in den Sinn gekommen ist.«

»Ist das von Bedeutung?«

»Man soll immer jeden Stein umdrehen …«, begann Washington.

»… oder den Stein unter dem Stein«, vollendete Wohl.

»Sie waren, wie ich mich erinnere, ein gelehriger Schüler«, sagte Washington. »Es könnte sein. Es eröffnet viele neue Fragen. ›Ist Täter Nummer zwei ein Cop-Hasser?‹, zum Beispiel. ›Ist es jemand, der Kenny Charlton kannte und hasste?‹ ›Hat Stan Colt diese Mordtechnik in seinen Kino-Fantasien angewandt?‹ Was uns zu diesem Thema bringt.«

»Ja«, stimmte Wohl zu. »Was ist mit Stan Colt?«

»Hat der Commissioner nicht erwähnt, dass Sergeant Paynes Dienste bei der Dignitary Protection gebraucht werden, wenn Stan Colt in unsere schöne Stadt kommt?«

»Nein«, erwiderte Wohl, »das hat er nicht.«

»Er machte offenbar einen sehr guten Eindruck auf Monsignor Schneider«, sagte Washington. »So unglaublich das auch klingen mag. Ich werde seine Dienste vorübergehend verlieren, wann immer Colts Leute meinen, ihn zu brauchen.«

»Können Sie mir das nicht ersparen?«, fragte Matt.

Andererseits würde mir das viel gemeinsame Zeit mit Terry verschaffen.

»Nein«, sagte Washington. »Peter, Sie haben gefragt, ob ich etwas brauche. Tony kommt gerade herein und schüttelt traurig den Kopf. Mir ist soeben etwas eingefallen, was ich brauchen kann.«

»Sagen Sie es, und Sie bekommen es.«

»Ich bin ein wenig knapp an Fahrzeugen. Sergeant Payne wird offenbar seinen funkelnagelneuen Crown Victoria nicht mehr brauchen.«

»Okay«, sagte Wohl. »Und um meine volle Kooperation zu

beweisen, liefere ich Ihnen den Wagen sogar durch Sergeant Payne, wenn er sich morgen früh zum Dienst meldet.«

»Es ist stets ein Vergnügen, mit Ihnen zusammenzuarbeiten, Inspector«, sagte Washington. Dann war die Leitung tot.

Peter nahm das Handy aus der Freischalthalterung, legte es auf den Tisch und wandte sich an Matt.

»Wo sind wir stehen geblieben?«

Das Telefon auf seinem Schreibtisch klingelte, und Wohl nahm den Anruf entgegen.

Das Gespräch war sehr kurz.

Wohl sagte dreimal »Ja, Sir«, einmal »Ja, Sir, um drei« und schließlich ein letztes Mal »Jawohl, Sir.«

Dann sah er wieder Matt an. »Der Commissioner hält es für eine gute Idee, wenn ich um fünfzehn Uhr in der Monti-Leichenhalle antanze. Das trifft sich zufällig gut mit dem Besuch des Bürgermeisters und seiner Ankündigung, dass er eine Task Force gebildet hat, um die Roy Rogers-Täter schneller zu fassen.«

Matt nickte.

»Also, wo waren wir?«, fragte Wohl von neuem.

2

Als der Ehrenwerte Alvin W. Martin aus der Bürgermeister-Limousine bei der Monti-Leichenhalle in der South Broad Street ausstieg, verharrte er lange genug auf dem Bürgersteig, um den Pressevertretern zu sagen, dass er eine Ankündigung zu machen habe, sobald er Mrs Charlton und deren Familie sein Beileid ausgesprochen habe.

Dann betrat er die Leichenhalle. Der lange, mit Teppich ausgelegte Korridor war halb voll mit Männern, die Polizeimarken an ihren Uniformen trugen. Die Abzeichen hingen von ihren Brusttaschen, an Halsketten oder von ihren Koppeln.

Jede Polizeimarke hatte einen schmalen Trauerflor, geschnitten aus dem elastischen Futter alter Uniformmützen.

Der Bürgermeister entdeckte Deputy Commissioner Coughlin fast am Ende des Korridors. Commissioner Mariani hatte ihm erzählt, dass Coughlin Charlton gekannt hatte, er würde ihn in den ›Schauraum‹ begleiten, wo Charltons Leiche aufgebahrt war, warten, bis der Bürgermeister ihr beim Sarg die Ehre erwiesen hatte, ihn dann Mrs Charlton vorstellen und ihn schließlich aus dem Raum führen.

Coughlin befand sich inmitten einer Gruppe von sieben Männern. Bürgermeister Martin erkannte zuerst Mr Michael J. O'Hara vom *Bulletin – ohne Kamera, im schwarzen Anzug. Was, zum Teufel, macht er hier? Und mit diesen Leuten?* – Dann sah er Captain Hollaran, Coughlins Assistent – *wie auch immer sein Rang sein mag* – und Lieutenant Jason Washington. Martin konnte sich nicht erinnern, dass er die anderen jemals kennen gelernt oder auch nur gesehen hatte.

Einer trug die besondere Uniform der Highway Patrol, und als Martin näher kam, sah er die Abzeichen eines Captains. Das machte ihn zum befehlshabenden Offizier der Highway Patrol. *Dieser kleine Kerl ist der Leiter der Highway Patrol?* Da war ein anderer Captain, ein großer Mann mit eindrucksvoller, nahezu Furcht einflößender Miene – *Mein Gott, den möchte ich nicht als Feind haben!* – und der blauen Standarduniform mit weißem Hemd.

Die anderen beiden Männer bei Coughlin waren jung, einer Anfang zwanzig, der andere vielleicht zehn Jahre älter, und wirkten nicht wie Polizisten. Beide trugen graue Anzüge, die sehr dem Anzug ähnelten, den der Bürgermeister selbst trug. *Ich wette, dass sie ihre Kleidung im selben Geschäft gekauft haben, und zwar bei Brooks Brothers. Sie sehen wie Anwälte aus. Darauf würde ich sogar Geld setzen.*

Nun, das Geld wäre verloren, dachte er, als sich der Ältere der ›Anwälte‹ Deputy Commissioner Coughlin zuwandte – *vermutlich, um ihm zu sagen, dass er mich entdeckt hat* – und seine zuvor verdeckte Brusttasche zu sehen war. Eine Dienstmarke mit Trauerflor hing daran.

Martin streckte die Hand aus und lächelte ein wenig, als er Coughlin erreichte.

»Ein trauriger Anlass, Commissioner«, sagte er.

»In der Tat«, sagte Coughlin. »Mr Mayor, ich glaube, Sie kennen diese Gentlemen noch nicht?«

»Abgesehen von Captain Hollaran und Lieutenant Washington kenne ich leider keinen davon«, sagte Martin. »Schön, Sie zu sehen, Jason, Captain.«

»Guten Tag, Mr Mayor«, erwiderten beide wie aus einem Munde.

»Dies ist Inspector Peter Wohl von Special Operations«, stellte Coughlin vor, und der ältere ›Anwalt‹ gab Martin die Hand.

»Guten Tag, Sir.«

»Captain Sabara, sein Stellvertreter«, fuhr Coughlin fort, »und Captain Pekach von der Highway Patrol.«

Als der Bürgermeister ihnen die Hand gegeben hatte, wies Coughlin auf den jungen ›Anwalt‹.

»Und dies ist Detective Payne, Mr Mayor.«

»Tatsächlich. Meinen Glückwunsch zu Ihrer Prüfung, Detective Payne.«

»Danke, Sir.«

Was ich hier sehe, ist das Establishment der Polizei. Ein politisch korrektes Establishment. Coughlin und Hollaran, die berühmten und legendären Cops. Gott weiß, was der hart Aussehende ist, vielleicht Osteuropäer. Wohl klingt deutsch. Payne sieht aus wie ein protestantischer weißer Angelsachse. Und Jason Washington repräsentiert die Afro-Amerikaner – wie sagte er ›alle Cops sind blau‹? Fehlt nur ein Jude.

Wie auf ein Stichwort hin gesellte sich ein großer, stämmiger Mann mit rötlicher Gesichtshaut und silbergrauem Haar zu der Gruppe. Er war Chief Inspector der Kriminalpolizei M.L. Lowenstein.

»Guten Tag«, sagte er.

»Danke für Ihr Kommen, Chief Lowenstein«, sagte der Bürgermeister. »Ich wollte Sie wirklich hier haben, wenn ich die Ankündigung mache.«

Lowenstein nickte ihm zu und gab Detective Payne die Hand.

»Ich habe die Liste gesehen, Matt. Herzlichen Glückwunsch.«

Er kennt Payne auch? Dieser junge Mann kommt wirklich viel herum.

»Danke.«

»Haben Sie Denise besucht?«, fragte Coughlin Lowenstein.

»Sarah und ich waren am Montagabend bei ihr zu Hause«, sagte Lowenstein und sah Commissioner Mariani an. Weder der Polizeichef noch der Bürgermeister hatten Mühe, den Blick zu deuten: *Ich habe bereits kondoliert. So gibt es keinen Grund für mich, wieder hier zu sein, außer für diesen politischen Blödsinn mit einer Task Force.*

»Wenn Sie bereit sind, Mr Mayor, werde ich Sie reinführen.«

»Bereit«, sagte der Bürgermeister, nickte und folgte Coughlin in den Raum mit dem Sarg.

Es war ein großer Raum mit einem Mittelgang zwischen Reihen von Klappstühlen. Die erste der rechten Stuhlreihen war gepolstert. Bürgermeister Martin sah die Köpfe von zwei Kindern auf jeder Seite einer grauhaarigen Frau – *die Witwe und ihre Kinder* – und die mehrerer Erwachsener – *vermutlich Familienmitglieder.*

Officer Kenneth J. Charlton lag in einem offenen grauen Metallsarg inmitten des Raums. Als Martin über den Mittelgang ging, konnte er Charltons Gesicht und genug von seinem Körper sehen, um zu erkennen, dass er in seiner Uniform begraben werden würde.

Coughlin blieb auf dem Gang neben den ersten Stuhlreihen stehen, und dem Bürgermeister wurde klar, dass er allein zum Sarg gehen sollte.

Vor dem Sarg stand ein Betschemel, und es wurde dem Bürgermeister unbehaglich zu Mute. Er hatte von seinem Vater, dem Reverend Dr. Claude Charles Martin, jetzt emeritierter Pastor der Second African Methodist Episcopal Church, gehört, dass Betpulte oder -schemel römisch-katholische Vorrichtungen waren, und das behagte ihm gar nicht.

Was, zum Teufel, mache ich jetzt? Soll ich den Betschemel ignorieren, wie Pop es von mir verlangen würde, und beim Sarg stehen und nachdenklich auf die Leiche blicken? Oder das verdammte Ding benutzen und mich scheinheilig fühlen – und vielleicht auch aussehen?

Er kniete sich auf den Betschemel, senkte den Kopf und blickte auf das Gesicht von Officer Charlton.

Du armer Kerl. Zum Teufel mit den Kerlen, die dir das angetan haben!

Sein Zorn überraschte ihn.

Herr, verzeih mir meine Wut. Aber hier haben wir einen guten Mann, der sein Leben aufs Spiel gesetzt hat, um andere Menschen zu schützen. Und es verloren hat.

Herr, nimm ihn in Deine Arme und gib ihm ewigen Frieden.

Er trägt seine Dienstmarke. Wird man sie ihm abnehmen? Oder ihn damit begraben?

Vermutlich wird man sie ihm abnehmen.

Sie seiner Familie geben?

Oder gibt es eine Art Gedenkfeier mit den Dienstmarken der anderen Cops, die im Dienst getötet wurden?

*Ihre Fotos hängen in der Halle im Rundhaus, aber ich kann mich nicht erinnern, ob ihre Dienstmarken dort ebenfalls sind**.

Herr, schütze Frau und Kinder dieses Mannes und gib ihnen die Kraft, diese schwere Prüfung zu bestehen.

Lass sie Deine Wege erkennen und gib ihnen Deinen Frieden.

Gib der Polizei Klugheit, um die Leute zu finden, die dies Deinem Diener angetan haben.

Und schnell, bevor sie noch jemand anderen ermorden.

Im Namen des Vaters, des Sohnes und des Heiligen Geistes.

Amen.

Der Bürgermeister warf noch einen letzten Blick auf das Gesicht von Officer Kenneth J. Charlton und erhob sich dann ein wenig unbeholfen vom Betschemel.

Dann wandte er sich um und ging zu der Witwe und den Kindern.

Mrs Charlton stand auf und forderte den Jungen und das Mädchen auf, ihrem Beispiel zu folgen.

»Mrs Charlton, ich bin Alvin Martin …«

»Es ist schön, dass Sie gekommen sind, Bürgermeister.«

»… und ich möchte Ihnen mein aufrichtiges Beileid aussprechen …«

»Dies ist Kenny junior, und das ist Deborah.«

* Polizeibeamte, die im Dienst getötet worden sind, werden in voller Uniform in den Sarg gelegt, einschließlich ihrer Dienstwaffe. Waffe, Dienstmarke und Frontispiz werden entfernt, kurz bevor der Sarg geschlossen wird. Die Waffe wird ans Polizeiarsenal in der Polizeiakademie zurückgegeben, und die Dienstmarken und Frontispizes (ihre Nummern) werden neu ausgegeben.

»Kenny, Deborah, euer Vater war ein tapferer Mann, der als Held starb. Ihr könnt sehr stolz auf ihn sein.«

Er erhielt keine Antwort.

»Wenn ich irgendetwas für euch tun kann, möchte ich, dass ihr mich anruft. Habt ihr das verstanden?«

Kenny junior und Deborah nickten, sahen ihn jedoch nicht an.

Der Bürgermeister nickte Mrs Charlton zu, drehte sich um und ging zum Gang und hinaus.

Sein PR-Beamter erwartete ihn auf dem Korridor.

Er führte ihn in einen anderen Raum, in dem die Presse auf ihn wartete. Der PR-Beamte hatte arrangiert, dass Mariani und die anderen hohen Tiere der Polizei an der Wand aufgereiht waren, und er reichte dem Bürgermeister zwei Karten, auf denen das Wesentliche der Verlautbarung in großer Schrift gedruckt stand.

Der Bürgermeister warf schnell einen Blick darauf und wandte sich dann den Pressevertretern zu.

»Dies ist ein sehr trauriger Tag«, sagte er. »Eine Bürgerin – eine allein erziehende Mutter von drei Kindern – und ein Polizeibeamter haben auf brutale Weise ihr Leben verloren. Durch ein Verbrechen, das nicht nur ihre trauernden Angehörigen betrifft, sondern jeden Bürger von Philadelphia. Dieses Verbrechen kann nicht hingenommen werden, und das wird es auch nicht. Ich habe die Bildung einer Task Force angeordnet, die von Inspector Peter Wohl von der Special Operations Division geleitet wird …«

3

Als sich Matt Payne in dem Crown Victoria über die Pennsylvania Route 252 dem Zufahrtsweg zu seinem Elternhaus in Wallingford näherte, blickte er sorgfältig in den Rückspiegel, bevor er bremste. Route 252 war von großen alten Kiefern gesäumt, und manchmal waren die Seitenstraßen und Zufahrtswege schlecht zu erkennen. Oftmals hatte es fast Auffahrunfälle gegeben, wenn er abgebremst hatte.

Wallingford ist eine kleine Vorstadt von Philadelphia zwischen Media und Chester am Delaware River. Auf den meisten Straßenkarten ist sie gar nicht verzeichnet, obwohl sie ein eigenes Postamt und einen Bahnhof hat. Es ist eine Wohngemeinde, in der Familien wohnen, die von Soziologen als ›Mittel-Oberschicht, wohlhabend, mit höherem Einkommen‹ eingestuft wurden. Diese Familien besitzen überwiegend Villen, einige sehr alt und einige von Architekten so entworfen, dass sie alt und ehrwürdig wirkten.

Brewster Cortland Payne II. hatte seine Familie, jetzt erwachsen und aus dem Haus, in einem großen Haus auf vier Acres an der Providence Road in Wallingford gegründet. Es war über zwei Jahrhunderte das Haus der Familie Payne.

Was jetzt die Küche und das Nähzimmer waren, war das ganze Haus gewesen, als es vor der Revolution gebaut worden war. Anbauten und Umbauten in Laufe von zwei Jahrhunderten hatten es in ein großes, verschachteltes Gebäude verwandelt. Es passte in keine besondere architektonische Kategorie. Eine Immobilienmaklerin hatte einst in Hörweite von Mrs Patricia (Mrs Brewster C.) Payne bemerkt, ›das Payne-Haus sieht nach altem, altem Geld aus‹.

Das Haus war komfortabel, sogar luxuriös, jedoch nicht protzig. Es gab weder einen Swimmingpool noch einen Tennisplatz, aber in einem umgebauten einstigen Stall eine Garage für vier Wagen. Die Familie Payne schwamm und ritt im Rose Tree Hunt Club. Sie hatte ein Ferienhaus in Cape May, New Jersey, das nicht nur über einen Tennisplatz, sondern auch über einen Liegeplatz für ihr Boot verfügte, eine Jacht namens *Final Tort V.*

Matt bog in den Zufahrtsweg ab, und als er sich dem Haus näherte, sah er einen zwei Jahre alten, ein wenig verbeulten GMC Suburban auf dem Gras neben der Parkfläche bei der Garage stehen. Der Wagen war Brewster Paynes Geschenk an seine Tochter, Amelia Payne, Dr. med., gewesen. Sie hatte kein so großes Fahrzeug gebraucht, doch er hatte gehofft, dass sie in einem so starken und robusten Auto am Leben bleiben würde. Es war fast legendär, dass Amy Payne auf den Straßen von Pennsylvania durchschnittlich einmal pro Woche andere Autos und Straßenschilder demolierte – bei einem denkwürdigen Anlass hatte sie sogar einen Hydranten gerammt.

Als Matt eintrat, hielt sich Amy Payne mit ihrer Mutter und Mrs Elizabeth Newman, der Haushälterin der Paynes, in der Küche auf. Sie pulten Shrimps. Amy war eine nicht besonders hübsche junge Frau, die ihr Haar kurz geschnitten trug, nicht um schöner zu wirken, sondern weil es so leichter zu pflegen war.

Mrs Newman war eine zufrieden aussehende grauhaarige Frau Mitte fünfzig. Patricia Payne war älter, als sie auf den ersten Blick wirkte. Sie war schlank mit vollem, dunkelbraunem, fast rötlichem Haar und hatte den hellen Teint der Irin.

»Wenn das nicht der berühmte zukünftige Sergeant Matthew Payne ist«, begrüßte Amy ihren Bruder. »Wie schön, dass du in deinem vollen Terminkalender Zeit für uns gefunden hast.«

»Amy!«, protestierte Patricia Payne.

»Hast du einen weiteren Hydranten gerammt?«, fragte Matt, als er zum Tisch ging und seiner Mutter einen Begrüßungskuss gab.

»Du warst im Fernsehen«, sagte Patricia Payne. »Ich nehme an, das weißt du.«

»Es war nicht meine Idee«, sagte Matt. »Der Presseknabe des Bürgermeisters packte mich und sagte: ›Sie stellen sich hier hin‹.«

»Du hast unbehaglich gewirkt, irgendwie bedrückt«, sagte seine Mutter. »Nun, ich nehme an, man muss gratulieren, nicht wahr?«

»Ich bin hergekommen, um es dir zu erzählen«, sagte Matt. »Wie hast du es erfahren?«

»Offenbar nicht von dir«, bemerkte Amy.

»Hey, ich habe versucht, anzurufen, als ich davon erfuhr«, sagte Matt. »Habe ich das, Elizabeth?«

»Ja, das hat er.«

»Und sie sagte mir, du und Dad übernachtet in Wilmington«, sagte Matt und fügte hinzu: »Ich habe sogar versucht, bei dir anzurufen, Sigmund Freud.«

»Ich dachte mir schon, dass du das gewesen sein musst. Mit deinem schwachsinnigen Humor.«

»Ich wage fast nicht, zu fragen, was er gesagt hat«, meinte Patricia Payne.

»Er bat die Telefonistin, mir auszurichten, dass man meinen Fernseher wieder abholen wird, wenn ich nicht endlich die Rechnung bezahle«, sagte Amy.

»Matt, das hast du doch nicht getan!«, sagte Patricia Payne, doch ihre Miene verriet, dass sie ein Lächeln unterdrückte.

»Ich komme in mein Büro, die Sekretärin flüstert mir äußerst verlegen ins Ohr, eine Firma habe angerufen, dass sie meinen Fernseher abholen wird, wenn ich ihn nicht endlich bezahle …«

Mrs Newman lachte laut.

»Das zahle ich dir heim, du Klugscheißer«, sagte Amy.

»Ich habe nach Dennys Anruf eine Flasche Champagner in den Kühlschrank gestellt«, sagte Patricia Payne. »Geh und hol deinen Vater, und dann machen wir sie auf. Er ist im Wohnzimmer.«

»Onkel Denny hat angerufen?«, fragte Matt.

»Wir sind zur Beförderungsfeier eingeladen«, sagte Patricia. »Denny ist stolz auf dich. Das sind wir alle.«

»Du auch, Sigmund Freud?«, erkundigte sich Matt.

Dr. Payne zeigte ihm den Stinkefinger.

»Und dies gilt auch für deinen Boss«, sagte sie. »Wir haben am Montag zu Abend gegessen, und er hat kein Sterbenswörtchen darüber gesagt.«

»Peter wusste nur, dass die Liste vorliegt. Er wusste nicht, wann die Beförderung durchkommen würde. Nur, dass es bald sein wird. Vermutlich hat er dir deshalb nichts davon erzählt.«

Amy schnaubte.

Matt verließ die Küche. Er ging über einen schmalen Flur und durch eine Tür in einen ziemlich kleinen, gemütlich eingerichteten Raum mit Bücherregalen an den Wänden und Sesseln und zwei kleinen Sofas, die vor einem großen Fernsehschirm gruppiert waren.

Brewster C. Payne saß in einem roten Ledersessel und hatte die Füße auf eines der beiden dazu passenden Sofas gelegt. Er war ein großer, hagerer Mann Anfang fünfzig, der etwas Würdevolles ausstrahlte.

Auf dem Schoß hatte er einen juristischen Schriftsatz, und in der rechten Hand hielt er ein Glas Whisky.

»Du warst in der Glotze«, sagte er. »Du sahst bedrückt aus.«

»Das war ich auch«, sagte Matt und fuhr fort: »Amy ist stinksauer, dass Onkel Denny es vor mir gesagt hat. Nur für die Akten, ich habe versucht, anzurufen, als ich es erfahren habe.«

»Das ist nicht der Grund, weshalb sie – etwas weniger als begeistert ist«, sagte Brewster Payne. »Ich glaube, sie hat gehofft, du fällst bei der Prüfung durch und pfeifst auf die Polizei.«

»Mutter hat Champagner kalt gestellt«, wechselte Matt das Thema. »Aber ich hätte lieber einen Schnellen davon.«

Brewster Payne wies auf eine Flasche Scotch neben einer silbernen Wasserkaraffe und mehreren Gläsern. Matt bediente sich, und währenddessen erhob sich Brewster Payne aus dem Sessel. Als Matt sein gefülltes Glas hob, stieß er mit ihm an.

»Wenn du es so gewollt hast, bin ich glücklich mit dir. Und stolz. Nummer eins!«

»Danke.«

»Kannst du zum Abendessen bleiben? Wir haben auf der Fahrt nach Wilmington Shrimps gekauft ...«

»Klar. Ich habe gestern Abend für Chad und Daffy Shrimps zubereitet, aber was soll's ...«

»Wir könnten ein Steak auftauen.«

»Shrimps sind prima. Daffy wollte mich wieder verkuppeln. Ich hatte die Kandidatin bereits kennen gelernt. Sie kommt aus Los Angeles. Sie betreut – ich glaube, so kann man es bezeichnen – Stan Colt, wenn er zu uns in die Stadt kommt. Sein richtiger Name ist Stanley Coleman.«

»Ich habe es in der Zeitung gelesen. Bist du irgendwie darin verwickelt?«

»Peter schickte mich zu einer Konferenz, um festzustellen, ob die Abteilung benötigt wird, um den Supercop zu beschützen. Monsignor Schneider – die rechte Hand des Bischofs – war dort. Ich glaube, er ist ein Cop-Groupie. Er wusste alles über Doylestown. Jedenfalls erkundigte er sich nach mir und verlangte mich persönlich. Wenn Mister Supercop alias Colt alias Coleman in die Stadt kommt, werde ich vorübergehend der Abteilung

Dignitary Protection zugeteilt. Terry sagte, er steht auf sehr junge Frauen. Das könnte interessant sein.«

»Ist ›Terry‹ der Name der jungen Frau?«

»Terry Davis. Mit zwei ›r‹ und einem ›y‹. Sie sagte, ihr Vater ist Anwalt mit Beziehungen zum Filmgeschäft. Und er hat ihr einen Job bei GAM verschafft. Das steht für Global Artists Management.«

»Ich glaube, ich kenne ihn«, meinte Brewster Payne. »Wenn es der Typ ist, den ich im Sinn habe, verteidigt er meisterhaft die Filmindustrie mit erstaunlich einfallsreichen Praktiken.«

»Interessant«, sagte Matt. »Wenn du ihm zufällig über den Weg läufst ...«

»Ich habe den Eindruck, dass du mit dieser Lady angebändelt hast und deshalb nicht allzu unglücklich bist, den – wie hast du ihn genannt? – Supercop zu beschützen.«

»Sie ist eine Blondine«, sagte Matt. »Hat schöne Beine und weiß, wie man Shrimps pult. Was kann man mehr verlangen?«

»Ja, was schon?«, sagte Brewster Payne.

»Matt«, rief Patricia von der Tür her. »Ich habe dir gesagt, dass ich eine Flasche Champagner aufmache.«

»Ich brauchte ein wenig flüssigen Mut, um Sigmund Freud entgegenzutreten«, sagte Matt.

Sie wandte sich ab, ohne etwas zu erwidern, und nach einer Weile folgten ihr der Sohn und der Mann in die Küche.

Die drei Frauen standen bei der Arbeitsplatte und hielten Champagnergläser in den Händen. Weitere gefüllte Gläser standen auf der Arbeitsplatte, und etwas lag darauf, das in ein Taschentuch eingewickelt war.

Matt und sein Vater nahmen sich die Gläser mit Champagner.

»Auf Sergeant Payne«, sagte Patricia Payne, und sie alle stießen an.

Matt nippte am Glas und stellte es ab.

»Ich habe etwas für dich«, sagte Patricia. »Ich wollte, dass die Familie zusammen ist, wenn ich es dir gebe.«

Sie nahm das Taschentuch und überreichte es ihm. Noch bevor Matt es auswickelte, wusste er, was es enthielt: eine Polizeimarke.

»Die deines Vaters«, erklärte Patricia.

Matt schaute auf die Dienstmarke 471 der Polizei von Philadelphia.

»Als Denny anrief«, fuhr Patricia Payne fort, »sagte er, er könne arrangieren, dass du die Nummer deines Vaters bekommst, wenn du das willst. Ich sagte ihm, das würde dir gefallen. Und er fragte, ob ich das Abzeichen zufällig noch habe. Ich habe ihm gesagt, dass ich nachschauen werde, und dann habe ich es gefunden. Es war auf dem Speicher. Zusammen mit der Dienstwaffe deines Vaters, dem stupsnasigen .38er.«

Matt sah seine Mutter an, sagte jedoch nichts.

»Dein Vater war ein guter Mann, Matt«, sagte seine Mutter. »Ein guter Polizeibeamter.«

»Ich habe zwei Väter«, erwiderte Matt, und seine Stimme brach. »Mein anderer Vater ist auch ein guter Mann.«

Brewster Payne schaute ihn an.

»Merk dir das, Matt. Erwidere nie etwas auf ein tief empfundenes Kompliment. Es wird dir nie etwas Angemessenes einfallen.«

Er legte einen Arm um Matts Schulter und drückte ihn an sich.

»Gib das morgen vor der Feier Denny«, sagte Patricia Payne. »Er wird wissen, wie er damit umgeht.«

Matt nickte und steckte die Dienstmarke ein.

»Unter diesen Umständen«, meinte Brewster Payne und nahm sein Whiskyglas, »lasse ich keine Einwände gelten und nehme noch einen davon.«

»Ich auch«, sagte Matt.

»Zuerst trinken wir den Champagner aus«, sagte Patricia Payne. »Und dann trinken wir alle etwas anderes.«

Matt war soeben in Swarthmore auf die I-476 gefahren, um nach Philadelphia zurückzukehren, als sich das S-Band seines Funkgeräts meldete: »S-zwölf.«

Er zog das Mikrofon unter der mittleren Armstütze hervor.

»Zwölf.«

»Treffen Sie den Inspector im 700er Block der North Second.«

»Verstanden. Bin unterwegs. Danke«, sagte Matt.

Es war durchaus möglich, dass im 700er Block der North Second Street ein Verbrechen geschehen war, das seine berufliche Aufmerksamkeit verlangte. Aber weitaus wahrscheinlicher war, dass er Inspector Wohl in der North Second 705 antreffen würde, der Liberties Bar, der bevorzugten Tränke der Mordkommission.

Was hat das zu bedeuten?

Warum hat er mich nicht über das Handy angerufen?

Morgen werde ich nicht länger S-zwölf sein.

Vor der Liberties Bar parkten ein etwas verschrammter, drei Jahre alter Crown Victoria, ein Crown Victoria vom letzten Baujahr, drei nagelneue Crown Victorias und ein Buick Rendezvous.

Als Matt die Bar betrat, saßen die Fahrer dieser Fahrzeuge an zwei Tischen, die an der Wand gegenüber der mit kunstvollen Schnitzereien verzierten, jahrhundertealten Bar zusammengeschoben worden waren. Es handelte sich um Deputy Commissioner Coughlin, Chief Inspector Lowenstein, Inspector Wohl, Lieutenant Washington, Detective Harris und Michael J. O'Hara, Esq.

Da standen eine Flasche irischen Whiskys Old Bushmills, eine Flasche Chivas Regal und Jack Daniels und zwei Schalen mit Cashewnüssen und Brezeln auf dem Tisch.

»Was ist los?«, fragte Matt und nahm auf einem Stuhl neben Harris am Tisch Platz.

»Ich verhöre einen Zeugen bei dem Roy-Rogers-Fall«, sagte Harris und nickte zu O'Hara. »Und bekomme nichts aus ihm heraus.«

»Mensch, Tony«, sagte Mickey. »Die Bastarde haben auf mich geschossen!«

Matt schenkte sich Scotch ein.

»Ich würde Ihnen raten, sich heute Abend mit Alkohol zurückzuhalten, Detective Payne«, sagte Wohl. »Was der Grund ist, weshalb wir Sie haben kommen lassen. Wir wollen nicht, dass Sie irgendwo versacken und sich voll laufen lassen.«

»Jawohl, Sir«, sagte Matt, nahm sein Glas und nippte daran. Dann nahm er die Dienstmarke seines Vaters und reichte sie Denny Coughlin.

»Mom hat dies gefunden und gesagt, ich soll es dir geben«, sagte er.

Coughlin schaute auf die Marke und legte sie vor sich auf den Tisch.

»Was ist das?«, wollte Lowenstein wissen.

»Jack Moffitts Sergeant-Marke«, erwiderte Coughlin. »Ich erinnere mich an den Tag, an dem er sie erhielt.« Er sah Matt an. »Ich möchte dies nicht ein zweites Mal deiner Mutter aushändigen. Hast du mich verstanden?«

Mit Matt ging das Mundwerk durch.

»Ich werde nicht so heldenhaft krepieren.«

»Pass auf, was du sagst, Matty!«, sagte Coughlin.

»Das wäre eine gute Story«, meinte Mickey O'Hara. »Neuer Sergeant bekommt die Dienstmarke seines Heldenvaters.«

»Die Sie nicht schreiben werden, richtig?«, sagte Lowenstein.

»Okay.« Mickey zuckte mit den Schultern und griff zur Flasche Old Bushmills.

»Ich habe Jack wie einen Bruder geliebt«, sagte Coughlin. »Er hatte schwer was drauf. Aber er war kein Held. Seine Tollkühnheit brachte ihn um. Er reagierte auf einen stummen Alarm und wollte bei einem Überfall eingreifen ...«

»Ich erinnere mich«, meinte Lowenstein. »Ich hatte damals die Kripo Nord.«

»Jack wusste es besser und hätte nicht so leichtsinnig sein dürfen«, fuhr Coughlin fort. »Er könnte noch leben, wenn er getan hätte, wozu er ausgebildet und was ihm befohlen worden war.«

»Dennis, wie beurteilen Sie dann Dutch Moffitts Verhalten?«, fragte Jason Washington mit sonorer Stimme.

Coughlin sah ihn an, offensichtlich ärgerlich über die Frage.

»War es übertriebenes männliches Ego – ›Ich bin Dutch Moffitt von der Highway Patrol. Ich werde allein mit diesem Junkie fertig‹?«, fragte Washington. »Oder eine professionelle Einschätzung der Lage, in der er sich befand – was zu dem gleichen Ergebnis führte?«

Coughlin sah ihn lange an, bevor er sich entschied, ob und was er antworten sollte.

»Dutch sagte: ›Leg die Knarre auf die Theke, Sohn. Ich möchte dich nicht erschießen müssen. Ich bin Polizeibeamter.‹ War das richtig, so zu handeln? Ich glaube, nicht. Ich möchte ja gerne denken, dass ich ebenso gehandelt hätte. Aber zugleich hätte ich mich nach einem zweiten Täter umgesehen. Dutch hat das nicht getan, und so wurde er von der Freundin des Junkies erschossen.«

»Ich habe mit Dutch zusammengearbeitet«, sagte Peter Wohl. »Ich kann nicht glauben, dass er nicht mit einem zweiten Täter rechnete. Er hatte Mühe, seinen Schwanz in der Hose zu behalten, aber er war ein sehr guter Streifencop.«

»Hat Ihre Mutter Ihnen niemals gesagt, dass man nicht schlecht über Tote reden soll, Peter?«, fragte Coughlin. »Besonders nicht vor dem Neffen des Toten?«

Wohl zuckte mit den Schultern und zeigte keine Reue. Coughlin hatte einen anderen Gedanken.

»Morgen wird deine Großmutter im Büro des Bürgermeisters sein, Matty. Ich dachte, sie hat ein Recht darauf.«

»Oh, Scheiße!«, entfuhr es Matt.

Coughlin sah ihn ärgerlich an.

»Ich wollte es ihr später erzählen«, sagte Matt ein wenig lahm. »Vielleicht sogar bei ihr vorbeischauen.«

»Sie ist deine Großmutter«, sagte Coughlin, einem Wutausbruch nahe.

»Mir gefällt nicht, wie sie meine Mutter behandelt«, sagte Matt.

»Sagten Sie nicht, sie ist immer noch sauer darüber, dass Jacks Witwe Brewster Payne geheiratet hat?«, fragte Lowenstein.

»Es ist eine Sache der Religion, Matt«, sagte Coughlin. »Patricia hat Matt nach der Episkopalkirche erzogen, nachdem er von Payne adoptiert worden ist.«

»Ihr Christen habt eure Probleme, nicht wahr?«, sagte Lowenstein. »Wie viele Engel können auf einen Stecknadelkopf passen?«

Coughlin zeigte ihm den Mittelfinger.

»Ich bin nicht ihrer Meinung, Matty«, sagte Coughlin. »Das weißt du. Aber sie ist trotzdem deine Großmutter.«

»Weiß meine Mutter, dass sie kommt?«

»Wenn deine Mutter davon wüsste, würde sie nicht hingehen.«

»Mein Gott …«

»Bevor ihr beiden fortsetzt, was eine unendliche Diskussion über Mutter Moffitt werden kann …«, unterbrach Washington. »Darf ich mit meinen profunden Erkenntnissen fortfahren?«

Matt erkannte jetzt, dass zwar niemand am Tisch betrunken, aber offensichtlich auch keiner mehr ganz nüchtern war. Er blickte zu den Flaschen. Die Chivas Regal war halb leer, die Jack Daniels und die Old Bushmills fast leer.

Und Washington hatte Coughlin sogar geduzt.

Was, zum Teufel, hat das alles zu bedeuten? Warum sitzen all diese Leute hier herum und besaufen sich?

»Wie könnten wir Sie davon abhalten?«, fragte Mickey O'Hara.

Washington fuhr fort: »Vorausgesetzt, dass Sergeant Jack Moffitt ein guter Streifencop war, dass Captain Dutch Moffitt ein guter Streifencop war und dass Officer Charlton fast seine Pensionierung als Streifencop erlebt hätte – welchen Fehler – welchen *tödlichen* Fehler – haben alle drei begangen?«

»Sie waren nicht so gut, wie sie dachten?«, fragte Mickey.

»Nahe dran, Michael«, sagte Washington.

»O Scheiße, kommen Sie uns nicht wieder mit dem Mist, ›sie haben nicht den Stein unter dem Stein umgedreht‹«, sagte Tony Harris.

»Doch, genau damit komme ich. Mit dem Mist ›man muss den Stein unter dem Stein umdrehen‹. Wenn Sergeant Moffitt sich noch einmal in der Tankstelle umgeschaut hätte, wenn Dutch sich noch einmal im Waikiki Diner umgesehen hätte, wenn Officer Charlton sich noch einmal im Roy Rogers …«

»Ich bezweifle, dass dies profunde Erkenntnisse sind, Jason«, unterbrach Coughlin.

»Mehr selbstverständliche«, meinte Lowenstein.

»Ich habe versucht, etwas für Matts Erbauung zu tun«, sagte Washington.

Coughlin sah erst ihn, dann Matt an.

»Er hat Recht, Matty«, sagte er. »Ich würde gut zuhören.«

»Jawohl, Sir«, sagte Matt.

»Wollt ihr eure Namen sehen, die morgen im *Bulletin* stehen werden?«, fragte Mickey O'Hara. »Oder sollen wir weiter über Mutter Moffitt diskutieren?«

Er nahm ein paar Blätter Papier aus der Tasche und schwenkte sie hin und her.

»Die Neugier überwältigt mich«, sagte Wohl und streckte die Hand aus. Mickey gab ihm die Seiten, und der Inspector las.

Schlagzeile –
Bürgermeister bildet wegen des Doppelmords Task Force
(Jack, vergrab dies nicht zwischen den Anzeigen für Unterwäsche. Diese Dreckskerle müssen gefasst werden. UND BENUTZE DIE BILDER)

Von Michael J. O'Hara
Reporter des *Bulletin*

Fotos von Jack Weinberg
Fotograf des *Bulletin*

Philadelphia – Bürgermeister Alvin W. Martin, umgeben von den Assen der Polizei von Philadelphia, nicht weit von der Monti-Leichenhalle in der South Broad Street, wo die Leiche von Officer Kenneth Charlton feierlich aufgebahrt lag, kündigte heute Nachmittag die Bildung eines Sonderdezernats an, um die beiden Männer zur Strecke zu bringen, die während des Raubüberfalls am Sonntagabend im Roy Rogers Restaurant in der South Broad Street Officer Charlton und Mrs Maria M. Fernandez ermordet haben.

»Beide Bürger – eine allein erziehende Mutter von drei Kindern und ein Polizeibeamter – haben ihr Leben durch einen brutalen Überfall verloren, der nicht nur ihre trauernden Angehörigen, sondern jeden Bürger von Philadelphia betrifft«, sagte der Bürgermeister und fügte hinzu: »Dieses empörende Verbrechen kann nicht hingenommen werden, und das wird es auch nicht.«

(Foto 1 von links nach rechts: Lowenstein, Mariani, Martin, Coughlin) Flankiert von Police Commissioner Ralph J. Mariani, Deputy Commissioner Dennis V. Coughlin und Chief Inspector of Detectives Matthew Lowenstein, kündigte Martin an, dass Inspector Peter Wohl, der hoch angesehene Chef der Operations Division, das Sonderdezernat leiten wird.

(Foto 2, von links nach rechts: Washington, Wohl und Harris) Später sagte Inspector Wohl diesem Reporter, es sei nicht seine Absicht, die Ermittlung von Lieutenant Jason Washington zu übernehmen, der ›ohne Frage der erfahrenste Ermittler einer Mordkommission ist, den ich kenne‹, sondern ›sicherzustellen, dass Lieutenant Washington und sein fähiger Abteilungsleiter Detective Anthony Harris jedwede nötige Unterstützung erhalten, nicht nur von der Special Operations, sondern auch von der gesamten Polizei, damit diese Verbrecher schnellstens von unseren Straßen entfernt werden können‹.

(Foto 3 von links nach rechts: Sabara, Wohl, Pekach, Sergeant M.M. Payne und Captain F.X. Hollaran) Wohls Stellvertreter, Captain Michael J. Sabara und Captain David R. Pekach, Chef der Highway Patrol, äußerten ihre Zustimmung zu Wohls kalter Entschlossenheit und seiner Erklärung der bisweilen auftretenden Schwierigkeiten – wie in diesem Fall – bei der Identifizierung von Verbrechern.

»Die Gäste des Roy Rogers wurden von der Kaltblütigkeit und Brutalität dieser Verbrecher in Angst und Schrecken versetzt. Schüsse krachten. Zwei Personen wurden getötet, und aller Leben war in Gefahr. Es ist bedauerlich, aber ich finde verständlich, dass sich die entsetzten Zeugen nicht auf eine Beschreibung der Männer einigen können, die wir suchen.

Dies heißt nicht, dass wir sie nicht festnehmen werden, und zwar bald, doch es wird ein bisschen länger dauern, als es uns gefällt.«

Wohl sagte weiterhin: »Nur in Filmen können am Tatort sichergestellte Fingerabdrücke mit denen Krimineller verglichen werden, deren Identität unbekannt ist. In unseren Akten sind Hunderttausende Fingerabdrücke registriert, Millionen in denen des FBI, und diese Abdrücke müssen erst alle mit einem Abdruck vom Tatort verglichen werden.«

Wohl erklärte weiter: »Wenn erst die gesuchten Täter in Gewahrsam sind, können ihre Fingerabdrücke als Beweis verwendet werden, dass sie am Tatort waren, doch bis das der Fall ist, werden Fingerabdrücke nicht von sofortigem Nutzen für uns sein. Und wenn wir diese Leute festgenommen haben und es zu einer polizeilichen Gegenüberstellung kommt, gibt es für mich keine Frage – und das zeigt auch die Erfahrung –, dass die Zeugen ihres Verbrechens sie eindeutig identifizieren können. Dieses Verbrechen wird nicht ungesühnt bleiben.«

Wohl sagte, dass die Polizei bereits ›vielen Hinweisen‹ nachgehe, wollte jedoch keinen näheren Kommentar abgeben.

Ende

Wohl schob die beiden Seiten über den Tisch zu Coughlin. Lowenstein neigte sich vor, damit er mitlesen konnte.

»Großartige Story, Mickey«, sagte Wohl. »Nur eines stimmt nicht. All diese Zitate von mir sind reine Erfindung.«

»Ist der schwarze Buddha der erfahrenste Ermittler der Mordkommission, den Sie kennen, oder nicht?«, fragte O'Hara.

»Natürlich bin ich das«, sagte Washington. »Lassen Sie mich das bitte lesen, wenn Sie fertig sind, Dennis.«

»Er ist der beste Ermittler, den ich kenne, aber das habe ich Ihnen nicht gesagt«, sagte Wohl zu O'Hara.

»Aber wenn ich gefragt hätte, hätten Sie es gesagt, richtig? Und ich habe Recht mit den Fingerabdrücken, richtig?«

»Aber ich habe mit Ihnen in der Leichenhalle gar nicht gesprochen!«

»Aber wenn es der Fall gewesen wäre, hätten Sie gesagt, was ich geschrieben habe, mehr oder weniger, richtig?«

»Erscheint das morgen in der Zeitung?«, fragte Lowenstein.

»Ja, und es würde mich nicht überraschen, wenn es auf der Titelseite steht.«

»Schade, dass Sie nicht einbauen konnten, dass wir spät am Abend eine Konferenz hatten«, sagte Lowenstein. »Martin wäre entzückt gewesen.«

»Von der Konferenz am späten Abend habe ich erst etwas erfahren, als ich hier eintraf«, sagte O'Hara. »Als ich über Funk hörte, dass jeder auf dem Weg zu Block siebenhundert in der North Second ist, dachte ich, hier wäre ein Krieg ausgebrochen.«

»Commissioner Coughlin und ich konferierten privat mit Inspector Wohl«, sagte Lowenstein, »als diese Schluckspechte zufällig das Bedürfnis verspürten, hier in diesem noblen Etablissement einen Gute-Nacht-Kaffee zu trinken.«

Es folgte Gelächter.

»Nette Story, Mickey«, sagte Coughlin.

»Ich nehme an, die abendliche Konferenz ist vorüber«, sagte Wohl und erhob sich. »Ich fahre heim.« Er blickte zu Matt. »Und Sie auch.«

Coughlin stand auf.

»Haben wir die Zeche bezahlt?«

»Ich erledige das«, sagte Mickey O'Hara. »Es ist mir ein Vergnügen.«

»Putzmunter um Viertel vor neun im Büro des Bürgermeisters, Matty«, befahl Coughlin. »Und ich erwarte, dass du nett zu deiner Großmutter bist.«

»Ich habe wie stets die Gesellschaft meiner Kollegen genossen«, sagte Jason Washington und stand auf. »Und ich bin überzeugt, ihr habt alle sehr von meiner Erfahrung profitiert.«

Detective Harris schüttelte den Kopf, unterdrückte ein Lachen, musste dann jedoch kichern und brach schließlich in Gelächter aus. Das erwies sich als ansteckend, denn jeder lächelte oder lachte, als sie im Gänsemarsch auf die North Second Street hinausgingen.

6

1

Der Ehrenwerte Alvin W. Martin blickte von seinem Schreibtisch auf, als seine Sekretärin, Dianna Kerr-Gally, eine große, dünne Schwarze Anfang dreißig, in sein Büro kam.

»Es ist zehn nach neun, Mr Mayor.«

»Sind alle im Konferenzraum?«

»Fast jeder, aber Commissioner Mariani möchte, dass Sie jemanden kennen lernen.«

Sie nickte zum Vorzimmer.

»Klar, schicken Sie ihn rein«, erwiderte der Bürgermeister mit einer Begeisterung, die er nicht wirklich empfand. Er hatte Dinge zu erledigen, und je weniger Zeit er mit der Beförderungszeremonie verplemperte, desto besser.

Im Vorzimmer wartete nicht nur Commissioner Mariani. Bei ihm waren Deputy Commissioner Coughlin und eine große, schlanke, ernste Frau mit schlichtem schwarzen Kleid und der junge Detective, der die Prüfung zum Sergeant als Bester bestanden hatte.

»Guten Morgen, Mr Mayor«, sagte Mariani.

»Guten Morgen, Ralph.«

Der Bürgermeister lächelte die Frau an, die das Lächeln mit einem wahrnehmbaren Verziehen der Lippen beantwortete.

Sie sieht wie diese Farmersfrau auf dem Gemälde von Grant Wood aus.

Was ist das auf ihrem Kleid? Miniatur-Polizeiabzeichen. Drei Stück.

»Mr Mayor«, sagte Coughlin. »Ich dachte mir, bevor das Programm beginnt, möchten Sie vielleicht Mrs Gertrude Moffitt kennen lernen ...«

»Sehr erfreut. Guten Tag, Mrs Moffitt. Wie geht es Ihnen?«

Sie nickte, ihre Lippen verzogen sich wieder leicht in der Andeutung eines Lächelns, doch sie sagte nichts.

»Mrs Moffitt ist die Witwe eines Polizeibeamten, und zwei ihrer Söhne starben im Polizeidienst ...«, sagte Coughlin.

Nun, das erklärt die drei Polizeiabzeichen.

»Sergeant John X. Moffitt und Captain Richard C. Moffitt ...«, fuhr Coughlin fort.

»Das ist eine stolze Tradition, Mrs Moffitt«, sagte der Bürgermeister. »Es ist mir eine Ehre, Sie kennen zu lernen.«

Sie nickte wieder.

»... und sie ist Detective Paynes Großmutter«, vollendete Coughlin.

»Dann setzt sich die Tradition also fort«, sagte der Bürgermeister. »Dies muss ein stolzer Augenblick für Sie sein.«

»Wenn mein Enkel noch den Namen seines Vaters trüge, wäre es ein stolzer Augenblick«, sagte sie.

Was, zum Teufel, meint sie damit?

Detective Payne blickte gequält drein.

Was auch immer es ist, ich werde mich hier und jetzt nicht damit beschäftigen.

»Wie Sie sicher wissen, Mrs Moffitt, hört die Polizeiarbeit niemals auf, und ich bin sicher, Sie werden mir verzeihen, wenn ich den Commissioner frage, ob es irgendwelche neuen Entwicklungen im Roy-Rogers-Fall gibt.«

»Leider nicht, Mr Mayor ...«

Verdammt. Im Konferenzraum wird die Presse sein. Es wäre ein perfekter Ort und Zeitpunkt gewesen, zu verkünden, dass die Cops endlich diese Killer geschnappt haben.

»... doch Commissioner Coughlin sagte mir, dass es gestern Abend ein Treffen aller Hauptpersonen der Task Force plus dem Chef der Kriminalpolizei Lowenstein gegeben hat.«

»Tatsächlich? Nun, ich hoffe, dass etwas Gutes dabei herausgekommen ist.«

»Ich bin überzeugt, dass dies der Fall sein wird, Mr Mayor«, sagte Coughlin. »Wir alle haben das Gefühl, dass es in sehr naher Zukunft Entwicklungen geben wird.«

»Ich hoffe, Sie haben Recht, Commissioner«, sagte der Bürgermeister. »Mrs Moffitt, wenn wir in den Konferenzraum gehen ...«, er warf einen Blick auf seine Armbanduhr, »... und wir müssen das jetzt tun, halte ich es für sehr passend, wenn Sie Ihrem Enkel das neue Abzeichen anheften würden.«

Ein solches Foto wird sicherlich in die Abendnachrichten des Fernsehens kommen.

»In Ordnung«, sagte sie.

»Hier ist es, Mutter Moffitt«, sagte Coughlin. »Das ist Jacks Abzeichen.«

»Jacks Dienstmarke?«, fragte sie und schaute auf die Marke, die Coughlin ihr auf der Handfläche hinhielt.

»Ja, das ist sie.«

»Sie sagten mir, Dennis Coughlin, dass sie mit ihm begraben wurde.«

»Ich habe mich geirrt«, sagte Coughlin.

»Und wo ist sie all die Jahre gewesen? Bei ihr, nicht wahr?«

»Patricia ist Jacks Witwe, Mutter Moffitt.«

Sie riss ihm die Dienstmarke aus der Hand.

»Nun, jetzt hat sie sie wenigstens nicht mehr«, sagte Mutter Moffitt.

»Wenn Sie jetzt alle bitte in den Konferenzraum gehen wollen?« Dianna Kerr-Gally wies zur Tür. »Die Zeremonie kann stattfinden.«

Als sich der Bürgermeister der Prozession in den Konferenzraum anschließen wollte, hob Dianna Kerr-Gally eine Hand, um ihn zu stoppen. Er stoppte.

Dianna Kerr-Gally benutzte die Finger und Lippensprache, um bis zehn zu zählen, und dann gab sie dem Bürgermeister ein Zeichen, in den Konferenzraum zu gehen.

Er schritt forsch vor den Konferenztisch, wo ein kleines Rednerpult aufgestellt worden war. Dann sah er sich im Raum um, lächelte und bemühte sich um Blickkontakt mit jedem.

Es gab fünf Personen, die befördert wurden. Alle waren älter als Detective Payne, und alle außer Payne trugen Uniform. Zwei der Männer waren grauhaarig. Alle fünf wurden von Familienangehörigen und/oder Freunden begleitet. Dianna Kerr-Gally hatte die Anweisung gegeben, dass die zu Befördernden nicht mehr als drei Personen mitbringen sollten, doch das war offenbar ignoriert worden. Der große Konferenzraum war voller Leute, fast überfüllt.

Hinten im Raum sah Martin drei Videokameras und mindestens ein halbes Dutzend Fotografen. Einer davon war Michael O'Hara vom *Bulletin*.

Ich muss daran denken, ihm für den Artikel auf der Titelseite über die Task Force zu danken.

Jesus, ist das der, den ich meine? Klar, das ist er.

Brewster C. Payne höchstpersönlich.

Zum letzten Mal habe ich ihn am Montag in Washington gesehen, im Speiseraum des Senats. Er war der Grund gewesen, weshalb unser werter Senator nicht mit mir essen konnte, ›denn es hat sich etwas wirklich Wichtiges ergeben‹.

Welche Beziehung hat er zu Detective Payne?

Als Dianna Kerr-Gally zum Rednerpult kam, um ihm die Karten zu geben, von denen er seine Rede ablesen würde, winkte er sie näher und flüsterte. »Sehen Sie den großen Mann dort hinten?«

Sie schaute hin und nickte.

»Sein Name ist Brewster Payne«, flüsterte sie zurück.

»Ich weiß, wer er ist. Fragen Sie ihn, ob er eine Minute Zeit für mich hat, wenn dies vorüber ist.«

Sie nickte.

»Darf ich um Ihre Aufmerksamkeit bitten, Ladies and Gentlemen?«, begann der Bürgermeister, mit erhobener Stimme, damit er bei dem Stimmengewirr im Konferenzraum gehört werden konnte.

Beim nächsten Mal, wenn wir so etwas machen, sollte es ein Mikrofon geben.

»Mir ist klar, dass Sie ein viel beschäftigter Mann sind, Mr Payne«, sagte der Bürgermeister, als Dianna Kerr-Gally ihn in sein Büro führte. »Aber ich wollte Sie begrüßen. Wir haben uns doch noch nicht kennen gelernt, oder?«

»Ich glaube, nicht. Aber habe ich Sie nicht am Montag in Washington gesehen?«

»Im Speiseraum«, sagte der Bürgermeister und forderte ihn mit einer Geste auf, in einem Sessel Platz zu nehmen. »Ich brauche eine Tasse Kaffee. Haben Sie die Zeit?«

»Vielen Dank«, erwiderte Payne. »Ich trinke gerne einen Kaffee mit.«

»Dianna, bitte?«

»Kommt sofort, Mr Mayor.«

»Wäre es unhöflich von mir, zu fragen, was Sie und der Senator anscheinend so vertieft besprochen haben?«

»Meine Firma repräsentiert Nesfoods«, sagte Payne. »Der Senator ist Vorsitzender des Agrarausschusses. Wir sprachen über Tomaten, amerikanische und mexikanische.«

Nesfoods hat mir hunderttausend für meinen Wahlkampf gespendet. Wie viel hat die Firma für den Senator springen lassen?

»Die hiesigen Tomatenanbauern haben Sorgen wegen der billigen mexikanischen Tomaten?«

»Dieses Thema ist durch das freie Handelsabkommen gelöst worden. Ich habe versucht – und ich glaube, es ist mir auch gelungen –, den Senator davon zu überzeugen, dass es im besten Interesse des Landwirtschaftsministeriums ist, Inspektoren in Nesfoods mexikanischen Verarbeitungsfabriken für Tomaten einzusetzen, sodass wir die Tomaten dort verarbeiten und das Tomatenmark zu den Nesfood-Fabriken hier und in Kalifornien transportieren können. Das wird sowohl Nesfood viel Geld ersparen als auch die Qualität des Endprodukts steigern. Je reifer die Tomaten bei der Verarbeitung sind, desto besser das Mark.«

»Und wo liegt das Problem?«

»So schwer es zu glauben ist, es gibt Leute, die unglücklich mit dem freien Handelsabkommen sind«, sagte Payne trocken, »und die sich weigern, landwirtschaftliche Inspektoren auf ausländischem Gebiet einzusetzen.«

»Aber nach Ihrem kleinen Plausch schien der Senator erleuchtet zu sein?«

»Ich hoffe es, Mr Mayor.«

Dianna Kerr-Gally kam mit einem Tablett mit silbernem Kaffeeservice ins Büro und schenkte Kaffee ein.

Als die Sekretärin sie wieder allein ließ, blickte der Bürgermeister Payne über seine Kaffeetasse hinweg an und sagte: »Ich wusste bis heute Morgen nicht, dass Ihr Sohn Polizist ist.«

»Ich finde, der Verlust der Firma ist der Gewinn der Stadt«, sagte Payne. »Eigentlich ist Matt mein Adoptivsohn. Sein Vater – ein Sergeant der Polizei – wurde im Dienst getötet, bevor Matt geboren wurde. Ich adoptierte ihn, ehe er laufen konnte.«

»Sie hätten es lieber gesehen, wenn er zur Anwaltskanzlei Mawson, Payne, Stockton, McAdoo und Lester gegangen wäre?«, fragte der Bürgermeister.

»Würde Ihr Vater Sie nicht lieber auf einer Kanzel sehen?«, erwiderte Payne.

»Jedes Mal, wenn ich ihn sehe, schüttelt er traurig den Kopf«, sagte der Bürgermeister. »Ich weiß nicht, ob er die Hoffnung aufgegeben hat, dass ich meinen Irrtum einsehen werde.«

»Ebenso wenig habe ich die Hoffnung aufgegeben«, sagte Payne. »Aber unterdessen bin ich so stolz auf Matt, wie Ihr Vater bestimmt auf Sie.«

»Ich finde, die Arbeit im öffentlichen Dienst ist ein ehrenvoller, sogar nobler Beruf.«

»Das meint Matt auch«, sagte Payne. »Er hält die Polizei für eine dünne blaue Linie, welche die Gesellschaft von den Barbaren trennt.«

»Leider hat er vermutlich Recht«, meinte der Bürgermeister.

Payne stellte seine Tasse ab.

»Ich möchte Sie nicht aufhalten, Mr Payne«, sagte der Bürgermeister. »Aber ich wollte Sie wenigstens begrüßen. Könnten wir eines Tages zusammen essen?«

»Es wäre mir eine Freude«, sagte Payne. »Und danke für den Kaffee.«

Er stand auf, schüttelte dem Bürgermeister die Hand und verließ das Büro.

Commissioner Mariani sagte mir, wenn ich diesen jungen Mann nicht zu der Mordkommission schicke wie versprochen, dann könnte ich mit Ärger von der Polizistenvereinigung, der Fraternal Order of Police, rechnen. Er hat mir jedoch nicht gesagt, dass die FOP juristisch von der Anwaltskanzlei Mawson, Payne, Stockton, McAdoo & Lester vertreten werden würde.

2

Die Ehrenwerte Eileen McNamara Solomon, Philadelphias Staatsanwältin, war fest davon überzeugt, dass mindestens siebzig Prozent der Krankenschwestern unter fünfzig in der chirurgischen Abteilung der Uniklinik von Pennsylvania bereit wären, Benjamin A. Solomon, Dr. med., zu trösten, wenn er Selbstmitleid haben würde, weil seine Frau, die Staatsanwältin, ihr Äußeres vernachlässigte.

Sie war zwar immer zu beschäftigt, um viel Zeit in einem Schönheitssalon zu vergeuden, aber sie ging jeden Dienstag punkt acht Uhr zur Friseuse, passte auf, was sie aß, und joggte Montag, Mittwoch und Freitag jeweils eine Stunde, angefangen um sieben Uhr.

Das Ergebnis war eine ziemlich große, geschmeidige Neunundvierzigjährige, die ihr blondes Haar modisch kurz geschnitten trug und deren Ehemann keinen Grund hatte, herauszufinden, ob das Gras im Schlafzimmer einer anderen grüner war.

Nach ihrem Examen – Drittbeste an der juristischen Fakultät der University of Pennsylvania – und der Zulassung als Anwältin hatte Eileen McNamara Angebote von mehr oder weniger renommierten Anwaltskanzleien abgelehnt, weil sie nicht die typische Quotenfrau werden wollte.

Stattdessen nahm sie eine Stelle als Pflichtverteidigerin an, bei der sie die Verantwortung hatte, Mittellosen juristischen Beistand zu gewähren. Sie erwies sich schnell als äußerst fähige Anwältin im Gerichtsaal.

Aber sie fühlte sich stets ein wenig unbehaglich, wenn sie eine Jury überzeugt hatte, dass es berechtigte Zweifel gab, dass irgendein verkommener Hurensohn tatsächlich bei einem Überfall eine Großmutter mit der Pistole niedergeschlagen oder irgendein anderer verkommener Hurensohn tatsächlich Drogen an Schulkinder verkauft hatte.

Und sie war unglücklich in der Gesellschaft ihrer Kollegen, die fast durchweg glaubten, dass es für diejenigen, die in Armut geboren waren oder eine drogenabhängige Mutter oder einen afro-amerikanischen/puertorikanischen/mongolischen/was auch immer Elternteil hatten, eine Ausrede war, Raub, Vergewaltigung und Mord zu begehen oder sich empörenden Luxus zu leisten, den sie mit Drogenhandel finanzierten.

So wechselte sie die Seiten. Philadelphias Staatsanwalt war erfreut, Miss Eileen McNamara eine Stelle als stellvertretende Staatsanwältin anzubieten. Nicht nur, weil sie eine gut aussehende Blondine war, sondern weil sie erfolgreich Leute verteidigt hatte, die sein Stellvertreter erfolglos angeklagt hatte, wodurch die Staatsanwaltschaft unfähiger gewirkt hatte, als sie es tatsächlich war.

Im Büro des Staatsanwalts war sie etwas glücklicher, jedoch nicht viel. Diejenigen Fälle der Anklage, die sie gern gehabt hätte, schienen dem ›erfahreneren‹ stellvertretenden Staatsanwalt zugeteilt zu werden, und die Fälle, die sie erhielt, wollte ihr Kollege nicht übernehmen – das fand sie schnell heraus –, weil die Beweise entweder zu dürftig oder weil sie politisch gefährlich waren oder beides.

Aber sie tat ihr Bestes, um die Fälle zu gewinnen, die man ihr gab, und sie schaffte es, eine Jury nach der anderen zu überzeugen, dass irgendein elender Hurensohn nicht nur zweifelsfrei getan hatte, was die Polizei ihm/ihr vorwarf, sondern dass er/sie es auch in dem Glauben getan hatte, ungestraft damit durchzukommen, weshalb er kein Mitgefühl vom juristischen System verdiente.

Assistant District Attorney McNamara stellte bald fest – ein wenig überraschend für sie –, dass sie im Allgemeinen die Cops mochte. Im Großen und Ganzen waren sie wirklich das, für das sie sich hielten: eine dünne blaue Linie, welche die Gesellschaft vor den Barbaren schützte.

Es überraschte sie, dass sie anscheinend echt ihre Sorge um die andere Gruppe unschuldiger Opfer einer kriminellen

Handlung teilten. Die erste Gruppe bestand natürlich aus denjenigen, die von Verbrechern geraubt/geschlagen/ermordet wurden. Die zweite Gruppe waren die Frauen/Eltern/Kinder des elenden Hurensohns, der das Verbrechen begangen hatte.

Eileen McNamara war fast drei Jahre stellvertretende Staatsanwältin, als sie zum ersten Mal Benjamin Solomon, Dr. med., begegnete. Genauer gesagt, Ben begegnete ihr, indem er mit seinem Cadillac das Heck ihres Plymouth rammte, als sie in South Philadelphia einen freien Parkplatz suchte.

Ben war nicht sehr schnell gefahren, hatte einfach nicht aufgepasst, jedoch schnell genug, um einen beträchtlichen Schaden an ihrem Kofferraum und rechten Kotflügel anzurichten. Der Unfall war nicht in Sichtweite, jedoch in Hörweite von Officer Martin Shaugnessy passiert.

Officer Shaugnessy eilte zum Ort des Geschehens. Er gab vor, die gut aussehende blonde stellvertretende Staatsanwältin nicht zu kennen, die einst Hackfleisch aus einem Pflichtverteidiger gemacht hatte, der es für die beste Taktik gehalten hatte, um seinen Mandanten freizupauken, Officer Shaugnessy als unwissenden, voreingenommenen Polizisten hinzustellen, der fast sexuelles Vergnügen dabei empfand, junge Männer puertorikanischer Abstammung festzunehmen.

»Wie viel haben Sie getrunken, Sir?«, war jetzt seine erste Frage an Dr. Solomon, der sich soeben überschwänglich bei Miss McNamara entschuldigt und ihr seine Versicherungskarte gezeigt hatte.

»Getrunken? Es ist halb neun am Morgen! Ich habe noch nicht mal gefrühstückt!«

»Leute, die zu schnell und leichtsinnig fahren, wie es offenbar bei Ihnen der Fall gewesen ist, Sir, fahren oftmals unter dem Einfluss von berauschenden Stoffen. Würden Sie bitte ihren rechten Arm ausstrecken, die Augen schließen und versuchen, Ihre Nase zu berühren?«

»Officer, ich bezweifle, dass der Doktor getrunken hat«, sagte Miss McNamara. »Ich glaube, dies war nur ein einfacher Auffahrunfall.«

»Sind Sie sich da sicher?«, fragte Officer Shaugnessy zweifelnd.

»Ganz sicher«, sagte Miss McNamara. »Und ich bin überzeugt, der Doktor und ich können das zwischen uns regeln.«

»Nun, wenn Sie meinen, Ma'am.«

»Danke«, sagte Miss McNamara.

»Ja, Ma'am«, sagte Officer Shaugnessy. Er füllte das Formular 75-48 aus, das die Versicherungsgesellschaften brauchen würden, und setzte dann seinen Streifengang fort.

Während sie auf den Abschleppwagen warteten, bemerkte Eileen, dass der Doktor verstohlene Blicke zu ihr warf. Aus irgendeinem Grund war ihr das nicht unangenehm. Für gewöhnlich fühlte sie sich unbehaglich, wenn Männer sie so ansahen.

Als der Abschleppwagen ihren Plymouth abholte, sah Dr. Solomon Eileen direkt an. Unter seinem Blick fühlte sie sich unbehaglich.

»Was hatte das mit dem Cop zu bedeuten?«, fragte Dr. Solomon. »Sie kennen ihn?«

»Ich kenne viele Cops«, sagte Eileen. »Dieser kam mir bekannt vor. Aber ob ich ihn kenne? Nein.«

»Wie kommt es, dass Sie viele Cops kennen?«

»Ich bin stellvertretende Staatsanwältin.«

»Tatsächlich? Stellvertretende Staatsanwältin?«, fragte Ben ehrlich überrascht. »Gut aussehende Blondinen kommen mir nicht in den Sinn, wenn ich diesen Titel höre.«

»Andererseits sehen Sie genau wie ein Doktor aus«, hörte Eileen sich sagen und fügte schnell hinzu: »Welche Art Doktor sind Sie?«

»Brust-Aufschneider«, sagte Ben. »Thorax-Chirurg. Was meinen Sie damit, ich sehe genau wie ein Doktor aus?«

»Ihre Augen«, sagte Eileen. »Sie sehen so intelligent und freundlich aus.«

Als ihr das herausgerutscht war, errötete sie.

»Sie auch«, sagte Ben nach fast einer Minute. »Kann ich Ihnen ein Frühstück spendieren?«

»Frühstück?«

»Und Mittagessen und Abendessen und was sonst Sie für den Rest Ihres Lebens essen wollen?«

»Sind Sie sicher, dass Sie nicht getrunken haben?«

»Ich trinke nicht«, sagte er. »Wenn ich etwas sonderbar klinge, ich war die ganze Nacht am OP-Tisch – bis ungefähr vor einer Stunde. Und dann habe ich Sie kennen gelernt.«

Benjamin Solomon, Dr. med., und Eileen McNamara, Dr. jur. wurden nicht ganz einen Monat später in heiliger Ehe vereinigt, was ein unterschiedliches Maß an Freude und Verzweiflung bei ihren jeweiligen hebräischen und römisch-katholischen Gemeinden auslöste.

Sie waren drei Jahre verheiratet, als Eileen Ben die seltsame Sache erzählte, die am vergangenen Nachmittag geschehen war. Man hatte sie gefragt, ob sie daran interessiert wäre, bei einer Sonderwahl für das Richteramt zu kandidieren, die der Gouverneur angesetzt hatte, um zwei leere Stellen zu besetzen, die durch die Inhaftierung zweier Amtsinhaber frei geworden waren.

»Ich finde, du solltest kandidieren«, sagte Ben nach kurzem Überlegen. »Du bist auf beiden Seiten des Zauns gewesen, und ich glaube, du hast einen guten Job gemacht, dich in der Mitte zu halten. Und du hast bereits den Namen. Richter Solomon der Zweite.«

Sie gewann die Wahl mühelos, hauptsächlich, weil niemand sie kannte und für die Namen derjenigen, die den Wählern bekannt waren, allgemeine Verachtung herrschte.

Und sie liebte die Richterbank und wollte wenigstens versuchen, fair und richtig zu urteilen.

Sie hatte keine Kinder bekommen – Bens Schuld, sagten die Gynäkologen, vermutlich, weil er sein ganzes Leben zu enge Unterhosen getragen hatte –, und sie bedauerte das wirklich. Aber sie sagte sich auch, ein Kind, dessen Eltern beide unabhängig voneinander Karriere machten, kann nicht die Aufmerksamkeit erhalten, die es verdient, und das machte es ein wenig leichter, die Kinderlosigkeit zu ertragen.

Sie war sechs Jahre im Richteramt, als eine Delegation von Politikern zu ihr kam und vorschlug, für das Amt des District Attorney zu kandidieren. Der Amtsinhaber war in den Kongress gewählt worden.

Ihr Dienst als stellvertretender D. A. und ihre sechs Jahre auf der Richterbank hatten sie gelehrt, dass es beträchtlichen

Spielraum für Verbesserungen im Büro der Staatsanwaltschaft gab.

Sie besprach das Angebot mit Ben. Er war überzeugt, dass sie ein guter D. A. werden würde, aber sie war sich überhaupt nicht sicher, ob sie gewinnen konnte, und wenn sie die Wahl verlor, würde sie aus dem Job heraus sein. Sie konnte nicht für eine Wiederwahl ins Richteramt und für das Amt des District Attorneys gleichzeitig kandidieren.

Ben meinte, sie sollte es versuchen. Wenn sie es nicht tat, würde sie es später immer bereuen. Und es wäre ja nicht so, als ob sie den Hund verkaufen müssten, um die Raten für den Wagen bezahlen zu können, wenn sie keine Arbeitsstelle haben würde. Das war ein Hinweis auf die Tatsache, dass Ben mit seinem Skalpell mehr als zehnmal so viel Geld verdiente, als die Regierung ihr als Richterin für das Schwingen des Hämmerchens zahlte.

Sie kandidierte und gewann zweiundfünfzig Prozent der Wählerstimmen. Als sie das erste Mal zur Wiederwahl antrat, erhielt sie achtundvierzig Prozent, und beim letzten Mal bekam sie sogar siebenundsechzig Prozent der Wählerstimmen.

Eileen McNamara hatte zwei Mobiltelefone, die sie, wenn sie im Büro war, in die Aufladegeräte auf ihrem Schreibtisch neben dem Festnetz-Telefon mit all seinen Knöpfen steckte. Eines der Handys, das bei einem Anruf summte, war ihr offizielles Telefon. Sie machte sich damit rund um die Uhr erreichbar.

Das zweite Handy hatte eine grüne Hülle, und wenn jemand anrief, spielte es ›When Irish Eyes Are Smiling‹. Dies war ihre private Leitung, deren Nummer nur wenigen Leuten bekannt war. Es war ein Geschenk von Ben, der erklärt hatte »ob du's glaubst oder nicht, auch ich habe einen viel beschäftigten Tag und mag nicht warten, wenn ich dich anrufen will«.

Als das grüne Handy ›When Irish Eyes Are Smiling‹ zu spielen begann, dachte sie an einen Anruf von Ben und fragte sich, ob er sie zum Mittagessen einladen würde.

»Hallo«, meldete sie sich.

»Bist du sehr beschäftigt?«, fragte eine Frauenstimme. Sie kannte die Stimme.

»Nie zu beschäftigt für dich, Martha. Wo bist du?«

Eileen McNamara und Martha Peebles hatten sich auf der University of Pennsylvania kennen gelernt. Eileen, die große, damals dünne, achtzehnjährige Irin, und Martha, die siebzehnjährige, schlanke, kleine protestantische Angelsächsin mit Akne hatten sich sofort prima miteinander verstanden.

Eileen erzählte Martha alles über ihre Familie und nahm sie mit nach Hause, damit sie ›King Kong‹ – ihren Bruder –, ihren Vater, beide Maurer-Subunternehmer, und ihre Mutter kennen lernte. Martha widerstrebte es sichtlich, über ihre Familie zu sprechen. Sie erzählte nur, dass ihre Mutter gestorben war und sie bei ihrem Vater und Bruder wohnte, der ein Möchtegern-Schauspieler war.

Martha hatte Eileen nicht angeboten, sie nach Hause mitzunehmen, und Eileen fragte sich, ob sie sich ihres Vaters oder ihrer Wohnung schämte. Sie machte Martha klar, dass es ihr nichts ausmachte, wenn ihr Vater ›Probleme hatte‹ oder wie ihr Zuhause aussah oder wie viel Geld sie hatten.

Es dauerte vier Monate, bis Martha Eileen schließlich mit nach Hause nahm. Es war ein Samstag, und Eileen lernte Marthas Bruder Stephen und ihren Vater Alexander kennen.

Martha zeigte ihr das Haus und das Grundstück. Das dauerte ein bisschen, denn es waren achtundzwanzig Zimmer in dem Herrenhaus der Jahrhundertwende, das auf vierzehn Acres hinter Mauern in der Glengarry Lane in Chestnut Hill stand. Außerdem gab es ein Gästehaus, ein Treibhaus und Ställe für Alexander Peebles' Polo-Ponys.

»So etwas habe ich noch nie gesehen«, bekannte Eileen, als sie die Ställe verließen. »Nicht einmal in Filmen.«

Martha sah sie an.

»Ich möchte nicht, dass dies die Dinge zwischen uns ändert«, sagte Martha. »Du bist die beste Freundin, die ich jemals hatte.«

Eileen hatte nie den ängstlichen Ausdruck in Marthas Augen vergessen.

»Sei nicht albern.«

»Und erzähl bitte keinem davon.«

»Warum sollte ich?«

Eileen hatte auf der High School nie eine beste Freundin gehabt, und Martha ebenfalls nicht, wie sie sagte. Sie wurden und blieben beste Freundinnen. Martha war die erste Person, der sie von Ben erzählte, gleich nachdem sie den Auffahrunfall gehabt hatten. Und Martha war ihre einzige Brautjungfer gewesen, als sie Ben geheiratet hatte.

Und Eileen machte sich wirklich Sorgen um Martha, besonders nachdem ihr Vater den schwulen Bruder aus seinem Testament strich und alles Martha hinterließ. Alles, das schloss die Tamaqua Mining Corporation ein, die unter anderem über zehn bis zwölf Prozent der bekannten Anthrazitkohlen-Reserven der Vereinigten Staaten verfügte.

Es hatte keinen Mann in Marthas Leben gegeben, niemals eine ernsthafte Beziehung. Eileen sagte sich, dass es dafür mehrere Gründe gab. Der Hauptgrund: Martha wusste, dass sie keine große Schönheit war, und argwöhnte, dass die wenigen Verehrer es hauptsächlich auf ihr Geld abgesehen hatten. Der zweite Grund: Martha verglich die jungen Männer mit ihrem Vater und fand, dass keiner ihm auch nur annähernd das Wasser reichen konnte.

Eileen dachte wirklich, dass ihre beste Freundin niemals den richtigen Mann finden würde, als sie sich zu beklagen begann, dass mehr oder weniger regelmäßig in ihr Haus eingebrochen wurde und dass die Polizei sich nicht darum kümmerte.

Eileen rief Denny Coughlin an und erklärte ihm, sie würde es schätzen, wenn der Leiter des 14. Distrikts oft genug uniformierte Streifenbeamte bei Glengary Lane 606 vorbeischicken würde, um den Bewohnern das Gefühl zu geben, dass sie und ihr Besitz ausreichend geschützt wurden.

Denny Coughlin rief sie eine Stunde später zurück und sagte ihr, sie könne bezüglich Miss Peebles beruhigt sein. Er hatte den Leiter des 14. Distrikts angerufen, und Captain Jessup hatte ihm erklärt, seine Bitte komme ein bisschen zu spät. Anscheinend hatte Miss Peebles' Anwalt, Brewster Payne, mit seinem Kanzleipartner, Colonel Dawson, gesprochen, der mit dem damaligen Polizeichef Czernich wegen Miss Peebles' Problem telefoniert hatte.

Der Commissioner hatte Captain Jessup angerufen und ihm erklärt, dass er sich wegen Miss Peebles keine Sorgen mehr zu machen brauchte. Er hatte das Problem der Abteilung Special

Operations übergeben, und die Highway Patrol würde jetzt regelmäßig – mindestens stündlich – bei Glengary Lane 606 vorbeifahren. Special Operations war gesagt worden, dass der Commissioner nichts mehr von irgendeinem weiteren Problem bei Glengary Lane 606 hören wollte.

Am nächsten Morgen, kurz nachdem Richterin Solomon um neun in ihr Richterzimmer gegangen war, hatte Martha Peebles angerufen.

»Eileen, es ist passiert.«

»Was ist passiert?«

»Mein Ritter in glänzender Rüstung. Er ist endlich gekommen.«

»Martha, ist alles in Ordnung mit dir?«

»Sein Name ist David Pekach, und er ist befehlshabender Captain der Highway Patrol. Und wir haben es getan, Eileen!«

Martha berichtete, dass Captain Pekach angerufen hatte, um sie zu informieren, dass ihr Grundstück jetzt ständig und regelmäßig kontrolliert werden würde und sie sich entspannen könnte.

»Mein Gott, Eileen. Er ist so wie Daddy. Ganz Mann. Du fühlst dich einfach sicher, wenn du mit ihm zusammen bist.«

»Was meinst du mit ›wir haben es getan‹?«

»Du weißt schon, was ich meine«, sagte Martha, nicht mal sehr verschämt.

»Du willst mir doch nicht sagen, dass dieser Cop durch die Tür kam und du ihn mit ins Bett genommen hast?«

»Nein, natürlich nicht. Da noch nicht. Er sagte, er würde persönlich um Mitternacht auf Streifenfahrt vorbeischauen, und ich sagte, ich gehe nie so früh zu Bett und wenn er Zeit hätte – nicht nach Hause zu einer Frau müsste –, warum er dann nicht eine Pause machte. Dann würde ich ihn zu einer Tasse Kaffee einladen. Und er sagte: ›Ich bin nicht verheiratet, und ja, danke, ich trinke gern eine Tasse Kaffee.‹ Und er kam um Mitternacht wieder, und dann haben wir es getan.«

»Ich glaube, du bist verrückt geworden.«

»Ich weiß. Ich bin verrückt vor Liebe. Sein Vorname ist David. Und ich dachte, beim ersten Mal tut es weh, aber das war gar nicht so. Gott, Eileen, es war wundervoll!«

»Denny. Erzählen Sie mir etwas über Captain David Pekach von der Highway Patrol«, sagte Richterin Solomon am Telefon.

»Was möchten Sie wissen, Eileen? Und warum?«

»Das Warum ist meine Sache. Erzählen Sie mir was über ihn.«

»Was soll ich da erzählen? Er ist ein guter Cop.«

»Ist er verheiratet?«

»Nein. Er ist nie verheiratet gewesen. Bevor er Captain wurde und man ihm die Leitung der Highway Patrol übergab, war er Lieutenant beim Rauschgiftdezernat. Er arbeitete undercover, ließ sich einen Pferdeschwanz wachsen, und die Dealer hielten ihn für einen der ihren. Er hat höllisch viele Festnahmen geschafft.«

»Ist das alles?«

»Als er Rekrut-Detective bei der Mordkommission war, fast noch ein Junge, dachte der Rest der Polizei, der heilige ›Fort‹ Festung könnte unmöglich so etwas tun wie seine Freundin verletzen. Dave Pekach fand einen Richter, der ihm einen Durchsuchungsbefehl unterschrieb …«

»Ich weiß, wer er ist«, unterbrach Eileen, denn sie erinnerte sich an den Prozess.

»Wie schon gesagt, Eileen, er ist ein sehr guter Cop.«

»Erzählen Sie mir etwas über ihn und Frauen. Ich hörte, er soll ein ziemlicher Schwerenöter sein.«

»Wer hat Ihnen das gesagt?«, fragte Coughlin. »Eileen, Sie haben ihn gesehen. Er ist ein kleiner Kerl. Erinnert an ein Wiesel. Die Frauen fallen nicht gerade in Ohnmacht, wenn sie ihn sehen. Ich habe ihn nie mit einer Frau zusammen gesehen. Was soll das alles?«

»Danke, Denny.«

Drei Wochen später traute Brewster Cortland Payne, Esquire, Miss Martha Peebles mit Captain David Pekach. Die Ehrenwerte Eileen McNamara-Solomon war Trauzeugin.

»Eileen. Mir ist klar, dass dies kurzfristig ist, aber ich möchte wirklich, dass du und Ben heute Abend zum Essen kommt«, sagte Martha Peebles-Pekach jetzt.

»Was ist los?«

»Brewster Paynes Sohn – Matt? – ist soeben zum Sergeant befördert worden. Und mein Schatz und ich geben eine kleine Party für ihn.«

»Dieser Junge ist Sergeant geworden?«, fragte Eileen überrascht. Insgeheim hielt sie Detective Matt Payne für einen Wyatt Earp – oder vielleicht Stan Colt – der Polizei. Die meisten Cops zogen ihre Waffen nie in zwanzig Dienstjahren. Brewster Paynes Sohn hatte bereits zwei Verbrecher erschossen und war an einer Schießerei à la O.K. Corral in der Bucks County beteiligt gewesen, und er war gerade erst fünf Jahre im Job.

Und jetzt ist er Sergeant?

»Er war die Nummer eins auf der Liste. Der Bürgermeister hat ihn heute Morgen befördert.«

»Ich muss das mit Ben besprechen«, sagte Eileen.

»Komm mit oder ohne ihn, Eileen. Bitte! Gegen sechs.«

3

Lieutenant Jason Washington, der in seinem Büro mit den Glaswänden saß, die Füße auf die untere aufgezogene Schublade seines Schreibtischs gelegt und tief in Gedanken versunken, bemerkte, dass Detective Kenneth J. Summers, ein korpulenter Vierzigjähriger, ihm von seinem Schreibtisch aus zuwinkte.

Er hob die Augenbrauen, um anzuzeigen, dass Summers jetzt seine Aufmerksamkeit hatte. Summers wies auf das Telefon. Washington nickte und griff danach.

»Mordkommission, Lieutenant Washington.«

»Dave Pekach, Jason.«

»Darf ich zu hoffen wagen, dass Sie anrufen, um mir zu erzählen, dass zwei Verbrecher einen Wagen der Highway Patrol gestoppt und, von Reue überwältigt, gefragt haben, wo sie die Roy-Rogers-Morde gestehen können?«

»Sie haben sie noch nicht?«, fragte Pekach überrascht.

»Sie wissen, wo sie sind, David?«, fragte Washington sarkastisch zurück. »In Ermangelung einer besseren Idee lasse ich vier Leute einer etwas esoterischen Idee nachgehen, die das jüngste Mitglied unserer glücklichen kleinen Familie gehabt hat.«

»Matt?«

»In der Tat. *Sergeant* Matthew Payne. Er fragte sich – und verursachte bei Tony Harris einigen Ärger – unter uns gesagt, auch mir –, weil er nicht zuerst den gleichen Gedanken gehabt hat – nämlich warum sich Täter Nummer eins die Mühe gemacht hat, seine Waffe unter Kenny Charltons kugelsichere Weste zu schieben, anstatt ihm einfach in den Kopf zu schießen.«

»Ja. Ich frage mich, warum.«

»Es gibt vielleicht keinen Grund, aber im Augenblick ziehen wir die Möglichkeit in Betracht, dass er Kenny kannte, irgendeine persönliche Feindseligkeit ihm gegenüber hatte und sicherstellen wollte, dass die Wunde tödlich war.«

»Das ist möglich. Das klingt nach einer vorsätzlichen Handlung, nicht nach etwas, das zufällig passierte.«

»So stellen wir ein Fotoalbum von jedem jungen afro-amerikanischen Gangster zusammen, den Kenny jemals festgenommen hat. Und da Kenny viele Jahre auf den Straßen verbracht hat, gibt es eine große Anzahl solcher Krimineller.«

»Es könnte funktionieren, Jason«, meinte Pekach nachdenklich.

»Und ich lasse von Tony alles noch mal von Schritt eins aus wiederholen«, sagte Washington.

»Eigentlich rufe ich wegen Matt an«, sagte Pekach. »Meine Martha will einen auf seine Beförderung zum Sergeant saufen …«

»Irgendwie bezweifle ich, dass Ihre Martha diese Formulierung benutzt hat.«

»Sie will ein paar Leute einladen, so hat sie es ausgedrückt. Sie und Ihre Frau natürlich und Tony. Und meine Martha hat mich gebeten, Sie zu fragen, ob es keine gute Idee wäre, die anderen Jungs ebenfalls einzuladen.«

»Wann und wo findet die Feier statt?«

»Heute Abend, hier. Sechs Uhr, sechs Uhr dreißig. Wenn das

Wetter gut bleibt, dann draußen. Wie beim letzten Mal. Wenn ich mir's recht überlege, war das, um einen auf Ihre Beförderung zu saufen.«

»Ich hätte fast gesagt, dass heute Abend nicht die beste Zeit ist. Aber dann fiel mir Ihre profunde philosophische Bemerkung ein, dass alles funktioniert, et cetera, et cetera. Tony wird kommen, dafür werde ich sorgen, und ebenso meine Martha und ich. Und ich werde eine Notiz ans schwarze Brett heften und darüber informieren, dass für jeden, der daran interessiert ist, Sergeant Paynes Beförderung zu feiern, Essbares und Berauschendes in Glengary Lane zu bekommen ist.«

»Glauben Sie, dass jemand kommen wird?«

»Essbares und Berauschendes mag den einen oder anderen anlocken. Und einfache Neugier auf Schloss Pekach wird einige der anderen anlocken. Ich will das Ganze nicht zur Kommandosache machen.«

»Wird sich Henry einfinden?«

Captain Henry C. Quaire war befehlshabender Polizeioffizier der Mordkommission.

»Meine Martha hat seine Frau Sowieso angerufen.«

»Gladys«, half Washington aus.

»Also *Gladys* und Henry werden dort sein«, sagte Pekach.

»Warum überrascht mich das nicht?«

Gladys Quaire betrachtete eine Einladung nach Glengary Lane 606 als das Philadelphiaer Gegenstück zu einer Einladung, die Pferderennen in Ascot von der königlichen Loge aus zu betrachten.

Pekach lachte glucksend und verabschiedete sich.

4

Als Dr. und Mrs Benjamin Solomon durch das Tor in der Mauer von Glengary Lane fuhren, war die Zufahrtsstraße zum Haus mit verschiedenen Modellen von Crown Victoria Autos gesäumt. Sie saßen in Bens Cadillac, und Eileen trug das, was sie als ihr Outfit einer Arztfrau bezeichnete.

Doch sie konnte die Staatsanwältin nicht sehr weit zurücklassen. In dem neuen Crown Victoria, der dem Cadillac folgte, schaltete Detective Albert Unger vom Büro der Staatsanwaltschaft sein Funkgerät ein und sprach ins Mikrofon.

»Funk, D-eins.«

»Kommen, D-eins.«

»In Glengarry Lane in Chestnut Hill bis auf weiteres.«

»Verstanden.«

Philadelphia stellte seinem Staatsanwalt neutrale, von Detectives gefahrene Polizeiwagen zur Verfügung. Der Detective diente natürlich auch als Leibwächter für den D.A. Für gewöhnlich machte dies Sinn, und es war nett, zu Hause von einem Fahrer abgeholt oder abgesetzt zu werden. Aber manchmal – wie jetzt zum Beispiel – war es unsinnig.

Es würden mindestens dreißig – vermutlich mehr – Polizeibeamte in Glengarry Lane 606 sein, alle bewaffnet, und viele ranghoch genug, um von eigenen bewaffneten Fahrern begleitet zu werden. Die Person des District Attorney würde so sicher sein, wie sie es nur sein konnte. Und wenn etwas passierte, was die sofortige Anwesenheit der Staatsanwaltschaft erforderte, würde jeder neutrale Wagen der Weißhemden verfügbar sein, um sie mit heulender Sirene zum Ziel zu bringen.

Doch weil sie hierher fuhr, würde der arme Al Unger einfach beim Wagen herumgammeln und auf eine Funkbotschaft warten müssen, während der D.A. auf der Party war. Er würde nicht allein sein. Deputy Commissioner Coughlins Fahrer und die Fahrer anderer ranghoher Weißhemden würden ebenfalls bei ihren Wagen herumgammeln und warten, ob etwas über Funk kam. Martha Peebles würde natürlich sicherstellen, dass die Kellner des Party Services für ihr leibliches Wohl sorgten.

Es überraschte Eileen nicht, dass die Party draußen vor den Ställen stattfand, denn das Wetter war wundervoll. Alexander Peebles' Ponys waren längst fort, und die Grasfelder, auf denen einst Polo gespielt worden war, boten idealen Platz für eine Party im Freien.

Tische waren aufgestellt worden, und Kellner servierten Getränke und Steaks und italienische Würstchen vom Grill.

Ihre Gastgeberin und deren Mann begrüßten die Solomons, als sie auf das ehemalige Polofeld gingen.

»Tut mir Leid, dass wir so spät kommen. Ben musste arbeiten«, sagte Eileen und umarmte Martha Peebles.

»Ihr seid hier, nur das zählt«, erwiderte Martha und gab Dr. Solomon ein Küsschen auf die Wange. »Ich setze Euch zu den Paynes«, fuhr Martha fort und wies zu einem der Tische.

»Ratet mal, von wem ich eine Postkarte bekommen habe«, sagte Captain Pekach.

»Wenn du einen Moment Zeit hast, muss du mir etwas darüber erzählen«, sagte Eileen.

»In ein paar Minuten«, sagte Pekach.

Eileen sah Ben lächeln und entdeckte den Grund. Amelia A. Payne, Dr. med., saß bei ihren Eltern. Ben würde jemanden haben, mit dem er sich unterhalten konnte – er hatte wenig Gemeinsamkeiten mit den Cops oder, was das anbetraf, mit Brewster C. Payne. Außerdem mochten er und Amy Payne einander und teilten ihre Abneigung gegen einige ihrer Kollegen und viele der bürokratischen Prozeduren an der Uniklinik. Sie konnten lang und breit über diese Themen plaudern und würden das fast mit Sicherheit auch tun.

Deputy Commissioner Coughlin und Brewster C. Payne standen auf, als sich die Solomons dem Tisch näherten.

Die Männer reichten sich wortlos die Hände. Eileen setzte sich neben Patricia Payne, und Ben nahm am Tisch neben Amy Platz.

»Wo ist das Geburtstagskind?«, fragte Eileen – und bevor Patricia antworten konnte, wandte sie sich an den Kellner. »Irischen Whisky on the rocks für mich. Und eine Diätcola für meinen Mann.« Sie wies hin und fügte hinzu: »Machen Sie einen Doppelten daraus. Ich bin den ganzen Tag lang ein braves Mädchen gewesen.«

»Auch einen für mich, bitte«, sagte Patricia Payne. »Aber keinen Doppelten.«

»Wo ist *Sergeant* Payne?«, fragte Eileen.

Amelia Payne schnaubte.

»Ich nehme an, Sie sind begeistert, wie?«, fragte Eileen.

»Eigentlich nicht«, sagte Amy, »um ehrlich zu sein.«

»Matt ist ins Haus gegangen, um etwas zu holen. Er kommt gleich zurück«, sagte Patricia.

»Kann man denn sagen, dass Sie begeistert sind?«, fragte Eileen Patricia.

»Gemischte Gefühle«, erwiderte Patricia. »Stolz? Sicher. Glücklich für Matt? Sicher. Aber das Abzeichen, das ihm der Bürgermeister angeheftet hat, war das von Matts Vater.«

»Autsch«, sagte Eileen. »Die Polizei hat es all diese Jahre aufbewahrt?«

»Ich hatte es. Ich hielt es für richtig ...«

»Das war es auch«, sagte Eileen entschieden.

»Mutter Moffitt war bei der Zeremonie dabei«, sagte Amy. »Um die Dinge wie üblich zu vermiesen.«

»Amy!«, sagte Patricia Payne tadelnd.

»Dave hat eine weitere Postkarte von unserem flüchtigen Kriminellen erhalten«, sagte Coughlin, offensichtlich um vom Thema Mutter Moffitt abzulenken.

»Das hat er mir erzählt«, sagte Eileen. »Da war heute etwas – ich werde es Ihnen später erzählen, wenn ich es Dave sage.«

»Ist es mir erlaubt, zu fragen? ›Unser Flüchtling‹?«, sagte Brewster Payne.

»Isaac ›Fort‹ Festung«, erklärte Eileen.

»Ah, dieser Kerl.«

»Dieser elende Hurensohn«, sagte Coughlin und fügte sofort hinzu: »Vergib den Franzosen.«

Ein Kellner überreichte der Staatsanwältin den Whisky. Sie wartete, bis Patricia Payne ihren hatte, stieß dann mit ihr an und trank einen kräftigen Schluck.

»Auf Sergeant Payne«, sagte sie.

»Danke«, sagte Patricia Payne.

»Denny, ›elender Hurensohn‹ ist eine passende Bezeichnung für Fort Festung, also brauchen Sie sich nicht für Ihre Sprache zu entschuldigen«, sagte Eileen. »Aber wenn Sie allgemein für unsere französischen Brüder um Vergebung bitten, *ich* bin nicht bereit, ihnen zu vergeben.«

Es folgten Lachen und Lächeln.

»Sie kauft sogar kein französisches Parfüm mehr«, sagte Dr. Solomon.

»Versuchen Sie, Patricia für Ihre Sache zu gewinnen, Eileen«, meinte Brewster Payne.

»Als er in Frankreich auftauchte – er reiste übrigens illegal ein, unter falschem Namen –, hätten die Franzosen ihn mit der nächsten Maschine abschieben sollen.«

»Hat ihre Weigerung nicht etwas mit der Todesstrafe bei uns zu tun?«, fragte Patricia.

»Das war zuerst ihre Ausrede, doch das klappte nicht. Zum Zeitpunkt seiner Verurteilung hatten wir keine Todesstrafe. Ich hätte ihn unmöglich zum Tode verurteilen können, so sehr ich das auch gewollt hätte. Da sagten die Franzosen dann, sie würden ihn nicht ausliefern, weil er in Abwesenheit verurteilt wurde.«

»Ich dachte, die Legislative kümmert sich darum und garantiert ihm einen neuen Prozess, wenn er einen verlangt«, sagte Brewster C. Payne.

»Das hat man getan. Und so haben wir die Franzosen informiert. Jetzt erzählen sie uns irgendeinen Unsinn über die Verjährungsfrist«, sagte Eileen. »Wir legen dagegen Beschwerde ein. Morgen erwarten wir eine Entscheidung darüber, und wenn ihr stattgegeben wird, sind wir wieder bei Schritt eins. Mit anderen Worten, wir verlangen wieder seine Auslieferung.«

Sie bemerkte plötzlich, dass jemand ihre Aufmerksamkeit suchte.

»Da ist Dave Pekach, der darauf wartet, dass ich ihm sage, was ich Ihnen soeben erzählt habe.« Sie nickte zu Pekach, der am Rand des ehemaligen Polofelds stand. »Entschuldigen Sie mich bitte.«

Sie erhob sich und wandte sich an einen Kellner. »Das Steak medium«, wies sie ihn an. »Dazu ein Stück italienisches Würstchen und eine Tomatenscheibe. Keine Kartoffeln. Ich werde in fünf Minuten zurück sein.« Sie wies zu ihrem Mann hin. »Und dieser gut aussehende Gentleman bekommt das Gleiche.«

Sie ging zu Pekach und folgte ihm in den Stall. Zusammen schlenderten sie fast bis zu dessen Ende.

»Habe ich dich bei etwas Wichtigem unterbrochen?«, fragte Pekach. »Du und Denny Coughlin wirkten in ein ernsthaftes Gespräch vertieft.«

»Wir haben über den heiligen Isaac gesprochen«, sagte Eileen. »Was stand auf der Postkarte?«

»Das Übliche. ›Amüsiere mich gut, wünsche du wärst hier. Beste Grüße, Isaac.‹«

»Dieser arrogante Hundesohn!«, regte sich die Staatsanwältin auf. Dann fuhr sie ruhiger fort: »Ich hatte heute einen Anruf – das heißt Tony Casio hatte ihn – vom Außenministerium …«

»Ich habe das Gefühl, dass ich etwas hören werde, was ich nicht wissen sollte«, sagte Matt Payne und trat aus einer der Boxen auf den Mittelgang.

»Was, zum Teufel, machen Sie denn hier?«, fragte Pekach neugierig.

»Ich gehe ja schon«, sagte Matt. »Verzeihung.«

»Bleiben Sie hier«, sagte Eileen. »Es gibt keinen Grund, weshalb Sie das nicht hören sollten.«

»Was machen Sie hier?«, wiederholte Pekach.

Matt sah zwischen ihnen hin und her und sagte sich, dass man sich am besten an die Wahrheit hält, wenn man nicht weiß, was man sagen soll.

»Erinnern Sie sich an die Szene in *Der Pate*, an die Hochzeitsfeier, bei der jeder der Braut einen Umschlag überreicht? Als Tribut an den Paten, nicht weil man der Braut etwas schenken will?«

»Ja«, sagte Pekach. »Und?«

»Ich fühle mich wie die Braut«, sagte Matt. »Aus Respekt zu Ihnen und Martha und/oder meinen Eltern und/oder Denny Coughlin, ist jeder zum Tisch gekommen und hat gesagt ›Glückwunsch, Sergeant‹. Und dann hat Amy geschnaubt. So habe ich mich hier versteckt.«

»Sie hätten warten sollen, bis Ben und ich endlich hier sind«, meinte Eileen. »Unsere Glückwünsche sind absolut aufrichtig.«

Er sah sie einen Moment an.

»Danke«, sagte er und fügte dann hinzu: »Wie gesagt, ich wollte nicht lauschen und gehe jetzt.«

»Interessiert Sie nicht, etwas über Fort Festung zu erfahren?«, wollte Eileen wissen.

»Eigentlich bin ich fasziniert …«

»Okay«, sagte Eileen. »Bleiben Sie. Neuester Stand der Dinge – Tony Casio …«

»Er ist Eileens zuständiger Mann für flüchtige Verbrecher«, warf Pekach erklärend ein.

»... erhielt heute Nachmittag einen Anruf vom Außenministerium. Die Franzosen entscheiden morgen über die Verjährungsfrist, und sein ›Rechtsberater‹, sprich FBI-Knabe, hörte, dass die Entscheidung zu unseren Gunsten ausgehen wird.«

»Wohin führt das?«

»Wir beantragen von neuem die Auslieferung. Wenn die Entscheidung morgen zu unseren Gunsten ausfällt, stellen wir sofort wieder einen Auslieferungsantrag.«

»Und diesmal?«

»... können uns die Franzosen nicht so lange hinhalten, David«, sagte Eilen. »Wir bekommen ihn.«

Pekach sah sie lange an, äußerte sich jedoch nicht.

»Okay, Geburtstagskind«, sagte Eileen. »Zurück zum Tisch. Und lächeln Sie nett, wenn Ihnen jemand gratuliert.«

»Ja. Ma'am«, sagte Matt.

5

Ungefähr zu der Zeit, als die letzten der Gäste heimfuhren – gegen Viertel nach eins – stand Homer C. Daniels im Schatten eines Baumes in der Independence Street in Nordost-Philadelphia, in einem Viertel, das als East Oak Lane bekannt ist.

Homer C. Daniels, sechsunddreißig, ein Meter fünfundachtzig groß, zwei Zentner schwer, kaukasischer Abstammung, war einst Fallschirmspringer gewesen und trug sein hellbraunes Haar immer noch kurz geschnitten, als hätte er den Schädel vor einiger Zeit rasiert gehabt.

Er spähte zu den Fenstern im ersten Stock auf der rechten Seite des Gebäudes, das vor einem knappen Jahrhundert als Einfamilienhaus gebaut worden war – nicht ganz groß genug, um Herrenhaus genannt zu werden. Nach dem Zweiten Weltkrieg hatte es eine Weile leer gestanden und war dann in ein ›Mehrfamilienhaus‹ umgewandelt worden, mit zwei Apartments im Erdgeschoss, zwei im ersten Stock und einer dritten Wohnung im zweiten Stock, wo einst das Quartier des Hauspersonals gewesen war.

Daniels, der einen schwarzen Overall trug, betrachtete sich mehr als Geschäftsmann denn als Lastwagenfahrer, obwohl er in den vergangenen Jahren einen Peterbilt Sattelschlepper hundertfünfzigtausend Meilen durch das ganze Land gefahren hatte.

Zum einen war er ein Partner bei Las Vegas Classic Motor Cars, Inc., der Firma, die den Peterbilt besaß. Und er war an der Fracht des Trucks ebenfalls beteiligt, manchmal gehörte ihm sogar die gesamte Fracht.

Las Vegas Classic Motor Cars, Inc. handelte – wie der Name schon andeutete – mit den ›großen‹ Automarken. Die Palette reichte von Oldtimern – Duesenbergs und Pierce-Arrows, die nicht mehr hergestellt wurden – bis zu Ferrari, Mercedes Benz und Rolls Royce.

Wenn ein Auto weniger als fünfundsiebzigtausend Dollar wert war, hatte die Las Vegas Classic Motor Cars Inc. kein Interesse daran. Interessiert hingegen war die Firma zum Beispiel an einem Dusey im Spitzenzustand, der zum Beispiel eineinviertel Millionen Dollar wert war.

Daniels und seine Partner kauften und verkauften einige Wagen selbst und akzeptierten einige auf Kommission. Oftmals kauften sie einen ›relativ gut erhaltenen‹ Klassiker und steckten hunderttausend Dollar in seine Restaurierung, bevor sie ihn zum Verkauf anboten. Sie restaurierten Oldtimer auch ›von Grund‹ auf für Besitzer und hatten sich einen internationalen Ruf für die Qualität ihrer Arbeit erworben.

Wagen dieser Art waren echte Kunstwerke, und wie man keine Rodin-Skulptur oder kein Andy-Warhol-Bild von einer Tomatendose der Acme Trucking Company oder sogar United Parcel zum Transport anvertrauen würde, ließ man auch keinen dieser Luxusschlitten, zum Beispiel ein 1954er Mercedes Benz 300 SL Coupé im Wert von zweihundertfünfundsiebzigtausend Dollar, von oder nach Las Vegas transportieren, ohne die entsprechenden Vorsichtsmaßnahmen zu treffen.

Offenbar kam nicht in Frage, solch ein teures Auto von einem Abschleppwagen oder in einem Truck befördern zu lassen.

Ebenso wenig auf einem Tiefladeanhänger, angekettet und mit einer Plane bedeckt.

Die Lösung war, solch ein wertvolles Fahrzeug in einem Caravan zu transportieren, und eine Zeit lang hatte Las Vegas Classic Motor Cars, Inc. genau dies getan. Dann hatten die Partner festgestellt, dass solche Verträge für den Transport ›direkt, einzige Fracht‹ von Fahrzeugen sie eine Stange Geld kosteten. Sie hatten das Ganze durchgerechnet und waren zu dem Schluss gelangt, dass der Kauf und Betrieb eines eigenen Trucks berechtigt war.

Sie kauften den Peterbilt, ließen ihn speziell umbauen – im Wesentlichen für die Auspolsterung des Inneren und Befestigungsmöglichkeiten, damit das Fahrzeug während des Transports gesichert war – und heuerten einen professionellen Truckfahrer an.

Das erwies sich als Katastrophe. Der Fahrer fuhr gegen etwas, das auf der Straße lag – behauptete er –, verlor die Kontrolle über den Truck, geriet in den Straßengraben und überschlug sich. Die Trossen, die installiert worden waren, um das 1939er Packard 230 Le Baron Cabrio zu sichern, waren nicht stark genug, um den massiven Wagen an Ort und Stelle zu halten, als sich der Truck im Straßengraben überschlug, und der Schaden war groß.

Die Partner argwöhnten, dass der Fahrer in Wirklichkeit am Lenkrad eingeschlafen war – Trucker neigten dazu ›Meilen zu fressen‹. Die Versicherungsgesellschaft hatte den gleichen Verdacht, obwohl sie schließlich zahlte. Sie informierte die Partner jedoch sofort, dass sie ihre Versicherungsprämie in Zukunft beträchtlich erhöhen musste.

Das war der Zeitpunkt, als die Idee aufgekommen war, dass Homer den Sattelschlepper selbst fuhr. Zum einen war Homer sofort nach seinem Ausscheiden aus dem Militärdienst Trucker gewesen, zum anderen hatten Homer und seine Frau schließlich genug voneinander, und es würde keine Härte für ihn sein, eine Woche oder zehn Tage fern von Las Vegas zu verbringen.

Und es hatte auch noch andere Vorteile. Wenn zum Beispiel ein Fahrzeug in Saint Louis von Interesse für Las Vegas Classic Motor Cars, Inc. war und Homer sich mit dem Truck gerade dort – oder in der Nähe – aufhielt, konnte er sich das genau ansehen, ohne die Kosten für einen Hin- und Rückflug zu bezahlen, seinen Partnern eine Empfehlung geben und wenn sie mit dem Handel einverstanden waren, die Neuerwerbung gleich an Ort und Stelle in den Truck einladen.

Und dann war da das Restaurations-Geschäft. Homer konnte sich einen Wagen ansehen, den jemand von Las Vegas Classic Motor Cars, Inc. restaurieren lassen wollte, dem Besitzer einen Preis nennen, und wenn ein Vertrag zustande kam, den Wagen gleich an Ort und Stelle einladen und nach Las Vegas bringen.

Der ursprüngliche Sattelschlepper war natürlich Schrott. Sie kauften einen anderen und statteten ihn besonders aus. Der neue war beheizt und mit einer Klimaanlage ausgerüstet. Er konnte drei Wagen transportieren, statt zwei – sogar fünf, wenn allesamt Porsches waren, was mehrmals der Fall war. Zusätzlich wurden Schränke für Werkzeuge eingebaut und ein Abteil, das sehr einem Schlafabteil der alten Eisenbahn ähnelte. Es enthielt Toilette, Bett, Dusche, einen winzigen Schreibtisch für Homers Computer und einen Wandschrank für seine Kleidung.

Wenn Homer versuchte, einen Handel für ein 1940er Buick Limited Cabrio mit Sonderausstattung für, sagen wir mal, hundertfünfzigtausend Dollar abzuschließen, sollte er aussehen wie ein Geschäftsmann, nicht wie ein Trucker. Und wenn er von Küste zu Küste oder irgendwo sonst über Nacht fuhr und etwas Schlaf brauchte, konnte er einfach auf einen Lastwagen-Rastplatz fahren, hinten in den Wagen einsteigen, sich ein paar Stunden aufs Ohr hauen und dann wieder weiterfahren. So brauchte er sich kein Motel zu suchen, wo er den Sattelschlepper parken konnte, um dann fünfzig, sechzig Dollar und manchmal mehr zu bezahlen, um nur ein paar Stunden ein Bett zu haben.

Die ganze Sache – einschließlich des Reisens durchs ganze Land – hatte sich als ideal für Homers Hobby erwiesen. Sein Hobby war, irgendein junges Weibsstück zu finden, das aussah wie die Schlampe, mit der er zehn Jahre seines Lebens verschwendet hatte. Ein Weib, das allein lebte und an das er sich heranmachen konnte. Er beobachtete sie und schlich sich in einem günstigen Moment in ihr Apartment, um ihr dann höllische Angst einzujagen. Maskiert mit einer schwarzen Maske, hielt er ihr die glänzende Zwölf-Zoll-Klinge eines nachgemachten Bowie-Messers vors Gesicht, dass sie um ihr Leben zitterte. Dann schnitt er ihr die Kleidung auf, fesselte sie an ihr Bett und machte Fotos mit seiner Digitalkamera, bevor er sie vergewaltigte, währenddessen und danach.

Jetzt stand Homer zum vierten Mal im Schatten des Baumes und schaute zum Apartment von Miss Cheryl Anne Williamson hoch, die mit dreiundzwanzig genauso aussah, wie Mrs Bonnie Mason-Daniels in diesem Alter ausgesehen hatte. Das heißt, sie war groß, schlank, blond, sehr hellhäutig. Homer fand, dass sie so trügerisch süß und unschuldig aussah wie früher Bonnie.

Trügerisch, weil Bonnie, die Schlampe, alles andere als süß und unschuldig war.

Als Homer zum ersten Mal im Schatten des Baums gestanden hatte, war er Cheryl vom Halligan's Pub aus gefolgt, wo er gesehen hatte, dass sie die Jungs an der Bar aufgegeilt hatte. Es war Homer sofort klar gewesen, dass Cheryl nicht an die Bar gegangen war, um jemanden richtig kennen zu lernen, vielleicht sogar einen Mann fürs Leben zu finden, geschweige denn einen fürs Bett.

Sie war zur Bar gegangen, um irgendeinen Dummkopf anzumachen, bis er heiß war, um ihm dann zu sagen, dass sie an einem Fick überhaupt nicht interessiert war.

Sie fand ihren Kitzel – genau wie Bonnie, die Schlampe –, indem sie irgendeinen armen Kerl demütigte und ihn wissen ließ, dass er nicht gut genug für sie war.

In der ersten Nacht, als Cheryl den Halligan's Pub verlassen hatte, war er ihr nach Hause gefolgt. Zu dieser Zeit hatte er einen fast neuen Cadillac DeVille gefahren, den er als Leihwagen bei Willow Grove Automotive gemietet hatte, wo er seinen Sattelschlepper geparkt hatte. Las Vegas Classic Motor Cars machte viele Geschäfte mit Willow Grove – auf dieser Fahrt hatte er zwei Porsches aus Kalifornien abgesetzt und würde einen wirklich schönen Rolls Royce abliefern –, und wenn er in der Stadt war, lieh ihm der Besitzer immer einen Wagen über Nacht.

Bei diesem ersten Mal hatte Homer beobachtet, wie Cheryl

ihren Chrysler Sebring geparkt und das Haus betreten hatte. Dann hatte er im Schatten des Baums gewartet, bis in einem Apartment im ersten Stock das Licht angegangen war. Danach war er zu dem Sebring gegangen – er hatte ein halbes Jahr für einen Abschlepp- und Schlüsseldienst in Las Vegas gearbeitet, und es war für ihn überhaupt kein Problem, in einen abgeschlossenen Wagen hereinzukommen – und hatte in ihrem Handschuhfach Papiere gefunden, denen er Cheryls Namen, Adresse, Telefon- und Versicherungsnummern entnommen hatte.

Anschließend stieg er in den DeVille, fuhr zurück zu Willow Grove Automotive, parkte den DeVille, gab die Schlüssel dem Sicherheitsmann und ging zum Sattelschlepper. Er vergewisserte sich, dass die Stromleitung angeschlossen war, stieg ins Abteil und schloss von innen ab.

Er zog all seine Kleidung aus und setzte sich vor den Computer. Er schaltete ihn ein, nahm eine der guten CDs aus ihrem Versteck, legte sie ins Laufwerk, sah sich den Index an, überlegte einen Moment und sagte sich dann, dass die Aufnahmen von Saint Louis jetzt das Richtige waren. Er sah sie sich an.

Das Mädchen in St Louis – Karen – sah Bonnie der Schlampe nicht so ähnlich wie das Mädchen von heute Nacht, aber er hatte seinen Kitzel mit ihr gehabt. Als er die Fotos betrachtete, begann er zu masturbieren. Es waren zwölf Bilder, und er stoppte Bild elf. Es zeigte Karen ans Bett gefesselt, kurz nachdem er die Salami in sie gesteckt hatte. Er hatte es ihr wirklich gegeben, es ihr gezeigt, dass sie nicht so hochnäsig zu tun brauchte und nicht so toll war, wie sie glaubte. Sie sah beschmutzt und gedemütigt aus.

Es wird wirklich Spitze sein, es dieser Neuen, dieser Cheryl, genauso zu zeigen!

Dieser Gedanke erregte ihn so sehr, dass er ejakulierte, bevor er es gewollt hatte.

Verdammt, war ich scharf. Mit dieser Cheryl wird es wirklich geil werden.

Er säuberte sich mit einem Kleenex. Dann nahm er die CD aus dem Computer und versteckte sie wieder. Löschte den Ordner STL vom Festplattenlaufwerk und startete das von der

U.S. Regierung genehmigte Slack Wipe Programm. Es würde ein paar Stunden laufen. Das Programm überschrieb die freie Stelle auf der Festplatte immer wieder, sodass nie jemand eine Chance haben würde, die Fotos von Karen, die er soeben gesehen hatte, wiederherzustellen.

Dann duschte er sich und legte sich schlafen.

Am nächsten Morgen um sieben Uhr stieg er hinter das Lenkrad des Peterbilt, fuhr auf den Pennsylvania Turnpike und dann nach Westen. Da war ein Typ in Grosse Pointe, Michigan, der Rolls Royces sammelte, und es bestand eine gute Chance, dass er an dem Wagen, den er jetzt mit dem Sattelschlepper transportierte, interessiert war.

Drei Wochen später stand Homer wieder im Schatten des Baumes vor dem Haus mit Cheryl Williamsons Apartment. Er hatte beim Halligan's Pub vorbeigeschaut, weil er gehofft hatte, sie dort zu sehen, und als sie dort nicht aufgetaucht war, war er zu dem Mehrfamilienhaus gegangen.

Inzwischen wusste er ziemlich viel über Cheryl – hauptsächlich, weil er eine Kreditauskunft über sie eingeholt hatte. Er wusste, wo sie arbeitete, wo sie zur Schule gegangen war, dass sie nie geheiratet hatte und dass sie fünfzehn Raten von hundertneununddreißig Dollar für den Chrysler Sebring und zweiunddreißig Monatsraten à hundertfünf Dollar für die Möbel in ihrem Apartment schuldete.

In ihrem Apartment brannte das Licht, was bedeutete, dass sie dort war und er vermutlich den Overall, die Gesichtsmaske und das Bowie-Messer aus seiner Aktentasche nehmen und zur Tat schreiten konnte. Es war eine Versuchung. Er hatte viel an sie gedacht.

Aber es war auch möglich, dass sie nicht allein in der Wohnung war, und es hatte keinen Sinn, irgendein Risiko einzugehen. Alles fällt dem zu, der geduldig warten kann. Er entschloss sich, zu warten.

Vier weitere Wochen danach stand er zum dritten Mal im Schatten des Baumes und spähte zu ihrem Apartment hoch. Diesmal war Cheryl in Halligan's Pub gewesen und hatte irgendeinen armen Blödmann aufgegeilt, der keine Ahnung gehabt hatte, welch ein Miststück sie war. Als sie dann gegangen war – allein, natürlich –, war er ihr wieder nach Hause gefolgt. Diese Nacht würde es so weit sein, davon war er überzeugt. Er ging sogar zurück zu seinem Wagen – diesmal ein Plymouth Voyager Leihwagen von Willow Grove; es war nichts Besseres frei gewesen – und zog den Overall an.

Als in Cheryls Apartment das Licht ausging, entschied er sich, fünf Minuten zu warten und dann über die Hintertreppe zu ihrem Apartment zu schleichen. Eine Minute später kam Cheryl aus dem Haus, stieg in den Sebring und fuhr davon.

Er wusste natürlich nicht, wohin die Schlampe fuhr. Oder wann – und sogar ob – sie zurückkehrte. Wenn er weiterhin im Schatten des Baumes wartete, konnte er von jemandem gesehen werden. Und wenn er zum Voyager zurückging und darin wartete, konnte ein Streifenwagen vorbeifahren, und die Cops fragten sich möglicherweise, warum jemand um halb drei morgens in einem Wagen herumsaß.

Als er nach Willow Grove und zum Sattelschlepper zurückkehrte, lud er DEN in den Computer und sah sich die sechzehn Fotos an, die er vor drei Monaten in Denver von einem arroganten Weibsstück namens Dolores gemacht hatte. Es erregte ihn, sich das jetzt nicht mehr so arrogante Weibsstück anzusehen und sich zu erinnern. Aber Dolores sah nicht annähernd so gut aus wie Cheryl und ähnelte nicht Bonnie, der Schlampe, wie Cheryl.

Heute Nacht. Homer hatte das Gefühl, dass es endlich klappen würde. Willow Grove Automotive hatte ihm einen dunkelgrauen DeVille geliehen – nicht denjenigen, den er schon mal gehabt hatte –, und als er zum Halligan's fuhr, sah er auf dem Parkplatz Cheryls Sebring. So brauchte er nicht mal in die Bar zu gehen.

Er blieb einfach im DeVille sitzen und wartete. Als sie herauskam, folgte ihr ein Typ, und sie hatten einen kleinen Streit vor der Tür. Die Schlampe sagte ihm offensichtlich, dass sie ihn in der letzten Stunde nur aufgegeilt hatte und dass sie kein solches Mädchen war, wie er wohl dachte, und selbst wenn, dann würde sie sich nicht mit einem jämmerlichen Schlappschwanz wie ihm abgeben.

Der Typ ging in den Halligan's Pub zurück, Cheryl stieg in

ihren Sebring, und als sie davonfuhr, startete Homer den DeVille. Er wusste, wo sie wohnte, und brauchte ihr nicht einmal nachzufahren. Und als er sich der Independence Street näherte, sah er – auf der 67 Avenue North – einen dunklen Parkplatz, wo er den DeVille unauffällig parken und sein Kostüm anziehen konnte, ohne gesehen zu werden.

Als er dann zu dem Baum gelangte und zu Cheryls Apartment spähte, war das Licht an. Er schätzte, dass sie dort höchstens vor vier, fünf Minuten eingetroffen war.

Ungefähr eine Minute später wurde es hinter einem kleinen Fenster hell. Homer war überzeugt, dass es das Fenster vom Badezimmer war. Er stellte sich vor, wie Cheryl nackt unter der Dusche stand, und wartete darauf, dass es hinter dem Fenster wieder dunkel wurde.

Zehn Minuten später ging das Licht aus, und keine Minute danach das Licht in ihrem Schlafzimmer.

Homer überprüfte die Taschen seines Overalls und vergewisserte sich, dass er die Nachbildung des Bowie-Messers, die Kamera und die Plastikstricke dabeihatte, mit denen er sie mit gespreizten Armen und Beinen auf das Bett fesseln würde.

Als er ein paar Gummihandschuhe anzog, bekam Homer bei den Gedanken an das Kommende eine Erektion. Er ermahnte sich, sich abzukühlen. Er wollte nicht, dass es zu schnell vorbei war.

Außen war dem alten Haus eine hölzerne Treppe mit einer schmalen Plattform hinzugefügt worden, um einen Zugang zu den Apartments im ersten und zweiten Stock zu ermöglichen.

Er stieg schnell hinauf und setzte bei jedem Schritt die Füße an den Außenseiten der Stufen auf. Wenn man in die Mitte trat, konnten Treppen knarren, und er wollte nicht, dass irgendein Köter ihn hörte und zu kläffen begann.

Als er auf die Plattform gelangte und vor der Hintertür zu Cheryls Apartment stand, zog er die schwarze Maske aus seiner Tasche und streifte sie über den Kopf. Dann sah er sich das Türschloss genau an. Es waren eigentlich zwei Türen, eine Kombination von Fliegenfenster und Wintertür.

Er schob die Klinge des Messers in den Spalt zwischen Fliegengitter und Rahmen und zog es vorsichtig zur Seite, sodass er hindurchgreifen und die Tür entriegeln konnte. Dann zog er sie vorsichtig auf. Es war leicht, und sie quietschte nicht.

Als er die Tür mit dem Fliegengitter geöffnet hatte, sorgte er dafür, dass das Gitter wieder an Ort und Stelle war. Erfreut stellte er fest, dass das Gitter nicht mal einen Kratzer abbekommen hatte.

Die innere Tür war ebenso wenig ein Problem. Sie hatte ein ziemlich gutes Schloss, doch es war miserabel eingebaut, und er brauchte nur die Messerklinge zwischen Tür und Rahmen zu schieben und ein bisschen Druck auszuüben.

Er fuhr mit der Klinge auf und ab, um zu überprüfen, ob es eine Kette oder einen Riegel gab, und als er nichts fand, öffnete er die Tür, trat in die Küche und schloss die Tür hinter sich.

Nach einer Minute hatten sich seine Augen an die Lichtverhältnisse gewöhnt, und er konnte sich ziemlich gut orientieren. Er war froh, dass er gewartet hatte. In der Küche stand ein kleiner Tisch, gegen den er vermutlich geprallt wäre.

Dies war der haarige Teil der Operation: lautlos bis ins Schlafzimmer und zum Bett zu gelangen.

Homer bahnte sich langsam und vorsichtig einen Weg durch die Küche, ins Wohnzimmer und dann zur Schlafzimmertür. Dies war manchmal ein Problem. Wenn die Schlafzimmertür abgeschlossen war und das Schloss geknackt werden musste, weckte das die Schlampe manchmal auf.

Nicht abgeschlossen.

Die Tür ließ sich glatt nach innen aufschieben.

Im Schlafzimmer brannten zwei kleine Notlichter, die den Weg zum Badezimmer anzeigten, nahe über dem Boden.

Cheryl lag im Bett auf dem Bauch. Sie trug einen Pyjama.

Homer ging zum Bett, berührte sehr vorsichtig Cheryls Schulter, packte sie dann und riss sie auf den Rücken. Dann stieß er sie mit der Hand an ihrer Kehle grob aufs Bett hinab.

»Ein Laut, und ich schneide dir die Kehle durch!«, zischte er und schwenkte das Messer vor ihrem Gesicht.

Cheryl wimmerte.

»Bitte, tun Sie mir nichts«, flehte sie. Sie zitterte vor Angst.

»Ich werde dich ficken, du Schlampe«, sagte Homer. »Es liegt an dir, ob es dir wehtun wird oder nicht.«

Er packte Cheryls linkes Handgelenk, schlang einen Plastikstrick darum, zog ihn fest und band ihn ans Bett.

Das Kopfbrett war aus Eisen. Manchmal war das nicht der Fall – oder es gab gar keines; das war zweimal passiert –, und dann gab es ein Problem. Man musste die Schlampe an die Bettfedern fesseln, was bedeutete, dass man ein paar der Stricke zusammenbinden musste, damit sie lang genug waren.

Heute Nacht gab es kein Problem damit. Er band den Strick des linken Handgelenks um eine Kurve des Eisengestells und packte nach der rechten Hand der Schlampe.

Cheryl begann zu schluchzen.

Homer schlug sie hart.

»Keinen Laut!«, zischte er.

Als er den zweiten Plastikstrick befestigt hatte, ruckte er daran, um sich zu vergewissern, dass er hielt, dann ruckte er an dem anderen.

Anschließend setzte er sich aufs Bett, hockte sich auf die Hacken und fuhr mit der Messerklinge über Cheryls Körper hinab, vom Hals hinab zwischen ihre Brüste und bis zum Schoß.

Sie wimmerte wieder.

Er band den rechten Knöchel an das Eisengestell am Fuß des Bettes, dann den linken. Danach fuhr er wieder mit der Messerklinge über ihren Körper, diesmal hinauf.

»Keinen Pieps, du verdammtes Miststück!«

Er ging zum Lichtschalter und schaltete das Licht ein.

Cheryls Augen waren vor Entsetzen weit aufgerissen.

Er neigte sich über das Bett, schob die Klinge der Nachbildung des Bowie-Messers unter das Oberteil des Pyjamas und schnitt einen der Knöpfe nach dem anderen ab, sodass er es leicht öffnen konnte, wenn es so weit war.

Er nahm die Kamera aus der Tasche und fotografierte Cheryl.

Dann neigte er sich über sie, zog die linke Seite ihres Pyjamaoberteils zur Seite und machte wieder ein Foto.

Sehr schön. Ihre Brustspitzen waren hart geworden.

Homer wurde bewusst, dass er eine Erektion bekommen hatte. Eine so starke wie selten.

Er griff in seine Hose, zog sein steifes Glied heraus und schwenkte er vor ihr hin und her.

»Dies ist für dich, du Miststück!«

Er ging zum Bett, streifte das Pyjamaoberteil von ihrer rechten Brust und fotografierte sie so.

Danach kniete er sich aufs Bett, sodass er die Spitze seines Penis an ihren Brustspitzen reiben konnte.

Das fand er äußerst erregend, und er wusste, dass es ihm kommen würde, und da er es nicht aufhalten konnte, wollte er auch einen guten Orgasmus haben. So rieb er heftig an seinem Glied, bis er auf ihre Brüste und ihr Gesicht ejakulierte.

Sie drehte den Kopf zur Seite und wimmerte.

So schnell es die Kamera erlaubte, schoss Homer drei Fotos davon, und dann glaubte er, eine künstlerische Eingebung zu haben. Er nahm das Bowie-Messer, kratzte behutsam etwas vom Sperma von ihrer Brust und legte das Messer zwischen ihre Brüste, mit der Spitze unter dem Kinn. Er machte zwei Aufnahmen davon und legte die Kamera dann auf den Nachttisch.

»Ich bin gleich wieder da«, sagte Homer. »Wir haben gerade erst angefangen.«

Er ging ins Badezimmer. Zuerst urinierte er, dann wusch er am Waschbecken seine Genitalien. Er spielte damit und dachte, dass er gleich im Schlafzimmer wieder sein Sperma auf ihre Brüste und das Gesicht spritzen konnte.

Der Gedanke erregte ihn so sehr, dass er spürte, wie sein Glied wieder hart wurde. Genau das würde er tun: mit seinem Steifen ins Schlafzimmer zurückgehen. Sie würde ihn sehen und eine Ahnung bekommen, was ihr bevorstand.

Als er ins Schlafzimmer zurückkehrte, hatte die verdammte Schlampe es irgendwie geschafft, die rechte Hand von dem Plastikstrick freizubekommen. Das hatte ihr genügend Spielraum verschafft, um sich zur Seite zu drehen und ihr Telefon vom Nachttisch zu ziehen. Sie wollte gerade eine Nummer eintippen.

»Du verdammtes Weibsstück!«, keuchte Homer wütend. »Was machst du da?«

Er sprang zum Bett, ballte die Hand zur Faust und schlug ihr wuchtig ins Gesicht. Er drehte sie wieder auf den Rücken und schlug sie von neuem. Dann hob er das Telefon auf und wollte die Schnur aus dem Anschluss ziehen. Sie ließ sich zuerst nicht herausziehen, und er zog härter mit einem Ruck daran. Und dann riss etwas, und der Telefonapparat wurde ihm aus der Hand gerissen und flog durch das Zimmer. Er krachte in den Spiegel an der Wand. Das Glas zerbrach in drei große Stücke, und zwei davon fielen zu Boden, wo sie in kleine Scherben zersplitterten.

Mein Gott, das war genug Krach, um Tote aufzuwecken!

»Das wirst du büßen, du Miststück!«, drohte er.

Er erkannte, dass er schwer atmete, und er brauchte einen Moment, um sich zu beruhigen.

Dann blickte er auf Cheryl hinab.

Es war etwas Blut auf ihrem Gesicht, lief an ihren Lippen hinab, und sie starrte zur Decke.

Er blickte hinauf, um zu sehen, was sie dort betrachtete. Da war nichts außer der Lampe. Er sah wieder auf sie hinab. Sie starrte weiterhin zur Decke.

Er schwenkte die Hand vor ihren Augen. Keine Reaktion.

»Allmächtiger!«, stieß Homer leise hervor.

Er klatschte Cheryl auf beide Wangen.

»Gottverdammt, wach auf!«

Sie reagierte nicht.

»O Scheiße«, flüsterte Homer und wedelte wieder mit der Hand vor ihren Augen.

»Scheiße, Scheiße, Scheiße«, sagte er dann.

Er ging zur Tür, schaltete das Licht im Schlafzimmer aus, bahnte sich einen Weg durch das Apartment zur Küche, verließ sie und zog die Tür hinter sich zu. Er vergewisserte sich, dass das Schloss der Tür mit dem Fliegenfenster einrastete.

Dann ging er schnell zum DeVille, und erst einen halben Block später erinnerte er sich daran, die schwarze Gesichtsmaske abzunehmen.

Und dann kam Homer ein Gedanke, der ihn zuerst entsetzte.

Ich habe die verdammte Kamera vergessen!

Er klopfte auf seine Taschen, um sich zu vergewissern.

Verdammt, verdammt, verdammt!

Ach, scheiß drauf! Ich habe nie die Gummihandschuhe abgenommen, also wird es keine Fingerabdrücke geben, deren Spur man bis zu mir verfolgen kann. Ich habe sie in diesem Laden bei den Arabern am

Times Square in New York gekauft, als ich dort den silbergrauen Bentley abgeholt habe. Bezahlt habe ich in bar. Ich werde mir einfach eine neue Kamera kaufen. Sie war ohnehin ziemlich alt.

7

1

Die andere Seite von Cheryl Williamsons Schlafzimmerwand in ihrem Apartment in der Independence Street war die Schlafzimmerwand der Wohnung von Mr und Mrs Herbert McGrory.

An dieser Wand hing ebenfalls ein Spiegel – die Apartments waren praktisch identisch – und als Cheryls Telefon Homer C. Daniels aus der Hand gerissen wurde und ihren Spiegel zerschmetterte, schlug es auch gegen die Fasergipsplatte hinter dem Spiegel.

An diesem Punkt der Wand hinter der Fasergipsplatte befand sich einer der Wandpfosten, zwischen denen Isoliermaterial angebracht war, mehr um Geräusche zwischen den beiden Wohnungen zu dämpfen, statt aus Wärmegründen.

Technisch gesehen war dies ein Verstoß gegen die Bauvorschriften in Philadelphia, die verlangten, dass Wohnbereiche durch eine Brandschutzwand getrennt wurden, entweder aus Beton oder Zementblöcken. Der Baubehörde war der Verstoß gegen diese Vorschrift irgendwie entgangen. Im Laufe der Jahre waren eine Reihe Inspektoren der Baugenehmigung schuldig gesprochen worden, weil sie Schmiergelder von Bauherrn angenommen hatten, damit sie Verstöße gegen die Bauvorschriften übersahen.

Viele – vielleicht die meisten – dieser korrupten Beamten

waren zu einer Geld- oder Gefängnisstrafe verurteilt worden, doch es war für die Stadt offensichtlich schwierig gewesen, jeden Bau noch einmal zu überprüfen und zu genehmigen, und so hatte man darauf verzichtet.

Der Pfosten vibrierte, nicht stark, doch genug, um die Rückseite des Spiegels an McGrorys Wand ins Schwanken zu bringen. Der Spiegel verschob sich, das Glas bekam Risse, und dann rutschte ein großes Stück aus dem Rahmen und zersplitterte am Boden.

Das Geräusch weckte Mrs Joanne McGrory, eine kleine, ziemlich pummelige Sechsunddreißjährige, die mit ihrem Mann, einem großen, ziemlich pummeligen Achtunddreißigjährigen im Bett lag.

Sie setzte sich im Bett auf und sagte: »Jesus, Maria und Joseph!«

Sie blickte sich in dem dunklen Zimmer um und schaute dann auf Mr McGrory hinab, der auf dem Bauch lag und schlief.

»Herb!«

Nach einer Weile erwiderte Herb, ohne sich zu rühren: »Was?«

»Wach auf, um Himmels willen!«

»Warum? Was ist passiert?«

»Wach auf, Herb, verdammt!«

Mrs McGrory schaltete die Nachttischlampe an, als ihr Mann sich aufsetzte.

Das Erste, was Mr McGrory sah, war der zersprungene Spiegel.

»Allmächtiger, was ist denn mit dem Spiegel passiert?«

»Woher soll ich das wissen?«

»Er ist kaputt.«

»Das sehe ich selbst. Und wodurch?«

Mr McGrory überlegte die Möglichkeiten.

»Könnte ein Überschallknall gewesen sein«, theoretisierte er.

»*Überschallknall*?«

»Du weißt doch, wenn ein Düsenflugzeug schneller fliegt als der Schall.«

»O Gott, Herb! Manchmal …«

»Weißt du eine bessere Erklärung?«

»Steh auf und sieh nach, ob sonst noch was passiert ist«, verlangte sie. »Und tritt nicht in die Scherben.«

»Menschenskind!«

»Tu es, Herb!«

Zwei Minuten später, nach einer vorsichtigen Runde durch die Wohnung, kehrte McGrory zurück und berichtete, dass anscheinend nur der Spiegel kaputt war.

»Hast du denn nichts gehört?«, fragte Joanne und nickte mit einem viel sagenden Blick zur Wand mit dem zersprungenen Spiegel.

Mehrmals hatten die McGrorys Geräusche aus der Wohnung nebenan gehört, wenn Cheryl Williamson Herrenbesuch gehabt hatte. Einmal hatten sie sogar an die Wand klopfen und um weniger Ekstase bitten müssen.

Mr McGrory grinste und lächelte. »Könnte sein …« Und dann bildete er mit Daumen und Zeigefinger der linken Hand einen Kreis und stieß in pumpender Bewegung den Zeigefinger seiner rechten Hand hinein.

»Du bist geschmacklos«, sagte Joanne und fügte hinzu: »Diesmal haben sie es zu toll getrieben. Der Spiegel ist kaputt. Ich gehe rüber und beschwere mich bei ihr.«

»Nein, das tust du nicht«, sagte er.

»Doch.«

»Nein, das verbiete ich dir.«

»Dann rufe ich die Cops an. Ich lasse mir das nicht bieten!«

»Die Cops? Was willst du ihnen sagen, dass die Dame nebenan mit ihrem Freund so wild fickt, dass unser Spiegel an der Wand zu Bruch geht?«

»Wenn du nichts unternimmst, werden wir diesen Spiegel bezahlen müssen.«

»Okay«, sagte Herb nach kurzem Überlegen. »Geh rüber und sag ihr, was passiert ist.«

»Wenn ich rübergehe, wird sie behaupten, keine Ahnung zu haben, wovon ich rede. Würdest du?«

»Was würde ich?«

»Sagen: ›Entschuldigen Sie vielmals, dass mein Fi… Lieben Ihren Spiegel kaputtgemacht hat. Ich schreibe Ihnen einen Scheck aus.‹?«

»Und versprichst du dir Gutes davon, wenn du die Cops anrufst?«

»Es kann nicht schaden, nicht wahr?«, sagte Joanne. »Vielleicht ist nebenan etwas nicht in Ordnung – mit ihr. Und ich will nicht für den Spiegel bezahlen.«

Joanne nahm das Telefon auf dem Nachttisch und tippte die Nummer 911 ein.

Um ein Uhr 57 erging der Ruf von der Funkzentrale der Polizei: »Ruhestörung, Haus. Independence Street 600, Apartment erster Stock links.«

Officer James Hyde, ein großer, dünner, dunkelhaariger Vierundzwanzigjähriger, griff in seinem Streifenwagen zum Mikrofon, drückte den Knopf und erwiderte: »Fünfunddreißig-zwölf, ich übernehme.«

Einen Augenblick später kam eine andere Meldung aus einem Streifenwagen, diesmal von Officer Haywood L. Cubellis, einem Fünfundzwanzigjährigen Afro-Amerikaner.

»Fünfunddreißig-siebzehn, ich werde ihn unterstützen.«

Wann immer möglich – mit anderen Worten für gewöhnlich – reagierten zwei Streifencops auf einen Funkruf ›Ruhestörung, Haus‹. Solche Anrufe waren für gewöhnlich auf einen Konflikt zwischen zwei Personen unterschiedlichen – oder gleichen – Geschlechts zurückzuführen, und wenn die Polizei gerufen wurde und eintraf, war der Zorn auf dem Siedepunkt.

Wenn zwei Polizeibeamte anwesend waren, konnte sich jeder mitfühlend die Beschwerden der Kontrahenten anhören, was auch dazu diente, die beiden Parteien zu trennen. Ein Polizeibeamter allein kann überwältigt werden.

Beide Streifenwagen trafen ein paar Minuten nach zwei Uhr ein – obwohl keiner die Sirene oder das Signallicht eingeschaltet hatte –, es herrschte ja kaum Verkehr.

Man konnte darüber streiten, ob Officer Hyde oder Officer Cubellis hoch erfahrene Polizeibeamte waren – Hyde war drei Jahre im Job und Cubellis vier –, aber sie hatten Erfahrung genug, um zu wissen, dass Cops bei einem Anruf ›Ruhestörung, Haus‹ besser den Fall mit Ruhe, Vernunft und Besonnenheit regelten, anstatt mit heulender Sirene, Lichtorgel und quietschenden Reifen die Aufregung noch anzuheizen.

»Hey, Wood!«, rief Jim Hyde, als beide ausstiegen und zu dem Apartmenthaus gingen.

Officer Haywood Cubellis winkte, erwiderte jedoch nichts.

Er folgte Hyde ins Haus zum Apartment 12B und stand neben Hyde, als er mit seinem Schlagstock anklopfte und auf die Klingel drückte.

Mrs McGrory öffnete die Tür. Sie trug ihren Morgenmantel, und Herb stand hinter ihr, nur mit Hose und einem Unterhemd bekleidet, und fühlte sich sichtlich unbehaglich.

Hyde und Cubellis machten eine schnelle Analyse.

Nette Leute. Wirken nüchtern. Keine blauen Flecken oder Anzeichen eines Streits, bei dem etwas geworfen oder umgestürzt wurde.

»Sie haben die Polizei angerufen, Madam?«, fragte Hyde.

»Ja, das habe ich.«

»Was ist das Problem?«

»Ich halte mich für eine vernünftige Person«, sagte Joanne. »Leben und leben lassen, sage ich immer. Aber dies geht einfach zu weit.«

»Was meinen Sie damit, Ma'am?«

»Kommen Sie rein, und ich zeige es Ihnen«, sagte Joanne und winkte die beiden Polizisten in die Wohnung. Beide nickten Herb zu, und er nickte zurück.

Officer Hyde sah den zerbrochenen Spiegel.

»Was ist passiert?«

»Das möchten wir gern wissen«, sagte Joanna. »Deshalb haben wir Sie angerufen.«

»Sie wissen nicht, was mit dem Spiegel passiert ist?«, fragte Hyde.

»Herb, mein Mann, und ich haben tief und fest geschlafen, als es geschah.«

»Ich sagte ihr, dass es vielleicht ein Überschallknall war«, warf Herb ein.

»Das ist Blödsinn«, sagte Joanne. »Es kam von da.«

Sie wies auf die Wand.

»Was ist da?«

»Die Nachbarwohnung«, sagte Joanne.

»Was meinen Sie, kam von da, das Ihren Spiegel kaputtgemacht hat?«

»Sag du es ihnen, Herb.«

»Das war deine Idee. Also sag du es«, meinte Herb.

»Manchmal machst du mich krank«, seufzte Joanna. »Also wirklich.«

»Warum sagen Sie uns nicht, was Ihrer Meinung nach geschehen ist, Ma'am?«, schlug Officer Cubellis vor.

»Nun, also gut, ich sage es. So weit ich weiß, ist sie ein nettes Mädchen. Ihr Name ist Cheryl Williamson. Aber sie – dann und wann empfängt sie dort Besuch, wenn Sie verstehen, was ich meine. Meistens gibt es überhaupt kein Problem, doch ein paar Mal geraten sie und ihr Besuch in Ekstase bei dem, was sie tun, und es wird ein bisschen laut, wenn Sie verstehen, was ich meine.«

»Und was hat das mit Ihrem Spiegel zu tun?«, fragte Officer Hyde.

»Er ist kaputtgegangen«, sagte Joanne wie überrascht von der Frage.

»Und Sie meinen, die Leute nebenan sind dafür verantwortlich?«

»Nun, Herb und ich sind es bestimmt nicht«, sagte Joanne.

»Jim, warum rede ich nicht mit der Dame nebenan?«, schlug Officer Cubellis vor.

»Warum nicht?«, meinte Hyde.

»Vielleicht ist ihr etwas passiert«, sagte Joanne.

Officer Cubellis verließ das Schlafzimmer der McGrorys.

»Ich weiß nicht, wie viel es kosten wird, diesen Spiegel zu ersetzen, aber es wird nicht billig sein, und ich sehe nicht ein, weshalb ich dafür bezahlen soll«, regte sich Joanne auf.

»Ja, Ma'am«, sagte Officer Hyde.

Fünf Minuten später kehrte Officer Cubellis zurück und berichtete, dass anscheinend im Apartment nebenan niemand zu Hause war. Er hatte an Cheryl Williamsons Tür geklingelt und geklopft. Dann war er draußen um das Haus herumgegangen, die Treppe hinaufgestiegen und hatte an die Hintertür geklopft. Dort hatte er keine Klingel gefunden. Er hatte keinerlei Geräusche in der Wohnung gehört und kein Licht gesehen.

»Ich weiß, dass sie nach Hause gekommen ist«, sagte Joanne. »Ich bin aufgewacht, als sie heimkam. Ihre Hintertür quietscht. Es war kurz nach Mitternacht.«

»Vielleicht ist sie noch einmal ausgegangen«, meinte Officer Cubellis.

»Oder vielleicht weiß sie, dass die Cops hier sind und will nicht aufmachen«, sagte Joanne.

»Warum sollte sie das tun?«

»Wegen des Spiegels, natürlich«, sagte Joanne. »Jemand wird ihn bezahlen müssen.«

»Ma'am, das werden Sie am Morgen einfach selbst mit ihr regeln müssen«, sagte Officer Hyde.

»Können Sie nicht einfach reingehen und nachsehen, ob sie da ist oder nicht?«, fragte Joanne.

»Nein, Ma'am, das können wir nicht tun.«

»Sie könnte dort in einer Blutlache liegen«, meinte Joanne.

»Ma'am, warum sagen Sie das? Haben Sie irgendwelche Geräusche gehört, irgendetwas in dieser Art?«

Joanne dachte darüber nach, bevor sie antwortete.

»Nein«, gab sie schließlich widerwillig zu. »Aber das heißt nichts. Der Spiegel *ist* kaputtgegangen.«

»Ja, Ma'am«, sagte Officer Cubellis geduldig. »Aber das gibt uns nicht das Recht, in dieses Apartment einzubrechen. Stellen Sie sich Folgendes vor: Sie und Ihr Mann sind hier und sehen sich im Fernsehen einen Film mit Stan Colt an. Eine Menge Knallerei, Frauenschreie, Explosionen. Besonders gegen Ende. Die Lady nebenan hört das, macht sich Sorgen und ruft neun-eins-eins an. Wenn der Film vorüber ist, gehen Sie und Ihr Mann aus, um einen Hamburger zu essen. Die Polizei trifft hier ein, niemand macht ihr auf, und sie bricht hier ein. Und dann kommen Sie nach Hause und finden die Polizei in Ihrer Wohnung und die Tür ist aufgebrochen.«

»Wer würde für die aufgebrochene Tür zahlen, wenn so etwas passieren würde?«, fragte Joanne.

»Die Polizei …«, begann Officer Cubellis und änderte schnell das Ende des Satzes, »… würde die Dame nebenan für die Kosten der Tür haftbar machen. Denn sie war es, die von der Polizei verlangt hat, sie aufzubrechen.«

»Mein Gott, Joanne!«, sagte Herb McGrory. »Officers, entschuldigen Sie, dass wir Ihnen all diesen Ärger gemacht haben.«

»Das ist überhaupt kein Problem, Sir. Dafür sind wir da«, sagte Officer Hyde.

»Bestimmt werden Sie die Sache mit dem Spiegel regeln können«, fügte Officer Cubellis hinzu.

Cubellis und Hyde verließen das Apartment der McGrorys, stiegen in ihre Streifenwagen und setzten ihren Dienst fort. Officer Hyde füllte das Formular 75-48 aus, ein Berichtsformular für fast alle Polizeieinsätze. Darauf gab er an, dass der Spiegel der McGrorys zerbrochen war und dass Mrs McGrory die Bewohnerin des Nachbarapartments irgendwie dafür verantwortlich hielt. Er notierte, eine erste Ermittlung hätte keine Reaktion aus der Nachbarwohnung ergeben und dass die Räumlichkeiten abgeschlossen und gesichert gewesen wären.

2

Als es in Philadelphia 2 Uhr 23 war – die Zeit, an der die Officers Hyde und Cubellis über Funk meldeten, dass sie nach dem Einsatz ›Ruhestörung, Haus‹ ihren Dienst fortsetzten – war es in Cognac-Boeuf, einem kleinen Dorf im Südwesten Frankreichs, nicht weit von Bordeaux entfernt, 8 Uhr 23.

Trotz des Namens wurde kein Cognac in diesem Gebiet gebrannt, und die Kühe der örtlichen Bauern produzierten gerade genügend Milch zum lokalen Verbrauch. Obwohl auch noch Schafe in dem Gebiet gezüchtet wurden, litt selbst dieses Geschäft unter der Fähigkeit australischer und argentinischer Schafzüchter, bessere Wolle und besseres Lammfleisch zu niedrigeren Preisen zu produzieren.

Einst ein betriebsamer kleiner Ort, war Cognac-Boeuf jetzt ein abgelegenes Kaff, das die paar übrig gebliebenen Kleinbauern und Ruheständler ernährte, sowohl französische als auch Pensionäre aus England, Schweden und sogar den Vereinigten Staaten von Amerika.

Die Pensionäre verkauften ihre Häuser oder Eigentumswohnungen in Hamburg oder Kopenhagen und kauften mit dem

Erlös sehr billig alte Bauernhäuser mit ein, zwei Hektar Land, steckten genügend Geld hinein, um sie bewohnbar zu machen, setzten sich dann darin zur Ruhe und schauten zu, wie das Gras wuchs.

Die Piaf-Mühle, zum Beispiel, die einen Kilometer von Cognac-Boeuf entfernt an einem Bach lag, war mit fast zwei Hektar Land vor sechs Jahren von einer Schwedin, Inge Pfarr-Stillman, und ihrem Mann Walter, einem Amerikaner, gekauft worden. Dazu hatten sie das Geld benutzt – etwa achtzigtausend Dollar –, das Inge durch den Verkauf ihrer Eigentumswohnung in Uppsala bei Stockholm erhalten hatte.

Allmählich glaubte man, dass Walter Stillman, ein stämmiger Mann, dessen Ziegenbart so weiß wie der Rest seines Haars war, ein pensionierter Lehrer war. Er war offenkundig gut gebildet, und man nahm an, dass er an einem Buch schrieb.

Die Mühle, jetzt in ein gemütliches Heim ungewandelt, war voller Bücher, und jeden Tag lieferte der Postbote auf seinem Fahrrad die Vortags-Ausgabe der *International Herald Tribune* aus Paris und einmal pro Woche die internationalen Ausgaben von *Time* und *Newsweek*.

An den meisten Nachmittagen konnte man Stillman im Le Relais antreffen, dem besseren der beiden Esslokale in Cognac-Boeuf – beiden war niemals ein Michelin-Stern verliehen worden –, und oftmals spielte er Schach mit Père Marcel, dem Gemeindepriester, und trank den örtlichen *vin ordinaire*.

Die Leute von Cognac-Boeuf, besonders die Ladenbesitzer – hatten sich angewöhnt, Stillman respektvoll ›M'sieur le Professeur‹ zu nennen.

Sein Name war in Wirklichkeit Isaac David Festung, und er war auf der Flucht vor der Justiz, weil er nach Paragraph 2501a des Strafgesetzbuchs von Pennsylvania verurteilt worden war, nachdem er absichtlich und wissentlich den Tod von Mary Elizabeth Shattuck durch Schläge und/oder Erwürgen herbeigeführt hatte.

M'sieur le Professeurs wahre Identität war vor zwei Jahren ans Licht gekommen, als ein Dutzend Mitglieder von Frankreichs Gendarmerie Nationale mit gezogenen Pistolen an der Tür der Piaf-Mühle erschienen waren. Als Madame Stillman ihnen geöffnet hatte, waren Gendarmen ins Haus gestürmt, durch das Erdgeschoss und die Treppe hinauf zum Dachboden. Dort hatten sie im Bett einen Mann gefunden – nackt unter der Daunendecke. Er hatte empört behauptet, niemals etwas von einer Person namens Isaac Festung gehört zu haben, doch sie hatten ihm Handschellen angelegt und ihn festgenommen.

Nach einem kurzen Stopp beim Büro der Gendarmerie in Cognac-Boeuf, um zu berichten, dass der Verdächtige in Gewahrsam war – es gab kein Telefon in der Piaf-Mühle, und die Funkgeräte in den Peugeots der Gendarmen hatten nicht die Reichweite bis zu ihrem Hauptquartier –, wurde der Mann, der immer noch leugnete, Isaac Festung zu sein, mit einem Wagen der Gendarmerie ins Gradnignan-Gefängnis in Bordeaux gebracht. Dort wurden ihm Fingerabdrücke abgenommen, und man steckte ihn in eine Zelle.

Eine Dreiviertelstunde später verglich ein Experte der Sûreté, der von Paris geschickt worden war, Stillmans soeben abgenommene Fingerabdrücke mit denen von Isaac David Festung, die von der Staatsanwaltschaft Philadelphia via Interpol geliefert worden waren. Er erklärte, dass sie nach seiner beruflichen Meinung zweifelsfrei übereinstimmten.

Als Isaac Festung damit konfrontiert wurde, zuckte er mit den Schultern und sagte, das sei traurig, aber nicht überraschend für ihn. Die amerikanische CIA würde schließlich die Kontrolle über Interpol gewinnen und es schaffen, ihn zum Schweigen zu bringen.

Unterdessen hatte sich Madame ›Stillman‹ in der Piaf-Mühle angekleidet und war zum Telefonamt in Cognac-Boeuf gefahren. Dort hatte sie mehrere Telefonate geführt und war dann herausgekommen, um mehr oder weniger zu wiederholen, was ihr Mann in Bordeaux gesagt hatte. Er werde vom amerikanischen FBI und der CIA verfolgt, weil er Friedensaktivist sei und ›zu viel wisse‹. Was er wusste, gab sie nicht genau an.

Er war aus den Vereinigten Staaten geflüchtet, sagten beide aus, nachdem er wegen einer absurden Mordanklage verhaftet worden war. Wütend, weil er ihren Klauen entkommen war, hatten CIA und FBI bei einem korrupten Gericht einen Prozess in Abwesenheit arrangiert, bei dem er wie vorauszusehen für schuldig befunden und zum Tode verurteilt worden war.

Eines der Telefonate führte Madame Stillman/Mrs Festung mit einem Anwalt in Paris, der prompt eine Pressekonferenz einberief, um öffentlich zu machen, welchen empörenden Verstoß gegen das Gesetz – und die allgemeine Anständigkeit – die barbarische amerikanische Regierung zu begehen versuchte.

Am nächsten Tag brachten die Zeitungen in Frankreich – und sonst wo in Europa – die Geschichte, oftmals begleitet von empörten Leitartikeln.

Zum einen hatte die europäische Kommission für Menschenrechte erklärt, dass ein beschuldigter Krimineller das Recht hatte, bei seinem Prozess anwesend zu sein. Das bedeutete, er konnte persönlich im Gerichtssaal Zeugen widerlegen, die lächerliche Beschuldigungen machten, zum Beispiel, dass er seine Freundin geschlagen und/oder erwürgt und dann ihre Leiche in einen Koffer gestopft hatte, um ihn in einem Schrank in seiner Wohnung zu lagern, bis der Gestank seine Nachbarn veranlasst hatte, die Polizei anzurufen und sie zu bitten, zu ermitteln.

So ungeheuerlich das auch war, die Amerikaner hatten die unglaubliche barbarische Arroganz, den Mann illegal zu einer illegalen Strafe zu verurteilen, das heißt zum Tod auf dem elektrischen Stuhl.

Die Todesstrafe war nach dem französischen Gesetz nicht erlaubt. Die Auslieferung von jemandem, der zum Tode verurteilt worden war, selbst in einem Prozess, in dem er anwesend gewesen war und eine Jury ihn für schuldig befunden hatte, war absolut verboten.

Viele der Leitartikel forderten, dass Mr Festung sofort freigelassen wurde und dass die französische Regierung ihre Empörung der amerikanischen Regierung aufs Schärfste klar machen sollte.

Die Regierung Frankreichs war nicht bereit, so weit zu gehen, vielleicht weil die US-Regierung dann erklären würde, dass sie kein Ersuchen Frankreichs via Interpol mehr erfüllen würde.

Die französische Regierung kündigte an, dass der Fall so bald und so menschlich wie möglich von einem französischen

Gericht entschieden werden würde. Das dauerte in Frankreich ungefähr sechs Monate, und während dieser Zeit würde Mr Festung im Gradnignan-Gefängnis in Bordeaux bleiben.

Mrs Festung besuchte ihn ständig, manchmal täglich, während sie darauf warteten, dass die Mühlen der französischen Justizbürokratie unerbittlich mahlten.

Die Regierung der Vereinigten Staaten verpflichtete eine französische Anwaltskanzlei, um sie bei dem Verfahren zu vertreten. Es gab einen Prozessbevollmächtigten mit einem großen Unterstützungsstab – mehr als vierzig Leute, hieß es –, der der Botschaft der Vereinigten Staaten in Paris unterstellt war. Es stellte sich jedoch heraus, dass der Prozessbevollmächtigte – und die meisten Mitglieder seines Stabs – vorher Spezialagent des FBI gewesen war und nicht als Anwalt praktizieren durfte, nicht einmal in den Vereinigten Staaten.

Diese Enthüllung führte zu einer Fülle von Leitartikeln in der französischen Presse. Man hielt es für eine schwere Verletzung der französischen Souveränität, dass amerikanische Geheimpolizisten unter diplomatischer Tarnung auf dem geheiligten Boden von La Belle France operierten. Was kommt als Nächstes, fragten einige Leitartikler, operiert die CIA in Frankreich?

Als der Fall – eigentlich die Auslieferung – endlich verhandelt wurde, wiesen die französischen Anwälte, welche die Vereinigten Staaten repräsentierten, sehr höflich auf folgende Punkte hin:

(1) Urteile *in absentia* sind nach den Gesetzen von Pennsylvania, dem unmittelbaren Zuständigkeitsbereich, erlaubt, wenn der Angeklagte nicht wie versprochen aufgetaucht ist, nachdem er auf Kaution freigelassen worden war, und sein Aufenthaltsort unbekannt und nicht bestimmbar ist.

(2) Im Fall von Mr Festung gab es keine Verurteilung zur Todesstrafe. Zum Zeitpunkt des Prozesses hatte der Staat Pennsylvania keine Bestimmung in seinen Gesetzen, jemanden hinzurichten, weder durch elektrischen Strom noch durch andere Mittel. Mr Festung war zu lebenslänglicher Haftstrafe verurteilt worden.

(3) Als die Regierung des Staates Pennsylvania erfahren hatte, dass Mr Festung in Frankreich gestellt worden war, hatte

sie aus Verständnis für die französische Abneigung gegen Prozesse *in absentia* ein Sondergesetz erlassen, speziell auf Mr Festung anwendbar, das ihm das Recht auf einen neuen Prozess garantierte, sollte er einen wünschen.

(4) Da Mr Festung illegal in Frankreich eingereist war, mit falschem Pass und falschem Namen, hatte er nach dem französischen Gesetz kein Recht auf dessen Schutz. Darüber hinaus schrieb das französische Gesetz vor, dass jemand, der in Frankreich festgenommen wurde und das Land illegal betreten hatte, unverzüglich abgeschoben werden musste.

Die drei Richter berieten sich fast eine Dreiviertelstunde, bevor sie das Urteil verkündeten: Das Gesuch der Regierung der Vereinigten Staaten um die Auslieferung von Isaac David Festung, jetzt bekannt als Walter Stillman, Bürger von Cognac-Boeuf, wurde abgelehnt.

Isaac David Festung war frei.

Eine jubelnde Menge begrüßte beide Festungs vor dem Gerichtsgebäude und als sie zu ihrem Haus nach Cognac-Boeuf zurückkehrten.

Der Botschafter der Vereinigten Staaten in Frankreich legte Beschwerde beim Revisionsgericht ein. Es wurde gemunkelt, dass er das etwas widerwillig tat und erst auf das Drängen des Außenministers persönlich hin. Es hieß, dass sich der Ehrenwerte Carl Feldman, der Senator des Staates Pennsylvania, auf die Bitte der Ehrenwerten Eileen McNamara Solomon, der Staatsanwältin, hin an den Minister gewandt hatte.

Man erzählte sich ferner hinter vorgehaltener Hand, dass Mrs Solomon Senator Feldman gesagt hatte, sie sehe keine Möglichkeit, aus den Zeitungen herauszuhalten, dass Senator Feldman der Anwalt dieses schleimigen Hurensohns gewesen war und ihn für eine Kaution von vierzigtausend Dollar – eine lächerliche Summe für einen Mordangeklagten – freibekommen hatte, wonach er dann geflüchtet war. Sie hatte dem Senator den Vorschlag gemacht, wenn er hoffte, wiedergewählt zu werden, würde es günstig für ihn sein, wenn in den Zeitungen ebenfalls stand, dass er seinen Fehler erkannt hatte und alles in seiner Macht Stehende tat, damit der mörderische Hurensohn ausgeliefert wurde.

Weder Senator Feldman noch District Attorney Solomon würden einen Kommentar zu dieser Geschichte abgeben, doch bald wurde vom französischen Justizministerium verkündet, was das Revisionsgericht *wirklich* hatte sagen wollen, als es Mr Festung freigesprochen hatte: dass er nur nach Cognac-Boeuf freigelassen wurde und dort unter Aufsicht der Gendarmerie National stehen würde, bis das Ergebnis der Revision seiner Entscheidung durch den französischen Obersten Gerichtshof vorliegen würde.

Als Isaac Festung in seinem Bett etwa zu der Zeit erwachte, in der sich die Officers Cubellis und Hyde in Philadelphia zum Dienst zurückmeldeten – und sechs Monate nach der Ankündigung des Justizministeriums –, war er überhaupt nicht besorgt, was der französische Oberste Gerichtshof zum Besten der Justiz entscheiden würde.

Nicht nur, dass seine Anwälte ihm gesagt hatten, er brauche sich keine Sorgen zu machen, sondern auch auf Grund seiner eigenen Analyse der Lage – das heißt, seiner Analyse von Frankreich und der französischen Mentalität, intellektuell und politisch – sah er keinen Grund zur Besorgnis.

Festung war zu dem Schluss gelangt, dass die Franzosen ein Identitätsproblem und eine enorme Fähigkeit zur Selbsttäuschung hatten. Gleichzeitig sahen sie Frankreich als Weltmacht, jedem Staat gewachsen. Sie wussten, dass dies nicht stimmte.

Sie waren so wichtig in der Welt, sagte sich Festung, wie die Italiener, vielleicht sogar weniger. Der Unterschied war, dass die Italiener wussten, was sie waren, und sich entsprechend verhielten, und die Franzosen sich weigerten, zuzugeben, was sie waren, und sich entsprechend verhielten.

Der wichtigste Faktor in der Gleichung war, dass die Franzosen Amerika und die Amerikaner hassten. Die Italiener waren dankbar, weil die Amerikaner nach dem Zweiten Weltkrieg die Deutschen und die einheimischen Faschisten aus Italien verjagt und Italien nach dem Krieg geholfen hatten, und die Franzosen waren erleichtert, als die Amerikaner im ehemaligen Französisch-Indochina Prügel bezogen. Es wäre fast unerträglich für Frankreich gewesen, wenn die Yankees die Vietnamesen unterworfen hätten, nachdem sie selbst gescheitert waren.

Dien Bien Phu war nur ein weiterer Name auf einer sehr langen Liste von Schlachten, die von der stolzen französischen Armee verloren worden waren, was man nie annehmen würde, wenn sie am Bastille-Tag mit fliegenden Flaggen über die Champs-Elysées stolzieren.

Isaac Festung sah seine Theorie in französischen Autos bestätigt. Die meisten davon, fand er, waren nicht nur notorisch unzuverlässig, sondern auch besonders hässlich. Und sie hatten gelbes Scheinwerferlicht. Kein anderes Land in Europa baute gelbe Scheinwerfer in seine Autos. Soweit ›Fort‹ das sagen konnte, bestand der einzige Vorteil der gelben Scheinwerfer darin, dass man den Wagen sofort als französisches Produkt erkennen konnte.

Sie konnten nicht mal französische Wagen in den Vereinigten Staaten verkaufen. Sie erfüllten nicht die amerikanischen Sicherheitsstandards. Autos, die zum Beispiel in Korea hergestellt wurden, erfüllten sie. Und die Peugeots und Citroens hielten keinen Vergleich mit einem Mercedes-Benz und Porsche aus, den die verhassten Boches auf der anderen Seite des Rheins herstellten und die in der ganzen Welt hoch angesehen waren.

›Fort‹ Festung fand, dass es buchstäblich Hunderte anderer Beweise für Frankreichs Minderwertigkeit und den französischen Widerwillen – oder vielleicht die Unfähigkeit – gab, sie zu akzeptieren.

All dies zusammen führte dazu, dass ein Franzose, der sich in einer Position befand, in der er den Vereinigten Staaten sagen konnte, ›leck mich am Arsch‹, auf den Jubel der großen Mehrheit seiner Landsleute zählen konnte.

Mit anderen Worten, das Thema hatte nichts mehr damit zu tun, was vor so vielen Jahren in Philadelphia geschehen war oder was Isaac ›Fort‹ Festung getan hatte.

Es war zu einer Frage der Französischen Republik geworden, seine Souveränität und Unabhängigkeit vor aller Welt zu beweisen. Frankreich, der Mittelpunkt der Welt hinsichtlich Kultur und Zivilisation, würde sich nicht dem Willen der gottverdammten unkultivierten, unzivilisierten und verabscheuungswürdigen Vereinigten Staaten von Amerika beugen.

Vive la France!

Unterdessen war das Leben in Cognac-Boeuf überhaupt nicht schlecht. ›Fort‹ Festung gab zu, dass ihm die Aufregung von Philadelphia fehlte und er offensichtlich nicht mehr dorthin zurückkonnte. Aber während seine Sache in der Schwebe war, bis das Oberste Gericht seine Entscheidung mitteilte, würde er in ganz Frankreich reisen können, was bedeutete, dass er Paris besuchen konnte.

Und in der Zwischenzeit, dachte ›Fort‹ Festung, als er aus dem Bett aufstand und ein legeres Hemd und eine Freizeithose anzog, war das Leben in Cognac-Boeuf auch nicht so schlecht.

Er konnte, zum Beispiel, auf sein Fahrrad steigen, nach Cognac-Boeuf fahren, sich einen Tisch im Le Relais nehmen, frische Brötchen bestellen, örtlich hergestellte Butter, Kaffee und einen Cognac, und alles verzehren, während er den Einheimischen erklärte, was die Geschichten, die in *Time* und der *Tribune* standen, *wirklich* bedeuteten.

Und genau das tat Isaac David Festung, während die Officers Hyde und Cubellis in Philadelphia auf Streife blieben und so gut sie konnten für Frieden und Ordnung in der Stadt der brüderlichen Liebe sorgten.

3

Als Captain Henry C. Quaire ein paar Minuten nach acht am selben Morgen die Mordkommission betrat, sah er vor dem Büro des Leiters Sergeant Matthew M. Payne sitzen. Sergeant Payne erhob sich, als er Captain Quaire sah.

»Guten Morgen, *Sergeant*«, sagte Quaire lächelnd und winkte zur Tür seines Büros. »Kommen Sie rein.«

Matt Payne folgte ihm ins Büro.

»Eine Ihrer Hauptaufgaben, Sergeant«, sagte Quaire und wies zur Kaffeemaschine, »ist es, sicherzustellen, dass einer Ihrer Untergebenen sich darum kümmert, dass die Maschine bestückt und einsatzbereit ist, wenn ich hier reinkomme.«

»Jawohl, Sir«, sagte Matt.

Quaire schenkte sich in einen Becher der Emerald Society ein und wandte sich zu Payne um.

»Bedienen Sie sich, Matt, und dann ziehen Sie sich einen Stuhl heran.«

»Jawohl, Sir. Danke.«

Insgeheim war Henry Quaire nicht gerade glücklich mit der Zuteilung von Sergeant Payne an die Mordkommission. Zum einen hatte Payne bisher nichts mit ihr zu tun gehabt. Fast traditionell hatte der Leiter der Mordkommission seine Männer auswählen können, und es gab eine Reihe von Sergeants – drei insbesondere, die dort arbeiten wollten –, die Quaire für weitaus qualifizierter als Sergeant Payne hielt, um Sergeant in der Mordkommission zu sein.

Doch der Commissioner hatte die Schnapsidee gehabt, die besten fünf Jungs auf der Beförderungsliste zum Sergeant auswählen zu lassen, wo sie verwendet wurden, und so war Paynes Zuteilung eine abgemachte Sache, gegen die er nicht ankämpfen konnte.

Nicht, dass er das wirklich wollte. So blieb ihm erspart, einen der anderen Sergeants auszuwählen. Wenn er die Wahl zwischen ihnen hätte treffen müssen, hätten zwei von ihnen den Job nicht bekommen können und sie – und ihre Rabbis – wären enttäuscht und ihre Rabbis vielleicht sauer gewesen.

Jetzt konnten sie sauer auf den Commissioner sein.

Und es war ja nicht so, als halste man ihm mit Payne einen völlig Unfähigen auf. Er war in Wirklichkeit ein ziemlich guter Cop, der vermutlich einen guten Job bei der Mordkommission machen würde, bevor er in der Hierarchie der Polizei aufsteigen würde. Wie sein Rabbi, Inspector Peter Wohl, war er einer dieser Leute, die anscheinend für eine immer größere Verantwortlichkeit und den entsprechenden Dienstrang vorherbestimmt waren.

Ebenso wenig würde es – soweit Quaire das spürte – Vorbehalte oder Bedenken der Jungs in der Mordkommission dagegen geben, einen brandneuen Sergeant mit nur fünf Jahren im Job als Kollegen zu bekommen.

Zum einen war Payne befreundet mit den beiden am meisten respektierten Männern in der Mordkommission, Lieutenant

Jason Washington und Detective Tony Harris. Washington hatte kein Problem mit Paynes Zuteilung, und als Quaire Tony Harris gefragt hatte, war Harris fast begeistert gewesen.

»Ich habe mit ihm gearbeitet, Captain«, hatte Harris gesagt. »Er ist verdammt clever. Und diese Abteilung kann ein bisschen Klasse gebrauchen. Wenn ich mich nicht sehr irre, wird er Dynamit im Zeugenstand sein.«

›Verdammt clever‹ und ›Dynamit im Zeugenstand‹ waren zwei wünschenswerte Eigenschaften für jeden in der Mordkommission.

Zum anderen war da die Tatsache, dass jeder in der Mordkommission von Paynes beiden guten Schießereien wusste. Bei der ersten hatte Payne einen Serienvergewaltiger in Northwest Philadelphia in seinem Van gestellt. Dieser Verbrecher hatte bereits sein nächstes Opfer gefesselt wie einen Weihnachtstruthahn hinten im Van gehabt, als Payne seine Pläne zunichte gemacht hatte, indem er ihm eine Kugel in den Kopf geschossen hatte.

Bei der zweiten spektakulären Schießerei war es um die Täter des Raubüberfalls beim Möbelgeschäft Goldblatt & Sons gegangen, als Wohl Payne und Mickey O'Hara in eine Gasse geschickt hatte, um sie aus der Schusslinie zu halten, während die Highway Patrol und Special Operations Unformierte vorne ins Geschäft gestürmt waren. Einer der Täter war mit einer .45er Halbautomatic in der Gasse aufgetaucht. Payne hatte einen Schuss ins Bein abbekommen, aber er hatte den Gangster trotzdem erledigt.

Und dann war da der dritte Zwischenfall, erst vor einem halben Jahr. Payne hatte einen gesuchten wahnsinnigen Terroristen durch gute Kriminalarbeit aufgespürt. Das FBI hatte ihn seit Jahren gesucht, ohne fündig zu werden. Payne wusste, dass der Verbrecher auf dem Parkplatz eines Restaurants in Doylestown sein würde. Er hatte keine Befugnis in Doylestown gehabt und bezweifelt, dass die dortigen Cops mit dem Terroristen fertig werden konnten. So hatte er einen FBI-Mann angerufen, den er kannte – einen der guten –, und das FBI war nach Doylestown gefahren.

Als sie versuchten, den Wahnsinnigen festzunehmen, ballerte er mit einem Automatik-Karabiner herum, verletzte eine Passantin und tötete die Frau, die Payne zu dem Wahnsinnigen geführt hatte.

Es hatte einen höllischen Schusswechsel gegeben, Pistolen gegen Automatik-Karabiner. Der FBI-Mann hatte den Verbrecher schließlich erschossen, doch Payne war bis zum Hals beteiligt gewesen und hatte nicht mit der Wimper gezuckt.

Wenn die Dinge perfekt laufen, braucht ein Cop niemals seine Pistole aus dem Holster zu ziehen, doch die Dinge sind nicht perfekt, und alle Cops – einschließlich Detectives der Mordkommission – bewundern Cops, die es richtig machen, wenn sie ihre Waffe einsetzen müssen.

Und schließlich war Captain Quaire bekannt, dass bei Dave Pekachs Party für Payne am vergangenen Abend Payne am Tisch mit Deputy Commissioner Coughlin, District Attorney Eileen McNamara-Solomon, Chief Inspector der Kriminalpolizei Matthew Lowenstein und Inspector Wohl gesessen hatte. Er hatte also Freunde an hohen Stellen.

»Willkommen an Bord, Matt«, sagte Quaire.

»Danke, Sir.«

»Hätten Sie irgendwelche Einwände, Lieutenant Washingtons Abteilung zugeteilt zu werden?«

»Nein, Sir.«

»Dann ist das hiermit geschehen«, sagte Quaire. »Sie sind ein gescheiter junger Mann. Muss ich Sie daran erinnern, dass Sie ein Neuling sind und die meisten Leute länger in der Mordkommission sind als Sie im Job?«

»Es soll nicht schnodderig klingen, Sir, aber dies ist nicht das erste Mal, dass man mich darauf hinweist.«

»Und was werden Sie in einer solchen Situation tun?«

»Die Augen offen und den Mund geschlossen halten, Sir.«

»Gehen Sie nicht zu weit, was den geschlossenen Mund anbetrifft, Matt. Sie sind Sergeant, und es wird erwartet, dass Sie wie einer handeln.«

»Ja, Sir, ich verstehe.«

Ich vergeude hier meine Zeit und seine, dachte Quaire. *Bevor er heute Morgen hierher kam, ist er von Peter Wohl, der hier einst ein sehr junger Detective war, instruiert worden, was er erwarten kann und wie er sich verhalten soll. Oder von Denny Coughlin. Oder vom schwarzen Buddha. Vielleicht sogar von Matt Lowenstein. Oder von Tony Harris. Oder, wahrscheinlicher, von allen Genannten.*

»Wann steigt die Sache mit Stan Colt?«, fragte Quaire.

»Ich glaubte, er kommt am Freitag, Sir. Ich habe noch nicht die Zeit gehabt, mich bei Lieutenant McGuire darüber zu informieren.«

»Sie stimmen das besser bald mit ihm ab, aus den offenkundigen Gründen.«

»Ich werde es gleich jetzt tun, Sir.«

»Und lassen Sie es mich wissen.«

»Jawohl, Sir.«

»Okay, Matt. Gehen Sie an die Arbeit«, sagte Captain Quaire. »Es freut mich, dass Sie bei uns sein werden.«

»Danke, Sir.«

Um 9 Uhr 25, als Jack Williamson in seinem Chrysler 300M auf der I-95 nordwärts gen Bucks County fuhr, trillerte sein Handy.

Williamson war ein großer, ziemlich gut aussehender, gut gekleideter neunundzwanzigjähriger Immobilienmakler auf dem Weg zu einem Verkaufsgespräch.

Er fluchte, als er das Handy in die Freisprechanlage steckte – weil er es nicht früher getan hatte – und drückte dann den Knopf des Mikrofons, das an sein Jackett hätte geheftet sein sollen, das er jetzt jedoch etwas linkisch in der rechten Hand hielt.

»Jack Williamson«, meldete er sich.

»Hier spricht deine Mutter.«

O Scheiße. Was will sie denn?

»Was kann ich für dich tun, Mutter? Ich bin auf dem Weg zur Arbeit und bereits fast eine halbe Stunde zu spät dran.«

»Ich mache mir Sorgen um Cheryl.«

»Können wir nicht später darüber sprechen?«

»Sie geht nicht an ihr Telefon ...«

Vermutlich, weil sie weiß, dass du anrufst.

»... und nicht mal der Anrufbeantworter schaltet sich ein.«

»Vielleicht ist er voll.«

»Und sie ist nicht auf der Arbeit. Dort habe ich ebenfalls angerufen.«

Vermutlich, liebe Mutter, lässt sie sich bei dir verleugnen.

»Mutter, vermutlich hat sie Probleme mit dem Auto oder sonst was.«

»Nein. Sie meldet sich auch nicht auf ihrem Handy. Jack, ich bin wirklich beunruhigt.«

»Mutter, was genau soll ich für dich tun?«

»Ich möchte, dass du bei ihrer Wohnung vorbeifährst und nachsiehst, ob mit ihr alles in Ordnung ist.«

»Mutter, ich bin auf dem Weg zur Arbeit und bereits zu spät dran.«

»Jack, sie ist deine Schwester. Deine einzige Schwester.«

Er schwieg.

»Wenn nur dein Vater noch leben würde …«, begann Mrs Williamson.

»Okay, okay, fang nicht davon an. Ich werde hinfahren.«

»Rufst du mich dann an?«, fragte seine Mutter.

Jack entdeckte einen triumphalen Tonfall in ihrer Stimme.

Du hast wieder mal gewonnen, liebe Mama.

»Ich werde anrufen.«

Er nahm die nächste Ausfahrt, und einen Block weiter auf der Willets Road fuhr er an den Straßenrand, heftete das Mikrofon an sein Hemd, nahm das Handy und drückte auf die Taste fünf, unter der Cheryls Nummer des Festanschlusses eingespeichert war, der automatisch gewählt wurde.

Niemand meldete sich. Sie war also nicht zu Hause. Er drückte auf die Taste 6 und wählte automatisch Cheryls Handynummer. Nach dem fünften Klingeln teilte ihm eine weibliche Stimme mit, dass der Teilnehmer, den er zu erreichen versuchte, entweder zur Zeit nicht erreichbar war oder sich außerhalb des Ortsnetzes aufhielt.

Er fluchte, legte das Handy auf den Sitz, startete den 300M und fuhr in Richtung Willets. Er sagte sich, dass er am besten zu Cheryl kommen konnte, indem er den ganzen verdammten Weg durch Nord-Philly nahm, über den Roosevelt Boulevard und dann die Adams Avenue, um zur East Oak Lane zu gelangen.

Als Jack an Cheryls Wohnungstür klingelte, konnte er drinnen die ersten paar Takte von ›Be It Ever So Humble‹ hören, aber es öffnete niemand. Was vermutlich bedeutete, dass Cheryl bereits auf der Arbeit war.

Er nahm sich vor, aus dem Wagen bei ihrem Büro anzurufen, und wandte sich zum Gehen.

Dann musste er mal, und es war weit bis zur nächsten Toilette.

Er tastete auf dem oberen Rand des Türrahmens nach ihrem Ersatzschlüssel, und als er ihn nicht fand, drehte er die Fußmatte vor der Tür um. Als der Schlüssel auch dort nicht lag, machte er einen letzten Versuch, stellte sich auf die Zehenspitzen und fuhr mit den Fingerspitzen über die Zierleiste über den Festern neben Cheryls Wohnungstür. Er warf einen Schlüssel herunter, konnte ihn nicht auffangen, und er prallte vom Boden ab und fiel hinab auf den Gehweg.

Fluchend ging er die Treppe hinab, und zwei Minuten später fand er den Schlüssel im Gras.

Er schloss die Tür auf und betrat das Apartment. Es gab, wie er sich erinnerte, zwei Toiletten darin, eine im Badezimmer neben Cheryls Schlafzimmer und eine zweite Gästetoilette nur mit Waschbecken neben der Küche. Er ging in letztere und erleichterte sich.

Er hatte die Wohnungstür gerade abgeschlossen, als eine Frauenstimme hinter ihm fragte: »Ist alles in Ordnung?«

Fast erschrocken fuhr er herum und sah sich Mrs Joanne McGrory gegenüber.

»Ich bin Cheryls Bruder«, sagte er. »Jack Williamson.«

Und sobald du deine verdammte Neugier befriedigt hast und abhaust, damit du mich nicht beobachten kannst, lege ich den verdammten Schlüssel wieder zurück.

»Ich bin Joanne McGrory. Von nebenan.«

»Freut mich, Sie kennen zu lernen«, sagte Jack.

»Es freut mich, dass alles in Ordnung ist«, sagte Joanne McGrory. »Nach der Sache mit dem Spiegel war ich besorgt.«

»Verzeihen Sie bitte?«

»Unser Spiegel fiel von der Wand, und ich dachte, dass dort drinnen vielleicht ebenfalls etwas passiert ist.«

»Alles ist dort prima.«

»Ich habe die Cops angerufen, aber sie wollten nicht in die Wohnung gehen.«

»Sie haben die Cops angerufen? Warum?«

»Nun, wenn Sie mitten in der Nacht in Ihrem Bett liegen, und Ihr Spiegel fällt von der Wand, was würden Sie dann tun?«

»Mrs McGrory, wollen Sie mir sagen, dass gestern Nacht die Polizei hier gewesen ist?«

»Ja, das war sie«, erwiderte Joanne McGrory. »Ich habe sie angerufen, weil ich dachte, mit Cheryl könnte etwas passiert sein.«

»Und was haben die Polizisten getan? Gesagt?«

»Sie sagten, sie können nicht in ihre Wohnung rein.«

Mein Gott, geht meine Fantasie mit mir durch? Oder ist hier wirklich was faul?

Jack Williamson schob den Schlüssel wieder ins Schloss, schloss auf und betrat von neuem die Wohnung. Er war bereits in Cheryls Küche und Wohnzimmer gewesen, und so ging er zum Schlafzimmer und öffnete die Tür.

Allmächtiger!

Was ist denn hier passiert?

Sie ist nackt und ans Bett gebunden!

Er lief zum Bett und sah auf Cheryl hinab. Ihre Augen waren weit offen, doch blicklos.

O Gott, sie ist tot!

Er wandte sich um. Mrs McGrory kam ins Schlafzimmer.

»Sie gehen besser hier raus«, sagte er.

»Oh, verzeihen Sie. Ich wollte nur gut nachbarlich sein.«

»Verschwinden Sie von hier, gottverdammt!«, fuhr Jack sie an, wartete, bis sie geflüchtet war, und hielt dann Ausschau nach Cheryls Telefon.

Es stand nicht auf dem Nachttisch. Es lag am Boden, und er konnte sehen, dass die Schnur gerissen war.

Jesus, ich muss das Handy im Wagen benutzen.

Was, zum Teufel, soll ich Mutter sagen?

Als er das Wohnzimmer durchquerte, fiel ihm ein, dass es in Cheryls Wohnung ein zweites Telefon gab, das an der Küchenwand hing. Er ging hin und verharrte dann.

Vielleicht sind Fingerabdrücke darauf.

Ich telefoniere besser mit dem Handy im Wagen.

Ach, Scheiße!

Mit seinem Taschentuch nahm er den Hörer von der Gabel und benutzte seinen Kugelschreiber, um 911 zu wählen.

»Polizei, Operator 178«, meldete sich eine Männerstimme nach dem zweiten Klingeln.

»O Gott!«

»Kann ich Ihnen helfen, Sir?«

»Ich bin – meine Schwester ist anscheinend ermordet worden«, krächzte Jack Williamson.

»Und wo sind Sie, Sir?«

»In ihrem Apartment. Independence Street 600, erster Stock rechts. Ich ging hinein und fand sie ...«

»Und Ihr Name, Sir?«

»Williamson, Jack Williamson.«

»Bleiben Sie bitte, wo Sie sind, Mr Williamson. Ich schicke sofort Polizeibeamte hin.«

»Mein Gott, sie ist ans Bett gefesselt!«

»Hilfe wird sehr bald dort sein, Mr Williamson.«

Officer Roland Stone befand sich zwölf Blocks von Cheryls Apartment entfernt – nahe der Kreuzung Godfrey Avenue und Howard Street –, als sich sein Funkgerät meldete.

»Fünfunddreißigvierzehn.«

»Fünfunddreißigvierzehn«, erwiderte Stone.

»Fünfunddreißigvierzehn, fahren Sie zur Independence Street 600, erster Stock, Apartment rechts. Treffen Sie sich dort mit dem Anrufer, der zweiundfünfzigzweiundneunzig gemeldet hat. Seien Sie vorsichtig – der Anrufer ist am Tatort und erklärte, es ist ein möglicher Mord.«

»Fünfunddreißigvierzehn, verstanden«, sagte Stone und schaltete Blaulicht und Sirene ein, als er auf die Water Street abbog.

»FünfunddreißigA-Andy«, ertönte es als Nächstes aus dem Polizeifunk, um den Leiter in diesem Gebiet – ein Sergeant – zu alarmieren.

»FünfunddreißigA, ich habe mitgehört. Bin unterwegs«, erwiderte Sergeant John J. Haley. Er war drei Blocks von Cheryl Williamsons Apartment entfernt. Das bedeutete, dass Haley den Funkruf an 3514 gehört hatte und der Operator die Information nicht wiederholen musste.

Ohne zu überlegen, orientierte sich Sergeant Haley, wo er war – Ecke Franklin Street und 65. Avenue North –, wendete und trat aufs Gaspedal. Er verzichtete auf Licht und Sirene. Es würde nicht nötig sein. Als er vor Independence Street 600 ausstieg und ins Haus gehen wollte, stand eine weiße Frau in mittlerem Alter auf dem Gehsteig vor der Tür.

»Da oben«, sagte sie und wies ins Haus. »Erster Stock rechts.«

Haley stieg die kurze Treppe zur Haustür hinauf, dann die innere Treppe, wobei er immer zwei Stufen auf einmal nahm.

Die Tür zu Cheryl Williamsons Wohnung stand einen Spalt offen.

Ein Weißer, Ende zwanzig, saß auf einer Couch, den Kopf gesenkt.

»Polizei«, sagte Sergeant Haley.

»Da drinnen«, sagte der Mann auf der Couch und wies zu einer Innentür.

»Was ist dort geschehen?«

»Irgendein verdammtes perverses Schwein hat meine Schwester umgebracht.«

Sergeant Haley ging in Cheryls Schlafzimmer und blieb nur lange genug, um festzustellen, dass die nackte Frau auf dem Bett tot war – er hatte genug Leichen gesehen, um das mit Sicherheit zu erkennen; er fühlte nicht nach dem Puls –, dann kehrte er ins Wohnzimmer zurück.

Mit Blick auf den Mann, der ausgesagt hatte, dass er der Bruder der Toten war, drückte Sergeant Haley auf den Sendeknopf des Mikrofons an seinem Revers.

»FünfunddreißigA.«

»FünfunddreißigA«, erwiderte der Polizeifunk.

»Informieren Sie die Kripo Nordwest und die Mordkommission. Wir haben offensichtlich einen Mord. Weiße, weibliche Person, keine offensichtliche Todesursache, aber Anzeichen auf Vergewaltigung. Ich warte am Tatort.«

Jack Williamson sah zu Sergeant Haley auf.

»Sie ist tot, nicht wahr?«

»Das befürchte ich.«

Sie hörten beide das Heulen der Sirene von Officer Stones nahendem Streifenwagen.

8

1

Im Funkraum – ›Raum‹ wurde dem großen Bereich, in dem sich der Polizeifunk befand, nicht gerecht – im Rundhaus drückte der Operator, der Sergeant Haleys Funkruf entgegengenommen hatte, auf einen Knopf auf seiner Konsole, wodurch automatisch die Nummer der Kripo Nordwest gewählt wurde.

Kripoabteilungen operieren mit einem so genannten ›Rad‹. Es ist der Jargon für den Plan der Namen von Kriminalbeamten, die im Moment im Dienst sind, und er dient dazu, die Arbeitslast gleichmäßig zu verteilen. In den meisten Kriminalabteilungen ist ein Detective einem ›Mann am Desk‹ zugeteilt. Der ›Mann des Desks‹ beantwortet die Telefonate. Wenn ein Job hereinkommt, teilt der ›Mann am Desk‹ denjenigen Detective dazu ein, der als Nächster auf dem ›Rad‹ steht.

Als das Telefon bei der Kripo Nordwest klingelte, meldete sich Detective O. A. Lassiter. Sie war nicht der ›Mann am Desk‹, sondern vertrat Detective Len Ford, der auf der Toilette ›etwas Persönliches‹ erledigte, wie Lassiter dem Polizeifunk mitteilte. Zufällig war Detective Lassiter der nächste Name auf dem ›Rad‹.

Detective Lassiter war fünfundzwanzig, einssiebzig und schlank. Sie hatte pechschwarzes Haar, grüne Augen, lange, wohl geformte Beine und hatte, wie ihre Kollegen übereinstimmend meinten – privat, sehr privat –, einen herrlichen Hintern und Busen.

»Hier ist Polizeifunk, Operator Nummer einssiebenacht«, begann der Mann in der Funkzentrale und nannte dann die Einzelheiten des Funkrufs, den er von Sergeant Haley erhalten hatte.

Detective Lassiter notierte sie und sagte schließlich: »Okay, verstanden.« Dann hob sie die Stimme und rief nach Lieutenant Fred C. Vincent. »Hey, Lieutenant, wir haben einen Job.«

»Was für ein Job, Lassiter?«, wollte Vincent wissen.

»Mord, vermutlich Vergewaltigung, weiße weibliche Person, dreiundzwanzig Jahre alt. Ihr Bruder fand sie in ihrem Apartment, ans Bett gefesselt. Er ist noch am Tatort.«

»Sie nehmen besser jemanden mit«, sagte Vincent. »Ich fahre rüber, sobald ich kann.«

»Jawohl, Sir«, sagte Detective Lassiter. Dann hob sie die Stimme und rief: »Charley, hast du genug verloren, um mit mir zu fahren?«

»Was für ein Job ist es?«, erkundigte sich Detective Charley Touma, ein pummeliger Vierzigjähriger.

»Das ist keine Antwort, Charley, sondern eine Gegenfrage«, erwiderte Lieutenant Vincent an Detective Lassiters Stelle.

»Ich stehe zu Ihrer Verfügung, Lassiter«, sagte Touma. »Was ist der Job?«

»Mord, mögliche Vergewaltigung, junge weibliche Person«, sagte Detective Lassiter, zog eine Schublade ihres Schreibtischs auf, nahm ihre Glock 9-mm halbautomatische Pistole heraus und schob sie ins Holster.

Lieutenant Vincent war erfreut, dass Detective Touma mit Detective Lassiter zusammenarbeiten würde. Touma war ein guter Mann, ein Gentleman. Der Job würde vermutlich schmutzig sein, und obwohl Vincent wusste, dass er sich offiziell nicht von seinen Gefühlen leiten lassen durfte, lag ihm Detective Lassiter am Herzen, wenn nicht wie eine Tochter, dann wie eine kleine Schwester.

Sofort nachdem er mit der Kripo Nordwest gesprochen hatte, drückte der Operator in der Funkzentrale auf den Knopf, der automatisch die Nummer des Diensthabenden der Mordkommission wählte, die sich fast direkt unter ihm im Rundhaus befand.

Detective Joe D'Amata, vierzig, schlank, adrett und mit olivfarbener Haut, der als Nächster auf dem ›Rad‹ der Mordkommission stand, meldete sich am Telefon. »Mordkommission, D'Amata.«

»Funkzentrale«, sagte der Operator, und dann wiederholte er, was er Detective Lassiter von der Kripo Nordwest gemeldet hatte. Und Detective D'Amata notierte alles sorgfältig, wie es Detective Lassiter getan hatte, und sagte dann: »Habe ich, danke.«

Er schaute sich nach Lieutenant Washington um und sah, dass er in seinem Büro war und mit Sergeant Matt Payne sprach – höchstwahrscheinlich sagte er ihm, wie die Dinge bei der Mordkommission abliefen.

Das einzige Problem, das Joe D'Amata mit Payne als Sergeant bei der Mordkommission hatte, war der Umstand, dass er seine Entscheidung vor Jahren bereute, an der Prüfung zur Beförderung zum Sergeant nicht teilgenommen zu haben.

Es war damals ziemlich klar gewesen, dass man ihn nicht gefragt hätte, wohin er versetzt werden wollte, wenn er bestanden hätte. Er wäre lieber ein Detective der Mordkommission als ein Sergeant oder Lieutenant oder sogar Captain irgendwo anders. Mit all den Überstunden – er machte so viele wie möglich – verdiente er so viel wie ein Inspector. Aber das Geld war nicht alles. Er mochte die Mordkommission.

Die Mordkommission ist etwas Besonderes, und man wird dort gut bezahlt. Wer braucht schon Sergeant zu sein?

So hatte er die Prüfung nicht gemacht und seither nicht daran gedacht, befördert zu werden. Und er wusste, dass viele – vielleicht die meisten – der Detectives der Mordkommission irgendwann in ihrer Laufbahn die gleiche Entscheidung getroffen hatten.

Ein anderes Problem mit der Prüfung und der Beförderung zum Sergeant war, dass man, wenn man die Mordkommission verlassen musste, einen Vorgesetzen bekam, der letzte Woche noch einer der Jungs gewesen war. Selbst wenn er als Sergeant in einen regulären Kriminal-Distrikt ging – zur Kripo Süd, zum Beispiel – würde man ihm keine eigenen Ermittlungen geben, sondern er würde Detectives beaufsichtigen, die in Fällen von Einbruchdiebstahl, Autodiebstahl und den gelegentlich aufregenderen Kriminaldelikten wie Banküberfällen ermittelten. Und wenn man bei einem Banküberfall einen guten Verdacht hatte, übernahm das FBI sofort den Fall. Wenn er mit Uniform in einen Distrikt ging, war es sehr gut möglich, dass er eines Tages seine ermittlerischen Fähigkeiten Anrufen wie ›Ruhestörung, Haus‹ widmen musste.

Es gab natürlich Ausnahmen. Bei allem. Jason Washington hatte die Prüfung zum Lieutenant unter der Bedingung gemacht, dass er bei der Mordkommission bleiben konnte, wenn er sie bestand. Und es hieß, als Tony Harris gehört hatte, dass Payne zur Mordkommission kam, war er zu Washington gegangen und hatte ihn gefragt, ob er nicht das Gleiche tun könnte wie er, und Washington hatte gesagt, er würde daran arbeiten.

Da war auch noch etwas anderes. Der Grund, weshalb Payne der neue Sergeant war, war die verrückte Idee von Commissioner Mariani, dass die fünf Besten bei der Prüfung ihre Verwendung auswählen durften.

Das hätte schlimmer ausgehen können. Payne war ein Youngster, aber er war ein guter Cop. Er hatte Verbrecher zur Strecke gebracht, seit er zu dem Job gekommen war. Denny Coughlin hatte ihn Peter Wohl als Verwaltungsassistenten zugeteilt, um Payne Probleme vom Hals zu halten, bis er erkannte, dass reiche Jungs nun wirklich keine Cops sein sollten, nur weil ihr Vater und Onkel als Cops draufgegangen waren.

Payne hatte kaum für Wohl gearbeitet, als er den Serienvergewaltiger von Nordwest-Philly aufgespürt und ihn für immer von den Straßen genommen hatte, ohne dem Staat Pennsylvania die Kosten für einen Prozess aufzuhalsen.

Vielleicht lag es in seinem Blut. Wer, zur Hölle, wusste das? Aber der springende Punkt war, dass Payne ein guter Cop war. Und wenn die Nummer eins jemand anders gewesen wäre?

Irgendein Hohlkopf mit Beziehungen in der Stadt, irgendein anderer Fatzke, der gut bei Prüfungen war, doch auf der Straße seinen Hintern nicht mit beiden Händen finden konnte und sich in die Hosen machen würde, wenn er irgendeinem Verbrecher gegenüberstand? Was dann?

Joe D'Amata stemmte sich von seinem Stuhl hoch und ging zu Lieutenant Washingtons Bürotür. Er wartete, bis er Washingtons Aufmerksamkeit hatte.

»Wir haben einen Job, Washington«, sagte er. »Weiße weibliche Person, dreiundzwanzig, vermutlich Mord mit Vergewaltigung.«

»Darf ich hoffen, dass der Täter in Gewahrsam ist?«, fragte Washington.

D'Amata schüttelte den Kopf. »Nein, die Uniformierten vom 35. Distrikt sind am Tatort.«

»Sergeant Payne wird Sie zum Tatort begleiten«, sagte Washington und lächelte breit, »und sicherstellen, dass alles, was Sie veranlassen müssen, getan wird. Sie werden ihm jeden Schritt der Prozedur erklären, sodass ihm klar wird, dass Sie wissen, was Sie tun.«

Mit anderen Worten, ich soll dem Anfänger zeigen, wo's langgeht.

»Wir können jederzeit fahren, wenn Sie bereit sind, Sergeant Payne«, sagte Joe.

»Lassen Sie mich wissen, was passiert, Sergeant«, sagte Washington.

»Jawohl, Sir.«

Matt stand auf und folgte D'Amata ins Vorzimmer.

»Für gewöhnlich stelle ich als Erstes meinen Ersatz auf dem ›Rad‹ – sprich Einsatzplan – sicher«, sagte D'Amata.

Matt nickte.

D'Amata hob seine Stimme.

»Kramer, leg den *Hustler* hin und übernimm das Telefon.«

Detective Alonzo Kramer, der an seinem Schreibtisch scheinbar in eine Akte vertieft war, hob die Hand zum Zeichen, dass er verstanden hatte und wusste, dass er jetzt auf dem ›Rad‹ war.

Matt Payne fragte sich, ob Kramer tatsächlich ein Exemplar des *Hustler*-Magazins hinter der Akte versteckt hatte. Er sagte sich, dass er das gar nicht wissen wollte.

»Und jetzt, Sergeant«, sagte Joe D'Amata und tippte Zahlen in ein Telefon ein, »informiere ich die sehr cleveren Techniker des Mobilen Krimilabors, dass ihre Dienste erforderlich sein werden.«

Andere Detectives – Matt brauchte nicht gesagt zu bekommen, dass sie das Team waren, das den Fall bearbeiten würde – begannen sich um D'Amatas Schreibtisch zu versammeln.

D'Amata telefonierte kurz und legte dann den Hörer auf.

»Mit Ihrer Erlaubnis, Sergeant, werde ich die Detectives Reeves und Grose bestimmen, zurückzubleiben. Reeves, der auf die Abendschule ging und jetzt fast wie ein Sechstklässler lesen kann, wird Informationen über das Opfer sammeln, herausfinden, ob es aktenkundig ist, eventuell schon mal aufgefallen oder vorbestraft ist et cetera, et cetera. Grose, der überhaupt nicht lesen kann, wird einen Richter ausfindig machen, der uns einen Durchsuchungsbefehl für die Räumlichkeiten ausstellt.«

Die Detectives Grose und Reeves, die zugehört hatten, grinsten breit.

»Sie wissen bestimmt, Sergeant«, fuhr D'Amata fort, »dass unser geliebter Lieutenant Washington pingelig darauf bedacht ist, einen Durchsuchungsbefehl zu bekommen, bevor wir auch nur anfangen, die Mülltonnen nach Beweisen zu durchsuchen und die Verstorbene zu fotografieren.«

»Das hat er klar gemacht, Detective«, sagte Matt.

»Ich glaube, das hat etwas mit schleimigen Anwälten zu tun, die Verbrecher freigesprochen bekommen, weil das Beweismaterial ungesetzlich beschafft wurde.«

»So sagte man mir.« Matt nickte.

»Und ich möchte, mit Ihrer Erlaubnis, Sergeant, Detective Slayberg – das ist der Fette in dem billigen Anzug …«

»Leck mich, Joe«, sagte Detective Slayberg, doch er lächelte.

»… als Protokollführer bestimmen. Er ist sehr gut im Beschreiben von Räumlichkeiten.«

»Deshalb hängt man mir das für gewöhnlich an, Sergeant«, sagte Slayberg.

»Vor vielen Jahren«, sagte Matt in gespieltem Ernst, »als ich ein junger Officer war, beging ich den Fehler, meinen Sergeant wissen zu lassen, dass ich mit zehn Fingern Schreibmaschine tippen kann.«

Die anderen lachten.

»Junge, Junge«, sagte Slayberg, »mit Verlaub gesagt, Sergeant, es war verdammt blöde, das zu tun.«

»Diese Erfahrung habe ich auch gemacht.«

Es gab weiteres Gelächter.

»Dann sollten wir jetzt, nachdem diese kleinen Einzelheiten erledigt sind, mit Ihrer Erlaubnis, Sergeant, zum Tatort schreiten, beziehungsweise fahren.«

»Absolut.«

»Da fast jeder an dem Roy-Rogers-Job arbeitet, Matt, sind wir ein wenig knapp an fahrbaren Untersätzen. Macht es Ihnen etwas aus, wenn Slayberg und ich mit Ihnen fahren? Oder hat Quaire Ihnen diesen neuen Wagen abgenommen, den Sie mitgebracht haben?«

»Noch nicht«, sagte Matt. »Aber ich bin ja noch nicht lange hier.«

Warum hat Quaire mir den Wagen gelassen?

Er sah, dass alle Detectives, die zum Tatort fahren würden, zu Aktenschränken gingen, sie aufschlossen und ihre persönliche Ausrüstung herausnahmen – ihre Dienstwaffe, Latex-Handschuhe und Notizblöcke.

Er folgte D'Amata aus der Mordkommission, und im letzten Moment nahm er seine Aktentasche mit dem Laptop darin von einem Aktenschrank neben der Tür.

2

Als Matt aus dem neutralen Ford stieg, sah er das gelbschwarze Absperrband mit der Aufschrift POLICE LINE DO NOT CROSS, das auf beiden Seiten der Mietshäuser gespannt war, um den Zugang zu einem der Gebäude zu verbieten.

Zwei uniformierte Weißhemden, ein Captain und ein Lieutenant, standen im Gespräch mit zwei Kriminalbeamten, einer davon weiblich, auf dem Bürgersteig vor dem Haus, das offenbar der Tatort war.

»Captain Alex Smith, der Distriktleiter«, sagte Joe D'Amata. »Guter Mann. Den Lieutenant kenne ich nicht.«

»Lew Sawyer«, sagte Slayberg. »Er ist ein blöder Hund. Die Puppe ist von der Abteilung Special Victims, und sie ist ein wahres Miststück.«

»Was, zum Teufel, macht sie hier?«, fragte Slayberg. »Die Special Victims Unit hat nichts mit Ermittlungen in Mordfällen zu tun, nicht einmal, wenn das Opfer vergewaltigt worden ist.«

»Lächeln Sie die Lady nett an, Matt«, sagte D'Amata.

Captain Smith sah die drei kommen und lächelte.

»Hallo, Joe«, sagte er und steckte D'Amata die Hand hin.

»Guten Morgen, Sir. Ich weiß, dass Sie Harry kennen, aber – Sergeant Payne?«

»Ja, klar, wie geht's, Harry?« Er schüttelte Slayberg die Hand. »Ich weiß, wer Sie sind, Sergeant, aber ich glaube, wir sind uns noch nicht begegnet.«

»So ist es, Sir«, sagte Matt und ergriff Smith' ausgestreckte Hand.

»Dies ist Lieutenant Sawyer«, stellte Smith vor. »Und die Detectives Domenico und Ellis von Special Victims.«

»Ich glaube, ich habe Sie im Arsenal gesehen, kann das sein?«, fragte Detective Domenico.

Da war nichts an ihrem Lächeln, das Matt missfiel, und er erinnerte sich an Slaybergs Worte.

»Ich war dort bei Special Operations«, sagte Matt.

Alle nickten einander zu, doch es wurden keine Hände geschüttelt.

»Was haben wir, Captain?«, fragte Joe.

»Ein totes Mädchen. Der Täter ist vermutlich krank, und wir haben vielleicht ein Problem.«

»Was für ein Problem?«

»Es gab gestern Nacht einen Anruf ›Ruhestörung, Haus‹. Zwei Streifenwagen fuhren hin. Die Nachbarin sagte aus, ihr Spiegel sei von der Wand gefallen. Sie sagte, der Ärger käme vom Williamson-Apartment, und sie wollte das überprüfen lassen. Als die Officers klingelten, gab es keine Reaktion, weder Licht noch Geräusche und keine Anzeichen auf einen Einbruch. So konnten sie nicht die Tür aufbrechen.«

»Oh-oh«, sagte D'Amata, »ich glaube, ich weiß, was jetzt kommt.«

Captain Smith nickte.

»So fuhren die Officers weg«, sagte er. »Und dann ging heute Morgen der Bruder in die Wohnung, fand seine Schwester, und die Nachbarin erzählte ihm, was in der Nacht geschehen war. Eigentlich früh heute Morgen. Und der Bruder ist ziemlich wütend auf die Polizei, weil sie nicht die Tür aufgebrochen hat, als sie beim ersten Mal hier gewesen ist.«

»Autsch«, sagte D'Amata.

Slaybergs Handy summte.

Er meldete sich, lauschte und sagte dann: »Danke. Wir sind soeben eingetroffen. Warte.« Er wandte sich an Matt. »Sergeant, der Durchsuchungsbefehl ist unterwegs. Grose bringt ihn. Reeves sagte, über das Opfer oder ihren Bruder liegt nichts außer ein paar Verkehrsverstößen vor, und er möchte wissen, was er jetzt für Sie tun soll.«

»Sagen Sie Grose, er soll Reeves sagen, mit ihm und dem Durchsuchungsbefehl herzufahren«, sagte Matt und vergaß, dass er sich vorgenommen hatte, die Augen offen und den Mund geschlossen zu halten.

Er warf verstohlen einen Blick zu D'Amata und sah nichts an dessen Miene, das darauf schließen ließ, dass er, Matt, das Falsche befohlen hatte. Und er erinnerte sich daran, dass Quaire gesagt hatte, man erwarte von ihm, dass er wie ein Sergeant handele.

»Warum sehen wir uns das nicht schnell an?«, sagte Matt zu D'Amata und Slayberg. »Der Durchsuchungsbefehl ist unterwegs.«

Er ging zur Haustür und bemerkte, dass jeder sich anschickte, ihm zu folgen.

Ich werde dem Distrikt-Captain nicht sagen, dass er sich den Tatort nicht ansehen kann, doch das schließt nicht den Lieutenant ein und gewiss nicht die lächelnde Lady von der Special Victims Unit.

»Es ist Ihr Fall, Sergeant, aber ich möchte einen Blick auf den Tatort werfen«, sagte Captain Smith.

»Nach Ihnen, Sir.« Matt forderte Captain Smith mit einer Geste auf, voranzugehen.

»Lieutenant, würde es Ihnen etwas ausmachen, zu warten, bis die Spurensicherer ihre Arbeit erledigt haben?«, fragte Matt.

»Ich wollte mich nur schnell umschauen, aber Sie haben Recht«, sagte Lieutenant Sawyer.

»Sie verstehen sicherlich«, sagte Matt zu Detective Domenico.

Bei dem Eis in deinem Blick, Detective Domenico, dachte Sergeant Payne, *könnten einem Affen glatt die Eier abfrieren. Was ist dein Problem? Du solltest nicht mal hier sein. Dies ist keine Vergewaltigung, keine Belästigung von Kindern, es ist ein Mord.*

Der Uniformierte vor Cheryl Williamsons Wohnungstür trat beiseite, als er Captain Smith und die anderen sah.

Als sie das Apartment betraten, fasste Captain Smith Matt am Arm.

»Ich weiß, dass die Abteilung Sex Crimes«, sagte er und benutzte die alte Bezeichnung für Special Victims Unit, »nichts mit der Ermittlung in einem Mordfall zu tun hat, selbst wenn eine sexuelle Straftat dabei eine Rolle spielt. Die beiden waren zufällig in meinem Büro und sprachen mit mir über einen unaufgeklärten Fall von Vergewaltigung, als dieser Job anfiel.«

»Ja, Sir«, sagte Matt. Und dann sah er am Ausdruck von D'Amatas Augen, dass er dies interessant fand. Plötzlich fand auch Matt es interessant.

Eine unaufgeklärte Vergewaltigung, und sie sind nur zufällig hier beim Tatort eines Mordfalls mit Vergewaltigung? Gibt es sonst noch etwas, was man uns nicht erzählt hat? Ich finde, wir müssen ein Team zur Special Victims Unit schicken, um festzustellen, welche Akten sie haben.

Ohne ein Wort öffnete Joe D'Amata sein in Leder gebundenes Notizbuch und notierte: *Sex Crimes, ungeklärte Vergewaltigung in dem Gebiet, Lt. Sawyer, Det. Domenico, Ellis.*

Im Apartment hielt sich ein anderer weiblicher Detective auf. Sie saß auf der Couch neben einem gut gekleideten Mann, der durcheinander wirkte.

Sie stand auf, als sie die Eintretenden sah.

Sergeant Payne hatte einen unprofessionellen Gedanken: *Nun, das ist eine sehr interessante Vertreterin des anderen Geschlechts.*

»Captain, ich hätte lieber keinen hier, bis wir den Durchsuchungsbefehl haben und die Spurensicherer hier gewesen sind«, sagte die sehr interessante Vertreterin des anderen Geschlechts.

»Der Durchsuchungsbefehl ist unterwegs«, sagte Matt. »Und wir werfen nur einen kurzen Blick durch die Tür.«

»Sehen Sie sich nur lange und genau um«, sagte der Mann auf der Couch und stand auf. »Wenn ihr Cops eure Pflicht getan hättet, wäre meine Schwester vermutlich noch am Leben.«

»Ich bedauere Ihren Verlust sehr, Sir«, sagte D'Amata.

»Sie bedauern? Das nutzt Cheryl verdammt nichts.«

»Wer sind Sie?«, fragte Detective Olivia Lassiter D'Amata fast herausfordernd.

»Joe D'Amata, Mordkommission«, erwiderte D'Amata. »Ich habe den Fall. Dies sind Harry Slayberg und Sergeant Payne.«

D'Amata und Slayberg nickten Detective Lassiter zu, als sie um Matt herum zur Schlafzimmertür gingen.

»Wer sind Sie?«, fragte Matt.

»Lassiter, Kripo Nordwest«, sagte sie.

D'Amata und Slayberg standen auf der Türschwelle von Cheryl Williamsons Schlafzimmer und schauten sich – ohne einzutreten – ungefähr eine Minute lang um. Dann traten sie von der Türschwelle zurück und begannen sich im Wohnzimmer umzusehen. Captain Smith ging zur Schlafzimmertür.

»Jesus«, murmelte er.

Matt sah, dass D'Amata und Slayberg Latex-Handschuhe trugen, und wunderte sich, weil er gar nicht mitbekommen hatte, wann sie die Handschuhe angezogen hatten. Er zog seine eigenen aus der Tasche.

Er wollte zur Schlafzimmertür gehen, als die Wohnungstür von neuem geöffnet wurde und zwei Männer eintraten. Payne kannte einen davon, einen fast kahlköpfigen Mann in einem verknitterten Anzug, Dr. Howard Mitchell vom Büro des Leichenbeschauers. Er hatte einen Fotografen dabei, einen jungen Mann, den Matt noch nie gesehen hatte.

Matt fand es interessant, dass Dr. Mitchell persönlich zum Tatort gekommen war. Für gewöhnlich arbeiteten am Tatort Techniker vom Büro des Leichenbeschauers, nicht der

Leichenbeschauer selbst. Er beaufsichtigte sonst entweder die Autopsie oder führte sie selbst durch.

Matt sagte sich, dass Mitchells persönliches Erscheinen am Tatort etwas mit einem Fall der Special Operations zu tun hatte, der fast ihm gegeben worden wäre. Letzten Endes waren jedoch die Detectives Jesus Martinez und Charles T. McFadden dazu eingeteilt worden.

Der Fall begann mit einem äußerst empörten Bürger, dem Neffen einer Frau, die sich beim Sturz von ihrer Kellertreppe das Genick gebrochen hatte. Der Neffe ging zur Polizei seines Distrikts und berichtete, dass er soeben Tante Myrtles letzte Kreditkarten-Abrechnung bekommen hatte. Tante Myrtle trank nicht, konnte nicht Auto fahren, und es war unmöglich, dass sie an ihrem Todestag für dreihundertfünfundfünfzig Dollar Schnaps in Mickeys Liquor Store in Camden, New Jersey, gekauft haben konnte.

Der Bericht nahm seinen Weg durch die Bürokratie im Rundhaus, wo er mit Deputy Commissioner Coughlin und Chef Inspector der Kripo Lowenstein diskutiert wurde.

Sie stimmten darin überein, dass anscheinend mehr als ein simpler Kreditkarten-Betrug vorlag. Und weil Staatsgrenzen überquert worden waren, war es ein Bundesdelikt, was bedeutete, dass für die Aufklärung das FBI zuständig war. Obwohl Coughlin und Lowenstein höchsten Respekt vor dem FBI hatten, nahmen sie an, dass ein Kreditkartenbetrug für dreihundertfünfundfünfzig Dollar wohl kaum die volle Aufmerksamkeit des FBI haben würde.

»Geben Sie den Fall Peter Wohl«, sagte Lowenstein. »Nicht diesen Job. Er soll feststellen, ob es andere Berichte gibt, dass andere Dinge von kürzlich verstorbenen Bürgern fehlen.«

Coughlin sagte Peter Wohl – unnötigerweise –, wenn jemand in Leichenschauhäusern, am Tatort oder vielleicht sogar im Büro des Leichenbeschauers Dinge verschwinden ließ, würde er das lieber von Special Operations statt vom FBI erfahren.

Charley McFadden und Jesus Martinez bekamen den Job, weil sie zu diesem Zeitpunkt weniger zu tun hatten als Matt. Es dauerte nicht lange, bis McFadden und Martinez herausfanden, dass eine Menge Zeug in den vergangenen sechs Monaten verschwunden und ziemlich klar war, dass sie in den Taschen einiger Techniker vom Büro des Leichenbeschauers verschwunden waren. Sie hatten sich offenbar gesagt, da der/die Verstorbene keinen Bedarf mehr an Ringen, Uhren, Schmuck und Bargeld hatte, konnten sie ebenso gut von Nutzen sein – zu ihrem eigenen.

Vier der Täter waren verhaftet, angeklagt und verurteilt worden.

»Guten Morgen, Doktor«, sagte Captain Smith von der Schlafzimmertür her.

»Hey, Smitty«, sagte Dr. Mitchell, und dann entdeckte er Matt.

»Hey, Payne. Ich habe Ihr Foto in der Zeitung gesehen.«

»Guten Morgen, Doktor«, sagte Matt. »Der Durchsuchungsbefehl ist unterwegs.«

Dr. Mitchell winkte D'Amata und Slayberg zu, ging zur Schlafzimmertür und zog dabei seine Gummihandschuhe an. Der Fotograf folgte ihm. Mitchell wies ihn mit einer Geste an, an der Tür stehen zu bleiben, und betrat das Schlafzimmer.

Der Leichenbeschauer brauchte keine Genehmigung, um einen Tatort zu betreten. Er gehörte ihm, bis er ihn an die Mordkommission freigab.

Matt ging zur Schlafzimmertür.

Dr. Mitchell beugte sich über Cheryl Williamsons Leiche, betrachtete sie kurz, hielt seine Hand an die Halsschlagader, blickte auf seine Armbanduhr und erklärte: »Ich schätze den Todeszeitpunkt auf dreiundzwanzig Uhr.«

Er blickte über die Schulter zu Matt.

»Inoffiziell, es sieht aus, als sei ihr Genick gebrochen, und nach der Blässe der Leiche schätze ich, dass sie acht, neun Stunden tot ist.«

Er gab dem Fotografen ein Zeichen, dass er das Zimmer betreten durfte, und ging zur Schlafzimmertür.

Matt bekam den ersten Blick auf das Opfer.

Die Leiche war nackt, die Beine waren gespreizt und mit Plastikband an das Fußbrett gefesselt. Ihr Oberkörper war nach links gedreht. Ihre linke Hand war ans Kopfbrett gebunden, und Matt konnte eine weitere Fessel sehen, die locker an ihrem rechten Handgelenk hing.

Er sah ihre gebrochenen Augen und wurde sofort an Susan Reynolds blicklose Augen erinnert, als sie tot auf dem Parkplatz des Crossroads Diner gelegen hatte.

Er spürte, wie sich sein Magen verkrampfte, wie sich kalter Schweiß auf seinem Rücken bildete, und er trat schnell von der Tür fort.

O Gott, nicht jetzt! Lieber Gott, lass nicht zu, dass mir übel wird und ich mich bei meinem ersten Fall für die Mordkommission zum Narren mache!

Er prallte gegen etwas, gegen jemanden, und sah, dass es Detective Olivia Lassiter war, die er fast umgerannt hätte.

Sie sah ihn an, ärgerlich, wie er fand.

Er wollte ›Verzeihung‹ sagen, doch er wurde gestört durch Jack Williamson, der bitter sagte: »Ich hoffe, Sie haben sie sich gut angesehen.«

Er drehte Williamson den Rücken zu und berührte Detective Lassiters Arm.

»Haben Sie etwas aus ihm herausbekommen?« Und dann, bevor sie antworten konnte: »Warum haben sie ihn nicht von hier fortgeschickt?«

»Ich hatte ihn gerade genug beruhigt, um mit ihm reden zu können, als Sie eintrafen«, sagte sie. »Er will nicht weggehen, und ich wollte ihn nicht zwingen.«

»Kommen Sie mit«, sagte Matt.

»Das klingt wie ein Befehl«, sagte sie.

»Okay«, sagte Matt. »Es war eine Bitte, ein Vorschlag, aber ich will, dass Sie mitkommen.«

Sie erwiderte einen Augenblick trotzig seinen Blick, zuckte dann mit den Schultern und wandte sich von der offenen Schlafzimmertür ab.

Matt ging zur Couch. Jack Williamson blickte mit kalter Verachtung zu ihm auf.

»Mr Williamson, ich bin Sergeant Payne. Ich bin von der Mordkommission, und ich muss mit Ihnen reden, aber das können wir hier nicht. In nur ein paar Minuten wird es hier vor

Technikern wimmeln, und wir können ihnen nicht im Weg stehen. Ich möchte, dass Sie mit Detective Lassiter und mir mitkommen und wir irgendwo hingehen, wo wir reden können. Okay?«

»Die Nachbarin hat jede Hilfe angeboten, die wir brauchen«, sagte Olivia. »Wie wäre es mit ihrer Küche? Sie sagte, sie würde eine Kanne Kaffee machen.«

»Wir sitzen einfach herum und trinken freundschaftlich Kaffee, wie? Und essen vielleicht einen Big Mac. Während meine Schwester so da drinnen liegt?«

»Wir müssen irgendwo miteinander sprechen, Mr Williamson, und wir müssen den Technikern aus dem Weg gehen. Bei einer Tasse Kaffee zu sitzen, halte ich für besser, als auf dem Bürgersteig herumzustehen«, sagte Matt. »Was halten Sie davon?«

Williamson zuckte mit den Schultern, eine Geste der Kapitulation, und stand auf.

»Mrs McGrory, dies ist Sergeant Payne von der Mordkommission. Wir müssen ungestört mit Mr Williamson reden«, sagte Olivia, als Mrs McGrory auf ihr Klopfen hin öffnete. »Können wir Ihre Küche benutzen?«

»Aber sicher.«

»Vielen Dank«, sagte Matt, als die Frau sie in ihre Küche führte.

»Ich helfe gern. Da steht frischer Kaffee. Bedienen Sie sich nur.«

»Das ist sehr freundlich von Ihnen«, sagte Matt.

»Ich fühle mich einfach schrecklich bei dieser Sache, besonders, weil die Cops vor der Tür waren, während es geschah.«

»Wir wissen nicht mit Sicherheit, was geschah, Mrs McGrory«, sagte Matt.

»Natürlich ist es so geschehen. Ich war doch hier, nicht wahr?«

»Vielen Dank, Mrs McGrory«, sagte Olivia, schob sie sanft aus der Tür und schloss sie.

»Warum nehmen Sie nicht Platz?«, schlug Matt Williamson vor. »Ich hole den Kaffee. Wie nehmen Sie Ihren, Mr Williamson?«

»Schwarz«, antwortete Williamson.

»Schwarz«, sagte auch Olivia.

Olivia und Williamson setzten sich an den Küchentisch, während Matt Kaffee einschenkte. Er ging zum Tisch und stellte die Tassen darauf.

»Okay«, sagte Matt. »Lassen wir einige Dinge zwischen uns klären, Mr Williamson. Ich weiß nicht, was letzte Nacht geschehen ist, als Mrs McGrory die Polizei anrief, und es ist mir auch egal.«

»Es ist Ihnen egal?«, fragte Williamson angewidert und ungläubig.

»Mein Job ist es, den oder die Mörder Ihrer Schwester zu finden und dafür zu sorgen, dass sie vor Gericht verurteilt werden und nicht unbestraft aus dem Gerichtssaal spazieren, weil bei der Anklage geschludert wurde. Ich kann verstehen, das Sie unglücklich über das sind, was Ihrer Meinung nach in der vergangenen Nacht passiert ist.«

»Vergangene Nacht haben die verdammten Cops nichts getan, um meiner Schwester zu helfen.«

»Wenn Sie glauben, dass die Polizei etwas getan hat, was sie nicht hätte tun sollen, oder etwas unterlassen hat, was sie hätte tun sollen, so haben Sie jedes Recht auf eine offizielle Beschwerde …«

»Das verdammte Recht habe ich. Und ich werde davon Gebrauch machen, das können Sie mir glauben!«.

»Aber Sie werden mir sicherlich zustimmen, Mr Williamson, dass es im Augenblick Vorrang hat, herauszufinden, wer dieses Verbrechen begangen hat, und je früher, desto besser. Sind Sie da meiner Meinung?«

»Mann Gottes, na klar bin ich da ›Ihrer Meinung‹. Ich sage ja nur, wenn diese verdammten Cops letzte Nacht ihre Pflicht getan hätten, wäre meine Schwester noch am Leben.«

»Da ist noch eines, Mr Williamson«, sagte Matt. »Ihre Wortwahl beginnt mich zu beleidigen. Ich hoffe, Sie passen auf, was Sie sagen. Ich möchte Sie lieber nicht zur Mordkommission und in einen Verhörraum bringen lassen, bevor Sie Ihre Emotionen unter Kontrolle bekommen.«

Williamson starrte ihn wütend an, sagte jedoch nichts.

Matt öffnete seine Aktentasche und nahm einen Laptop heraus.

»Was soll das?«, fragte Williamson.

»Ich bin einer der Typen, die ihre eigene Schrift nicht lesen können«, sagte Matt. »Deshalb mache ich mir so Notizen. Haben Sie einen Einwand dagegen?«

»Wenn ich einen hätte?«

»Dann nehme ich ein Notizbuch und einen Kugelschreiber und verschwende eine Menge Zeit bei dem Versuch, Sinn in meine Notizen zu bringen, wenn ich sie schließlich abtippen muss. In Ordnung?«

Williamson zuckte mit den Schultern. Matt schaltete den Laptop an.

»Sie heißen Jack, Mr Williamson?«

»John J. Für Joseph.«

»Wie lauten Ihr Vorname und Ihre Dienstnummer, Lassiter?«

»Olivia, fünf-acht-zwei«, antwortete sie.

»Okay, Mr Williamson, fangen wir mit Ihren persönlichen Daten an«, sagte Matt. »Adresse?«

Zwanzig Minuten später sagte Matt: »Ich finde, dies wird bis auf weiteres reichen, Mr Williamson.«

»Okay.«

»Sie wissen mit einem Laptop umzugehen?«

Williamson nickte.

Matt schob den Laptop zu ihm hin. »Würden Sie bitte einen Blick darauf werfen und feststellen, ob ich alles richtig getippt habe?«

Williamson las die paar Seiten, die Matt geschrieben hatte, und nickte dann. »Okay.«

Matt schaltete den Laptop aus, schloss den Deckel und schob ihn wieder in seine Aktentasche.

»Wenn ich dies ausgedruckt habe, Mr Williamson, lasse ich es Ihnen von einem Detective – höchstwahrscheinlich Detective Lassiter – zur Unterschrift bringen.«

»Wann?«, fragte Williamson.

»Es wird bis morgen warten müssen«, sagte Matt. »Ich weiß,

dass Sie heute beschäftigt sein werden. Ich werde morgen anrufen und fragen, wann es Ihnen passt.«

»Ich muss Ihnen eines sagen«, meinte Williamson. »Wenn meine Mutter erfährt, was letzte Nacht, heute Morgen, mit den Cops passiert ist – o Gott!«

»Ich versuche nicht, Ihnen auszureden, eine formelle Beschwerde einzureichen«, sagte Matt. »Ehrlich nicht. Aber nach dem, was ich gehört habe, haben sich die Polizeibeamten, die auf den Anruf ›Ruhestörung, Haus‹ reagiert haben, einfach peinlich genau an die gesetzlichen Vorschriften gehalten. Wenn sie irgendeinen Hinweis gehabt hätten, dass etwas – irgendetwas – in dem Apartment passieren könnte oder passiert wäre, dann hätten sie etwas unternommen.«

Williamson sah ihn an, gab jedoch keine direkte Erwiderung. »Was soll ich tun, wenn meine Mutter herkommt?«

»Nun, im Augenblick kann sie nicht in die Wohnung reingelassen werden. Heute nicht und vermutlich auch morgen nicht. Sagen Sie ihr das.«

»O Gott!«, stieß Williamson hervor.

»Ich würde Sie gern begleiten, Mr Williamson«, sagte Detective Lassiter, »wenn Sie meinen, das würde die Dinge erleichtern. Und ich würde auch gern mit Ihrer Mutter reden. Aber das muss nicht sofort sein. Ich werde telefonisch um einen Termin bitten.«

»Es könnte nicht schaden, wenn Sie mich begleiten«, sagte Williamson. »Und wenn Sie dort sind, könnten Sie vielleicht …«

»Wenn Sie mir Ihre Handynummer geben, Sergeant, werde ich Sie anrufen und wissen lassen, wie die Dinge gelaufen sind«, sagte Detective Lassiter.

Matt schrieb die Nummer auf einen Zettel und gab ihn ihr. Sie riss den Zettel in zwei Hälften und schrieb zwei Nummern auf das leere Stück.

»Ich nehme an, Sie haben die Nummer von der Kripo Nordwest, richtig?«, fragte sie. Matt nickte. »Meine Handynummer und die Telefonnummer von meiner Wohnung«, sagte sie.

»Danke«, sagte Matt.

Unter anderen Umständen, Olivia, meine Süße, wäre ich überglücklich, von dir deine Telefonnummern zu bekommen.

Wenn ich's mir recht überlege, Olivia, bin ich trotz der Umstände überglücklich, weil du mir deine Telefonnummern gibst.

Mrs McGrory hielt sich nicht in ihrem Wohnzimmer auf, als sie hindurchgingen, doch Matt konnte ihre Stimme im Nebenzimmer hören. Nur ihre Stimme, was darauf schließen ließ, dass sie telefonierte.

Er sagte sich, dass er ihr bereits gedankt hatte und es besser war, sie nicht beim Telefonieren zu stören.

Als er das Haus verließ, sah er, dass sich die Presse hinter dem Absperrband versammelt hatte. In dem Moment, in dem die Fotografen sie sahen – zwei Detectives eskortierten einen bis jetzt nicht identifizierten Weißen –, leuchteten die roten Aufnahmelichter von Videokameras auf, und Blitzlichter von Standbildkameras zuckten auf.

»Wo steht Ihr Wagen?«, fragte Matt.

»Ein Stück die Straße runter«, sagte Olivia und wies hin.

Matt berührte den Arm eines uniformierten Beamten.

»Ich möchte, dass Sie Detective Lassiter und diesen Gentleman zu ihrem Wagen bringen, die Straße abwärts, und dass ihnen die Presse nicht in den Weg kommt.«

»Kein Problem«, sagte der Uniformierte, hob die Stimme und rief: »Dick!«

Dick war ein sehr großer Afro-Amerikaner.

Er und sein uniformierter Kollege nahmen Detective Lassiter und Mr Williamson in die Mitte und eskortierten sie durch die Pressemeute. Matt ging hinter ihnen, und so hatte er Gelegenheit, zu sehen, dass Detective Lassiter einen knackigen Po hatte.

Als er zum Haus Independence 600 zurückkehrte und Fragen der Pressevertreter nach der Identität von Mr Williamson ignorierte, wurde ihm klar, dass er nicht wusste, was er jetzt tun sollte.

Er erinnerte sich an etwas, das er in der Ausbildung auf dem Marinestützpunkt Quantico beim Zugführer-Programm gelernt hatte: *Erkunden des Terrains.*

Fast zehn Minuten lang ging er um das große Haus herum, stieg sogar die hintere Treppe hoch und dann ins Kellergeschoss. Er sah nichts von besonderem Interesse.

3

Als Matt zur Front des Hauses zurückkehrte, trugen zwei Uniformierte eine Bahre mit Cheryl Williamsons Leiche über den Weg zu einem Wagen des 35. Distrikts.

Nun, ich brauche mir die gebrochenen Augen nicht mehr anzusehen – nicht, dass ich den schrecklichen Anblick vergessen könnte.

Als sie ihn passiert hatten, ging Matt die Treppe hinauf und in die Williams-Wohnung.

»Was ist mit dieser hübschen Detective von der Kripo Nordwest geschehen?«, begrüßte ihn Joe D'Amata.

»Sie fuhr mit dem Bruder, um es der Mutter zu sagen.«

»Dies ist unser Job, Matt«, sagte D'Amata. Es klang leicht tadelnd.

»Sie hat den Bruder beruhigt. Ich mochte sie ...«

»Ich kann mir nicht vorstellen, warum«, meinte D'Amata.

»... und dachte (a) dass es die Dinge mit der Mutter erleichtert. Der Bruder sagte, seine Mutter würde einen Wutanfall bekommen, wenn sie erfährt, dass es einen Notruf ›Ruhestörung, Haus‹ gab und die Uniformierten nicht die Wohnungstür aufbrachen. Und (b) muss jemand mit der Mutter reden, und ich glaube, dass sie das genauso gut erledigen kann wie wir, was bedeutet, dass wir hier sein können.«

»Ihre Entscheidung«, sagte D'Amata. »Zweierlei, Matt: Wollen Sie sich die Hintertür ansehen?«

»Ich habe sie draußen von der Treppe aus gesehen«, sagte Matt und folgte D'Amata in die Küche und zur Tür. »Ich habe keine Anzeichen auf gewaltsames Eindringen gesehen. Sie etwa?«

»Diese Kratzer könnten ein Anzeichen darauf sein, dass jemand sie aufgebrochen hat«, sagte Joe und wies hin. »Das Wort, auf das es ankommt, ist ›könnte‹. Die Tür war abgeschlossen, aber wenn man den Hebel oben lässt, rastet das Schloss automatisch ein.«

»Was sagen die Jungs vom Labor?«

»Was ich Ihnen soeben gesagt habe. Überhaupt keine Spuren an der Vordertür. So wissen wir nicht, ob der Täter eingebrochen ist oder ob sie ihn hereingelassen hat. Wenn sie den Täter kannte, ihn einließ ...«

Matt stieß einen Grunzlaut aus. Die meisten Morde werden von Leuten begangen, die dem Opfer bekannt sind.

»Sie sagten zweierlei«, erinnerte Matt.

»*Dies* ist interessant.« D'Amata nahm einen Plastikbeutel zur Sicherung von Beweisstücken aus der Tasche. Er enthielt eine Digitalkamera.

»Es könnte natürlich ihre sein – und ist es vermutlich auch. Aber sie lag unter dem Bett, was ein sonderbarer Aufbewahrungsort für eine solch teure Kamera ist. Noch seltsamer ist, dass nicht mal ein Schmutzfleck daran ist.«

»Warum sehen wir uns nicht die Fotos darin an?«

»Das geht nicht«, sagte D'Amata, und sein Tonfall machte klar, das Matt hätte wissen sollen, dass er selbst auf die brillante Idee gekommen war, zu sehen, welche Fotos mit der Kamera gemacht worden waren. »Sie könnte vom Nachttisch gefallen sein, als der Täter das Telefon aus der Wand riss und gegen den Spiegel warf.«

»Auch keine Fingerabdrücke am Telefon?«, fragte Matt.

D'Amata hielt seine Hände mit den Latex-Handschuhen hoch.

»Ich gewinne den Eindruck, dass der Täter sehr vorsichtig ist«, sagte er. »Was darauf schließen lässt, dass er weiß, wie man durch eine Tür kommt, ohne sie zu beschädigen. Und obwohl die Laborjungs hier eine Menge Fingerabdrücke gefunden haben – sie haben beide Türen untersucht, in ihrem Schlafzimmer und Badezimmer –, wäre ich angenehm überrascht, wenn etwas Brauchbares dabei herauskommt.«

Matt nickte.

»So wollte ich Sie gerade anrufen, um zu fragen, ob wir die Kamera ins Labor schicken, um zu sehen, ob irgendwelche Fotos auf dem Speicher sind.«

»Wenn wir die Kamera mit einem Wagen des Distrikts zum Labor fahren, würde das mit der Beweiskette übereinstimmen?«

»Das auch«, sagte D'Amata. »Ich dachte mir, falls es Fotos auf dem Speicher gibt, kann ich sie mir schneller ansehen, wenn das Labor die Speicherkarte aus der Kamera nimmt und die Bilder ausdruckt.«

»Ist die Kamera auf Fingerabdrücke untersucht worden?«

»Ich habe Ihnen gesagt, es ist nichts darauf. Nicht einmal Schmutzflecke.«

Matt stellte seine Aktentasche auf den Küchentisch, öffnete sie, kramte darin und verschloss sie wieder.

»Wir haben Glück«, sagte er. »Ich habe das Dingsbums dabei.«

»Welches Dingsbums?«

Matt ging zur Tür, die von der Küche zum Wohnzimmer führte, und winkte einem der Uniformierten im Wohnzimmer zu.

»Lassen Sie keinen hier rein, bis ich es Ihnen sage, okay?«

Der Uniformierte nickte und stellte sich vor die Türschwelle. Matt schloss die Tür.

»Wer ist im Schlafzimmer?«, fragte er.

»Harry, er macht die Tatort-Skizze«, antwortete D'Amata. »Ein Uniformierter hält auch dort die Leute fern. Was haben Sie vor?«

Matt ging zurück zum Küchentisch, nahm seinen Laptop aus der Aktentasche und zog dann ein Objekt aus Plastik mit einem Verbindungskabel hervor. Er stöpselte das Kabel in den Laptop und schaltete den Laptop ein.

»Sie können die Fotos hier ansehen?«, fragte Joe.

»Und sie im Laptop speichern«, sagte Matt.

D'Amata überreichte ihm den Plastikbeutel zur Beweissicherung. Matt nahm die Speicherkarte heraus und sah, dass D'Amata sie mit seinen Initialen versehen hatte. Wenn es Beweisfotos in der Kamera gab, konnte ein Verteidiger keine Zweifel bei der Jury säen, ob die gezeigten Fotos tatsächlich aus dieser Kamera gekommen waren.

Er steckte die Speicherkarte in das Transfergerät und kopierte die JPEG-Bilder davon auf die Festplatte des Laptops.

»Es gibt acht Aufnahmen«, sagte Matt. »Mal sehen, was darauf ist.«

Das erste Bild war zweifellos beweiserheblich. Es zeigte Cheryl ans Bett gefesselt, wie sie voller Entsetzen in die Kamera starrte.

D'Amata ging zur Tür und rief Harry Slayberg.

Matt wartete, bis Slayberg kam, und klickte dann die anderen sieben Bilder an.

»Dieser Verbrecher ist ein echter Psychopath«, bemerkte Slayberg leise.

»Sie können bei der ersten Aufnahme sehen«, sagte D'Amata, »dass das Telefon noch auf dem Nachttisch steht.«

»Und beide Handgelenke sind noch festgebunden«, sagte Slayberg. »Zeigen Sie die letzten paar Bilder bitte noch mal, Matt.«

Matt klickte die gesamte Serie der Fotos von neuem an.

»Sie könnte also ein Handgelenk freibekommen haben ...«, meinte Slayberg.

»Und er hat mit ihr gekämpft«, nahm D'Amata den Faden auf. »Und dabei fiel die Kamera unters Bett.«

»Oder«, mutmaßte Matt, »er ist ins Badezimmer gegangen, um zu pinkeln oder sich zu waschen, und während er dort war, bekam sie die Hand frei und versuchte, neun-eins-eins anzurufen ...«

»... und Psychopath Vorsichtig kam heraus und erwischte sie«, setzte Slayberg den Gedanken fort. »Er schlug sie – vermutlich härter als beabsichtigt –, riss das Telefon aus der Wand und schmiss es gegen den Spiegel.«

»Er war vermutlich in Panik oder Wut oder beides«, sagte D'Amata, »und bedachte nicht, dass er eine Menge Lärm macht, wenn er das Telefon gegen den Spiegel schmeißt.«

Matt nahm die Kamera und betrachtete sie.

»Es ist eine teure Kamera«, sagte er. »Kodak. Ich habe eine fast identische meiner Schwester zum Geburtstag geschenkt. Was eine Reihe von Fragen aufwirft.«

»Psychopath Vorsichtig ist entweder gut betucht oder hat die Kamera geklaut«, meinte Slayberg.

»Die Seriennummer ist registriert«, sagte Matt. »Und die Firma hat ein Serviceprogramm. Wenn sie defekt ist oder man sie kaputtmacht, ruft man die Firma an, und sie schickt einem per Express über Nacht eine neue. Ich glaube, wir sollten herausfinden können, wer diese gekauft hat. Mit viel Glück wird es der Täter sein. Aber selbst wenn er sie gestohlen hat, könnte er das im Zusammenhang mit einer anderen Vergewaltigung getan haben. Das könnte uns auf seine Spur führen.«

»Das bezweifle ich, Matt«, sagte D'Amata. »Dieser Psychopath ist ein sehr vorsichtiger Kerl, und ich nehme an, er ist auch gerissen. Gerissen genug, um nichts zu tun, was eine Spur zu einer seiner Eskapaden hinterlassen könnte.«

»Und mein zweiter Gedanke ist, dass ich diese Bilder meiner Schwester zeigen möchte«, sagte Matt.

»Habe ich da richtig gehört?«, fragte Slayberg entgeistert. »Der Schwester, die auf Dave Pekachs Party gewesen ist?«

D'Amata lachte.

»Ein und dieselbe«, sagte er. »Sie ist eine Klapsdoktorin, Harry, und eine sehr gute.«

»Das habe ich nicht gewusst«, sagte Slayberg. »Das ist ein Gedanke, aber die Vorschriften besagen, es muss ein Polizeiarzt und/oder Special-Victims-Experte hinzugezogen werden, kein Zivilist.«

»Vielleicht ist das eine Regel, die man verbiegen kann«, meinte D'Amata lächelnd. »Ich hörte, Dr. Payne nennt Commissioner Coughlin ›Onkel Denny‹ und Inspector Wohl ›Schatz‹.«

»Das war auf der Party«, sagte Matt lachend. »Und wechseln wir das Thema. Aber sie hat schon mit uns zusammengearbeitet, Harry. Ich bezweifle, dass es ein Problem sein würde.«

»Wir sollten meiner Meinung nach jetzt den weisen Rat des schwarzen Buddha einholen«, sagte D'Amata. »Er ist ein Weißhemd, und die werden dafür bezahlt, dass sie Entscheidungen treffen.«

Matt fuhr den Laptop herunter, und als der Monitor dunkel war, nahm er sein Handy aus der Tasche und rief die eingespeicherte Telefonnummer von Lieutenant Jason Washington ab.

»Washington.«

»Payne, Sir.«

»Ich wollte Sie soeben anrufen, Sergeant Payne.«

»Ja, Sir?«

»Wo sind Sie, Matthew?«

»Am Tatort, Sir.«

»Bleiben Sie dort und sorgen Sie dafür, dass D'Amata und Slayberg dort bleiben. Commissioner Coughlin, Chief Lowenstein, Captain Quaire und ich werden in Kürze dort sein, um Sie zu einer schnellen Lösung dieses Falls zu ermahnen.«

»Jawohl, Sir.«

Washington schaltete sein Handy ab.

9

1

»Washington ist unterwegs hierher«, kündigte Matt an. »Und ebenfalls Coughlin, Lowenstein und Quaire.«

»Was hat das zu bedeuten?«, fragte D'Amata.

Matt zuckte mit den Schultern. »Er will, dass wir drei hier bleiben.«

»War er im Büro?«, wollte D'Amata wissen.

»Das hat er nicht gesagt.«

»Dann müssen wir davon ausgehen, dass er – sie – vielleicht in zwei Minuten hier sind«, sagte D'Amata. »›Wenn Jesus kommt, soll man beschäftigt wirken.‹ Wie können wir das am besten tun?«

»Ich weiß nicht, wie das bei euch beiden ist, aber ich gehe zurück zum Tatort«, sagte Slayberg und verließ die Küche.

»Kaiser und solche Leute lieben es, willkommen geheißen zu werden, wenn sie irgendwohin gehen«, meinte D'Amata. »Matt, warum gehen wir beide nicht nach draußen und erwarten sie?«

Sie verließen die Wohnung durch die Hintertür. Ein Uniformierter stand am Fuß der Treppe, und andere Beamte standen innerhalb des Absperrbandes. Auf der anderen Seite des Bandes befanden sich nicht nur mehr Schaulustige, als Matt erwartet hatte – Cheryl Williamsons Leiche war abtransportiert worden; die Show war vorüber –, sondern über ein Dutzend Repräsentanten von Presse, Funk und Fernsehen.

Matt konnte nirgendwo Mickey O'Hara entdecken, und er fragte sich, wo er war. Für gewöhnlich war Mickey als Erster von der Presse am Tatort eines Mordes.

Die Antwort kam, als sie am Haus vorbei zur Front gingen und dabei Fragen ignorierten, die einige der Journalisten riefen. Dort hinter dem gelbschwarzen Absperrband standen mehr Zuschauer und Pressevertreter, und Mickey O'Hara war unter ihnen. Um sicherzustellen, dass niemand über das Absperrband stieg, standen zwei Uniformierte direkt davor, einer männlich, eine weiblich, und beide sahen aus, als hätten sie die Polizeiakademie erst vor zwei Wochen verlassen.

Hinter dem Absperrband hielten sich eine Reihe von Polizeibeamten auf, einige in Uniform, andere mit ihren Dienstmarken sichtbar an ihrer Zivilkleidung. Captain Alex Smith, der Leiter des 35. Distrikts, und Lieutenant Sawyer sprachen mit einer Frau, die eine Dienstmarke an ihrem Kleid trug. Matt erinnerte sich nach einem Moment, dass es Captain Helen Durwinsky, die Leiterin der Special Victims Unit, war. Neben ihr stand ein Mann mit dem Abzeichen eines Lieutenants an seinem Anzugjackett. Matt sah die Detectives Domenico und Ellis von der Special Victims Unit, die ein paar Schritte von den Weißhemden entfernt standen, zusammen mit anderen Kriminalbeamten, die Matt nicht kannte.

»Wer hat die Nachricht bekommen?«, fragte Captain Smith.

Es war keine Frage, was mit ›Nachricht‹ gemeint war, doch Matt wusste nicht, ob Smith mit ihm oder Joe D'Amata sprach.

»Ohne eine Erklärung, Sir«, erwiderte D'Amata.

»Es könnte etwas mit der Radiosendung *Phils Philly* zu tun haben«, sagte Captain Smith trocken, »in der – laut meiner Frau, eine von Phils begeistertsten Zuhörern –, Mrs McGrory vor ungefähr einer Dreiviertelstunde lang und breit über Miss Williamsons Vergewaltigung und Qual sprach, während die Polizei vor ihrer Tür stand und sich nicht darum kümmerte.«

»O Scheiße«, entfuhr es D'Amata.

»Ich habe soeben mit ihr geredet«, sagte Matt. »Ich habe in ihrer Küche mit dem Bruder gesprochen. Sie erwähnte nichts von diesem Arsch – *Phils Philly*.«

Phils Philly war eine sehr beliebte Talkshow im Radio. Wer in

Philadelphia mit etwas unzufrieden in der Stadt der brüderlichen Liebe war, konnte eine Telefonnummer anrufen und ziemlich sicher sein, ein mitfühlendes Ohr bei Phil Donaldson zu finden. Dann rief Mr Donaldson – live während der Sendung – denjenigen an, der dem Anrufer Böses oder Falsches angetan hatte, und verlangte empört eine Erklärung, Entschuldigung und sofortige Wiedergutmachung.

»Nun, sie hat angerufen«, fuhr Captain Smith fort. »Meine Frau sagte, dass Phil zuerst Commissioner Mariani anrief, und als der Polizeichef ›nicht verfügbar‹ war, um ans Telefon zu gehen, rief Phil den Bürgermeister an. Der beging den Fehler, den Anruf entgegenzunehmen.«

Drei neutrale Wagen fuhren kurz darauf in Sekundenabständen vor. Fernsehkameras filmten, und Pressefotografen knipsten Deputy Commissioner Dennis V. Coughlin und Captain F. X. Hollaran, als sie zum Apartmenthaus gingen, sich unter das Absperrband duckten und sich zu Captain Smith' Gruppe gesellten. Smith und Sawyer, die ja Uniform trugen, salutierten.

Die Medienvertreter hielten ebenso fest, wie Captain Henry C. Quaire und Lieutenant Jason Washington aus dem Wagen stiegen und in den abgesperrten Bereich gingen, und dann richteten sie ihre Aufmerksamkeit und Objektive auf den Chief Inspector der Kripo, Matthew Lowenstein.

Lowenstein duckte sich unter das Absperrband und sprach dann mit den beiden jungen uniformierten Beamten, die vor der versammelten Presse standen.

»Wissen Sie, wer ich bin?«, fragte Lowenstein mit fester Stimme, während Blitzlichter blitzten und Fernsehkameras seine Bewegungen einfingen.

»Jawohl, Sir«, erwiderten beide Polizisten unisono.

»Die meisten der Ladys and Gentlemen der Presse werden diese Tatort-Absperrung respektieren«, sagte Lowenstein und wies auf das Band. »Dieser da …«, er deutete auf Mickey O'Hara, »… wird höchstwahrscheinlich versuchen, sich darunter hindurchzumogeln. In diesem Fall wenden Sie die Gewalt an, die Sie für nötig halten. Wie, zum Beispiel, ihm die Arme und Beine brechen.«

»Jawohl, Sir«, sagten die beiden jungen Polizeibeamten ernst wie aus einem Munde.

Mickey O'Hara lachte entzückt.

Chief Lowenstein ging dann zu der Gruppe um Deputy Commissioner Coughlin. Die Uniformierten grüßten schneidig.

»Ich kann nicht glauben, dass ihr das getan habt!«, sagte Coughlin und konnte ein Lächeln nicht ganz unterdrücken. »Was, zum Teufel, habt ihr euch dabei gedacht?«

Chief Lowenstein war einer aus der kleinen Gruppe ranghoher Polizeibeamte, die keine heilige Ehrfurcht vor Deputy Commissioner Coughlins Dienstrang oder seiner Person hatten, vielleicht weil er zusammen mit ihm die Polizeiakademie besucht hatte und sie seither eng befreundet waren.

»Ihr alle seht höllisch schuldig aus«, sagte Lowenstein. »Spielt direkt in Philadelphia Phils Hand. Ich finde, da war ein bisschen Leichtfertigkeit im Spiel.«

»Ich hoffe, Mickey versucht nicht, das Absperrband zu missachten«, sagte Captain Hollaran. »Diese weibliche Uniformierte hält ihn im Auge.«

Deputy Commissioner Coughlin folgte Hollarans Kopfnicken und sah eine sehr entschlossene, sehr schlanke, sehr junge Polizistin, die ihren Schlagstock in der Hand hielt und Mickey O'Hara finster ansah, der mindestens fünfzig Pfund schwerer war. Coughlin hatte große Mühe, nicht laut zu lachen.

Er richtete seine Aufmerksamkeit wieder auf die Gruppe, und sein Blick fiel auf Matt.

»Sergeant«, befahl er, »bringen Sie uns irgendwohin, wo wir ungestört reden können.«

»Jawohl, Sir«, sagte Matt. »Würden Sie mir bitte folgen, Commissioner?«

Er führte die Prozession zur Treppe des Gebäudes und dann hinauf zu Cheryl Williamsons Apartment. Er sagte sich, dass dies nicht der richtige Zeitpunkt war, um weiterhin Mrs McGrorys Gastfreundschaft zu nutzen.

Stattdessen führte er die Prozession in Cheryl Williamsons Küche. Sie war überfüllt mit ihnen allen.

»Dies wird viel weniger amüsant sein, wenn diese kleine Szene in den Sechs-Uhr-Nachrichten gesendet wird und der Bürgermeister sie sieht«, sagte Coughlin. »Mensch, Matt!«

»Ich sehe lieber das in der Glotze«, sagte Lowenstein, »als den armen Smitty, der zu erklären versucht, dass das Gesetz seine Uniformierten davon abgehalten hat, die Tür aufzubrechen, als vielleicht – nur vielleicht – der Täter in dem Apartment die junge Frau vergewaltigt und ermordet hat.«

»Meinen Sie, er war drinnen, als die Uniformierten hier gewesen sind?«, fragte Coughlin.

»Wir wissen es nicht, Denny. Vielleicht war er bereits fort, als die Uniformierten eintrafen, aber wenn Smitty dies sagt und zusätzlich das Gesetz erklärt, wird es aussehen, als wolle er nur seine Männer decken.«

Coughlin stieß einen Grunzlaut aus.

Lowenstein sagte: »Wenn jedoch ein sehr ranghoher Polizeioffizier, nachdem er eine halbe Stunde lang persönlich die Fakten überprüft hat, vor die Presse tritt und das Gleiche sagt …«

»Sie meinen doch nicht mich?«, schnaubte Coughlin.

»… können wir davon ausgehen, dass Mickey einen nachdenklichen Artikel für den *Bulletin* schreibt und erklärt, wann die Cops eine Tür aufbrechen dürfen und wann nicht«, vollendete Lowenstein. »Und vermutlich kann er einbauen, wie hart wir routinemäßig daran arbeiten, um diesen Kerl zu schnappen.«

»Routinemäßig?«, sagte Coughlin. » Sie waren nicht mit dem Commissioner und mir im Büro des Bürgermeisters. Der Bürgermeister will, das dieser Fall nicht in angemessener Zeit gelöst wird, er will ihn rechtzeitig für die Sechs-Uhr-Nachrichten gelöst haben.«

»Wer ist der leitende Detective? Sie, Joe?«, fragte Lowenstein.

»Jawohl, Sir«, sagte D'Amata.

»Wie stehen die Chancen dafür?«

»Nicht gut, Sir«, sagte D'Amata.

Lowenstein gestikulierte mit den Händen: *Gebt mir mehr Zeit!*

»Wir haben keine Ahnung, wer der Täter ist«, sagte D'Amata. »Wir wissen nur, dass er ein Vier-Sterne-Psychopath ist. Wir haben nur einen Hinweis, der uns zu ihm führen könnte.«

»Und zwar?«

»Er hat seine Kamera am Tatort zurückgelassen, und Matt Payne meint …«

»Woher wissen Sie, dass es *seine* Kamera ist?«, unterbrach Lowenstein.

»Er hat Fotos von dem Opfer gemacht, Sir.«

»Woher wissen Sie das?«

»Es ist eine Digitalkamera, Sir«, sagte Matt Payne. »Ich habe die Bilder von der Speicherkarte in meinen Laptop heruntergeladen.«

»Ich weiß nicht, wovon, zur Hölle, Sie reden. Sie sagen, Sie haben die Bilder, die der Täter vom Opfer aufnahm?«

»Jawohl, Sir«, sagte Matt, bahnte sich einen Weg durch alle in der Küche und holte die Bilder auf den Bildschirm seines Laptops.

»Mein Gott!«, stieß Dennis V. Coughlin hervor.

»Seit wann haben Sie diese Fotos?«, fragte Lowenstein.

»Noch nicht lange, Sir«, antwortete Matt. »Ich habe Lieutenant Washington angerufen, um ihn darüber zu informieren, als er sagte, dass Sie alle auf dem Weg hierhin sind.«

»Und wie können Sie den Täter durch seine Kamera aufspüren?«, fragte Lowenstein zweifelnd.

»Ich bin mir nicht sicher, ob ich das kann, Sir. Aber ich kenne diesen Kameratyp. Die Firma hat ein Programm, das …« Er verstummte, versuchte eine Möglichkeit zu finden, den Ersatzlieferungs-Service von Kodak leicht verständlich zu erklären.

»Das was?«

»Die Kamera hat eine Seriennummer«, erklärte Matt. »Wenn wir von Kodak erfahren, wohin sie geliefert wurde …«

»Wer, zum Teufel, sind Sie?«, fragte Lowenstein ärgerlich und unterbrach Matt.

»Detective Lassiter, Sir. Kripo Nordwest.«

Matt drehte sich um und sah sie auf der Türschwelle stehen. Sie wirkte ein wenig betroffen bei Lowensteins schroffer Begrüßung.

»Und was ist so wichtig, dass Sie hier einfach so hereinplatzen?«

»Ich komme soeben von der Mutter des Opfers«, sagte

Olivia. »Sie versteht, warum die Cops die Tür nicht aufbrechen konnten. Ich dachte, ich sollte dies Sergeant Payne sagen. Ich hörte auf der Fahrt hierher das über Philadelphia Phil – oder wie immer er heißt.«

»Die Mutter des Opfers hat Verständnis dafür, dass die Uniformierten die Tür nicht aufbrechen konnten?«, fragte Dennis V. Coughlin, und dann stellte er eine andere Frage, bevor Olivia antworten konnte: »Was haben Sie bei der Mutter des Opfers gemacht?«

»Ich habe sie mitgeschickt, als der Bruder des Opfers zu seiner Mutter fuhr, um es ihr zu sagen«, sagte Matt.

Er blickte zufällig zu Washington, dessen Augenbrauen sich überrascht hoben.

»Sie haben sie *geschickt*?«, fragte der Lieutenant, der bei Smith und den anderen gestanden hatte, als Matt mit D'Amata zum ersten Mal nach draußen gegangen war.

»Ja, Sir.«

»Sie haben einem meiner Detectives Befehle gegeben?«

»Nicht jetzt«, sagte Lowenstein scharf und wandte seine Aufmerksamkeit Detective Lassiter zu. »Sind Sie sicher, dass die Mutter des Opfers das mit der Tür versteht?«

»Ja, Sir. Ich erklärte ihr, wie das nach den Vorschriften abläuft«, sagte Olivia. »Sie schien es zu verstehen. Sie beruhigte sogar ihren Sohn deswegen. Sie will nur, dass wir den Täter schnappen.«

»Was ist in dem Umschlag?«

»Ein Bild des Opfers, Sir«, sagte Olivia und gab ihm das Kuvert. »Ich habe es von der Mutter ausgeliehen.«

Lowenstein sah sich das Foto an und reichte es dann weiter an Coughlin.

»Das kommt passend«, sagte Lowenstein. »Sie wissen von der Kamera des Täters?«

»Nein, Sir.«

»Sind Sie jemals im Fernsehen gewesen, Detective?«, fragte Lowenstein.

»Nein, Sir.«

»Nun, wenn ich mich nicht irre, wird Commissioner Coughlin Sie, wenn er in ein paar Minuten den Medien sagt, warum die Polizisten die Tür nicht aufbrechen konnten, dabei haben wollen, damit Sie wiederholen, was Sie soeben über das Verständnis der Mutter gesagt haben. Könnten Sie das tun?«

»Ich möchte lieber nicht …«

»Das habe ich nicht gefragt«, blaffte Lowenstein.

»Ja, Sir, ich kann das tun.«

»Ich habe nicht gesagt, dass ich nach draußen gehe und zu der Presse spreche«, sagte Coughlin.

»Oh, Verzeihung, Commissioner, ich dachte, Sie hätten es gesagt.«

»Ich hatte soeben eine brillante Idee, Chief Lowenstein«, sagte Coughlin. »Da Sie so gut darin sind, werde ich Sie der Abteilung Öffentlichkeitsarbeit zuteilen.«

»Wenn wir nichts tun, werden wir alle so blöde aussehen, wie der Bürgermeister meint«, erwiderte Lowenstein unbeeindruckt. »Haben Sie eine bessere Idee, Denny?«

»Nein«, gab Coughlin zu. »Tatsache ist, dass ich versucht habe, eine Möglichkeit zu finden, Ihnen zu danken, sodass es Ihnen nicht direkt zu Kopfe steigt.«

»Nichts zu danken«, sagte Lowenstein. »Darf ich einen anderen Vorschlag machen?«

»Wie könnte ich Sie daran hindern?«

»Detective Lassiter ist sehr gut mit der Mutter und dem Bruder des Opfers zurechtgekommen. Wir wissen nicht, ob dieses mögliche Problem für immer vom Tisch ist …«

»Und Sie wollen sie für diesen Fall der Mordkommission zuteilen, damit sie auf die beiden aufpassen kann?«, fragte Coughlin.

»Das auch, aber ich dachte daran, dass Sie sagen können ›Detective Lassiter, die für diese Ermittlung zur Mordkommission versetzt wurde, hat mit Miss Williamsons Bruder und ihrer Mutter gesprochen. Sie haben nichts an der Vorgehensweise der Polizei auszusetzen, ist das richtig, Detective?‹«

»Ich weiß nicht«, meinte Coughlin zweifelnd.

»Haben Sie irgendwelche Probleme damit, dass die Kripo Nordwest Detective Lassiter für diesen Fall der Mordkommission zuteilt, Captain Quaire?«, fragte Lowenstein.

»Nein, Sir«, sagte Quaire.

»Lieutenant Washington?«

»Nein, Sir.«

»Sie, Lieutenant?«

»Nein, Sir«, antwortete der Lieutenant von der Kripo Nordwest.

»Okay, also abgemacht«, sagte Lowenstein. Er wies zur Küchentür. »Sie sind dran, Commissioner.«

Coughlin atmete tief durch, straffte die Schultern und marschierte aus der Küche. Captain Frank Hollaran und Detective Lassiter folgten ihm.

»Da steht ein Fernseher im Wohnzimmer«, sagte D'Amata. »Draußen ist eine Kamera von *Kanal sechs live*.«

D'Amata schaltete den Fernseher an und stellte ihn auf Kanal sechs ein, als Coughlin, Hollaran und Lassiter auf dem Bildschirm zu sehen waren, während sie über den Weg zwischen den beiden Gebäuden kamen.

Coughlin ging zu den Pressevertretern, und Olivia folgte ihm. Als er stehen blieb, gerade innerhalb des Absperrbandes, trat sie neben ihn.

Von den Reportern wurden Fragen gerufen, denen Coughlin keinerlei Beachtung schenkte. Er verschränkte die Hände vor dem Bauch, und schließlich, fast bestürzt, verstummten die Fragen.

»Ich bin Deputy Commissioner Coughlin«, sagte er, als es still war. »Ich werde ein paar Fragen beantworten. Eine nach der anderen.«

Die meisten der Reporter hoben die Hand, einige riefen Fragen.

Coughlin wies auf einen der Reporter, die aufgezeigt hatten.

»Wenn Sie diese *Gentlemen* dazu bringen können, sich zu benehmen, werde ich auf Ihre Frage antworten.«

Einer der Reporter, der eine Frage geschrien hatte, sagte angewidert: »Ist das eine verdammte Scheiße!«

Eine andere Stimme antwortete dem Kollegen sehr klar: »Warum hältst du nicht die Schnauze, du Arschloch? Einige von uns haben gleich Redaktionsschluss.«

Coughlin wies auf einen Reporter, der ein Mikrofon mit dem Logo von *Kanal sechs live* hielt.

»Ich will Ihnen ja nicht in Ihren Job reinreden«, sagte er sehr höflich, »aber ich hoffe wirklich, dass jemand *diese* Frage ausblendet, bevor sie auf Sendung geht.«

Das führte zu Gelächter. Als es verebbte, wies Coughlin auf den Reporter, den er zuvor ausgewählt hatte.

»Commissioner, was ist hier geschehen?«

»Ein Mord«, sagte Coughlin. »Ein Mord an einer jungen Frau namens Cheryl Williamson.«

»Keine Vergewaltigung bei dem Mord?«

»Das wissen wir noch nicht. Der Leichenbeschauer wird das untersuchen.«

»Stimmt es, dass jemand neun-eins-eins angerufen hat, die Cops gekommen sind und sich dann weigerten, das Apartment zu betreten, während der Mörder darin war?«

»Ein paar Minuten vor zwei heute Morgen rief Miss Williamsons Nachbarin die neun-eins-eins an und meldete, dass ihr Spiegel von der Wand gefallen sei. Zwei Streifenwagen – nicht nur einer – vom 35. Distrikt reagierten und trafen in weniger als vier Minuten ein. Die Beamten hörten sich an, was die Nachbarin sagte. Sie äußerte den Verdacht, dass in Miss Williamsons Apartment etwas geschehen sein könnte, was dazu führte, dass ihr Spiegel von der Wand fiel. Die Beamten klingelten an Miss Williamsons Wohnungstür und klopften an. Das taten sie an der Vorder- und Hintertür. Und sie suchten nach Anzeichen auf gewaltsames Eindringen und fanden keine. In der Wohnung brannte kein Licht, und sie konnten keinerlei Geräusche hören. Sie schlossen daraus, dass sich niemand in dem Apartment aufhielt.«

»Und fuhren weg?«

»Und fuhren weg.«

»Warum sind sie nicht in das Apartment gegangen?«

»Weil das gegen das Gesetz gewesen wäre«, sagte Coughlin. »Ohne ausreichenden Grund hat die Polizei kein Recht, in irgendeine Wohnung einzudringen.«

»Die Nachbarin äußerte, wie Sie sagten, dass etwas in dem Apartment passiert sein könnte. Ist das kein ausreichender Grund?«

»Wenn es irgendein Geräusch gegeben hätte, auch wenn

irgendein Licht gebrannt hätte, wenn es Anzeichen auf gewaltsames Eindringen gegeben hätte, dann wären die Polizisten bestimmt in die Wohnung gegangen. Aber keiner dieser Punkte traf zu, und deshalb taten sie es nicht.«

»Und wie wird Ihrer Meinung nach ihre Familie auf diese Erklärung reagieren?«

»Dies ist Detective Lassiter«, sagte Coughlin. »Sie kann das besser beantworten als ich.«

»Ich habe mit Miss Williamsons Mutter und ihrem Bruder gesprochen«, sagte Olivia. »Beide sagten mir, sie verstehen, warum die Polizei nicht in die Wohnung einbrach. Mrs Williamson sagte, sie will nur, dass die Polizei denjenigen findet, der dies ihrer Tochter angetan hat, bevor das Gleiche jemand anderem passiert.«

»Und was genau hat dieser Kerl ihr angetan?«

»Zu diesem Zeitpunkt wissen wir nicht einmal, ob es ein Kerl war«, sagte Olivia. »Wir haben erst mit den Ermittlungen begonnen. Commissioner, darf ich mich entschuldigen?«

»Ja, Sie dürfen, Detective. Ich werde mich gleich auch selbst entschuldigen«, sagte Coughlin. »Wenn wir mehr wissen, werden wir die Presse informieren. Ich danke Ihnen.«

»Er ist sehr gut darin«, sagte Lowenstein im Apartment. »Wir stehen viel besser da als noch vor fünf Minuten.«

Jeder war dieser Meinung, doch keiner sagte es.

Lowenstein blickte sich suchend um und fand Jason Washington.

»Sie kennen O'Haras Handynummer?«

»Jawohl, Sir.«

»Ich halte es für eine gute Idee, wenn Sie sich jetzt mit ihm treffen. Nehmen Sie Payne und Lassiter mit.«

»Jawohl, Sir.«

»Was die Übrigen anbetrifft, gehen Sie jetzt bitte hier raus, jeweils ein oder zwei Mann, nicht alle auf einmal, und lassen Sie die Leute von der Mordkommission ihren Job tun.«

Es folgte verständnisvolles Nicken und einige »Jawohl, Sir«.

Chief Inspector Lowenstein hatte zwei weitere Gedanken.

»Wenn Ihnen ein Vorschlag nichts ausmacht, Sergeant Payne, sollten Sie meiner Meinung nach persönlich versuchen, eine Verbindung zwischen der Kamera und dem Täter zu finden.«

»Jawohl, Sir.«

»Und ich finde, es könnte nützlich sein, wenn Sie Dr. Payne bitten, sich diese Bilder anzusehen. Meinen Sie, sie wäre bereit dazu?«

»Ich bin überzeugt, sie würde das tun, Sir.«

»Chief«, sagte Captain Durwinsky. »Ich hätte gern Kopien dieser Fotos, sobald ich sie haben kann. Wir ermitteln möglicherweise gegen ein und denselben Täter.«

»Lässt sich das machen, Payne?«

»Ich brauche nur Zugang zu einem Computer mit einem digitalen Fotoprogramm und einem Farbdrucker«, sagte Matt.

»Okay«, sagte Lowenstein. »Dann haben wir's. O'Hara, Special Victims, Ihre Schwester und das Aufspüren des Täters über die Kamera. Verstanden?«

»Jawohl, Sir«, sagte Matt.

»O'Hara zuerst, Chief?«, fragte Captain Durwinsky.

»Ja, Helene«, antwortete Lowenstein. »O'Hara zuerst. Ich möchte wenigstens einen Artikel in den Zeitungen lesen, der nicht hämisch auf unsere vielen Fehler und unsere allgemeine Blödheit verweist. Okay?«

»Jawohl, Sir.«

»Okay. Und jetzt alle an die Arbeit.«

Lowenstein verließ das Apartment.

2

In der Hoffnung, dass er nicht gesehen wurde, parkte Michael J. O'Hara vom *Philadelphia Bulletin* seinen Buick Rendezvous hinter dem Oak Lane Diner an der Broad und Old York Road. Der Buick mit seinem Sortiment an Antennen war anderen Mitgliedern des Pressekorps von Philadelphia bekannt, und einige seiner Kollegen waren gescheit genug, einen neutralen Wagen zu entdecken. Dann würden sie sich fragen, was O'Hara mit den Cops zu schaffen hatte.

Mickey betrat das Lokal und schaute sich um. Er sah Lieutenant Jason Washington, Sergeant Matt Payne und diese gut aussehende Kriminalbeamtin, die sich beim Tatort mit Denny Coughlin der Presse gestellt hatte, in einer hinteren Nische sitzen und Kaffee trinken.

Er ging zu ihnen und setzte sich neben Washington auf die Eckbank.

»Na, wenn das kein *Zufall* ist!«, sagte O'Hara. »Haben Sie was dagegen, wenn ich Platz nehme?«

»Ich hoffe, Sie haben Ihr auffallendes Auto so geparkt, dass es nicht die Aufmerksamkeit der Vierten Gewalt auf sich zieht«, sagte Washington.

»O Mann!«, sagte O'Hara, und sein Tonfall ließ darauf schließen, dass er Washingtons Frage für überflüssig hielt. Er lächelte Detective Lassiter an. »Ich bin Mickey O'Hara.«

»Ja, Sir, ich weiß, wer Sie sind«, sagte Olivia.

Mickey schüttelte traurig den Kopf, seufzte lang gezogen und wandte sich an Matt.

»Sie haben Glück, Matthew. Diese Schönheit – diese *junge* Schönheit – hat mich ›Sir‹ genannt, was bedeutet, dass ich zu alt bin, um bei ihr landen zu können.«

»Das sind Sie offensichtlich auch«, meinte Washington.

»Dann sollten Sie, meine Schöne, auf den weisen Rat eines älteren Bruders hören, und sich vor diesem jungen Mann hüten. Während einige ihn für den Wyatt Earp der Polizei halten, beschreiben ihn andere treffender als den Casanova der Stadt.«

»Das ist nicht lustig, Mick«, brauste Matt auf.

»Welcher Teil?«

»Der mit Wyatt Earp«, sagte Matt. »Eigentlich beide Teile.«

»Eines Tages, meine Schöne …«

»Mein Name ist Lassiter«, sagte Olivia.

»Eines Tages, *Lassiter*, meine Schöne«, fuhr O'Hara fort, »vor nicht allzu langer Zeit legte Wyatt Earp hier in einer Gasse unserer schönen Stadt einen sehr bösen Buben um, der mit einem .45er auf uns beide schoss. Aus Respekt habe ich ihm anschließend den Spitznamen Wyatt Earp gegeben.«

»So losgelöst ich von den Realitäten des Lebens bin«, sagte Washington, »habe ich eigentlich gedacht, es würde Sie interessieren, zu erfahren, was im Haus Independence 600 passiert ist.«

»Ich *weiß*, was in Independence 600 passiert ist. Eine Bürgerin rief neunelf an, als sie sonderbare Geräusche in der Nachbarwohnung hörte. Zwei Uniformierte kamen, und sie standen alle herum und quatschten, statt etwas zu unternehmen, während der Täter seine Schandtat an dem Opfer beging. Was sonst muss ich noch wissen?«

»Sie wissen, warum die Streifencops die Tür nicht aufbrachen – es nicht konnten?«

»Dies ist überhaupt nicht das, was ich erwartet habe, als Sie anriefen, Jason, mein übergroßer alter Freund«, sagte Mickey.

»Wie bitte?«, sagte Washington.

»Als Sie mich herkommen ließen, erwartete ich Sie, Tony Harris und diesen schwarzen Jungen vom Roy Rogers – erinnern Sie sich, dass ich gefragt habe, ob es Ihnen etwas ausmacht, die ganze Sache von Schritt eins an noch einmal mit den Erwähnten durchzugehen?«

»Das war um fünf Uhr heute Nachmittag. Das war, als Sie sagten, Sie hätten dann frei, und als der Junge zur Arbeit ging«, sagte Washington.

»Dann riefen Sie wieder an, Jason, vor zwanzig Minuten, und fragten, ob ich jetzt herkommen könnte, und ich sagte ja. Ich komme hier rein und sehe nicht nur Wyatt Earp und die Schönheit hier, anstatt der zuvor erwähnten Erwarteten, sondern Sie stellen mir obendrein wirklich blöde Fragen, ob ich weiß, warum Hyde und Cubellis nicht die Wohnungstür des Opfers aufgebrochen haben.«

»Woher kennen Sie ihre Namen?«, platzte Olivia heraus.

»Ich möchte nicht, dass sich dies rumspricht, meine Schöne, aber einige meiner Freunde sind Cops.«

»Und?«, fragte Washington.

»Sie haben da zwei nette junge Cops, die es krank macht, dass sie vielleicht vor der Tür standen, während dieser Verbrecher das dem Mädchen antat – das war ihre erste Reaktion. Und ihre zweite: Sie sind natürlich ein bisschen besorgt, dass der Bürgermeister sie mit seinem Fähnchen in den Wind hängt. Ich habe nicht vor, das geschehen zu lassen. Ich werde einen meiner berühmten Artikel bringen. Mein Arbeitstitel heißt ›eine harte Entscheidung zweier Cops, aber die richtige‹.«

»Danke, Mick«, sagte Washington. »Das hatte ich zu hören gehofft.«

»Es würde helfen, wenn ich ein wenig mehr über den Täter wüsste. Oder vielleicht, was er ihr angetan hat.«

»Wir wissen bis jetzt wirklich nur, dass er zweifellos ein Psychopath ist«, sagte Washington.

»Ist das nicht jeder Vergewaltiger?«

»Dieser Kerl ist krank, Mick«, sagte Washington.

»Woher wissen Sie das?«

Washington zögerte kaum wahrnehmbar.

»Nicht zur Veröffentlichung?«

»Einverstanden.«

»Zeigen Sie ihm die Fotos, Matt«, befahl Washington und fügte hinzu: »Der Täter hat seine Kamera zurückgelassen.«

Matt nahm seinen Laptop aus der Aktentasche und schob ihn über den Tisch.

»Sie können mit Photo Smart arbeiten?«

»Eine weitere unnötige Frage.«

O'Hara schaltete den Laptop an und startete Photo Smart.

»Dies ist ein bisschen irre, wie?«, sagte Mickey beim ersten Foto, und als er die Bilder nacheinander betrachtete, fügte er zweimal hinzu: »O mein Gott!«

»Darf ich sie sehen?«, fragte Olivia.

»Nein«, sagte Mickey. »Das sollte Ihnen erspart bleiben.«

»Ich bin Cop, Mr O'Hara«, sagte sie.

»Daran habe ich keinen Zweifel, meine Schöne«, sagte O'Hara, als er den Computer abstellte und den Deckel schloss. »Aber ebenso unbestreitbar sind Sie eine sehr nette junge Frau. Meine geheiligte Mutter würde mir nie verzeihen, wenn ich diese Bilder einer sehr netten jungen Frau zeigte.«

Er schob den Laptop über den Tisch zurück.

»Ihr werdet ihn schnappen?«, fragte er.

»Immer noch inoffiziell?«, fragte Washington. O'Hara nickte. »Alles, was wir im Augenblick haben, ist die Kamera. Die Seriennummern sind registriert, und wir versuchen darüber an ihn heranzukommen.«

»Viel Glück«, sagte O'Hara und stand auf. »Dieser Junge muss hinter Gitter, und zwar schnell.«

»Ich halte Sie auf dem Laufenden, Mick«, sagte Washington.

»Darauf zähle ich«, erwiderte O'Hara. Er blickte Olivia an. »Denken Sie daran, was ich über den Casanova der Stadt gesagt habe, meine Schöne.«

»Um Himmels willen, Mickey!«, sagte Matt.

»Scheiden tut weh«, sagte O'Hara und ging aus dem Lokal.

»Wir haben ein Transportproblem«, erklärte Washington. »Ich bin mit Captain Quaire hier rausgefahren. »Ich muss zurück …«

Matt griff in die Tasche und händigte ihm die Schlüssel seines neutralen Wagens aus.

»Ich fahre mit Lassiter«, sagte er.

»Ich muss meinen Wagen bei der Kripo Nordwest abliefern«, sagte sie.

»Ihr seid gescheite junge Leute«, sagte Washington. »Ich bin überzeugt, ihr werdet das regeln können.« Er rutschte über die Sitzbank, erhob sich und fügte hinzu: »Sie können Ihren Wagen später zurückhaben – nachdem ich mich mit Tony, O'Hara und dem Jungen vom Roy Rogers getroffen habe. Sind Sie damit einverstanden, dass ich ihn am Rundhaus stehen lasse und den Schlüssel beim Uniformierten in der Lobby abgebe?«

»Prima«, sagte Matt.

»Willkommen in der Mordkommission, Detective Lassiter«, sagte Washington. »Und ich würde mir nicht zu viele Sorgen wegen Sergeant Payne machen. Sein Schwerenöter-Ruf ist in Wirklichkeit weitaus schlimmer, als die Fakten belegen.«

Damit ging er davon.

Nach einem Moment fragte Olivia: »Zu Special Victims?«

»Das überlege ich gerade«, sagte Matt. »Manchmal dauert das ein wenig.«

»Und ich möchte diese Fotos sehen.«

Er gab keine Antwort.

»Ich bin gleich zurück«, sagte er.

Sie beobachtete, wie er zu einem Münzfernsprecher vor dem Lokal ging und ins Telefonbuch schaute. Er drückte einige Tasten seines Handys und kehrte dann zum Tisch zurück.

»Was?«, fragte Olivia.

»Sehen Sie«, sagte er und zeigte die Nummer im Display, die er eingespeichert hatte. »Center City Photo. Ich muss mit jemandem über Kodak-Digitalkameras reden.«

Bei Kodak die richtige Telefonnummer von Center City Photo zu bekommen war wie Zähne ziehen. Die Eastman Kodak Company in Rochester, New York, war sehr kooperativ, als Matt sich als Sergeant Payne von der Mordkommission der Polizei Philadelphia identifiziert hatte. Es würde ein wenig Zeit kosten, die Seriennummer zu überprüfen – war er unter einer Telefonnummer zu erreichen?

Matt gab ihnen seine Handynummer.

Ihr Anruf kam, als Olivia vor dem Gebäude der Special Victims Unit im Frankford Arsenal vorfuhr.

Aus den Unterlagen der Firma ging hervor, dass eine Digitalkamera mit dieser Seriennummer als Teil einer Bestellung von einem Dutzend identischer Kameras vor fünf Monaten nach Times Square Photo & Electronics, 17 West 42nd Street, New York City, versandt worden war.

»Diese Kamera fällt unter Ihr Serviceprogramm, nach dem Sie über Nacht durch FedEx Ersatz liefern, richtig?«

»Das ist richtig, Sergeant. Und ich habe überprüft, ob dieses Programm für diese Kamera aktiviert worden ist. Das ist nicht der Fall.«

O Scheiße. Aber was habe ich erwartet? Dass der Verbrecher eine Fährte für mich legt?

»Doch das ist oft so«, fuhr die Dame von Kodak fort. »Die Leute nutzen das Serviceprogramm manchmal erst, wenn sie Probleme mit der Kamera haben.«

Werde ich vielleicht doch Glück haben?

»Sie haben nicht zufällig die Telefonnummer von Times Square Photo?«

Sie nannte sie ihm.

»Vielen Dank«, sagte Sergeant Payne. »Ich weiß Ihre Kooperation wirklich zu schätzen.«

Die beiden Leute bei Times Square Photo, mit denen Sergeant Payne über sein Handy telefonierte, waren nicht annähernd so kooperativ. Die erste Person, ein Mann, sprach nur ein paar Worte Englisch, und die zweite, eine Frau, die er schließlich in die Leitung bekam, kannte kaum ein paar Worte mehr Englisch als ihr männlicher Kollege.

Das reichte jedoch aus, um Sergeant Payne verständlich zu machen, dass sie nicht für jeden etwas in ihren Büchern nachschauen konnte, weil sie ein Geschäft führen und sich in diesem Moment um Kunden kümmern musste.

»Haben Sie mich verstanden, als ich gesagt habe, dass ich Sergeant Payne von der Mordkommission der Polizei Philadelphia bin?«

»Tatsächlich? Gut für Sie. Viel Glück. Schönen Tag noch.«

Und dann legte sie auf.

Matt fluchte. Dann sagte er zu Olivia: »Verzeihung.«

»Ich habe den Ausdruck schon gehört«, sagte Detective Lassiter.

Matt wählte die eingespeicherte Nummer von Amelia S. Payne, Dr. med. Man sagte ihm, dass Dr. Payne mit einem Patienten beschäftigt sei.

»Hier spricht Sergeant Payne. Dies ist eine offizielle Angelegenheit der Polizei. Holen Sie Dr. Payne bitte ans Telefon.«

Dreißig Sekunden später war Dr. Payne in der Leitung.

»Matt, dies sollte besser wirklich eine polizeiliche Angelegenheit sein.«

»Ist es. Ich arbeite an einem Mordfall.«

»Doch nicht an dem, bei dem die Cops draußen vor ihrem Apartment herumstanden und herumlaberten, während das Mädchen vergewaltigt und ermordet wurde?«

»Ich wusste gar nicht, dass du dir Philadelphia Phil anhörst, Amy.«

»Meine Sekretärin hört die Sendung. Und sie heißt *Phils Philly.*«

»So ist es nicht abgelaufen, Amy.«

»Natürlich nicht«, meinte sie sarkastisch.

»Hast du wieder Krach mit Peter, oder gibt es einen anderen Grund, weshalb du so zickig bist?«

»Was willst du, Matthew?«

»Der Täter hat seine Digitalkamera am Tatort zurückgelassen. Mit Fotos von der Tat. Chief Lowenstein will, dass du dir die Fotos ansiehst.«

»Nur Chief Lowenstein will das?«

»Ich auch, Amy, okay?«

»Okay. Bring sie vorbei. Ich schaue sie mir an.«

»Ich werde sie gleich ausdrucken. Ich bin in dreißig, fünfunddreißig Minuten dort.«

»Okay«, sagte Amy und legte auf.

3

Die Special Victims Unit hatte keinen Farbdrucker von der Qualität desjenigen, den der *Bulletin* Mickey O'Hara gekauft hatte. Er war langsam, es waren acht Fotos, und Matt erkannte schnell, dass es ein Fehler gewesen war, als er veranlasst hatte, jedes Bild dreimal auszudrucken.

Er brauchte natürlich einen Satz für Amy. Und der Preis für die Benutzung des Druckers war ein Satz für Special Victims. Ein dritter Satz war für Jason Washington nötig, zur Information und damit sichergestellt war, dass es keine Verwechslungspanne gab, wenn das forensische Labor schließlich die Speicherkarte erhielt und die offiziellen Ausdrucke machte.

Das Ergebnis war, dass es sechsunddreißig Minuten dauerte, bis der Drucker seine Aufgabe erledigt hatte, und während die Ausdrucke langsam aus dem Drucker kamen, hatten die Detectives Lassiter und Domenico Gelegenheit, sich alles gut und lange anzusehen. Domenico war Matt gleichgültig, aber er hatte ein unbehagliches Gefühl bei Detective Lassiters Reaktion. Ihre Miene machte klar, dass sie vergebens versuchte, die Fotos mit ruhiger Professionalität zu betrachten.

Als sie endlich draußen waren und in Detective Lassiters ziemlich verschrammtem neutralen Wagen saßen, sah Olivia Matt an und wartete auf Befehle.

»Wir sind ein wenig unter Zeitdruck – wie nenne ich Sie? Einverstanden mit ›Olivia‹?«

»Prima, Sergeant.«

»Wir sind ein wenig unter Zeitdruck, Olivia. Ich glaube, Sie sollten meine Schwester kennen lernen. Wir werden deshalb zuerst zur Uni fahren. Dann, weil Washington meinen Wagen genommen hat, werden wir zu mir fahren, damit ich meinen Wagen abholen kann. Ich fahre nach New York. Dann möchte ich, dass Sie einen Satz der Fotoausdrucke bei der Mordkommission abliefern. Wenn Lieutenant Washington da ist – oder Captain Quaire –, geben Sie die Bilder einem von ihnen. Wenn nicht, kleben Sie das Kuvert zu und geben es dem Mann am Rad bei Washington. Danach sollten Sie noch mal die Williamsons besuchen. Ihre Aussagen notieren.«

»Und wie bekomme ich diesen Wagen zurück zur Kripo Nordwest?«

»Damit beschäftigen wir uns später«, sagte Matt. »Die Prioritäten sind jetzt, dass wir versuchen, diesen Verbrecher durch das Fotogeschäft zur Strecke zu bringen und die Williamsons besonnen zu halten.«

»Besonnen?«, fragte Olivia sarkastisch.

»Sie wissen, was ich meine.«

4

»Und, was halten Sie von meiner Schwester?«, fragte Matt, als sie wieder in dem neutralen Streifenwagen vor der Uniklinik waren.

»Sie ist nett«, sagte Olivia. »Und sie ist Professor in der Psychiatrie?«

»Zu jung, meinen Sie?«, fragte Matt, und Olivia nickte. »Sie hat den Doktor der Medizin mit vierundzwanzig gemacht. Sie ist höllisch gescheit. Und sie kann sich wirklich in die Köpfe von Psychopathen hineinversetzen. Dies ist nicht das erste Mal, dass sie der Polizei geholfen hat. Sie wird uns vielleicht ein ziemlich gutes Bild davon geben, wie dieser Kerl denkt.«

»Wohin jetzt?«, fragte Olivia.

»Zur Delaware Valley Krebsforschungsgesellschaft am Rittenhouse Square.«

»Was wollen wir denn dort?«

»Ich wohne dort«, sagte Matt. Er wartete darauf, dass sie von Neugier überwältigt wurde, doch das war nicht der Fall.

Als der Wagen vor dem Gebäude am Straßenrand hielt, fragte er: »Sie haben meine Handynummer?«

»Ja. Und Sie haben meine«, sagte Olivia.

»Bis dann«, sagte Matt.

Olivia nickte.

Er holte den Porsche aus der Tiefgarage und machte sich auf den Weg nach New York. Als er aus dem Verkehr in der Innenstadt heraus und auf der Autobahn war, steckte er sein Handy in die Freisprechanlage und rief Joe D'Amata an.

»D'Amata.«

»Payne. Ich bin auf dem Weg nach New York, es sei denn, Sie brauchen mich hier.«

»Hier können Sie nicht viel tun«, sagte D'Amata. »Die Leute vom Labor sind fast fertig. Slayberg ist am Tatort. Wir haben Aussagen von beiden McGrorys. Ich hätte gern die Aussagen der Williamsons.«

»Ich habe eine Aussage von dem Bruder«, sagte Matt.

»Dann nur die der Mutter.«

»Olivia ist unterwegs zum Rundhaus, um Washington die Bilder zu bringen und …«

»Er ist nicht da«, unterbrach D'Amata. »Er rief an und sagte, wenn ich ihn brauche, wenn *wir* ihn brauchen, er sieht sich noch mal im Roy Rogers um.«

»Er wird sich mit O'Hara, Harris und dem schwarzen Zeugen treffen, um siebzehn Uhr, um alles von Anfang an noch einmal durchzugehen.«

»Das hat er mir gesagt.«

»Olivia fährt vom Rundhaus aus zu den Williamsons.«

»*Olivia*, nicht Detective Lassiter, wie?«

»Sie können mich mal, Joe.«

»Ich nehme an, das nennt man ›verbaler Missbrauch eines Untergebenen‹ Sergeant. Sie werden von der Polizistenvereinigung hören.«

»Dann können Sie mich zweimal, Joe«, sagte Matt.

D'Amata lachte.

»Haben Sie die Adresse der Mutter Williamson?«, fragte Matt.

»Nein, aber ich bekomme sie vermutlich von Detective Lassiter.«

»Ich habe ihre Handynummer. Brauchen Sie die?«

»Ja.«

Matt nannte sie ihm und sagte dann: »Sagen Sie ihr, ich möchte, dass sie Sie den Williamsons als der leitende Detective für diesen Fall vorstellt. Vielleicht wäre ›leitender Ermittler der Mordkommission‹ besser.«

Es folgte eine Pause, als D'Amata darüber nachdachte.

»Lassiter hat sie beruhigt, und wir wollen ihnen zeigen, wie hart wir arbeiten, richtig?«

»Ja. Macht das Sinn für Sie?«

»Ja. Dieser *Phils-Philly*-Scheiß ist immer noch gefährlich. Meine Frau rief mich an und fragte mich, was, zum Teufel, mit den uniformierten Cops los war, als sie nicht die Tür aufbrachen.«

»Nun, lassen Sie uns die Williamsons weiterhin streicheln.«

»Wird gemacht«, sagte D'Amata. »Wenn sich irgendetwas tut, werde ich Sie anrufen.«

»Das Gleiche werde ich tun.«

»Das mit der Digitalkamera ist ein guter Versuch, Matt. Hoffen wir, dass wir Glück haben.«

»Amen, Bruder.«

Sergeant Zachary Hobbs, ein untersetzter Vierzigjähriger mit rötlichem Gesicht, hielt die Stellung am Desk in der Mordkommission, als Detective Lassiter zur Tür hereinkam.

Detective Kenneth J. Summers, der eigentlich Dienst am Desk hatte, hielt eine längere Sitzung auf dem Klo ab, was er auf eine Magen-Darm-Verstimmung nach dem gestrigen Abendessen zurückführte.

»Kann ich Ihnen helfen?«, fragte Hobbs. Er war nicht immun gegen Detective Lassiters Reize.

»Lieutenant Washington?«

»Tut mir Leid, der ist leider nicht hier.«

»Captain Quaire?«

»Der ist auch nicht da. Kann *ich* etwas für Sie tun?«

»Würden Sie bitte demjenigen der beiden, der zuerst kommt, diesen Umschlag geben?«

Sie überreichte ihn ihm.

»Klar.« Er wog ihn in der Hand. »Was ist das?«

»Es ist von Sergeant Payne«, sagte Olivia.

Hobbs sah sie an und wartete darauf, dass sie weitersprach. Nach kurzem Zögern tat sie das.

»Es sind Fotos vom Opfer des Mordfalls in der Independence Street.«

»Woher, zum Teufel, hat Payne die?«, wollte Hobbs wissen.

»Der Täter vergaß seine Digitalkamera am Tatort. Sergeant Payne lud die Bilder auf seinen Laptop herunter, und Special Victims druckte sie für uns aus.«

»Nächste Frage. Wer sind Sie, Detective? Wie sind Sie daran gekommen?«

»Mein Name ist Lassiter«, sagte Olivia. »Kripo Nordwest. Ich bin vorübergehend der Mordkommission zugeteilt worden. Sergeant Payne hat mich beauftragt, die Bilder hier abzuliefern.«

»Zugeteilt? Von wem?«

»Chief Lowenstein«, sagte Olivia.

»Nun, solange Sie bei uns sind, Detective, werden Sie sicherlich ein wenig Klasse in diese Räumlichkeiten bringen«, sagte Hobbs. »Wo ist die Kamera?«

»Detective D'Amata hat sie«, sagte Olivia.

»Okay. Sobald entweder der Boss oder der schwarze Buddha reinkommt, werde ich die Fotos übergeben. Möglicherweise wollen sie mit Ihnen reden ...«

»Ich werde Ihnen meine Handynummer geben«, sagte Olivia und tat es.

»Wo werden Sie sein?«

»Ich fahre zur Mutter des Opfers und notiere ihre Aussage.«

»Hat Ihnen Sergeant Payne das aufgetragen?«

»Ja.«

Er sah sie einen Moment an und sagte dann: »Willkommen,

willkommen. Würde es Sie beleidigen, wenn ich sagte, dass Sie der bestaussehende Detective sind, der hier hereinspaziert ist, an den ich mich erinnern kann?«

»Überhaupt nicht.« Olivia lächelte ihn an. »Danke.«

»War mir ein Vergnügen«, sagte Hobbs. »Bis dann.«

In der besten aller möglichen Welten, dachte Olivia, als sie in ihren Wagen stieg, wäre die Begegnung zwischen mir und Sergeant Hobbs von der Mordkommission ganz professionell und geschlechtsneutral gewesen. Aber die Polizei von Philadelphia war nicht die beste aller möglichen Welten, und Sergeant Hobbs hatte klar gemacht, dass er sie für eine attraktive Vertreterin des weiblichen Geschlechts hielt.

Was ist daran falsch?

Er hat sich gefragt, wer ich bin, was nur natürlich ist, und war neugierig, was ebenso natürlich ist, wer mich der Mordkommission zugeteilt hat, wenn auch nur vorübergehend. Als ich Lowenstein gesagt habe, war dies das Ende seiner Fragen.

Es hätte wirklich nicht besser laufen können.

Als Olivia Lassiter, damals kurz vor ihrem einundzwanzigsten Geburtstag und noch auf der Temple University, ihren Eltern sagte, dass sie sich bei der Polizei von Philadelphia beworben und nach ihrem Studium der Betriebswirtschaftslehre auf die Polizeiakademie gehen wollte, war ihre Reaktion alles andere als begeistert.

Ihr Vater, Abteilungsleiter bei einer Versicherungsgesellschaft, hatte seine Meinung geäußert. »Du bist verrückt! Du hast den Verstand verloren! Man sollte dich zu deinem eigenen Schutz einsperren!«

Ihre Mutter, Einkäuferin für Joe Wanamaker & Company, sagte mehr oder weniger das Gleiche, kämpfte gegen Tränen der Hysterie an und sagte, dass sie ihr Leben und ›die Vorteile, die dein Vater und ich dir geschenkt haben‹ wegwerfe.

Olivia ging von der Uni ab, besuchte die Polizeiakademie und arbeitete ein Jahr lang als Fahrerin in einem Van im 9. Distrikt und dann ein zweites Jahr im Distrikt Stadtmitte. Um ehrlich zu sein, ihr gefiel der Job nicht, und es gab für sie die starke Versuchung, das Angebot ihres Vaters anzunehmen, weiter zu studieren, ihr Examen zu machen und einen besseren Beruf zu ergreifen.

Aber das wäre ein Eingeständnis, dass sie einen Fehler begangen hatte. Dazu war sie nicht bereit. Sie war erst gerade über ein Jahr im Job, als die Prüfung zum Detective angekündigt wurde. Sie nahm daran teil, bestand sie, gerade gut genug, um achtzehn Monate später befördert zu werden – einige der wenigen Beförderten auf dieser Liste.

Man teilte sie zur Kripo Nordwest ein. Vom ersten Tag an gefiel es ihr, Detective zu sein, obwohl ihr klar war, dass sie viele Ermittlungen machen musste – besonders in Fällen von Autodiebstahl –, die keiner ihrer neuen Kollegen in der Abteilung durchführen wollte.

Sie brauchte ein paar Jahre, um die Raten für ihren Wagen und die Möbel abzubezahlen, aber etwa zu dieser Zeit erkannte sie, dass sie in der Abteilung nicht länger als die ›Anfänger-Mieze‹ betrachtet wurde, sondern als ebenbürtige Kollegin.

Sie wusste, dass sie nicht sonderlich beliebt war bei einigen Frauen und Freundinnen der Kollegen – sie schienen zu argwöhnen, dass jeden Tag ihr erster Befehl lautete, mit Detective Lassiter ins Bett zu steigen –, doch sie konnte nichts dagegen tun, auch wenn es unfair war und nicht stimmte. Sie hatte in dieser Hinsicht kein Interesse an irgendeinem der Jungs.

Sie machte die Prüfung zur Beförderung zum Sergeant und landete so tief unten auf der Beförderungsliste, dass die Chancen auf eine Beförderung ungefähr so gut waren, wie lebend in den Himmel zu kommen. Ihr Ego wurde ein wenig beschädigt – sie hatte nicht gedacht, dass sie *so* schlecht war –, doch es machte ihr nicht wirklich etwas aus. Sie mochte die Abteilung und die Kripo Nordwest insgesamt, und eine Beförderung hätte nicht nur fast mit Sicherheit zum Verlassen der Abteilung geführt, sondern sie hätte vermutlich auch wieder Dienst in Uniform machen müssen. Da sie als Uniformierte Dienst gehabt hatte, hatte sie sich eine Liste von Jobs für Sergeants in Uniform angelegt. Da gab es Jobs, die sie wirklich hassen würde.

Alles im allem gefiel ihr, was sie tat, und sie hatte keinen Grund zum Selbstmitleid. Gelegentlich fragte sie sich, ob sie woanders Detective sein sollte, doch sie hatte genug von Special Victims und anderen Abteilungen mitbekommen, um zu wissen, dass sie bei der Kripo Nordwest besser dran war. Bei der Polizeiabteilung der Staatsanwaltschaft zu arbeiten war allerdings auch eine interessante Möglichkeit, ebenso bei Special Operations und sogar bei der Mordkommission.

Olivia betrachtete sich als Realistin und verstand, dass ihre Chancen, bei der Mordabteilung verwendet zu werden – selbst in zehn Jahren – praktisch gleich null waren.

Aber jetzt war ihr diese vorübergehende Verwendung bei der Mordkommission praktisch in den Schoß gefallen. Es war überhaupt keine Frage, dass das Schicksal ihr eine Chance gegeben hatte, aber es war eine große Frage, wie sie damit umgehen sollte. Wenn sie alles richtig machte, bestand die Möglichkeit – wenn auch nur eine geringe –, dass es ihr helfen würde, in die Mordkommission hineinzukommen, vielleicht nicht jetzt, aber später.

Und wenn sie es vermasselte, wie auch immer, konnte sie jede Chance auf Dienst bei der Mordkommission für immer vergessen.

Olivia war gerade auf die North Broad Street abgebogen, als ihr Handy klingelte. Sie fummelte in ihrer Handtasche danach und meldete sich.

»Lassiter.«

»D'Amata. Sie wissen, wer ich bin?«

»Ja, klar.«

»Ich möchte, dass Sie mich als den leitenden Ermittler in diesem Fall bezeichnen«, sagte D'Amata. »Nicht als irgendeinen Bauer der Mordkommission.«

»Okay. Wollen Sie mir erzählen, warum?«

»Als ich unserem geliebten Führer, Sergeant Payne, gesagt habe, dass ich Sie begleiten möchte, um die Aussage von Mutter Williamson aufzunehmen, sagte er: ›Klar, aber sagen Sie ihr, sie soll mich als leitenden Ermittler der Mordkommission in dem Fall bezeichnen.‹«

»Hat er gesagt? Warum?«

»Unsere Befehle lauten, Detective Lassiter, die Williamsons weiterhin zu streicheln. Ich halte das für eine gute Idee. Unser Führer ist ein raffinierter Hund.«

»Okay. Wie Sie meinen. Ich bin auf der North Broad, sechs Blocks vom Rathaus entfernt, auf dem Weg zu Mutter Williamson. Brauchen Sie die Adresse?«

»Ja.«

»Rockland 404. Das ist südlich des Roosevelt Boulevard.«

»Ich weiß, wo das ist. Ich treffe Sie dort. Auf der Straße. Entweder warte ich auf Sie oder Sie auf mich, okay? Payne will, dass wir zusammen zu der Frau gehen.«

»Bis dann.«

Olivia schaltete das Handy ab und legte es in ihre Handtasche zurück.

Sergeant Matthew Payne würde wahrscheinlich ein Problem sein, angesichts ihres Vorsatzes, das Beste aus der Gelegenheit zu machen, in die Mordkommission hineinzukommen.

Sie hatte gewusst, wer Detective Payne war, bevor er in Cheryl Williamsons Wohnzimmer spaziert war. Sie hatte ihn im Fernsehen gesehen, als es die Schießerei in Doylestown gegeben hatte. Er war mit dem Blut des armen toten Mädchens bedeckt gewesen, und Tränen waren über seine Wangen gelaufen. Sie hatte weinen müssen.

Und aus reiner weiblicher Neugier hatte sie sich schließlich die neue Liste der Beförderung zum Sergeant angeschaut, um zu sehen, wer gut abgeschnitten hatte.

Detective Payne von Special Operations war der Beste gewesen.

Zum ersten Mal hatte sie ihn in Cheryl Williamsons Wohnzimmer in Fleisch und Blut gesehen. Als Erstes hatte sie gedacht, dass er sogar noch besser aussah, als er im Fernsehen ausgesehen hatte. Und als Zweites: *O Gott, nicht jetzt. Ich habe mich im Job noch nie zu jemandem körperlich hingezogen gefühlt. Bitte, lieber Gott, lass mich nicht jetzt schwach werden, und nicht bei diesem tollen Mann.*

Ich würde mir die Chance, in die Mordkommission hineinzukommen, ganz bestimmt verderben, wenn ich mich mit ihrem netten Jungen einließe. Das werde ich nicht tun. Nein und nochmals nein!

[illegible]

Er besaß [illegible] zuerst zufällig und d[illegible] [illegible]

10

1

Auf der Fahrt durch New Jersey hielt sich Matt mehr oder weniger an die Geschwindigkeitsbegrenzungen. Es war eine Versuchung, Gas zu geben, doch wenn er den Porsche fuhr, hatte er schon häufiger die schmerzliche Erfahrung gemacht, dass es für die Staatspolizei von New Jersey oftmals der Höhepunkt ihrer Dienstschicht war, einem Porschefahrer einen Strafzettel zu verpassen. Das verschaffte den Cops große Freude und Genugtuung.

Als er aus dem Lincoln Tunnel herausfuhr, blickte er auf seine Armbanduhr. Es war 14 Uhr 30, was erklärte, dass ihm sein Magen Hunger meldete. Er fuhr in Richtung Innenstadt, und zehn Minuten später bog er in die 42nd Street West zum Times Square. Kurz bevor er dort eintraf, sah er das Geschäft Times Square Photo.

Jetzt musste er einen Parkplatz finden, und zwar einen, wo die Parkwächter keine große Freude und Genugtuung darin fanden, festzustellen, wie tief sie die Silbermetallic-Farbe eines Porsches zerkratzen konnten.

Er fuhr durch die überfüllten Straßen, und ein paar Minuten später gelangte er von Norden wieder auf den Times Square. Bei den einzigen Parkplätzen, die er gefunden hatte, hatte an der Zufahrt ein Schild SORRY FULL gestanden.

Er bemerkte, zuerst zufällig und dann mit großem Interesse, einen Wagen – einen ziemlich verbeulten, schwarzen Ford

Crown Victoria –, der zwischen der 43rd und 44th Street parkte, direkt an einem absoluten Halteverbotsschild. Mehrere Antennen waren darauf montiert, und er hatte Hochleistungsreifen, eingedrückte Stoßstangen und ein Rennlenkrad.

Wenn das kein neutraler Polizeiwagen ist, will ich nicht mehr Sherlock Holmes genannt werden.

Matt lenkte den Porsche an den Straßenrand vor den Ford und setzte dann zurück, bis sich die Stoßstangen fast berührten.

Der Fahrer des Fords hupte gebieterisch, streckte den Arm aus dem Fenster und forderte Matt mit einer wütenden Geste auf, weiterzufahren.

Stattdessen stieg Matt aus.

Jetzt konnte er den Fahrer und den Mann auf dem Beifahrersitz sehen. Der Fahrer war groß und stämmig und wirkte wie Anfang vierzig. Sein Sportsakko klaffte am Bierbauch auf und sprengte fast die unteren Knöpfe des Hemdes. Der Mann neben ihm war jünger. Er trug eine Lederjacke und einen schwarzen Rollkragenpullover. Matt schätzte den Mann auf Mitte zwanzig.

Matt zog seine Brieftasche hervor und nahm sein Etui mit Dienstmarke und Ausweis mit Foto heraus. Er sagte sich, dass es besser war, wenn er zur Beifahrerseite auf den Bürgersteig ging und mit dem jungen Mann auf dem Beifahrersitz sprach, anstatt mit dem Fahrer, denn auf der Fahrerseite konnte er auf dem Times Square unter einen Bus geraten.

Der junge Mann ließ die Fensterscheibe herunterfahren.

»Ich bin Sergeant Payne und …«

»Steigen Sie ein«, sagte der ältere der beiden Männer und wies auf den Rücksitz.

Matt stieg ein.

»Lassen Sie mich das sehen«, sagte der Ältere, und Matt überreichte ihm seine Dienstmarke und seinen Ausweis.

»Was können wir für Sie tun, Sergeant Payne?«, wollte der Ältere wissen und gab den Ausweis dem Jüngeren.

»Ich bin im Job und bearbeite einen Mordfall«, sagte Matt.

»Wollen Sie mir weismachen, dass in der Stadt der brüderlichen Liebe Leute gekillt werden?«, fragte der Jüngere.

Der Ältere lachte.

»Der Täter ließ eine Kamera am Tatort zurück«, erklärte Matt.

»Die Firma Kodak sagte mir, sie hat diese Kamera an Times Square Photo geliefert.«

»Nehmen Sie die nächste Straße rechts. Es ist gleich um die Ecke«, sagte der Ältere.

»Ich habe angerufen, bevor ich herfuhr«, sagte Matt. »Man sprach gerade genug Englisch, um mir klar zu machen, dass man nicht sehr kooperativ ist.«

»Willkommen in New York«, sagte der Jüngere. »Nur ein paar von uns sprechen Englisch, und noch weniger sind kooperativ.«

Der Ältere lachte wieder.

»Der Täter …«

»Mit ›Täter‹ meinen Sie, ›der mutmaßliche Verdächtige‹, richtig?«, unterbrach der Jüngere.

»Richtig. Er ist wirklich krank …«

»Womit Sie meinen, ›er ist psychiatrisch beeinträchtigt‹, richtig?«, fragte der Jüngere. »Er hat Probleme, das allgemeine Konzept von richtig und falsch als modus operandi für sein Leben zu akzeptieren?«

»Ja, so kann man es auch formulieren«, sagte Matt. »Ich will diesen Typen schnappen, bevor er einer weiteren jungen Frau etwas antut.«

»Eine noble Absicht«, sagte der Jüngere. »Wie können wir dabei helfen?«

»Es würde mir viel helfen, wenn Sie mit mir in den Laden gehen könnten. Ich muss mir unbedingt die Verkaufslisten ansehen.«

»Ich nehme an, Sergeant«, sagte der Jüngere, »diese Ermittlungsreise ist mit dem Büro für behördliche Zusammenarbeit der New Yorker Polizei abgeklärt, oder?«

O Scheiße!

»Nein. Ich habe mit keinem etwas abgeklärt. Ich bin einfach in meinen Wagen gestiegen und hergefahren. Dies geschah heute früh, und im Augenblick ist es unsere beste Spur. Ich habe nur aus meinem Gefühl heraus gehandelt.«

Der Jüngere dachte einen Moment darüber nach.

»Charley, melde uns für zehn Minuten vom Dienst ab. Ich werde einen kleinen Spaziergang mit Sergeant Payne machen.«

»In Ordnung, Lieutenant«, sagte der Ältere und griff nach einem Mikrofon unter dem Armaturenbrett.

Lieutenant?

Der Jüngere stieg vom Beifahrersitz aus, öffnete die hintere Tür und winkte Matt heraus. Dann ging er zu dem Porsche und stieg ein.

Matt achtete sorgfältig auf den Verkehr und setzte sich dann schnell hinters Lenkrad.

»Bekommen alle Sergeants in Philadelphia solche Wagen?«, fragte der Lieutenant, und bevor Matt antworten konnte, gab er die Anweisung: »Zwei Blocks geradeaus und dann rechts abbiegen.«

Matt fädelte sich in den Verkehr ein.

»Für gewöhnlich sage ich, es ist ein Wagen, den wir der Drogenindustrie weggenommen haben«, sagte Matt. »Aber die Wahrheit ist, er gehört mir.«

»Die Polizei in Philadelphia muss irgendwie besser zahlen«, meinte der junge Lieutenant.

»Mein Lieutenant lieh sich meinen brandneuen neutralen Dienstwagen«, sagte Matt. »So bin ich mit diesem gefahren, anstatt den Zug zu nehmen.«

»Wenn einer meiner Sergeants einen brandneuen neutralen Dienstwagen hätte, würde ich mir den auch leihen«, meinte der junge Lieutenant. »Auf der linken Seite gibt es ein Parkhaus.«

Okay, du bist also Lieutenant. Warum sitzt ein Lieutenant auf dem Times Square in einem neutralen Polizeiwagen herum?

»Da steht, dass alle Parkplätze besetzt sind.«

»Einige von uns können lesen«, sagte der junge Lieutenant. »Obwohl ich zugebe, dass wir eine Reihe von Leuten im Job haben, die kaum lesen und schreiben können.«

Matt fuhr in das Parkhaus, Schnauze an Schnauze mit einem Mercedes. Da war kein Platz. Er blockierte den halben Bürgersteig.

Der Parkwächter kam aus seiner Kabine und schwenkte die Hände. »Nein.« Er hatte einen Bart und trug einen Turban.

»Ich glaube, da wird Zeichensprache nötig sein«, sagte der Lieutenant. »Und nicht nur, weil dieser Typ hörgeschädigt ist.«

Er stieg aus dem Porsche, zog seine Dienstmarke aus der

Tasche und hielt sie dem bärtigen Turbanträger vor die Nase. Dann signalisierte er mit Gesten, dass der Mann den Mercedes sonst wo hinfahren sollte, damit der Porsche auf seinen Platz fahren konnte.

Der Turbanträger schwenkte ein paar Mal aufgeregt die Arme, doch dann stieg er in den Mercedes.

Der Lieutenant signalisierte Matt wie ein Verkehrspolizist, den Porsche weit genug zurückzusetzen, damit der Mercedes Platz zum Wegfahren hatte. Der Mercedes kurvte um ihn herum auf die Straße, und der Lieutenant signalisierte Matt, ins Parkhaus zu fahren.

Dann wartete er auf dem Bürgersteig, bis Matt zu ihm kam.

Sie spazierten den Broadway hinauf zur 42nd Street West und in Times Square Photo.

Drei Leute – zwei davon bärtig und mit Turban, die dritte Person eine dralle junge Frau, deren knöchellanges Kleid und bunt bemalte Holzperlenkette Matt an eine Zigeunerin denken ließ – kamen breit lächelnd zu ihnen.

Was ihnen an Sprachkenntnissen fehlte, machten sie an Begeisterung wett, als sie Matt und dem Lieutenant Kameras, Kassettenrecorder und anderes zu Schleuderpreisen anboten.

»Holen Sie Sowieso«, befahl der Lieutenant.

Die drei sahen ihn verständnislos an.

»Holen Sie Sowieso«, befahl der Lieutenant, diesmal lauter.

Immer noch keinerlei Verstehen auf den Gesichtern des Trios.

Der Lieutenant steckte die Finger in den Mund und pfiff schrill.

Fast sofort tauchte ein weiterer Mann mit ordentlichem Turban und tadellos gestutztem Bart auf. Sein Anzug und das Hemd saßen perfekt, und er trug eine rote Weste mit aufgestickten Entchen im Flug.

Er eilte zu ihnen.

»Lieutenant Lacey«, sagte er auf Englisch mit britischem Akzent, »welch eine angenehme Überraschung! Wie kann ich Ihnen oder diesem Gentleman zu Diensten sein?«

»Sagen Sie es ihm«, wandte sich Lieutenant Lacey an Matt.

»Vor fünf Monaten erhielten Sie eine Lieferung von Digitalkameras von Kodak«, begann Matt.

»Wir erhalten praktisch wöchentlich Lieferungen von Kodak«, sagte der Mann. »Sie stellen ein hervorragendes Produkt her, und weil wir so viele davon verkaufen, sind wir in der Lage, sie unglaublich preisgünstig anzubieten. In Ihrem Fall natürlich, weil Sie ein Freund von Lieutenant Lacey sind, werde ich Ihnen noch einen wesentlichen Rabatt zusätzlich geben. Erlauben Sie, Ihnen zu zeigen …«

»Ich will keine Kamera kaufen, ich möchte wissen, an wen Sie eine verkauft haben«, sagte Matt und sah aus dem Augenwinkel, dass Lieutenant Lacey ihn anlächelte.

»Ich werde Ihnen ein Angebot machen, bei dem Sie nicht nein sagen können!«

»Ich habe die Seriennummer«, sagte Matt.

»Ich nehme an, dies ist ein offizieller Besuch, Lieutenant Lacey?«, fragte der Mann.

Lacey nickte.

»Sergeant Payne muss wissen, an wen Sie eine besondere Kamera verkauft haben.«

»Wir sind natürlich bereit – ich möchte sagen, begierig darauf –, mit der Polizei in jeder Hinsicht zusammenzuarbeiten.«

»Gibt es da ein Problem?«, fragte Lieutenant Lacey.

Der Mann sah Matt an.

»Sie sagten, die Kamera wurde vor fünf Monaten an uns geliefert?«

Matt nickte.

»Kennen Sie das Modell?«

Verdammt, ich kenne es nicht.

»Es ist eine ziemlich teure Digitalkamera«, sagte Matt.

»Das schränkt das große Feld nur minimal ein, befürchte ich.«

»Wenn ich eine sähe, würde ich sie erkennen.«

»Diese Produkte werden fast so oft auf den neuesten Stand gebracht, wie die Sonne aufgeht«, sagte der Mann. »Ich bezweifle, dass die Kamera noch zu unserem Inventar zählt. Sie sagten, Sie haben die Seriennummer?«

»Ja, die habe ich.«

»Dann wird es einfach sein, unsere Verkaufslisten durchzugehen und sie zu finden. Wir registrieren alle Seriennummern unserer besseren Ware.«

»Dann haben wir hier kein Problem?«, fragte Lieutenant Lacey.

»Nicht das geringste. Es freut mich, zu Diensten sein zu können. Ich bin sofort wieder zurück.«

Er eilte in den hinteren Bereich des Geschäfts.

»Viel Glück, Sergeant«, sagte Lacey.

»Vielen Dank, Lieutenant«, erwiderte Matt.

»Nicht nötig. Ich war nicht hier mit Ihnen. Ich habe Sie nie gesehen. Ich würde in einem Fall wie diesem nie ohne volle Genehmigung – schriftlich – des Büros für behördliche Kooperation der Polizei von New York handeln.«

Er machte kehrt und verließ den Laden.

Der Mann mit dem Turban, der das Englisch der Queen sprach, kehrte ein paar Minuten später zu Matt zurück, gefolgt von zwei Turbanträgern, die jeweils zwei große Kartons auf den Armen hielten.

Er forderte die Männer mit einer ziemlich gebieterischen Geste auf, die Kartons auf eine gläserne Verkaufsvitrine zu stellen.

»Die Verkaufsbelege sind chronologisch abgeheftet, den Vorschriften der Finanzbehörde entsprechend. Ich habe Ihnen die Akten der letzten sechs Monate gebracht. Wenn ich sonst noch etwas für Sie tun kann, zögern Sie bitte nicht, zu fragen.«

Fast anderthalb Stunden später fand Sergeant Payne im dritten Karton den Verkaufsbeleg, den er suchte.

Die Verkaufsbelege waren abgeheftet, wie sie aus den Registriermaschinen gekommen waren – das heißt endlos gefaltet. Jeder Stapel enthielt zweihundertfünfzig Verkaufsbelege. Sie waren in den Kartons zu acht Stapeln hoch gelagert, sechs Stapel pro Karton.

Als Matt fand, was er suchte, taten ihm die Füße weh vom Stehen, sein Magen knurrte vor Hunger, und seine Augen tränten.

Und was er fand, war nicht viel.

Eine Kodak Digitalkamera Science DC 410, Seriennummer EKK84240087, war per Barzahlung vor dreieinhalb Monaten an

Mr H. Ford, Lincoln Lane 400, Detroit, Michigan, verkauft worden. Mr Fords Unterschrift am Fuß des Kassenzettels, die den Erhalt der Kamera in gutem Zustand bestätigte, war kaum lesbar.

Dann hatte Matt eine Zeit lang Schwierigkeiten, dem zuvor so charmanten Englisch sprechenden Ladenbesitzer klar zu machen, dass er zumindest eine Fotokopie des Verkaufsbelegs, aber am besten den Bon selbst haben wollte.

Bis ihm eine Eingebung kam.

»Ich möchte ein paar Digitalfotos von Ihnen. Zuerst ein Foto beim Abtrennen des Verkaufsbelegs von der Endlos-Faltung«, sagte Matt. »Und dann ein anderes, wie Sie den Verkaufsbeleg unterzeichnen.«

»Und Sie haben eine Kamera?«

»Nein. Aber ich dachte, wenn ich eine kaufe ...«

»Wie interessant! Ich habe zufällig eine ausgezeichnete Kamera – das jüngste Modell von Kodak auf dem neuesten Stand der Technik, eine DC910 mit schnell ladbaren Lithium-Batterien –, auf die ich Ihnen einen großzügigen Rabatt geben könnte.«

»Sie verstehen, dass die Fotos nutzlos für mich wären, wenn Sie mir nicht den tatsächlichen Verkaufsbeleg selbst geben?«

»Haben Sie eine Kreditkarte?«

»Selbstverständlich.«

»Selbstverständlich haben Sie eine. Und nichts wäre mir ein größeres Vergnügen, als mit der Polizei bei dieser Ermittlung zusammenzuarbeiten.«

Nach einer Rechnung über neunhundertsiebenundsechzig Dollar und fünfzig Cent und eine Viertelstunde später steckte Matt eine Ziploc-Tüte in seine Brieftasche. Sie enthielt den Original-Verkaufsbeleg und eine Speicherkarte mit Fotos des Ladenbesitzers, der den Beleg von den anderen des Stapels entfernte; den Verkaufsbeleg unterschrieb; ein Foto von ihm selbst, als er ebenfalls den Beleg unterschrieb; ein Foto von ihm und dem Ladenbesitzer, die jeder eine Ecke des Verkaufsbelegs hielten; und ein Foto von ihm selbst, wie er den Verkaufsbeleg in die Ziploc-Tüte steckte.

Der Anwalt der Verteidigung würde es angesichts der Fotos

schwer haben, bei einer Jury Zweifel zu säen, dass er den richtigen Verkaufsbeleg erhalten hatte.

Und er konnte die Kodak DC910 mit schnell aufladbaren Lithium-Batterien seiner Mutter schenken. Sie hatte die Kamera bewundert, die er Amy geschenkt hatte, und es schien nur richtig zu sein, dass seine Mutter eine bekam, die doppelt so teuer wie die Amys war.

Jetzt musste er nur noch Mr H. Ford, Lincoln Lane 400, Detroit, Michigan, finden.

Er ging den Times Square hinunter zum Parkhaus und stieg in seinen Porsche.

Über sein Handy rief er die Telefonauskunft an, die ihm bedauernd mitteilte, dass kein Mr H. Ford, Lincoln Lane, in Detroit verzeichnet war.

Matt war darauf vorbereitet gewesen, enttäuscht zu werden.

»Haben Sie ein besonderes Verzeichnis für die Mordkommission, vielleicht auch Dezernat oder desgleichen der Polizei in Detroit?«

»Nur die allgemeine Nummer der Polizeibehörde.«

»Geben Sie mir die, bitte.«

»Mordkommission, Sergeant Whaley.«

»Sergeant, mein Name ist Payne. Ich bin Sergeant der Mordkommission in Philadelphia.«

»Was können wir für Philadelphia tun?«

»Ich arbeite an einem Fall, bei dem der Täter seine Kamera am Tatort zurückgelassen hat. Ich habe die Spur bis zu dem Geschäft verfolgt, in dem er die Kamera gekauft hat. Laut den Belegen des Ladens wurde die Kamera an einen Mr H. Ford in der Lincoln Lane in Detroit verkauft.«

»Und Sie haben den Verdacht, dass an dem Namen und der Adresse etwas faul ist, richtig?«

»Um ehrlich zu sein, ja, den habe ich.«

»Okay. Also?«

»Vielleicht war er mal in Detroit«, meinte Matt. »Haben Sie irgendwelche ungeklärten Fälle von Mord oder Vergewaltigung und Mord mit Vergewaltigung, bei denen der Täter sein Opfer an ein Bett fesselte und ihm die Kleidung mit einem großen Messer aufschnitt?«

»Netter Zeitgenosse, wie? Ist das alles, was Sie haben?«

»Dies geschah gestern Nacht.«

»Sie wissen vom NCIC in Philadelphia?«

»Wir haben Zugriff auf die Daten des National Crime Information Center und alles«, sagte Matt. »Und ich will keinesfalls auf irgendeine Weise Ihr Vertrauen in das FBI untergraben, aber manchmal argwöhnen wir, dass es uns nicht alles von seinen Daten gibt, besonders nicht die Informationen, die wir haben wollen.«

»Aus dem Stegreif fällt mir kein ähnlicher Fall ein«, sagte Sergeant Whaley. »Aber ich werde herumfragen. Sie sagten, Ihr Name ist Payne?«

Matt buchstabierte ihn und nannte Whaley Lieutenant Washingtons private Telefonnummer im Rundhaus.

»Ich höre mich um, und wenn ich irgendetwas erfahre, werde ich Sie anrufen.«

»Vielen Dank«, sagte Matt.

Er drückte auf die Austaste des Handys, schob den Schlüssel ins Zündschloss und begann aus dem Parkhaus zu fahren.

Der Parkwächter sprang vor den Wagen und schwenkte die Arme.

Matt musste wieder die Kreditkarte hervorholen und einen Abrechnungsbeleg für fünfunddreißig Dollar Parkgebühren unterzeichnen, bevor er das Parkhaus verlassen und zum Lincoln Tunnel fahren konnte.

Er warf einen Blick auf seine Armbanduhr. Es war 17 Uhr 15.

Als er auf der New-Jersey-Ausfahrt den Lincoln Tunnel verließ, kam ihm die Gegend sehr vertraut vor, und er fragte sich, warum. Er fuhr selten nach New York, und wenn, dann nicht mit dem Auto, sondern mit dem Metroliner, einem wirklich komfortablen Zug, in dem man nicht darauf aufpassen musste, dass einem die Staatspolizei von New Jersey einen Strafzettel als Tempo- und/oder Alkoholsünder verpasste.

Es dauerte eine Weile, bis ihm einfiel, weshalb ihm die Szenerie so bekannt vorkam.

Er sah sie mindestens einmal pro Woche im Fernsehen. Der

Vorspann von The Sopranos war aus dem GMC Suburban des New Jerseyer Gangsterbosses Tony Soprano gefilmt, wie er aus dem Tunnel fährt.

Eine andere Szene aus der Fernsehserie kam ihm in den Sinn. Ein Detective aus New Jersey, der Schmiergelder des Mobs nahm und erwischt wurde, sprang von einer Brücke in den Tod.

Das ließ ihn an Captain Patrick Cassidy denken, dessen plötzlicher Wohlstand – einschließlich eines neuen Suburbans – völlig legitim war, wie er herausgefunden hatte.

Wenn es anders gewesen wäre, hätte sich Cassidy dann von der Benjamin Franklin Bridge gestürzt? Und wäre ich, zumindest indirekt, dafür verantwortlich gewesen?

Seine Überlegungen wurden unterbrochen, als sein Handy piepte.

»Payne.«

»Wo sind Sie, Matthew?«, fragte Lieutenant Washington mit seiner tiefen Stimme.

»Ich bin auf der Rückfahrt und komme gerade aus dem Lincoln Tunnel raus«, sagte Matt.

»Und was hat sich in New York ergeben?«

»Die Kamera wurde an einen H. Ford in der Lincoln Lane in Detroit verkauft«, sagte Matt.

»Nun, man kann nie wissen. Es gibt eine glaubwürdige Legende, dass Jack the Ripper der Bruder des Königs war.«

»Davon habe ich gehört. Ich habe den Original-Verkaufsbeleg. Mit einer Unterschrift darauf, in einer Ziploc-Tüte.«

»Woher haben Sie den?«

»Ich habe dem Besitzer erklärt, wie wichtig es ist, und dann eine Kamera für neunhundert Dollar gekauft, und danach hat er ihn mir gegeben.«

»Wenn der Täter unterschrieben hat, besteht die geringe Chance, dass wir einen Fingerabdruck bekommen.«

»Ja.«

Scheiße, daran habe ich überhaupt nicht gedacht. Oh, verdammt! Wenn jetzt Fingerabdrücke drauf sind, dann werden es die des Ladenbesitzers und meine sein. Für solch eine Blödheit gibt es keine Entschuldigung.

»Sie werden ohnehin in mein Büro kommen müssen, um eine

Empfangsbestätigung für den Verkaufsbeleg zu erhalten, also lasse ich die Schlüssel Ihres Wagens im FOP-Becher auf meinem Schreibtisch«, sagte Washington.

»Sie meinen, ich bekomme ihn zurück?«

»Hatten Sie Zweifel? Ich bin Ihr Lieutenant, Matthew. Sie können mir vertrauen«, sagte Washington und fügte hinzu: »Ich fahre Marthas Wagen, weniger aus partnerschaftlicher Großzügigkeit, sondern weil sie sich meine Anwesenheit auf einer kulturellen Veranstaltung im Museum der Schönen Künste um neunzehn Uhr dreißig sichern will.«

»Viel Spaß.«

»Wenn mir das Glück hold ist, wird mir sogar das Privileg körperlicher Nähe zu unserem geliebten Bürgermeister gewährt.«

Matt lachte.

»Ich bin im Moment mit Tony, Mickey und dem Zeugen aus dem Roy Rogers unterwegs«, fuhr Washington fort. »Wenn es irgendwelche Entwicklungen gibt, rufen Sie mich vor neunzehn Uhr dreißig an.«

»Jawohl, Sir.«

»Andernfalls nach zweiundzwanzig Uhr, um mir Ihre Fortschritte oder den Mangel daran zu berichten. Aber rufen Sie mich nur bei den schönen Künsten an, wenn es wirklich wichtig ist.«

»Jawohl, Sir.«

»Und fahren Sie vorsichtig und halten Sie sich an die Tempolimits im Gartenstaat, Matthew.«

»Jawohl, Sir.«

Dann war die Leitung tot.

2

Detective Tony Harris, Amal al Zaid und Michal J. O'Hara saßen in der hintersten Sitzecke des Roy Rogers Restaurants, als Amal al Zaid ein Auto an den Straßenrand fahren und halten sah.

»Mann, ist das eine tolle Karre!«, stieß er nahezu andächtig hervor. »Das ist ein SL600!«

»Was ist ein SL600?«, fragte Tony Harris und blickte aus dem Fenster. »Sie meinen den Mercedes?«

»V-12-Motor«, sagte Amal al Zaid. »Sechs Liter!«

Ein großer Schwarzer mit Smoking stieg aus dem Mercedes SL600.

»V-12?«, fragte Tony. »Ehrlich? Was ist ein solcher Wagen wert?«

»V-12«, bestätigte Amal al Zaid. »Der ist mindestens hunderttausend Bucks wert!«

»Allmächtiger!«, stieß Tony hervor.

»Eher fünfundzwanzigtausend mehr, Junge«, sagte Mickey O'Hara. »Nun, ich nehme an, das ist sein Geschenk an sich selbst, weil er herausgekommen ist.«

»Wie bitte?«, wollte Amal al Zaid wissen.

»Was hat er bekommen, Tony? Zehn bis fünfzehn Jahre?«, fragte Mickey.

Tony Harris zuckte mit den Schultern.

»Oder waren es fünfzehn bis zwanzig?«, überlegte Mickey. »Nun, was auch immer, er ist offensichtlich raus. Wer sagte: ›Verbrechen zahlt sich nicht aus‹?«

Tony Harris hob die Augenbrauen, sagte jedoch nichts.

Amal al Zaid drehte sich auf der Sitzbank, um den Weg des Typen im Smoking zu verfolgen, der aus dem Mercedes-Benz SL600 ausgestiegen war.

»Es sieht aus, als ob er hier reinkäme!«, sagte Amal al Zaid aufgeregt.

»Warum würde ein Superkerl wie er in eine solche Bruchbude kommen?«, fragte O'Hara rhetorisch.

Lieutenant Jason Washington ging durch das Restaurant zu der Sitzecke, setzte sich neben O'Hara, schüttelte O'Hara und Harris schnell die Hand und lächelte Amal al Zaid freundlich an.

»Danke für Ihr Kommen«, sagte er. »Ich weiß es wirklich zu schätzen, dass Sie Ihre Zeit opfern.«

Amal al Zaid sagte nichts.

»Ich bin Lieutenant Washington«, sagte Jason und strömte Charme aus.

Er hatte Tony Harris aufgetragen, den Zeugen zu bitten, sich mit ihnen im Roy Rogers zu treffen, in der Annahme, dass er dort wesentlich entspannter sein würde als zum Beispiel bei der Mordkommission im Präsidium.

Amal al Zaid schwieg noch immer.

»Eigentlich bin ich Detective Harris' – Tonys – Vorgesetzter.«

»Sie sind ein Cop?«, fragte Amal al Zaid ungläubig.

»Mir ist klar, dass Sie sich wegen meiner Kleidung wundern – ich gehe zu einer Art Party mit meiner Frau …« Er unterbrach sich und fragte: »Was hat Ihnen Mr O'Hara über mich erzählt?«

»Er sagte, Sie seien gerade erst rausgekommen«, sagte Amal al Zaid.

»Eigentlich, Sir«, meinte Tony Harris, »lauteten Mr O'Haras Worte ›fünfzehn bis zwanzig Jahre‹ und ›Superkerl‹.«

Washington holte sein Etui mit der Dienstmarke und dem Ausweis mit Foto hervor, klappte es auf und zeigte es Amal al Zaid.

»Mr O'Hara ist ein alter Freund«, sagte er. »Trotz seines wohlverdienten Rufs für einen sonderbaren Sinn für Humor.«

»Ich bin sonderbar?«, fragte O'Hara. »Sie sind der erste Mann in der Geschichte, der mit einem Kellner-Anzug ins Roy Rogers geht.«

»Es ist kein Kellner-Anzug, Sie Ignorant.«

»Für mich sieht er so aus«, sagte Mickey und blickte Amal al Zaid an. »Finden Sie nicht auch, Doppel-A-Zett?«

Amal al Zaid lachte und nickte zustimmend.

»Nehmen Sie unsere Bestellung auf, oder können Doppel-A-Zett und ich sonst noch etwas für die Cops tun?«, fragte Mickey.

Amal al Zaid lachte wieder.

»Macht es Ihnen etwas aus, dass er Sie so nennt?«, fragte Washington.

Amal al Zaid schüttelte den Kopf. »Nein.«

»Darf ich Sie auch so nennen?«

»Klar.«

»Danke«, sagte Washington. »Okay, Doppel-A-Zett, lassen Sie mich erzählen, wo wir bei der Suche der Mörder von Mrs Martinez und Officer Charlton stehen.« Er legte eine Pause ein.

Amal al Zaid blickte ihn erwartungsvoll an.

»Praktisch nirgendwo«, sagte Washington schließlich.

»Wie kommt das?«, wollte Amal al Zaid wissen.

Washington zuckte mit den Schultern.

»Wir haben alles getan – und tun es immer noch –, was wir uns nur denken können. Letztendlich werden wir sie schnappen. Aber je eher uns das gelingt, desto früher können wir sie von den Straßen entfernen, damit sie so etwas nicht wieder tun. Wir wollen nicht, dass weitere Leute sterben.«

Amal al Zaid nickte verstehend.

»Eine Ermittlung ist wie eine Autoreise«, sagte Washington. »Sie können falsch abbiegen und in Hoboken landen, obwohl Sie in Wirklichkeit nach Harrisburg fahren wollen. Ich habe allmählich den Verdacht, dass wir falsch abgebogen sind, gleich zu Anfang, und darum geht es. Wir haben hier, am Beginn der Autoreise, die einzigen beiden Zeugen, die anscheinend wissen, wovon sie reden, die einzigen beiden, die unter schrecklichen Umständen kühlen Kopf bewahrten …«

»Ich habe mir vor Angst fast in die Hosen gemacht«, korrigierte ihn Amal al Zaid.

»Ich auch«, sagte O'Hara.

Amal al Zaid blickte ihn dankbar an.

»Die unter schrecklichen Umständen einen kühlen Kopf bewahrten«, wiederholte Washington, »wie Ihr Verhalten von Anfang an beweist, Doppel-A-Zett. Und Mr O'Haras Versuch, ein Foto zu machen, als die Täter aus dem Restaurant kamen …«

»Versuch ist das richtige Wort«, unterbrach Mickey. »Alles, was dabei herauskam, ist eine künstlerische Silhouette.«

Washington ignorierte die Bemerkung.

»So werden wir jetzt von Beginn an neu anfangen«, fuhr er fort, »um herauszufinden, wo wir falsch abgebogen sind. Wir werden sehr langsam vorgehen, um festzustellen, ob das, was Sie gesehen haben, mit Mickeys Wahrnehmungen übereinstimmt oder wo es davon abweicht. Detective Harris …«, er wies auf eine große Vertretertasche auf der Sitzbank neben Harris, »… hat Akten und Berichte mitgebracht, die er und andere zusammengestellt haben und die er für nützlich hält. Wir werden feststellen, ob das, was Sie und Mickey gesehen haben, mit dem, was andere Leute sahen oder zu sehen meinten, übereinstimmt oder nicht, und wenn es nicht übereinstimmt, wo die Unterschiede liegen. Können Sie mir noch folgen, Doppel-A-Zett?«

»Ja, ich habe kapiert.«

»Wenn entweder Ihnen oder Mickey etwas einfällt – irgendetwas – oder wenn Sie eine Frage haben, sagen Sie es. Ich werde es genauso halten. Okay?«

O'Hara und Amal al Zaid nickten ihr Einverständnis.

»Bestellen wir noch etwas Kaffee«, sagte Washington und machte den Schichtleiter, der sich neugierig in der Nähe aufhielt, um etwas spitzzukriegen, mit einem Wink auf sich aufmerksam. »Und dann kann Tony anfangen.«

Tony Harris entnahm der Vertretertasche Papiere, zog eine Heftklammer ab und teilte sie in vier Zettel.

»Dies ist die Chronologie, wie ich sie sehe«, sagte er, als er Washington, O'Hara und Amal al Zaid Kopien hinschob.

»Wir wissen mit Sicherheit, dass Mrs Martinez um dreiundzwanzig Uhr zwanzig neun-eins-eins anrief. Das haben wir vom Polizeifunk. Und wir wissen, dass um dreiundzwanzig Uhr einundzwanzig der Polizeifunk Officer Charlton zum Tatort schickte. Bei der Zeit der Ereignisse davor bin ich auf Vermutungen angewiesen.«

Er wartete, bis der Schichtleiter ein Tablett mit Kaffee gebracht und sich wieder entfernt hatte.

»Wenn ich irgendeine dieser Einzelheiten falsch sehe, Doppel-A-Zett, sagen Sie es, auch wenn es scheinbar unwichtig ist. Das Gleiche gilt für Sie, Mickey.«

Beide nickten wieder.

»Okay. Ablauf der Ereignisse«, sagte Harris. »Doppel-A-Zett stand dort…«, er wies hin, »… und wischte den Boden auf, als er die Täter ins Restaurant kommen sah. Wie lange waren Sie dort gewesen, Doppel-A-Zett, als die Täter hereinkamen?«

»Ein paar Minuten.«

»Ein Paar sind zwei. Vielleicht mehrere?«

»Der Putzeimer steht immer gleich hinter der Tür in der Küche«, sagte Amal al Zaid. »Ich machte am Tisch sauber …«

»An diesem Tisch?«, unterbrach Harris.

»Ja. Ich sah, dass die Leute, die gegangen waren, eine Tasse

Kaffee umgekippt und den Kaffee – das, was davon übrig war – auf den Boden verschüttet hatten. So ging ich in die Küche, holte Aufnehmer und Putzeimer und ging damit zum Tisch. Es war nicht viel Kaffee verschüttet worden, nur eine kleine Lache, aber sie war direkt vor der Küchentür …«

»Vor dem linken Türflügel?«, unterbrach Harris.

»Ja. Vor dem Ausgang, durch den die Kellner mit vollen Tabletts gehen und sie die Lache nicht sehen konnten.«

»Ich verstehe«, sagte Harris.

»So sagte ich mir, dass ich besser aufwische, und tat es.«

»Und Sie waren also etwa zwei Minuten dort, als die Täter ins Lokal kamen?«

»Richtig.«

»Warum haben Sie das bemerkt, Doppel-A-Zett?«, fragte Washington.

»Wie bitte?«

»Sie haben den Boden aufgewischt und sich auf diese Arbeit konzentriert. Warum haben Sie diese beiden Männer bemerkt?«

Amal al Zaid dachte sorgfältig darüber nach, bevor er antwortete. »Ich habe auf die Uhr über der Tür geschaut. Sie standen darunter.«

»Und warum sind Sie auf die beiden aufmerksam geworden?«, fragte Washington leise.

»Ich ahnte, dass sie Probleme machen werden«, sagte Amal al Zaid.

»Wieso?«

»Die Art, wie sie da standen und sich umsahen. Nervös, wissen Sie? Und dann – ich weiß nicht, mir gefiel einfach nicht, wie sie aussahen.«

»Okay. Was geschah dann?«

»Dann trennten sie sich. Der eine blieb vorne, und der kleine Dicke kam nach hinten, hierher. Das war komisch.«

»Inzwischen hatten Sie die Kaffeelache aufgewischt?«, fragte Harris.

»Ja. Richtig. So schob ich den Putzeimer in die Küche zurück. Und dann schaute ich durch das Guckfenster und sah …«

»Das Fenster im rechten Türflügel, dem Eingang in die Küche?«, fragte Harris und wies hin.

»Ja«, bestätigte Amal al Zaid. »Und ich sah, wie er seinen Augenschutz abnahm …«

»Seine Brille?«, unterbrach Harris. »Doppel-A-Zett, ich kann mich nicht erinnern, dass Sie zuvor etwas davon erwähnt haben, dass er eine Brille trug.«

»Keine Brille, seinen Augenschutz.«

Als er Harris' verständnislose Miene sah, erklärte Amal al Zaid geduldig, fast nachsichtig: »Wissen Sie, wie eine Baseballkappe ohne Oberteil.«

»Oh«, murmelte Harris.

»Er trug den Schirm nach hinten«, fuhr Amal al Zaid fort und zeigte es an. »Ich nehme an, er war ihm im Weg.«

»Wie das?«, fragte Washington leise.

»Die Wand«, sagte Amal al Zaid. »Er saß dort, wo Sie sitzen. Dieses Polster ist an der Wand.« Er wies hin. »Ich nehme an, als er sich hinsetzte, stieß sein Schirm gegen die Wand. Jedenfalls nahm er ihn ab.«

»Okay«, sagte Harris. »Ich bin ein bisschen schwer von Begriff. Was geschah dann?«

»Tony, würden Sie mir Mickeys Fotos geben?«, fragte Washington.

»Irgendein besonderes?«

»Am besten geben Sie mir alle.«

»Ich dachte, beim letzten Mal sagten Sie mir, er hätte nur ein Foto von diesen Typen gemacht?«, sagte Amal al Zaid verwundert.

»Es gab nur ein Foto, Doppel-A-Zett«, erklärte Washington. »Aber davon machte man eine Reihe verschiedener Abzüge, um zu sehen, ob etwas Nützliches dabei herauskommt. Wissen Sie, verschiedene Ausschnitte der Aufnahme wurden stark vergrößert.«

»Ah ja«, murmelte Amal al Zaid.

»Ich habe es selbst versucht«, sagte O'Hara, »und es hat zu nichts geführt.«

»Wonach suchen Sie, Jason?«, fragte Harris.

»Ich will sehen, ob dieser Typ beim Verlassen des Tatorts seine Kappe trägt«, erklärte Washington. »Vielleicht zeigen Mickeys Bilder wenigstens das.«

Tony Harris kramte in seiner Vertretertasche und zog ein Kuvert mit Fotos heraus. Es waren insgesamt zwanzig Abzüge von der einen Digitalaufnahme, die Mickey O'Hara gemacht hatte, als er zum Roy Rogers Restaurant gegangen war. Die meisten konzentrierten sich auf Köpfe und Schultern der Täter, obwohl die Ausschnitte nicht die Qualität verbessert hatten und die Vergrößerungen nicht mehr Einzelheiten als die ursprüngliche Aufnahme zeigten.

Washington begann jeden Abzug sorgfältig zu betrachten. Nachdem er vielleicht zehn der Aufnahmen angeschaut hatte, legte er eine beiseite.

»Haben Sie etwas entdeckt?«, fragte Mickey.

Washington gab keine Antwort.

Nach einer Weile nahm Mickey die Abzüge, die Washington betrachtet hatte, und sah sie sich an. Als er das erste Bild gesehen hatte, schob er es über den Tisch zu Amal al Zaid, der es sich anschaute und zu Harris schob. Als Washington fertig war, hatte er zwei weitere Abzüge beiseite gelegt. Er schob die restlichen zu Mickey hin und wartete dann geduldig, bis alle sie betrachtet hatten. Dann überreichte er Mickey die drei Abzüge, die er beiseite gelegt hatte.

»Soweit ich auf diesen Ausschnittvergrößerungen sehen kann«, sagte Washington, »hat keiner dieser Gentlemen beim Verlassen des Tatorts etwas auf seinem Schädel getragen.«

»Ich bezweifle, dass sich eine Jury in diese Bilder verlieben könnte«, meinte Mickey. »Aber ich sehe die Silhouetten von Köpfen, und auf keinem ist etwas drauf.«

Washington wartete wieder, bis Amal al Zaid und Tony Harris alle drei Abzüge betrachtet hatten.

»Na und?«, fragte Amal al Zaid.

»Das wirft folgende Frage auf, Doppel-A-Zett«, sagte Washington. »Wenn dieser Typ ins Restaurant kam und den Schirm einer Baseballkappe trug, wo ist der Schirm jetzt?«

Harris kramte wieder in der Vertretertasche. Er zog eine mit Schreibmaschine getippte Liste hervor.

»Hier haben wir's. Auf der Liste der am Tatort gefundenen Objekte. Nummer fünfzehn. ›Ein schwarzer Mützenschirm, Marke unbekannt, grauer Baumwollbezug und Stirnband aus

Plastik.‹ Wurde unter dem Tisch gefunden. Was Fingerabdrücke anbetrifft – ›ein teilweise verwischter Abdruck, vermutlich vom Zeigefinger, an der Rückseite des Stirnbands‹.«

»Das wird nicht reichen, oder?«, wollte O'Hara wissen.

»Oh, Sie ungläubiger Thomas«, meinte Washington.

Er zog sein Handy aus der Tasche und wählte eine eingespeicherte Nummer.

»Hat Captain Quaire für heute Feierabend?«, fragte er, und einen Moment später sagte er: »Würden Sie mich bitte mit ihm verbinden?«

Es folgte eine kurze Pause.

»Lieutenant Washington, Sir. Ich habe eine Bitte.«

Wieder eine Pause.

»Auf der Liste der nicht zugeordneten Objekte, die im Roy Rogers gefunden wurden, ist Objekt fünfzehn ›ein schwarzer Mützenschirm, Marke unbekannt, grauer Baumwollbezug, Stirnband aus Plastik‹. Wir haben Grund zu der Annahme, dass er von einem der Täter zurückgelassen worden ist. Das Labor berichtet von einem teilweise verwischten Abdruck, möglicherweise vom Zeigefinger. Ich möchte, dass sich das Labor mehr Mühe gibt. Dies wäre möglich, wenn Sie das Objekt persönlich dort runterbringen, Sir …«

Von neuem eine kurze Pause.

»Vielen Dank, Sir. Und darf ich vorschlagen, dass Sie ihnen sagen, ich werde später am Abend überprüfen, was man herausgefunden hat?« Pause. »Danke, Henry. Es ist alles, was wir im Augenblick haben.« Er drückte auf die END-Taste und wandte sich an Amal al Zaid.

»Doppel-A-Zett, ich glaube, wir waren an dem Punkt, an dem der Täter seinen Mützenschirm abnahm. Was geschah als Nächstes?«

3

Um 18 Uhr 20, gerade als Matt auf die I-95 South abbog, piepte sein Handy.

»Payne.«

»Sergeant, hier ist Lassiter.«

»Ich habe ein Übermaß an schlechten Nachrichten, Detective Lassiter. Nach dieser Vorwarnung können Sie fortfahren.«

Er glaubte, sie kichern zu hören, und fand es charmant.

»Keine schlechten Nachrichten. Ich habe soeben die Williamsons verlassen …«

»Und?«

»Es ist alles unter Kontrolle. Ihr Pfarrer ist dort. Ich bezweifle, dass sie ihre Meinung ändern, dass die Uniformierten richtig gehandelt haben, indem sie nicht die Tür aufbrachen. Und ich fahre am Morgen wieder zu ihnen – Mrs Williamson hat mich darum gebeten.«

»Sie bekommen einen Goldstern, um ihn Ihrer Mommy zu zeigen, Detective Lassiter«, sagte Matt.

»Sergeant«, sagte sie, und ihre Stimme klang ärgerlich. »die Kripo Nordwest will ihren Wagen zurückhaben, das ist die eine Sache. Und die zweite ist, Mrs Williamson hat mir erzählt, dass Cheryl in einer Bar namens Halligan's Pub herumzuhängen pflegte. Ich möchte mir diese Bar ansehen, aber ich wollte das erst mit Ihnen absprechen.«

»Gibt es im Halligan's Pub etwas zu essen?«

»Ich weiß es nicht. Aber ich nehme es an.«

Matt blickte auf seine Armbanduhr.

»Ich treffe Sie bei der Kripo Nordwest in fünfundzwanzig, dreißig Minuten«, sagte er. »Sie können den Wagen zurückgeben. Wo befindet sich der Halligan's Pub?«

»In Flourtown.«

»Okay. Dann werden wir zusammen zum Halligan's Pub fahren. Und danach werden wir weitersehen. Washington hat angerufen. Ich kann meinen Wagen beim Rundhaus abholen.«

»Prima«, sagte sie. »Sonst noch etwas?«

»Rufen Sie Joe D'Amata an und sagen Sie ihm, dass wir das Lokal überprüfen werden.«

»In Ordnung.«

Ein uniformierter Sergeant hob eine Hand, um den silbernen Porsche zu stoppen, als er auf den Parkplatz POLICE VEHICLES ONLY beim Gebäude des 35. Distrikts rollte. Bis auf ein paar Räume, die vom Inspector der North Police Division genutzt wurden, belegte die Kripo Nordwest die meisten Zimmer im ersten Stock des Gebäudes.

Matt fuhr die Fensterscheibe herunter.

»Das geht schon in Ordnung, Officer«, sagte er. »Ich bin nur hier, weil ich ein Rendezvous mit dieser Dame habe und sie abholen will.«

Er wies auf Detective Olivia Lassiter, die an der Wand neben dem Eingang lehnte.

Der uniformierte Sergeant stieß einen schrillen Pfiff aus, um Detective Lassiter auf sich aufmerksam zu machen.

»Sie kennen diesen Typen, Lassiter?«

Sie blickte hin und nickte dann.

»Ja.«

Sie ging zum Porsche.

»Suchen Sie sich beim nächsten Mal einen anderen Platz zum Parken«, sagte der Sergeant zu Matt.

»Jawohl, Sir.«

Olivia stieg in den Porsche.

Woher hat er diesen Wagen? Einen Porsche mit dem Gehalt eines Detectives?

»Amüsieren Sie sich gut, Lassiter«, sagte der Sergeant.

Matt grinste, sagte jedoch nichts, als er den Porsche wendete.

»Was hatte das alles zu bedeuten? ›Amüsieren Sie sich gut‹?«, fragte Olivia.

Matt zuckte mit den Schultern.

»Was haben Sie zu ihm gesagt?«

»Nichts.«

Und ob du etwas gesagt hast, dachte Olivia. *Du bist wirklich ein Klugscheißer. Sie bekommen einen Goldstern für Mommy! Mein Gott!*

»Haben Sie von den Williamsons noch etwas außer dem Namen dieser Kneipe erfahren?«, fragte Matt.

»Die Namen von einem halben Dutzend Typen, mit denen sich Cheryl verabredet hat«, sagte Olivia. »Und die von einigen ihrer Freundinnen.«

»Sie werden die Namen Joe geben müssen.«

»Das habe ich bereits getan.«

»Wo genau ist diese Bar?«

»Sie heißt Halligan's Pub. Am Bethlehem Pike und der College Avenue in Flourtown. Ich bin schon dort gewesen. Eine Art Szenetreff für die Jungen und Singles.«

»Sie verbringen viel Zeit in solchen Lokalen, nicht wahr?«, fragte Matt unschuldig. »Suchen Sie ein bisschen Action?«

Du Hurensohn!

Sie starrte ihn wütend an, sagte jedoch nichts.

Wenn er denkt, ich suche Action, und mich auch nur anrührt, scheuer ich ihm eine.

»Hey, das war nur ein Spaß von mir!«, sagte Matt.

»Ich finde ihn nicht lustig«, fuhr Olivia ihn an.

»Wissen Sie, dies ist mein erstes Mal«, sagte Matt.

»Das erste Mal wofür? Dass Sie mit einem weiblichen Detective arbeiten, meinen Sie?«

»Ja. Oder zumindest mit einer gut aussehenden Kollegin.«

»Können wir nicht dienstlich bleiben?«

»Ich habe bei ein paar Fällen mit einem weiblichen Detective der Abteilung Nachrichtendienst zusammengearbeitet«, sagte Matt. »Aber sie war alt genug, um meine Mutter zu sein. Wir wurden Freunde. So fragte ich sie – wir hatten ein paar Drinks intus –, wie ich mich bei einem jüngeren weiblichen Cop benehmen sollte. Und sie sagte, ›behandele sie, wie du jeden anderen Cop behandeln würdest‹. Das habe ich getan. Einen kleinen Scherz versucht.«

Warum glaube ich ihm?

»Welchen kleinen Scherz haben Sie mit Sergeant Pinski gemacht?«

»Ist das der Uniformierte auf dem Parkplatz?«

»Ja. Was haben Sie ihm gesagt?«

»Ich habe nur gesagt, dass ich mit Ihnen ein Date habe.«

»Und das fanden Sie lustig?«

»Er hat es geglaubt. Eine andere Möglichkeit wäre gewesen, ihm zu sagen, dass ich im Dienst bin, und ihm meine Dienstmarke zu zeigen. Eine halbe Stunde später hätten jeder Uniformierte im 35. Distrikt und all Ihre Kollegen bei der Kripo

Nordwest von dem Sergeant der Mordkommission gewusst, der mit einem Porsche die gut aussehende Detective Lassiter bei der Kripo Nordwest abholt.«

Er hat Recht. Genau das wäre passiert.

»Woher haben Sie überhaupt diesen Wagen?«

»Als ich mein Studium auf dem College abschloss, war das mein Geschenk zur Graduierung.«

»Er sieht nagelneu aus.«

»Er ist fünf Jahre alt. Ich pflege ihn gut.«

»Ein schöner Wagen«, sagte sie mit echter Begeisterung.

Das war blöde von mir. Was ist nur mit mir los?

»Ja, die sind schön«, sagte Matt. »Hören Sie, ich wollte nicht zudringlich sein. Ich werde keinen Annäherungsversuch machen. Man hat mich gerade erst befördert und zur Mordkommission versetzt. Ich möchte bestimmt nicht, dass jemand sagt, Payne hängt kaum seinen Hut auf und schon macht er sich an Lassiter heran. Das ist die Wahrheit.«

»Okay. So verstehen wir uns.«

»Und was tun wir im Halligan's Pub? Suchen wir ein bisschen Action?«

»Sie Hurensohn!«, sagte Olivia, aber sie lachte.

Und sie schauten einander an. Und blickten beide schnell fort.

»Was kann ich Ihnen bringen?«, fragte der Barmann des Halligan's Pub, als sie an der Bar auf Hocker gestiegen waren.

»Ich weiß nicht, wie das mit Mutter ist, aber ich hätte gern einen Famous Grouse on the rocks und eine Speisenkarte.«

»Sie wollen an der Bar essen?«, fragte der Barmann.

»Ich will mit Ihnen reden, und Sie sind hier«, sagte Matt.

»Und was darf es für Sie sein, Süße?«, fragte der Barmann.

Ich werde nicht fragen, was ein Famous sowieso ist.

»Das Gleiche, bitte«, sagte Olivia.

»Sie sind schon hier gewesen, richtig?«

»Das stimmt«, sagte Matt. »Mutter hat mir gesagt, hier ist die Action. Vermutlich kriegt sie Rabatt, oder?«

Der Barmann lachte und beschäftigte sich dann mit den

Getränken. Er stellte die Gläser auf die Bar und legte zwei mit Plastik überzogene Speisenkarten daneben.

Olivia nahm ihr Glas und nippte an ihrem Famous Grouse.

Scotch. Vermutlich einer dieser Single Malts, die sehr schick und in sind, oder wie man das bei den Leuten nennt, die sie trinken.

»Sandwich mit heißem Roastbeef, bitte«, bestellte Matt, nachdem er die Speisenkarte überflogen hatte. »Pommes frites, grüne Bohnen. Was ist mit dir, Mutter?«

Was, zur Hölle, soll dieses Gerede von ›Mutter‹?

Verdammt, ein Sandwich mit heißem Roastbeef klingt gut. Aber ich werde wie sein Echo klingen. Ach, was soll's?

»Das Gleiche, außer den Pommes frites«, sagte Olivia.

»Kommt sofort«, sagte der Barmann und ging hinter der Bar zu einem Computer, um die Bestellung einzutippen.

Matt nahm sein Glas und prostete Olivia zu.

»Zum Wohl, Mutter.«

»Was soll das mit ›Mutter‹?«, fragte Olivia.

»Selbst der Casanova der Stadt macht keinen Annäherungsversuch bei einer Mutter«, erwiderte Matt.

»Ach du meine Güte!«, sagte Olivia.

»Ich will nur sicherstellen, dass ich mich nicht hinreißen lasse«, fügte Matt erklärend hinzu.

»Das würde ich auch nicht zulassen.«

»Gut. Ich werde nämlich bei einer Versuchung zwangsläufig schwach.«

»Sie sind verrückt, wissen Sie das?«

»Sie klingen wie meine Schwester, Mutter.«

Sie schüttelte den Kopf, aber sie lächelte.

»Dies ist ein prima Schnaps«, sagte sie. »Ich wage gar nicht zu fragen, was er kostet.«

»Keine Sorge, Mutter, das war meine Runde. Aber eigentlich ist er nicht sehr teuer. Nicht wie zwölf Jahre alter oder Single Malt. Ich entdeckte ihn in einer Bar in Schottland. Es war der Haus-Whisky.«

»In Schottland?«

»Mein Vater und ich und der Kumpel meines Vaters und sein Sohn, mein Kumpel, schossen dort auf Treibjagd-Vögel.«

Was, zum Teufel, meint er damit?

»Ich weiß nicht, was das heißt«, bekannte Olivia.

»Sie züchten Fasane«, erklärte Matt, »und beauftragen Leute, sie aufzuscheuchen. Das nennen sie ›Treibjagd‹. Die Schützen bilden eine Linie, und die Treiber treiben die Vögel – deshalb Treibjagd-Vögel – auf die Linie der Schützen zu. Großartiges Schießen.«

»Es klingt barbarisch«, meinte Olivia.

»Sind Sie Vegetarierin?«

»Nein.«

»Woher kommt Ihrer Meinung nach Ihr Roastbeef? Von einem Stier, der an Altersschwäche starb?«

Olivia gab keine Antwort.

»Die Fasane werden zum Essen gezüchtet wie Hühner oder Truthähne. Ich nehme an, Sie könnten argumentieren, dass es netter wäre, ihnen den Hals rumzudrehen, anstatt sie zu erschießen, aber ich sehe darin keinen Unterschied. Und drei Stunden, nachdem sie geschossen werden, sind sie ausgenommen, gerupft, in Eis verpackt und auf dem Weg zu einem Feinschmeckerrestaurant.«

»Und Sie haben Ihren Kitzel beim Abschlachten der Fasane, richtig? Sie haben einen echten Kitzel dabei, Dinge zu killen, richtig?«

»Sie haben es erfasst, Mutter«, sagte Matt. »Wenn Sie das erst verstehen, passt alles zusammen.«

Sie erkannte an seinem bitteren Tonfall und dem Ausdruck seiner Augen, dass sie ihn wirklich verärgert hatte.

Er schüttelte angewidert den Kopf, blickte fort und nahm sein Glas.

Was hat ihn so verärgert?

O Gott! Als Mickey O'Hara ihn Wyatt Earp nannte, sprang er ihm fast ins Gesicht. Und dann erzählte mir O'Hara von dem Bösewicht, den Matt ›ausgeschaltet‹ hat – womit er meinte, dass er ihn gekillt hat. Ich wollte nicht sagen, dass es ihm Spaß macht, Leute zu killen! Aber vermutlich klang es so.

Was soll ich jetzt machen, mich entschuldigen?

Der Barmann schob die Teller mit heißem Roastbeef auf Sandwich über die Bar zu ihnen.

»Ich nehme an, Sie haben mir soeben das Leben gerettet«,

sagte Matt zum Barmann, schnüffelte anerkennend und spießte eine Fritte auf. »Aber nur um sicherzugehen, geben Sie mir bitte noch einen davon.« Er wies auf sein Glas.

Olivia sah, dass er den Famous Grouse ausgetrunken hatte.

Der Barmann lachte und sah Olivia fragend an.

»Warum nicht?«, sagte sie.

Matt sah sie überrascht an.

»Es tut mir Leid«, sagte sie.

»Was tut Ihnen Leid, Mutter?«

»Ich war geschmacklos«, sagte sie.

Matt sah sie an. Bei seinem Blick fühlte sie sich unbehaglich, doch sie konnte nicht wegschauen.

Nach langem Schweigen sagte er: »Ich nehme an, damit sind wir quitt.«

Und dann blickte er fort, wickelte die Serviette von seinem Besteck und begann zu essen.

Olivia trank einen kräftigen Schluck von ihrem Famous Grouse, als der Barmann eine zweite Runde servierte, und schüttete den Rest ihres Drinks in das neue Glas.

Sie war erstaunt, wie schnell Matt seinen Teller mit Roastbeef, Pommes frites und Bohnen leer aß. Sie hatte erst ihren vierten oder fünften Bissen gegessen, als sie sah, dass Matt Messer und Gabel auf den leeren Teller legte und ihn über die Bar zum Barmann schob.

»Sehr gut«, sagte Matt.

»Freut mich, zu hören.«

»Haben Sie Cheryl Williamson gekannt?« Matt sah den Barmann fragend an.

»Ich nehme an, Sie wissen, was mit ihr passiert ist«, erwiderte der Barmann.

Matt nickte.

»Gottverdammte Cops«, stieß der Barmann hervor. »Ich nehme an, Sie haben auch gehört, was diese Bastarde getan haben. Oder nicht getan haben. Verzeihen Sie mein Französisch.«

»Wie war noch mal Ihr Name?«, erkundigte sich Matt.

»Charley«, sagte der Barmann.

»Mutter, zeig Charley dein Abzeichen«, forderte Matt Olivia auf.

Sie sah ihn überrascht an.

»Detective Lassiter, zeigen Sie Charley Ihre Dienstmarke«, befahl Matt.

Olivia zog ihren Pullover genügend hoch, damit der Barmann ihre Dienstmarke sehen konnte, die sie an den Bund ihres Rockes geheftet hatte.

»Verzeihung, ich wusste nicht ...«, murmelte Charley, und er fühlte sich sichtlich unbehaglich.

»Kein Problem«, sagte Matt. »Wir tragen keine Uniformen, damit die Leute uns nicht sofort als Cops erkennen können. Ich bin übrigens Sergeant Payne. Meine Freunde nennen mich Matt.«

Er streckte die Hand über die Bar, bis Charley, der Barkeeper, sie ergriff.

»Sagen Sie mir, Charley«, sagte Matt, als er sich wieder bequemer auf seinen Barhocker setzte, »haben Sie Ihre Meinung für alle Ewigkeit gebildet, oder wären Sie an den Fakten interessiert, was diese gottverdammten Bastarde von Cops getan haben oder nicht?«

»Hey, Sergeant, ich habe gesagt, dass es mir Leid tut ...«

»Wenn wir Freunde bleiben wollen, nennen Sie mich Matt«, sagte Matt. »Und das war nicht die Frage, Charley. Sind Sie an Fakten interessiert, oder haben Sie sich Ihre Meinung gebildet, die sich auch nicht durch Fakten erschüttern lässt?«

»Okay. Lassen Sie die Fakten hören«, meinte Charley.

»Mutter, gib Charley die Fakten«, sagte Matt.

»Ist das Ihr Name?«, platzte Charley heraus. »Mutter?«

»Ich nenne sie so, um mich daran zu erinnern, keinen Annäherungsversuch bei ihr zu machen«, sagte Matt.

»Tatsächlich?«

»Tatsächlich«, sagte Matt. »Sag Charley, was wirklich geschehen ist, Mutter.«

»Okay. Von Anfang an ...«, begann Olivia ...

»... und so haben Sie am Ende zwei anständige Cops, die sich höllisch schuldig fühlen, weil sie nicht in ihre Wohnung eingebrochen sind«, beendete Olivia ihren Bericht. »Obwohl sie sich genau an die Vorschriften gehalten haben.«

»Mein Gott«, sagte Charley, der Barmann, und wandte sich

abrupt ab, um sofort mit der Flasche Famous Grouse zurückzukehren.

»Auf mich«, sagte er und schenkte ein. »Nicht aufs Haus, auf mich. Ich fühle mich mies, weil ich das vorhin gesagt habe.«

»Das ist absolut unnötig, und wir sollten nicht mehr trinken«, sagte Matt. »Aber wir werden es tun.«

»Schnappen Sie diesen Drecksack?«, fragte Charley.

»Wir werden ihn schnappen«, sagte Matt. »Die Frage ist, wann. Je eher wir ihn schnappen, desto eher werden wir sicher sein können, dass er keiner anderen jungen Frau so etwas mehr antut.«

»Vielleicht habe ich das aus den Filmen«, meinte Charley, »aber diese Detectives von der Mordkommission scheinen zu wissen, was sie tun.«

»Ich kenne zwei, die das nicht wissen«, sagte Matt.

Charley sah ihn überrascht an.

»Diese beiden«, fügte Matt hinzu und wies auf sich und Olivia.

»Sie sind von der Mordkommission?«

Matt nickte.

»Und das ist der Grund unseres Hierseins. Wir versuchen, diesen Verbrecher zu schnappen. Wir hörten, dass Cheryl öfter hier gewesen ist.«

»Wer hat Ihnen das erzählt?«

»Ihre Mutter«, sagte Olivia. »Und sie gab mir eine Liste von Leuten, mit denen sich Cheryl zu treffen pflegte.« Sie überreichte ihm die Liste. »Kennen Sie jemanden von diesen Leuten?«

»Die meisten«, erwiderte Charley nach einer Minute.

»Ist jemand davon jetzt hier?«

Charley blickte an der Bar entlang, dann ging er und schaute durch die Türen in zwei angrenzende Räume und kehrte zurück, um zu berichten, dass keiner davon da war.

»Nun, wir werden sie ausfindig machen«, sagte Matt.

»Es würde helfen, wenn Sie uns irgendetwas über Cheryl sagen könnten«, sagte Olivia. »Was für ein Typ Mädchen war sie?«

»Lassen Sie mich etwas Unfreundliches sagen«, schaltete sich

Matt ein. »Es ist okay, etwas Schlechtes über Tote zu sagen, wenn es dazu dient, herauszufinden, wer sie getötet hat.«

Charley dachte einen Moment darüber nach.

»Ich habe kapiert«, sagte er dann. »Okay, soweit ich weiß, war sie ein wirklich nettes Mädchen. Wenn sie ein Flittchen gewesen wäre, würde ich das sagen, okay? Wollen Sie mein Gefühl hören?«

»Bitte«, sagte Olivia.

»Ich habe das Gefühl, dass sie herkam, weil sie hoffte, den Richtigen zu finden. Dass der Prinz auf dem weißen Ross hereinkommt und ihr schöne Augen macht. Und ich bezweifle, dass dies jemals geschehen ist. Sie sah gut aus. Die Jungs waren scharf auf sie. Aber sie war nichts für eine schnelle Nummer. Und ich habe sie nie mit einem Typen von hier weggehen gesehen. Manchmal, wenn sie mit Freundinnen hier war, gingen ein paar von ihnen zusammen mit ein paar Jungs weg. Niemals allein. Sie wissen, was ich meine?«

»Kapiert«, sagte Matt.

Sein Handy piepte.

»Payne«, meldete er sich.

»D'Amata, Matt. Wo sind Sie?«

»Halligan's Pub.«

»Ja. Lassiter sagte, dass Sie dahin fahren. Ist sie bei Ihnen?«

»Ja.«

»Haben Sie schon gegessen?«

»Soeben fertig.«

»Ich bin in der Liberties«, sagte D'Amata. »Ich dachte mir, Sie möchten sich vielleicht mit mir über den Fall austauschen.«

Er kümmert sich um mich. Das ist nett.

»Okay.«

»Der schwarze Buddha wird wissen wollen, was los ist, und er wird bald mit seiner Kunstbeflissenheit fertig sein. Wenn Sie nicht ins Stadtzentrum kommen wollen, könnte ich Sie irgendwo treffen.«

»Ich werde dorthin kommen. Ich muss ohnehin meinen Wagen am Rundhaus abholen. Sagen wir, in einer halben Stunde?«

»In einer halben Stunde«, stimmte D'Amata zu und legte auf.

Matt schaute Olivia an.

»Wir müssen uns mit D'Amata treffen, Mutter«, sagte er.

Sie nickte.

»Kann ich Sie um einen Gefallen bitten?«, fragte Matt den Barmann.

»Nennen Sie ihn.«

»Ich werde Ihnen eine Visitenkarte geben – eine ganze Menge. Darauf steht meine Telefonnummer. Wenn eine der Personen auf der Liste, die Mutter Ihnen gegeben hat, herkommt, würden Sie ihnen eines der Kärtchen geben und sie bitten, mich anzurufen?«

»Na klar.«

»Geben Sie jedem eines, der eine Idee haben könnte«, sagte Matt. »Okay?«

»Wird gemacht.«

Matt nahm eine kleine Schachtel voller Visitenkärtchen aus seiner Tasche.

»Dies sind alte«, sagte Matt. »Es steht noch Special Operations drauf. Aber die Nummer, die ich darauf schreibe, ist die von der Mordkommission. Okay?«

»Okay.«

»Sagen Sie den Leuten, sie sollen nach Detective Lassiter fragen, und wenn keiner von uns dort ist, mit irgendeinem Detective der Mordkommission sprechen und eine Telefonnummer und Adresse hinterlassen.«

»Kapiert.«

Matt und Olivia brauchten fast fünf Minuten, um ihren Namen und die Telefonnummer der Mordkommission auf all die Kärtchen zu schreiben.

Dann fragte Matt nach der Rechnung.

»Das geht auf mich«, sagte Charley, der Barmann.

»Nein«, sagte Matt entschieden und händigte ihm seine American-Express-Karte aus. »Den einen Drink – zwischen Freunden – nehmen wir dankend an. Das andere bezahlen wir.«

Charley zuckte mit den Schultern, nahm jedoch die Kreditkarte. Matt unterzeichnete die Quittung, blickte darauf und sagte: »Mutter, deine Hälfte kommt mit Trinkgeld auf fünfzehn Dollar fünfzig.«

Sie kramte in ihrer Handtasche, fand einen Fünfer und einen Zehner und reichte ihm die Banknoten.

»Ich schulde Ihnen noch fünfzig Cent.«

»Ich werde daran denken«, sagte Matt.

Er gab Charley die Hand. »Vielen Dank«, sagte er. »Sie waren hilfreicher, als Sie wohl denken. Ich werde vermutlich morgen wieder vorbeikommen, oder Mutter wird Sie besuchen. Okay?«

»Sie sind jederzeit willkommen«, sagte Charley.

»Und jetzt, Mutter, werden wir beim Rundhaus vorbeifahren. Ich muss eine Empfangsbestätigung für den Verkaufsbeleg haben, den ich in New York erhalten habe, und ich möchte meinen Wagen abholen«, sagte Matt, als sie im Porsche saßen. »Nach unserem Treffen mit Joe D'Amata können Sie den Wagen mit nach Hause nehmen.«

»Ich bin nicht sicher, dass das eine gute Idee ist«, sagte Olivia.

»Warum nicht?«

»Weil ich nicht sicher bin, ob ich fahren sollte. Ich bin es nicht gewohnt, drei Scotch in einer Dreiviertelstunde zu trinken, und dieser dritte war in Wirklichkeit ein doppelter.«

Er sah sie an und lächelte.

»Mutter, bist du besoffen?«, fragte er amüsiert.

»Beschwipst, nicht besoffen«, sagte Olivia. »Und ich bin nicht Ihre Mutter.«

Er hob die Augenbrauen.

»Ich meinte es nicht so, wie es klang«, sagte sie, und er sah, dass sie errötete.

»In vino veritas«, bemerkte Matt leise.

»Was, zum Teufel, heißt das?«

»Das spielt keine Rolle«, sagte Matt und neigte den Kopf das kleine Stück vor, das notwendig war, um sie zu küssen.

Sie zog sich nicht zurück.

»Ich wollte wirklich nicht, dass dies geschieht«, sagte sie leise einen Moment später.

»Tut es dir Leid?«

»Fahr nur den verdammten Wagen, bitte!«

Er startete den Porsche und fuhr los.

11

1

Als Matt sich der Liberties Bar über die North Second Street näherte, sah er Martha Washingtons Mercedes davor parken, neben Peter Wohls Jaguar und einem halben Dutzend neutraler Wagen.

Nun, so viel zu Joe D'Amatas noblem Versuch, mich über den neuesten Stand der Dinge zu informieren, bevor Washington fragt, was ich an meinem ersten Tag als Sergeant der Mordkommission getan habe.

Er lenkte den Porsche an den Straßenrand neben einen der neutralen Wagen, schaltete den Motor aus und wandte sich an Olivia.

»Alles in Ordnung mit dir, Mutter?«

»Natürlich ist alles in Ordnung mit mir!«, fuhr sie ihn an.

»Hey, du warst diejenige, die zugegeben hat, zu – ›beschwipst‹ zu sein, um zu fahren.«

»Du bist ein arroganter Mistkerl, weißt du das?«

Er schaute sie einen Moment an.

»Ich lasse es dieses eine Mal durchgehen«, sagte er. »Aber damit hört es auf. Ich werde nicht in alle Ewigkeit für meine Sünde büßen. Außerdem hättest du den Kopf wegdrehen können.«

»Du Bastard!«

»Was ich jetzt tun werde – und ich bin mir völlig bewusst,

dass keine gute Tat jemals unbestraft bleibt –, ist der Versuch, ein netter Junge zu sein.«

»Und wie?«, fragte sie sarkastisch.

»Wenn du da reingehst und sie sehen, dass du besoffen und zickig bist, wirst du am Morgen wieder bei der Kripo Nordwest sein.«

»Wer ist ›sie‹?«

Warum kann ich nicht einmal den Mund halten?

Warum musste ich ihn einen arroganten Mistkerl nennen? Und Bastard?

Weil ich zickig und besoffen bin, darum.

Scheiße!

»Der Mercedes gehört Lieutenant Washington – oder seiner Frau, was nichts ändert – und der Jaguar Inspector Wohl. Da steht ein nagelneuer neutraler Polizeiwagen, den vermutlich Captain Quaire fährt – verstehst du, was ich sagen will?«

»Kapiert«, sagte Olivia. »Danke.«

»Sitz still dort, hör aufmerksam zu, sag nur etwas, wenn man dich anspricht, lächle und lass die Finger von Alkoholischem. Verstanden?«

»Verstanden.«

Matt stieg aus dem Porsche und wartete ungeduldig, während Olivia mit dem Öffnen des Sicherheitsgurts nicht zurechtkam. Als sie sich schließlich losgeschnallt hatte und ausgestiegen war, hielt er ihr nicht die Tür der Bar auf, doch als er hindurch war, hielt er sie lange genug auf, damit sie nicht vor ihrer Nase zufiel.

Matt ging zum Tisch, an dem Jason Washington, Peter Wohl, Joe D'Amata, Harry Slayberg und – überraschend für ihn – Deputy Commissioner Dennis V. Coughlin und Captain Francis X. Hollaran saßen. Der neue neutrale Polizeiwagen war also der des Commissioners. Matt blieb am Tisch stehen und wartete auf die Erlaubnis, am Tisch Platz zu nehmen.

Coughlin lächelte Detective Lassiter an.

»Matt hat Sie beschäftigt gehalten, Detective?«

»Ja, Sir.«

»Gute Arbeit mit den Williamsons, Detective«, sagte Coughlin. »Ich nehme an, dass dieses Feuer jetzt – dank Ihnen und der

Story, die Mickey O'Hara in der Zeitung veröffentlicht hat – unter Kontrolle ist.«

»Danke, Sir.«

»Setzen Sie sich und bedienen Sie sich«, befahl Coughlin und nickte zu den Flaschen auf dem Tisch. »Sie auch, Matt.«

»Könnte ich eine Diät-Cola haben?«, rief Olivia dem Kellner zu.

»Sie trinken nichts Alkoholisches?«, fragte Coughlin, doch es war eine Feststellung. »Verzeihung.«

»Manchmal schon, Sir, aber nicht jetzt.«

»Joe sagte mir, Sie haben den Verkaufsbeleg für die Kamera in New York bekommen?« Coughlin sah Matt fragend an.

»Jawohl, Sir. Demnach hat Henry Ford aus Detroit, Michigan, sie persönlich gekauft.«

»Sie könnten dort anrufen und die Kollegen dort fragen, ob sie etwas Ähnliches haben. Vielleicht gibt es eine Detroit-Connection.«

»Das habe ich bereits getan, Sir«, sagte Matt und fügte an Washington gewandt hinzu: »Ich habe dem dortigen Sergeant der Mordkommission Ihre Telefonnummer gegeben. Ich hatte keine andere direkte Nummer der Mordkommission.«

Washington nickte.

»Wie sind Sie in Halligan's Pub zurechtgekommen?«, erkundigte er sich.

»Der Barkeeper sagte, sie hat nach dem Richtigen gesucht, dem Märchenprinzen, der auf einem weißen Ross hereinkommt«, antwortete Matt. »Soweit er wusste, hat sie nicht herumgeschäkert. Wir haben Visitenkarten hinterlassen, die er jedem geben soll, der vielleicht etwas wissen könnte, besonders die Namen der männlichen Personen, die Mutter von Mrs Williams erhalten hat.«

»Mutter?«, fragte Coughlin.

»So nenne ich Detective Lassiter, um mir in Erinnerung zu halten, dass diese schöne Frau Detective Lassiter ist und dass Sergeants die Schönheit weiblicher Kollegen nicht zur Kenntnis nehmen sollen.«

Es gab Lächeln und Gelächter. »Gutes Denken, Sergeant«, sagte Coughlin mit breitem Lächeln.

Verdammter Kerl!

Ob er mich wirklich für schön hält?

»Im Augenblick, Lassiter«, sagte Wohl, »warten wir auf eine andere schöne Frau ...«

»Sie werden bemerken, dass er das Wort ›schön‹ benutzt«, unterbrach Coughlin, »was darauf schließen lässt, dass sich der Krieg der Geschlechter im Zustand des Waffenstillstands befindet.«

Wohl blickte ihn ärgerlich an. Die anderen lachten.

»... Dr. Payne«, fuhr Wohl fort, »die freundlicherweise zugestimmt hat, ein Täterprofil über den Mörder der Williamson zu erstellen.«

»Wo ist sie?«, wollte Matt wissen.

»Wo schon, Matt? Im Hospital. Wir waren auf dem Weg hierher, als ihr Telefon klingelte.«

Was ist hier los?, dachte Olivia. *Hat Inspector Wohl eine Beziehung mit Matts Schwester? Sie hatten einen Streit, und jeder weiß davon? Dass sie vielleicht dauernd streiten?*

»Was hat Amy bis jetzt gesagt?«, fragte Matt.

»Warum warten wir nicht und erfahren es dann von ihr?«, sagte Wohl.

»Und unterdessen«, sagte Washington, »könnten wir vielleicht endlich eine Spur im Roy-Rogers-Fall haben, wobei ›Spur‹ im weitesten Sinne gemeint ist.«

»Jason hat wieder unter das Steinchen unter dem Stein geblickt«, sagte Coughlin anerkennend.

»Der Zeuge hat es unterlassen, uns zu sagen«, fuhr Washington fort, »dass der Mörder, den wir aus Mangel an genauer Information gegenwärtig als ›der dicke Täter‹ bezeichnen, einen Mützenschirm – eine Baseballkappe ohne Kopfteil, sozusagen – trug, als er sich in die Nische bei der Küchentür setzte. Er trug diesen Schirm nicht mehr, als er den Tatort verließ.«

»Woher wissen wir das?«, fragte Olivia.

Washingtons Blick verriet, dass es ihm missfiel, unterbrochen zu werden.

Und Matt hat mir gesagt, ich soll den Mund halten.

»Während O'Haras Digitalfoto zwar nicht die Gesichter der Täter zeigt, Mutter, sind die ziemlich scharfen Umrisse ihrer

Köpfe zu sehen. Kein Mützenschirm – der Zeuge sagt, er trug den Schirm nach hinten – war vorn oder hinten zu sehen.«

Er hat mich ›Mutter‹ genannt. Verdammt, das wird jetzt jeder tun.

»Ich wollte Sie nicht unterbrechen, Sir«, sagte Olivia.

»Entschuldigung angenommen«, fuhr Washington fort. »Wir haben einen solchen Mützenschirm unter den nicht zuzuordnenden Objekten, die am Tatort gefunden wurden. Im Labor wurde bei der ersten Untersuchung ein ziemlich verwischter Fingerabdruck gefunden, möglicherweise vom Zeigefinger. Captain Quaire war persönlich im Labor und hat um genauere Prüfung gebeten. Ich selbst habe das Labor zum selben Zweck besucht. Auf meinem Heimweg werde ich heute Abend wieder dort vorbeischauen.«

»Meinen Sie, ich könnte Ihnen irgendwie von Nutzen sein, Jason?«, fragte Coughlin. »Dem Labor Dampf machen?«

»Mit Verlaub, Commissioner, ich glaube, das würde kontraproduktiv sein.«

»Tatsächlich?«

»Andererseits«, erwiderte Washington, »wenn Captain Hollaran einen freien Moment in seinem vollen Terminplan finden und im Labor vorbeischauen könnte, würde das auf großes Interesse an ihren Aktivitäten von jemandem in einer hohen Position hinweisen, ohne zu dem Entsetzen zu führen, das ein Besuch von Ihnen persönlich hervorrufen würde.«

»Entsetzen?« Coughlin lachte glucksend. »Das ist Ihre Meinung, Jason?«

»Wann, Jason?«, fragte Hollaran.

»Um das Wenige zu retten, was von meiner einst glücklichen Ehe übrig geblieben ist, werde ich heimfahren – via Labor –, sobald wir von Doktor Payne hören«, sagte Washington. »Wie wäre es gleich, nachdem Sie den Commissioner heimgebracht haben?«

»Abgemacht«, sagte Hollaran.

»Einen nützlichen Fingerabdruck zu finden ist das, was Wettbrüder als Glückstreffer bezeichnen würden«, fuhr Washington fort. »Aber im Moment ist das alles, was wir haben.«

»Gerade bevor ich herkam, Matt«, sagte D'Amata, »habe ich die Ergebnisse der Befragungen von Tür zu Tür überprüft.

Nichts. Niemand hat etwas gesehen oder gehört. So werden Harry und ich es am Morgen noch einmal versuchen.«

Es war das Knirschen von Metall zu hören, als ob eine Stossstange über etwas geschrammt wäre.

Wohl schaute zu Matt. Sie lächelten.

»Sie muss den Feuerhydranten verfehlt haben«, sagte Matt.

»Einer ihrer guten Tage«, meinte Wohl.

Einen Augenblick später kam Amy durch die Tür. Sie hielt einen linierten Notizblock in der Hand, und aus der Seitentasche ihrer Kostümjacke ragte ein Stethoskop.

»Alle sind hier«, sagte sie.

Sie neigte sich zu Coughlin, um ihn auf die Wange zu küssen, setzte sich auf einen Stuhl neben Wohl und lächelte in die Runde am Tisch.

»Was hast du soeben getroffen?«, erkundigte sich Wohl.

Sie sah ihn überrascht an.

»Nichts. Warum fragst du?«

Alle grinsten.

Sie muss wirklich eine lausige Fahrerin sein, dachte Olivia.

Und sie sieht wirklich nicht alt genug aus, um Doktorin zu sein.

Und sie sieht Matt überhaupt nicht ähnlich.

»Ich weiß deine Hilfe zu schätzen, Schatz«, sagte Coughlin. »Es ist wichtig für uns.«

›Schatz‹? Was hat das alles zu bedeuten?

»Was hast du für uns, Süße?«, fragte Wohl.

»Ich bin nicht deine Süße, Peter«, erwiderte sie. »Ich tue dies als besorgte Bürgerin.«

Gut für dich!

»Okay, besorgte Bürgerin«, sagte Wohl lächelnd, »was hast du für uns?«

»Können wir dir einen Drink anbieten, Schatz?«, fragte Coughlin.

»Gott weiß, dass ich einen verdient habe«, sagte sie. »Ja, danke, Onkel Denny.«

›Onkel Denny‹? Was hat das zu bedeuten? Sind sie verwandt?

»Was?«, fragte Coughlin.

Amy blickte zu Olivia.

»Was trinken Sie da?«

»Diätcola.«

»Die mag ich nicht«, sagte Amy. »Ich nehme einen Bushmills Martini.«

Was, zur Hölle, ist ein Bushmills Martini?

»Jerry«, rief Coughlin zum Barkeeper, »einen von der irischen Spezialität für Frau Doktor, bitte.«

»Kommt sofort.«

Er weiß, was sie meint. Was bedeutet, dass sie öfter hier ist.

Als Wohls – was? Freundin? Mehr als das? Aber mit ihm zusammen. Nicht allein. Nicht wie dieses arme Williamson-Mädchen, das allein in Halligan's Pub ging und darauf wartete, dass der Richtige auf einem weißen Ross erscheint und ihr schöne Augen macht.

Armes Williamson-Mädchen? Wem mache ich etwas vor?

Als Charley, der Barkeeper, uns erzählte, dass Cheryl nicht auf eine schnelle Nummer aus war und er sie nie mit einem der Jungs, die scharf auf sie waren, weggehen sah, dachte ich: Ich verstehe. Diese Beschreibung passt auf mich.

So verbringe ich meine freien Abende. Ich gehe zu Manny's, wo keiner weiß, dass ich Polizistin bin. Das ist wichtig, denn wenn der Richtige jemals auf seinem weißen Ross im Manny's erscheint und mir schöne Augen macht, weiß ich, dass er sofort wieder weggaloppieren wird, wenn der Barkeeper ihm zuflüstert: ›Sie ist ein Cop!‹

Aber was ist, wenn der Richtige soeben in einem silbernen Porsche in mein Leben ›geritten‹ ist? Jedenfalls …

»Sie nehmen irischen Whisky …«, sagte Commissioner Coughlin.

Mein Gott, er spricht mit mir!

»… und geben ihn in einen Cocktail-Shaker mit Eis, schütteln ihn gut und gießen ihn dann in ein Martiniglas. Auf diese Weise verwässern Sie den Whisky nicht, wenn das Eis schmilzt.«

»Sehr interessant«, sagte Olivia. »Davon habe ich noch nie gehört.«

»Solche Drinks sind wirklich gut«, sagte Amy Payne.

»Möchten Sie einen probieren?«, fragte Coughlin. »Sie haben sich heute mit den Williamsons wirklich einen verdient.«

»Warum nicht?«, sagte Olivia.

»Jerry!«, rief Coughlin. »Zwei irische Spezial von Frau Doktor!«

»Zwei Spezial von Frau Doktor kommen sofort!«, rief Jerry zurück.

Olivia sah zu Matt.

Er verdrehte die Augen und schüttelte den Kopf.

Ja, ich weiß. ›Lass die Finger von Alkoholischem.‹

Du kannst mich mal!

Du bist nicht mein Vater. Du kannst mir nichts verbieten.

Wie kannst du es wagen, empört, ärgerlich oder sonst was auf mich zu sein?

»Hatten Sie Gelegenheit, mit Dr. Mitchell zu sprechen, Amy?«, fragte Washington.

»Die Todesursache war Genickbruch«, sagte Amy nüchtern. »Es gibt Quetschungen auf der rechten Seite des Gesichts, was darauf schließen lässt, dass sie mit solcher Wucht gegen den Nachttisch geworfen oder gestoßen wurde, dass sie sich das Genick brach.«

Sie ruckte heftig den Kopf nach einer Seite, um es zu demonstrieren.

»Ein großer Täter, Doc?«, fragte Slayberg.

Amy nickte.

»Sind wir sicher, dass es eine Person männlichen Geschlechts war?«, fragte Olivia.

Detective Lassiter sah, dass Sergeant Payne wieder die Augen verdrehte.

Warum denn jetzt? Warum war das eine blöde Frage?

O Gott, das Sperma auf ihren Brüsten!

Es war wirklich eine blöde Frage.

Halte den Mund!

»Es war Sperma auf der Leiche«, sagte Amy.

Sergeant Payne schüttelte jetzt den Kopf.

»Auf der Leiche«, fuhr Amy fort. »Auf ihren Brüsten und im Gesicht. Keins in der Vagina, im After oder im Mund …«

Der Barkeeper stellte ein Martiniglas vor beide Frauen auf den Tisch.

Amy nippte an ihrem Glas.

Olivia nahm ihr Glas und hob es an.

Sie blickte verstohlen zu Sergeant Payne. Er hob beide Hände an. Die Geste war klar: Ich wasche meine Hände in Unschuld.

Verdammter Kerl.

Ich werde das trinken, und ich werde den Mund halten.

Der Drink schmeckte sonderbar, schwer, jedoch nicht unangenehm.

Etwas wie ein Martini.

»Was halten Sie davon, Lassiter?«, fragte Coughlin.

»Interessant«, sagte Olivia.

»Trinken Sie nie mehr als zwei auf einmal«, riet Wohl.

»Das werde ich nicht.«

»Ich nehme an, es gibt eine ausreichende Menge dieser Körperflüssigkeit für eine DNA-Analyse?«, sagte Washington.

»Genügend«, antworteten Sergeant Payne und Detective D'Amata gleichzeitig.

»Ich habe Dr. Mitchell gebeten, zu überprüfen, ob es irgendwelchen Speichel gibt«, sagte Amy.

»Sie meinen, er hat sie geleckt, Doc?«, fragte Slayberg.

War das eine ehrliche Frage oder Humor der Mordkommission?

»Er könnte auf sie gespuckt haben«, sagte Amy. »Wenn ja, würde das meine erste Vermutung über diesen Mann bestätigen.«

»Und zwar welche?«, fragte Washington leise.

»Dass er seine Befriedigung aus der Demütigung seiner Opfer erlangt.«

»Opfer Mehrzahl?«, fragte Wohl. »Du meinst, er hat dies schon zuvor getan?«

»Ich nehme an, ja. Mit Ausnahme des Todes des Opfers, was Zufall gewesen sein kann – vermutlich gewesen ist –, glaube ich, dass die Dinge verliefen, wie er es wollte, wie er es geplant hatte.«

»Warum sagst du das?«, fragte Wohl.

»Diese Plastikstricke, die er benutzte, um sie ans Bett zu fesseln. Das und das Messer. Solche Dinge tragen die Leute für gewöhnlich nicht bei sich. Er brachte sie in das Apartment mit der Absicht, sie zu benutzen.«

Wohl stieß einen zustimmenden Laut aus.

»Ich will es so formulieren«, sagte Amy. »Psychologisch betrachtet ist dieser Verbrecher das Gegenteil von Isaac ›Fort‹ Festung.«

Wer, zum Teufel, ist das?

»Fort Festung?« Coughlin war sichtlich überrascht. »Welchen Zusammenhang gibt es denn damit?«

»Ertrage mich, Onkel Denny«, sagte Amy.

»Es ist deine Schau, Schatz«, sagte Coughlin. »Du kannst sie handhaben, wie du willst.«

»Als ich auf Martha Pekachs Party war, erzählte sie mir, dass David aufgeregt war, weil er eine weitere Postkarte von Festung erhalten hatte. Ich nehme an, seither beschäftigt er meine Gedanken. Er ist ein weiterer interessanter Charakter, psychologisch betrachtet.«

»Harry«, sagte D'Amata lachend, »›interessanter Charakter, psychologisch betrachtet‹, ist Doktorengerede für ›schleimiger Bastard‹.«

Wohl lachte. Amy lächelte D'Amata an.

Warum weiß ich, dass Amy Inspector Wohl den Kopf abgerissen hätte, wenn er dies gesagt hätte?

»Wie, Joe, und warum hat Festung dieses Mädchen getötet?«, fragte Amy.

»Er hat es erschlagen«, sagte D'Amata. »Mit seinen Fäusten.«

»Warum?«

»Weil er sie nicht mochte?«, fragte Wohl gespielt ernst.

»Zum Teufel mit dir, Peter«, sagte Amy.

»Sie hatte ihn verlassen«, sagte D'Amata. »Das konnte er nicht ertragen.«

»Sie war sein Besitz«, sagte Amy. »Und als sie sich schlecht benahm – ankündigte, dass sie einen anderen gefunden hatte –, war das für ihn unakzeptables Verhalten, und er bestrafte sie. Wie man einen Hund mit einer Zeitung schlägt, wenn er auf den Teppich macht.«

»Schatz«, sagte Coughlin, »ich kann dir nicht folgen.«

»Und dann stopfte er ihre Leiche in einen Koffer und ließ sie einfach zurück«, sagte Wohl. »Worauf willst du hinaus, Amy?«

»Ich glaube, die Formulierung, die ihr Polizisten benutzt, ist modus operandi«, sagte Amy. »Das ist hier unterschiedlich.«

»Erkläre mir das bitte. Ich bin zu dieser späten Stunde ein wenig begriffsstutzig«, sagte Wohl.

»Lassen Sie es mich versuchen, wenn ich darf, Amy«, sagte

Washington. »Sie sagen, dass Festung Miss Shattuck als etwas Wertloses betrachtete, mit dem er umgehen konnte – in diesem Fall wegwerfen –, wie es ihm jeweils beliebte. Sozusagen wie eine leere Zigarettenschachtel.«

»Richtig«, sagte Amy.

»Und das Williamson-Mädchen?«, fragte Matt.

Amy ignorierte ihn.

»Woraus ich schließe, dass Festung ein enormes Ego hat«, sagte sie.

»Das würde die Postkarten erklären«, sagte Wohl. »Festung will uns mit seinen Postkarten sagen, dass er tun kann, was ihm beliebt, und wir es nicht verhindern können. ›Wir‹ ist die Polizei, welche die Gesellschaft repräsentiert.«

Sie ignorierte ihn ebenfalls.

»Wollen Sie sagen, Amy«, fragte Washington, »dass das Williamson-Mädchen für ihren Killer in irgendeiner Weise wichtig war?«

»Ich glaube, dass Festung dies pathologische enorme Ego hatte und der Mörder des Williamson-Mädchens ein pathologisch unzulängliches Ego hat. Das er stützen muss. Ich bezweifle, dass er die Absicht hatte, sie zu töten oder, möglicherweise, sogar zu vergewaltigen. Er wollte sie demütigen, dazu wurde er getrieben. Er musste sich selbst beweisen, dass sie in seiner Gewalt war.«

Keiner sagte etwas.

»Vergewaltigung, allgemein gesagt«, fuhr Amy fort, »dient selten dazu, sexuelle Befriedigung zu erlangen. Die Befriedigung kommt dadurch, dass der Vergewaltiger das Opfer in seiner Gewalt hat, ihm Angst und Schrecken einjagt und es zwingt, etwas zu tun, was es wirklich nicht tun will, etwas, bei dem das Opfer sich erniedrigt.«

»Das Sperma im Gesicht des Opfers und auf den Brüsten …«, sagte Wohl.

»Genau, Peter«, sagte Amy. »Brüste, die er enthüllte, indem er ihre Kleidung mit diesem enormen Messer aufschnitt …«

»… lässt darauf schließen, dass er masturbierte und in ihr Gesicht ejakulierte …«

»… um sie damit zu demütigen«, vollendete Amy für ihn.

»Ich kann mir nichts Demütigenderes für eine junge Frau vorstellen …«

»Die kein Flittchen war«, warf Olivia ein.

»… er hielt sie für ein – Zitat Anfang – nettes Mädchen – Zitat Ende«, sagte Amy.

Olivia sah sich vor ihrem geistigen Auge nackt an ein Bett gefesselt, während irgendein Kranker dies tat – in ihr Gesicht. Sie erschauerte.

Sie nahm ihren Doctor's Irish Special und trank einen großen Schluck, ohne zu wissen, was sie tat, bis der Whisky ihren Körper zu erwärmen begann.

Sie spürte Matts Blick auf sich und schaute zu ihm. Diesmal glaubte sie, Verständnis – vielleicht sogar ein bisschen Mitgefühl – in seinen Augen zu sehen.

»Sie sagen, dieser Verbrecher ist echt krank«, sagte D'Amata. »Ich meine, wir wissen, dass er krank ist, aber …«

»Dieser Mann ist ein Triebtäter, Joe«, sagte Amy. »Und nach der – wie soll ich es sagen? – geübten Art und Weise, wie er die Tat beging – die Plastikfesseln, das Messer, die Kamera, um das Opfer in seiner Demütigung zu fotografieren –, würde es mich sehr überraschen, wenn dies sein erstes Opfer war.«

»Und Sie haben das sichere Gefühl, dass es andere Opfer geben wird?«, fragte Washington.

»Das eröffnet eine andere unangenehme Gedankenkette«, sagte Amy. »Seine Reaktion auf ihren Tod. Ich bezweifle, dass er vorhatte, sie zu töten. Aber er tat es. Jetzt stellt sich die Frage, ob ihn das Wissen, dass er ein Menschenleben ausgelöscht hat, erschreckt, möglicherweise bis zu dem Punkt, an dem er wenigstens versucht, dass so etwas nicht noch einmal passiert, oder ob ihm das Töten des Williamson-Mädchens eine sogar noch größere Befriedigung gebracht hat, als ihm die vorherigen Fälle von Demütigung jemals verschafft haben. Und folglich wünscht, es wieder zu tun.«

»Allmächtiger!«, stieß Slayberg hervor.

»Nach wem suchen wir also, besorgte Bürgerin?«, fragte Wohl. »Wie finden wir diesen Kerl?«

»Ich bezweifle, dass er sie kannte«, sagte Amy. »Ich meine, ich glaube nicht, dass ihr auf ihn stoßen werdet, wenn ihr einen abgewiesenen Verehrer findet. Er mag über sie Bescheid gewusst haben. Wie Detective Lassiter gesagt hat ...« Sie sah zu Olivia und lächelte. »Verzeihung, ich habe Ihren Vornamen vergessen.«

»Olivia.«

»Wie Olivia gesagt hat, war das Williamson-Mädchen kein ›Flittchen‹. Vielleicht hat dieser Mann sie deshalb als sein nächstes Opfer ausgesucht. Er ist vielleicht Gast in irgendeiner Bar gewesen, die sie besucht hat ...«

»Halligan's Pub«, warf Matt ein.

»... oder es ist vielleicht jemand von der Firma, bei der sie arbeitet. Oder ein Besucher der Kirche, in die sie geht. Ich hätte beinahe von einem Kunden der Autowaschanlage oder vom Gemüseladen gesprochen, aber das bezweifle ich. Ich glaube, dieser Mann ist intelligent, wodurch ich dazu neige, Leute auszuschließen, die am Existenzminimum leben. Was das anbetrifft, so könnte er aus Kuhdung, South Dakota, stammen, und nur auf der Durchreise gewesen sein. Ich habe also keine Ahnung, wo man ihn suchen muss.«

»Hat jemand daran gedacht, die Abteilung Special Victims zu fragen, ob sie solche Fälle hat?«, wollte Coughlin wissen.

»Ich habe gefragt«, sagte Olivia. »Als Sergeant Payne und ich die Fotos ausdruckten. Nein, Sir. Sie haben keine ähnlichen Fälle.«

»Gehen wir im Augenblick davon aus«, sagte Washington, »dass die Vermutung von Frau Doktor stimmt und dieser Kerl nicht zum ersten Mal so etwas getan hat – und ich glaube, sie hat Recht – und die Abteilung Sex Crimes ...«

»Special Victims, Jason«, unterbrach Wohl.

»Klar. Special Victims«, sagte Washington, und seine Stimme troff vor Sarkasmus. »Vielen Dank für die Berichtigung, Inspector. Die richtige Bezeichnung ist jetzt unauslöschlich in meine Erinnerung eingeprägt. Darf ich fortfahren?«

»Sofern Sie die richtige Terminologie benutzen«, sagte Wohl lächelnd und unerschrocken. »Korrekte Terminologie, so haben Sie mir oftmals in der Vergangenheit klar gemacht, ist fast so wichtig wie das Umdrehen des Steins unter dem Stein.«

Coughlin lachte glucksend. Hollaran, D'Amata, Slayberg und Matt lächelten.

»Ein Schlangenbiss verursacht keinen größeren Schmerz als ein undankbares Kind«, sagte Washington ernst. »Oder ein unfertiger Detective der Mordkommission, der sie verließ, als er seine Unzulänglichkeiten erkannte, und sich dem weit weniger herausfordernden Gebiet der Führung verschrieb, um dann seinen Mentor zu verspotten.«

»Commissioner«, sagte Wohl. »Ich glaube, er spricht von Ihnen.«

»Ich dachte, er spricht über Frank«, meinte Coughlin.

Jetzt konnte das Gelächter nicht mehr unterdrückt werden.

»Ist denn keiner an diesem Tisch außer Olivia und mir, der über das geistige Alter von vierzehn hinaus ist?«, fragte Amy ärgerlich.

»Vermutlich nicht, Doktor«, sagte Washington. »Aber ich werde trotzdem fortfahren.«

Er wartete, bis alle ihn ansahen.

»Trotz ernsthafter Zweifel, dass jemand von euch geistig fähig ist, diesem Gedankengang zu folgen, möchte ich das folgende mögliche Szenario vortragen: In der Annahme, dass dieser Täter (a) alles ist, was Dr. Payne in ihm sieht, und er (b) so etwas bereits mehrmals zuvor getan hat – möglicherweise, vermutlich, mit tödlichem Ausgang –, und da wir hier keinen Fall von einem ähnlichen modus operandi haben – war man bei Special Victims ganz sicher, dass man nichts Ähnliches hat, Olivia?«

»Jawohl, Sir.«

Er hat mich mit dem Vornamen angesprochen.

»... kann die Schlussfolgerung gezogen werden, dass die vorherigen Verbrechen in einer anderen großen Stadt begangen worden sind.«

»Warum große Stadt, Jason?«, fragte Coughlin.

»Ich habe zu Amys Hypothese hinzugefügt, dass er (a) intelligent ist und (b) dem Opfer vermutlich nicht bekannt war, dass er sich sozusagen an Miss Williamson heranschlich, weil sie den Typ der netten jungen Frau verkörpert, den er demütigen will. Die Zahl seiner potenziellen Opfer bewegt sich offenbar in der Größenordnung der Bevölkerung einer Stadt ...«

»Und in einer großen Stadt ist er unbekannter – und kann sich leichter verstecken als in seinem Heimatort«, warf Wohl ein.

»Vielleicht haben Sie von Ihrem Mentor doch etwas gelernt, Peter«, sagte Washington. »Bedanken Sie sich.«

»Danke«, sagte Peter. »Ja, ich möchte auch noch einen.«

Er signalisierte dem Barkeeper, eine Runde Getränke zu bringen.

»Da sage ich nicht nein«, meinte Washington. »Sie sind nicht sehr gescheit, aber Sie wussten genau, was ich gemeint habe.«

»Ich möchte, dass jemand hier nüchtern genug bleibt«, sagte Coughlin, »der heute Nacht die NCIC-Datenbank durchforscht und vielleicht E-Mails oder Telegramme an jede große ...«

»Ich habe das mit dem FBI bereits überprüft, Denny«, unterbrach Washington. »Sie haben nichts. Und ich habe wenig Vertrauen in die Wirksamkeit von Telegrammbotschaften an die Polizei in anderen Städten. Die schenken ihnen vermutlich so wenig Beachtung wie wir ihren.«

Er sah Coughlin einen Moment an, und als Coughlin nichts sagte, wandte er sich an Matt.

»Sergeant Payne, ich schlage vor, dass Sie als Erstes am Morgen Detective Lassiter beauftragen, wann immer sie nicht mit der Familie Williamson beschäftigt ist, zwei Telefonate mit der Polizeibehörde in jeder Großstadt im Land zu führen. Eines mit ihrer Mordkommission und das zweite mit demjenigen, den sie zum Leiter ihrer Abteilung Sex und Crime ernannt haben.«

»Jawohl, Sir.«

»Während Sie das erledigen, Olivia«, sagte Amy, »lassen Sie sich ihre Fax-Nummern geben und kündigen an, ihnen die DNA-Daten dieses Kerls zu faxen. Wenn sie irgendwelche nicht identifizierten Vergewaltiger haben, bei denen der einzige positive Identifizierungsfaktor die DNA ist, können sie ihre Daten mit unseren vergleichen, um zu sehen, ob sie übereinstimmen.«

»Ich wusste nicht, dass das wirklich funktioniert«, sagte Olivia. »Können wir das wirklich tun?«

»Klar«, sagte Amy. »DNA-Daten sind eine Reihe von wirklich einzigartigen Merkmalen nach den wissenschaftlichen Standards rund um die Welt. Keine zwei sind gleich. Sie sind sehr schwierig – fast unmöglich – vor Gericht in Zweifel zu ziehen.«

»Und als meinen Beitrag zu dem allgemeinen Wissensschatz«, sagte Washington, »lassen Sie mich folgende Begebenheit hinzufügen: Vor zwei Monaten zog ein Anwalt der Verteidigung im Bundesgericht hier in Philadelphia erfolgreich die wissenschaftliche Gültigkeit von Fingerabdrücken – und folglich die Zulassung als Beweis – in Zweifel. Er argumentierte, dass die Standards für die Identifizierung anhand von Fingerabdrücken von Staat zu Staat und sogar von anderen Ländern variieren. Ich bin wirklich froh, dass Amy diesen Punkt zur Sprache gebracht hat.«

»Gut gedacht, Schatz«, sagte Coughlin.

»Das ist meine große Schwester«, sagte Matt mit gespieltem Stolz.

»Und was Sie anbetrifft, Sergeant Payne«, sagte Washington schnell, um Amy davon abzuhalten, etwas auf den Sarkasmus zu erwidern, »wann immer Sie sich von der Beaufsichtigung anderer Detectives, die an diesem Fall arbeiten, losreißen können, wäre es nützlich, wenn Sie Detective Lassiter bei dieser Aufgabe unterstützen würden. Vielleicht haben wir Glück.«

»Jawohl, Sir.«

In Wirklichkeit sagt er, dachte Matt, *dass die beiden Leute, die wahrscheinlich nichts Wesentliches zu dieser Ermittlung beitragen können, nämlich Mutter und ich, den ganzen morgigen Tag – oder wie lange es dauern wird – am Telefon verbringen werden.*

Nun, was soll's, Sergeant oder nicht, ich bin ein Anfänger in der Mordkommission, und Anfänger erledigen jeden Job, der jemanden entlastet, der sich bereits auskennt.

Olivia dachte: *So höflich es auch formuliert wurde, das war ein Tritt in den Hintern, nicht wahr, Sergeant Payne? Du und die vorübergehend Beschäftigte von der Kripo Nordwest haben Telefondienst, während die richtigen Kriminalbeamten an ihrem Fall arbeiten.*

Und du hast wirklich einen Tritt in den Hintern verdient, damit du auf die richtige Größe zurechtgestutzt wirst, du Ass von Sergeant. Warum habe ich dann Mitleid mit dir?

Der Barkeeper begann Getränke zu verteilen, angefangen mit den Doctor's Specials für Dr. Payne und Detective Lassiter. Es überraschte sie, dass das erste Martiniglas leer war. Sie blickte auf das neue.

Ich brauche das nicht. Ich will es nicht. Ich werde mich zur Närrin machen …

»Wie kommen Sie heim, Olivia?«, fragte Amy.

»Ich fahre mit Matt – Sergeant Payne.«

… zu einer Närrin wie gerade jetzt.

»Kannst du noch fahren, Matt?«, fragte Amy.

»Hey, streite dich mit Peter, so viel wie du willst, aber lass mich in Ruhe.«

»Ich habe an Olivia gedacht«, erwiderte Amy. »Und wie kommst du auf den Gedanken, dass ich mich mit Peter streite?«

»Deine ausgefahrenen Krallen sind zu sehen.«

Washington stand auf, sein Glas in der Hand.

»Ich gehe, bevor diese netten, liebevollen Geschwister ins gewalttätige Stadium eintreten«, sagte er. »Aber nicht, bevor ich genügend flüssigen Mut eingenommen habe, um den ausgefahrenen Krallen gegenüberzutreten, die ich daheim selbst vorzufinden befürchte.«

Er trank einen kräftigen Schluck aus seinem Glas.

»Sie werden beim Labor vorbeikommen, Frank?«

»Sobald ich den Boss abgesetzt habe«, sagte Hollaran.

»Ich wollte sagen, Frank könnte Lassiter heimfahren«, sagte Coughlin. »Aber sein Besuch im Labor ist wichtiger.« Er sah Matt an. »Du fährst sehr vorsichtig, Matt. Ich will nicht in *Philadelphia Phil* hören, dass du einen Schulbus gerammt hast.«

»Ich bin ganz fit, Onkel Denny«, sagte Matt.

»Okay, Frank«, sagte Coughlin. »Fahren wir.«

Er stand auf, trank sein Glas leer und ging zur Tür. Hollaran folgte ihm. Washington trank sein Glas leer und schloss sich ihnen an.

»Slayberg und ich werden morgen einige alte Bekannte besuchen und an einigen Türen klingeln. Wenn sich irgendetwas ergibt, werden wir Sie informieren.«

»Prima«, sagte Matt.

Das war wirklich nett von Washington, dachte Olivia. *Er hat gemerkt, dass Matt sich in den Hintern getreten fühlte, und hat versucht, ihn aufzumuntern.*

D'Amata und Slayberg verließen die Bar.

»Wollen Sie fahren, Mutter?«, fragte Matt.

Sie stand auf, nahm ihr Glas, begegnete seinem Blick und trank es leer.

Er schüttelte resigniert den Kopf und wies zur Tür.

»Sie hatten Glück da drinnen, Mutter«, sagte Matt, als sie im Porsche saßen.

»Ich bin nicht Ihre Mutter, gottverdammt!«

»Sie hatten Glück, Mutter«, fuhr Matt fort, »dass das Mundwerk nicht noch mehr mit Ihnen durchgegangen ist. Niemand mag eine betrunkene Frau. Letzte Warnung.«

»Sie Scheißkerl!«

»Mit der zusätzlichen Warnung, dies nie wieder zu mir zu sagen, ist die Unterhaltung beendet, Detective Lassiter«, sagte Matt. »Sagen Sie mir jetzt, wo Sie wohnen?«

»Bringen Sie mich zur City Hall. Ich werde ein Taxi nehmen.«

»Commissioner Coughlin hat mir befohlen, Sie nach Hause zu bringen. Beantworten Sie die Frage, Detective Lassiter.«

»Im Hunderterblock der Orchard Lane«, sagte sie eisig nach einigem Zögern. »Das ist östlich des North Philadelphia Airport. Nehmen Sie die I-95 und dann …«

»Ich weiß, wo der North Philadelphia Airport ist.«

Matt legte den Gang ein und fuhr an.

2

»Die nächste links auf die Knight's Road«, sagte Olivia, als sie die Woodhaven Road hinunterfuhren.

Es waren ihre ersten Worte, seit sie die Liberties Bar verlassen hatten.

Matt bog wortlos ab.

Zwei Minuten später wies Olivia über den Mittelstreifen. »Die Orchard dort drüben. Sie können an der Ampel wenden.«

Matt sah, dass die Ampel an der Kreuzung Knight's Road und Red Lion Road grün war, und ein Dodge Caravan, auf der anderen Seite des Mittelstreifens, war der einzige Verkehr. Er hatte soeben die Ampel passiert.

Er bremste ab, setzte den Blinker, schaltete herunter und bereitete sich darauf vor, hinter dem Caravan abzubiegen.

Ein Pontiac Grand Am kam wie aus dem Nichts die Red Lion herunter, fuhr bei Rot durch, raste an der Schnauze des Porsche vorbei und krachte dann in die Seite des Dodge Caravan.

Der Aufprall war hart. Metall kreischte, als der Dodge erfasst und seitwärts über die Straße geschleudert wurde, ein Stück rutschte und dann am Bordstein zum Stehen kam.

»Dieser Hurensohn ist bei Rot durchgefahren!«, sagte Matt.

Er bremste scharf, stoppte, schaltete die Warnblinkanlage ein und öffnete die Wagentür.

»Rufen Sie den Polizeifunk an«, befahl er und reichte Olivia sein Handy.

Die Tür auf der Fahrerseite des Grand Am wurde geöffnet und der Fahrer stieg aus. Er war ein junger, großer Weißer.

»Blöder Hundesohn!«, murmelte Matt.

»Hier ist Detective Lassiter, Dienstmarke 582. Wir sind an der Red Lion und Knight's Road. Wir haben hier einen Verkehrsunfall, Auto gegen Auto. Mögliche Verletzungen. Schicken Sie einen Rettungswagen und einen Streifenwagen.«

Es folgte ein Moment Zögern, und dann fügte Olivia hinzu: »Nein. Wir sind nicht beteiligt.«

Gott sei Dank, dachte Matt. Keiner von uns beiden könnte jetzt einen Alcotest bestehen.

Der junge, große Weiße blickte zuerst zum Caravan und dann zu dem Porsche, der mit eingeschalteter Warnblinkanlage auf der Knight's Road stand. Dann zuckte er mit den Schultern und lief in die Orchard Lane.

»Überprüfen Sie die Leute in dem Van«, befahl Matt, sprang aus dem Porsche und rannte hinter dem jungen, großen Weißen her.

Jetzt ist es Fahrerflucht, du blöder Hurensohn!

Und dieser Grand Am ist vermutlich gestohlen.

»Stopp!«, schrie er. »Ich bin Polizeibeamter!«

Der junge, große Weiße rannte weiter. Matt sah ihn von der Straße in einen Zufahrtsweg einbiegen.

Als Matt den Rasen beim nächsten Haus erreichte, lief er quer darüber und prallte in vollem Lauf gegen einen Draht, der einen Zierbaum stützte.

Er flog durch die Luft und landete auf dem Asphalt des Zufahrtswegs. Er spürte, wie sein Gesicht über den Asphalt schrammte, und beide Hände brannten, wo er sie bei dem Sturz und der anschließenden Rutschpartie über den Asphalt abgeschürft hatte.

Kopfschüttelnd rappelte er sich auf.

Der junge, große Weiße lief um die Seite einer Garage.

Matt rannte hinter ihm her.

Als er um die Ecke der Garage bog, sah er, dass der junge, große Weiße gerade einen niedrigen Zaun überkletterte.

»Stopp, Polizei!«, brüllte Matt.

Der junge, große Weiße warf einen Blick zu ihm und ließ sich dann auf der anderen Seite des Zauns zu Boden fallen.

»Ich bekomme dich, du Hundesohn!«, rief Matt und hetzte auf den Zaun zu.

Er wollte den niedrigen Zaun überspringen, indem er sich mit der Linken Hand auf die obere Querstange stützte und darüber hinwegsetzte.

Das führte zu zwei Problemen.

Erstens war die obere Querstange vielleicht drei Zentimeter unterhalb des Zauns selbst. Zweitens ragten die Spitzen des Stacheldrahts darüber hinweg. Eine drang in Matts Ballen der Hand, mit der er sich aufstützen und sich Schwung geben wollte.

Das verursachte, dass (a) Matts Sprung über den Zaun beträchtlich weniger graziös ausfiel als beabsichtigt, (b) die Verletzung von Matts Handballen und (c) dass Matts Hosenbein von unterhalb des Knies fast bis zum Aufschlag aufgerissen wurde, als es sich im oberen Draht des Zauns verfing.

Matt fluchte und rappelte sich auf.

Er sah, dass er sich zwischen zwei Zäunen befand, die den Weg hinter den Häusern begrenzten. Der junge, große Weiße rannte zwischen ihnen. Matt spurtete hinter ihm her.

Am Ende der beiden Zäune standen Mülltonnen. Der junge, große Weiße sprang gewandt über die ersten beiden Tonnen, doch dann rutschte sein Fuß zwischen zwei Tonnen aus, und er stürzte mitten zwischen die Mülltonnen.

Matt stieß keuchend die Mülltonnen zur Seite und fiel neben dem jungen, großen Weißen auf die Knie und drehte ihm den Arm auf den Rücken. Dann setzte er dem Mann das Knie aufs Kreuz.

Er hörte das Heulen einer Sirene, dann eine zweite.

Matt tastete nach den Handschellen hinten am Gürtel.

Verdammt, ich habe die Dinger im Wagen!

»Lassen Sie mich jetzt aufstehen?«, fragte der junge, große Weiße.

»Halt dein verdammtes Maul!«

Das Heulen der einen Sirene verstummte und dann das der zweiten. Nach einer scheinbaren Ewigkeit sah Matt den Lichtstrahl einer Taschenlampe, die suchend geschwenkt wurde.

»Hierher!«, versuchte er zu rufen, doch er war immer noch außer Atem, und es wurde mehr ein Schnaufen daraus.

Der Lichtstrahl der Taschenlampe näherte sich.

»Mein Gott, was ist mit Ihnen passiert?«, fragte Detective Lassiter.

»Haben Sie Handschellen?«

Detective Lassiter ging in die Hocke, klemmte ihre kleine Taschenlampe zwischen die Zähne, öffnete ihre Handtasche und nahm ein Paar Handschellen heraus.

Sie legte eine Schelle um das Handgelenk, das Matt festhielt. Der junge, große Weiße erkannte, was geschah, und wehrte sich. Bevor er wieder richtig gezähmt war, wurde Detective Lassiter die Taschenlampe aus dem Mund geschlagen. Sie fiel zu Boden und blieb so liegen, dass sie direkt in ihren Schritt leuchtete, der mit einem blassblauen Höschen bedeckt war.

Matt hörte, dass das Jaulen einer dritten Sirene erstarb.

»Danke«, sagte er.

»Ich habe gern geholfen«, erwiderte Detective Lassiter.

»Stellen Sie ihm den Fuß auf den Nacken«, befahl Sergeant Payne.

Detective Lassiter tat es, und Sergeant Payne richtete sich auf.

»Sie bluten«, stellte Detective Lassiter fest.

»Meine Güte, sind wir eine gute Beobachterin.« Matt zog ein

Taschentuch aus der Tasche und wischte sich den Schweiß aus dem Gesicht.

Dann begann er den jungen, großen Weißen auf die Füße zu ziehen.

»Denk daran, dass ich nichts lieber täte, als deine Visage durch den Müll zu schleifen! Steh auf und benimm dich!«

»Das war nicht ganz ›damit ist der Tag für mich gerettet‹«, sagte Olivia, »Aber nicht schlecht, Sergeant.«

Da will ich doch verdammt sein, sie macht sich über mich lustig!

Eine weitere Taschenlampe flammte auf, und einen Moment später eine andere. Eine wurde von einem Uniformierten gehalten, die andere von einem Sergeant der Highway Patrol. Der Letztere leuchtete Matts Gesicht an.

»Payne! Was, zur Hölle, ist mit Ihnen passiert?«

»Wie, zur Hölle, sieht es aus?«, fuhr Matt ihn gereizt an. Er wies auf den Uniformierten. »Setzen Sie diesen Gentleman in einen Wagen«, befahl er. »Er ist noch nicht über seine Rechte belehrt worden.«

»Was hat er verbrochen?«, fragte der Sergeant der Highway Patrol und trat näher an Matt heran, als nehme er an, er brauche Hilfe.

Dann, als er mit dem Rücken zu dem Uniformierten stand und die Sicht auf Matt verdeckte, drückte er ihm etwas in die Hand.

Matt sah, was es war. Drei sehr starke Pfefferminzbonbons.

Als der uniformierte Cop den Festgenommenen zum Wagen führte, raunte der Sergeant der Highway Patrol Matt zu: »Kauen Sie dies langsam und versuchen Sie, keinen anzuatmen. Ich habe Ihrer Freundin bereits einige gegeben.«

»Danke«, sagte Matt. »Ich stehe in Ihrer Schuld.«

»Was hat dieser Kerl getan?«

»Zuerst ist er bei Rot über eine Kreuzung gefahren, und dann hat er Unfallflucht begangen«, sagte Matt. »Geben Sie mir eine halbe Minute, und mir fällt noch mehr ein. Es würde mich nicht überraschen, wenn der Grand Am geklaut ist.«

»Sind Sie sicher, dass alles mit Ihnen in Ordnung ist? Sie sehen verdammt mitgenommen aus«, sagte der Sergeant der Highway Patrol.

Vier städtische Fahrzeuge standen auf der Knight's Road: ein Wagen der Highway Patrol, ein Streifenwagen, der Wagen von einem Sergeant des 8. Distrikts und ein Rettungswagen der Feuerwehr.

Zwei Sanitäter luden die Passagiere des Caravans in den Rettungswagen.

»Ich glaube, der kleine Junge hat einen gebrochenen Arm«, sagte der Sergeant des 8. Distrikts. »Sie sind Detective Lassiter?«

»Sie ist Lassiter. Mein Name ist Payne.«

»Sind Sie im Dienst?«

Nein, du Blödmann? Ich bin ein engagierter Bürger, der nichts lieber tut als große, junge Weiße durch Hinterhöfe zu jagen.

»Sergeant, Mordkommission«, sagte Matt.

»Wollen Sie mitfahren? Oder in Ihrem eigenen Wagen?«

»Wohin fahren?«

»Sie sehen mitgenommen aus, Sergeant«, meinte der Sergeant vom 8. Distrikt. »Sie sollten sich untersuchen lassen.«

»Mir geht's prima«, sagte Matt. »Ich habe ein paar Kratzer, das ist alles.«

»Nein, das ist nicht alles«, sagte Detective Lassiter. »Lassen Sie sich von den Sanitätern untersuchen.«

Es war die berufliche Einschätzung der Sanitäter, dass Matt zwar eine üble Schürfwunde an der Wange hatte, dass aber nicht viel getan werden konnte außer die Wunde zu säubern und antiseptisch zu behandeln.

»Ich wohne hier gleich um die Ecke«, sagte Detective Lassiter. »Und ich habe Alkohol und Wasserstoffsuperoxyd da.«

»Das wird reichen«, meinte der Sanitäter.

Matt und Olivia sahen sich lange an.

»Danke«, sagte er.

»Keine Ursache.«

»Können wir herausfinden, ob der Grand Am heiß ist?«, fragte Matt.

»Das stellt er gerade fest«, sagte der Sergeant des 8. Distrikts und nickte zu dem Uniformierten im Streifenwagen.

Kaum eine Minute später stieg der Uniformierte aus dem Wagen und erklärte, dass der Grand Am als gestohlen gemeldet worden war.

»Können Sie den Täter mitnehmen und ihn deswegen in Haft halten?«, fragte Matt. »Ich werde später vorbeikommen und das Protokoll unterschreiben.«

Der Sergeant des 8. Distrikts schüttelte den Kopf.

»Sie wissen es besser, Sergeant. Sie sind der festnehmende Beamte, und Sie müssen Ihre Aussage bei der Kripo Nordost machen.«

Der Sergeant der Highway Patrol trat zwischen sie. »Ich werde alle nötigen Informationen von Sergeant Payne bekommen und dafür sorgen, dass die Kripo sie erhält, Sergeant. Außerdem haben wir ihm bei der Festnahme geholfen, und ich möchte sicherstellen, dass die Highway Patrol ins Protokoll aufgenommen wird. Sie wissen, wie das ist.«

Der Sergeant des 8. Distrikts sah ihn einen Moment an und ging dann davon.

Der Sergeant der Highway Patrol wandte sich an Matt.

»Geben Sie mir Ihre Dienstmarke. Die Ihrer Kollegin sollte ich auch haben. Erzählen Sie mir, was geschehen ist und wie Sie sich verletzt haben, damit die Kripo Nordost dokumentieren kann, wenn Sie IOD* geltend machen können, und nehmen Sie Kontakt mit dem zuständigen Detective auf, damit Sie dem Protokoll zustimmen können, bevor er es auf den Dienstweg gibt.«

»Vielen Dank«, sagte Matt. »Jetzt stehe ich schon zweimal in Ihrer Schuld.«

»Sie sollten mich fahren lassen«, sagte Olivia.

»Warum?«

»Es sieht aus, als hätten Sie sich auch an der Hand verletzt. Sie würden den schönen Lederbezug Ihres Schalthebels mit Ihrem Blut beschmutzen.«

Er ging um das Heck des Porsche herum und stieg an der Beifahrerseite ein.

* Injured on Duty; verletzt im Dienst

Detective Lassiter öffnete die Tür ihres Apartments im ersten Stock, schaltete das Licht ein und forderte Sergeant Payne mit einer Geste zum Eintreten auf.

»Der Erste-Hilfe-Kasten ist im Badezimmer«, sagte sie. »Das Schlafzimmer und Badezimmer finden Sie neben dem Wohnzimmer.«

Er durchquerte das Wohnzimmer, ging dann durch das Schlafzimmer zum Badezimmer und bemerkte im Vorübergehen, dass es sehr ordentlich war und eine weiße Steppdecke auf dem Bett lag.

Intime weibliche Kleidung hing von der Stange des Duschvorhangs. Als Olivia ins Badezimmer kam, riss sie die Wäschestücke herunter und warf sie hinter den Duschvorhang.

Sie nahm Verbandsmull, Tupfer, Jod, Fläschchen mit Alkohol und Wasserstoffsuperoxyd aus einem Schrank, drehte sich dann zu Matt um und begann, die Schürfwunde in seinem Gesicht zu säubern.

»Das sieht ziemlich schlimm aus«, sagte sie. »Sind Sie sicher, dass Sie das nicht in der Ambulanz behandeln lassen wollen?«

»Ganz sicher«, erwiderte er.

Drei Minuten später war die Schürfwunde in seinem Gesicht mit Wasserstoffsuperoxyd und Alkohol gesäubert. Er hatte mannhaft versucht – vergebens – nicht zusammenzuzucken, als der Alkohol schmerzhaft in der Wunde gebrannt hatte.

»Sehen wir uns das Bein an«, sagte Olivia.

»Das ist vom Zaun aufgerissen worden, nehme ich an. Im Wagen habe ich es gesehen. Es ist ganz blutig.«

Wiederum drei Minuten später war sein Bein mit Alkohol und Wasserstoffsuperoxyd behandelt. Olivia trug noch eine antiseptische Salbe auf, legte jedoch keinen Verband an.

»Ihre Hose ist ruiniert«, sagte sie.

Er schwieg.

»Sie können so nicht gehen«, sagte sie.

Er schwieg.

Sie sah zu ihm auf. Ihre Blicke trafen sich.

»Was jetzt?«, fragte sie.

»Das wissen Sie verdammt gut, Mutter.«

»Ich bin nicht Ihre verdammte Mutter.«

»Ich weiß«, sagte er weich.

Sie hatte den Blick nicht von ihm genommen. Jetzt hob sie ihre linke Hand und hielt sie an seine unversehrte Wange.

»O Gott«, sagte sie.

Neunzig Sekunden später, auf der weißen Steppdecke auf Olivias Bett, während sie noch teilweise bekleidet waren, lernten sich Detective Lassiter und Sergeant Payne im biblischen Sinne näher kennen.

Und in der folgenden halben Stunde, jetzt völlig nackt und zwischen den Laken, lernten sich Detective Lassiter und Sergeant Payne zweimal noch viel besser kennen.

12

1

Matt Payne erwachte um fünf vor sechs. Für einen Moment fragte er sich, warum so verdammt früh – er hatte zwei Wecker, um sicherzustellen, dass er um sieben geweckt wurde –, und dann erinnerte er sich an das, was in der vergangenen Nacht geschehen war, und dachte, dass das frühe Aufwachen vielleicht etwas damit zu tun hatte.

»Allmächtiger!«, sagte er staunend. Dann ging er in sein Badezimmer, das sein Vater als etwas kleiner als dasjenige beschrieben hatte, das man in alten Pullman-Eisenbahnwagons finden konnte.

Er betrachtete sich im Spiegel über der Toilette.

Was, zum Teufel, ist mit meinem Gesicht passiert?

Er erinnerte sich.

Ich bin über den Asphalt des Zufahrtswegs geschrammt, als ich diesen Scheißer verfolgt habe, der den Wagen geklaut hat, bei Rot über die Kreuzung gefahren ist und den Caravan gerammt hat.

»Dennoch, Sir, mal abgesehen von unbedeutenden Schrammen im Gesicht, siehst du aus wie ein gut gebumster Mann von Ruhm und Ehre!«, sagte er laut.

Er lächelte bei der Erinnerung an andere der Aktivitäten der vergangenen Nacht.

Einen Moment später, als er aus Gewohnheit in die Duschkabine griff, um den Wasserhahn aufzudrehen, wodurch eine Zeit lang später heißes Wasser vom Kellergeschoss in die Mansardenwohnung gepumpt wurde, tat ihm die Hand sehr weh.

Scheiße! Die gottverdammte – wie sagt man? – ›Stichwunde‹!

Als er aus der Dusche kam, tat die Wunde immer noch weh, und sie sah schlimm aus.

Er fluchte.

Dann kamen ihm zwei Gedanken.

Vielleicht würde Olivia wissen, was dagegen zu tun ist. Lege ich einen Verband an? Bade ich sie in heißem Wasser? Was?

Vielleicht, wenn ich anrufe, wird sie sagen: ›Ich komme auf dem Weg zur Arbeit vorbei und schaue mir das an.‹

Eine sehr interessante Aussicht.

Er ging nackt und tropfend in sein Schlafzimmer – das sein Vater ebenfalls mit einem Schlafabteil in einem alten Pullman-Wagon verglich, und nahm sein Handy vom Nachttisch, wo es neben seinem .45er Colt lag.

Zwanzig Sekunden später meldete sich eine schläfrig klingende weibliche Stimme. »Lassiter.«

»Guten Morgen.«

»O Gott!«

»Ich rufe an, um zu fragen, ob du auf dem Terminplan Zeit zum Frühstück frei hast.«

»O Gott! Wie spät ist es?«

»Etwas nach sechs.«

Sie antwortete nicht sofort.

»Aus Gründen, die ich mir nicht vorstellen kann, bin ich regelrecht ausgehungert«, sagte Matt.

»Ich will nicht mal an Frühstück denken«, sagte Olivia. »Mein Gott, Matt!«

»Mein Gott, was, Olivia?«

»Ich habe nicht mal Zeit zum Nachdenken gehabt, und du willst Frühstück?«

»Nachdenken worüber?«

»Um Himmels willen! Über alles!«

»Was gibt es darüber nachzudenken?«

»Du weißt, dass ich das nicht gewollt habe.«

Oh, Scheiße!

»Entdecke ich da einen Unterton des Bedauerns?«

»Das habe ich nicht gesagt, Matt«, erwiderte Olivia. »O Gott!«

»Darf ich dann daraus schließen, dass es keine völlig enttäuschende Erfahrung für dich gewesen ist?«

Olivia kicherte.

»Nicht ganz«, sagte sie. »Mein Gott!«

»Du sagst dauernd ›Mein Gott!‹«

»Ich erinnere mich, was geschehen ist«, sagte sie. »Mein Gott, ich kann nicht glauben, dass ich mich so benommen habe!«

»Für mich war es eine höchst erfreuliche Erfahrung.«

»War es?«

»Kannst du das nicht von dir sagen?«

»Oh, Matt. Was werden wir jetzt tun?«

»Das bringt uns zurück auf das Frühstück.«

»Nein. Zum einen bin ich nicht hungrig, und zum anderen will ich nicht, dass man uns zusammen sieht.«

»Warum nicht?«

»Du weißt, warum.«

»Mir ist egal, wer uns zusammen sieht. Wir arbeiten ohnehin zusammen.«

»Mir ist es nicht egal. Ich möchte in der Mordkommission bleiben.«

»Oh.«

»Ich brauche Zeit zum Nachdenken, und wenn ich dich sehe, kann ich nicht klar denken.« Sie schwieg kurz. »Matt, wirst du mir einen großen Gefallen tun?«

»Nenne ihn.«

»Vergiss, was in der vergangenen Nacht geschehen ist.«

»Wie, zur Hölle, soll ich das schaffen? Es ist passiert, und auf die Gefahr hin, dass ich mich wiederhole, es war eine höchst erfreuliche Erfahrung für mich.«

»Ich habe nicht gesagt, dass es für mich anders war«, sagte sie. »Mein Gott, hast du das denn nicht gemerkt? Ich sage nur, ich möchte nicht, dass jeder auch nur Vermutungen anstellt, bevor ich darüber nachgedacht habe, richtig nachgedacht. Willst du das für mich tun?«

»Was immer du sagst, Mutter.«

»Danke.«

»Ich nehme an, einen Blick auf meine Hand zu werfen kommt überhaupt nicht in Frage?«

»Was ist mit deiner Hand?«, fragte sie.

Das ist echte Besorgnis in ihrer Stimme.

»Ich glaube, du hast es als eine ›Stichwunde‹ bezeichnet.«

»Und ich habe dir ebenfalls gesagt, dass du auf dem Heimweg bei einer Ambulanz die Wunde behandeln lassen sollst. Heißt das, du hast das nicht getan?«

»Diese Anweisung habe ich anscheinend vergessen. Ich muss mich mit anderen Gedanken beschäftigt haben. Zu verbluten, das schien mir zu diesem Zeitpunkt nicht wichtig zu sein.«

»Blutest du jetzt?«

Weitere echte Sorge.

Er blickte auf seine Hand.

»Nein, aber die Wunde sieht nicht gut aus.«

»Matt, fahr zu einer Ambulanz, bitte. Gleich jetzt.«

»Wie wäre es, wenn du mir einen Gefallen tust?«

»Wenn du willst, dass ich dorthin komme, werde ich das tun«, sagte sie nach einer Weile.

»Ich möchte, dass du mir jetzt sagst, ob du versuchst, mir freundlich den Laufpass zu geben.«

»O Gott! Wenn ich versuchte, dich loszuwerden, freundlich oder sonst wie, dann hätte ich nicht angeboten, dorthin zu kommen.«

»Meinst du das ernst?«

»Meinst du, gestern Nacht war ein sexuelles Abenteuer für mich?«

»O Gott, ich hoffe nicht«, sagte er und lachte.

»Was ist so lustig?«

»Ich habe mir anscheinend deine Neigung zu ›O Gott!‹ angewöhnt.«

»Kannst du mit der verletzten Hand fahren?«

»Klar.«

»Dann fahr zur Ambulanz, und wir sehen uns dann bei der Arbeit. Okay?«

»Okay.«

»Und wir werden uns nicht in die Augen sehen. Einverstanden?«

»Mit großem Widerwillen.«

»O Gott!«, sagte sie, und dann war das Knacken zu hören, das ihm sagte, dass sie die Austaste auf ihrem Handy gedrückt hatte.

2

Matt lenkte den Porsche in die Notaufnahme des Hahnemann Hospitals an der North Broad Street und parkte neben einem Wagen des 6. Distrikts auf der Parkfläche, die für Polizei und Rettungswagen reserviert war.

Ein Mann in ungefähr seinem Alter, der Krankenhausgrün trug und einen Zwei-Tage-Bart hatte, stoppte ihn, als er zum Eingang des Hospitals ging.

Er wies wortlos auf das Schild.

»Ich bin im Dienst«, sagte Matt und schob mit der verletzten Hand sein Jackett zur Seite, um das Polizeiabzeichen an seinem Gürtel zu zeigen.

»Was haben Sie mit der Hand gemacht?«

»Bin über einen Zaun gefallen«, sagte Matt.

Der Mann forderte ihn mit einer Geste auf, ihm ins Krankenhaus zu folgen.

»Sind Sie Arzt?«, fragte Matt.

»Nein. Ich trage diese Klamotten, weil ich Pastellfarben liebe.«

Der Papierkram dauerte nicht lange.

Der Arzt erwartete ihn im Behandlungszimmer.

»Das sieht hässlich aus«, sagte er. »Stichwunden können tückisch sein. Wie ist es passiert?«

»Ich sprang über einen Zaun«, sagte Matt. »Oben war Stacheldraht.«

Der Arzt nickte. »Ist Ihre Tetanus-Impfung auf dem neuesten Stand?«

»Ich nehme es an.«

»Annehmen ist nicht wissen«, sagte der Arzt und öffnete eine Glastür in einem weißen Schrank.

»Das wird wehtun«, kündigte er an.

Und so war es.

Ebenfalls weh tat die Injektion eines Antibiotikums ›als Vorsichtsmaßnahme‹ in die andere Pobacke.

»Ich hoffe, Sie können mit der rechten Hand schießen, Sherlock«, sagte der Arzt. »Denn in den nächsten drei, vier Tagen ist diese Pfote etwas schlapper.«

»Ich bin Rechtshänder. Legen Sie einen Verband an?«

»Wollen Sie einen?«

»Ich möchte nicht, dass die Leute Fragen stellen. ›Was haben Sie mit Ihrer Hand gemacht, die sieht ja grässlich aus.‹«

»Ich könnte den Bereich mit einem hübschen lavendelfarbenen Antiseptikum bepinseln.«

»Nur ein einfaches großes Pflaster bitte.«

»In Ordnung. Warum nicht?«

»Danke.«

»Macht es Ihnen etwas aus, wenn ich Ihnen zwei Fragen stelle, Sherlock?«

»Schießen Sie los.«

»Warum sind Sie über einen Zaun gesprungen?«

»Ich verfolgte einen Typ, der mit einem geklauten Wagen bei roter Ampel durchfuhr und einen Minivan mit einer Familie rammte.«

»Haben Sie ihn geschnappt?«

Matt nickte.

»Gut für Sie.«

»Sie sprachen von zwei Fragen.«

»Warum haben die Cops herumgestanden und Däumchen gedreht, während dieses Mädchen vergewaltigt und ermordet wurde?«

3

Matts Gesäßmuskel begann zu schmerzen, als er im Rundhaus den Aufzug verließ. Der Arzt hatte gesagt, dass die Tetanus-Wiederholungsimpfung und die Wirkung der Antibiotika-Spritze vielleicht ›das Wohlbefinden beeinträchtigen‹ würden.

Er vergaß die Beeinträchtigung des Wohlbefindens, als er die

Mordkommission betrat und feststellte, dass sich Detective Lassiter bereits zum Dienst gemeldet hatte. Sie saß mit einem Telefonhörer am Ohr an einem Schreibtisch.

Sie trug Rock und Pullover. Es machte nichts aus. Der Anblick ihres nackten Körpers hatte sich Matt unauslöschlich eingeprägt.

Sie sah ihn an und blickte dann fort.

»Bereits bei der Arbeit, Mutter?«, fragte er.

Sie schaute ihn an, nickte und sah dann wieder hastig weg.

»Der Captain will Sie sehen«, sagte Detective Alonzo Kramer, ein stämmiger Zweiundvierzigjähriger mit rötlichem Teint, und wies zu Captain Quaires Büro.

Matt konnte durch die Glasscheibe sehen, dass Lieutenant Gerry McGuire, der Leiter der Abteilung ›Dignitary Protection‹ – Personenschutz von Prominenten und Würdenträgern – bei Quaire war.

Was hat das zu bedeuten?

O Scheiße. Stan Colt. Das hatte ich ganz vergessen!

Quaire sah Matt kommen und winkte ihn ins Büro.

»Guten Morgen«, sagte Matt höflich.

»Was ist mit Ihrem Gesicht passiert?«, fragte Quaire.

»Ich bin gestern Nacht über den Asphalt einer Zufahrtsstraße geschrammt, als ich einen Typen verfolgte.«

Quaire forderte ihn mit Bewegungen beider Hände auf, mehr zu erzählen.

»Ich hatte Lassiter fast heimgefahren …«

»Von wo?«, fragte Quaire lächelnd.

»Von der Liberties Bar. Lieutenant Washington hatte uns dorthin bestellt. Und nach dem Treffen habe ich sie heimgebracht. Sie musste ihren neutralen Wagen bei der Kripo Nordwest abgeben.«

»Und was geschah? Detective Lassiter hat das Ihrem Gesicht nicht angetan, oder, Sergeant?«, fragte Captain Quaire gespielt ernst. Er blickte zu Lieutenant McGuire, um zu sehen, ob er seinen Sinn für Humor teilte. Nach seinem Lächeln zu schließen, war es offenkundig, dass er das tat.

»Nein, Sir«, sagte Matt. »Als wir hinter Woodhaven die Knight's Road hinabfuhren, fuhr ein Typ mit einem gestohlenen

Grand Am an der Kreuzung Red Lion an einer roten Ampel durch, rammte einen Dodge Caravan und beging Fahrerflucht.«

»Das habe ich in den Berichten der Nachtschicht gelesen«, sagte McGuire. »Ich dachte, die Highway Patrol hat diesen Kerl geschnappt. Sie waren darin verwickelt?«

»Ich war Augenzeuge. Ich musste handeln.«

Quaire forderte ihn wieder mit einer Geste auf, mehr zu erzählen.

»Es geschah genau vor uns. Lassiter meldete es dem Polizeifunk und kümmerte sich dann um die Leute im Van, und ich machte mich an die Verfolgung des Unfallflüchtigen.«

»Und er machte Ihnen Probleme?«, fragte Quaire, jetzt ernst. »Daher das Gesicht?«

»Nein, Sir. Während ich ihn verfolgte, stürzte ich über einen Draht und schrammte mir das Gesicht auf einem Zufahrtsweg auf. Dann versuchte ich, einen Zaun zu überspringen, und verletzte mir die Hand.«

»Aber Sie haben den Kerl geschnappt?«

»Ja, Sir. Beamte vom 8. Distrikt haben ihn festgenommen. Aber ich werde zur Kripo Nordost fahren und Detective Coleman meine Aussage zu Protokoll geben müssen. Er hat gestern Nacht nur die wesentlichen Einzelheiten für das Affidavit* bekommen.«

»Warum haben Sie Ihre Aussage nicht gestern Nacht gemacht?«, wollte Quaire wissen.

»Ich brauchte gestern Nacht ein Antiseptikum für mein Gesicht.«

»Warum haben Sie den Papierkram dann nicht gestern Nacht erledigt, nachdem Sie bei der Ambulanz Ihr Gesicht antiseptisch behandeln ließen?«

»Ich bin gestern Nacht nicht zur Ambulanz gefahren. Ich war heute Morgen im Hahnemann Hospital.«

Quaire nickte.

* Affidavit (eidesstattliche Versicherung) über den hinreichenden Verdacht für eine Festnahme. Sie wird von dem zuständigen Detective in einem Fall ausgefüllt, der sie dann dem Büro des Staatsanwalts vorlegt, wo ein stellvertretender Staatsanwalt vom Dienst die Anklage gegen die Person in Haft billigt oder ablehnt.

»Betrachten Sie sich mit Wirkung von diesem Zeitpunkt an auf vorübergehende Verwendung bei der Abteilung Dignitary Protection«, sagte er und fügte an McGuire gewandt hinzu: »Dass Sergeant Payne zur Kripo Nordost kommt, um seine Aussage zu Protokoll zu geben, fällt jetzt unter Ihre Verantwortung, Lieutenant.«

»Vielen Dank«, sagte McGuire.

»Captain, kann ich da nicht aussteigen?«, fragte Matt.

»Fragen Sie Lieutenant McGuire«, sagte Quaire. »Sie arbeiten jetzt für ihn.«

»Ich arbeite an dem Fall Williamson«, sagte Matt.

»Sie arbeiten jetzt an dem Job Stan Colt, Sergeant Payne«, sagte McGuire. »Mr Colt, der um ungefähr fünfzehn Uhr fünfzehn eintreffen wird, hat Monsignor Schneider gesagt, der es dem Kardinal gesagt hat, der es dem Commissioner gesagt hat, der es mir gesagt hat, dass er sich wirklich auf die Zusammenarbeit mit Ihnen freut.«

»Was heißt das?«

Quaire und McGuire lächelten einander an.

»Ich nehme an«, erklärte McGuire mit breitem Grinsen, »wenn der Monsignore – offensichtlich einer Ihrer größten Fans – mit Mr Colt spricht, wird er ihm von Ihren vielen Heldentaten erzählen. Ich glaube, Mr Colt hat gehört, dass Harrison Ford, als er sich für den Film *Witness* vorbereitet hat, herkam, um Zeit mit einem echten, lebenden Detective der Mordkommission Philadelphia zu verbringen …«

»Allmächtiger!«, stieß Matt hervor.

»… und hat sich offenbar entschieden, dass das, was gut genug für Harrison Ford war, auch gut genug für ihn ist.«

»Harrison Ford ist ein Schauspieler. Colt ist ein verdammter Witz!«

»Lassen Sie den Monsignore nicht hören, dass Sie das gesagt haben«, riet Quaire. »Geschweige denn den Commissioner.«

»Und was das anbetrifft, ich bin gerade erst einen Tag in der Mordkommission. Ich bin kaum ein erfahrener …«

»Regen Sie sich ab, halten Sie den Mund und ertragen Sie dies wie ein Mann, Matt«, sagte Quaire. »Sie sind tot. Der Commissioner hat gesprochen.«

»Es ist ein schmutziger Job, Sergeant, aber jemand muss ihn erledigen«, sagte McGuire und lächelte breit.

Quaire lachte. Matt starrte McGuire wütend an, doch der schien das nicht zu bemerken.

»Mr Colt«, fuhr McGuire fort, »wird um fünfzehn Uhr fünfzehn mit einem privaten Jet auf dem North Philadelphia Airport landen. Dort werden der Commissioner – oder möglicherweise auch der Bürgermeister, wenn er sich frei nehmen kann, oder beide – Monsignor Schneider, ich, vier Motorradfahrer der Highway Patrol, zwei meiner Leute, Vertreter der Medien, und natürlich Sie ihn abholen. Es folgt das, was die gut aussehende Presseagentin – wie war noch ihr Name?«

»Terry Davis«, sagte Matt automatisch.

Mein Gott, Terry! Sie ist erstaunlich schnell nach Olivia von meinem Radarschirm verschwunden, nicht wahr?

»Und was Miss Terry Davis als ›Fototermin‹ bezeichnet«, fuhr McGuire fort, »werden Mr Colt und Gefolge durchziehen – eskortiert von Motorradpolizisten der Highway Patrol –, zum Büro des Kardinals, wo es einen weiteren Fototermin geben wird, wenn der Kardinal Mr Colt wieder in Philadelphia begrüßen wird …«

»Er ist nur ein Filmschauspieler«, sagte Matt kopfschüttelnd. »Ein lausiger Filmschauspieler.«

»Der ein paar Millionen Dollar für die West Catholic High School an Land ziehen wird«, sagte Captain Quaire. »Was den Kardinal erfreut, und wenn etwas den Kardinal erfreut, freut sich der Commissioner.«

»… und anschließend wird er zum Ritz-Carlton weiterfahren«, fuhr McGuire fort. »Dort wird die Verantwortlichkeit der Highway Patrol – der Motorradpolizisten – enden. Sie wird mit Motorradfahrern seine Limousine zu den Events eskortieren, doch abgesehen davon ist es meine Aufgabe, Mr Colt vor seinen Horden von Fans zu schützen, und Ihre Aufgabe besteht darin, dafür zu sorgen, dass er glücklich bleibt.«

»Was ihn glücklich macht, sind junge Mädchen«, sagte Matt.

»Wie bitte, Sergeant?«, fragte Captain Quaire kühl.

»Mr Colt steht anscheinend auf junge Mädchen«, sagte Matt. »Auf sehr junge Mädchen.«

»Haben Sie das aus den Klatschmagazinen im Supermarkt oder von einer anderen Informationsquelle?«, erkundigte sich Quaire sarkastisch.

»Terry Davis hat mir das gesagt«, erwiderte Matt. »Ich nehme an, sie will uns darauf vorbereiten.«

»O Gott!«, sagte Quaire. »Sie hat Sie nicht auf den Arm genommen, Matt?«

»Nein Sir. Ich bin mir sicher, dass sie es ernst gemeint hat.«

»Dies sollte für Sie interessant sein, Gerry«, sagte Quaire.

»Ich weiß nicht, wie ich so etwas handhaben soll«, sagte Matt.

»Wir werden einfach rund um die Uhr auf ihn aufpassen müssen«, sagte McGuire. »Wenn so etwas in die Zeitungen kommt, wird man uns verantwortlich machen.«

»Er will sehen, wie echte Cops arbeiten«, sagte Quaire. »Zeigen Sie es ihm. Alles, von der Überwachung von Überwegen an Schulen angefangen. Halten Sie ihn beschäftigt.«

»Er wird sehen wollen, was er für interessant hält«, meinte Matt. »Rauschgiftdezernat, Kapitalverbrechen, Mordkommission …«

»Das Sittendezernat«, warf McGuire lachend ein.

»Ich an Ihrer Stelle würde nicht lachen, Gerry«, sagte Quaire. »Und ich will ihn nicht hier sehen.«

»Mit Verlaub, Sir, wie sage ich ihm nein?«, fragte Matt.

Quaire dachte über die Antwort erst nach.

»Wenn das passiert, Matt, lässt es sich nicht ändern. Aber Sie wissen, wie ich darüber denke.«

»Jawohl, Sir.«

»Werden wir Unterstützung von der Abteilung Special Operations bekommen?«, wollte Matt wissen.

McGuire nickte. »Klar.«

»Wissen wir, wen?«

»Wollen Sie jemanden Besonderen?«

»Die Detectives McFadden und Martinez«, sagte Matt.

»Mutt und Jeff?«, fragte Quaire. »Personenschutz ist nicht gerade ihre Spezialität, oder?«

Detective Jesus ›Che-sus‹ Martinez, puertorikanischer Abstammung, klein und gerade mal an die sechzig Kilo schwer, und Detective Charles T. McFadden, zwei Köpfe größer und um die fünfzig Kilo schwerer, waren Partner, seit sie ihr Studium auf der Polizeiakademie beendet hatten.

Als Erstes wurden fast alle Absolventen der Polizeiakademie in einem Distrikt eingesetzt und fast immer in einem Polizeitransporter. Ihr erstes Jahr lernten sie von Grund auf die wesentlichen Einzelheiten der Arbeit eines Polizeibeamten auf den Straßen, indem sie mit dem Transporter andere Beamte unterstützten. Das reichte vom Fahren von Tante Alice ins Krankenhaus, nachdem sie in ihrer Badewanne ausgerutscht war und die Polizei um Hilfe gebeten hatte, bis zum Abtransport von Volltrunkenen und anderen, die gegen Ruhe und Frieden in der Stadt der brüderlichen Liebe verstoßen hatten und zu einer Ausnüchterungszelle des Distrikts oder in U-Haft gebracht werden mussten.

Fast routinemäßig wurden zwei brandneue Polizeibeamte als verdeckte Ermittler dem Rauschgiftdezernat zugeteilt. McFadden und Martinez wurden für die Undercover-Arbeit ausgewählt, weil man hoffte, dass nur wenige Drogendealer in dem kleinen, schmächtigen Latino oder dem großen, schwergewichtigen Iren aus Südphiladelphia Polizeibeamte witterten, wenn sie versuchten, verbotene Substanzen zu kaufen.

McFadden und Martinez erwiesen sich schnell als sehr geschickt bei allen Jobs, zu denen sie eingeteilt wurden. Doch die Vorgesetzten erkannten, dass es nur eine Frage der Zeit war, wann sie in der Drogenszene allgemein bekannt – mit anderen Worten, bis sich ihr Erscheinen vor Gericht und ihre Aussagen gegen Drogenhändler herumsprach – und ihren Nutzen verlieren würden.

An diesem Punkt wurde erwartet, dass die jungen Polizeibeamten wieder in einem Distrikt verwendet wurden und von neuem den Transporter fuhren.

Es geschah jedoch etwas anderes: McFadden und Martinez hatten sich – auf eigene Faust und außer Dienst – der stadtweiten Suche nach dem Junkie angeschlossen, der Captain Dutch Moffitt von der Highway Patrol erschossen hatte. In der

Annahme, dass sich Gerald Vincent Gallagher irgendwo im Stadtgebiet herumtrieb, observierten sie die Brücke bei der Pratt Street U-Bahn-Station.

Als Gallagher schließlich auftauchte, widersetzte er sich der Festnahme und rannte auf die U-Bahn-Gleise. McFadden und Martinez – bereits bekannt als ›Mutt und Jeff‹ nach den Comicfiguren – ignorierten die Gefahr und verfolgten ihn quer über die Gleise, bis Gallagher gegen die dritte, Strom führende Schiene fiel und von einer U-Bahn überfahren wurde.

In den Fernsehnachrichten mit dem Bürgermeister und ausgewählten hohen Tieren, die im Hintergrund strahlten, überreichte der Polizeichef ihnen die Dienstmarken von Detectives und beglückwünschte sie für ihre heldenhafte Tat. Doch dies war das reale Leben, und bei der Polizei von Philadelphia gab es nur Beförderungen, wenn man an der Prüfung für den öffentlichen Dienst teilgenommen und sie bestanden hatte. Martinez und McFadden waren nicht lange genug im Job gewesen, um für die Prüfung auch nur zugelassen zu werden.

Und ihre plötzliche Berühmtheit – ihre Gesichter waren auf der Titelseite jeder Zeitung in Philadelphia und auf jedem Fernsehbildschirm zu sehen gewesen – hatte natürlich ihren Nutzen als Undercover-Agenten des Rauschgiftdezernats völlig zunichte gemacht.

Es sah aus, als würde ihre Belohnung dafür, dass sie den Junkie, der Captain Dutch Moffitt erschossen hatte, zur Strecke gebracht hatten – was der Rest der Polizei peinlich lange nicht gelungen war –, darin bestehen, dass sie wieder in einem Distrikt einen Transporter fahren mussten.

Das schien unfair zu sein, aber wer hatte gesagt, dass das Leben eines Cops fair ist? Das Leben ist nun mal kurz und beschissen wie eine Hühnerleiter.

Zur gleichen Zeit stand Kadett Matthew M. Payne, Captain Moffitts Neffe, kurz vor dem Abschluss auf der Polizeiakademie. Nach Meinung des (damaligen) Chefs der Streifenpolizei Chief Inspector Dennis V. Coughlin, standen die Chancen, dass Matt Payne ein halbes Jahr im Job bleiben würde – geschweige denn, dass er Karriere bei der Polizei machen würde – von Null bis Nichts.

Coughlin glaubte, dass Matt – den er seit dem Tag seiner Geburt kannte – erstens auf den Tod seines Onkels und zweitens auf sein Scheitern bei der ärztlichen Prüfung für die Aufnahme ins U.S. Marine Corps reagiert hatte, um (a) seinen Onkel zu rächen und (b) seine Männlichkeit zu beweisen.

Das war natürlich verständlich, doch es war andererseits auch äußerst unwahrscheinlich, dass ein Summa-cum-laude-Absolvent der University of Philadelphia, der nicht nur im Wohlstand aufgewachsen, sondern auch der Adoptivsohn eines Prominenten aus Philadelphia war, sein Glück als Streifenpolizist finden würde. Schlimmer noch, er konnte leicht dabei verletzt werden oder gar ums Leben kommen.

Sergeant Dennis V. Coughlin hatte an die Tür der schwangeren Frau seines besten Freundes geklopft, um ihr zu sagen, dass Sergeant Jack Moffitt getötet worden war, als er auf einen stummen Alarm einer Tankstelle in West-Philadelphia reagiert hatte.

Chief Inspector Coughlin hatte nicht vor, an die Tür von Mrs Patricia Moffitt-Payne zu klopfen, um ihr zu sagen, dass ihr Sohn Matt – Jacks Sohn, Coughlins Patensohn – im Dienst getötet worden war.

Und all dies fiel zeitlich mit der Gründung der Special Operations Division der Polizei zusammen, die auf ›Vorschlag‹ des damaligen Bürgermeisters von Philadelphia, des Ehrenwerten Jerome H. ›Jerry‹ Carlucci, gebildet wurde.

Bürgermeister Carlucci hatte ebenfalls Commissioner Czernick ›vorgeschlagen‹, dass er Staff Inspector Peter F. Wohl, zu diesem Zeitpunkt der Abteilung Innere Angelegenheiten zugeteilt, zum Leiter der neuen Abteilung Special Operations ernennen sollte. Commissioner Czernick erkannte sofort die Weisheit des Vorschlags und gab die entsprechenden Befehle.

Peter Wohl war der jüngste Staff Inspector – jemals – in der Polizei von Philadelphia. Es war allgemein bekannt, dass sein Vater, Chief Inspector (im Ruhestand) August Wohl, Jerry Carluccis Mentor gewesen war, als der Bürgermeister in den Rängen aufgestiegen war. Aber es war ebenso gut bekannt, dass Peter wohl ein höllisch guter Cop war, ein absolut geradliniger und ungemein kluger und tüchtiger Mann, und so wurden die Rufe ›Vetternwirtschaft‹ nicht so laut.

Coughlin, der damalige Chief Inspector, löste das Problem, was mit den Officers Martinez, McFadden und Payne geschehen sollte, indem er ihre Verwendung bei der Abteilung Special Operations befahl.

In einem privaten Plausch mit dem damaligen Staff Inspector Wohl schlug er vor, für die Officers Martinez und McFadden Aufgaben zu finden, wo sie nützlich in Zivil sein konnten, und dass Officer Payne sich vielleicht nützlich als Wohls Verwaltungsassistent machen könnte, bis er erkannte, dass er einen Fehler begangen hatte, indem er zur Polizei gegangen war, und bei ihr ausschied, um sein Leben ohne Polizeiarbeit fortzuführen.

Wohl nahm Coughlins Vorschläge so bereitwillig an, wie der Commissioner die Vorschläge des Bürgermeisters akzeptiert hatte. Er war schlau genug, um zu wissen, dass er kaum eine Wahl in dieser Sache hatte. Sein Rabbi hatte gesprochen.

Es war kein Problem, eine nützliche Aufgabe für Martinez und McFadden zu finden. Wohl war angenehm überrascht, wie gut sie sich bei Verhören von Verdächtigen verhielten. Sie schienen zu spüren, wenn man ihnen nicht die Wahrheit, die ganze Wahrheit und nichts als die Wahrheit erzählte. Sie spielten sich die Bälle zu, und entweder der eine oder der andere schaffte es fast immer, die Wahrheit herauszubekommen.

Wenn sie netter Cop/böser Cop spielten, war Martinez sehr wirkungsvoll darin, der Angst einflößende Arm des Gesetzes zu sein, und McFadden, trotz seiner Größe und seines Gewichts mimte den freundlichen jungen Iren, der Verständnis hatte und nur helfen wollte.

Officer Payne wurde, nicht überraschend für Wohl, vom ersten Tag an ein tüchtiger Verwaltungsassistent – eine Art Sekretär. Wohl, der mit Chief Coughlin darin übereinstimmte, dass Payne bei der Polizei ausscheiden würde, wenn ihm klar wurde, dass er in Wirklichkeit auf die Rechtsakademie gehörte, um später Partner bei Philadelphias renommiertester Anwaltskanzlei Mawson, Payne, Stockton, McAdoo & Lester zu werden, erkannte überrascht, dass er ihm tatsächlich fehlen würde, wenn er ging.

Als ein Serienvergewaltiger im Nordwesten der Stadt sein

Unwesen trieb und die Kripo Nordwest Schwierigkeiten hatte, ihn zu finden und zu fassen – und diese Probleme wurden täglich in der Presse ausgeschlachtet –, war Bürgermeister Carlucci sehr unglücklich. Dann tötete der Vergewaltiger eines seiner Opfer, was noch mehr spöttische und verächtliche Artikel der Journalisten über die Arbeit der Polizei auslöste. Bürgermeister Carlucci berief eine Pressekonferenz ein und kündigte an, dass die Ermittlung jetzt der neu gebildeten Special Operation Division übertragen werden würde.

Es gab eine gute Resonanz der Presse, doch die Realität war, dass Wohls Special Operations Division weniger qualifiziert zur Durchführung der Ermittlung war als die Mordkommission, und Wohl, der ein Detective der Mordkommission gewesen war, wusste das.

Die Mordkommission hatte ihre beiden besten Detectives, Jason Washington und seinen Partner, Tony Harris, mit der Ermittlung in dem Fall beauftragt. Wohl, mit Unterstützung von Chief Coughlin, arrangierte die Versetzung von Washington und Harris zur Special Operations – gegen ihre erbitterten Einwände. Als sie sich zum Dienst meldeten, teilte Wohl ihnen Officer Payne für den Fall zu. Payne erhielt den Befehl, Washington und Harris von so vielen Verwaltungseinzelheiten wie möglich zu entlasten und Wohl mindestens einmal pro Tag zu berichten – öfter, wenn nötig –, wie die Ermittlung voranging.

Wohl fand, dass dies für Payne eine wirklich nützliche Aufgabe war, bevor er aus der Polizei ausschied.

Es kam Wohl, Washington oder Harris nie in den Sinn, dass Payne mehr als ein Laufbursche sein würde. Jeder verstand, dass er trotz seiner Dienstmarke und des .38er ›Detective's Special‹ in seinem Schulterholster eigentlich gar nicht richtig im Dienst war.

Matt Payne war ein wirklich netter College-Junge und Denny Coughlins Patensohn, und Coughlin hatte ihn in Wohls Obhut gegeben, damit er auf ihn aufpasste und Schaden von ihm fern hielt, bis ihm klar wurde, dass er nicht für den Job des Cops geschaffen war.

Als Wohl Coughlin erzählte, dass er Payne als Laufbursche an Washington und Harris übergeben hatte, lächelte Coughlin.

»In zwanzig Jahren wird er sich noch gern und wehmütig an seine Tage als Officer in der Mordkommission erinnern«, sagte Coughlin.

Vier Tage, nachdem Officer Payne als Washingtons und Harris' Laufbursche an die Arbeit gegangen war, erschien folgender Artikel auf Seite eins des *Philadelphia Bulletin*:

NORDWEST SERIEN-VERGEWALTIGER/MÖRDER
VON TAPFEREM SPECIAL OPERATIONS COP
ERSCHOSSEN, ALS ER GEKIDNAPPTE FRAU RETTET

VON MICHAEL J. O'HARA
CHEFREPORTER DES BULLETIN

Officer Matthew Payne, 22, rettete in einer Tat, die Bürgermeister Jerry Carlucci als Beweis ›großer persönlicher Tapferkeit‹ bezeichnete, Mrs Naomi Schneider, 34, aus der Norwood Street in Chestnut Hill – Minuten, nachdem sie mit einem Messer an der Kehle entführt wurde. Der Bürgermeister sagte, er hat keinen Zweifel daran, das es sich bei dem Täter um den Mann handelt, der als Nordwest-Serienvergewaltiger bezeichnet wird.

Der Mann, nach ersten Erkenntnissen als Warren K. Fletcher, 31, aus Germantown identifiziert, brach laut Mrs Schneider in ihr Luxusapartment ein, als sie zu Bett gehen wollte. Laut Mrs Schneider war er maskiert und mit einem großen Schlachtermesser bewaffnet. Sie sagte, er zwang sie, sich auszuziehen, wickelte sie dann in eine Decke, zwang sie in seinen Ford Van und bedeckte sie mit einer Plane.

»Als Nächstes«, sagte Mrs Schneider, »hörte ich einen Schuss und das Brechen von Glas, und dann krachte der Van gegen etwas. Dann sah dieser gut aussehende junge Cop auf mich herab, lächelte und sagte mir, dass alles in Ordnung und er Polizeibeamter sei.«

Bevor Officer Payne den Kidnapper und mutmaßlichen Vergewaltiger/Mörder erschoss, hatte dieser laut Bürgermeister

Carlucci versucht, Payne mit dem Van zu überfahren, ihn dabei leicht verletzt und einen Schaden von ein paar Tausend Dollar an Paynes Privatfahrzeug angerichtet.
»Payne entschied dann widerstrebend«, sagte Bürgermeister Carlucci, »dass ihm keine andere Wahl blieb, als von der Schusswaffe Gebrauch zu machen. Er schoss, denn er wusste, dass Mrs Schneider in Todesgefahr war. Ich bin stolz auf ihn.«
Bürgermeister Carlucci, dessen Limousine mit Kurzwellenfunk ausgerüstet war, war unterwegs von einem Abendessen der Söhne Italiens in Süd-Philadelphia zu seinem Haus in Chestnut Hill, als die Rettungstat stattfand.
»Wir waren der erste Wagen, der auf den Funkruf reagierte. Officer Payne half Mrs Schneider noch aus dem Wrack des Van, als wir dort eintrafen.«
Payne, Sonderassistent von Staff Inspector Wohl, dem Leiter der neu gebildeten Special Operations Division, hatte den größten Teil des Tages in der Bucks County verbracht, wo in einem Sommerlandhaus die verstümmelte Leiche von Elizabeth Woodham, 33, East Mermaid Lane 300, Roxborough, von der Staatspolizei entdeckt worden war.
Miss Woodham war drei Tage zuvor von einem maskierten, Messer schwingenden Mann aus ihrem Apartment entführt worden. Die Beschreibung eines Postboten der Bucks County traf auf Mr Warren K. Fletcher zu. Der Mann fuhr einen kastanienbraunen Ford-Van, identisch mit demjenigen, in dem Mrs Schneider entführt wurde und der bei dem Landhaus gewesen war, wo Miss Woodhams Leiche gefunden wurde. Die Polizei im gesamten Delaware Valley suchte nach diesem Van.
Payne, der als Verbindungsmann zwischen den Detectives der Mordkommission Jason Washington und Anthony Harris und der Special Operations Division fungierte, war mit Washington zum Tatort im Bucks County gefahren, an dem der Mörder sein Opfer gequält und getötet hatte.
Er entdeckte den Van in den frühen Morgenstunden, als er zu

Inspector Wohls Haus in Chestnut Hill fuhr, um ihm vor Beendigung seiner Dienstzeit zu berichten.
»Er schätzte sorgfältig die Situation ein, bevor er handelte, und sagte sich, dass Mrs. Schneiders Leben von seinem sofortigen, alleinigen Handeln abhing«, sagte Bürgermeister Carlucci. »Er hat ihr das Leben gerettet. Ich halte Officer Payne für den Typ des intelligenten, gut gebildeten jungen Officers, mit denen Commissioner Czernick und ich die Special Operations Division personell besetzen wollen.«
Payne, der Junggeselle ist, graduierte kürzlich an der University of Pennsylvania. Er lehnte es ab, Fragen der Presse zu beantworten.

Danach war sich Chief Coughlin nicht mehr so sicher, dass Officer Payne aus dem Polizeidienst ausscheiden würde.

Und seine Ahnung bestätigte sich – Payne blieb bei der Polizei.

»Captain«, sagte Sergeant Payne jetzt, »diese beiden können alles tun, was von ihnen verlangt wird.« Er schaute zu Lieutenant McGuire. »Ich möchte sie wirklich gern haben.«

»Wohl sagte, ›Sie bekommen alles, was Sie für nötig halten‹«, sagte McGuire. »Mal sehen, ob er das ernst gemeint hat.«

Er bat mit den Augen um Erlaubnis, Captain Quaires Telefon zu benutzen. Quaire nickte. McGuire wählte.

»Lieutenant McGuire. Ich möchte bitte mit Inspector Wohl verbunden werden.«

Dann schaltete er den Lautsprecher von Quaires Telefon ein.

»Hey, Gerry, was kann ich für Sie tun?«

»Inspector, Sie sagten, ich kann um alles für den Stan-Colt-Job bitten.«

»Meine Zahnbürste ausgenommen. Fragen Sie nur.«

»Mutt und Jeff. Arbeiten sie an etwas, das nicht warten kann?«

»Wann und wo möchten Sie die beiden haben, Gerry?«

»Um fünfzehn Uhr auf dem North Philadelphia Airport. Sagen Sie ihnen, sie sollen sich bei Sergeant Payne melden.«

»Sie werden dort sein.«

»Danke, Sir.«

»Keine Ursache.«

Dann war die Leitung tot.

»Warum fahren Sie jetzt nicht mit Lassiter zur Kripo Nordost und erledigen das mit dem Protokoll?«, fragte Quaire.

»Jawohl, Sir.«

»Und dann sehen wir uns um fünfzehn Uhr auf dem Flughafen«, sagte McGuire.

»Jawohl Sir.«

4

Matt wartete geduldig neben Olivias Schreibtisch, bis sie ihr Telefongespräch beendete.

»Ich weiß das wirklich zu schätzen, Lieutenant«, sagte sie. »Wir wollen diesen Kerl unbedingt schnappen.«

Sie legte den Hörer auf die Gabel und sah zu Matt auf.

»Mordkommission Cincinnati«, sagte sie. »Netter Typ. Kein ähnlicher Fall, der ihm aus dem Stegreif einfällt, aber er wird für mich nachforschen. Was ist los?«

»Lass uns zur Kripo Nordost fahren und unsere Aussagen zu Protokoll geben«, sagte Matt.

Sie erwiderte nichts, stand jedoch auf, nahm ihre Handtasche aus der Schreibtischlade und wartete dann, dass er vor ihr das Büro verließ.

Im Aufzug fragte sie: »Was war im Büro des Captains los?«

»Das war Lieutenant McGuire vom Personenschutz«, sagte Matt. »Er wird Stan Colt vor der Horde seiner Fans schützen.«

»Und?«

»Ich werde ihm dabei helfen«, sagte Matt.

»Was hat das alles zu bedeuten?«

Die Aufzugtür glitt zur Halle hin auf.

»Das erzähle ich dir später«, sagte Matt und hielt ihr die Schlüssel für den Porsche hin. »Folge mir zu meiner Wohnung, ich lasse den Wagen dort stehen.«

Einen Moment hatte es den Anschein, als würde sie etwas einwenden, doch dann nahm sie wortlos die Schlüssel.

Matt fuhr den neutralen Crown Victoria zuerst in die Tiefgarage, stellte ihn auf einem der Stellplätze ab und stieg schnell aus, um Olivia zu zeigen, wo sie den Porsche parken sollte.

Als sie die Tür öffnete, stand er davor, und als sie ausstieg und sich aufrichtete, standen sie so nahe beieinander, dass er ihren Atem auf dem Gesicht spüren konnte.

Er widerstand dem Impuls, sie in die Arme zu nehmen, neigte sich jedoch leicht vor, gerade weit genug, um sie zu küssen.

»O Gott!«, sagte sie. »Ich hätte auf mein Gefühl hören sollen.«

»Wobei?«

»Bei dem, was du im Sinn gehabt hast, als du mir die Schlüssel gegeben hast.«

»Ich hatte im Sinn, den Porsche vom Parkplatz des Rundhauses zu holen, bevor er einen Strafzettel bekommt oder aufgebrochen wird«, sagte er.

Ihre Miene verriet ihm, dass sie ihm dies überhaupt nicht glaubte.

»Auf dem ganzen Weg hierher habe ich an die Gründe gedacht, weshalb ich mich nicht von dir küssen lassen sollte.«

»Und welche sind das?«

»Ich kann mich nicht mehr erinnern«, sagte sie, und sie küssten sich von neuem.

Sie schaute ihm in die Augen.

»Was denkst du?«, fragte sie.

»Auf welche Frage würde ich die gewünschte Antwort bekommen?«, sagte Matt. »Frage eins, ›möchtest du dir meine Briefmarkensammlung ansehen‹ und Frage zwei ›möchtest du eine Minute mit mir raufkommen?‹«

»Hast du wirklich eine Briefmarkensammlung?«, fragte sie.

Er nickte.

»Du weißt, was geschehen wird, wenn wir in deine Wohnung gehen.«

»Ich hoffe, ich weiß, was geschehen wird.«

»Ich meine, es wird länger als eine Minute dauern.«

»Wie ich mich im Augenblick fühle, bin ich mir nicht sicher, ob es länger als eine Minute dauern wird.«

»O Gott!«, sagte Olivia.

Olivia kam in Matts Frottee-Bademantel aus seinem Badezimmer. Er fand sie bezaubernd.

»Nun, jetzt wissen wir es, nicht wahr?«, fragte sie.

»Was wissen wir?«

»Dass sich unter der Oberfläche eines netten Mädchens eine geile, wollüstige, schamlose Nutte verbirgt.«

»Na, na!«

Sie ging zur Tür des Apartments und begann ihre Kleidungsstücke vom Boden aufzuklauben.

»Du wirst mir wohl nicht glauben, wenn ich dir sage, dass ich mich noch nie in meinem Leben so benommen habe.«

»Doch, das würde ich dir glauben«, erwiderte er.

»Das wiederum glaube ich dir nicht, aber trotzdem vielen Dank.«

Matts Handy piepte.

»Geh nicht dran!«, bat Olivia.

Matt nahm das Handy.

»Payne«, meldete er sich einen Augenblick später. »Bleiben Sie dran.«

Er schob das Handy unter ein Kissen auf dem Bett.

»Ich habe dich gebeten, dich nicht zu melden«, sagte Olivia.

»Es war mehr ein Befehl als eine Bitte, aber ich arbeite seit fünf Jahren für Peter Wohl und habe eine unkontrollierte pawlowsche Reaktion entwickelt, wenn mein Telefon piept: Melde dich sofort.«

»Ist es Inspector Wohl?«

»Nein. Es ist meine Freundin.«

Er konnte ihr ansehen, dass sie sich nicht ganz entscheiden konnte, ob sie ihm glauben sollte oder nicht.

»Möchtest du, dass ich ins Badezimmer gehe, damit du ungestört mit ihr sprechen kannst?«

»Nein. Komm und hör mit«, sagte er. »Du wirst es vielleicht interessant finden.«

Sie ging zum Badezimmer.

»Hey!«, rief Matt. »Hierher!«

Er wies zum Bett.

Sie regte sich nicht.

Er zog das Handy unter dem Kissen hervor.

»Detective McFadden«, sagte er. »Es wärmt mein Herz, deine Stimme zu hören.«

Er zeigte von neuem zum Bett, und Olivia kam und setzte sich vorsichtig auf die Kante. Er hielt das Handy vom Ohr ab, damit sie mithören konnte.

»Matt, was, zum Teufel, ist los?«, wollte Detective McFadden wissen.

»Du meinst, in diesem Augenblick?«

»Ja.«

»Ich bin im Bett mit einer schönen, fast nackten Frau.«

Olivia kniff Matt schmerzhaft in den Oberschenkel.

»Dabei würde ich dich nicht stören, du geiler Bastard, wenn es nicht sein müsste.« McFadden lachte. »Ich meine, Dignitary Protection befiehlt mir, um fünfzehn Uhr auf dem North Philly Airport zu sein. Wohl hat es mir soeben gesagt.«

Matt reagierte auf das Kneifen in seinen Oberschenkel, indem er in Olivias geliehenen Bademantel griff und eine ihrer Brustspitzen umfasste.

»Wage es nicht, mich zu kneifen!«, flüsterte sie.

»Du und Martinez, ihr seid ausgewählt worden, um Lieutenant McGuire und sein Personal und mich beim Schutz von Mr Stan Colt, dem Filmstar, zu unterstützen …«

»Was?«, fragte McFadden ungläubig.

Matt ließ Olivias Brustspitze los und küsste beinahe andächtig die Finger, mit denen er sie gehalten hatte. Olivia schüttelte resigniert den Kopf.

»Mit besonderer Betonung darauf, Mr Colt vor sich selbst zu schützen.«

»Was, zur Hölle, heißt das?«

»Er steht auf sehr junge Mädchen, Charley. Wir werden dafür sorgen, dass er keins bekommt, während er in der Stadt ist.«

»Du willst mich nicht auf den Arm nehmen, oder?«, fragte McFadden ernst.

»Nein. Wenn es einen Zwischenfall gibt, sitzen wir alle in einem Boot und rauschen ohne Paddel den berühmten Bach runter.«

»Wie, zur Hölle, bist du darin verwickelt worden?«

Matt begann seinen Bademantel von Olivias Schultern zu streifen. Sie versteifte sich, doch dann entspannte sie sich und schüttelte den Bademantel ab.

»Colt ist hier, um Spendengelder für die West Catholic High School zu beschaffen und ...«

»Davon habe ich in der Zeitung gelesen«, unterbrach McFadden.

Matt hob den Kopf, küsste Olivias Brüste und umschmeichelte mit der Zunge ihre Brustspitzen.

Sie seufzte. Als er sich zurücklegte, schüttelte sie nachsichtig den Kopf.

»... Monsignor Schneider, der zuständige Mann des Kardinals für den Besuch, ist ein Cop-Fan. Als Colt ihm sagte, dass er gern echte Cops bei der Arbeit sehen möchte, dachte Schneider an mich und ging zum Commissioner, und so drehte man mir den Job an.«

»Aber warum dir?«

»Schneider meint, ich wäre ein wahrer heldenhafter Cop in Doylestown gewesen«, sagte Matt bitter nach einer merklichen Pause.

»Oh, verdammt!«, sagte McFadden mitfühlend.

Susan Reynolds blicklose Augen kamen Matt in den Sinn.

»Scheiße!«, sagte Matt.

»Was?«, fragte McFadden.

Olivia sah ihn besorgt an, dann berührte sie seine Wange, um seinen Kopf so zu drehen, dass sie ihm in die Augen sehen konnte. Ihr Blick fragte: »Was?«

»Nichts«, sagte Matt. »Charley, ich muss jetzt Schluss machen ...«

»Ist die nackte Puppe geil?«

»Absolut. Ich sehe dich und Che-sus um fünfzehn Uhr auf dem Flughafen.«

»Ja«, sagte Detective McFadden und legte auf.

Matt warf das Handy beiseite und schaute zu Olivia auf.

»Viele Leute dachten, du hast in Doylestown heldenhaft gehandelt«, sagte sie.

»Das ist ein Witz. Dabei habe ich den Job nicht mal richtig gemacht. Wenn ich alles richtig gemacht hätte, wäre Susan noch am Leben.«

»›Susan‹? Wart ihr Freunde?«

»Mehr als Freunde«, sagte Matt.

»Ich habe dich im Fernsehen heulen sehen«, sagte sie. »Das hat mich gewundert.«

Er sah sie an, sagte jedoch nichts.

»Weißt du, was mir mein Gefühl sagt, jetzt mit dir zu tun?«, fragte sie.

»Ich bin ganz Ohr. Und ich liebe deine Fantasie.«

»Mein Gefühl sagt mir, die Arme um dich zu legen und dich zu halten und dir zu sagen, dass du alles richtig gemacht hast.«

»Das ist nicht genau das, was ich dachte.«

»Kann ich?«, fragte Olivia.

»Ja«, sagte er nach einer Weile.

Sie neigte sich zu ihm, und er setzte sich halb auf, und sie legte die Arme um ihn und drückte ihn an ihre Brüste.

So blieben sie vielleicht drei Minuten, und dann blickte Olivia hinab auf das Laken, das seine Lenden bedeckte.

»Du geiler Hurensohn«, sagte sie erstaunt.

»Soll das eine Beschwerde sein?«

Sie schob ihn von ihren Brüsten zurück aufs Bett und sah einen Moment auf ihn hinab, bevor sie den Kopf schüttelte. »Nein.«

Eine Viertelstunde später stiegen sie in den Crown Victoria, fuhren zur Kripo Nordost und gaben ihre Aussagen zu Protokoll.

13

1

J. Richard Candelle, ein korpulenter, grauhaariger Schwarzer Anfang fünfzig, der seine randlose Brille tief auf der Nase sitzen hatte, schaute über die Brillengläser hinweg zu Detective Tony Harris, der am Labortisch lehnte, schüttelte den Kopf und erklärte:

»Tony, ich habe mein Bestes getan, mehr kann ich leider nicht tun. Es sind einfach zu wenig Punkte.«

Die Realität der Identifizierung durch Fingerabdrücke ist nicht annähernd so einfach oder leicht, wie es Tausende Filme im Kino und Fernsehen weismachen – und tatsächlich eine überraschende Anzahl von Polizisten glauben.

Fingerabdrücke werden identifiziert – und mit anderen verglichen – durch ein System von Punkt-Lokalisierung und der Klassifizierung dieser Punkte. Je mehr Punkte auf einem Abdruck, desto besser. Je mehr Abdrücke – Abdrücke von mehr als einem Finger, vom Handballen oder zehn Fingern oder beiden Handballen – und je mehr klassifizierte Punkte auf jedem Abdruck, desto leichter ist es, ähnlich klassifizierte Abdrücke in der Kartei zu finden.

Vorausgesetzt, man hat *beide* Fingerabdrücke zum Vergleich – den Abdruck, den der Täter im Roy Rogers Restaurant auf dem Mützenschirm zurückgelassen hatte, und den des Täters selbst –, wäre es relativ einfach und würde fast eindeutig den Verdächtigen identifizieren.

Aber es war praktisch unmöglich, die Identität des Täters festzustellen, indem man unter Hunderttausenden Abdrücken von Zeigefingern in den Akten der Polizei von Philadelphia oder den Millionen beim FBI registrierten Abdrücken einen zu seinem Zeigefinger passenden suchte.

Außer, wenn man einen Abdruck mit vielen ›guten‹ Punkten erhielt, dessen Punkte klassifiziert werden konnten.

J. Richard Candelle, Philadelphias Fingerabdruck-Experte, war einfach nicht in der Lage gewesen, genügend Punkte in dem einzelnen Zeigefinger-Abdruck zu entdecken, sodass er auch nur eine geringe Chance hatte, ihn mit einem der registrierten Abdrücke zu vergleichen.

»Scheiße, das Beste ist nicht gut genug«, sagte Harris bitter.

»Ich werde dies nicht als persönliche Kritik auffassen und unter diesen Umständen Ihre Fäkalsprache verzeihen.« Candelle, dessen forensische Fähigkeiten legendär waren, war ein würdevoller Mann, der neben seinem Halbzeitjob im Labor als Dozent für Chemie an der Temple University lehrte.

»Das war nicht gegen Sie gerichtet, und das wissen Sie«, sagte Harris.

Candelle wartete, bis er sah, was er als echte Reue in Harris' Gesicht zu erkennen glaubte, und fuhr dann fort:

»Ich war die ganze verdammte Nacht hier, Tony. Ich habe nur zwei verdammte Doughnuts zum Frühstück gegessen, meine verdammten Füße tun weh, und jedes verdammte Weißhemd vom Rundhaus war hier, um sich zu vergewissern, ob ich auch wirklich mein verdammt Bestes tue.«

Harris sah ihn an.

»Nun, in diesem Fall, Sie verdammter alter Furzer, nehme ich an, ich sollte Ihnen verdammt ein Mittagessen spendieren, bevor sie verdammt vor Hunger, Altersschwäche und Selbstmitleid in diesem verdammten Labor tot umfallen.«

»Ich nehme an, dies wäre eine angemessene Geste Ihrer Dankbarkeit«, erwiderte Candelle, lächelte und begann seinen Laborkittel durch ein Sportsakko zu ersetzen.

Mit einer Pinzette nahm Candelle den Mützenschirm auf, den der Täter im Roy Rogers Restaurant zurückgelassen hatte, und steckte ihn wieder in den Plastikbeutel für Beweismittel.

»Wollen Sie, dass ich weiter an dieser Sache dranbleibe, Tony?«

»Nein. Geben Sie mir den Schirm. Vielleicht bringe ich ihn zu einem Psychiater.«

Candelle lachte glucksend.

»Es tut mir wirklich Leid, Tony«, sagte er.

Harris klopfte ihm liebevoll auf den Arm.

»Das tut es uns beiden, Dick«, sagte er. »Was möchten Sie essen?«

Sie gingen zum DiNic's in der Twelfth Street und setzten sich auf Hocker an eine der Theken. Beide bestellten Sandwichs mit Schweinebraten, mit Käse und heißem Paprika und spülten sie mit einem Bier hinunter.

»Ich hasse es, eine Wunde wieder aufzureißen«, sagte Candelle, »aber ich hatte soeben einen anderen unangenehmen Gedanken.«

»Welchen?«

»Es ist wirklich eine Schande, dass Luther Stecker in den Ruhestand geht.«

»Wer ist das?«

»Der Mann von der Staatspolizei in Harrisburg. Ein Lieutenant.«

»Ah ja. Ich bezweifle, dass er etwas getan hätte, was Sie nicht tun konnten«, sagte Harris. »Ich hatte gar nicht gehört, dass er in den Ruhestand geht.«

Candelle blickte auf seine Armbanduhr.

»Heute«, sagte er. »Ich war zu seiner Abschiedsparty eingeladen. Heute Abend. Ich sagte mir jedoch, dass es bis Harrisburg zu weit zu fahren ist, selbst wenn es Freibier gibt.«

»Wie kommen Sie auf den Gedanken, dass er hätte helfen können?«

»Er hat eine neue Maschine, AFIS. Das steht für Automated Fingerprint Identification System.«

»Und?«

»Es soll in der Lage sein, Punkte von einem vertrockneten Blatt zu erkennen, das vor einer Woche in einem Sturm vom Baum gefallen ist.«

»Meinen Sie das im Ernst?«

Candelle nickte.

»Harrisburg, ich komme!«, sagte Tony.

»Ich habe es gesagt, Stecker geht heute in den Ruhestand.«

»Nun, es sollte sonst noch jemand da sein, der weiß, wie diese Wundermaschine bedient wird.«

»Tony, wenn es so wäre, hätte ich Ihnen vorgeschlagen, mit Ihnen dorthin zu fahren.«

»Nun, hat das FBI keine dieser Maschinen?«, fragte Harris. »Als letzten verzweifelten Versuch werde ich ihm den gottverdammten Mützenschirm schicken.«

»Sie haben vermutlich ein halbes Dutzend davon. Aber ob sie jemanden haben, der weiß, wie eine davon benutzt wird, um alles nur Mögliche herauszuholen, ist eine andere Frage.« Er legte eine Pause ein und fügte dann hinzu: »Das ist eine Frage der Erfahrung, sogar Kunst.«

»So ist die Sache also gestorben, wie?«

Candelle zuckte mit den Schultern.

»Es sieht so aus. Tut mir Leid. Und was werden Sie jetzt unternehmen?«

»Wir müssen die Phantomzeichnungen wieder herumzeigen. Und wir beide wissen, dass dies nicht funktionieren wird. Jeder in dem Lokal will etwas anderes gesehen haben.«

»Auf die Gefahr hin, dass ich mich wiederhole, Tony, es tut mir wirklich Leid, dass ich nicht mehr tun konnte. Vielleicht ist das FBI dazu in der Lage.«

»Sind Sie sicher, dass niemand von der Staatspolizei uns helfen kann? Wer wird Steckers Nachfolger?«

»Ich habe den Gentleman kennen gelernt«, sagte Candelle. »Und ich gewann den Eindruck, dass er Probleme hat, mit beiden Händen seinen Hintern zu finden.«

»Na, großartig!«

Harris fuhr seinen Crown Victoria zum Hintereingang des Rundhauses.

»Kommen Sie nicht mit rein?«, fragte Candelle.

»Nein. Ich gehe irgendwohin und überlege, was ich dem schwarzen Buddha erzählen soll.«

»Das werde ich für Sie tun, Tony«, sagte Candelle. »Bevor ich heimfahre. Ich will nicht, dass er mich zu Hause anruft, um mir zu sagen, dass ich noch einen weiteren Versuch machen soll.«

»Das Steinchen unter dem Stein umdrehen?«

»Bei diesem Mützenschirm sind uns die Steine ausgegangen, Tony«, sagte Candelle. »Und ich meine, der schwarze Buddha wird das eher von mir akzeptieren als von Ihnen.«

»Viel Glück!«, sagte Harris. Er gab Candelle die Hand. »Vielen Dank, Dick. Ich weiß Ihre Bemühungen wirklich zu schätzen.«

»Es tut mir nur Leid, dass sie uns nicht weiterbringen.« Candelle nickte Harris zu, schloss die Autotür und ging zum Hintereingang des Rundhauses.

Tony wollte vom Parkplatz wegfahren, doch im letzten Moment fuhr er auf einen freien Stellplatz, zog sein Handy hervor und drückte auf die Taste, die automatisch die Auskunft wählte.

»Welche Stadt bitte?«

»Scheiß drauf«, murmelte Tony und drückte auf BEENDEN.

Er setzte aus der Parklücke zurück, fuhr dann vom Parkplatz und fragte sich, wie er zu dieser Tageszeit am besten auf die Interstate 76 gelangen konnte.

»Jason«, sagte er laut, »wenn du den verdammten Stein unter dem Stein umgedreht haben willst, dann werde ich das verdammt auch tun.«

Zehn Minuten später, als er auf die I-76 West abbog, summte sein Mobiltelefon.

»Harris«, meldete er sich.

»Vermutlich wissen Sie, dass Professor Candelle …«, ertönte Lieutenant Jason Washingtons unverkennbare sonore Stimme.

»Ich bin dort gewesen.«

»Und was haben Sie jetzt vor?«

»Ich denke, Jason.«

»Und darf ich fragen, was?«

»Nein. Jetzt nicht.«

»Darf ich zu hoffen wagen, dass Sie mich anrufen, wenn Sie sich gut genug fühlen, um es mir zu sagen?«

»Halten Sie nicht den Atem an, Jason. Dies ist vermutlich eine weitere Sackgasse.«

»Manchmal findet man am Ende der Sackgasse einen Stein …«, begann Washington.

»Danke dafür, dass Sie Ihre Weisheit mit mir teilen«, unterbrach Tony. »Ich werde mir das aufschreiben, damit ich's nicht vergesse.«

»Guten Tag noch, Detective Harris«, sagte Washington, und das folgende Knacken verriet, dass er aufgelegt hatte.

Harris warf das Handy auf den Beifahrersitz.

Er ist also ein bisschen sauer, weil ich ihm nichts sage.

Besser, als ihm Hoffnung zu machen und dann einen Tritt in den Hintern zu bekommen, wenn sie sich nicht erfüllt.

2

Matt traf um 14 Uhr 30 auf dem North Philadelphia Airport ein und stellte fest, dass er vor Lieutenant McGuire angekommen war, jedoch nicht vor dem Captain vom 78. Distrikt, der über ein Dutzend seiner Uniformierten beaufsichtigte, die Barrieren aufstellten, um die sechzig oder siebzig – vielleicht sogar mehr – Fans von Stan Colt unter Kontrolle zu halten.

Matt schaute genauer hin und sah, dass es zwei Absperrungen gab, eine für die Fans – eine überraschende Anzahl bestand aus grauhaarigen Erwachsenen – und eine zweite für die Presse.

Er fragte sich, ob er sich dem Captain des 8. Distrikts vorstellen sollte, als Lieutenant McGuire eintraf, aus dem Wagen stieg, Matt zuwinkte und dann zu dem Captain ging, um mit ihm zu sprechen.

Als Nächstes trafen vier Motorradpolizisten der Highway Patrol unter der Führung eines Sergeants mit röhrenden Maschinen ein. McGuire zeigte ihnen, wo sie parken sollten, und als sie ihre Motorräder abgestellt hatten, nahm der Sergeant seinen Helm ab und hängte ihn an die Lenkstange. Matt erkannte in ihm den Sergeant, der in der Nacht zuvor in der Knight's Road gewesen war.

Erst gestern Nacht? Mir scheint, es wäre vor zwei Wochen gewesen.

Er schlenderte zu Matt.

»Was macht das Gesicht?«, erkundigte er sich.

»Es tut weh, und ich war heute Morgen im Hahnemann. Man gab mir Spritzen, und jetzt tut auch mein Hintern weh.«

Der Sergeant lachte.

»Sie haben Detective Coleman von der Kripo Nordost aufgesucht, richtig?«

»Ich komme soeben von dort. Ich weiß die Hilfe von gestern Nacht zu schätzen. Alles davon.«

»Ich weiß, dass Jungs im Dienst nicht getan hätten, was Sie getan haben«, sagte der Sergeant. »Sie hätten sich gesagt, Scheiß drauf, ich habe ein paar Drinks intus, warum das Risiko eingehen und mich in Schwierigkeiten bringen?«

»Ich wollte nicht nobel sein. Ich habe es einfach getan.«

»Sie sind eben ein guter Cop«, sagte der Sergeant. »Gute Cops kümmern sich umeinander.«

Detective Charley McFadden kam zu ihnen.

»Was ist mit deinem Gesicht passiert?«, fragte er.

»Wo ist Martinez?«, fragte Matt und ignorierte die Frage.

»Er hat den Asphalt geküsst, als er den Kerl in dem geklauten Grand Am verfolgte, der auf der Knight's Road den Van rammte«, erklärte der Sergeant der Highway Patrol hilfreich.

»Das warst du?« Charley McFadden sah Matt überrascht an.

»Wo ist Martinez?«, wiederholte Matt seine Frage.

»Er wird gleich hier sein.«

»Was haben Mutt und Jeff mit diesem Unsinn zu tun?«, wollte der Sergeant der Highway Patrol wissen.

»Sergeant«, sagte Charley, »genau dies versuche ich von Sergeant Payne erklärt zu bekommen.«

Eine weiße Lincoln-Stretchlimousine rollte heran. McGuire signalisierte dem Fahrer, sie hinter den Motorrädern der Highway Patrol abzustellen.

»Die Kutsche unseres Helden, nehme ich an«, sagte der Sergeant der Highway Patrol.

»Das ist eine Limousine von Classic Livery«, sagte Matt. »Ich frage mich, ob wir unserem Helden sagen sollen, dass er vom Mob kutschiert wird.«

Der Sergeant der Highway Patrol und McFadden, die wussten, dass die Autoverleihfirma Classic Livery eines von

Philadelphias Mob-Boss Vincenzo Savareses legitimen Geschäften war, grinsten und lachten.

Ein schwarzer Cadillac, ein schwarzer Crown Victoria und ein ebenfalls schwarzer Buick Park Avenue fuhren auf das Hallenvorfeld.

»Der Bürgermeister und der Polizeichef«, sagte der Sergeant der Highway Patrol. »Ich dachte, das wäre einer der Wagen des Kardinals, aber da ist keiner seiner Leute drin.«

Das Rätsel wurde sofort gelöst, als der Ehrenwerte Alvin W. Martin, Bürgermeister von Philadelphia, und Monsignor Schneider aus dem Cadillac stiegen. Police Commissioner Ralph J. Mariani stieg schnell vom Beifahrersitz des Crown Victoria aus und eilte zu ihnen.

»Ich sollte beschäftigt wirken«, sagte der Sergeant der Highway Patrol und ging zurück zu den Motorrädern. Als er am Bürgermeister und dessen Gefolge vorbeikam, winkte Commissioner Mariani ihn zu sich.

Einen Augenblick später wies der Sergeant der Highway Patrol auf Matt, und kurz danach begann er schnell – fast im Laufschritt – zurück zu Matt und McFadden zu gehen.

»Der Commissioner will Sie sprechen«, sagte er.

»Mist«, murmelte Matt und ging hinüber.

»Guten Morgen, Mr Mayor, Commissioner, Monsignore«, sagte Matt.

»Meine Güte«, sagte Monsignor Schneider, »was ist denn mit Ihrem Gesicht passiert?«

»Ich bin gestern Nacht gestürzt, als ich jemanden verfolgte, Monsignore.«

»Wie kam das, Sergeant?«, wollte der Bürgermeister wissen.

»Ich verfolgte einen Autodieb, Sir.«

»Den von der Knight's Road?«, fragte Commissioner Mariani.

»Ja, Sir.«

»Korrigieren Sie mich, wenn ich mich irre, Sergeant«, sagte der Commissioner, »aber es war ein bisschen mehr, nicht wahr? Der Kerl fuhr bei Rot durch, donnerte gegen einen Van mit einer Familie, die ins Krankenhaus musste, und beging dann Fahrerflucht?«

»Ja, Sir.«

»Ich habe davon in der Zeitung gelesen«, sagte der Bürgermeister.

»Haben Sie ihn geschnappt?«, wollte der Monsignore wissen.

»Jawohl, Sir.«

»Sie kommen wirklich rum, nicht wahr, Sergeant?«, sagte der Monsignore bewundernd.

»Was ist mit Ihrer Hand?«, fragte der Commissioner.

»Ich habe sie mir auf der Zufahrtsstraße verletzt, Sir.«

»Und es trotzdem geschafft, diesen Kerl zu schnappen?«, fragte der Monsignore.

»Jawohl, Sir.«

»Wie kamen Sie dorthin, waren Sie zufällig dort, Sergeant?«, wollte Mariani wissen.

»Jawohl, Sir. Ich brachte einen Detective nach Hause – wir arbeiten an dem Williamson-Job. Und es passierte genau vor unseren Augen.«

»Und wie läuft er?«, fragte Schneider. »Der Williamson-›Job‹, sagten Sie, glaube ich?«

»Nun, Sir, wir haben ein ziemlich gutes psychologisches Profil von dem Täter, das uns helfen sollte, ihn zu finden, und wir haben einige ziemlich gute Beweisstücke, um ihn hinter Gitter zu bringen …«

»Zum Beispiel?«, unterbrach der Monsignore.

»Mit Verlaub, Monsignore, ich darf nicht über Einzelheiten einer laufenden Ermittlung reden.«

»Das ist eine gute Vorschrift, und es freut mich, dass sie befolgt wird«, sagte Commissioner Mariani. »Aber ich möchte es wissen, und ich glaube, den Bürgermeister interessiert das ebenfalls, und keiner von uns beiden wird Monsignor Schneider bitten, uns einen Moment allein zu lassen. Ich bin sicher, dass wir auf seine Verschwiegenheit zählen können.«

»Meine Lippen sind versiegelt, Sergeant«, sagte der Monsignore.

»Jawohl, Sir«, sagte Matt. »Am Tatort war Sperma. Man führt bereits eine DNA-Analyse durch. Wenn wir diesen Kerl festnehmen, eine andere DNA-Probe von ihm bekommen und sie vergleichen, wird das eindeutig beweisen, dass er am Tatort gewesen ist.«

»Die Sicherheit eines DNA-Vergleichs ist in der Größenordnung von ein paar Millionen zu eins, Monsignore«, erklärte Commissioner Mariani.

»Absolut faszinierend«, meinte der Monsignore. »Ich erzählte gerade dem Commissioner und dem Mayor, Sergeant, dass mir Stan bei unserem letzten Gespräch ziemlich klar machte, dass er während seines Aufenthalts hier gern einige Zeit der Polizei – besonders Ihnen, Sergeant – bei der Arbeit zuschauen möchte. Ich gestehe, dass ich nicht bedacht habe, was Sie soeben über Verschwiegenheit über Einzelheiten einer laufenden Ermittlung gesagt haben.«

»Ich meine, das würde kein Problem mit Mr Colt sein«, sagte der Bürgermeister. »Sehen Sie ein Problem, Commissioner?«

»Das Problem, Mr Mayor«, erwiderte Mariani, »wäre folgendes: Es müsste sichergestellt werden, dass Mr Colt versteht, dass alles, was er sieht oder hört, wenn er mit Sergeant Payne zusammen ist, nicht weiterzählt werden darf.«

»Ich bezweifle, dass dies überhaupt ein Problem sein wird«, sagte Monsignore Schneider. »Bestimmt wird Stan das verstehen. Schließlich hat er so oft einen Kriminalbeamten in Fernsehfilmen gespielt.«

Der Commissioner lächelte. Ein bisschen schwach, wie Matt fand.

Ein Sergeant der Traffic Unit kam zu ihnen, salutierte und sagte: »Commissioner, Mr Colts Flugzeug wird in einer Minute landen.«

3

Lieutenant Ross J. Mueller vom Forensischen Labor der Staatspolizei Pennsylvanias in Harrisburg erhob sich hinter seinem Schreibtisch und streckte Tony Harris die Hand entgegen, als er ins Büro geführt wurde.

»Was kann ich für Sie tun, Detective?«, fragte er und lächelte freundlich.

Mueller war ein großer, muskulöser Mann mit Bürstenhaarschnitt und eng sitzender Uniform. Tony erinnerte sich an Dick

Candelles Worte, dass er vermutlich Mühe hatte, mit beiden Händen seinen Hintern zu finden.

»Danke, dass Sie mich empfangen, Sir«, sagte Tony. »Aber ich hatte wirklich gehofft, mit Lieutenant Stecker sprechen zu können.«

Mueller warf einen Blick auf seine Armbanduhr.

»Am Ende dieser Schicht – mit anderen Worten, in einer Stunde und fünf Minuten – wird Lieutenant Stecker seine Uniformmütze zum letzten Mal aufhängen und in den wohlverdienten Ruhestand gehen. Ich nehme seine Stelle ein. Nun, wie können wir Philadelphia helfen?«

»Sir, ich arbeite an einem Mordfall …«

»In welcher Eigenschaft?«

»Sir?«

»Als der leitende Detective, als einer der Ermittler? In welcher Eigenschaft?«

»Ich bin der leitende Detective bei dem Fall, Sir.«

»Und Sie sind offiziell hier?«

»Ja, Sir, ich bin offiziell hier.«

»Ich dachte mir schon, dass dies der Fall ist. Ich kann mich jedoch nicht erinnern, gehört zu haben, dass Sie kommen.«

»Sir, ich bin einfach in den Wagen gestiegen und hierhergefahren.«

»Sie haben nicht mit Ihrem Vorgesetzten gesprochen, sodass er einen Termin für Sie abmachen konnte?«

»Nein, Sir, das habe ich nicht.«

»Und wer ist Ihr Vorgesetzter?«

»Lieutenant Jason Washington, Sir.«

»Ich glaube, ich hatte noch nicht das Vergnügen«, sagte Lieutenant Mueller und schrieb den Namen Washington auf einen linierten Notizblock.

Wenn du nicht weißt, wer Jason Washington ist, du Armleuchter, dann kannst du wirklich den Hintern nicht mit beiden Händen finden.

»Könnten Sie mir bitte seine Telefonnummer geben?«, fragte Lieutenant Mueller.

Tony nannte ihm die Telefonnummer des Leiters der K-9 Unit der Polizei von Philadelphia.

Er überlegte schnell und gelangte zu dem Schluss, dass

Lieutenant Mueller trotz seines angedeuteten Hilfsangebots ein Teil des Problems sein würde, keine Lösung.

»Ich werde Ihren Lieutenant anrufen, mich vorstellen«, sagte Lieutenant Mueller, »und vorschlagen, dass er, wenn er das nächste Mal meint, wir können Philadelphia helfen, anruft und einen Termin ausmacht.«

»Jawohl, Sir. Ich habe nicht bedacht, dass dies nötig ist, und ich glaube, Lieutenant Washington ist das ebenfalls nicht in den Sinn gekommen.«

»Vermutlich nicht«, sagte Mueller lächelnd. »Aber Sie haben sicherlich gehört, Detective – Harris, sagten Sie?«

»Jawohl, Sir.«

»... dass neue Besen gut kehren.«

»Ja, Sir, das habe ich gehört.«

»Ich bin hier der neue Besen.«

»Jawohl, Sir.«

»Aber Sie sind nun mal hier. Wie können wir also helfen?«

»Sir, wie ich schon sagte, ich arbeite an einem Mordfall. Wir haben einen Mützenschirm – wie eine Baseballkappe ohne Krone, den der Täter am Tatort zurückgelassen hat. Unser Labor, besonders Mr Richard Candelle, hat nur einen teilweisen Fingerabdruck feststellen können, der vermutlich von einem Zeigefinger stammt.«

»Candelle, sagen Sie?«

»Jawohl, Sir.«

»Ich glaube, ich habe einen Mr Candelle kennen gelernt. Afro-Amerikaner, nicht wahr?«

»Jawohl, Sir. Das ist er.«

»Fahren Sie fort, Detective Harris.«

»Ich hatte gehofft, dass Sie sich diesen teilweisen Abdruck ansehen und vielleicht mehr finden können als wir.«

»Wir haben, wie Sie vielleicht nicht wissen, ein AFIS, also ein Automated Fingerprint Identification System.«

»Ja, Sir, das habe ich gehört.«

»Es ist Technologie auf dem neuesten Stand. In den Händen von Experten – ich selbst bin in der Benutzung amtlich geprüft und zugelassen – kann dieses System manchmal Bemerkenswertes leisten.«

»Jawohl, Sir.«

»Nun, wir werden uns das für Sie ansehen, Detective. Und uns dann bei Ihnen melden, sagen wir in zweiundsiebzig Stunden.«

»Sir, ich hatte gehofft, ich könnte hier bleiben, bis Sie ...«

»Sie wollen sich ein Hotelzimmer nehmen, meinen Sie? Nun, wenn Ihr Vorgesetzter damit einverstanden ist, finde ich das prima. Wie schon gesagt, wir sprechen von drei Tagen, wenn die Dinge gut verlaufen.«

»Ich meinte heute, Sir.«

»Das kommt nicht in Frage. Lassen Sie einfach das Beweisstück hier, und wir beschäftigen uns damit so bald wie möglich.«

»Es ist nur so, Lieutenant, mein Vorgesetzter, Lieutenant Washington – sind Sie sicher, dass Sie ihn nicht kennen?«

»Ganz sicher. Einen solchen Namen würde ich in Erinnerung behalten.«

»Nun, Sir, Lieutenant Washington möchte den Mützenschirm – das *Beweisstück* – gleich als Erstes morgen früh zum FBI-Labor schicken.«

»Nun, das löst unser Problem, nicht wahr? Das FBI weiß wirklich, wie diese Dinge gehandhabt werden.«

»Danke dafür, dass Sie mich empfangen haben. Und es tut mir Leid, dass ich nicht vorher um einen Termin gebeten habe.«

»Schon gut, tun Sie es nur in Zukunft nicht wieder, Detective.«

»Nein, Sir, das werde ich bestimmt nicht noch einmal tun.«

4

Das Flugzeug, eine Cessna Citation, tauchte am Himmel über der Bucks County auf, landete glatt und rollte zum Abfertigungsgebäude.

Nesfoods International verfügte über eine Citation, die entweder identisch mit dieser oder fast gleich war. Matts Vater hatte eine Unmenge Zeit damit verbracht, dem Finanzamt zu erklären, dass es reine Geschäftsflüge waren, wenn die Nesbitts

(Vater und/oder Sohn) und ihre Familien damit nach Kentucky oder Florida flogen, und nicht dazu dienten, das Kentucky Derby zu besuchen oder am Strand von Palm Beach zu liegen.

Die Citation stoppte zweihundert Yards von ihnen entfernt, und Bodenpersonal eilte hin, um die Räder mit Keilen zu sichern.

Der Bürgermeister, der Polizeichef und der Monsignore gingen auf die Maschine zu. Der Commissioner wandte sich um und signalisierte Matt, mitzukommen.

Die Tür öffnete sich, und sie sahen eine Treppe, als sie – und eine Schar von Fotografen und Reportern mit Mikrofonen – sich dem Flugzeug näherten.

Jemand, der auf den ersten Blick wie eine fette Frau mit schmutzigblonder Pagenfrisur und Pyjama wirkte – bis Matt sah, dass die Person einen Spitzbart hatte –, kam schnell aus der Tür und die Treppe herunter. Der Mann hielt eine Fünfunddreißig-Millimeter-Kamera mit gewaltiger Linse in der Hand, und eine zweite, mit einer kleineren Linse, hing an einem Riemen von seinem Hals.

Er kniete sich rechts hin und richtete seine Kamera auf die Tür.

Stan Colt erschien in der Tür, lächelte und duckte sich.

»Geh ein paar Stufen runter«, wies ihn der fette Fotograf an.

Colt gehorchte. Er stieg vorsichtig zwei Stufen herab, winkte und setzte ein breites Lächeln auf. Er trug Bluejeans, ein Polohemd und ein Sportsakko. Seine Fans applaudierten. Einige pfiffen begeistert.

Colt kam die restlichen Treppenstufen herunter und ging zu Monsignor Schneider, der ihm begeistert die Hand schüttelte und ihn dem Bürgermeister und dem Polizeichef vorstellte, die ebenso überschwänglich seine Hand schüttelten.

Mein Gott, der sieht viel schmächtiger und kleiner aus als in den Filmen!, dachte Matt.

Fotos wurden geknipst, und der Anlass wurde auf Video aufgenommen und über Satellit zu mindestens zwei TV-Sendern in Philadelphia geleitet, die ihr reguläres Programm unterbrachen, um ihren Zuschauern live die Bilder von Mr Colts Ankunft zu zeigen.

Matt sah, dass ein junger Mann in seinem Alter und eine Frau, deren Haar vorzeitig ergraut und/oder gefärbt war und die er auf Ende vierzig schätzte, begonnen hatten, Gepäckstücke aus der Kabine und dem Frachtabteil zu laden. Beide waren todschick gekleidet. Matt hatte keine Ahnung, wer sie waren, aber er nahm an, dass sie mit Stan Colt in dem Flugzeug gewesen waren.

Als sie alles Gepäck aus der Maschine geladen hatten, begannen sie es zu einem schwarzen GMC Yukon XL zu tragen, auf dessen Tür ein Schild mit der Aufschrift ›Classic Livery‹ prangte.

Die Seitenfenster des Trucks waren mit schwarzer, durchsichtiger Folie beklebt. Matt wusste, dass der Truck – es gab mehrere identische – für gewöhnlich zum Transport von Leichen von Krankenhäusern zu Leichenhallen benutzt wurde, die ihre Bestattungslimousinen von Classic Livery mieteten. Er fragte sich, ob der Truck all das Gepäck transportieren konnte.

Der Commissioner wies auf die weiße Limousine. Colt nickte, ging dann zu den Fans, die hinter den Absperrungen standen, schüttelte Hände, küsste zwei der jüngeren Mädchen, winkte, ging dann zu der weißen Limousine und duckte sich hinein.

Der fette Fotograf setzte sich nach vorne, der Bürgermeister und der Commissioner stiegen hinten ein.

»Hi!«, sagte Terry Davis.

Matt hatte sie nicht aus der Citation aussteigen sehen.

Allmächtiger, sieht sie gut aus!

»Hi!«

»Fahren Sie mit, wo auch immer wir von hier aus hinfahren?«

»Ich befürchte, ja«, sagte er.

»Haben Sie noch Platz für mich?«

»Selbstverständlich.«

Er sah, dass sie zwei große Gepäckstücke hatte, die er für leicht hielt, und einen viereckigen Kasten, vermutlich einen Schminkkoffer. Plus eine enorm große Handtasche.

»Mein Wagen steht dort drüben«, sagte er und wies in die allgemeine Richtung.

»Wird all dieses Zeug in einen Porsche passen?«

»In den *städtischen* Wagen«, sagte er. »Es ist ein Ford.«

Als er die ›leichten‹ Gepäckstücke aufhob, schmerzte seine linke Hand.

»Was haben Sie mit Ihrem Gesicht gemacht?«, fragte Terry und nahm ihre Handtasche.

»Ich bin gefallen«, sagte Matt, als er zu dem Crown Victoria ging.

Er sah, dass Detective Jesus Martinez endlich aufgetaucht war. Er stand bei McFadden. *Sie wirken tatsächlich wie Mutt und Jeff,* dachte er.

»Ihr solltet mir folgen«, sagte Matt, doch seine Stimme wurde vom Röhren der startenden Motorradmotoren der Highway Patrol übertönt.

»Ihr solltet mir folgen«, wiederholte Matt lauter.

Seine Hand schmerzte wieder, als er Terrys Gepäckstücke auf den Rücksitz legte.

Als Terry eingestiegen war und er den Motor angelassen hatte, waren McFadden und Martinez mit ihren identischen neutralen Crown Victorias hinter ihn gefahren.

Und der Konvoi war abgefahren. Matt konnte den GMC und vier Fahrzeuge der Presse dahinter um die Ecke des Abfertigungsgebäudes verschwinden sehen.

Die Diskretion verbot es, zu rasen, um den Konvoi einzuholen. Er wusste, wo er hinfuhr. Vermutlich konnte er ihn auf der I-95 einholen.

Als er jedoch die Ausfahrt des Flughafens erreichte, war sie von einer Reihe von Wagen blockiert, und zwei uniformierte Beamte des 8. Distrikts und ein Sergeant hatten offenbar die Aufgabe, dafür zu sorgen, dass sich Mr Colts Fans nicht dem Konvoi anschlossen.

Matt fuhr an den stehenden Wagen vorbei, und als er deren Spitze erreichte, griff er unter das Armaturenbrett und drückte den Knopf, durch den das Blaulicht aufflammte und die Sirene zu heulen begann.

Der uniformierte Sergeant winkte den ersten Fanwagen durch das Tor, winkte Matt dann durch die Lücke, die entstanden war, und McFadden und Martinez folgten ihm.

»Erzählen Sie mir also von Ihrem Gesicht«, sagte Terry, als sie den Konvoi eingeholt hatten und an dessen Ende mit fünfundfünfzig Stundenmeilen über die I-95 fuhren.

»Ich habe versucht, einen wahnsinnigen Mörder zu stoppen, der mit einer Atombombe alles Leben auf unserem Planeten vernichten wollte.«

Terry kicherte. Das war eine genaue Zusammenfassung von Stan Colts letztem Film.

»Und dabei bin ich hingefallen.«

»Und auf dem Gesicht gelandet?«

»Richtig.«

»Aber Sie haben den Bösewicht geschnappt?«

»Ja.«

»Was hatte er getan?«

»Einen Wagen geklaut, war bei Rot über eine Kreuzung gefahren und hatte einen Van mit einer Familie gerammt.«

»Schrecklich. Aber was hatte es mit Ihnen zu tun?«

»Ich sah es. Das machte es zu meiner Sache.«

»Stan wird diese Geschichte lieben«, meinte Terry.

»Bitte erzählen Sie ihm nichts davon«, sagte Matt.

Sie schaute ihn sonderbar an.

»Okay. Wenn Sie es so wollen, werde ich ihm nichts davon sagen.«

5

Lieutenant Luther Stecker von der Pennsylvania State Police hatte sich offenbar gerade zu Ende rasiert, als es an seiner Tür läutete. Er öffnete in einem ärmellosen Unterhemd, ein Handtuch hing von seinem Hals, und Reste von Rasierschaum waren unter seinem Kinn und nahe seines linken Ohrs zu sehen.

Er war ein kleiner, drahtiger Mann, der seine verbliebenen grauen Haare im Bürstenschnitt trug.

Wortlos wartete er darauf, dass der Mann an der Tür den Grund seines Besuchs nannte.

»Lieutenant Stecker?«, fragte Tony Harris.

Stecker nickte.

»Sir, ich bin Detective Harris von der Mordkommission Philadelphia.«

Stecker nickte abermals und wartete darauf, dass Harris weitersprach.

»Ich arbeite an einem Fall, und ich brauche Ihre Hilfe.«

»Dies ist mein letzter Arbeitstag. Warum sind Sie hierher gekommen?«

»Ich war im Labor, Sir. Und ich habe Lieutenant Mueller besucht.«

Von neuem wartete Stecker mit ausdrucksloser Miene darauf, dass Harris fortfuhr.

»Lieutenant, Dick Candelle sagte, wenn jemand bei dem, was ich habe, genügend Punkte finden kann, dann Sie.«

»Sie kennen Candelle?«

»Ja, Sir. Wir sind seit langem gute Bekannte.«

»Und er konnte nicht genügend Punkte von dem entwickeln, das Sie haben?«

»Nein, Sir. Aber wir mussten mit einem Teilabdruck arbeiten. Vermutlich von einem Zeigefinger.«

Eine dralle, freundlich aussehende Frau tauchte hinter Stecker auf.

»Was ist?«, fragte sie.

»Dies ist Detective Harris von der Mordkommission Philadelphia.«

»Hast du ihm gesagt, dass dies dein letzter Arbeitstag ist und dass du …«, sie blickte auf ihre Armbanduhr, »… in einer Stunde und zehn Minuten deine Abschiedsparty im Penn-Harris hast?«

»Erzählen Sie mir von dem Fall«, sagte Stecker.

»Zwei Schwarze überfielen ein Restaurant«, begann Harris. »Sie töteten eine puertoricanische Frau.«

»Das ist ja schrecklich«, sagte die grauhaarige Dame und schnappte nach Luft.

»Und als ein uniformierter Polizist – ein Freund von mir, Kenny Charlton, achtzehn Jahre im Dienst, zwei Kinder – auf die Funkmeldung ›Raubüberfall‹ reagierte, steckte einer der Täter – der den Mützenschirm trug, den ich habe – einen Revolver unter seine Schutzweste und erschoss ihn.«

Stecker sagte nichts.

»Die einzige Spur, die wir zu diesen Verbrechern haben, ist das hier«, sagte Tony. Er hielt den Plastikbeutel mit dem Mützenschirm hoch.

»Das ist alles? Keine Zeugen?«

»Nichts hat funktioniert.«

»Grace, bietest du Detective Harris eine Tasse Kaffee und ein Stück Kuchen an, während ich mein Hemd anziehe?«

»Luther, deine Party fängt in einer Stunde und zehn Minuten an.«

»Das hast du bereits gesagt«, erwiderte Lieutenant Stecker.

6

Die Kanzlei der Erzdiözese von Philadelphia war auf den ›Fototermin‹ anlässlich Mr Stan Colts Höflichkeitsbesuchs beim Kardinal vorbereitet.

Der Kardinal hielt sich ›zufällig‹ im Erdgeschoss der Kanzlei auf, als die Motorradpolizisten der Highway Patrol, Lieutenant McGuires neutraler Wagen, die weiße Lincoln Limousine und der Cadillac des Bürgermeisters vorfuhren. Das erlaubte, für die Nachwelt in Fotos festzuhalten, wie der Kardinal herzlich Mr Colt begrüßte, als er aus der Limousine stieg.

Der Ehrenwerte Alvin W. Martin musste sich beeilen, um auf das Foto mit draufzukommen, doch er schaffte es.

Der Kardinal, der Bürgermeister und Mr Colt betraten hinter dem fetten Fotografen mit der Pagenfrisur das Gebäude. Lieutenant McGuire trottete hinter ihnen her, wandte sich an der Tür um, entdeckte Matt, der aus seinem Wagen stieg, und forderte ihn mit einem Wink auf, mitzukommen.

»Gehen Sie dort rein?«, fragte Matt Terry Davis.

»Dafür bezahlt man mich«, erwiderte sie.

Als sie das Büro des Kardinals erreichten, befand sich darin eine Delegation der West Catholic High School. Sie war aufgereiht, um Mr Colt die Hand zu schütteln und ihn wieder in seiner Alma Mater zu begrüßen. Der Bürgermeister schaffte es nicht, auf dieses Foto zu kommen, doch es gelang ihm, auf einem anderen Bild vor dem Schreibtisch des Kardinals mit dem Kardinal, dem Rektor der West Catholic High School, mit Monsignor Schneider und Mr Colt verewigt zu werden.

Dann, nach einem letzten Händeschütteln, verließ Mr Colt das Büro des Kardinals, wiederum hinter dem fetten Fotografen, der rückwärts ging und hektisch Fotos schoss.

Mr Colt blieb stehen, als er Terry Davis sah.

»Wo ist der Detective der Mordkommission?«, fragte er.

Terry wies auf Matt.

Mr Colt hob erstaunt oder ungläubig die Augenbrauen, und dann ging er weiter.

Als die Prozession wieder durch die Halle ging, hörte Matt, dass die Motorräder der Highway Patrol gestartet wurden.

Der Bürgermeister von Philadelphia schüttelte Mr Colt ein letztes Mal die Hand, sagte, er freue sich, ihn ein wenig später wiederzusehen, und ging dann zurück zur bürgermeisterlichen Limousine.

Mr Colt verharrte kurz vor dem Einsteigen in die Limousine, suchte Terry Davis, entdeckte sie und rief: »Er wird im Hotel sein, richtig?«

»Richtig, Stan«, rief Terry zurück.

Mr Colt nickte und stieg dann in die weiße Limousine.

Die Fans hatten irgendwie spitzgekriegt, dass Mr Colt im Ritz-Carlton wohnen würde. Sie hatten dort gewartet, weil sie hofften, ihn zu sehen, vielleicht sogar ein Autogramm zu bekommen, ihn zu berühren oder vielleicht ein Stück seiner Kleidung zu ergattern, doch sie wurden enttäuscht.

Ein Lächeln und ein Winken waren alles, was sie bekamen, als Colt – wieder hinter dem fetten Fotografen, der im Rückwärtsgang Fotos schoss – schnell das Hotel betrat und durch die Halle zu einem wartenden Aufzug eilte.

Stan Colt lag ausgestreckt auf einer Couch im Wohnzimmer seiner Suite und trank aus einer Flasche Bier der Dock Street Brauerei, als Lieutenant McGuire, Sergeant Payne und Miss

Terry Davis von der grauhaarigen, todschick gekleideten Frau, die Matt auf dem Flughafen gesehen hatte, hereingeführt wurden.

Der schick gekleidete junge Mann vom Flughafen stand bei einem Sideboard und telefonierte.

»Nachdem wir diesen Termin hinter uns haben, Terry, was kommt als Nächstes?«, fragte Stan Colt statt einer Begrüßung.

»Es gibt eine Cocktailparty im Bellvue-Stratford – das ist gleich um die Ecke …«

»Ich weiß, wo es ist, Sweetheart. Ich stamme von hier.«

»… um achtzehn Uhr dreißig. Die Limousine wird um achtzehn Uhr fünfzehn hier sein.«

»Woher, zum Teufel, habt ihr eigentlich dieses jungfräuliche Weiß?«

»Willst du eine andere Farbe?«, fragte Terry.

Colt wies zu dem jungen Mann, der telefonierte.

»Lex kümmert sich darum. Er besorgt einen schwarzen Wagen.«

»Die Cocktailparty wird um neunzehn Uhr dreißig vorüber sein, und das lässt die Frage nach dem Abendessen offen. Ich nehme an, du kannst mit mindestens einer Einladung rechnen.«

»Lass mich darüber nachdenken«, sagte er.

Zum ersten Mal nahm er Lieutenant McGuire wahr.

»Sie sind der Sicherheitsknabe, richtig?«

»Ich bin Lieutenant McGuire von der Abteilung Dignitary Protection, Mr Colt.«

Mr Colts herablassendes Schulterzucken zeigte an, dass ihm das ziemlich gleichgültig war, und er sah Matt an.

»Und Sie sind der Detective der Mordkommission, richtig?«

»Ich bin Sergeant Payne.«

»Aber Mordkommission stimmt, richtig? Sie sind der Mann, der bei der Schießerei in Doylestown mitmischte, von der mir Monsignor Schneider erzählt hat?«

Matt nickte.

»Nichts für ungut, aber Sie sehen nicht so aus.«

»Vielleicht weil ich kein Schauspieler bin«, sagte Matt.

»Sie sehen aus – und klingen – wie ein weißer angelsächsischer Protestant aus einer Stadt des Geldadels.«

»Wirklich? Das liegt vielleicht daran, dass ich tatsächlich ein weißer angelsächsischer Protestant bin, der in Wallingford aufgewachsen ist. Das ist zwar keine Stadt des Geldadels, aber ich verstehe, was Sie meinen.«

Matt sah, dass sich Lieutenant McGuire bei diesem Wortwechsel sehr unbehaglich fühlte.

»Warum bekomme ich das Gefühl, Sergeant«, fragte Colt, »dass Sie lieber sonst wo wären?«

»Sind Sie Hellseher?«

Colt lachte glucksend.

»Möchten Sie mir sagen, was Sie lieber täten?«

»Ich habe an einem Mordfall gearbeitet, bevor der Commissioner mich eingeteilt hat, bei Ihnen Babysitter zu spielen.«

»Bei mir ›Babysitter zu spielen‹? Das klingt ja fast ein wenig erotisch. Pervers. Wissen Sie das?«

»Es bedeutet, meine Befehle lauten, dafür zu sorgen, dass nichts, was Sie während Ihres Aufenthalts tun, in irgendeiner Weise peinlich für Ihre wohltätige Geste sein wird.«

»Zum Beispiel?«

»Payne!«, sagte Lieutenant McGuire warnend.

»Lassen Sie es mich so formulieren, Mr Colt«, sagte Matt. »So lange Sie in Philadelphia sind, wird die Tugend der Keuschheit Ihre eigene Belohnung für Sie sein.«

Terry Davis kicherte.

»Ich nehme an, Sie wollen mir sagen, dass ich nicht herumpimpern soll?«, fragte Colt.

»Das ist richtig.«

»Auch nicht ein bisschen?«

»Auch nicht ein bisschen.«

»Sie wissen, wer ich bin?«

»Deshalb werden Sie nicht herumpimpern, auch nicht ein bisschen.«

Colt wandte sich an Terry Davis.

»Du findest das lustig, nicht wahr?«

»Du bist derjenige gewesen, der gesagt hat, dass er mit einem echten, lebenden Cop der Mordkommission herumziehen will.«

»Und das will ich, das will ich. Und ich mag diesen Burschen! Dies ist besser, als ich erhofft habe.« Er wandte sich an Matt. »Ich werde Sie bei der Arbeit erleben, richtig?«

»Der Commissioner sagte, ich soll Ihnen so viel von der Arbeit der Mordkommission zeigen, wie ich meiner Meinung nach kann.«

»Was heißt das?«

»Ich werde Ihnen alles zeigen, was ich kann, solange es keine Ermittlung stört.«

»Und Sie befolgen diesen Befehl, richtig?«

»Richtig.«

»Und wenn ich mich bei ihm beschwere?«, fragte Colt und wies auf McGuire. »Er ist Lieutenant, richtig? Und Sie sind Sergeant, richtig?«

»Die Aufgabe des Lieutenants ist es, Sie zu beschützen«, sagte Matt. »Meine ist es, für Ihre Keuschheit zu sorgen.«

Colt lächelte jetzt.

»Das könnte härter werden, als Sie denken«, sagte er. »Meinen Sie, Sie könnten vierundzwanzig Stunden pro Tag wach bleiben?«

»Nein. Aber auf dem Flur stehen zwei Detectives, die ebenfalls zum Keuschheits-Sonderkommando gehören.«

Colt blickte zu dem schick gekleideten jungen Mann, der soeben den Telefonhörer auflegte.

»Nun?«

»Sie werden morgen früh eine schwarze Limousine bekommen, Stan, aber nicht heute Abend. Das ist das Beste, was ich erreichen konnte.«

»Nicht gut genug, Alex«, blaffte Colt. »Rufen Sie jemand anders an, um Himmels willen. Ich will nicht wie ein schwules Mauerblümchen wirken, wenn ich bei der Cocktailparty eintreffe.« Dann kam ihm ein anderer Gedanke. »Sie nehmen doch an der Cocktailparty teil, Sergeant Payne?«

Matt blickte zu McGuire, der nickte, und nickte dann ebenfalls.

»Sie müssen einen Polizeiwagen haben. Gibt es einen Grund, weshalb ich nicht mit Ihnen fahren kann?«

»Nein.«

»Wird Platz für jeden sein?«, fragte Alex.

»Wer ist jeder?«, fragte Matt.

»Ich, Jeanette, Terry und Eddie.«

Jeanette, sagte sich Matt, *muss die grauhaarige Frau sein.*

»Eddie ist der Typ mit dem Pagenschnitt?«, fragte er.

»Mein persönlicher Fotograf«, erklärte Colt.

»Nein«, sagte Matt.

»Eddie geht überall mit mir hin«, sagte Colt. »Sie alle tun das.«

»Sie gehen nirgendwo mit Ihnen hin, wenn Sie mit mir zusammen sind«, sagte Matt. »Entscheiden Sie sich, Mr Colt.«

»Sie sind ein wirklich harter Hund, Payne«, sagte Colt bewundernd. »Ich fahre mit Payne. Ihr anderen könnt in der Hochzeitskutsche fahren.« Er wandte sich an Matt. »Und nach der Party zeigen Sie mir die Action, richtig?«

»Wenn Sie möchten«, erwiderte Matt.

7

»Wir sind da«, sagte Sergeant Payne zu Mr Colt, als sie vor dem Eingang des Bellvue-Stratford Hotels auf der Broad Street hinter Lieutenant McGuires neutralem Polizeiwagen und der weißen Lincoln-Limousine hielten. Hinter ihnen stoppten drei neutrale Polizeiwagen. Einer gehörte der Abteilung Dignitary Protection und die anderen beiden den Detectives Martinez und McFadden.

Matt hatte sich ein Beispiel an den uniformierten Kollegen genommen, die Colts Fans vom schnellen Verlassen des North Philadelphia Airports abgehalten hatten. Er hatte McFadden und Martinez befohlen, Eddie, den Fotografen, und jeden sonst daran zu hindern, Matts Wagen zu folgen, wenn er das Hotel verließ.

»Regen Sie sich nicht auf. Ich warte drauf, dass Eddie aus der Jungfrauen-Limo steigt.«

Eddie, der Fotograf, stieg schnell aus der Limousine aus, kniete sich praktisch hin und bereitete sich darauf vor, Mr Colts Ankunft beim Bellvue-Stratford Hotel zu fotografieren.

»Kommen Sie, Payne«, sagte Colt.

»Ich hole Sie ein, wenn Sie drinnen sind«, sagte Matt. »Ich muss den Wagen parken.«

»Nein, erst lassen Sie Eddie ein Foto von uns schießen, und dann parken Sie den Wagen.«

»Das bezweifle ich«, sagte Matt.

»Wenn Sie jetzt kein Foto von uns machen lassen wollen, sage ich ihm, ich habe mich anders besonnen, und er kommt mit uns, wenn wir von hier fort fahren.«

»Das wird für ihn schwierig sein, wenn McFadden ihn mit Handschellen an dieses Geländer fesselt.«

»Hey. Sie heißen Matt, richtig?«

»Richtig.«

»Ich komme Ihnen auf halbem Weg entgegen, Matt. Er hat um die zweihundert Fotos gemacht, seit wir hier sind, und das einzige, was mir gefallen wird, ist dieses.«

»Wie bitte?«

»Der Presse ist ein weiteres Bild von mir, wie ich einem Bürgermeister oder sogar einem Kardinal die Hände schüttele, scheißegal. Aber Stan Colt mit einem *echten* Sergeant der Mordkommission, das ist was Neues. Na, kommen Sie schon. Steigen Sie aus und lächeln Sie.«

»Ich will mein Bild nicht in den verdammten Zeitungen haben.«

»Scheiß drauf. Entweder jetzt, oder er verfolgt uns die ganze Nacht.« Er schwieg kurz und ahmte dann Matts Tonfall sehr glaubwürdig nach: »Ihre Entscheidung, Sergeant Payne.«

Matt stieg aus dem Wagen.

»Blicken Sie ernst, aber denken Sie an eine Pussy«, flüsterte Mr Colt Sergeant Payne zu, als er die Handzeichen von Eddie, dem Fotografen, befolgte und Matt dorthin schob, wo Eddie sie haben wollte.

Im großen Ballsaal des Bellvue-Stratford eilte Sergeant Payne zu Commissioner Mariani, der ihn mit gekrümmtem Finger zu sich winkte.

»Ja, Sir?«

»Colt hat soeben dem Bürgermeister gesagt, wie dankbar er

für die Gelegenheit ist, sich mit Ihnen – Zitat Anfang – herumzutreiben – Zitat Ende.«

»Ja, Sir?«

»Was haben Sie mit ihm vor?«

»Ich wollte ihm die Liberties Bar zeigen und, wenn niemand von der Mordkommission dort ist, mit ihm bei der Mordkommission vorbeischauen.«

»Und wenn jemand von der Mordkommission in der Liberties ist?«

»Dann hoffe ich, dass er mit uns ein bisschen über abgeschlossene Fälle plaudern wird.«

Commissioner Mariani nickte.

Als sie sahen, dass Sergeant Payne und Mr Colt in den Crown Victoria stiegen, stoppten zwei Uniformierte mit den weißen Mützen der Verkehrspolizei den Verkehr in beiden Richtungen auf der South Broad Street. Dann gab einer Sergeant Payne ein Handzeichen, und er wendete, um in Richtung Rathaus zu fahren.

Die Verkehrspolizisten bliesen in ihre Pfeifen und lenkten den Verkehr mit Handzeichen wieder in seinen normalen Strom, wodurch sie wie zufällig wirkungsvoll verhinderten, dass jemand Matts neutralem Polizeiwagen folgen konnte.

»Danke, Jungs!«, rief Detective McFadden den Uniformierten zu und reckte einen Daumen hoch.

Die Detectives McFadden und Martinez stiegen dann in ihre neutralen Wagen und fuhren davon. Die Pressevertreter, die darauf vorbereitet waren, ihnen zu folgen, taten das. Einige fuhren hinter Martinez her bis zum vorderen Eingang des Ritz-Carlton, wo er seinen Wagen parkte und hineinging, um die Rückkehr von Sergeant Payne und Mr Colt oder um Mitternacht die Ankunft von Detective McFadden zu erwarten, je nachdem, wer zuerst kam.

Die Pressevertreter, die Detective McFadden folgten, fuhren tief nach Süd-Philadelphia, wo er den neutralen Wagen vor einem Reihenhaus in der Fitzgerald Street halb auf dem Bürgersteig parkte und dann ins Haus ging, um ein paar

Stunden zu schlafen, bevor er Che-sus Martinez im Ritz-Carlton ablösen würde.

»Werde ich darin nicht krank aussehen?«, fragte Mr Colt Sergeant Payne und wies auf seinen Smoking. »Vielleicht können wir beim Hotel stoppen, und ich ziehe mich um.«

»Überhaupt nicht«, sagte Matt. »Wir gehen in die Liberties Bar, und als ich das letzte Mal dort war und meinen Boss dort sah, war er genauso gekleidet.«

»Sie wollen mich verscheißern, richtig?«

»Nein. Pfadfinder-Ehrenwort«, sagte Matt.

»Sie waren Pfadfinder?«

»Ja, ich war tatsächlich einer.«

»Ich auch«, sagte Colt. »Nun, was soll's?«

Er lockerte seine schwarze Fliege.

Es hielten sich keine Mitglieder der Mordkommission in der Liberties Bar auf.

»Wir können ein paar Minuten warten und sehen, ob jemand auftaucht«, sagte Matt.

»Ich werde einen der drei Drinks nehmen, die ich mir pro Tag erlaube«, sagte Colt. »Dies wird Nummer zwei sein. Ich hatte ein Bier im Hotel.«

»Sie *erlauben* sich drei Drinks pro Tag?«, fragte Matt.

»Wenn ich mehr Alkoholisches trinke, bekomme ich Probleme«, sagte Colt. »Manchmal nehme ich auch vier, zum Beispiel einen zum Mittagessen und ein Bier am Nachmittag und dann zwei am Abend, aber niemals mehr.«

Matt bestellte einen Scotch on the Rocks, und Colt – auf Matts Vorschlag hin – einen Bushmills Martini, auch Irish Doctor's Special genannt.

Als der Barkeeper die Drinks servierte, sah er Colt genauer an.

»Hat Ihnen schon mal jemand gesagt, dass Sie wie Stan Colt aussehen?«

»Ja. Viele Leute sagen das.«

»Waren Jungs von der Mordkommission hier?«, fragte Matt.

»Früher«, antwortete der Barkeeper.

Colt schaute Matt an.

»Die Rechnung bleibt an Ihnen hängen«, sagte er. »Alex hat meine Moneten, und Sie wollten nicht, dass er mitkommt.«

Matt legte einen Geldschein auf die Bar.

»Ich zahle es Ihnen zurück.«

»Es war mir ein Vergnügen«, sagte Matt.

Colt nippte an seinem Drink.

»Schmeckt mir«, meinte er.

»Gut.«

»Und was kommt jetzt? Sie ›passen auf mich auf‹? Hier, wo niemand von der Mordkommission auftaucht? Vielleicht werde ich schläfrig? Und …«

»Trinken Sie aus. Wir fahren bei der Mordkommission vorbei«, sagte Matt.

»Gut«, meinte Stan Colt.

»Hübsch«, sagte Stan Colt, als er Detective Olivia Lassiter sah, die an einem Schreibtisch saß, einen Telefonhörer ans Ohr hielt und telefonierte.

»Sehr«, stimmte Matt zu.

Er sah, dass Captain Quaire und Lieutenant Jason Washington in Quaires Büro waren.

»Detective Lassiter, dies ist Mr Colt«, stellte Matt vor.

Olivia gab ihm die Hand und lächelte, sagte jedoch nichts.

»Was ist in Quaires Büro los?«, fragte Matt.

Olivia zuckte mit den Schultern. »Sie kamen beide vor ungefähr einer Stunde her.«

Sie wollte etwas hinzufügen, konzentrierte sich dann jedoch aufs Telefonieren. »Guten Abend, Lieutenant. Danke, dass Sie meinen Anruf entgegennehmen. Mein Name ist Lassiter, Mordkommission Philadelphia, und ich arbeite an einem Fall …«

Matt nahm Colt am Arm und zog ihn zur Kaffeemaschine.

»Und sie ist ebenfalls Detective der Mordkommission?«, fragte Colt.

Matt nickte.

»Sie hat fast den ganzen Tag telefoniert«, sagte er, »jede Polizeibehörde im Land angerufen und nach einem ähnlichen Fall gesucht wie demjenigen, an dem wir hier arbeiten.«

»Derjenige, an dem Sie gearbeitet haben, bevor Sie den Befehl erhielten, Babysitter bei mir zu spielen?«

Matt nickte. »Es ist ein Mord mit Vergewaltigung. Wirklich kranker Täter. Fesselt junge Frauen, schneidet ihre Kleidung mit einem großen Messer auf und dann – wichst er – auf sie.«

»Allmächtiger!«

»Und dann fotografiert er sie. Diesmal hat er das Opfer getötet.«

»Und Sie wissen nicht, wer es ist?«

»Wir haben keine Spur. Wenn wir ihn jemals finden – das versucht Lassiter mit dem Telefonieren; andere Kriminalbeamte suchen auf anderen Wegen –, können wir vermutlich eine Verurteilung erreichen. Aber zuerst müssen wir ihn finden.«

Colts Gesicht war ernst, als er dies aufnahm.

»Ich muss mich bei meinem Boss anmelden«, sagte Matt und wies zur Glaswand von Quaires Büro. »Ich bin gleich wieder da.«

»Ich werde mit ihr sprechen«, sagte Colt. »Lassen Sie sich ruhig Zeit.«

Und dann sah er etwas in Matts Miene.

»Entdecke ich da, dass Ihr Interesse an Lady Detective nicht nur beruflicher Art ist?«

»Ich bin gleich wieder zurück«, sagte Matt, ging zu Captain Quaires Büro und klopfte an die Tür.

Quaire winkte ihn herein.

»Ich habe draußen Stan Colt, Sir.«

»Das sehe ich. Und wie bekommen wir ihn von hier fort?«

»Ich werde versuchen …«

»Tony fuhr nach Harrisburg«, erklärte Washington. »Er sprach mit Lieutenant Stecker, ihrem Fingerabdruck-Experten, und bat ihn, ein bisschen später zu seiner Pensionierungs-Party zu gehen. Er und Tony sind noch im Labor der Staatspolizei und überprüfen den Abdruck durch AFIS. Vorausgesetzt, die Abdrücke des Täters sind aktenkundig und wir bekommen von der Maschine einen Vergleich, wird Tony uns sofort informieren.«

»Schaffen Sie also Mr Colt hier raus, und je eher, desto besser«, befahl Captain Quaire. »Wenn es eine Übereinstimmung zu unserem Abdruck gibt, wird bald jeder und sein Bruder hier drinnen sein, und er hat hier nichts zu suchen.«

»Anscheinend hat er ein Auge auf Detective Lassiter geworfen«, sagte Washington. »Darf ich vorschlagen, dass Sie die beiden irgendwohin bringen, wo sie ihm ausführlich erklärt, wie wir an dem Williamson-Fall arbeiten?«

»Kann ich sie hier reinschicken, damit Sie ihr das sagen?«

»Machen Sie es schnell«, sagte Quaire.

»Jawohl, Sir.«

Matt ging zu Olivia und sagte ihr, dass der Boss sie sprechen wollte.

Als sie außer Hörweite war, fragte Colt: »Was hat das alles zu bedeuten?«

»Ich habe soeben die Erlaubnis vom Captain erhalten, dass sie Ihnen erzählt, was bei dem Williamson-Fall vorgeht.«

»Williamson, ist das der Kerl, der …?«, fragte Colt und bewegte seine Hand wie masturbierend.

»Cheryl Ann Williamson ist das Opfer«, sagte Matt. »Aber ja.«

Olivia kam aus Quaires Büro und sah äußerst unglücklich aus.

»Wo sollen wir darüber sprechen?«

»Könnte es bei einem Abendessen sein?«, fragte Stan Colt auf seine charmanteste Art.

»Sie meinen, in einem Restaurant?«

»Ich dachte an mein Zimmer im Ritz-Carlton«, sagte Colt. »Wir wären dort allein und können beim Zimmerservice bestellen.«

»Haben Sie vor, mitzukommen, Sergeant?«, fragte Olivia.

»Selbstverständlich«, sagte Matt.

»Ich habe noch nicht zu Abend gegessen«, sagte Olivia.

»Dann ist es abgemacht«, meinte Stan Colt. Er schlug Matt freundschaftlich auf die Schulter. »Ich weiß das wirklich zu schätzen, Matt.«

14

1

Es war entweder ein leichter Regen oder ein starkes Nieseln, und Deputy Commissioner Dennis V. Coughlin hielt einen Schirm über seinen Kopf, während er in Nordwest-Philadelphia im Hinterhof der Jeanes Street 8231 am Gas-Grill stand und sich fragte, ob er dem brandneuen, modernsten Elektronik-Thermometer trauen konnte, das in einem der beiden Rinderfilets steckte.

Das Thermometer zeigte an, dass die Innentemperatur des Fleisches dreiundsechzig Grad Celsius war, was laut Bedienungsanleitung bedeutete, dass das Fleisch etwas mehr als englisch gebraten war, wenn man es fünf Minuten ruhen ließ.

Denny Coughlin bezweifelte das. Es sah für ihn nicht annähernd so durchgebraten aus.

»Zum Teufel damit«, murmelte Coughlin und griff nach dem Messer mit dem sehr langen Griff, Teil eines ›Meister-Grillbestecks‹ – Messer, Gabel und Grillzange –, ein anderes Geschenk von Coughlin an Chief Inspector (im Ruhestand) August und Mrs Olga Wohl, an deren Grill er stand.

Als er versuchte, das Filet zu schneiden, das nicht mit dem elektronischen Thermometer für die Innentemperatur verbunden war, rollte das Filet über den Grillrost, blieb jedoch ungeschnitten.

Chief Inspector Coughlin murmelte ein unfeines Wort, legte den geöffneten Schirm auf den Rasen, nahm die Gabel mit dem extralangen Griff vom Meister-Grillbesteck, spießte damit das Filet mit dem Thermometer darin auf, schnitt es halb durch und begutachtete es.

»Da will ich doch verdammt sein!«, stieß er hervor.

Das Thermometer und die Bedienungsanleitung sagten die Wahrheit.

Er blickte ärgerlich zum Himmel. Es hatte plötzlich stärker zu regnen begonnen. Viel stärker.

Er schaute wieder auf die Rinderfilets. Das flexible Metallband, das mit dem Sensor verbunden war, der genau in der Mitte eines der Filets steckte, musste entfernt werden, bevor er das Fleisch auf die Servierplatte legen konnte.

Er berührte es versuchsweise. Es schien nicht *so* heiß zu sein. Er fasste es richtig an und zog daran. Es blieb aufgespießt. Er nahm wieder die Gabel, hielt das Fleisch an Ort und Stelle und zog härter. Der Sensor kam frei, und zwar sehr plötzlich. Coughlin erkannte, dass er sich mit dem gottverdammten Ding die Finger verbrannte, und so warf er den Sensor, das Metallband und das rostfreie, leicht zu bedienende, spülmaschinenfeste Präzisionsgerät zum Messen der Innentemperatur auf den Rasen von Chief Wohls Hinterhof.

Von Chief Wohls hinterer Veranda, auf der Chief Wohl, Chief Inspector of Detectives Matthew Lowenstein, Inspector Peter Wohl, Captain Frank Hollaran und Mr Michael J. O'Hara standen – vor dem Regen geschützt – und dem Grillmeister bei der Arbeit zuschauten, ertönten Hurrarufe, Pfiffe und Applaus.

Nach einem kurzen Blick zur Veranda spießte Commissioner Coughlin die Filets auf und legte sie auf die Servierplatte, die ein weiteres Geschenk für die Wohls gewesen war. Dann balancierte er die Platte wie ein Meisterkellner auf der rechten Hand und ging in die Hocke, um den Schirm aufzuheben.

Danach marschierte er unter dem Schirm zur Veranda und stieg ein wenig schwankend die Stufen zur Veranda hinauf, begleitet von weiteren Pfiffen, Hurrarufen und Beifall der Zuschauer.

»Ihr könnt alle meinen königlich irischen Arsch küssen«, verkündete Deputy Commissioner Coughlin.

Fünf Minuten später saß Deputy Commissioner Coughlin, mit frisch abgetrocknetem Gesicht und Haar, bei allen am Tisch, der voll beladen mit dem war, was es sonst noch zu essen gab. Alle, das schloss jetzt Mrs Olga Wohl, Mrs Sarah Lowenstein und Mrs Barbara Hollaran ein.

»Ich muss mir eine dieser kleinen Digitalkameras anschaffen und mitnehmen«, sagte Chef Lowenstein. »Ich hätte liebend gern Bilder von dem Meister-Griller bei der Arbeit.«

»Ich habe Ihnen bereits gesagt, was Sie mich können«, erwiderte Coughlin. »Und ja, Augie, danke der Nachfrage, ich möchte ein Glas von diesem Wein.«

»Ich habe meine dabei«, sagte Mickey O'Hara und hielt seine Kamera hoch. »Aber ich habe vorhin den Ausdruck in den Augen dieses ärgerlichen Iren gesehen und hielt es nicht für ratsam, zu fotografieren.«

Zwanzig Minuten später, als Sarah Lowenstein Kaffee einschenkte und Komplimente über den Schokoladenkuchen gemacht wurden, den Barbara Hollaran für das fast rituelle, einmal pro Woche stattfindende Abendessen bei den Wohls gebacken hatte, meldete sich Deputy Commissioner Coughlins Handy.

Er nahm es aus seiner Hemdtasche, sagte »Bleiben Sie dran«, bevor der Anrufer sich äußern konnte, und reichte es Hollaran, der damit schnell in die Küche ging.

Nur Sekunden später kehrte Hollaran zurück.

»Commissioner, es ist Captain Quaire«, sagte er förmlich.

Coughlin nickte und nahm das Handy entgegen.

»Was ist los?«, fragte er, lauschte und sagte: »Ich komme sofort. Tun Sie nichts, bis ich da bin.«

Er drückte auf die END-Taste, wog das Handy auf der Handfläche und sah einen Moment nachdenklich vor sich hin.

»Micky, dies ist inoffiziell, okay?«

»Klar«, sagte O'Hara.

»Was ist es, Denny?«, wollte Chief Wohl wissen.

»Wir haben einen der Täter im Roy Rogers-Fall. Tony Harris fuhr zu dem Fingerabdruck-Experten der Staatspolizei,

Lieutenant Stecker, der eine Art Wunder mit ihrer neuen AFIS-Maschine vollbracht und genügend Punkte herausbekommen hat, um einen Vergleich zu schaffen, und …«

Er verstummte mitten im Satz und kam jeder weiteren Frage zuvor, indem er die eingespeicherten Nummern seines Handys abrief, bis er fand, was er suchte, und dann auf CALL drückte.

»Ben, Denny Coughlin. Ich entschuldige mich, weil ich Sie zu Hause anrufe …«

Er verstummte und lachte.

»Was, Denny?«, fragte Chief Wohl angespannt.

»Ben Solomon hat mir geraten, zwei Aspirin zu nehmen und ihn am Morgen anzurufen«, sagte Coughlin, und dann wurde seine Stimme plötzlich ernst, als Mrs Solomon, die Staatsanwältin von Philadelphia, in der Leitung war.

»Eileen, wir haben einen der Täter im Fall Roy Rogers identifiziert und haben nun eine ziemlich gute Vorstellung davon, wer der andere ist«, sagte er. »Ich dachte mir, dies sollten Sie wissen.«

Es folgte eine Pause, dann fuhr er fort: »Tony Harris fuhr zur Staatspolizei, und sie konnte mit ihrer neuen Maschine, AFIS, genügend Abdrücke – Punkte – von einem Mützenschirm feststellen, den einer der Täter am Tatort zurückließ.«

Pause.

»Ja, das ist es, Eileen. Aber, wenn wir sie erst festnehmen, bin ich mir ziemlich sicher, dass einige der Zeugen sie bei einer Gegenüberstellung erkennen können und …«

Pause.

»Nein. Henry Quaire bekommt den Haftbefehl, während wir sprechen …«

Pause.

»Wie Sie meinen, Eileen. Ist Unger da? Soll ich Ihnen einen Wagen schicken?«

Pause.

»Okay. In einer halben Stunde. In meinem Büro.«

Pause.

»Matthew ist hier. Wir sind in Augie Wohls Haus.«

Pause.

»Dreißig Minuten. Danke, Eileen.«

Er nahm das Handy vom Ohr und drückte auf die END-Taste.

»Die Staatsanwältin sagt, sie will sicherstellen, dass dies richtig gehandhabt wird. Sie trifft mich in einer halben Stunde in meinem Büro.«

»Nur Sie beide?«, fragte Peter Wohl.

»Das hat sie gesagt. Worauf wollen Sie hinaus?«

»Als Letztes hörte ich, dass dieser Job einer Task Force der Abteilung Special Operations übergeben wurde.«

»Mein Gott, das hatte ich ganz vergessen«, sagte Coughlin. »Peter, warum sind Sie nicht zufällig in der Mordkommission, falls Eileen Sie sehen will?«

Peter Wohl nickte. »Jawohl, Sir.«

»Mickey, Sie haben von alldem nichts gehört«, sagte Coughlin.

»Wann höre ich etwas davon?«

»Ich werde Sie wissen lassen, was passiert, wenn wir uns mit Eileen treffen, aber das wird vermutlich immer noch inoffiziell sein.«

»Wenn ihr diese Dreckskerle identifiziert habt, was soll dann noch das Theater?«

»Um mit den Worten unserer geliebten Staatsanwältin zu sprechen, wir wollen verdammt sichergehen, dass diese Dreckskerle nicht ungestraft aus dem Gerichtssaal spazieren, weil wir etwas Blödes getan haben, nachdem wir jetzt endlich wissen, wer sie sind«, sagte Coughlin.

Er stand auf.

»Erst wird Barbaras Kuchen gegessen und der Kaffee getrunken!«, sagte Olga Wohl im Befehlston. »Auf fünf Minuten mehr oder weniger kommt es ja wohl nicht an.«

Fünf Minuten später fand der erste Funkruf statt, als Frank Hollaran das Mikrofon aus der Halterung unter dem Armaturenbrett nahm und hineinsprach: »Funk, C-2 unterwegs von Chief Wohls Haus zum Rundhaus.«

Sofort danach gab es andere Funkrufe, denn D-1 (Chief Inspector of Detectives Lowenstein) und S-1 Inspector Wohl

(Special Operations) meldeten ebenfalls, dass sie unterwegs von Chief Wohls Haus zum Präsidium waren.

2

»Ich weiß nicht, was ich hier tue, Eileen«, sagte Polizeichef Ralph J. Mariani, als er in Deputy Commissioner Coughlins Konferenzraum ging.

»Sie sind der Police Commissioner, Ralph«, erwiderte die Ehrenwerte Eileen McNamara Solomon nüchtern. »Ich dachte, dass Sie dabei sein sollten, und so bat ich Al Unger, Sie anzurufen.«

Es gab verschiedene Schattierungen ihrer Beziehung zu einander. Die wichtigste war, dass Commissioner Mariani nach dem Ermessen des Ehrenwerten Alvin W. Martin, des Bürgermeisters von Philadelphia, diente. Der Bürgermeister ist eine der beiden höchsten Amtspersonen in Philadelphia, der sich keinem außer dem Gesetz und den Wählern verantworten muss. Die andere ist die Staatsanwältin.

Fast genauso wichtig war, dass sowohl der Polizeichef als auch die Staatsanwältin das Gefühl hatten – auch wenn sie diesen Glauben nie aussprachen –, dass die Last des Schutzes der Bürger der Stadt der brüderlichen Liebe vor den Barbaren allein auf seinen/ihren Schultern lastete und dass die Funktion des anderen darin bestand, ihn bei dieser noblen Absicht zu unterstützen.

In der Praxis erkannten beide, dass sie sich partnerschaftlich arrangieren mussten, um die Barbaren wirkungsvoll aus der Stadt zu halten, denn keiner von beiden konnte dem anderen Befehle erteilen.

In der Beziehung zwischen Staatsanwälten und Polizeichefs gibt es auch die Faktoren Respekt, Vertrauen und Bewunderung. In der Vergangenheit hatten sich Staatsanwälte und Polizeichefs manchmal überhaupt nicht respektiert, vertraut oder gegenseitig bewundert. Eileen Solomon und Ralph Mariani empfanden nicht nur hohe berufliche Achtung füreinander, sondern waren auch befreundet.

Doch in diesem Fall hatte Eileen nicht einmal an Ralph gedacht, als Denny Coughlin sie gebeten hatte, sich mit ihr im Rundhaus zu treffen, bis sie Al Unger angerufen und ihm gesagt hatte, dass sie gefahren werden musste, und er das Thema zur Sprache gebracht hatte.

Detective Albert Unger war der dienstältere der beiden Polizisten, die für die Staatsanwältin als Fahrer/Leibwächter fungierten. Seiner Meinung nach – und der anderer – brauchte die Staatsanwältin rund um die Uhr Schutz. Eine Reihe von Leuten hatte Todesdrohungen gegen sie ausgestoßen, und das waren Typen, die durchaus fähig waren, zu versuchen, sie zu ermorden.

Die Staatsanwältin weigerte sich jedoch entschieden, vierundzwanzig Stunden pro Tag einen Cop zu ihrem Schutz in der Halle ihres Apartmentgebäudes zu haben, geschweige denn in ihrer Wohnung.

So wurde ein Handel gemacht. Es wurde mit der Wachenhut Security geflüstert, die den unbewaffneten Portier/Concierge/Sicherheitsmann in der Halle des luxuriösen Apartmentgebäudes am Parkway stellte, in dem Dr. und Mrs Solomon wohnten. Kurz danach wurden vier neue Leute eingestellt, allesamt pensionierte Polizeibeamte Philadelphias, um die Halle des Apartmentgebäudes zu bewachen. Alle waren im Besitz eines Waffenscheins und teilten Ungers Ansicht, dass es Verbrecher gab, welche die Staatsanwältin, die bei all den pensionierten Polizisten ein hohes Ansehen genoss, liebend gern umbringen würden.

Der zweite Teil des Handels war ein feierliches Versprechen der Staatsanwältin. »Wie hätten Sie's denn gern, Al, soll ich eine Hand auf die Bibel legen und bei Gott schwören?«, hatte sie ihn verzweifelt gefragt, als er verlangt hatte, dass sie niemals ihre Wohnung verließ, ohne ihn zu informieren, wann und warum.

Dies bedeutete, dass Unger – oder sonst jemand von dem Kommando – entweder die Staatsanwältin fuhr oder ihr in einem neutralen Wagen folgte, ob sie nun im Caddy des Doktors fuhr oder auf dem Parkway dreimal pro Woche stundenlang joggte, um ihre Hüften und Oberschenkel unter Kontrolle zu halten.

Als die Staatsanwältin Al Unger angerufen hatte, um ihm zu sagen, dass sie sofort zum Rundhaus fahren musste, hatte er natürlich nach dem Grund gefragt, und sie hatte ihn genannt.

»Ich habe nicht gehört, dass Sie Marianis Namen erwähnt haben, Boss«, sagte Unger.

»Sie meinen, er sollte dort sein?«

»Ich meine, er sollte hingebeten werden.«

Wenn ich Ralph nicht informiere und er davon erfährt, wird sein italienisches Macho-Ego verletzt, und er sagt sich vielleicht, dass Denny hinter seinem Rücken gehandelt hat, hatte Eileen gedacht.

»Okay. Bitten Sie ihn hin«, sagte sie. »Ich warte in zehn Minuten unten.«

Detective Unger hatte auf dem Weg zu Eileens Apartment über Funk den Wagen des Polizeichefs angerufen.

»DA-1 an C-1.«

»Kommen.«

»Können Sie dem Commissioner sagen, dass DA-1 unterwegs zum Rundhaus ist, und ihn fragen, ob er dort sein möchte, wenn er die Zeit hat?«

Es gab dreißig Sekunden Pause, und Detective Unger sagte sich richtig, dass es so lange dauerte, um die Botschaft an den Commissioner auf dem Rücksitz zu übermitteln und eine Antwort zu erhalten.

»DA-1, der Commissioner wird in dreißig Minuten dort sein.«

Commissioner Mariani nickte Deputy Commissioner Coughlin und Chief of Detectives Lowenstein zu und setzte sich auf Coughlins Stuhl, der am Kopf des Tisches für ihn frei gelassen worden war.

»Ich habe nichts im Funk mitbekommen«, sagte er. »Was ist los?«

»Wir haben einen der Täter im Roy Rogers-Fall identifiziert«, sagte Coughlin. »Und wir haben eine sehr gute Vorstellung, wer der andere ist. Er passt auf die Beschreibung, er ist der Cousin des anderen und ist mit dem Täter zusammen bereits kriminell aufgefallen.«

»Gut. Das hätten Sie mir am Telefon sagen können. Wer sind die Täter?«

»Zwei junge Kerle vom Paschall Home Housing Project«, sagte Coughlin. »Das ist ein Obdachlosenasyl an der 72nd Street und Elmwood in Südwest-Philly.«

»Ich weiß.«

»Lawrence John Porter, zwanzig, der Täter, der als der ›Dicke‹ oder ›Fette‹ bezeichnet wurde, und Ralph David Williams, neunzehn«, fuhr Coughlin fort. »Keiner ist wegen ernsthafter Dinge vorbestraft.«

»Wie sind Sie auf die beiden gekommen?«

»Tony Harris fuhr nach Harrisburg. Die Staatspolizei hat eine neue Maschine, und er konnte von dem Abdruck auf dem Mützenschirm mehr Punkte feststellen als Candelle hier«, sagte Lowenstein.

»Gute Punkte?«

»Es würde nichts ändern, wenn sie gut wären, Ralph«, sagte Eileen.

»Wie bitte?«

»Ein Bundesrichter weigerte sich in einem Prozess – einem Prozess hier vor ein paar Monaten –, Fingerabdrücke als Beweis zuzulassen.«

»Darüber habe ich etwas gehört.«

»Ich will nicht behaupten, dass dies passieren wird, aber wir haben Richter, die sich an der Rechtsprechung in vorangegangenen Prozessen orientieren. Wenn die Fingerabdrücke nicht zugelassen werden, haben Sie nur Zeugen …«

»Ist daran etwas falsch, Eileen?«

»Die Verteidigung braucht nur berechtigte Zweifel im Kopf eines Geschworenen zu säen«, sagte sie. »Und wir alle wissen, dass die Jury immer eine Reihe von Leuten enthält, die einfach nicht glauben können, dass irgendein schwarzer Junge jemals etwas Unrechtes getan hat.«

»Sie wollen mir doch nicht sagen, dass diese beiden Cop-Killer freigesprochen werden könnten?«

»Ich versuche, Ihnen klar zu machen, Ralph, dass es eine Möglichkeit ist, die mit Sicherheit eintreten wird, wenn wir von jetzt an irgendwelche Fehler machen.«

»Gottverdammt!«

»Das ist die schlechte Nachricht, Ralph«, sagte Coughlin. »Die gute Nachricht könnte sein – ich sage *könnte* –, dass wir die Mordwaffe finden. Es ist ein Revolver, und wir haben eine Kugel …«

»Und können die Waffe einem dieser beiden zuordnen«, warf Eileen ein. »*Glaubhaft* einen der beiden belasten.«

»Oder wenn wir Glück haben, legen sie bei ihrer Festnahme ein Geständnis ab. Sie sind ja nur junge Punker«, fuhr Coughlin fort.

»Und jeder Zwangsverteidiger, der noch vor einem halben Jahr auf der Rechtsakademie war, wird behaupten, dass das Geständnis unter Zwang zu Stande kam …«, sagte Eileen.

»Mein Gott!«, stieß Lowenstein hervor.

»… oder Schlimmeres. Und ich bezweifle, dass wir uns darauf verlassen können, dass diese beiden von einem unfähigen Zwangsverteidiger verteidigt werden. Dies geht um Mord Zweiten Grades, und das Public Defender's Office wird den besten Mann stellen, den es hat. Oder, schlimmer noch, ein wirklich fähiger Strafverteidiger wird die Verteidigung *pro bono* übernehmen, weil über den Prozess in allen Zeitungen und im Fernsehen berichtet werden wird.«

»Haben Sie die Vorstrafen?«, fragte Mariani.

Lowenstein schob einen Aktenhefter über den Konferenztisch zu ihm hin. »Da ist nicht viel«, sagte er. »Ein paar Ladendiebstähle, Autodiebstähle, diese Art Dinge.«

Mariani las die Akte von den Vorstrafen der beiden Verdächtigen, zuckte mit den Schultern und schaute dann Eileen Solomon an.

»Okay, Eileen. Was sollten wir Ihrer Meinung nach tun?«

»Ich bezweifle, dass wir uns mit der Festnahme dieser beiden beeilen sollten, bis wir mehr Beweismaterial haben.«

»Matthew sagte mir, er hat die Befürchtung, dass diese beiden, nachdem sie mit der Roy-Rogers-Sache durchgekommen sind und wissen, dass sie nur einmal hingerichtet werden können, ein ähnliches Verbrechen wieder begehen könnten, sobald sie die Beute aus dem Roy Rogers draufgemacht haben«, sagte Mariani, und es war eine Frage.

»Das ist eine berechtigte Befürchtung, und ich teile sie«, sagte Eileen.

»Sie schlagen also vor, dass wir auf die beiden aufpassen, bis wir sie todsicher aus dem Verkehr ziehen können?«

Sie nickte.

»Jetzt, da wir wissen, wer sie sind, können wir vielleicht etwas von Denunzianten erfahren, jemanden herausfinden, der sie verpfeift«, meinte Lowenstein. »Zum Beispiel, ob sie noch die Mordwaffe, den .38er, haben.«

Mariani nickte.

»Und wir könnten einigen der Zeugen ihre Fotos zeigen und sehen, ob das ihre Erinnerung auf Trab bringt«, sagte Coughlin.

»Seien sie äußerst vorsichtig dabei, damit die Verteidigung nicht behaupten kann, wir hätten den Zeugen eingeredet, wen sie erkennen und auswählen sollen«, sagte Eileen.

»Wie bald können wir mit der Überwachung der beiden beginnen?«, wollte Mariani wissen.

»Ich kann sofort Detectives von der Kripo Nordwest vor ihre Tür beordern«, sagte Lowenstein, »aber ich möchte lieber Undercover-Wagen zur Beschattung benutzen, was bedeutet, dass ich Ihre Genehmigung haben muss, ein paar davon – fünf oder sechs wären besser – von der Impact Unit oder von Internal Affairs abzuziehen. Mit etwas Glück kann ich sie vermutlich binnen einer Stunde zur Verfügung haben.«

»Sie haben natürlich meine Genehmigung«, sagte Mariani, und dann besann er sich anders. »Nein, die haben Sie nicht. Weil Sie sie nicht brauchen. Peter Wohl hat bereits die Befugnis. Der Bürgermeister hat befohlen, eine Task Force der Special Operations für diesen Fall zu bilden, erinnern Sie sich?«

»Ich erinnere mich«, sagte Lowenstein.

»Er hat bereits die Befugnis, jeden um Unterstützung zu bitten, richtig?«, fragte Mariani.

Coughlin und Lowenstein nickten.

»Der Bürgermeister hat Wohl den Job gegeben«, sagte Mariani. »Lassen Sie ihn den tun. Sie sollten ihm die Hand reichen.«

»Er ist unten in der Mordkommission mit Quaire und Washington«, sagte Lowenstein.

»Sie haben ihn bereits angerufen?«, fragte Mariani.

»Das ist nicht nötig gewesen. Wir alle waren in Augie Wohls Haus beim Abendessen, als Quaire mich anrief«, sagte Coughlin.

»Okay, dann, Denny«, sagte Mariani, und dann veränderte sich sein Tonfall, als er förmlich hinzufügte: »Unter Ihrer Aufsicht, Commissioner Coughlin, wird die Task Force der Special Operations, unter Berücksichtigung der Vorschläge der Staatsanwältin, die Ermittlung fortsetzen. Informieren Sie dementsprechend Inspector Wohl.«

»Jawohl, Sir«, sagte Coughlin.

»Dann ist das alles«, sagte Mariani. »Eileen, wir alle wissen Ihre Unterstützung zu schätzen.«

»Lassen Sie uns das richtig machen«, sagte Eileen. »Wir müssen dafür sorgen, dass diese beiden für immer von der Straße wegkommen.«

3

Als die Staatsanwältin von Philadelphia im ersten Stock des Rundhauses, wo die Mordkommission ihr Hautquartier hatte, den Aufzug verlassen wollte, sah sie die Überraschung auf den Gesichtern von Deputy Commissioner Coughlin und Chief Inspector Lowenstein.

»Warum nicht?«, fragte sie. »Ich bin nun mal hier. Als Letztes habe ich gehört, dass ich in der Mordkommission willkommen bin.«

»Als Letztes habe ich gehört, dass es keine Abteilung bei der Polizei gibt, in der Sie nicht jederzeit mehr als willkommen sind«, sagte Coughlin und winkte sie aus dem Lift. »Aber ich glaubte eine Spur von Ärger in Bens Stimme zu entdecken.«

»Wir haben eine Abmachung«, sagte sie. »Ich halte meinen Mund, wenn das Krankenhaus Ben anruft, und er hält seinen Mund, wenn ich arbeiten muss.« Sie lachte auf.

»Was ist?«, fragte Lowenstein.

»Einmal, als das Krankenhaus anrief, sagte ich ›Oh, verdammt, Ben, nicht jetzt!‹, und er erwiderte: ›Du hast gewusst, worauf du dich einlässt, als du einen Arzt geheiratet hast.‹«

Coughlin blickte verwirrt drein.

»Sagt ihr Cops das nicht euren Frauen, wenn sie sich über eure sonderbaren Dienstzeiten beklagen?«, fragte die Staatsanwältin.

Lowenstein lachte.

»Ich weiß es nicht, ich habe keine Frau«, sagte Coughlin.

Sie verließen den Aufzug und gingen über den Flur zur Mordkommission.

Es überraschte Coughlin nicht, dass viele Leute in der Mordkommission waren, doch es war eine Überraschung für ihn, dass es *so viele* waren. Die Folge der Büros war fast überfüllt mit Weißhemden, die nicht zur Mordkommission gehörten, mit Detectives und Uniformierten.

In Quaires Büro und um die Türschwelle herum standen Quaire und Inspector Wohl; Lieutenant Jason Washington; Detective Tony Harris; die Captains Frank Hollaran und Mike Sabara – Wohls Stellvertreter –, beide in Zivil; Captain Stuart Jenkins, der Leiter des 12. Distrikts, zu dessen Bereich das Obdachlosenasyl gehörte, in dem laut Adresse der Entlassungspapiere nach ihrer letzten Knastzeit sowohl Lawrence John Porter als auch Ralph David Williams wohnten; und Captain Pekach, der Chef der Highway Patrol. Jenkins und Pekach waren in Uniform.

Im Büro des Lieutenants – die drei Lieutenants der Mordkommission, die selten zur gleichen Zeit Dienst hatten – teilten sich ein Büro – hielten sich Lieutenant Robert Natali, der Einsatzleiter, und die Sergeants Zachary Hobbs und Ed McCarthy auf.

Verstreut ringsum an den Schreibtischen im Hauptbereich saßen und standen – einige saßen sogar auf den Schreibtischkanten – Detective Al Unger; Sergeant Harry McElroy, Chief Lowensteins Fahrer; Sergeant Jerry O'Dowd, Pekachs Fahrer; Sergeant Charley Lomax, Sabaras Fahrer; und Sergeant Paul Kittinger, Captain Jenkins' Fahrer.

Kittinger und O'Dowd waren in Uniform.

Die Bezeichnung ›Fahrer‹ ist nicht ganz zutreffend. Obwohl

all diese Leute tatsächlich die Dienstwagen ihrer Vorgesetzten fuhren, waren sie weit mehr als Chauffeure. Ihre offizielle Aufgabe war es, ihre Chefs von so vielen Verwaltungsaufgaben zu entlasten wie möglich, zusätzlich zu dem Herumfahren.

Aber es war tatsächlich mehr als das. Sie hatten alle die Ambitionen und die Fähigkeit, in der Hierarchie der Polizei aufzusteigen, und ihre Verwendung als Fahrer gab ihnen die Chance, zu erleben, wie ihre Vorgesetzten auftretende Probleme erkannten und bewältigten. In vielerlei Hinsicht – obwohl sie nie Kanapees herumreichten – waren Fahrer die polizeiliche Version der militärischen Adjutanten.

Coughlin marschierte durch das Vorzimmer zu Quaires Büro und verharrte einen Moment auf der Schwelle.

»Es sieht aus«, sagte er lächelnd, »als wäre jeder außer dem neuesten Sergeant der Mordkommission anwesend. Wo ist Payne?«

»Er ist hier gewesen, Commissioner«, sagte Captain Quaire. »Mit Stan Colt.«

»O Gott!«, entfuhr es Coughlin.

»Das sagte ich mir auch. So habe ich ihn mit dem Mädchen von der Kripo Nordwest weggeschickt. Sie setzt Stan Colt über den Fall Williamson ins Bild – ich habe ihr gesagt, sie soll das gründlich und langsam tun.«

»Clever«, sagte Coughlin anerkennend. »Lassen Sie uns bitte eine Minute mit Inspector Wohl allein, ja?«

Alle verließen im Gänsemarsch Quaires Büro. Als nur Coughlin, Lowenstein, Eileen Solomon und Wohl übrig waren, schloss Coughlin die Tür.

»Ich habe einen Vorschlag, Eileen«, sagte er.

»Schießen Sie los.«

»Sie sagen Peter, welche Befürchtungen Sie haben, ich sage ihm, wie seine Befehle vom Commissioner lauten, und dann gehen wir drei.«

Sie erwiderte nichts, sondern wartete darauf, dass er fortfuhr.

»So wird jedem dort draußen klar werden, dass wir uns sehr dafür interessieren, was hier los ist. Das ist alles, was wirklich nötig ist, und wenn wir hier herumhängen, wird es aussehen, als schauen wir Peter alle über die Schulter. Ich will nicht, dass irgendjemand Zweifel hat, wer in dem Roy-Rogers-Fall die Verantwortung und Befugnis hat.«

Die Staatsanwältin dachte eine halbe Minute darüber nach, doch es wirkte länger.

»Peter«, sagte sie schließlich, »ich will nicht, dass diese beiden Kerle ungestraft davonkommen, weil wir aus Begeisterung über ihre Identifizierung unvorsichtig oder lax werden und etwas Dummes tun. Bevor wir sie festnehmen, will ich verdammt stichhaltige Beweise gegen sie haben. Ich bezweifle, dass wir uns auf die Fingerabdrücke verlassen können – oder, was das anbetrifft, auf ein Geständnis. Nachdem in letzter Zeit Verteidiger erfolgreich Fingerabdrücke und Geständnisse als Beweis angefochten haben, brauchen wir mehr an Beweismitteln, als wir zur Zeit haben. Es wäre zum Beispiel schön, wenn wir sie mit der Mordwaffe festnageln könnten.«

Wohl nickte verstehend.

»Ich werde bekannt machen, dass Sie alles bekommen, was und wann Sie es verlangen«, sagte Chief Lowenstein.

»Jawohl, Sir«, sagte Wohl. »Danke.«

»Dazu habe ich ebenfalls eine Idee«, sagte Coughlin. »Jeder da draußen wird sich fragen, was, zum Teufel, wir hier drinnen besprechen. Also geben wir ihnen eine kleine Schau. Matt, Sie öffnen die Tür und befehlen Sergeant McElroy, die Kripo Nordwest anzurufen. Sie soll sofort Captain Calmon herschicken, damit er sich bei Inspector Wohl meldet.«

»Das meinen Sie ernst, nicht wahr, Denny?«, fragte Eileen.

»Ja, es ist mein Ernst. Ich will sicherstellen, dass jeder weiß, wer der Leiter ist.«

Lowenstein verließ das Büro, rief seinen Fahrer zu sich und sagte ihm, was Coughlin ihm aufgetragen hatte. Dann kehrte er ins Büro zurück.

Eileen wandte sich zur Tür.

»Wohin wollen Sie, Eileen?«

»Ich gehe raus, um Al Unger zu sagen, dass er Steve Cohen anrufen soll, um ihn zu sagen, dass er gleich herkommt, um Peter zu beraten.« Sie wandte sich an Wohl. »Steve ist ziemlich gescheit, und ich glaube, er wird nützlich sein. Wenn er Ihnen im Weg ist, rufen Sie mich an.«

»Ich kenne Steve. Wir kommen gut miteinander aus. Aber danke, Eileen.«

Steven J. Cohen war einer der besten der über zweihundert stellvertretenden Staatsanwälte von Philadelphia.

Eileen McNamara Solomon verließ Quaires Büro, sprach mit Detective Al Unger und kehrte zurück.

Dann verließ Deputy Commissioner Coughlin das Büro, rief Captain Hollaran zu sich und bat ihn, in seinem Namen die Abteilungen Internal Affairs und Impact Unit anzurufen und ihnen zu befehlen, sofort einen ranghohen Beamten zur Mordkommission zu schicken, damit er sich bei Inspector Wohl meldete. Dann kehrte er ins Büro zurück.

»Können wir jetzt gehen, Denny?«, fragte Eileen.

»Noch eines«, sagte Coughlin. »Inspector Wohl, Ihre Befehle vom Commissioner lauten: ›Die Task Force der Special Operations führt unter der Berücksichtigung der Vorschläge der Staatsanwältin die Ermittlung fort.‹«

»Jawohl, Sir.«

»Habe ich das richtig gesagt, Eileen?«

»Wort für Wort«, sagte Eileen. »Und Berücksichtigung meiner Vorschläge heißt, Sie stimmen sich mit mir ab, bevor Sie einen dieser beiden Kerle verhaften.«

»Wird es nicht reichen, wenn ich mich mit Steve Cohen abstimme?«

»Mit *mir*, Inspector.«

»Ja, Ma'am«, sagte Wohl.

»Kommen Sie mir nicht mit Ma'am, Peter. Ich bin so alt, dass ich Ihre Mutter sein könnte«, sagte die Staatsanwältin und verließ das Büro. Einen Augenblick später folgten ihr Coughlin und Lowenstein.

4

Als Matt den neutralen Crown Victoria auf einen der Stellplätze lenkte, die für die Limousine des Hotels und andere wichtige Fahrzeuge reserviert waren – trotz der empörten Einwände des Portiers des Ritz-Carlton, der heftig beide Arme schwenkte –, sah er vielleicht zehn oder mehr Mitglieder der Presse darauf zueilen, Kameras und Mikrofone schwingend.

»Folgen die Ihnen immer so?«, fragte Matt.

»Es ist der Preis der Berühmtheit«, erwiderte Stan Colt ernst und resigniert, und dann fügte er in normalem Tonfall hinzu: »Glauben Sie mir, Buddy, es geht mir wirklich auf den Wecker.«

Die Ankunft des Wagens mit Stan Colt auf dem Beifahrersitz und die Reaktion der Presse waren auch von Sergeant Al Nevins von der Abteilung Dignitary Protection gesehen worden, der sich und zwei Uniformierte am Eingang des Hotels postiert hatte. Die drei gingen schnell zum Crown Victoria. Nevins öffnete die Tür, und als Colt ausstieg, nahmen sie ihn in die Mitte und eskortierten ihn zum Hotel. Als er durch die Tür war, blockierten die Uniformierten den Presseleuten den Weg, damit sie ihm nicht folgen konnten.

Matt und Olivia stiegen aus dem Wagen und gingen in das Hotel. Nevins stand an der offenen Aufzugtür.

Matt stellte vor. »Sergeant Nevins, Detective Lassiter.«

»Guten Tag«, sagte Nevins, doch seine Überraschung, dass Olivia ein Cop war, konnte er nicht verbergen.

Stan Colt stand bereits in einer der hinteren Ecken des Aufzugs und versteckte sich so gut wie möglich. Matt und Olivia gingen in die Liftkabine, und die Tür schloss sich.

Auf einem Stuhl vor der Doppeltür der Benjamin Franklin Suite saß Detective Jesus Martinez und las in der *Philadelphia Daily News.* Als er sie sah, stand er auf und klopfte an die Tür der Suite.

»Was, zur Hölle, tust du hier draußen?«, fragte Matt.

»Der Knabe da drinnen hat mir gesagt, ich soll hier warten«, erwiderte Jesus.

»Hast du zu Abend gegessen?«

Martinez schüttelte den Kopf. »Nein.«

Die Tür der Suite wurde einen Spalt geöffnet, und Alex spähte heraus. Dann sah er Colt und öffnete die Tür weit.

Matt signalisierte Jesus, ihm in die Suite zu folgen.

»Detective Martinez ist kein Excop, den man bei einem Sicherheitsdienst mieten kann«, stellte Matt klar. »Er sitzt nicht auf dem Flur, klar?«

Alex sah Colt an.

»Was, zur Hölle, ist mit Ihnen los, Alex?«, fuhr Colt ihn an.

»Tut mir Leid, Stan«, sagte Alex.

»Stan, dies ist Jesus Martinez, ein Detective von Special Operations.«

»Freut mich, Sie kennen zu lernen«, sagte Colt, und es klang aufrichtig.

»Er ist die Hälfte Ihres Keuschheits-Kommandos«, sagte Matt. »Die andere Hälfte wird ihn um Mitternacht ablösen.«

Colt lachte und streckte Martinez die Hand hin.

»Wenn Sie die beiden vom Keuschheitskommando loswerden können«, sagte er, »habe ich ein paar heiße Telefonnummern, und wir können eine noch heißere Party feiern.«

Matt schüttelte den Kopf.

»Che-sus«, sagte er, »dies ist Olivia Lassiter von der Kripo Nordwest.«

Sie schüttelten sich kurz die Hände.

Es war an Alex' überraschter Miene offensichtlich, dass er nach einem Blick auf Olivia angenommen hatte, Stan Colt wäre auf seiner Suche nach weiblicher Gesellschaft erfolgreich gewesen.

Eddie, der Fotograf, und Jeannette, die Sekretärin, befanden sich im Wohnzimmer der Suite.

»Haben Sie eine Entscheidung bezüglich des Abendessens getroffen?«, fragte Jeannette.

»Ja. Wir essen hier. Sie sind nicht eingeladen«, sagte Colt. »Nur ich und die Detectives. Haben Sie eine Speisenkarte?«

Sie ging zu einem Sideboard, nahm eine Speisenkarte, kehrte damit zurück und überreichte sie ihm.

»Bleibt Jesus bei uns?«, fragte Colt.

»Ja, er bleibt«, sagte Matt.

»Gut. Okay«, sagte Colt. Er nickte den anderen zu. »Danke. Das ist alles. Ich sehe euch am Morgen.«

Sie verließen die Suite.

Matt registrierte, dass sie – abgesehen von der Überraschung auf Alex' Gesicht – ihm, Che-sus oder Olivia überhaupt keine Beachtung geschenkt hatten.

»Sie sind nötig«, sagte Colt, als sie fort waren. »Und sie tun, was sie tun sollen, doch manchmal ist es schlimmer als die gottverdammte Presse, sie alle am Hals zu haben.«

Colt legte sich auf die Couch und forderte die anderen mit einer Geste auf, Platz zu nehmen.

»Ich wollte Sie schon fragen, ob es hier ein Käsesteak-Sandwich gibt. Aber jetzt ist mir eingefallen, dann wäre es ein Ritz-Carlton-Käsesteak, kein richtiges. Keines wie vom D'Allesandro's in der Henry-Avenue.«

»Ich kann die Preise kaum glauben«, sagte Olivia.

»Nun, machen Sie sich deswegen keine Sorgen, es geht alles auf das Studio«, sagte Colt. »Ich frage mich, ob wir uns bei D'Allesandro's Käsesteaks bestellen können.«

»Sie wären kalt, bis sie hier eintreffen«, sagte Matt.

»Nun, vielleicht lassen wir später welche kommen«, meinte Colt.

Olivia gab Matt die Speisenkarte.

»Inspiriere mich«, sagte sie.

»Ich nehme an, das tun Sie bereits, Baby«, sagte Colt. »Geben Sie mir die Karte.«

Matt gab ihm die Speisenkarte.

Er überflog sie schnell.

»Mag jemand keine Shrimps-Cocktails?«

Keiner sagte etwas.

»Hat jemand moralisch oder intellektuell etwas gegen ein Filet Mignon?«

Keiner sagte etwas.

»Ist irgendjemand entschlossen, ein gutes Steak zu verderben, indem er es durchbraten lässt?«

Keiner sagte etwas, doch Matt und Olivia lachten.

»Nun, diese Entscheidung war nicht schwierig, wie?«, sagte Colt, ging zum Sideboard und griff zum Telefon.

»Dies ist Mr Colt in – ich habe keine Ahnung, wo ich bin, aber ich wette, Sie können die Zimmernummer herausfinden. Wir brauchen vier Shrimps-Cocktails, viermal Filet Mignon, medium, all die entsprechenden Beilagen und ein paar gute Flaschen Cabernet Sauvignon. Vielen Dank.«

Er legte auf.

»Okay«, sagte er, »Sie können jetzt anfangen, eine Pause

machen, wenn der Tisch gedeckt wird, und dann weiter erzählen, okay, Detective Lassiter?«

»Prima«, sagte Olivia.

»Darf ich Sie Olivia nennen, oder wird Ihr Lover hier denken, ich will mich an Sie ranschmeißen?«

»Ich bin nicht ihr Lover«, sagte Matt.

»Er ist nicht mein Lover«, sagte Olivia gleichzeitig.

»Mich dünkt, ihr protestiert zu laut«, sagte Colt mit überraschend glaubwürdigem britischem Akzent.

»Che-sus«, sagte Matt hastig. »Der Commissioner möchte, dass Mr Colt versteht, wie …«

»Hey, ich dachte, wir wären Freunde. Was soll dieser Scheiß mit ›Mr Colt‹?«

»Der Commissioner möchte, dass *Stan* versteht, wie die Mordkommission an einem Fall arbeitet«, fuhr Matt fort. »Lassiter war bei der Kripo Nordwest die Nächste auf dem Rad, als das gemeldet wurde, was sich als der Williamson-Mord herausstellte. Aus mehreren Gründen ist sie für den Fall vorübergehend zur Mordkommission versetzt worden, und Captain Quaire hat ihr gesagt, sie soll *Stan* über den Fall ins Bild setzen.«

»Ich habe mich schon gefragt, was los ist«, sagte Martinez.

»Ich frage mich immer noch«, sagte Colt. »Wollen Sie das bitte wiederholen, und zwar langsam und auf Englisch, damit ich nicht nur Bahnhof verstehe? Was ist zum Beispiel das ›Rad‹?«

Als der Zimmerservice das Essen – zwei Servierwagen voll – in erstaunlich kurzer Zeit lieferte, wie Matt fand, hatte Matt gerade zu Ende erklärt, was das ›Rad‹ war und wie Olivia und dann die Mordkommission in den Fall verwickelt worden waren.

Er unterbrach seine Erklärungen so lange er konnte – der Zweck der Übung war, Colt im Unklaren zu lassen, was mit den Tätern im Fall Roy Rogers geschah –, und als Colt beim Essen darauf bestand, sofort mehr zu erfahren, weil er das ›irre spannend‹ fand, erklärte er alles in minutiösen Einzelheiten. Er hoffte, dass Olivia seinem Beispiel folgen würde, wenn sie berichten würde, was geschehen war, als sie zum ersten Mal in das Williamson-Apartment gegangen war.

Das tat sie, aber obwohl sie ihre Schilderung sogar ausdehnte und Che-sus detaillierte Erklärungen einwarf, warum dies und das auf bestimmte Weise getan werden musste, war einfach nicht mehr zu berichten. Als Olivia zu Ende erzählt hatte, war es noch viel zu früh, um zu hoffen, dass sich Colt zufrieden geben würde und zu Bett gehen wollte.

Er hatte noch nicht genug – obwohl er eine Reihe intelligenter Fragen gestellt hatte, die lange Erklärungen erfordert hatten –, und er wollte nicht zu Bett gehen.

»Wisst ihr, was ich jetzt tun möchte?«, fragte Colt rhetorisch und fuhr fort, ohne auf eine Antwort zu warten: »Es ist erst kurz nach zehn. Ich möchte einen Ausflug machen. Vielleicht wieder zu der Bar fahren, in die Sie mich zuvor gebracht haben, vielleicht bei dieser Special Operation vorbeischauen, wo Che-sus arbeitet, vielleicht bei diesem Lagerhaus vorbeischauen, wo die Undercover-Autos stehen, wie Sie gesagt haben – und zu D'Allesandro's fahren und ein richtiges Käsesteak essen.«

»Aber Sie haben doch gerade erst zu Ende gegessen«, platzte Olivia heraus.

»Ich habe nicht viel gegessen«, sagte Colt. »Und ich will wirklich ein Käsesteak haben. Wir können uns das Käsesteak gönnen, bevor wir ins Heiabett gehen, nachdem wir die anderen Dinge gesehen haben.«

Obwohl er spürte, dass es sinnlos war, äußerte Matt Einwände.

»Da gäbe es viele Probleme, Stan«, begann er.

»Zum Beispiel?«, fragte Stan lächelnd, jedoch in einem Tonfall, der klar machte, dass er daran gewohnt war, zu bekommen, was er verlangte.

»Nun, zum einen würden wir die Presseleute am Hals haben, die unten auf Sie warten.«

»Das können die anderen Sicherheitsjungs schaukeln«, meinte Colt.

»Stan, die Leute unten sind Polizeibeamte, Mitglieder der Dignitary Protection Unit, keine ›Sicherheitsjungs‹. Sicherheitsjungs sind Mietcops.«

»War nicht böse gemeint, das ist sehr interessant, gut zu wissen, und ich werde diesen Fehler nicht noch einmal machen. Was sonst?«

»Wir können nicht ins IAD-Lagerhaus reinkommen, wenn wir in einem neutralen Wagen dorthin fahren.«

»Aber wir könnten dort vorbeifahren, richtig? Wenn wir nicht halten?«

»Ja, das könnten wir.«

»Okay, damit ist dieses Problem gelöst. Was soll's, wenn ich reinginge, würde ich ohnehin nur eine Ansammlung von Wagen sehen, richtig?«

»Richtig.«

»Sonst noch etwas?«

»Wenn wir zu D'Allesandro's fahren, würden Sie vermutlich erkannt und wahrscheinlich von Ihren Fans belästigt werden.«

»Sergeant Payne«, sagte Colt und änderte wieder den Tonfall, »ich habe ein tiefes, man könnte sagen, unerschütterliches Vertrauen darin, dass Sie und Detective Lassiter mich vor der Begeisterung meiner Fans abschirmen können. Sonst noch was?«

»Nichts, das mir einfällt.«

»Stan«, sagte Olivia. »Ich arbeite nicht bei der Dignitary Protection. Ich muss entweder ans Telefon in die Mordkommission zurück oder heimkehren, damit ich als Erstes am Morgen anfangen kann.«

»Du hast heute bereits 'ne Menge Überstunden gemacht«, sagte Matt. »Wir werden dich heimbringen ...« Und dann kam ihm ein anderer Gedanke. »Warum setzen wir dich nicht bei der Mordkommission ab, und du fragst den Captain oder Washington, was du tun sollst?«

Sie brauchte einen Moment, um zu verstehen, was er in Wirklichkeit meinte.

»Wenn sich etwas Interessantes ergeben hat, könnte ich dich anrufen«, sagte sie.

»Prima Idee!«, sagte Colt.

»Che-sus, hast du die Telefonnummer des Sergeants unten?«, fragte Matt.

Martinez zog sein Handy hervor, tippte Zahlen ein und reichte es Matt.

»Sergeant Nevins.«

»Matt Payne«, sagte Matt. »Mr Colt möchte ein wenig in der Stadt herumfahren. Wäre das irgendein Problem für Sie?«

»Wollen Sie ein paar Uniformierte mitnehmen?«

»Nein. Ich dachte an die Presse. Ist sie noch dort?«

»Ja. Damit können wir fertig werden. Geben Sie uns nur ein paar Minuten vorher Nachricht.«

»Wir werden in fünf Minuten unten sein«, kündigte Matt an.

»Ich weiß dies wirklich zu schätzen, Buddy«, sagte Stan Colt.

5

Wenn leitende Polizeibeamte, zum Beispiel von der Impact Unit oder Internal Affairs, einen Befehl direkt vom stellvertretenden Polizeichef bekommen, neigen sie dazu, alles, was sie gerade getan haben, stehen und liegen zu lassen und den Befehl auszuführen. Das Gleiche trifft auf den Leiter einer Kriminalabteilung zu, der irgendeinen Befehl vom Chief Inspector der Kripo erhält.

Inspector Wohl war deshalb äußerst überrascht, dass die erste Person, die sich bei ihm meldete, Steven J. Cohen, Esquire, war, Leiter der Mordkommission der Staatsanwältin, ein adretter, sonnengebräunter, elegant gekleideter Mann Anfang vierzig.

»Das war schnell, Steve«, begrüßte Wohl ihn. »Sozusagen schneller als die Polizei. Danke.«

»Ich würde sagen, ich habe auf die Stimme meiner Herrin gehört. Aber das könnte zu einer falschen Auslegung führen«, erwiderte Cohen. »Ich war im Stadtzentrum. Bitte fragen Sie nicht, warum.«

»Warum waren Sie im Stadtzentrum, Steve?«, fragte Wohl.

»Würden Sie glauben, dass meine Frau ein Fan von Stan Colt ist? Und/oder, dass ich zwei Karten für jeweils hundert Dollar bezahlt habe, um in einer langen Schlange im Bellvue-Stratford zu stehen und ihm die Hand zu schütteln und zwei sehr wässrige Drinks zu bekommen? Und dass ich, als Al mich anrief, in der Bar des Ritz-Carlton war, wo Stan Colt wohnt und wo meine Frau auf sein Erscheinen hoffte?«

»Ich glaube Ihnen«, sagte Wohl. »Wenn man einem Anwalt nicht glauben kann, wem dann?«

Cohen zeigte ihm den Mittelfinger.

»Was ist los, Peter?«

»Wir haben einen der Täter im Roy-Rogers-Fall identifiziert«, begann Peter Wohl.

Er hatte fast zu Ende berichtet, als Inspector Michael Weisbach von der Abteilung Internal Affairs in die Mordkommission kam. Weisbach war ein schmächtiger Mann, der eine Brille mit einem Gestell aus Schildpattimitat trug und stets irgendwie zerknittert wirkte. Weisbach und Wohl waren seit langem befreundet. Weisbach nickte Cohen zu und blickte Wohl erwartungsvoll an, sagte jedoch nichts.

»Wie geht's denn so, Michael?«, fragte Wohl schließlich in glaubwürdigem jiddischen Akzent.

Cohen lachte.

»Was, zum Teufel, hat das alles zu bedeuten, Peter?«, fragte Weisbach, der lächeln musste.

»Ich würde Ihre Geduld sehr zu schätzen wissen, Inspector, bis Captain Mikkles von der Impact Unit und Captain Calmon von der Kripo Südwest eintreffen«, sagte Wohl. »Ich habe die ganze Sache soeben dem Winkeladvokaten hier erklärt und möchte es nur ein zweites Mal tun, wenn alle hier sind.«

»Warum bekommt der Winkeladvokat eine Extrawurst?«

»Weil ich ihn mag«, sagte Wohl.

»O Gott«, stöhnte Weisbach.

Cohen wies auf die Tür der Mordkommission. Captain Michael J. Mikkles, der Leiter der Impact Task Force – ein besonderes Antidrogen-Dezernat – war soeben eingetreten. Mikkles war ein großer, sehr dünner, kahlköpfiger Mann Anfang fünfzig. Er war auf halbem Weg zu Captain Quaires Büro, als Captain Calmon die Mordkommission betrat.

Als er im Büro war und sich alle die Hände geschüttelt hatten, schloss Wohl die Tür.

»Das Erste zuerst«, sagte er. »Ich brauche sechs Undercover-Fahrzeuge für unbestimmte Zeit, besagte Fahrzeuge geeignet für eine Rund-um-die-Uhr-Observation des Paschall Homes Obdachlosenasyls, und ich brauche sie sofort.«

»Wen wollen wir ...«, setzte Weisbach zu einer Frage an.

»Ertragen Sie mich, Mike«, unterbrach Wohl. »Ich werde alles gleich erklären. Doch im Augenblick will ich zwei Undercover-Fahrzeuge bei der Special Operations, zwei weitere binnen ein paar Stunden und insgesamt sechs am Morgen. Sie beide entscheiden zwischen sich, woher diese Wagen kommen.«

»Sie verlangen nur Fahrzeuge, richtig? Sie wollen keinen meiner Detectives?«, fragte Captain Calmon.

»Nur die Fahrzeuge. Wir setzen Detectives von der Special Operations und der Mordkommission für die Observation ein, bis uns die Leute ausgehen.«

»Inspector«, sagte Captain Mikkles, »ich habe keinen Undercover-Wagen, den ich entbehren könnte. Ich kann Ihnen nur Fahrzeuge geben, wenn ich sie von ihren Einsätzen abziehe.«

»Dann muss es so sein«, sagte Wohl. »Es sei denn, Inspector Weisbach kann mir gleich jetzt zwei geben.«

Weisbach zog sein Handy hervor und drückte eine eingespeicherte Nummer.

»Hier ist Weisbach«, sagte er dann. »Wie viele getarnte Wagen – alles, was zur Observierung eines Projekts geeignet ist – kann ich sofort aus dem IAD-Lagerhaus bekommen?«

Die Internal Affairs Division, die sich hauptsächlich mit Ermittlungen gegen Polizisten befasste, verfügte über eine ziemlich große Flotte ›ziviler‹ Pkws und anderer Fahrzeuge, denn die meisten Polizisten können einen neutralen Polizeiwagen auf den ersten Blick erkennen. Die Fahrzeuge – viele davon beschlagnahmt bei Drogenfällen – standen in einem Lagerhaus in der Dungan Road, ein paar Blocks von den Büros der IAD entfernt.

Er wartete und lauschte, und dann wandte er sich an Wohl.

»Ich habe zwei ziemlich vergammelte Vans und einen fast neuen Chrysler, die Sie gleich jetzt haben können. Morgen können wir Ihnen vielleicht etwas Besseres geben.«

»Sie sind im Lagerhaus?«, fragte Wohl. Weisbach nickte. »Dann müssen wir eine Möglichkeit finden, sie zur Special Operations zu bringen.«

»Ich bin mit meinem Wagen hier«, sagte Weisbach. »Ich könnte ein paar Leute beim Lagerhaus vorbeifahren.«

Das IAD-Lagerhaus war nicht durch ein Schild gekennzeichnet, und die Internal Affairs Division versuchte, seine Anonymität zu wahren, indem sie niemals mit Streifenwagen oder neutralen Polizeiwagen in seine Nähe fuhr.

»Können Sie vier Leute mitnehmen?«, wollte Wohl wissen.

Weisbach nickte.

»Dann machen wir es so«, sagte Wohl.

»Bekomme ich eine Erklärung, was los ist?«, fragte Weisbach. »Ich wüsste gern Bescheid.«

»Nun, das ist verständlich«, sagte Wohl und wandte sich an Captain Mikkles. »Mick, ich muss zwei weitere Wagen haben, sagen wir in zwei Stunden. Wenn das bedeutet, dass Sie sie von einer Überwachung abziehen müssen, dann muss es sein.«

»Jawohl, Sir«, sagte Mikkles. Es war ihm anzusehen, dass ihm der Befehl missfiel.

»Okay«, sagte Wohl. »Dann fahren wir dorthin, und ich werde erklären – hoffentlich wirklich zum letzten Mal –, was los ist.«

Fast jeder in Vorzimmer verstummte und richtete seine Aufmerksamkeit auf Quaires Büro, als Wohl und die anderen herauskamen.

6

»Für Sie, Inspector«, sagte Captain Michael J. Sabara und reichte Wohl den Hörer eines der Telefone auf Captain Quaires Schreibtisch. »Es ist Mickey O'Hara.«

Sabara saß auf Quaires Schreibtischsessel. Peter Wohl und Jason Washington saßen auf Stühlen – Washington mit ausgestreckten Beinen, Wohl rittlings und auf die Lehne gestützt. Quaire war vor fünf Minuten gegangen, nachdem Wohl gesagt hatte, da jeder am Morgen eine Menge zu tun hatte und ihm nicht einfiel, was bis dahin sonst noch getan werden könnte, wäre es eine gute Idee, sich jetzt ein wenig auszuruhen, denn es war bereits 23 Uhr.

Wohl hatte soeben Sabara gesagt, dass er verantwortlich dafür sein würde, Washington die Detectives zur Verfügung zu stellen, die er für die Überwachung des Obdachlosenasyls brauchte – er hatte Washington die Leitung der Observation übertragen –, und dass Sabara sicherstellen musste, dass die Wagen der Highway Patrol nicht weiter als fünf Minuten vom Beobachtungsbereich entfernt sein würden.

»Und was treibt mein Lieblings-Journalist?«, sprach Wohl ins Telefon.

»Der ist sauer«, erwiderte O'Hara. »Ich nehme an, ich werde wieder einmal verarscht.«

»Wieder mal? Wollen Sie sagen, dass Sie schon verarscht worden sind? Von wem?«

»Vom Meisterchef«, sagte O'Hara. »Sie waren dabei, Peter. Denny Coughlin versprach mir, mich auf dem Laufenden zu halten. Das hat er nicht getan. Und als ich ihn gerade eben anrief, sagte er mir, ich soll Sie anrufen, Sie würden mich ins Bild setzen.«

»Ins Bild setzen über was?«, fragte Wohl unschuldig.

»Ich habe es gewusst, ich habe es gewusst! Nehmen Sie zur Kenntnis, Inspector, dass mein Versprechen, nichts gesehen und gehört zu haben, null und nichtig ist.«

»Wo sind Sie, Mick?«

»Liberties.«

»Washington und ich werden in fünf Minuten dort sein. Wir machen hier gerade Schluss.«

»So weit werde ich Ihnen trauen, Peter. Aber keine Minute länger.«

»Wir werden in *etwa* fünf Minuten dort sein. Wir fahren jetzt los. Okay?«

»Sie haben zehn Minuten, alter Freund«, sagte O'Hara, und dann war die Leitung tot.

Washingtons Handy klingelte, als er mit Inspector Wohl das Rundhaus verließ und auf den Parkplatz ging.

»Joe D'Amata, Lieutenant.«

»Sagen Sie mir bitte nicht, Joseph, dass Sie beim Lagerhaus auf ein Problem gestoßen sind. Ich will dieses Auto für das Überwachungsprojekt jetzt gleich haben.«

»Es ist ein alter Chevy-Van. Und ob es ein Problem damit gibt oder nicht, weiß ich nicht, aber ich dachte, ich sollte Sie informieren.«

»Dann tun Sie das bitte. Die Spannung ist zu viel für mein altes Herz.«

»Als ich soeben aus dem Lagerhaus kam, parkte nicht weit entfernt am Straßenrand ein Ford. Ohne Scheinwerferlicht, aber mit Leuten drin. Ich ging heran und sah Payne darin sitzen.«

»Sie meinen unseren Sergeant Payne?«, fragte Washington.

»Ja. Und neben ihm saß Stan Colt oder jemand, der ihm höllisch ähnlich sieht. Gibt es da etwas, von dem ich nichts weiß?«

»Was haben sie gemacht?«, fragte Washington.

»Zum Lagerhaus gespäht«, sagte D'Amata.

»Mit ausgeschalteten Scheinwerfern?«

»Mit ausgeschalteten Scheinwerfern.«

»Joseph«, sagte Washington und blickte zu Wohl. »Ich habe keine Erklärung, was Sergeant Payne und Stan Colt in einem neutralen Wagen mit ausgeschalteten Scheinwerfern bei dem IAD-Lagerhaus treiben, aber ich werde das überprüfen und Sie informieren. Danke, dass Sie mich darauf aufmerksam gemacht haben.«

Washington drückte auf die END-Taste und sah Wohl an. Wohl zog sein Handy aus der Tasche und rief eine eingespeicherte Nummer an.

»Matt, ist Mr Colt bei Ihnen?«

»Jawohl, Sir.«

»Treffen Sie mich bei Liberties. Sofort. Gehen Sie nicht rein.«

»Jawohl, Sir.«

Inspector Wohl, Lieutenant Washington und Sergeant Payne trafen im Abstand von dreißig Sekunden nacheinander bei der Liberties Bar ein.

Lieutenant Washington betrat das Lokal.

Mr Michael J. O'Hara saß allein an der Bar.

»Sie sollten mir besser erzählen, dass Peter gleich nach Ihnen hier eintrifft«, sagte O'Hara statt einer Begrüßung.

»Peter trifft gleich nach mir ein.«

»Wollen Sie mir sagen, was läuft?«

»Wir haben einen der Übeltäter im Roy-Rogers-Fall identifiziert und haben eine gute Vorstellung davon, wer der andere ist.«

»So viel habe ich bei Augie Wohl schon gehört.«

»Mrs Solomon ist sehr besorgt. Sie meint, wenn wir keine große Vorsicht walten lassen, könnten die Übeltäter durch die Maschen im System der Strafjustiz schlüpfen.«

»Was heißt das genau?«

»Dass nur eine Festnahme stattfinden wird, wenn Mrs Solomon glaubt, stärkere Beweismittel zu haben als bisher. Zurzeit können wir einen der Täter nur durch den Fingerabdruck identifizieren.«

Inspector Wohl ging zu Matts neutralem Crown Victoria und stieg hinten ein.

»Mr Colt, ich bin Inspector Wohl«, stellte sich Wohl vor.

Stan Colt drehte sich auf dem Beifahrersitz um und schüttelte Wohl begeistert die Hand.

»Hey! Spitze! Wie geht es Ihnen? Matt hat mir alles über Sie erzählt!«

»Sie sind beim IAD-Lagerhaus gesehen worden, Sergeant Payne«, sagte Wohl. »Wollen Sie mir erzählen, was das zu bedeuten hat?«

»Mr Colt wollte es sehen, und ich habe es ihm gezeigt.«

»Okay. Gibt es sonst noch etwas, was Mr Colt heute Nacht sehen will?«

»Wir fahren auf ein Käsesteak zu D'Allesandro's«, sagte Matt.

»Und es wäre prima, wenn Sie mitkämen«, fügte Stan Colt hinzu.

»Das ist sehr freundlich von Ihnen, aber es war ein langer Tag, und ich werde jetzt einen Absacker mit Lieutenant Washington trinken und dann heimfahren.«

»Ich schlage vor, Inspector«, sagte Colt, »wir alle gehen dort rein und trinken einen Absacker. Matt und ich fahren dann zu D'Allesandro's, und dann fahren wir alle heim.«

Mr Colt verlieh seinen Worten Nachdruck, indem er aus dem Wagen stieg, schnell zur Tür der Liberties Bar ging, Matt und Wohl fröhlich zuwinkte, ihm zu folgen und ins Lokal verschwand.

»Mein Gott«, sagte Wohl. »Mickey ist in der Bar und wartet darauf, dass ich ihm erzähle, was los ist.«

»Ich habe das Pressemobil gesehen«, bemerkte Matt.

»Das ist nicht lustig, verdammt!«

»Und was machen wir jetzt?«, fragte Matt.

»Gottverdammter Filmschauspieler!«

»Eigentlich ist er gar nicht so schlimm«, sagte Matt. »Er wächst einem regelrecht ans Herz.«

15

1

»Vielleicht habe ich mehr davon getrunken, als ich mich erinnern kann«, sagte Mickey O'Hara und hielt sein Glas mit Old Bushmills on the rocks hoch, »denn für mich sieht der Typ in der Tür genau wie Stan Colt aus.«

»Ja, wie aus dem Gesicht geschnitten, finde ich auch«, stimmte Jason Washington zu.

Stan Colt streckte lächelnd die Hand aus und marschierte auf sie zu.

»Hi«, sagte er. »Sie sind Matts Boss, nicht wahr? Lieutenant Washington?«

»Ja, der bin ich«, sagte Washington. »Und wenn ich mich nicht irre, sind Sie Mr Stan Colt?«

»Richtig.«

»Es freut mich sehr, Sie kennen zu lernen, Mr Colt«, sagte Washington und fügte hinzu: »Dies ist Mr Michael J. O'Hara vom *Bulletin*.«

»Kein Scheiß?«, fragte Mr Colt überrascht. »Sie sind Mickey O'Hara? Das ist ein Ding! Sie sind eine verdammte Legende!«

Begeistert ergriff er Mickeys Hand und schüttelte sie überschwänglich.

»Mr O'Hara ist in der Tat einer unserer prominentesten Journalisten«, sagte Washington, als Wohl, gefolgt von Matt, in die Bar kam.

»Als Sie und Bull Bolinski beim Verkauf von Pornoheftchen für Frankie the Gut erwischt wurden, übernahmen Sie die Schuld, flogen von der High School, und ›the Bull‹ machte sein Examen, wurde Footballstar und – na Sie wissen ja. Der Bulle hat mir alles über Sie erzählt.«

»Sie kennen Casimir?«, fragte Mickey.

»Hölle, ja, ich kenne den Bullen. Wir Jungs von der West Catholic High halten zusammen, wissen Sie. Er wohnt immer bei mir, wenn er an der Küste ist.«

»Da will ich doch verdammt sein!«, sagte Mickey. »Ich habe gehört, dass Sie in der Stadt sind und Geld für die West Catholic beschaffen, aber ich habe nicht gewusst, dass Sie dort die Schulbank gedrückt haben.«

»Sie werden sich vermutlich nicht an mich erinnern. Ich war früher Stanley Coleman, Student im ersten Semester, und Sie und der Bulle, ihr wart im vorletzten Jahr vor dem Examen, als ihr aufgeflogen seid, aber ich kann mich gut an Sie erinnern.«

»Das ist ein Hammer«, sagte Mickey, und jetzt pumpte er ebenso begeistert Mr Colts Hand.

Wohl gesellte sich hinzu und lächelte ein wenig matt.

»Nun, ich sehe, Sie haben Mr O'Hara kennen gelernt, Mr Colt«, sagte er.

»Kennen gelernt, Quatsch! Wir kennen uns lange. Wir sind beide von der West Catholic High geflogen, Mann, und ich bin froh, dass Sie mich hier reingebracht haben!«

»Ich auch«, sagte Mickey.

»Hey, Barkeeper«, rief Mr Colt, und als er seine Aufmerksamkeit hatte, machte er eine kreisförmige Handbewegung, woraus der Barkeeper richtig schloss, dass er eine Runde bringen sollte.

»Das Übliche, Inspector?«, fragte der Barkeeper.

Wohl nickte.

»Detective?« Er blickte fragend zu Matt.

»Hey, er ist Sergeant«, korrigierte ihn Colt. »Geben Sie uns beiden diese irischen Martinis.«

»Und wenn ich keinen irischen Martini möchte?«, fragte Matt lächelnd.

»Dann trinken Sie ihn trotzdem, Sie sind überstimmt«, sagte

Colt. Und dann runzelte er die Stirn, als ihm etwas einfiel. »Hey, ich habe immer noch kein Geld. Ich werde es Ihnen zurückzahlen.«

»Klar.«

»Das zahlt der *Bulletin*«, kündigte Mickey an. »Warum setzen wir uns nicht an einen Tisch?«

Sie nahmen an einem Tisch Platz. Der Barkeeper servierte eine Runde Getränke.

»Sie hängen mit diesen Jungs herum, richtig, Mickey?«, fragte Mr Colt.

»Ja. Ich möchte nur gern wissen, was sie mit Ihnen zu schaffen haben.«

»Matt zeigt mir die Polizei, und er macht das verdammt gut.«

»Für einen protestantischen weißen Angelsachsen? Ja, Matty ist ein ziemlich guter Cop. Ich schulde ihm viel.«

»Wie das?«

»Vor ein paar Jahren waren wir in einer Gasse, und ein wirklich übler Kerl kam uns entgegen und schoss mit einer .45er auf uns …«

»Mensch, Mickey«, protestierte Matt.

»… und Matty legte ihn flach«, fuhr O'Hara fort. »Er schoss ihm 'ne Kugel ins Bein, aber letzten Endes war der Kerl tot.«

»Kein Scheiß?«

»Seither nennen wir ihn den Wyatt Earp von Philly.«

»Meine Freunde nennen mich nicht so«, sagte Matt kalt.

»Oder manchmal auch den Casanova von Center City«, fuhr O'Hara vergnügt fort.

»Ja, mir gefällt sein Geschmack bei Frauen«, sagte Mr Colt. »Sie hätten die Puppe sehen sollen, die er heute Abend bei sich hatte.«

»Die Neugier überwältigt mich«, sagte Washington. »Wen meint Mr Colt, Matthew?«

»Captain Quaire hat Detective Lassiter eingeteilt, um Mr Colt den Fall Williamson zu erklären«, sagte Matt.

»Haben Sie etwas mit ihr, Matty?«, fragte O'Hara.

»Nein, habe ich nicht.«

Mr Colt zwinkerte breit grinsend, hielt die zur Faust geballte Hand hoch und streckte den Daumen aus. »Richtig.«

Washington und Wohl lächelten.

»Was ist hier also los?«, wollte Mr Colt wissen. »Hängen Sie nur zufällig herum, oder was?«

O'Hara blickte Wohl an.

»Sagen Sie es ihm, Peter.«

Wohls Lächeln verschwand. Er blickte einen Moment nachdenklich vor sich hin und zuckte dann mit den Schultern.

»Mr Colt …«, begann er.

»Könnten Sie sich angewöhnen, mich ›Stan‹ zu nennen?«

»*Stan*, fast jeder bei der Polizei vertraut Mickey, dass er den Mund hält, wenn er etwas weiß, das vorerst nicht öffentlich bekannt werden soll.«

»Für gewöhnlich heißt der Handel ›eine Hand wäscht die andere‹, Stan«, sagte Mickey. »Sie haben gefragt, ob wir hier nur so herumhängen. Nein. Ich bin hier, um festzustellen ob mir der Inspector die Hand wäscht und wie gut.«

»Unter den gegebenen Umständen, Stan, muss ich Sie bitten, nicht weiterzuerzählen, keinem, was ich Mickey und Ihnen sagen werde.«

»Klar, versprochen. Meine Lippen sind versiegelt«, sagte Mr Colt. Er blickte zu Matt, hob die rechte Hand mit ausgestrecktem Mittelfinger und fügte hinzu: »Pfadfinder-Ehrenwort.«

»Tony Harris fuhr nach Harrisburg«, sagte Wohl. »Die Staatspolizei konnte mit ihrem AFIS den Abdruck auf dem Mützenschirm identifizieren.«

»Tut mir schrecklich Leid, Sie zu unterbrechen, alter Junge«, unterbrach Mr Colt in britischem Akzent. »Aber ich habe nicht die leiseste Ahnung, wovon Sie sprechen.«

Wohl sah Colt an, und für einen Moment dachte Matt, Colt würde gleich unter Wohls Blick erstarren oder vielleicht Wohls Sarkasmus zu spüren bekommen, doch Wohl überraschte ihn, indem er lächelte.

»Nun, mein lieber Junge, das können wir nicht zulassen, oder?«, sagte Wohl in einem britischen Akzent, der fast so gut wie der des Schauspielers war. Dann fügte er ohne Akzent hinzu: »Es gab einen Doppelmord in Zusammenhang mit einem bewaffneten Raubüberfall in einem Roy Rogers Restaurant in der South Broad Street, bei dem die Täter entkamen, und wir haben soeben anhand eines Fingerabdrucks, den wir zuvor für nutzlos hielten, herausgefunden, wer sie sind.«

»Sie haben einen dazu passenden gefunden?«, fragte Mickey. »Ich dachte, das Labor – Candelle persönlich – sagte, es reicht nicht.«

»Wir haben einen der Täter identifiziert. Den fetten Kerl. Und laut Akte ein alter Bekannter, und es gibt einen Typen, der zwei Türen von ihm entfernt im Paschall Homes Project in Südwest-Philly wohnt, auf den die Beschreibung des anderen Täters passt.«

Er hielt inne und sah Washington an.

»Sie haben die Fotos für Mick?«

Washington nickte, griff in seine Jacketttasche und zog zwei Polizeifotos heraus. Er reichte sie O'Hara.

»Können Sie einen oder beide darauf wiedererkennen, Mick?«

O'Hara schaute sich die Fotos genau an und schüttelte dann den Kopf.

»So gern ich es möchte, nein. Es war dunkel, wie Sie sich vielleicht erinnern, und die beiden Bastarde haben auf mich geschossen.«

»Kein Scheiß?«, fragte Mr Colt nahezu ehrfurchtsvoll.

O'Hara nickte.

»Wie dem auch sei«, sagte Wohl, »die Staatsanwaltschaft meint, was wir an Beweismaterial haben, reicht nicht, um todsicher eine Verurteilung zu erreichen. Wir brauchen mehr – die Tatwaffe, zum Beispiel. So werden wir sie noch nicht sofort festnehmen.«

»Sondern?«

»Wir halten Sie unter Beobachtung, bis wir mehr Beweise gegen sie haben. Das ist der Grund, weshalb Jason und ich noch in der Mordkommission waren, als Sie anriefen. Wir hatten Gott und die Welt dort und stellten die Observation auf die Beine …«

»Und deshalb wurde ich dort so höflich rausgeschmissen, richtig?«, fragte Mr Colt.

»Wie bitte?« Wohl sah ihn fragend an.

»Als dieser Captain Matts Freundin schickte, um mir diesen anderen Fall zu erklären …«, er verstummte und machte eine pumpende Handbewegung, »... diente das dazu, mich aus der Mordkommission rauszubekommen, richtig?«

»Ich nehme an, das kann man vermuten, Mr Colt«, sagte Washington.

»Ich wäre im Weg gewesen, richtig?«

»Und Sie hätten Dinge mitbekommen, die wir nicht öffentlich bekannt machen wollen«, erwiderte Washington.

»Nun, was soll's, wir haben nett zu Abend gegessen, richtig?«, sagte Mr Colt.

»Sehr nett«, stimmte Matt zu.

»Darf ich Ihnen eine Frage stellen, Mickey?«, wollte Mr Colt wissen und fuhr fort, ohne auf eine Antwort zu warten. »Wie kommt es, dass Sie in diesem Roy Rogers waren? War das nur Zufall? Waren Sie dort auf einen Hamburger oder was?«

»Nein. Ich habe auf eine Funkmeldung, ›wahrscheinlich bewaffneter Raubüberfall im Gange‹ reagiert, und ich traf dort ein, als diese Bastarde gerade vom Tatort türmten.«

»Erklären Sie das? Sie haben ein Abhörgerät für den Polizeifunk? Richtig?«

»Er hat eine Batterie von Abhörgeräten, mit denen er die Kommunikation der Polizei belauscht«, sagte Washington. »Vielleicht haben Sie all die Antennen bemerkt.«

»Dieser Buick Sowieso draußen gehört Ihnen? All die Antennen habe ich gesehen.«

»Es ist ein Rendezvous«, sagte Mickey. »Ja, es ist meiner.«

»Wenn Sie richtig die Polizei bei der Arbeit sehen wollen, Mr Colt«, sagte Washington, »wäre Mr O'Hara vielleicht so nett, Sie mitzunehmen, wenn er herumfährt. Er reagiert auf jeden interessanten Funkspruch, was für gewöhnlich bedeutet, dass dort wahrscheinlich Gewalt im Spiel ist.«

»Ich würde Sie gern mitnehmen, Stan«, sagte Mickey.

»Mann, das würde mir gefallen.«

»Dann machen wir's«, sagte Mickey.

»Da gibt es ein Problem«, wandte Wohl ein. »Wir müssen wirklich sicherstellen, dass Sie einen Polizeibeamten bei sich haben, Stan.«

»Warum, und was ist falsch mit Matt?«

»Weil der Commissioner das sagt«, erwiderte Wohl. »Und

mit Matt ist falsch, dass er den ganzen Tag im Dienst ist und es auf Mitternacht zugeht.«

»Und was ist mit dem anderen Detective?«, fragte Mr Colt. »Dem kleinen?«

Er zeigte mit der Hand die Körpergröße von Detective Martinez an.

»Von wem spricht er?«, fragte Wohl Matt.

»Che-sus«, sagte Matt. »McFadden löst ihn um Mitternacht ab.«

»Ein weiterer Mick, Stan«, sagte O'Hara. »Guter Kerl. Sie werden ihn mögen.«

»Inspector, ich wage zu behaupten, dass Mr Colt in den fähigen gälischen Händen von Detective McFadden absolut sicher sein wird«, sagte Washington.

»Macht es Ihnen etwas aus, wenn ich Sie frage, ob Sie immer so sprechen?«, fragte Mr Colt.

»Immer, befürchte ich«, sagte Wohl lachend. Er schaute auf seine Armbanduhr. »Strecken Sie die Fühler nach McFadden aus, Matt. Er soll uns hier treffen.«

»Bestellen Sie ihn zu D'Allesandro's«, sagte Mr Colt. »Dieser Drink ist mein dritter und letzter für heute. Ich bin entschlossen, ein Käsesteak zu essen. Sie sind natürlich alle eingeladen.«

Washington und Wohl tauschten einen Blick.

»Es liegt mir fern, Mr Colts großzügige Einladung abzulehnen«, sagte Washington. »Und nicht nur, weil sie mir eine ausgezeichnete Antwort auf Marthas zwangsläufige Frage erlauben wird, wenn ich endlich nach Hause komme.«

»Wo, zur Hölle, bist du gewesen, was hast du getrieben und mit wem?«, fragte Wohl.

»Eigentlich, mein Schatz, habe ich bei D'Allesandro's ein Käsesteak mit Stan Colt, dem Filmstar, gegessen. Das sollte ihr zur Abwechslung einmal die Sprache verschlagen.«

2

Um fünf nach eins, nachdem Mr Stanley Colt sein Käsesteak gegessen hatte und in die fähigen Hände von Detective Charles McFadden übergeben worden war, stieg Matt in den neutralen Crown Victoria und fuhr heim.

Er lächelte in der Erinnerung an Mr Colts Reaktion auf Inspector Wohls Anweisungen an Detective McFadden: »Sie lassen ihn nicht ohne Ihre Erlaubnis aus Mickeys Wagen steigen. Wenn er Ihnen irgendwelche Probleme macht, legen Sie ihm Handschellen an und übergeben ihn der Dignitary Protection im Ritz-Carlton. Probleme schließt jede Geste außer einem freundlichen Lächeln gegenüber einem Mitglied des anderen Geschlechts ein.«

»Das wird kein Problem sein. Ich kann auch mal aufs Vögeln verzichten, aber unter solchen Androhungen ist das hart, Mann!«

Matt war soeben auf die Walnut Street abgebogen und fuhr zum Rittenhouse Square, als sich sein Handy meldete.

Allmächtiger, was denn jetzt?

»Payne.«

»Kannst du reden?«, fragte Detective Olivia Lassiter.

»Ja.«

»Man hat einen der Täter im Roy-Rogers-Fall identifiziert und …«

»Das habe ich gehört«, unterbrach Matt. »Und man observiert sie rund um die Uhr, deshalb sind wir aus der Mordkommission weggeschickt worden.«

Schweigen.

»Wir geht es deiner Hand?«, fragte Olivia nach einer Weile.

Er blickte darauf.

»Prima«, sagte er. »Ich hatte gar nicht mehr daran gedacht.«

»Oh.«

Wiederum Schweigen.

»Ich dachte mir, vielleicht muss der Verband gewechselt werden«, sagte sie schließlich.

»Nein. Er sieht gut aus.«

»Oh.«

Mensch, Matthew, du bist der blödeste Hurensohn in ganz Philadelphia!!!

»Wo bist du, Mutter?«

»Ich bin nicht deine Mutter.«

»Wo bist du, Nicht Meine Mutter?«

»Im Starbucks an der Ecke Twelfth und Market.«

»Was machst du dort? Ich dachte, du bist zur Mordkommission gefahren?«

»Ich bin eine Zeit lang bei der Mordkommission gewesen und habe einige weitere Telefonate geführt. Dann bin ich hierhin gefahren und habe gewartet, bis ich dachte, du hast Colt vermutlich ins Bett gebracht. Dann habe ich angerufen.«

»Ich bin an der Nineteenth und Walnut. Ich werde in zehn Minuten dort sein.«

»Nein.«

»Um Himmels willen, ich bringe dich heim.«

»Wenn du herkommst, wird uns jemand sehen, der einen oder beide von uns kennt.«

»Dann warte im Dunkeln um die Ecke Twelfth und Filbert. Ich hole dich dort ab und bringe dich heim.«

Es folgte wieder eine lange Pause, bevor Olivia fragte: »Wenn ich ein Taxi zum Rittenhouse Square nähme, wie könnte ich um diese Zeit in der Nacht in das Gebäude reinkommen?«

Eine weitere Pause, diesmal von Matts Seite und kürzer.

»Wenn du aus dem Taxi steigst, werde ich auf dich in der Halle warten.«

Und eine letzte Pause, bevor sie sagte: »Wie du vorhin gesprochen hast, dachte ich, du willst nicht, dass ich dorthin komme.«

»Oh, Baby!«

3

Die Polizeichefs von Daphne und Fairhope, Alabama, waren insgeheim überhaupt nicht glücklich mit der ›Jackson's Oak Citizens' Community Watch, Inc.‹

Daphne und Fairhope sind kleine, blühende Wohngemeinden in der Baldwin County an der Mobile Bay in Süd-Alabama. Sie liegen gegenüber der Stadt Mobile und etwa dreißig Meilen vom Golf von Mexiko entfernt.

Die Baldwin County, die größer als der Staat Rhode Island ist, blüht ähnlich, was auf ihr fruchtbares Ackerland und auf ihren Seestrand am Golf von Mexiko zurückzuführen ist. Sie ist trotz der vergeblichen Bemühungen der örtlichen Handelskammer als die Redneck Riviera bekannt und berühmt für ihre spektakulär schneeweißen Strände, die das ganze Jahr über wohlhabende Touristen anziehen.

Es gibt nicht viel Kriminalität – gewiss nicht, wie dieser Begriff in Philadelphia ausgelegt wird – in der Baldwin County oder in Daphne oder Fairhope. Aber um das bisschen zu bekämpfen, gibt es ein schönes Steuerpolster, um die Polizei und die verschiedenen Feuerwehren zu unterstützen.

Die Streifenwagen der Polizeibehörden Daphne und Fairhope sind auf dem neusten Stand der Technik, ausgerüstet mit den modernsten Kommunikationssystemen, Fernsehkameras, Computern und Radarmessgeräten zur Überprüfung der Geschwindigkeit. Sie werden im Allgemeinen jährlich durch neue ersetzt, und die ›alten‹ Fahrzeuge werden an weniger wohlhabende Gemeinden verkauft.

Der Polizeichef von Daphne war nicht glücklich mit der Jackson's Oak Citizens' Community Watch, Inc.(JOCCWI), weil er sie für unnötig hielt, potenziell gefährlich und weil sie bei seinen vereidigten Beamten das Gegenteil von Respekt genoss. Und der Polizeichef von Fairhope war unglücklich mit der JOCCWI, weil er befürchtete, es könnte ansteckend sein und Fairhope würde eine ebensolche Bürgerwache bekommen.

JOCCWI war von einer Gruppe besorgter Bürger gebildet worden, als Reaktion auf das, was sie als Unfähigkeit der Polizei von Daphne betrachteten, die Gemeinde von Drogensüchtigen, Taschendieben, Spannern und anderen Störenfrieden sauber zu halten.

In ihren Klagen war eine Spur von Berechtigung. Soweit der Polizeichef wusste, benutzten die Süchtigen in Daphne die harten Drogen zu Hause und kauften sie sonst wo. Wenn ein Fremder in Fairhope oder Daphne auftauchte, der auch nur entfernt wie ein Konsument – geschweige denn Verkäufer – harter Drogen wirkte, folgte ihm ein Cop, bis eine Durchsuchung seiner/ihrer Person juristisch legal durchgeführt werden konnte oder er/sie die Stadt verließ, was auch immer zuerst kam.

Da gab es natürlich Cannabis sativa. Und der Polizeichef wusste, dass an jedem schönen Abend die Jungen und manchmal auch nicht so Jungen zum Strand gingen und einen Joint oder zwei rauchten. Oder sie pafften vielleicht außerhalb des Clubhauses des Lake Forest Golf & Country Club ein paar Joints. Wenn seine Beamten sie sahen, wurden sie festgenommen.

Es gab natürlich mehr Fälle von Diebstahl. Über zweihundert Motor- und Segelboote lagen im Bootshafen des Lake Forest Yacht Clubs. Fast jedes davon hatte etwas an Bord – von Radaranlagen und Tiefenmessern oder Angelpeilgeräten auf dreizehn Yards langen Hatteras-Yachten bis zu Rudern in einem Ruderboot –, das schnell entfernt und leicht in einem von hundert Orten von Biloxi, Mississippi, im Westen bis nach Pensacola, Florida, im Osten verkauft werden konnte, ohne dass Fragen gestellt wurden.

Die meisten dieser Diebstähle konnten verhindert werden, weil die Bootsbesitzer vernünftige Gegenmaßnahmen ergriffen. Und die einzige Möglichkeit, diese Diebstähle völlig zu verhindern, bestand darin, Beamte nicht nur im Hafen zu postieren, sondern auch auf Booten, und den Zugang dazu zu bewachen. Doch das kam nicht in Frage.

Leicht entfernbare Dinge, von Radargeräten über Radkappen bis zu ganzen Rädern, wurden auch von und aus Autos gestohlen, wie die Gründer von JOCCWI geltend machten. Und manchmal verschwanden teure Gartenmöbel – oder sogar ein nagelneuer Gartenschlauch, gekauft im Heimwerkermarkt – über Nacht von einem Rasen hinter dem Haus. Manchmal wurden die Diebe geschnappt, manchmal nicht. Es war offenkundig unmöglich für die Polizei, jederzeit überall gleichzeitig zu sein.

Die Spanner kamen auch auf ihre Kosten. Es gab viele gut aussehende junge Frauen, verheiratet oder ledig, in den Eigentumswohnanlagen, die an den Yachtclub grenzten, und an den Randgebieten des Lake Forest, ein riesiges Gebiet mit mittelgroßen Wohnhäusern. Es war keine vergitterte Gemeinde. Es war leicht möglich für jemanden mit Interesse daran, junge Frauen zu beobachten, die sich umzogen, um im Lake Forest zu schwimmen, und sich mit einem Fernglas hinter einem der vielen Bäume zu verstecken. Und es war höllisch schwer, sie dabei zu erwischen.

Zu den anderen Störungen der Ruhe und des Friedens, welche die JOCCWI unter Kontrolle zu bekommen wünschte, zählte, dass High-School-Jungen mit Papas Wagen – oder mit ihren eigenen – mitten in der Nacht Rennen veranstalteten. Der Polizeichef hatte viele seiner Beamten eine Menge Zeit damit verbringen lassen, das zu unterbinden. Er hatte mehr als genug tote Kids aufsammeln lassen, die aus einer Kurve geflogen waren und einen Baum gerammt hatten, aber er wusste, dass er gar nichts unterbunden hatte.

Oberflächlich betrachtet, schien es keine so schlechte Idee zu sein – sogar für den Polizeichef –, eine Reihe verantwortungsbewusster Bürger des Nachts mit ihren eigenen Wagen durch das Gebiet patrouillieren zu lassen, die der Polizei per Handy meldeten, wenn irgendetwas nicht in Ordnung war.

Und zu den Gründern von JOCCWI zählten die Säulen der Gemeinde. Es waren Rechtsanwälte, Geschäftsführer, Lehrer, Geschäftsleute, Dentisten und pensionierte Mitglieder der bewaffneten Streitkräfte, einschließlich zweier Voll-Colonels, dreier Lieutenant Colonels (einer davon ein ehemaliger Green Beret) und zahlreiche andere Offiziersdienstgrade. Hinzu kamen ein Dutzend ehemalige Master Chief Petty Officers, Sergeant Majors und andere hochrangige Ex-Unteroffiziere.

Sie zeigten dem Polizeichef, was sie vorhatten und wie sie das in die Tat umsetzen wollten, und er musste sich eingestehen, dass er sie für ihren Plan sehr bewunderte.

Wenn die besorgten Bürger des Nachts ihren freiwilligen Dienst antraten, fuhren der Polizeichef und der Bürgermeister zu ihrem Hauptquartier, einer gemieteten Hütte auf dem Gelände des Yachtclubs, und wünschten ihnen alles Gute.

Sie erfuhren, dass die Organisation jetzt einen Namen hatte: Jackson's Oak Citizens' Community Watch.

Der Name ging auf Jacksons Eiche zurück, ein Baum in Daphne, an dem Stonewall Jackson angeblich kurz gerastet haben sollte, bevor er westwärts zur Schlacht von New Orleans gezogen war.

In einer Nacht sahen der Polizeichef und der Bürgermeister, dass der Ex-Green-Beret, der in dieser Nacht als Kommandant der Wachpatrouille fungieren würde, eine Colt .45 Halbautomatic hinten in seinem Gürtel stecken hatte. Und ebenso war Dr. Smiley bewaffnet, der Dentist, der das Kommando über die erste vierstündige Schicht haben würde. Andere Mitglieder von JOCCW (ohne das ›I‹ für ›Incorporated‹) waren ebenfalls bewaffnet, mit allem – von der Pistole bis zu Schrotflinten.

So taktvoll wie möglich sagte der Polizeichef dem ehemaligen Green Beret, dass das Tragen von Feuerwaffen vielleicht keine so gute Idee war. Die Mitglieder von JOCCW sollten nur die Augen offen halten und die Polizei anrufen, wenn sie etwas sahen, das verdächtig wirkte.

»Wie, zum Teufel, kann man ohne Waffe auf Wache fahren?«, sagte der ehemalige Green Beret. »Mensch, Charley!«

Am nächsten Morgen berieten sich der Polizeichef, der (Teilzeit-) Richter und der (Teilzeit-) Staatsanwalt angesichts der bewaffneten Mitglieder der JOCCW, die in der Stadt patrouillierten.

Legal sahen sie keine Möglichkeit, etwas dagegen zu tun. Nach den Gesetzen von Alabama konnte jeder gesetzestreue Bürger über einundzwanzig ein Gesuch beim County Sheriff stellen und die Erlaubnis erhalten, eine Handfeuerwaffe, versteckt am Körper oder in einem Fahrzeug, zu tragen. Die Genehmigung konnte nicht ohne guten Grund verweigert werden.

Sie stimmten darin überein, dass der Sheriff der Baldwin County, der offiziell gewählt worden war und für ewig wiedergewählt werden wollte, den Säulen der Gemeinde, die JOCCW aufgestellt hatten, nicht sagen würde, dass er seine Meinung geändert hatte und sie nicht länger bewaffnet herumlaufen durften.

Die Gesetze hinsichtlich Langwaffen waren ebenso wenig tröstlich für den Bürgermeister und die anderen Teilnehmer an der Konferenz. Es war kein Waffenschein für Langwaffen erforderlich. Bürger mussten einen Sicherheitskursus für Feuerwaffen absolvieren, um einen Jagdschein zu erhalten, wenn sie keine Veteranen der bewaffneten Streitkräfte oder nicht über fünfundzwanzig waren. Viele, vielleicht fünfundsiebzig Prozent der Mitglieder von JOCCW erfüllten beide Bedingungen.

Schließlich erklärte der Staatsanwalt, da die Mitglieder von JOCCW alle vernünftige Männer und sich der gesetzlichen Konsequenzen bewusst seien – vor allem Schadensersatzforderungen von Hunderttausenden Dollars –, wenn sie jemanden ohne völlige Berechtigung erschossen oder anschossen, würden sie vielleicht ihre Begeisterung für das Tragen von Waffen verlieren.

Dies wurde taktvoll einem der beiden pensionierten Voll-Colonels zur Kenntnis gebracht – einem Marineinfanteristen, der auf Guadalcanal und bei Khe Sanh gekämpft hatte. Er hörte aufmerksam zu, dankte dem Staatsanwalt für sein Interesse und sagte, es sei kein Problem.

»Dieses mögliche Problem ist auch Bob Skinner in den Sinn gekommen«, sagte der Colonel.

J. Robert Skinner, Esquire, einer der Gründer von JOCCW, war ein Rechtsanwalt, spezialisiert auf Körperschaftsrecht. »Wir erwarten die amtliche Eintragung als Körperschaft im Laufe der Woche. Wenn jemand die JOCCWI – ›I‹ für ›Incorporated‹ – verklagt, wird anschließend die Kasse der Gesellschaft leer oder fast leer sein.«

Deshalb war der Polizeichef besorgt, aber nicht überrascht, als um 1 Uhr 30 (um 2 Uhr 30 in Philadelphia) das Telefon auf seinem Nachttisch klingelte und der Beamte in der Funkzentrale der Polizei ihm ein wenig aufgeregt meldete: »Chief, wir haben soeben einen Anruf von JOCCWI erhalten. Sie erbitten Unterstützung bei der Eigentumswohnanlage des Yachtclubs. Schusswaffengebrauch.«

»Ich bin schon unterwegs. Rufen Sie den Bürgermeister an.«

Himmel, das musste ja so kommen! Es überrascht mich nur, dass es nicht schon längst passiert ist.

Lieber Gott, bitte lass nicht zu, dass sie irgendein Kid erschießen oder irgendeinen Betrunkenen, der den Schlüssel vergessen hat und versucht, sich in sein eigenes Haus zu schleichen.

Als der Polizeichef vom Highway 98 auf die Zufahrtstraße zum Lake Forest Yachtclub fuhr, sah er, dass drei Streifenwagen aus Daphne und einer von Fairhope, der Streifenwagen des Sheriffs der Baldwin County und der Wagen der Staatspolizei von Alabama vor ihm am Tatort eingetroffen waren.

Er stieg aus seinem Wagen und hörte das ferne Heulen von Sirenen, das ihm verriet, dass zusätzliche Polizeifahrzeuge unterwegs waren.

Dann sah er, dass es kurz hinter den Torpfosten zum Clubgelände einen Autozusammenstoß gegeben hatte. Ein Chevrolet Impala auf dem Weg aus dem Komplex hatte einen Mercedes-Sportwagen seitlich gerammt, der seitwärts auf der Straße stand. Er erkannte den Mercedes als den von Chambers D. Galloway, Geschäftsführer der Galloway Carpets, Inc. und Gründungsmitglied von JOCCWI, der in einer der großen Villen mit Ausblick auf den Strand und die Mobile Bay wohnte.

Der Polizeichef bahnte sich einen Weg durch die Schaulustigen und Polizisten.

»Wer ist erschossen worden?«, fragte er, bevor er einen sehr großen Mann mit schwarzem Overall sah, der mit dem Gesicht nach unten auf dem Boden lag und dessen Hände mit Handschellen auf den Rücken gefesselt waren.

»Niemand wurde erschossen«, sagte der ehemalige Green Beret, und es klang ein wenig herablassend.

»Man hat mir ›Schusswaffengebrauch‹ gemeldet!«

»Ich habe nicht versucht, ihn zu *treffen*, Charley. Auf diese Distanz hätte ich ihn leicht abknallen können. Aber ich wusste, dass Galloway ihn am Tor abfangen konnte – ich hatte ihn und die anderen bereits alarmiert – und sagte mir, was soll's, wenn ich ein paar Kugeln die Luft abfeuere, gibt er vielleicht gleich dort auf.« Er wies zu dem Komplex der Wohnanlage.

»Was hat er getan, um euch aufmerksam zu machen?«, fragte der Polizeichef.

»Er hatte eine Skimaske auf und versuchte, ein Fenster mit einem Messer aufzustemmen – großes, schweres Ding. Es ist noch in seinem Wagen – ich habe es gesehen. Aus irgendeinem Grund wurde ich ein bisschen misstrauisch. So alarmierte ich die Schicht und befahl den Jungs, die Zugänge zu blockieren.

Dann leuchtete ich diesen Clown mit der Taschenlampe an und sagte: ›Verzeihung, Sir. Darf ich fragen, was Sie hier tun?‹ An diesem Punkt rannte er davon.«

»Chambers Galloway hat ihn gestoppt?«, fragte der Polizeichef ein wenig ungläubig.

Und dann sah er Chambers Galloway. Der große, asketische Siebzigjährige stand neben einem Staatspolizisten, plauderte gut gelaunt mit ihm und wirkte äußerst selbstzufrieden.

Mr Galloway trug ein Tweedsakko mit Lederbesatz an den Ellbogen und den Schultern und eine dazu passende Schirmmütze. Er hielt eine zwölfkalibrige belgische Browning-Schrotflinte mit aufgeklapptem Lauf über dem rechten Arm. Er hätte bei einer Jagd auf einem schottischen Feld stehen und darauf warten können, dass die Treiber die Fasanen aufscheuchten.

Während der Polizeichef hinschaute, zuckte ein Blitzlicht auf, dann ein zweites und drittes. Der Polizeichef sah, dass Charley Whelan von der Zeitung *Mobile Register* so auf seinem Jeep Cherokee stand, dass er Mr Chambers D. Galloway und den mit Handschellen gefesselten Mann im schwarzen Overall und die meisten der Polizeibeamten und einige ihrer Fahrzeuge auf das Bild bekam.

In gewisser Hinsicht war Mr Whelan Mobiles Mickey O'Hara. Er war beträchtlich jünger, weit weniger gut bezahlt, doch er war der Kriminalreporter der Zeitung *Register.*

Und er hatte Richtantennen, durch die er den Polizeifunk abhören konnte. Sie befanden sich auf seinem Schreibtisch in der Redaktion und auf seinem Cherokee. Er war in der Redaktion gewesen – kurz nach Redaktionsschluss –, als er die Funkbotschaft vom Schusswaffengebrauch beim Lake Forest Yachtclub gehört hatte.

Fast wäre er nicht zum Tatort gefahren. Ganz gleich, was er beim Yachtclub finden würde, es war zu spät, um es in der Morgenausgabe zu veröffentlichen. Andererseits war es vielleicht eine interessante Story. An der Ostküste der Mobile Bay fielen selten Schüsse, was nicht auf die anderen Gebiete in Mobile zutraf.

So stieg er in den Cherokee und raste über die Brücke über die I-10, die Mobile mit der Ostküste verbindet.

Und als er sah, was geschehen war, bereute er die Fahrt nicht, sondern war froh, dass er zum Tatort gerast war.

Dies war köstlich. Die Hälfte der Cops an der Ostküste hatte sich am Tatort um einen Spanner versammelt, der erwischt worden war. Und die eigentliche Festnahme dieses gefährlichen Irren war einem alten Furzer mit einer Schrotflinte gelungen, der wirkte, als sei er im Begriff, ein paar Wachteln zu jagen.

Charley Whelan stieg vom Dach seines Cherokee, versuchte vergebens den Namen des Spanners vom Polizeichef zu erfahren, bekam den Namen des alten Furzers und schoss noch ein Foto von ihm. Dann fuhr er zurück nach Mobile, diesmal nur fünfzehn Stundenmeilen über der erlaubten Höchstgeschwindigkeit.

Der Chefredakteur hielt sich noch in der Redaktion auf, und Charley druckte schnell die Fotos aus, die er mit seiner Digitalkamera geschossen hatte, und zeigte sie ihm.

»Nun, es ist zu spät für das heutige Blatt«, sagte der Chefredakteur. »Geben Sie es in den Ticker für Atlanta. Diese großen Zeitungen haben später Redaktionsschluss als wir. Wir werden es morgen bringen.«

Charley setzte sich an seinen Computer-Terminal und tippte schnell.

Daphne, AL

Mutmaßlicher Spanner von Gemeindewächter, 72, gestellt.

Mit seiner Schrotflinte und seiner noch nicht identifizierten Beute auf dem Boden ist hier der Geschäftsführer im Ruhestand Chambers D. Galloway, 72, zu sehen, ein Mitglied von Jackson's Oak Citizen's Community Watch, Inc., der mitten in der Nacht den Mann stellte, der zuvor in die Fenster einer Bewohnerin der Lake Forest Yacht Club-Eigentumswohnanlage gespäht hatte. Die Polizei weigerte sich, seinen Namen bekannt zu geben.

Vier Streifenwagen von Daphne, zwei Streifenwagen von

Fairhope, ein Deputy Sheriff der Baldwin County und ein Staatspolizist von Alabama trafen am Tatort ein, um den Verdächtigen von Mr Galloway zu übernehmen. Der mutmaßliche Voyeur wird im Polizeigefängnis von Daphne in Untersuchungshaft gehalten, während die Ermittlungen fortgesetzt werden.

Mobile Register
Fotos von Charles E. Whelan.

Als die Fotos und die Story bei Associated Press in Atlanta eintrafen, hielt dort der Redakteur vom Dienst in der Nacht den Stoff – und besonders die Fotos von dem Alten mit der Schrotflinte – für amüsant, menschlich interessant und bringenswert. Er drückte auf den Knopf für nationale Veröffentlichung. So wurden die Fotos und die Story sofort an die Zeitungen in den gesamten Vereinigten Staaten geschickt, was natürlich diejenigen von Philadelphia einschloss.

4

Die Vorrichtung, die elektronisch ›Trautes Heim, Glück allein‹ spielte, wenn die Türklingel der Wohnung von Sergeant Matthew Payne gedrückt wurde, hatte zwei Regler. Einer erlaubte eine Auswahl, wie viel Takte Musik abgespielt wurden – von sechs bis alle –, und der andere bestimmte die Lautstärke.

Matt Payne, der wenig Besucher in seinem Apartment hatte und das Gerät hauptsächlich als zweiten Wecker benutzte, hatte beide Regler auf die maximale Leistung eingestellt.

Die gesamte Melodie von ›Trautes Heim, Glück allein‹, abgespielt mit maximaler Lautstärke in dem kleinen Apartment, hatte bisher immer Sergeant Payne selbst aus tiefstem Schlaf wecken können.

Und so war es auch am folgenden Morgen um fünf Minuten

nach sechs, als der Wachenhut-Sicherheitsmann – ein pensionierter Polizist, der den jungen Cop in der Mansardenwohnung mochte und dankbar für die Flasche Wild Turkey war, die er als Weihnachtsgeschenk bekommen hatte – mit dem Aufzug hochfuhr, eine Ausgabe des gerade ausgelieferten *Bulletin* auf der Fußmatte vor der Wohnungstür ablegte und auf den Klingelknopf drückte.

Halb wach, erkannte Sergeant Payne soeben den Klang. Er blinzelte durch halb geöffnete Augen auf die Uhrzeit, die an die Decke geworfen wurde, und sagte sich, dass er noch eine gute halbe Stunde Zeit hatte, um gemächlich aus dem Bett aufzustehen, als eine weibliche Stimme ganz in seiner Nähe ihn plötzlich hellwach machte.

»Was, *zur Hölle*, ist denn das?«, fragte Detective Olivia Lassiter so alarmiert wie neugierig.

Matt öffnete die Augen ganz.

Olivia war von der Musik so erschreckt worden, dass sie sich auf dem Bett ruckartig aufgesetzt und nicht daran gedacht hatte, das Laken züchtig über ihren nackten Busen hochzuziehen.

Allmächtiger, hat sie schöne Bobbys!

»Das ist die Zeitung«, sagte er.

»Die *Zeitung*?«

»Der Sicherheitsmann drückt auf die Türklingel, wenn er die Zeitung raufbringt«, erklärte Matt.

Olivia sah, wohin er starrte, und zog das Laken über ihre Brüste.

»Die Kuh ist sozusagen aus dem Stall heraus«, sagte Matt.

»Wie spät ist es?«, fragte Olivia und ignorierte ihn.

Matt wies zur Decke. Nach einem Augenblick der Verwirrung schaute Olivia zur Decke und sah dort die Uhrzeit.

»Mein Gott, ich muss von hier verschwinden!«, stieß sie hervor.

»Warum?«

»Weil ich nach Hause und die Kleidung wechseln muss«, sagte sie. »Daran habe ich gestern Nacht nicht gedacht.«

»Okay. Ich fahre dich, und wir können irgendwo frühstücken.«

»Ich werde mir ein Taxi nehmen«, sagte sie. »Gestern Nacht hätte ich eins nehmen und heimfahren sollen.«

»Damit wir nicht zusammen gesehen werden und jemand vermutet, was los ist?«

»Genau.«

»Diese Kuh, das muss ich dir sagen, ist wirklich aus dem Stall.«

»Was heißt das?«

»Mr Colt kam irgendwie auf die Idee – du hast es mitgekriegt –, dass etwas mehr als berufliches Interesse zwischen uns ist …«

»Und?«

»Und er entschloss sich, seine Wahrnehmung Mickey O'Hara, Peter Wohl und Jason Washington mitzuteilen.«

»Mein Gott, ich hoffe, du hat es geleugnet!«

»Natürlich«, sagte Matt. »Woraufhin Stan mir auf folgende Weise zeigte, wie er mein Leugnen akzeptierte.«

Er ahmte Stan Colt nach, grinste breit und zwinkerte und hielt die zur Faust geballte Hand hoch, den Daumen gereckt.

»Dieser Hurensohn!«

»Schatz, er hielt das für lustig.«

»Sein Sinn für Humor ruiniert meine Chancen, in die Mordkommission reinzukommen«, sagte sie bitter.

»Realistisch betrachtet, Schatz, bestehen dafür ohnehin kaum viel Chancen«, sagte Matt.

»Vielen Dank!«

»Nein, wirklich nicht«, beharrte er. »Wenigstens im Augenblick nicht.«

»Ich gehe duschen«, sagte sie verstimmt. »Und dann nehme ich mir ein Taxi.«

Er schaute ihr nach, als sie ins Badezimmer ging.

Nach einer Weile sagte er sich widerstrebend, dass in der Dusche nicht genug Platz für sie beide war – so reizvoll der Gedanke auch zunächst war.

Und außerdem ist sie bereits sauer, weil unser schändliches Geheimnis öffentlich bekannt geworden ist.

Matt schwang die Beine vom Bett, zog Unterwäsche an und ging zur Tür, um die Zeitung zu holen.

Er begann zu lesen, als er die kurze Treppe zurück zu seiner

Wohnung hinaufstieg, und gerade als er oben war, sah er das Foto, das Eddie, Colts Fotograf, von ihm und Stan Colt vor dem Bellvue-Stratford Hotel gemacht hatte, auf Seite eins des *Bulletin*.

Die Bildunterschrift war ziemlich lang:

Stan Colt, Film-Detektiv, in Philadelphia, um Spendengelder für die West Catholic High zu sammeln, fand Zeit in seinem überfüllten Terminkalender, um dem wahren Leben zu begegnen. Das Foto zeigt, wie er beim Bellvue-Stratford Hotel zum Empfang des Bürgermeisters mit Sergeant M.M. Payne von der Mordkommission Phila geht. Payne wird Colt, wann immer er eine Minute erübrigen kann, die echte Polizeiarbeit zeigen. (Der volle Plan des Colt-Besuchs in dieser Ausgabe des *Bulletin* auf Seite 2.)

Matt erinnerte sich daran, dass Colt gesagt hatte, das Foto würde das Einzige sein, das gedruckt werden würde.

Olivia trocknete sich neben dem Bett ab, was Matt für einen interessanten und reizvollen Anblick hielt.

»Ich bin berühmt«, sagte er und zeigte ihr die Zeitung.

Olivia warf nur einen schnellen Blick darauf.

»Zieh dich an, du kannst mich heimfahren«, sagte sie.

»Oh, danke, danke.«

»Ich habe dreierlei Möglichkeiten: nasse Unterwäsche anzuziehen, ohne Unterwäsche in ein Taxi zu steigen oder mit dir zu fahren.«

»Mit oder ohne Unterwäsche?«

»Mein Gott! Zieh dich an.«

5

Der schwedische Philosoph/Theologe Emmanuel Swedenborg glaubt, dass es manchmal eine stumme Kommunikation zwischen Liebenden gibt. Dass eine geliebte Person weiß, was die andere liebende denkt.

Dies hatte vielleicht etwas mit dem zu tun oder nicht, was Detective Olivia Lassiter zu Sergeant Matthew Payne sagte, als er vor dem Haus, in dem sie wohnte, an den Straßenrand fuhr.

»Du wartest im Wagen. Ich weiß, was du denkst.«

Sergeant Payne hatte tatsächlich auf dem ganzen Weg vom Rittenhouse Square gedacht, dass etwas wundervoll Erotisches daran war, Olivia nur mit nackter Haut unter ihrem Kleid neben sich sitzen zu haben und dass sie ihn mit ein wenig Glück in ihr Apartment hereinlassen würde, während sie sich umzog.

»Was soll ich hier draußen machen?«, fragte er.

»Das bleibt dir überlassen. Du kommst nicht mit rein«, sagte Detective Lassiter und stieg aus dem Wagen.

Matt beobachtete, wie sie das Apartmenthaus betrat. Dann griff er nach dem auf den Wagenboden gefallenen *Philadelphia Bulletin* mit seinem Foto auf der Titelseite.

Als er das Foto sah, musste er lächeln, denn er erinnerte sich daran, was Stan Colt gesagt hatte, als er aus dem Wagen gestiegen war, um für Eddie, den Fotografen, zu posieren. ›Blicken Sie ernst, aber denken Sie an eine Pussy!‹

Dann begann Matt die restlichen Seiten der Zeitung durchzublättern. Zehn Minuten später, auf Seite vier des Unterhaltungsteils, sah er das Foto eines komischen alten Kauzes mit einer Schrotflinte über dem Arm und Polizisten und Streifenwagen verschiedener Polizeibehörden im Hintergrund.

Dann las er die Bildunterschrift und schaute sich das Foto von neuem an, besonders den Mann, der mit Handschellen gefesselt und in schwarzem Overall auf dem Boden lag.

»Allmächtiger!«, stieß er laut hervor und zog sein Handy aus der Tasche.

»Polizeipräsidium«, meldete sich eine Frauenstimme mit schwerem Südstaaten-Akzent.

»Ich möchte den Beamten sprechen, der den Fall des Spanners bearbeitet, den Sie gestern Nacht festgenommen haben.«

»Das möchte jeder von New Orleans bis Destin«, erwiderte die Frau.

»Mein Name ist Mathew Payne. Ich bin Sergeant der Mordkommission in Philadelphia …«

»Ja, darauf wette ich.«

»Wie bitte?«

»Woher soll ich wissen, ob Sie das wirklich sind?«

»Weil ich es Ihnen soeben gesagt habe. Jetzt verbinden Sie mich mit irgendeinem Vorgesetzten, und zwar augenblicklich.«

»Sie brauchen mich nicht so anzuschnauzen!«

Als Nächstes meldete sich eine Männerstimme mit ebenso schwerem Akzent.

»Wie kann ich Ihnen helfen?«

»Mit wem spreche ich, bitte?«

»Ich bin Sergeant Kenny.«

»Sergeant, ich bin Sergeant Payne. Mordkommission Philadelphia.«

»Das hat Barbara-Anne gesagt. Was kann ich für Sie tun?«

»Es geht um diesen Spanner, den Sie gestern Nacht verhaftet haben. War da ein Messer im Spiel? Ein enorm großes Messer?«

Keine Antwort.

»Hallo?«, fragte Matt nach scheinbar langer Zeit.

»Was kann ich für Sie tun?«, fragte eine neue Männerstimme mit Südstaatler-Akzent.

»Hatte ich gerade mit Ihnen gesprochen?«

»Nein. Sie haben mit Sergeant Kenny gesprochen. Ich bin der Chief. Wie kann ich Ihnen helfen?«

»Chief, mein Name ist Payne. Ich bin Sergeant der Mordkommission Philadelphia.«

»Das hat Sergeant Kenny gesagt. Was kann ich für Sie tun, Sergeant?«

»Dies ist nur ein Schuss ins Blaue, Chief, aber dieser Spanner, den Sie gestern Nacht festgenommen haben, ist vielleicht der

Mann, den wir in Zusammenhang mit einem Mord hier suchen.«

»Was Sie nicht sagen!«

»Können Sie mir sagen, ob ein Messer im Spiel war? Hatte Ihr Spanner ein enorm großes Messer?«

»Sergeant, ich weiß nicht mit Sicherheit, ob Sie derjenige sind, für den Sie sich ausgeben, aber selbst wenn ich es wüsste, wäre ich mir nicht sicher, ob ich diese Frage beantworten kann. Dies ist eine laufende Ermittlung, und es gibt einige Dinge, die wir nicht bekannt machen wollen, versehen Sie?«

Das bedeutet natürlich, dass er ein Messer hatte, denn sonst hättest du einfach ›nein‹ gesagt.

»Wie steht es mit einer Kamera? Einer Digital-Kamera? Können Sie mir darüber etwas sagen?«

»Welchen Teil dieses ›Ich-werde-keine-Fragen-über-diese-Ermittlung-beantworten‹ verstehen Sie nicht, Sergeant?«, fragte der Chief.

»Gewiss verstehe ich das, Chief. Aber ich bezweifle, dass es Ihre Ermittlung stören würde, wenn Sie mir sagen könnten, ob das Fenster, durch das er spähte, das einer jungen Frau war. Und ob er nicht nur geguckt, sondern vielleicht auch versucht hat, das Fenster zu öffnen.«

Es folgte eine lange Pause.

»Nein, dazu gebe ich besser keine Auskunft«, sagte der Chief schließlich.

Von diesem Arschloch werde ich nicht das Geringste erfahren!

»Chief, ich nehme vermutlich wieder Kontakt mit Ihnen auf«, sagte Matt höflich. »Wenn Sie mir unterdessen die Nummer Ihres Polizeifernschreibers geben, werde ich von meiner Abteilung bestätigen lassen, wer ich bin.«

»Das klingt nach einer guten Idee, Sergeant«, sagte der Chief und nannte sie ihm.

»Ich lasse das telegrafieren, sobald ich zum Rund… Polizeipräsidium komme«, sagte Matt. »Und danke, dass Sie sich die Zeit genommen haben, um mit mir zu sprechen, Chief. Ich kann mir vorstellen, wie beschäftigt Sie sind.«

»Es war mir ein Vergnügen«, sagte der Chief und legte auf.

6

»Sie sehen ziemlich unglücklich aus, Boss«, sagte Captain Frank Hollaran, als Deputy Commissioner Dennis V. Coughlin sich neben ihn auf den Beifahrersitz setzte.

»Haben Sie den *Bulletin* gesehen?«, fragte Coughlin.

»Ja.«

»Und Mattys Foto mit Stan Colt auf der Titelseite?«, fuhr Coughlin fort und sprach weiter, ohne auf eine Antwort zu warten. »Es gefällt mir nicht, Frank. Ich kann verstehen, warum Matty diesen Filmschauspieler herumführt, und aus der Sicht von Mariani und dem Bürgermeister mag es eine großartige Idee sein, aber ich finde, das gehört nicht in die Zeitungen.«

»Ich nehme an, Sie haben noch nicht den *Ledger* gesehen, oder?«, fragte Hollaran.

»Das gleiche Foto?«

»Und schlimmer«, sagte Hollaran und wies auf die Zeitung auf der Ablage. »Der Leitartikel, Commissioner.«

»›Commissioner‹? Der Leitartikel? Das klingt unheilvoll«, sagte Coughlin, als er in der Zeitung blätterte, um den Leitartikel zu suchen.

Ein paar Sekunden später sagte er: »Oh, verdammt!«

Und wiederum ein paar Sekunden danach: »Diese Bastarde!«

KEIN WUNDER,
DASS MÖRDER FREI HERUMLAUFEN

Diese Zeitung erhielt ein Publicity-Foto (siehe unten) von Filmstar Stan Colt und Sergeant M. M. Payne von der Mordkommission, als sie gestern Abend beim Empfang des Bürgermeisters für Colt vor dem Bellvue-Stratford aus einem Polizeiwagen stiegen. In der Presseverlautbarung heißt es weiter: »Während Colt in der Stadt ist, um Spendengelder für die West Catholic High School, seine Alma Mater, zu sammeln, zeigt Sergeant Payne ihm die Realität der Polizeiarbeit in Philadelphia.«

Die Realität der Polizeiarbeit ist, dass es zwei jüngste ungelöste Fälle brutaler Morde gibt und man nur raten kann, wie viele ›alte‹ Mordfälle ungelöst bleiben werden.
Einer der neuen ungelösten Fälle ist der einer jungen Frau, die höchstwahrscheinlich in ihrem Apartment vergewaltigt und ermordet wurde, während Polizeibeamte mit ihren Nachbarn plauderten.
Der zweite ist der einer allein erziehenden Mutter von drei Kindern, die in einem Fastfood-Restaurant während eines Raubüberfalls ermordet wurde. Als die Polizei endlich auf ihren Notruf reagierte, töteten die Mörder den Polizeibeamten, der am Tatort eintraf.
Als Letztes berichtete die Polizei von Philadelphia, dass sie keinen Hinweis auf die Identität der Mörder hat.

Vielleicht hätte sie mehr Erfolg, wenn Sergeant Payne seine Zeit damit verbringen würde, wofür ihn die Steuerzahler bezahlen, nämlich in Mordfällen zu ermitteln, anstatt einem Filmstar zu zeigen, wie die Dinge in Wirklichkeit sind.
Und es ist ja nicht nur Sergeant Payne. Gestern wurde Payne gesehen, als er eine attraktive junge Frau in Colts Hotel brachte, die später als Detective Olivia Lassiter identifiziert wurde. Vermutlich hat sie Colt gezeigt, wie die Dinge wirklich bei der Polizei von Philadelphia sind.
Und es sind ja nicht nur die rangniedrigen Beamten. Um Mitternacht wurden Inspector Peter Wohl, der Leiter der Special Operations Division, der vermutlich die Task Force des Bürgermeisters leiten soll, um die Morde im Fastfood-Restaurant aufzuklären, und Lieutenant Jason Washington von der Mordkommission gesehen, wie sie Stan Colt zeigten, wie die Dinge in Wirklichkeit bei der Polizei von Philadelphia laufen, indem sie ihn mit Bier und Käsesteaks bei D'Allesandro's beköstigten.

Aber vielleicht laufen die Dinge wirklich so bei der Polizei. Und vielleicht ist es an der Zeit für einen Wechsel bei der

Polizeibehörde, angefangen an der Spitze mit dem Commissioner, der zulässt, dass solche Dinge geschehen.
Oder vielleicht im Rathaus selbst. Schließlich zählt zu einer der Hauptverantwortlichkeiten von Bürgermeister Alvin W. Martin die Aufsicht über die Polizei.

Zehn Sekunden später meldete sich das Funkgerät.

»C-2, kommen«, sprach Hollaran in sein Mikrofon.

»C-2, treffen Sie den Commissioner im Rundhaus.«

»Wir sind unterwegs. Geschätzte Ankunftszeit zehn Minuten.«

»Ich nehme an, noch jemand hat die Morgenzeitungen gelesen«, sagte Deputy Commissioner Coughlin.

16

1

Mr Philip Donaldson informierte Bürgermeister Alvin W. Martin über den Leitartikel im *Philadelphia Ledger.* Donaldson entschloss sich, endlich den Trumpf auszuspielen, den er in petto hatte, diesmal über die geheime und sorgsam gehütete private Telefonnummer des Bürgermeisters.

Phil Donaldson war davon überzeugt, dass sich nach dem Anruf bei dieser Geheimnummer niemand mehr melden würde, bis eine andere Geheimnummer freigeschaltet und die ursprüngliche abgestellt worden war.

»Ja?«, sagte der Bürgermeister ein wenig unfreundlich in das Telefon in seiner Küche.

»Irre ich mich, oder hat sich der Ehrenwerte Alvin W. Martin, unser Bürgermeister, persönlich am Telefon gemeldet?«

Die Stimme klang vertraut, doch der Bürgermeister konnte sie nicht ganz einordnen.

»Hier spricht Alvin Martin«, sagte er, jetzt etwas freundlicher, »der sich nicht nur selbst am Telefon meldet, sondern den Sie auch dabei erwischt haben, wie er sein eigenes Frühstück macht.«

»Hat die kleine Frau es nicht für Sie gemacht, Mr Mayor?«

»Nein, das hat sie nicht. Wer spricht da?«

»Phil Donaldson. Mr Mayor. Von *Phil's Philly.* Und Sie sind auf Sendung!«

Woher, zum Teufel, hat er diese Nummer?

Der Bürgermeister verkniff sich gerade noch rechtzeitig genug, diese Frage laut auszusprechen. Stattdessen bot er allen Charme auf, den er unter den gegebenen Umständen aufbringen konnte, und sagte: »Nun, dann guten Morgen, Phil.«

»Auch ich wünsche Ihnen einen guten Morgen, Mr Mayor.«

»Was kann ich für Sie tun, Phil, so früh am Morgen?«

»Nur eine Frage oder zwei, Mr Mayor. Und dann können Sie weiter Ihr Frühstück machen. Machen Sie stets Ihr Frühstück selbst?«

Worauf willst du hinaus?

»Ist das eine Ihrer beiden Fragen?«

»Vielleicht werden es drei Fragen. Aber was ist mit dem Frühstück?«

»Ich versuche, wie jeder andere Ehemann, nehme ich an, anzupacken, wann immer meine Frau beschäftigt ist.«

»Beschäftigt?«

Du blöder Hurensohn!

»Eine Redensart, Phil.«

»Natürlich.«

»Die Fragen, Phil?«

Wenn ich jemals herausfinde, wer diesem Bastard meine Telefonnummer gegeben hat …

»Haben Sie heute Morgen die Zeitung gelesen, Mr Mayor? Genauer gesagt, den *Ledger?*«

»Ich wollte gerade reinschauen.«

»Nachdem Sie fertig gefrühstückt haben, meinen Sie?«

»Ich wollte während des Frühstücks einen Blick hineinwerfen.«

»Das ist vermutlich eine gute Idee, Mr Mayor. Der *Ledger* hat in einem Leitartikel einige ziemlich erschreckende, ja sogar unfreundliche Dinge über die Polizeibehörde im Allgemeinen und Sie im Besonderen zu sagen.«

O Scheiße!

»Tatsächlich?«

»Ja, so ist es, muss ich Ihnen leider sagen. Und ich – und all die guten Leute dort draußen, die *Phil's Philly* hören – würden gern eine Stellungnahme dazu von Ihnen hören.«

Was, zur Hölle, steht in diesem verdammten Leitartikel?

»Ein Leitartikel, sagen Sie, Phil?«

»Das ist richtig, Mr Mayor. Man fordert Sie sozusagen auf, zurückzutreten, *nachdem* Sie Polizeichef Mariani entlassen haben.«

Gottverdammt! Worauf will der Ledger *denn jetzt hinaus?*

»Schreibt er, warum, Phil? Oder ist er immer noch sauer darüber, dass ich die Wahl gewonnen habe?«

»Nein, es ist ein wenig ernster als das, befürchte ich, Mr Mayor. Nun, ich möchte Sie nicht in Verlegenheit bringen, Mr Mayor …«

Und ob du das willst! Das ist dein dreckiges Repertoire, du Scheißkerl!

»… und wenn Sie den *Ledger* noch nicht gelesen haben – Sie lesen also den *Bulletin* zuerst, nicht wahr?«

Du blöder Hund!

»Eigentlich, Phil, lese ich beide jeden Tag, bevor ich ins Stadtzentrum fahre – in keiner besonderen Reihenfolge –, aber ich hatte heute bis jetzt einfach noch keine Gelegenheit, in eine der beiden reinzuschauen.«

»Nun, ich möchte Sie bitten, das zu tun, Mr Mayor, wenn Sie dazu bereit sind …«

»Selbstverständlich, Phil.«

»Wie wäre es, wenn ich Sie um elf im Büro anrufen würde?«, fragte Mr Donaldson freundlich. »Bis dahin haben Sie jede Menge Zeit, um den Leitartikel zu lesen …«

Dies ist verdammt das letzte Mal, dass du mich ans Telefon bekommen wirst. Für wie blöde hältst du mich?

»Ich werde um elf wahrscheinlich nicht im Büro sein, Phil.«

»Nun, wo werden Sie um elf Uhr dann sein? An irgendeinem Ort ohne Telefon? Ich dachte, diese Zeiten wären vorüber und heutzutage gäbe es überall Telefon und fließendes Wasser im Haus.«

»Im Augenblick weiß ich wirklich noch nicht, wo ich um elf sein werde, Phil. Sie müssen verstehen …«

»Versuchen Sie mich – und all die guten Leute, die *Phil's Philly* hören – an der Nase herumzuführen, Mr Mayor?«

»Aber, Phil, warum sagen Sie so etwas?«

»Weil es so geklungen hat, Mr Mayor.«

Du Hurensohn hast mich erwischt!

»Rufen Sie um elf mein Büro an, Phil, und ich werde gern Ihren Anruf entgegennehmen.«

»Auf Ehre und Gewissen?«

»Ich gebe Ihnen mein Wort, Phil.«

»Ich habe gefragt, auf Ehre und Gewissen«, sagte Phil, legte kurz eine Pause ein und fügte hinzu: »War nur ein kleiner Scherz. Ich begnüge mich natürlich auch mit Ihrem Wort, Mr Mayor. Und wir freuen uns darauf, um elf mit Ihnen zu sprechen.«

»Ich freue mich selbst darauf, Phil. Es ist mir stets ein Vergnügen.«

»Frühstücken Sie gut, Mr Mayor«, sagte Mr Donaldson.

Er unterbrach die Verbindung und neigte sich am Mikrofon vor.

»Nun, ihr habt es gehört, Leute, der Bürgermeister gab sein Wort, dass er meinen Anruf um elf Uhr entgegennimmt – das heißt *unseren* Anruf. Das sollte ein interessantes Gespräch werden. Erzählen Sie es Ihren Freunden, damit alle einschalten. Und nun ein Wort von unserem freundlichen Fordhändler Dick Golden am Baltimore Pike. Danach bin ich sofort wieder bei Ihnen.«

Er schaltete das Mikrofon ab.

»Ich hab dich, du Bastard!«, frohlockte er.

2

Lieutenant Jason Washington befand sich im Büro des Lieutenants, als Matt und Olivia in der Mordkommission eintrafen. Matt war überrascht. Es war Viertel vor acht, und Washington tauchte für gewöhnlich erst um zehn oder später auf.

Als Matt am Büro des Lieutenants vorbeigehen wollte, blickte Washington auf, sah sie und winkte sie herein.

»Guten Morgen, Detective Lassiter«, sagte er.

»Guten Morgen, Sir«, sagte Olivia.

»Gibt es einen Grund, weshalb Sie weder über Funk noch

über Ihr Handy zu erreichen sind, Matthew? Oder Sie, Detective, über Ihr Handy?«, fragte Washington.

»Ich habe den Funk abgestellt, als ich Stan Colt herumfuhr«, sagte Matt, »denn dann hätte er auf alles reagieren wollen, was per Funk gemeldet wurde. Und heute Morgen habe ich offenbar vergessen, ihn wieder anzustellen.« Er nahm sein Handy aus der Tasche. »Und hier ist die Batterie leer.«

»Und bei Ihnen, Detective?«

Olivia hielt ihr Handy in der Hand.

»Ich nehme an, ich habe es heute Morgen nicht eingeschaltet, Sir«, sagte sie.

»Muss ich sagen, dass ich enttäuscht und äußerst verärgert wäre, wenn dies jemals – das Wort, auf das es ankommt, ist ›jemals‹ – wieder passiert?«

»Nein, Sir«, sagten sie wie aus einem Munde.

»Dann ist dieser Vorfall zunächst vergessen«, sagte Washington.

»Haben Sie heute Morgen den *Bulletin* gesehen, Lieutenant?«, fragte Matt.

»Mit Ihrem Foto auf Seite eins? In der Tat, das habe ich. Und ich wage zu sagen, dass die halbe Bevölkerung von Philadelphia es gesehen hat.«

»Ich sprach nicht von meinem Foto«, sagte Matt. »Ich meinte dies.«

Er legte den geöffneten Unterhaltungsteil des *Bulletin* auf den Schreibtisch.

»Dann heben Sie sich von der Mehrheit ab wie ein Korken, der mitten auf dem Atlantik schwimmt, denn jeder sonst in der Stadt redet von nichts anderem – was wollen Sie mir zeigen?«

»Sehen Sie sich das Foto mit dem Typen auf dem Boden an«, sagte Matt.

Washington betrachtete es.

»Sie können sich zweifellos vorstellen, was dagegen spricht, dass dieser Kerl unser Täter ist«, sagte er nach einer Weile. »Aber wenn Sie schon wünschen, den Stein unter dem Stein umzudrehen, warum rufen Sie nicht dort an?«

»Das habe ich bereits getan.«

Washington schaute ihn mit Interesse an.

»Sie wollten mir nicht sagen, ob dieser Kerl ein Messer hatte oder nicht«, berichtete Matt. »Oder ob er nur in Fenster schaute oder einzubrechen versuchte oder ob es das Fenster zu einer Wohnung einer jungen Frau war …«

»Und Sie haben daraus offenbar geschlossen, dies beweist, dass er tatsächlich ein Messer hatte, mit dem er versuchte, in die Wohnung einer jungen Frau einzubrechen?«

»Ich finde, die Möglichkeit existiert«, sagte Matt ein wenig lahm.

Eines der Telefone auf dem Schreibtisch schlug an, und Washington hob den Hörer ans Ohr, bevor es noch einmal klingeln konnte.

»Mordkommission, Lieutenant Washington«, sagte er.

Und einen Moment später:

»Jawohl, Sir.«

Wiederum einen Moment später:

»Jawohl, Sir. Sie sind beide hier bei mir.«

Und noch einen Moment später:

»Jawohl, Sir. Wir sind schon unterwegs.«

Er legte den Hörer auf.

»Detective Lassiter, es heißt, dass Gott es gut mit Dummen und Betrunkenen meint. Während Sie gewiss nicht zu den Betrunkenen zählen, trifft beides auf Sergeant Payne zu, und Sie sind anscheinend unter seine schützenden Fittiche genommen worden.«

»Sir?«, fragte Olivia.

»Ich versuchte – und scheiterte, wir wissen ja jetzt, warum, nicht wahr? – Sie beide heute Morgen per Funk oder Handy zu erreichen, weil ich den Befehl von Deputy Commissioner Coughlin ausführen wollte, Sie sofort herzubestellen und hier zu behalten, bis ich von ihm weitere Anweisungen erhalte.«

»Ich verstehe nicht«, sagte Matt. »Ist er sauer wegen des Fotos? Olivia hatte nichts damit zu tun.«

Washington ignorierte die Worte.

»Dies sind die versprochenen zusätzlichen Anweisungen. Wir sollen uns sofort bei Commissioner Mariani melden.«

Er stand auf und forderte Matt und Olivia mit einer Geste auf, vor ihm das Büro zu verlassen.

»Sie werden uns nicht sagen, was los ist?«, fragte Matt.

»Offenbar haben Sie noch keine Zeit gehabt, den Leitartikel des *Ledger* zu lesen, oder?«

»Nein. Was steht denn in dem Leitartikel?«

»Unter anderem Ihr Foto.«

Commissioner Mariani saß hinter seinem Schreibtisch. Deputy Commissioner Coughlin und Inspector Wohl saßen nebeneinander auf einer Couch, und Captain Quaire hatte auf einem Stuhl mit hoher Rückenlehne Platz genommen.

»Guten Morgen, Gentlemen«, sagte Washington.

Matt und Olivia sagten nichts.

»Ich nehme an, jeder hat den *Ledger* gelesen?«, Commissioner Mariani blickte fragend in die Runde.

»Nein, Sir«, sagten Matt und Olivia im Duett.

Mariani forderte Captain Quaire mit einer ungeduldigen Geste auf, ihnen die Zeitung zu geben.

Matt nahm sie, und Olivia trat dicht zu ihm und las über seine Schulter mit.

»Mein Gott!«, stieß sie dann hervor.

»Ich bin sicher, Sie werden verstehen, warum ich diese Frage stellen muss, Detective«, sagte Mariani. »Geschah irgendetwas Unschickliches oder etwas, das als unschicklich ausgelegt werden könnte – zum Beispiel von Philadelphia Phil –, während Sie in Mr Colts Hotelzimmer waren?«

»Nein, Sir«, erwiderte Olivia, sichtlich schockiert über die Frage.

»Waren Sie zu irgendeiner Zeit mit Mr Colt allein, auch nur einen Moment?«

»Nein, Sir. Matt – Sergeant Payne – war die ganze Zeit über dabei, und ebenso der Detective – wie heißt er noch, Matt?«

»Detective Jesus Martinez«, sagte Matt.

»Das überrascht mich nicht, aber ich musste fragen«, sagte Mariani. »Und Sie haben Mr Colt nur erklärt – auf Befehl von Captain Quaire –, welche Rolle Sie bei dem Williamson-Fall gespielt haben und spielen?«

»Jawohl, Sir.«

»Und es war absolut nicht Gesellschaftliches bei Ihrem Besuch bei Mr Colt?«

»Er lud uns zum Essen ein, Sir.«

Mariani dachte darüber nach. Es war offensichtlich, dass ihm das nicht gefiel.

»Philadelphia Phil ist irgendwie an die geheime Telefonnummer des Bürgermeisters herangekommen«, sagte Coughlin. »Er rief ihn an und bat um eine Stellungnahme zu dem Leitartikel des *Ledger*. Der Bürgermeister sagte, dass er ihn noch nicht gelesen hat. Philadelphia Phil wird ihn um elf Uhr in seinem Büro anrufen. Der Bürgermeister muss diesen Anruf entgegennehmen. Alle von Philadelphia Phils morgendlichen Zuhörern hörten, wie er das versprach.«

»Und bis jetzt hat laut Lieutenant Pearson von der Kripo Nordwest Mr Philadelphia Phil ...«, begann Mariani.

»Der Bastard heißt Donaldson«, warf Coughlin ein. »Phil Donaldson.«

»Mr *Donaldson* hat zweimal dort angerufen, um Detective Lassiter zu sprechen«, fuhr Mariani fort, »und laut Captain Quaire zweimal bei der Mordkommission, wo er entweder mit ihr oder mit Payne sprechen wollte.«

Mariani ließ diese Worte einen Moment einwirken und fuhr dann fort: »Mr *Donaldson* ist, wie wir alle wissen, ein gewiefter Interviewer. Darüber hinaus hat man mich informiert, dass er äußerst ärgerlich auf Lassiter ist, weil sie Mrs Williamson dazu gebracht hat zu sagen, dass sie versteht, warum die uniformierten Cops die Tür des Williamson-Mädchens nicht aufbrechen konnten, nachdem er die uniformierten Beamten angegriffen hat, als wären sie – wir alle wissen, was er gesagt hat.«

»Commissioner, darf ich kurz vom Thema abschweifen?«, fragte Washington.

Mariani starrte ihn wütend an, nickte dann jedoch.

»Machen Sie's aber wirklich kurz, Jason.«

»Gerade, bevor wir alle herzitiert wurden, Sir, wollte ich Sergeant Payne und Detective Lassiter befehlen, unverzüglich nach Daphne, Mississippi, zu reisen, um eine Spur im Fall Williamson zu verfolgen.«

»Sir, das ist Daphne, Alabama«, sagte Matt.

»*Daphne, Alabama*?«, wiederholte Mariani ungläubig.

»Ja, Sir. Ich glaube, es ist am Golf von Mexiko«, sagte Washington.

»Erzählen Sie mir über die Spur, Jason«, bat Coughlin.

»Warum erklären Sie dem Commissioner nicht, was Sie zu haben glauben, Sergeant Payne?«, fragte Washington.

»Jawohl, Sir. Sir, gestern Nacht hat die Polizei von Daphne – eigentlich war es ein Zivilist von einer dieser Gemeindewachen – einen Mann festgenommen, der anscheinend durch ein Fenster in die Wohnung einer jungen Frau einzusteigen versuchte.«

»Na und?«, schnaubte Quaire. »Sie wollen doch nicht behaupten, dass es sich um den Täter im Williamson-Fall handelt?«

»Lassen Sie den Sergeant bitte fortfahren, Captain«, sagte Peter Wohl sanft, und er fügte verwundert hinzu: »Daphne, Alabama? Das ist weit von hier, nicht wahr?«

»Jawohl, Sir«, sagte Matt. »Als ich davon erfuhr …«

»Wie haben Sie davon erfahren?«, fragte Mariani.

»Es stand in der Zeitung, Sir. Im *Bulletin*.«

»Fahren Sie fort, Sergeant«, sagte Wohl.

»Ich rief dort an, Sir, und nach dem, was ich erfuhr, gibt es genügend Ähnlichkeiten des *modus operandi*, um weiter zu ermitteln und der Sache auf den Grund zu gehen.«

»Im Laufe der Jahre habe ich Lieutenant Washingtons Glauben, dass manchmal das Steinchen unter dem Stein umgedreht werden muss, schätzen gelernt«, sagte Wohl. »Selbst wenn dieses Steinchen so weit entfernt ist wie – wie heißt dieser Ort?«

»Daphne, Alabama, Sir«, sagte Matt.

»So weit entfernt ist wie Daphne, Alabama, und das Umdrehen des Steinchens drei, vier Tage dauern könnte, vielleicht sogar länger.«

»Ich finde, Lieutenant Washington hat Recht mit seiner Entscheidung, Sergeant Payne und Detective Lassiter den weiten Weg nach Daphne, Alabama, reisen zu lassen, auch wenn es vier oder fünf Tage dauert, um diese Spur zu verfolgen, meinen Sie nicht auch, Captain Quaire?«, sagte Deputy Commissioner Coughlin.

»Ja, Sir, das meine ich auch«, stimmte Captain Quaire schnell zu, denn es war ihm soeben klar geworden, wie klug es war, Sergeant Payne und Detective Lassiter für vier oder fünf Tage aus Philadelphia fortzuschicken.

»Und unter den gegebenen Umständen«, sprach Wohl weiter, »wäre es gerechtfertigt, sie sofort dorthin zu schicken, ohne die normalen Verwaltungsprozeduren einzuhalten. Würden Sie mir da zustimmen, Commissioner?«

Mariani dachte nur zwei Sekunden darüber nach.

»Ja, da stimme ich zu, Inspector«, sagte er.

»Haben Sie Bargeld dabei, Matt?«, fragte Wohl.

»Etwas, und ich habe Kreditkarten«, sagte Matt.

»Gibt es einen zwingenden Grund, Detective Lassiter, der dagegen spricht, dass Sie sofort abreisen können, um diese Ermittlung durchzuführen, wohin auch immer sie führt?«

»Ich müsste packen«, antwortete Olivia praktisch.

»Dafür wird vielleicht keine Zeit sein«, sagte Wohl. »Vielleicht könnten Sie kaufen, was Sie brauchen, wenn Sie dort ankommen?«

»Jawohl, Sir«, sagte Detective Lassiter.

»In diesem Fall schlage ich vor, dass Sie und Sergeant Payne sofort zum Flughafen aufbrechen«, sagte Inspector Wohl. »Lassen Sie Ihren Wagen bei der Airport Unit. Ich bin sicher, Lieutenant Washington wird arrangieren, dass jemand ihn dort abholt.«

»Das werde ich in der Tat«, sagte Lieutenant Washington. »*Bonne chasse,* Sergeant Payne.«

3

»Wir wollen nach Daphne, *Alabama,* nicht Florida«, sagte Sergeant Payne auf dem Philadelphia International Airport zu der Dame am Delta-Ticketschalter.

»Laut Computer wird Daphne, Alabama, sowohl von Mobile, Alabama, als auch von Pensacola, Florida, bedient. Ich kann Ihnen – nur Erster Klasse – einen Verbindungsflug um 11 Uhr 25 nach Pensacola von Atlanta geben, der in fünfunddreißig

Minuten abfliegt. Wenn sie nach Mobile wollen, müssen Sie bis 17 Uhr 45 in Atlanta warten.«

Matt überreichte der Lady am Schalter seine American-Express-Karte.

»Ich verlasse das Haus nie ohne«, zitierte er den Werbeslogan.

»O Gott!«, stöhnte Olivia.

»Verdammt, die Waffen«, sagte Matt.

Die Frau am Schalter sah ihn mit großem Interesse an.

»Wir sind Polizeibeamte«, erklärte Matt, woraufhin die Ticket-Lady ihn mit noch größerem Interesse anschaute.

Olivia zog ihre Dienstmarke und ihren Dienstausweis mit Foto hervor, woraufhin die Ticket-Lady sie mit sogar noch größerem Interesse musterte.

»Sie werden irgendwelche Feuerwaffen ungeladen in Ihr Gepäck legen müssen«, sagte sie.

»Wir haben kein Gepäck«, sagte Matt.

Der Aufsichtsführende wurde zu Rate gezogen.

Daraufhin wurden zwei verschließbare Metallbehälter geholt. Olivias Glock und Matts Colt wurden hervorgeholt, was die Leute in der Schlange veranlasste, sie mit großem Interesse anzuschauen. Die Waffen wurden zur Zufriedenheit des Aufsichtsführenden entladen, die Patronen in kleine Plastikbeutel gesteckt und die Beutel in einen der verschließbaren Metallbehälter gelegt. Dann wurden die Pistolen in gepolsterten Ziploc-Beuteln in der anderen Metallbox verstaut. Matt füllte ein orangefarbenes Formular aus, eine Erklärung, dass zwei entladene Handfeuerwaffen abgeben worden waren und mitgeführt wurden. Das Formular wurde mit den Pistolen in den Behälter gelegt, und dann wurden beide Metallboxen abgeschlossen und auf das Gepäckband gelegt.

»Sie sind nicht die Ersten, die diesen Service in Anspruch nehmen«, sagte der Aufsichtsführende und überreichte Matt die Schlüssel und die Belege für die Boxen. »Ich wünsche Ihnen einen angenehmen Flug.«

»Möchten Sie eine Tasse Kaffee? Oder sonst etwas?«, fragte die Stewardess das nette junge Paar auf den Sitzen 2A und 2B.

»Haben Sie keinen Champagner?«, erwiderte Sergeant Payne. »Ich dachte, in der Ersten Klasse bekommt man Champagner?«

»O Gott!«, sagte Olivia.

»Wir feiern nämlich«, sagte Matt zur Stewardess.

»Vielleicht frisch verheiratet?«, erkundigte sich die Stewardess.

Matt nahm Olivias Hand mit der Linken und hielt den Zeigefinger seiner Rechten über seine Lippen.

»Fragen Sie nicht«, sagte er.

»Ich hole Ihnen den Champagner«, versprach die Stewardess und lächelte herzlich.

»Du bist verrückt«, sagte Olivia, als die Stewardess fort war. »Völlig verrückt.«

Aber sie lächelte, und sie versuchte nicht, ihm ihre Hand zu entziehen.

Matt schob sein Champagnerglas zur Seite, nahm das Bordtelefon aus der Halterung zwischen den Sitzen, fütterte es – mit einiger Mühe – mit seiner American-Express-Karte und telefonierte zweimal.

Den ersten Anruf führte er mit der Mordkommission, wo er eine Nachricht für Captain Quaire oder Lieutenant Washington hinterließ, dass er und Detective Lassiter in der Luft waren.

Das zweite Telefonat führte er mit der Anwaltskanzlei Mawson, Payne, Stockton, McAdoo & Lester, wo er bat, mit Mrs Craig verbunden zu werden. Mrs Irene Craig, eine große, grauhaarige schlanke Dame Anfang fünfzig, war die Chefsekretärin von Mr Brewster Cortland Payne II., einem der Gründungspartner der Kanzlei.

»Ihr Dad ist unterwegs hierher, Matty«, berichtete Mrs Craig. »Ich weiß nicht, ob er den *Ledger* gesehen hat oder nicht, doch der Colonel ist bereits in der Bibliothek und liest Fachliteratur über Verleumdungsklagen.«

Der Colonel war Colonel J. Dunlop Mawson, ein weiterer Gründungspartner der Kanzlei, den Matts Vater manchmal als den Pitbull der Firma beschrieb.

»Deshalb rufe ich eigentlich nicht an, Mrs Craig«, sagte Matt. »Ich möchte Sie um einen Gefallen bitten ...«

»Matty, was haben Sie sonst noch angestellt?«

Ihr Tonfall war mütterlich. Sie kannte Sergeant Payne, seit er Windeln getragen hatte.

»Nichts«, protestierte er. »Ich bin in einem Flugzeug nach Atlanta. Bestimmungsort Daphne, Alabama, via Pensacola, Florida.«

»Ich bezweifle, dass mir dies gefallen wird«, sagte Mrs Craig.

»Und wenn ich Ihnen sage, dass es eine Polizeiangelegenheit ist?«

»Ich habe Probleme, Ihnen zu glauben. Wohin fliegen Sie? *Alabama*?«

»Daphne, Alabama«, sagte Matt. »Und ich brauche einen Leihwagen in Pensacola und dann eine Unterkunft – zwei Zimmer – in Daphne, Alabama.«

»Ist jemand bei Ihnen?«

»Ja. Wir werden zwei Zimmer brauchen.«

»Und ich werde seinen Namen brauchen.«

»Es ist eine Sie. Olivia Lassiter. Mit zwei ›s‹.«

»Oh!«

»*Detective* Lassiter.«

»Oh. So ist das.«

»Wie schon gesagt, es ist eine polizeiliche Angelegenheit.«

»Dessen bin ich sicher. Wie komme ich in Kontakt mit Ihnen? Wird Ihr Handy in Alabama funktionieren?«

»Das werden wir bald herausfinden. Wir treffen um Viertel nach zehn in Atlanta ein. Oh, warten Sie einen Moment. Die Batterie meines Handys ist leer.«

Es gab eine kurze Verzögerung, als Matt Olivia nach ihrer Handynummer fragte. Er nannte sie Mrs Craig.

»Danke, Mrs Craig.«

»Es ist Ihnen hoffentlich klar, dass Sie Ihrem Vater den Tag verdorben haben. Was sage ich ihm nur? Ich will gar nicht daran denken, was ich Ihrer Mutter sagen soll.«

»Die Wahrheit, die ganze Wahrheit und nichts als die Wahrheit.«

»Wie schreibt man Daphne?«

»Keine Ahnung.«

4

»Guten Morgen, Mr Donaldson«, sagte der Ehrenwerte Alvin W. Martin charmant. »Ich habe auf Ihren Anruf gewartet.«

»Nennen Sie mich nur Phil, Mr Mayor. Ich rufe für all die Zuhörer von *Phil's Philly* an.«

»Also dann *Phil*.«

»Danke dafür, dass Sie meinen Anruf entgegengenommen haben.«

»Es ist mir stets ein Vergnügen, Phil.«

»Ich habe versucht, Detective Lassiter und Sergeant Payne anzurufen, Mr Mayor. Sie scheinen nicht erreichbar zu sein.«

»Tatsächlich?«

»Sie sind anscheinend außerhalb der Stadt, Mr Mayor.«

»So habe ich es gehört. Commissioner Mariani hat mir davon erzählt.«

»Sie möchten mir nicht sagen, wo und warum sie außerhalb der Stadt sind, Mr Mayor?«

»Ich sage Ihnen, warum. Sie haben eine Spur im Mordfall Williamson, die sehr viel versprechend aussieht.«

»Was sie rein zufällig unerreichbar für ein Gespräch mit mir macht, richtig?«

»Ich befürchte, Phil, das scheint der Fall zu sein. Aber sobald sie in die Stadt zurückkehren, werden sie sicherlich genauso entzückt sein, mit Ihnen – und all den Zuhörern von *Phil's Philadelphia* – zu reden wie ich.«

»Und wann wird das sein?«

»Vielleicht in vier oder fünf Tagen.«

»Und unterdessen werden wir nicht erfahren, was in Stan Colts Hotelzimmer geschah. Richtig? Das ist ein für Sie günstiger Zufall, finden Sie nicht auch?«

»Ich würde es den Druck der Pflicht nennen, Phil. Eine Sache der Prioritäten. Die Lösung dieses Mordfalls hat Vorrang über fast alles sonst, wie Sie sicherlich verstehen werden.«

»Sie sagen mir also, Mr Mayor – korrigieren Sie mich, wenn ich mich irre –, dass kein Zuhörer von *Phil's Philly* hören wird, was in Stan Colts Hotelzimmer vorging, bis Sergeant Payne und die schöne Lady Detective in die Stadt zurückkehren?«

»Das habe ich nicht gesagt, Phil. Möchten Sie mit jemandem reden, der die ganze Zeit über in Mr Colts Hotelsuite war, als Sergeant Payne und Detective Lassiter dort waren?«

»Und wer würde das sein?«

»Nehmen Sie bitte den Hörer des Nebenanschlusses ab, Detective Martinez, und sagen Sie Hallo zu Mr Donaldson.«

»Hallo.«

»Mit wem spreche ich, bitte?«

»Detective Jesus Martinez.«

»Guten Morgen, Detective. Sagen Sie all den Zuhörern von *Phil's Philly* guten Tag.«

»Guten Tag.«

»Und wo arbeiten Sie, Jesus – es macht Ihnen doch nichts aus, wenn ich Sie ›Jesus‹ nenne, oder?«

»Wie Sie wollen.«

»Also gut, Jesus. Können Sie mir sagen, was Sie in Stan Colts Hotelzimmer gemacht haben, wenn Sie, wie der Bürgermeister sagt, die ganze Zeit über dabei waren, als Sergeant Payne und die schöne Detective Lassiter dort waren?«

»Ich war im Einsatz für die Abteilung Dignitary Protection.«

»Erklären Sie unseren Zuhörern bitte genauer, was das ist?«

»Personenschutz für Prominente und Würdenträger ...«

»Mr Colt brauchte Schutz? Vor wem, Jesus?«

»Wie bitte?«

»Vor wem musste Stan Colt polizeilich geschützt werden, Jesus? Vor schönen Frauen?«

»Darauf können Sie wetten. Sie waren auf der ganzen Straße vor dem Hotel.«

»Wer sie?«

»Seine Fans. Seine weiblichen Fans.«

»Und sie waren alle schön.«

»Nicht alle. Einige waren potthässlich.«

»Nun, Phil«, schaltete sich der Bürgermeister von Philadelphia ein, »Sie haben nach der Wahrheit gefragt …«

»Ja, das habe ich«, sagte Phil. »Detective Martinez – Jesus – mich interessiert, zu hören – all die Zuhörer von *Phil's Philly* wollen hören – was in Stan Colts Hotelzimmer passiert ist.«

»Okay.«

»Sie werden es mir sagen, richtig?«

»Lassiter hat ihm erzählt, was im Williamson-Job gelaufen ist.«

»Damit meinen Sie den brutalen Mord an Cheryl Williamson? Sie nennen das einen *Job*?«

»So nennen wir es.«

»Und warum hatte Detective Lassiter das Gefühl, dass sie berechtigt war, ihm zu erzählen ›was gelaufen ist‹? Und warum gerade sie?«

»Sie war der erste Detective am Tatort. Und der Captain der Mordkommission befahl ihr, es ihm zu erzählen.«

»Ich verstehe«, sagte Phil. »Und Sie sagen mir – korrigieren Sie mich, wenn ich mich irre –, dass nichts anderes in Stan Colts Hotelzimmer passiert ist, als dass Detective Lassiter ihm von dem Williamson-Mord erzählt hat?«

»Ja.«

»Sie hat ihm alles erzählt, richtig?«

»Vermutlich nicht. Sie ist ein ziemlich guter Cop, nach dem, was ich gesehen habe, und ich glaube nicht, dass sie ihm alles erzählt hat.«

»Warum nicht? Was ist alles?«

»Man erzählt einem Zivilisten nicht alles über einen Job. Einiges bindet man Außenstehenden nicht auf die Nase. Ich weiß nicht, was sie ihm verschwiegen hat – ich bin nicht so sehr mit dem Fall vertraut –, aber ich bin überzeugt, dass es eine Menge war.«

»Und was ist sonst noch geschehen?«

»Stan Colt spendierte uns zum Abendessen ein Steak. Er ist ein ziemlich netter Kerl.«

»Phil«, sagte der Bürgermeister von Philadelphia, »ich breche dies nur ungern ab, aber Detective Martinez muss seinen Dienst weitermachen. Mr Colt hat im Zusammenhang mit seiner

Spendensammlung für die West Catholic High School ein Mittagessen mit dem Kardinal, und Detective Martinez muss bei ihm sein. Und ich bekomme selbst einen ziemlich vollen Teller. Wie wäre es, wenn Sie nur noch eine Frage stellen?«

»Nun, lassen Sie mich überlegen, welche eine Frage ich für all die Zuhörer von *Phil's Philly* stellen soll«, sagte Mr Donaldson.

Er schwieg einen Moment.

»Sagen Sie mir bitte einfach das Erste, was Ihnen in den Sinn kommt, Jesus«, sprach er dann wieder. »Meinen Sie, Polizeibeamte zum Schutz von Mr Colt einzuteilen ist eine gute Verwendung der Zeit von Ihnen und anderen Detectives?«

»Hölle, ja. Mensch, er kommt in die Stadt, um für die West Catholic Spendengelder zu sammeln. Es wäre nicht richtig, wenn wir seine Fans auf ihn losließen. Sie sind verrückt. Am liebsten würden sie ihm seine Kleidung vom Leib reißen und als Souvenir behalten.«

»Danke für Ihren Anruf, Phil«, sagte der Bürgermeister von Philadelphia. »Es ist mir stets ein Vergnügen, mit Ihnen zu plaudern.«

»Ich danke Ihnen dafür, dass Sie meinen Anruf entgegengenommen haben, Mr Mayor.«

Der Bürgermeister legte den Hörer auf und signalisierte Martinez, das Gleiche zu tun.

»Ich habe dich, du Bastard!«, sagte er und streckte Detective Martinez die Hand hin. »Vielen Dank, Detective. Sie haben Ihre Sache sehr gut gemacht.«

»Ja, Sir.«

Im Studio schaltete Mr Donaldson sein Mikrofon ab.

»Scheiße«, sagte er laut.

Und dann kam ihm ein anderer Gedanke.

»Scheiße! Ich habe vergessen, ihn zu fragen, was Wohl und Washington bei D'Allesandro's getrieben haben!«

5

In Pensacola, Florida, beobachtete ein Polizeibeamter das Laufband der Gepäckausgabe und trat dann zu Matt, als er sah, dass er die Metallbehälter herunternahm, die er von vorheriger Benutzung kannte.

»Die sind zu klein, um ein paar Schrotflinten zu transportieren«, sagte er freundlich. »Wenn darin Handfeuerwaffen sind, warten Sie dann bitte, bis Sie aus dem Flughafen heraus sind, bevor Sie die Boxen aufschließen?«

»Klar«, sagte Matt. »Benutzen Sie hier unten auch die Bezeichnung ›im Job‹?«

»Natürlich.«

»Wir sind im Job, von Philadelphia aus. Mussten in aller Eile aufbrechen. Wir müssen hier Kleidung für ein paar Tage kaufen, und wir suchen irgendein schönes Lokal zum Mittagessen.«

»Verlassen Sie den Flughafen und fahren Sie an der zweiten Ampel nach links. Dann sehen Sie zur Linken ein Einkaufszentrum. Wenn Sie dort fertig sind, fahren Sie auf derselben Straße zurück so weit es geht und biegen wieder links ab. Dann kommen Sie zu McGuire's Irish Pub. Das beste Lokal in der Stadt.«

»Danke. Und danach müssen wir nach Daphne, Alabama.«

»Wenn Sie den McGuire's Pub verlassen, müssen Sie nach rechts. Fahren Sie auf die I-110, bis Sie auf die I-10 stoßen. Dann biegen Sie nach Westen ab. Es ist ungefähr vierzig Meilen entfernt.«

»Hol du den Wagen, Matt«, sagte Olivia. »Ich muss mal …«

»Gleich auf der anderen Seite der Treppe«, sagte der Polizeibeamte und wies hin.

Als Olivia fortging, sagte der Polizeibeamte: »Ist sie ebenfalls im Job?«

»Sie ist Detective Olivia Lassiter.«

»Hübsch.«

»Ja«, stimmte Matt zu.

Bei Hertz wartete ein Wagen auf sie, ein Fort Mustang Cabrio. Und der Angestellte zeigte auf einer Straßenkarte den Weg zum Marriott Hotel in Point Clear, Alabama. Matt sah, dass Point Clear der nächste Ort bei Fairhope war, und Fairhope der nächste bei Daphne, gleich an der Interstate 10.

Sie fanden das Einkaufszentrum – ein großes – ohne Probleme und gingen hinein.

»Genau das, was wir suchen«, sagte Matt erfreut und wies auf den Eingang eines Dessousgeschäfts.

»Da gehe ich nicht mit dir rein«, sagte Olivia. »Da kaufe ich nichts, basta.«

»Du hast mir im Flugzeug gesagt, dass du deinen Kreditrahmen ausgeschöpft hast«, sagte Matt. »Du bist in meiner Hand, meine Süße.«

»Du Hurensohn!«

»Ich warte draußen«, sagte Matt. »Sieh nach, welche Dessous sie in durchsichtigem Schwarz haben.«

Während Matt auf Olivia wartete, fand er einen Geldautomaten und hob tausend Dollar ab. Als Olivia an der Tür des Geschäfts auftauchte und ihm winkte, den Beleg für die Kreditkartenbelastung zu unterschreiben, gab er ihr fünfhundert Dollar.

»Danke«, sagte sie. »Ich werde dir einen Scheck geben.«

»Wenn wir wieder in Philly sind«, erwiderte er.

»Es wird Monate dauern, bis die Stadt einen Scheck für die Spesen schickt, weißt du das?«

»Ich habe ein ehrliches Gesicht. Ich kann warten.«

Eine Stunde später, nachdem sie genug Kleidung und anderes Notwendige für mindestens vier Tage gekauft und in dem ebenfalls gekauften Koffer verstaut hatten, stiegen sie in den Mustang und machten sich auf die Suche nach McGuire's Irish Pub.

»Ich kann nicht glauben, dass du das alles gegessen hast«, sagte Olivia zu Matt und wies auf die Platte, die gehäuft voll gewesen war und ein Sortiment von Würstchen zum Mittagessen enthalten hatte. Als sie den ›Wurstteller‹ gesehen hatte, war er ihr als ausreichend für beide vorgekommen, und als die Kellnerin ihr Irish Stew serviert hatte, war ihr die Portion ebenfalls riesig und mindestens für zwei Personen vorgekommen.

»Ich muss bei Kräften bleiben«, sagte Matt und schaute sich nach der Kellnerin um, weil er um die Rechnung bitten wollte.

Dann sah er Olivia an.

»Weißt du«, sagte er ernst, »es gibt nur eine Person bei der Polizei, die meint, dieser Spanner könnte unser Täter sein.«

Olivia schüttelte den Kopf. »Nein, zwei.«

»Warum?«

»Ich habe so ein Bauchgefühl, Matt. Verstehst du, was ich meine?«

»Ja«, sagte er. »Washington sagt, man soll auf sein Gefühl hören.«

»Was kommt als Nächstes?«, fragte sie.

»Darüber habe ich schon nachgedacht. Bevor wir zur Polizeistation fahren, oder wo auch immer dieser Typ ist, möchte ich mehr erfahren, als wir in der Zeitung gelesen haben.«

»Und wie willst du das schaffen?«

»Ich glaube, ich werde mit dem Zivilisten anfangen – dem von der Bürgerwache oder wie auch immer –, der den Spanner beim Fenster gesehen hat.«

»Und wie willst du den finden?«

»Wenn wir im Hotel sind, schließe ich als Erstes mein neu gekauftes Batterie-Aufladegerät an, und dann werde ich fragen, im Telefonbuch blättern und herumtelefonieren, was auch immer nötig sein wird.«

Sie nickte.

Die Kellnerin legte die Rechnung auf den Tisch. Matt händigte ihr die Kreditkarte aus. »Schreiben Sie fünfzehn Prozent mehr für sich auf. Es hat prima geschmeckt.«

Olivia schüttelte den Kopf, als die Kellnerin schließlich davonging.

»Was ist?«, fragte Matt.

»Du hast dir nicht mal den Abbuchungsbeleg angesehen«, sagte sie. »Und Gott weiß, wie viel wir im Einkaufszentrum ausgegeben haben. Und du hast viel Geld am Automaten abgehoben. Machst du dir keine Sorgen, dass du dein Kreditkonto überziehst?«

»Nein, mache ich mir nicht«, erwiderte Matt. »Und ich habe das Geld von meinem Bankkonto abgehoben. Wenn man Geld auf eine Kreditkarte abhebt, berechnen sie unverschämte Zinsen.«

»Bist du etwa reich? Ich hörte ...«

»Ich bin *wohlhabend*, Olivia. Na und?«

»Es muss schön sein.«

»Das ist es.«

Die Fahrt von McGuire's Irish Pub zum Marriott Hotel in Point Clear, Alabama, dauerte etwas über eine Stunde. Ihre Route führte zuerst durch Daphne. Dort berührte Olivia Matts Arm und wies auf ein Schild am Eingang der Wohnanlage des Lake Forest Yachtclubs.

Ungefähr eine Meile entfernt sahen sie das Joseph Hall Criminal Justice Center, das offensichtlich die Polizeistation war, ein attraktives Backsteingebäude, das aussah, als wäre es erst vor einem Jahr erbaut worden. Als sie durch Fairhope fuhren, sahen sie die Polizeistation des Ortes, ein weiteres, schmuckes Gebäude, das sogar noch neuer wirkte.

Das Hotel befand sich ein paar Meilen auf der anderen Seite von Fairhope an einer Allee längs der Küste der Mobile Bay. Ein halbes Dutzend Segelboote schaukelte entlang der Bucht im Wasser.

»Ich weiß nicht, was ich erwartet habe, aber es war nicht dies«, sagte Matt.

Ebenso wenig war das Hotel das, was Matt erwartet hatte, nachdem Mrs Craig ihm gesagt hatte, dass sie zwei Zimmer in seinem Namen im Marriott reservieren würde.

Es erinnerte mehr an ein Luxuskurheim als an ein Hotel. Alte Eichen säumten den Zufahrtsweg zum Eingang. Schilder wiesen die Richtung zu einem Golfplatz, und sie konnten einen enorm großen Swimmingpool und jenseits davon die Masten vieler Segelboote sehen.

Ein Portier mit grauem Jackett nahm ihr Gepäck vom

Rücksitz des Mustangs, dessen Verdeck aufgeklappt war, und sagte: »Willkommen im Grand Hotel.«

Hinter dem Empfangspult hielten sich zwei sympathisch wirkende junge Männer auf.

»Mein Name ist Payne«, sagte Matt, als er ihm eine seiner American-Express-Karten aushändigte. »Ich nehme an, wir haben reserviert.«

Der junge Mann zog seinen Computer zu Rate.

»Jawohl, Sir«, sagte er. »Zwei ›schöne‹ Einzelzimmer wurden gewünscht. Wir nehmen an, Ihre Zimmer mit Ausblick auf die Bucht sind ›schön‹, und haben Sie in zweien davon einquartiert. Ich befürchte, sie liegen nicht nebeneinander ...«

»Das ist prima«, sagte Detective Lassiter.

»... und der Preis beträgt dreihundertfünf Dollar pro Übernachtung. Wird das zufriedenstellend für Sie sein, Mr Payne?«

»Das ist prima«, sagte Matt.

Der Hotelangestellte überreichte ihnen Broschüren über alles, was das Hotel zu bieten hatte, und die elektronischen Zimmerschlüssel. Zwei Pagen erschienen.

»Ruf mich an, wenn du dich eingewöhnt hast«, sagte Matt.

»Möchtest du, dass ich dorthin komme?«, fragte Olivia.

»Das wäre vielleicht eine gute Idee«, sagte Matt.

Sie folgten den Pagen durch die Halle zu den Aufzügen.

Der junge Mann, der ihre Reservierung abgewickelt hatte, wandte sich an seinen Kollegen.

»Sollen wir wetten, dass heute Nacht nur ein Laken verknittert werden wird?«, fragte er.

6

»Polizei«, meldete sich eine Frauenstimme mit starkem Südstaaten-Akzent.

»Guten Tag«, sagte Detective Olivia Lassiter. »Ich hoffe, Sie können mir helfen.«

»Ich versuche es gern, Ma'am.«

»Haben Sie zufällig eine Telefonnummer, unter der ich die Jackson's Oak Citizens' Community Watch anrufen kann?«

»Macht es Ihnen etwas aus, wenn ich frage, warum Sie die anrufen wollen?«

»Nun, wir sind soeben in diese Gegend gezogen, und mein Mann will anfragen, ob er sich freiwillig melden kann.«

»Würden Sie glauben, dass wir heute den sechsten Anruf haben, bei dem das Gleiche gesagt wurde?«

»Tatsächlich?«

»Haben Sie was zum Schreiben zur Hand?«

»Ja, habe ich.«

»Am besten rufen Sie Colonel Lacey Richards junior an«, sagte die Telefonistin der Polizei von Daphne. »Er ist der eigentliche Leiter. Er wohnt am Captain O'Neal Drive Nummer ...«

Pause.

»Verdammt, ich hatte doch hier irgendwo seine Nummer.«

Eine weitere Pause.

»Da ist sie«, sagte die Telefonistin und nannte sie.

Eine andere Frauenstimme mit starkem südlichem Akzent meldete sich bei Sergeant Paynes Anruf und sagte bedauernd auf seine Bitte hin: »Tut mir Leid, aber der Colonel ist auf dem Golfplatz. Er sollte gegen fünf zurück sein.«

»Haben Sie vielen Dank«, erwiderte Sergeant Payne. »Ich rufe dann noch einmal an.«

Er legte den Hörer des Hoteltelefons auf, lehnte sich gegen das Kopfbrett des großen Betts und schaute zu Detective Lassiter, die in einem Lehnstuhl saß.

»Er spielt Golf, aber er wird um fünf zurück sein. Ich finde immer noch, wir sollten uns anhören, was er zu sagen hat, bevor wir mit den Cops sprechen.«

»Das meine ich auch«, sagte Olivia.

»Andererseits, wenn man den Täter nur der Spannerei beschuldigt, was ein minderes Delikt ist, könnte er längst gegen Kaution entlassen worden sein.«

»Sie werden ihn keine Kaution zahlen lassen, ohne zu wissen, wer er ist. Wir können ihn finden.«

»Große Geister denken auf ähnlichen Wegen«, sagte Matt. Er blickte auf seine Armbanduhr. »Wir haben etwas über eine

Stunde Zeit. Was möchtest du tun?«

Detective Lassiter sah ihn lange an, stand dann auf und schaute ihn dann wieder lange an.

Dann griff sie zum Saum des hellblauen Baumwollkleids hinab, das sie in Pensacola im Einkaufszentrum gekauft hatte und zog es über den Kopf.

»Allmächtiger!«, stieß Matt hervor.

»Nun, du sagtest, ich soll mir ansehen, welche Dessous sie in durchsichtigem Schwarz haben«, sagte Olivia.

»Hallo?«

»Colonel Richards?«

»Richtig.«

»Colonel, mein Name ist Matthew Payne ...«

»Hat dies etwas mit der Jackson's Oak Citizens' Community Watch zu tun?«

»Jawohl, Sir, es hat.«

»Ich will Ihnen sagen, was ich tun werde. Ich gebe Ihnen meine Telefonnummer vom Büro. Rufen Sie dort am Morgen an und bitten Sie meine Sekretärin, Ihnen die Bewerbungsunterlagen zu schicken.«

»Colonel, ich bin ein Sergeant der Mordkommission der Polizei von Philadelphia ...«

»Sie rufen von Philadelphia an?«

»Nein, Sir. Ich bin im Grand Hotel in Point Clear.«

»Sie sind den weiten Weg hier runter gekommen? Wegen dieses Perversen, den ich gestern Nacht geschnappt habe? Hey, Sie sagten ›Mordkommission‹ nicht wahr?«

»Ja, Sir, das habe ich gesagt.«

»Ich wusste, dass dieser Hurensohn mehr ist als ein Spanner«, sagte Colonel Richards.

»Colonel, ich möchte mit Ihnen sprechen.«

»Klar. Wann?«

»Wann es Ihnen am ehesten passt, Sir.«

»Wie wäre es mit gleich jetzt? Lassen Sie mich erklären, wie Sie den Weg hierhin finden.«

»Vielen Dank, Sir.«

17

1

Sergeant Payne und Detective Lassiter brauchten einige Zeit, um das Haus von Lieutenant Colonel Lacey Richards junior am Captain O'Neal Drive in Daphne zu finden. Der Captain O'Neal Drive war eine kurvenreiche Straße in einem stark bewaldeten Gebiet, und die Hausnummern waren schwierig – oder unmöglich – zu finden.

Aber schließlich fanden sie es, ein großes Haus, umgeben von alten Eichen zwischen Captain O'Neal Drive und der Bucht von Mobile. Colonel Richards, ein kleiner, stämmiger Mann mit Glatze, der ein gelbes Polohemd und eine Khakihose trug, öffnete persönlich die Tür.

»Sie sind der Mann von der Mordkommission Philadelphia?«, fragte er.

»Jawohl, Sir.«

»Payne, richtig?«

»Ja, Sir. Sergeant Matt Payne.«

»Sie haben mir nicht gesagt, dass Sie die kleine Lady mitbringen. Freut mich, Sie kennen zu lernen, Ma'am.«

»Dies ist Detective Lassiter, Colonel«, sagte Matt.

»Nicht zu glauben«, sagte Colonel Richards. »Nun, kommen Sie rein und erzählen Sie mir, was Sie wissen wollen. Kann ich Ihnen was zu trinken anbieten? Ich wollte gerade selbst einen zur Brust nehmen.«

»Das ist sehr freundlich von Ihnen, Sir«, sagte Matt.

»Ich habe Ihren Namen nicht mitgekriegt«, sagte Richards zu Olivia.

»Lassiter, Sir.«

»Ich meinte Ihren Vornamen.«

»Olivia, Sir.«

»Kann ich Ihnen etwas anbieten, Olivia?«

»Ja, danke.«

Er führte sie durch das Haus zu einem hinteren Innenhof. Da standen einige Polsterstühle und eine gut bestückte Hausbar.

»Sie kommen gerade rechtzeitig vor dem Sonnenuntergang«, erklärte der Colonel und wies zur Sonne, die über der Bucht unterging. »Ich mag es, hier rauszukommen, mir den Sonnenuntergang anzusehen und dabei etwas zu trinken.«

»Es ist sehr schön hier«, sagte Olivia.

Eine sonnengebräunte, grauhaarige Frau, die einen Kopf größer als Richards war, kam in den Innenhof.

»Ich bin mir nicht sicher, dass du hier sein solltest, Baby«, sagte Richards.

»Ich wohne hier, Lacey«, erwiderte sie trocken. »Guten Tag, ich bin Bev Richards.«

»Dies ist sozusagen offiziell, Schatz.«

»Hat er Ihnen etwas zu trinken angeboten?«, fragte sie und ignorierte ihn.

»Ja, Ma'am.«

»Sir, ich habe nichts dagegen, wenn Ihre Gattin hört, was ich Sie frage«, sagte Matt.

»Dann kapituliere ich«, sagte Richards. »Dies ist Olivia Lassiter – *Detective* Lassiter –, und dies ist Sergeant Payne.«

Sie schüttelten sich die Hände.

»Mein Mann sagte, Sie sind wegen des Perversen hier, den er gestern Nacht schnappte«, sagte Bev Richards.

»So ist es, Ma'am.«

»Sie sind den weiten Weg von Philadelphia gekommen?«

»Ja, Ma'am.«

»Da möchte ich wirklich zuhören«, sagte sie. »Aber kann es warten, bis ich Ihnen etwas zu trinken eingeschenkt habe?«

»Ja, Ma'am«, sagte Matt.

»Was nehmen Sie?«, wollte Richards wissen.

»Was immer Sie trinken, wird prima sein, Sir.«

»Das sollten Sie sich noch mal überlegen«, sagte Bev. »Er trinkt etwas, das er Scotch-Martini nennt.«

Matt und Olivia tauschten einen Blick und lächelten.

Er sah, dass Richards das Lächeln gesehen hatte und es ihm missfiel.

»Sie machen einen Martini, ohne Wermut und mit Scotch?«, erkundigte sich Matt.

»Richtig.«

»Das wäre prima für uns, Sir. Ich habe soeben Olivia – Detective Lassiter – auf diese Drinks gebracht. Abgesehen davon, dass sie mit irischem Whisky gemacht werden.«

»Siehst du, Besserwisserin?«, sagte Colonel Richards zu seiner Frau.

»Sie sind das Lieblingsgetränk in der Bar, in die wir gehen«, sagte Matt.

»Sie meinen, Sie beide oder die anderen Cops der Mordkommission?«, fragte Richards.

»Sie und ich und die anderen Cops der Mordkommission«, sagte Matt.

»O Gott, das wird er mir immer wieder aufs Brot streichen«, meinte Bev Richards.

»Willst du, dass ich genug für dich mixe, oder willst du wieder Zicken machen?«

»Mach die verdammten Scotch-Martinis«, sagte Bev Richards. »Ich kann es kaum erwarten, zu hören, was er dich fragen wird.«

»Ich kann die Drinks machen und gleichzeitig reden. Genau wie ich gleichzeitig Kaugummi kauen und spazieren gehen kann. Was wollen Sie wissen, Sergeant?«

»Eigentlich, Sir, möchte ich Sie bitten, zu erzählen, was passierte. Und wenn es Ihnen nichts ausmacht, möchte ich unsere Unterhaltung mit meinem Recorder aufnehmen.«

Richards runzelte die Stirn, und für einen Moment befürchtete Matt, dass er das ablehnen würde.

»Was soll's, warum nicht?«, sagte Richards dann und begann Scotch in einen Shaker voller Eis zu gießen. Er warf einen Blick über die Schulter zu Matt. »Wo soll ich anfangen?«, wollte er wissen.

»Wann haben Sie diesen Mann zum ersten Mal gesehen?«, fragte Matt.

»Nun, kurz bevor diese ganze Sache ablief, habe ich ihn zum ersten Mal gesehen«, antwortete Richards. »Ich überprüfte sozusagen die Wachen.«

»Ich bin mir nicht sicher, ob ich Ihnen folgen kann, Sir.«

»Nun, wir führen drei Patrouillen durch. Einige unserer Jungs neigen dazu, ein wenig lasch zu werden, und in den frühen Morgenstunden verpissen sich einige und machen ein Nickerchen. Dafür kann man im Militärdienst im Ernstfall erschossen werden, aber wir sind nicht beim Militär, und ich kann nur versuchen, herumzuschleichen und sie zu erwischen. Und dann kann ich sie nur anschnauzen und Ihnen sagen, dass sie auf Wache nicht pennen dürfen.«

»Ich verstehe«, sagte Matt.

Colonel Richards schüttelte den Martini-Mixer eine volle Minute lang, dann goss er mit der Behutsamkeit eines Chemikers, der es mit einer unbekannten giftigen Substanz zu tun hat, die Mixtur in Martinigläser.

»Willommen in unserem Haus«, sagte Bev und hob ihr Glas an.

»Danke«, erwiderten Matt und Olivia im Duett.

Der Colonel nippte an seinem Drink, nickte anerkennend, und berichtete dann weiter.

»Nun, ich sah diesen Kerl – oder glaubte, ihn zu sehen –, als er sich zwischen Bäumen anschlich. Sie wissen, was ich meine?«

»Ja, Sir.«

»Ich sagte mir, wenn ich anhalte, wird er das sehen, und so fuhr ich ein paar Blocks weiter, parkte und kehrte zu Fuß zurück. Meine Nachtsicht ist nicht mehr das, was sie mal war, aber ich kann mich noch ziemlich gut durch die Dunkelheit bewegen. Ich war lange Zeit bei den Special Forces.«

»Tatsächlich?«, fragte Olivia.

»Ja, Ma'am, tatsächlich«, bestätigte Richards. »Ich sehe ihn also wieder auf das Haus zuschleichen, von einem Baum zum anderen, mal stoppte er für eine Minute, und dann rannte er zum nächsten. Nachdem er das drei-, viermal gemacht hatte, war mir ziemlich klar, wohin er wollte und weshalb er sich immer hinter Bäumen versteckte, und ich lief ein wenig schneller, schlug einen Bogen und war ziemlich bald vor ihm.«

»Interessant«, meinte Matt.

»Und ich hatte Recht mit meiner Vermutung, wohin er will«, sagte Richards. »Gebäude 202. Ich legte mich auf den Boden, als ich ihn kommen sah, und beobachtete dann, wie er eine Maske über seinen Kopf zog, eine schwarze Skimaske. Habe ich schon gesagt, dass er einen schwarzen Overall trug?«

»Nein, Sir, das haben Sie nicht. Was war mit der Maske?«

»Sie haben solche Dinger sicher auch schon mal gesehen. Einer unserer Jungs – ich meine, einer der Jungs in unserer militärischen Einheit, nicht die Jungs unserer Bürgerwache – hatte die Idee, sie zu benutzen. Es sind reguläre Skimasken, jedoch schwarz und ohne den Firlefanz, den man an einigen Skimasken sieht. Wir benutzten sie wegen ihrer Schockwirkung, die sie auf einen Feind haben. Sie erschrecken die Leute zu Tode. Die Leute denken, sie werden von einem tödlichen schwarzen Phantom angegriffen.«

»Ich verstehe«, sagte Matt.

»So brauchte ich kein Sherlock Holmes zu sein, um mir zusammenzureimen, dass jemand, der so rumläuft, keine Bibeln an der Haustür verkaufen will. Und ich hätte ihm meinen .45er ins linke Nasenloch oder sonst wohin schieben sollen. Doch man denkt ja immer zweimal oder sollte es wenigstens tun, und ich habe es getan. Ich sagte mir, vielleicht ist es nur ein Clown, der seine Frau oder Freundin erschrecken will oder, was das anbetrifft, seinen Freund. Sie wären überrascht, wie viele irre Typen es in diesen Wohnanlagen gibt. Was ich schon alles mit der Bürgerwache erlebt habe …«

»Schreckliches«, pflichtete ihm Bev Richards bei. »Absolut Ekelhaftes!«

»Jedenfalls, sagte ich mir, ich vergewissere mich erst, dass dieser Typ kein Perverser ist – oder wenn er pervers ist, dass er nur mit sich selbst spielt –, bevor ich etwas unternehme. Dann geht er an das Küchenfenster von 202B. Es sind zwei Apartments auf einer Etage in den Gebäuden, vier Apartments in jedem. 202B liegt links im Erdgeschoss, wenn man davorsteht. Und der Typ holt sein Messer hervor. Schwert könnte man eher sagen, es sieht so aus wie die großen Dinger, mit denen die Bösewichte in einem Stan-Colt-Film herumhantieren, und das Blut nur so spritzt, wenn sie …«

»Pass auf, was du sagst, Colonel!«, tadelte Bev Richards, bevor er weitersprechen konnte.

»Dieser Gentleman versuchte dann, mit diesem Messer mit der langen Klinge das Küchenfenster aufzustemmen. Ich schätze mal, dass die Klinge wenigstens vierzehn Zoll lang ist und vier Zoll breit, geschliffen und vielleicht sogar verchromt.« Der Colonel legte eine Pause ein und schaute seine Frau fragend an. »Habe ich das dezenter formuliert?«

»Viel besser«, sagte Bev.

»Mit anderen Worten, Sergeant, das Messer war ein Mordsding«, fuhr der Colonel fort, sichtlich selbstzufrieden.

»Sie haben *gesehen*, Colonel, wie er versuchte, das Fenster aufzustemmen?«, fragte Olivia. »Sind Sie sicher, dass er das getan hat?«

»Nun, er kann mit diesem Schwert auch eine Kolonne Ameisen angegriffen haben, aber für mich sah es aus, als versuche er die Fenster aufzustemmen oder aufzuhebeln.«

»Ja, Sir. Danke.«

»Nun, ich holte mein Handy hervor, alarmierte das Team, sagte den Männern, was los war, und befahl ihnen, die Ausgänge zu blockieren. Wenn man nicht schwimmen will, gibt es nur zwei Wege dort raus. Dann stand ich auf, leuchtete ihn mit der Taschenlampe an und sagte: »Verzeihen Sie, Sir. Darf ich fragen, was Sie da tun?«

»Das waren Ihre genauen Worte?«, fragte Matt.

»Das waren meine genauen Worte«, sagte Colonel Richards.

»Und was geschah dann?«

»Einen Moment dachte ich, er greift mich mit dem Schwert an, und ich hoffte, dass er es nicht tun würde, denn ich bin noch nie besonders gut darin gewesen, Leuten scharfe Messer wegzunehmen, und ich wollte ihn nicht mit der .45er flachlegen, denn das hätte jede Menge Scherereien und Papierkram bedeutet. Doch dann warf er sich einfach herum und rannte davon.«

»Immer noch mit der Maske?«, fragte Matt.

»Ich weiß nicht. Ich nehme es an. Jedenfalls rief ich: ›Stehen bleiben oder ich schieße!‹, und ballerte ein paar Mal in Richtung Mond, weil ich dachte, das würde den Kerl erschrecken und stoppen. Doch das war nicht der Fall. So rief ich das Team an und befahl den Männern, die Ausgänge zu blockieren und vorsichtig zu sein, weil der Kerl ein Messer hatte. Danach rief ich die Cops an. Dann lief ich zu meinem Wagen. Ich sah Scheinwerfer aufflammen und hörte einen Motor starten und Reifen quietschen. Ich stieg in meinen Wagen. Als ich zum Ausgang am Highway 98 kam, sah ich, dass er Chambers Galloways brandneuen Mercedes-Truck gerammt hatte und dass der alte Knabe ihn am Boden hatte und mit seiner Schrotflinte auf ihn zielte.

»Hatte er da die Maske an?«, fragte Matt.

»Nein. Aber ich schaute in seinen Wagen, bevor die Cops eintrafen, und darin lagen sie und das Messer.«

»Hat die Polizei herausgefunden, wer er ist?«, wollte Olivia wissen.

»Nicht sofort«, sagte der Colonel und blickte zu seiner Frau. »Zuerst wollte er nichts sagen, und er trug nichts bei sich, anhand dessen man ihn identifizieren konnte. Nicht mal einen Führerschein. So steckte Charley ihn in den Knast …«

»Charley?«, fragte Olivia.

»Charley Yancey, der Polizeichef, ein ziemlich guter«, erklärte der Colonel. »Ich glaube, Charley beschuldigte ihn der Fahrerflucht, was ein schwererer Strafbestand ist als das Spannen, was praktisch kaum schwerer bestraft wird als das Spucken auf den Bürgersteig. Jedenfalls, als er ihn in der Zelle hatte, versuchte Charley, ihn über den Wagen zu identifizieren.«

»Und? Ist ihm das gelungen?«

»Erst um zehn Uhr heute Morgen«, sagte der Colonel. »Der Wagen hatte Nummernschilder von Illinois, doch als Charley dort anrief, sagte man ihm, die Nummernschilder waren nicht für den Wagen, den der Typ fuhr, und sie hatten die Kfz-Fahrgestellnummer nicht in ihrer Datenbank. So versuchte Charley es in Montgomery – das ist die Staatshauptstadt, wo unsere Datenbank ist –, und die hatten ebenfalls nichts. Bei Florida oder Mississippi genauso Fehlanzeige.«

»Interessant«, meinte Matt.

»So wollte sich Charley vergewissern, dass er die richtige Fahrgestellnummer benutzte. Er ging zu dem sichergestellten Wagen und sah schließlich die Plakette von Gambino Motor Cars auf dem Kofferraumdeckel. Sie wissen, was ich meine?«

»Ich bin mir nicht sicher, Sir.«

»Neben dem Typenschild – Chevrolet Impala oder was auch immer – bringen die Händler ihren eigenen Namen an.«

»Ja, Sir. Jetzt verstehe ich. Colonel, darf ich fragen, woher Sie all dies wissen?«

Bei der Frage fühlte sich Colonel Richards sichtlich unbehaglich.

»In dem Augenblick, in dem ich es Ihnen gesagt habe, befürchtete ich, dass Sie diese Frage stellen würden«, bekannte er. »Wären Sie zufrieden, wenn ich Ihnen erzähle, dass ich eine Quelle bei der Polizei habe? Ich habe einen Informanten, und ich möchte nicht, dass er bei Charley Schwierigkeiten bekommt, weil er mich auf dem Laufenden hält.«

»Sie reden von einem Polizeibeamten?«

»Nein, ich rede von dem Jungen, der einmal pro Woche dort hingeht und die Böden bohnert.«

»Colonel, ich kann keinen Grund sehen, weshalb ich dem Polizeichef erzählen sollte, dass ich Sie auch nur kenne. Ich war nur neugierig …«

»Das ist vermutlich eine gute Idee. Erzählen Sie ihm nicht, dass Sie mit mir gesprochen haben.«

»In Ordnung, Sir, von mir erfährt er nichts. Sie sagten etwas über den Autohändler?«

»Fats Gambino. Großer fetter Italiener. Übrigens ein Freund von mir. Fats hat die Mercedes- und Porsche-Vertretung und auch noch andere, Volvo zum Beispiel. Und er handelt mit klassischen Wagen, exotischen Wagen, so nennt man sie, oder? Rolls Royces, alte Packards und so.«

»Exotische Wagen. Ja, Sir, ich verstehe.«

»Und er kauft Flotten von Wagen von Verleihfirmen wie Hertz oder Dollar oder Alamo auf. Ich glaube, nach vierzigtausend Meilen oder einem Jahr werden die Leihwagen abgestoßen. Gambino kauft sie oben im Norden, bringt sie her, setzt sie instand und verkauft sie als Gebrauchtwagen. Daher hat der Spanner seinen Wagen bekommen.«

»Er hat ihn von Gambino gekauft?«

»Nein. Er hat ihn von Gambino geliehen. Es stellte sich heraus, dass dieser Typ im Geschäft mit den exotischen Wagen tätig ist. Er war in der Stadt, um Fats einen Rolls Royce und noch etwas zu verkaufen, ich habe vergessen, was, und mit Gambino einen Handel über ein paar Porsches abzuschließen.«

»Hier bin ich ein bisschen verwirrt, Colonel«, sagte Olivia. »Sie sagen, dieser Typ fuhr von irgendwo in einem Rolls Royce her, und dann lieh er sich von Mr Gambino einen Chevrolet?«

»Nein. Er kam in einem großen, schweren Transport-Sattelschlepper mit drei, vier wirklich teuren Wagen darin her. Dann lieh er sich von Gambino den Chevy. Sagte ihm, er wolle nach Biloxi fahren, um Blackjack zu spielen. Fats hat sich fast bepisst vor Wut …«

»Pass auf, was du sagst«, tadelte Mrs Richards.

»Mr Gambino ist offensichtlich äußerst verstimmt, weil sein Name in der Öffentlichkeit mit diesem Kerl in Zusammenhang gebracht wird, der von der Polizei als Spanner geschnappt und wegen Fahrerflucht angeklagt wird. Besser formuliert, Bev?«

»Manchmal, Lacey, könnte ich dich …«

»Lassen Sie mal sehen, ob ich dies auf die Reihe bekomme, Colonel«, sagte Matt. »Als der Polizeichef den Wagen nicht durch die Fahrgestellnummer identifizieren konnte, gelang ihm das, indem er die Spur zu Gambinos Autohandel verfolgte?«

»Ein wenig nach zehn heute Morgen. Gambino geht spät zur Arbeit. Als er schließlich eintrudelte, sagte er: ›Ja, ich besitze einen solchen Wagen, ich habe ein Dutzend solcher Wagen, und ich habe einen davon einem Freund geliehen, der nach Biloxi wollte.‹ Bingo. Mr Spanner war identifiziert.«

»Okay, ich glaube, ich habe das kapiert«, sagte Matt. »Danke.«

»Sagen Sie mir jetzt, warum Sie an diesem Kerl interessiert sind? Genug interessiert, um den weiten Weg von Philadelphia herzukommen?«

»Colonel, Sie waren sehr hilfreich, und ich bin wirklich dankbar. Aber ich bekäme große Probleme, wenn jemals herauskäme, dass ich Ihnen etwas erzählt habe, was unsere Ermittlung gefährden könnte.«

»Okay. Ich habe siebenundzwanzig Jahre in Uniform gedient, und die meiste Zeit hatte ich eine Top secret-Unbedenklichkeitsbescheinigung. Aber okay.«

»Würde es Sie zufrieden stellen, Colonel, dass nach dem, was Sie mir erzählt haben, die Vorgehens- und Handlungsweise dieses Spanners ungewöhnlich ähnlich der eines Mannes ist, den wir in Zusammenhang mit einem Mord in Philadelphia suchen?«

»Ihr Täter ist ebenfalls pervers?«, fragte Colonel Richards.

»Ja, Colonel«, sagte Olivia, »das ist er.«

»Wenn sich herausstellt, dass unser Täter Ihr Täter ist, werde ich darüber in den Zeitungen lesen müssen? Oder werden Sie mir das vorher mitteilen?«

»Sie werden es von uns erfahren, lange bevor es in die Zeitungen kommt«, sagte Matt. »Das verspreche ich.«

2

Es war neunzehn Uhr zehn, als Matt und Olivia mit dem geliehenen Mustang in Daphne beim Joseph Hall Criminal Justice Center eintrafen.

Es gab einen großen Parkplatz, doch er war voll. Matt fragte sich, weshalb zu dieser Tageszeit alle Parkplätze besetzt waren.

»Ich bekomme wieder Hunger«, sagte er zu Olivia.

»Nach allem, was du zum Mittagessen verputzt hast? Das kann ich nicht glauben.«

»Ich weiß nicht. Ich muss etwas getan haben, von dem ich Appetit bekommen habe.«

»Ich kann mir nicht vorstellen, was«, sagte Olivia. »Wirst du Lieutenant Washington anrufen?«

»Ich habe ihm noch nichts Konkretes zu sagen«, meinte Matt. »Und wenn er uns etwas mitzuteilen hätte, dann hätte er angerufen.«

Hinter einer Doppelglastür erstreckte sich ein kahler Raum mit gefliesten Wänden. In den Wänden gab es mehrere

Metalltüren und ein kleines Fenster. Neben dem Fenster befanden sich ein Klingelknopf und ein Schild mit der Aufschrift: RING BELL FOR SERVICE.

Matt drückte auf den Klingelknopf. Ein Summen ertönte, einen Moment später öffnete sich eine schmale Tür nach innen, und das Gesicht einer korpulenten Frau in mittlerem Alter tauchte in der Öffnung auf. Sie hatte etwas an, das wie eine Polizeiuniform aussah, doch Matt sah weder ein Abzeichen noch eine Waffe.

»Kann ich Ihnen helfen?«

»Guten Abend«, sagte Matt und zeigte ihr seinen Ausweis. »Ich bin Sergeant Payne, dies ist Detective Lassiter, und wir möchten bitte Chief Yancey sprechen.«

»Das geht im Augenblick nicht, er ist im Gericht.«

Sie wies nach links zu einer einzelnen Tür in der Fliesenwand.

»Nun, kann ich dann mit dem Beamten vom Dienst sprechen?«

»Das wäre Sergeant Paul.«

»Meinen Sie, dass ich Sergeant Paul besuchen kann?«

»Wollen Sie ihn *besuchen* oder nur mit ihm sprechen?«

»Ich möchte wirklich gern mit ihm persönlich sprechen«, sagte Matt.

»Er ist auf Streife. Ich werde ihn anrufen.«

»Vielen Dank.«

Anderthalb Minuten später tauchte das Gesicht wieder in dem Türspalt auf.

»Er hat noch bei einem Einsatz zu tun. Sagt, dass er erst in einer Viertelstunde hier sein kann.«

»Danke. Sollen wir hier warten?«

»Wenn Sie in den Gerichtssaal gehen, können Sie sich setzen«, sagte sie. »Ich werde ihm sagen, wo er Sie finden kann.«

»Vielen Dank.«

Matt öffnete die einzelne Stahltür in der Fliesenwand für Olivia und folgte ihr dann.

Sie betraten das Kopfende eines ziemlich großen Gerichtssaals, gleich beim Richter, der erhöht auf seiner Richterbank saß und mit einer Mischung aus Neugier und Ärger auf sie herabblickte.

»Geh an der Wand entlang«, wies Matt Olivia schnell an und folgte ihr an einem Geländer vorbei, das den Bereich der Richterbank – mit Tischen für die Angeklagten und ihre Anwälte – vom Zuschauerraum abtrennte, der mit Bänken ähnlich wie Kirchenbänken ausgestattet war.

Hinter der letzten Bankreihe war eine freie Fläche, auf der sich viele Leute aufhielten – Matt fand, dass sie wie Angeklagte und ihre Anwälte wirkten –, und dahinter befand sich eine Doppeltür.

Sie fanden Plätze in der vorletzten Bankreihe und versuchten, sich möglichst unauffällig zu verhalten.

Mehrere Polizeibeamte waren im Gerichtssaal, die meisten davon auf den anderen Seite der Barriere. Zwei davon fielen besonders auf. Einer war ein kleiner, gepflegter Mann mit tadelloser Uniform und weißem Hemd. Auf seinen Kragenspitzen prangte der Adler eines Colonels. Bei der Polizei von Philadelphia waren dies die Rangabzeichen eines Chief Inspectors. Inspector Peter Wohl trug bei den seltenen Anlässen, bei denen er in Uniform war, ein silbernes Blatt, das gleiche Rangabzeichen wie das eines Lieutenant Colonels.

Als der Mann mit dem Colonel-Adler mit unverhohlener Neugier zu ihnen blickte, sagte sich Matt, dass dies Chief Yancey sein musste, und er hatte den unfreundlichen Gedanken, dass die Mordkommission der Polizei von Philadelphia vermutlich größer war als die gesamte Polizei von Daphne und dass Captain Quaire nur die Rangabzeichen eines Captains trug.

Der zweite stehende Polizeibeamte sah aus wie Jason Washingtons jüngerer Bruder, fand Matt. Es war ein gewaltiger, sehr schwarzer Sergeant. Er sprach leise in ein Handy, das fast in seiner massigen Hand verschwand.

Weder Matt noch Olivia brauchten lange, um sich zusammenzureimen, was vorging. Dies war das Amtsgericht, das hauptsächlich mit minderen Gesetzesverstößen und Verkehrsdelikten befasst war.

Und es war eine glatt verlaufende Prozedur. Der Gerichtsdiener rief die Nummer eines Falles auf. Der Angeklagte, manchmal begleitet von seinem Anwalt oder der Mutter und/oder dem Vater, näherte sich der Richterbank. Einer der Uniformierten löste sich dann von der Traube der Polizeikollegen und trat vor die Richterbank. Der Gerichtsdiener las die Anklage vor, und der Richter fragte, ob der Angeklagte sich schuldig bekannte oder nicht. Wenn der Angeklagte ›nicht schuldig‹ sagte, musste der Polizeibeamte, der ihn festgenommen hatte, aussagen. Der Angeklagte (oder sein Anwalt, aber nicht seine Mutter und/oder Vater, wie Matt mit einem Lächeln registrierte) durfte dann den Uniformierten ins Kreuzverhör nehmen, und danach entschied der Richter sofort schuldig oder unschuldig und verkündete das Urteil.

Dann wurde der nächste Fall aufgerufen.

Jemand tippte Matt mit der Hand auf die Schulter. Er drehte den Kopf und sah einen Mann in mittleren Jahren, den er sofort als Anwalt einschätzte. Der Anwalt wies zur Doppeltür des Gerichtssaals, die einen Spalt geöffnet worden war. Matt sah, dass der hünenhafte Sergeant ihn zu sich winkte.

Er und Olivia bahnten sich einen Weg durch die im hinteren Bereich des Gerichtssaals Herumstehenden und durch die Tür.

»Sie sind der Cop aus Philadelphia?«, fragte der hünenhafte Sergeant mit starkem Südstaatler-Akzent.

Matt sah, dass ein auf Hochglanz poliertes Schild mit dem Namen ›Sgt. D. Kenny‹ an seinem Hemd haftete.

Dies ist der Knabe, mit dem ich gesprochen habe, als ich außerhalb von Olivias Apartment angerufen habe.

»*Cops* aus Philadelphia«, sagte Matt. »Dies ist Detective Lassiter, und mein Name ist Payne. Ich bin Sergeant.«

Der Sergeant winkte mit seiner großen Hand ab, als Matt seinen Ausweis vorzeigen wollte.

»Der Chief sagt, dass Sergeant Paul nichts über den Spanner weiß, dass das Gericht vermutlich bis 22 Uhr 30 tagt, vielleicht länger, und dass Sie auf ihn warten können, wenn Sie wollen, er aber lieber mit Ihnen am Morgen sprechen würde. Gegen acht.«

»Darf ich Ihnen zwei Fragen stellen, Sergeant?«

»Sie dürfen.«

»Wird Ihr Spanner eine Kaution stellen und heute Abend hier davonspazieren?«

»Nein.«

Matt nahm die Schutzhülle von seinem Laptop. Der enorm große Sergeant schaute stumm und mit ausdrucksloser Miene zu, als Matt ihn anschaltete.

»Ich wäre Ihnen dankbar, Sergeant, wenn Sie mir sagen können, ob Ihnen dieses Messer bekannt vorkommt.«

Matt drehte den Laptop so, dass der Sergeant den Bildschirm sehen konnte. Er zeigte eines der Digitalfotos, die Matt von der Kamera hatte, die vom Täter in Cheryl Williamsons Wohnung zurückgelassen worden war. Das Foto zeigte eine sichtlich zu Tode entsetzte junge Frau, die auf einem Bett lag und mit Plastikfesseln an das Kopfbrett gebunden war. Ihre Brüste waren entblößt. Dazwischen lag ein großes Messer, dessen Spitze fast die weiche Haut unter ihrem Kinn berührte. Auf der glänzenden Messerklinge waren mehrere daumennagelgroße Flecken einer milchigweißen Flüssigkeit zu sehen.

Der hünenhafte Sergeant betrachtete das Foto, sah dann Matt an und schaute wieder auf den Bildschirm. Dann schob der den Laptop zu Matt zurück.

»Warten Sie«, sagte er.

Zwei Minuten später kehrte er mit dem Chief zurück.

Matt hob wortlos den fast geschlossenen Laptop an und hielt ihn dem Chief hin.

»Woher haben Sie dies?«, fragte der Chief, als er das Foto auf dem Bildschirm sah.

»Unser Täter vergaß seine Kamera am Tatort«, sagte Matt. »Vermutlich wusste er zu diesem Zeitpunkt, dass er Miss Williamson getötet hatte, und war ein bisschen erschrocken.«

»Dieser Hurensohn«, sagte der Chief, stieß einen deftigen Fluch aus und fügte sofort hinzu: »Verzeihen Sie mir, Ma'am.«

Olivia machte eine Geste, die anzeigte, dass sie Verständnis hatte.

Der Chief, der drauf achtete, dass Olivia nicht den Bildschirm sehen konnte, gab Matt den Laptop zurück.

»Sie sind der Sergeant, der heute Morgen mit mir und Sergeant Kenny gesprochen hat, richtig?«

»Jawohl, Sir. Ich bin Sergeant Payne, und dies ist Detective Lassiter.«

»Ich will Ihnen sagen, wie es ist, Sergeant. Irgendwann heute Abend wird ein Mann dort drinnen vor dem Richter erscheinen, um die Aufhebung der Untersuchungshaft und des von mir beantragten Fahrverbots zu beantragen. Ich habe ihn vor zwei Nächten persönlich eingelocht, und einer meiner nicht so klugen Polizeibeamten lässt ihn auf Kaution frei, nachdem er Zeit gehabt hat, nüchtern zu werden. Er ist Anwalt, und zwar ein verdammt guter, und nichts würde die beiden glücklicher machen, bei einem Auftauchen hier zu erfahren, dass ich nicht da bin. Ich nehme an, sie sitzen irgendwo in einem Wagen und warten darauf, dass irgendein anderer Anwalt sie anruft und ihnen erzählt, dass ich fort bin. Können Sie mir folgen?«

»Jawohl, Sir. Eine weitere Vertagung. Und Sie wollen nicht, dass dies geschieht.«

»Richtig, ich will es nicht.«

»Ich verstehe, Sir. Ich war ein wenig besorgt, dass Ihr Spanner auf Kaution freikommt.«

»Das wird nicht passieren, nicht heute Abend«, sagte der Chief. »Kenny, setzen Sie diese Polizisten über das ins Bild, was vergangene Nacht geschah. So viel können wir tun. Und später am Abend, wenn Sie möchten, oder am Morgen – was für mich besser wäre – können wir darüber sprechen, was wir mit diesem Spanner tun werden, der von der Bürgerwache geschnappt worden ist.«

»Jawohl, Sir, Chief«, sagte Sergeant Kenny.

»Und sagen Sie den Leuten im Gefängnis, dass ich die einzige Person bin, die Mr Homer C. Daniels aus seiner Zelle lassen kann.«

»Jawohl, Sir, Chief.«

Sergeant Kenny führte sie über einen Flur und dann durch eine Tür, die er aufschloss, in die Verwaltungsabteilung der Polizei von Daphne. Es war ein ziemlich großer Raum mit ein paar Reihen Schreibtischen. Büros grenzten daran, und Matt sah an den Schildern, dass es die des Polizeichefs, des stellvertretenden Polizeichefs und dann – gerade als sie es erreichten – eines mit dem Schild ›Sgt. Kenny‹ waren.

Er winkte sie in das Büro, schloss die Tür und forderte sie mit einer Geste auf, Platz zu nehmen.

»Okay. Ich weiß nicht, wie viel Sie über den Fall bereits wissen …«

»Nicht viel«, sagte Matt.

»Ich weiß nicht, wie viele *Einzelheiten* Sie kennen. Wenn ich also etwas erzähle, das Ihnen bereits bekannt ist, stoppen Sie mich.«

»Klar.«

»Ich weiß nicht, ob der Chief Colonel Richards nicht mag«, sagte Sergeant Kenny, »aber der Chief weiß nicht, welch ein feiner Offizier der Colonel war, als er bei den Special Forces diente. Ich weiß das jedoch.«

»Und weiß der Chief, dass Sie wissen …«

»Ich bezweifle, dass das jemals zur Sprache gekommen ist, wenn ich's mir recht überlege.«

»Ich verstehe.«

»Gut«, sagte Sergeant Kenny.

Er sah Matt lange an.

»Okay. Ich war nicht dort beim Yachtclub, doch die Funkzentrale rief mich zu Hause an und erzählte mir, was sich abgespielt hat. So kam ich hierher. Und während man ihn einlochte, rief mich ein besorgter Bürger anonym an und sagte, er riecht, dass dieser Spanner mehr als ein Spanner ist.«

»Interessant.«

»Nun, nachdem man ihn eingelocht hatte …«

»Weswegen?«

»Voyeurismus. Es ist ein Vergehen.«

Matt nickte.

»Unser Detective Sergeant und der Chief verhörten ihn. Ich hörte zu.«

»Ihr ›Detective Sergeant‹?«, fragte Olivia.

»Ja, Ma'am, wir haben zwei. Einen Detective und einen Detective Sergeant.«

»Aha.«

»Es war drei Uhr am Morgen. Und dieser Typ sagte, er würde

ohne einen Anwalt kein Wort sagen, nicht einmal seinen Namen nennen.«

»Er ist über seine Rechte belehrt worden?«

»Klar. Nun, ich fand das ein wenig merkwürdig. Dies war nicht mal ein ernsthaftes Delikt. Alle paar Wochen erwischen wir Spanner. Der Richter lässt sie zweihundert Dollar und die Verhandlungskosten bezahlen und droht ihnen an, sie in die Vorstrafenkartei für Sexualstraftäter aufzunehmen, wenn sie noch einmal auffallen. Ich kann mich nicht erinnern, dass irgendein Spanner hier jemals ins Gefängnis gekommen ist.«

»Ich verstehe.«

»Dann versuchte der Chief, diesen Typen durch den Wagen zu identifizieren, und erreichte nichts. Das machte ihn etwas misstrauischer. Und so klagte er ihn der Fahrerflucht an, was je nach den Umständen entweder ein Vergehen erster Klasse – dreißig Tage Maximum in unserem Gefängnis – oder ein Verbrechen ist. Jedenfalls ließ man ihn einfach in einer Zelle schmoren, damit er die Dinge überdenkt. Ich nehme an, das tat er, denn am Morgen – kurz bevor Sie anriefen –, als der Chief ihm einen Anwalt besorgt hatte, wechselte er die Taktik. Jetzt mimte er ganz den reuigen Sünder. Er schäme sich und es sei ihm peinlich, wenn all dies herauskäme, und er wolle nur seine Strafe entgegennehmen.«

»Hatten Sie ihn inzwischen identifiziert?«

»Er nannte uns seinen Namen, sagte, er sei aus Las Vegas, habe sich in Mobile den Wagen von Fats Gambino geliehen, er mache Geschäfte mit Gambino, der würde das bestätigen, und er flehte uns praktisch an, Gambino nicht zu erzählen, *warum* er festgenommen worden war.«

»Und dann mussten Sie warten, bis Gambino zur Arbeit kam?«

»Ja. Und während wir warteten, riefen Sie an. Und fragten nach dem Messer.«

»Okay.«

»Jedenfalls bestätigte Fats Gambino, was er uns erzählt hatte. Er sagte, er habe ihm den Wagen geliehen, damit er nach Biloxi fahren und Blackjack spielen konnte. Und er bot an, seine Kaution zu stellen.«

»Und?«

»Wir sagten ihm, dass wir noch keine Kaution festgesetzt haben, dass er noch nicht vor Gericht gestellt worden war. Und eine Stunde später rief Fats zurück und sagte, dass er soeben die Zeitung von New Orleans, die *Times-Picayune*, gesehen hatte. Darin sei ein Foto vom alten Mr Galloway, der mit der Knarre bei einem Mann am Boden stehe. Fats wollte wissen, ob der Kerl auf dem Boden derjenige ist, der seinen Wagen gefahren hatte, und als der Chief das bejahte, bekam Fats einen Wutanfall. Er würde keine Kaution für ein perverses Schwein stellen et cetera, et cetera, und er fragte, ob er seinen Wagen wiederbekommen konnte, ohne dass sein Name damit in Zusammenhang gebracht werden würde. Der Chief sagte ihm, er würde sehen, was er tun könne, aber er könne ihm nichts versprechen.«

Sergeant Kenny ließ das einen Moment einwirken, bevor er fortfuhr.

»Unterdessen bekommt der Chief – der ein netter Mann ist – Mitleid mit diesem Kerl. Und der Bürgermeister sagt, dass genügend Leute über Daphne und die Bürgerwache gelacht hätten und dass er, wenn er der Amtsrichter wäre, die Kaution so hoch ansetzen würde, dass es den Kerl schmerzen würde, wenn er sie annahm, aber nicht zu hoch, dass er sie sich nicht leisten und nicht annehmen konnte – etwa in der Größenordnung von tausend Dollar oder weniger –, und das würde dann das Ende davon sein. Der Chief war bereit, mitzuspielen. Da war Ihr Anruf, doch Sie hatten dem Chief gesagt, Sie würden ein Telex schicken, das bestätigt, wer Sie sind, und das haben Sie nicht getan, und er hielt es für wahrscheinlicher, dass Sie irgendein klugscheißerischer Reporter sind …«

»Das habe ich völlig vergessen«, bekannte Matt. »Als ich meinem Lieutenant die Zeitung zeigte, schickte er mich mit Olivia sofort zum Flughafen. Es tut mir Leid.«

»Und dann tauchten Sie hier auf«, sagte Sergeant Kenny. »Und das veränderte die Dinge.«

»Wir sind wirklich begierig darauf, unseren Täter zu schnappen«, sagte Olivia. »Dr. Pay… die Psychiaterin, die ein Täterprofil erstellte, sagte, dass unser Täter sich wirklich erschreckte, als er erkannte, dass er jemanden getötet hat. Sie meinte, er tut eines von beidem: Entweder taucht er lange Zeit unter oder macht so was weiterhin, weil er weiß, dass er nur einmal hingerichtet werden kann. Wenn dies unser Täter ist, hat er sich offenbar nicht erschreckt und ist nicht untergetaucht.«

Sergeant Kenny dachte einen Moment darüber nach.

»Darf ich fragen, wie Sie in diesen Fall verwickelt wurden, Ma'am? Nur aus Neugier.«

»Ich war die Nächste auf dem Rad der Kripo Nordwest, als der Bruder des Opfers die Leiche fand«, sagte Olivia. »So wurde ich in den Fall verwickelt.«

»Sie wissen, was ›Rad‹ heißt, Sergeant?«

»Nein, aber ich rate mal, dass Sie der erste Detective am Tatort waren, und dann wurden Sie darin verwickelt, weil es ein Mordfall war.«

»Richtig.«

»Warum meinen Sie beide also, dass der Kerl Ihr Mann ist? Wegen des Messers?«

»Es wäre belastend, wenn es das Gleiche wäre wie auf den Fotos, die wir haben«, sagte Olivia. »Aber wir haben noch mehr.«

»Nun, lassen Sie uns sehen, ob es das gleiche Messer ist.« Kenny stand auf, ging zu einer Stahltür und schloss zwei Schlösser auf. Er kehrte mit der Nachbildung eines Bowie-Messers, das in Plastikfolie eingehüllt war, zurück an den Schreibtisch.

»Wir haben vom Labor der Polizei Mobile heute Nachmittag davon Fingerabdrücke nehmen lassen«, sagte er. »Sie sind besser ausgerüstet als wir. Sie lassen auch von ihren Experten feststellen, ob es eine Übereinstimmung zwischen Mr Daniels' Fingerabdrücken und denjenigen gibt, die sie hiervon abgenommen haben.«

Er wickelte die Kopie des Bowie-Messers aus der Plastikfolie, während Matt seinen Laptop aufklappte und einschaltete.

»Nun, was Sie hier haben, ist ein großes Messer, das genauso aussieht wie das große Messer auf dem Foto«, sagte Sergeant Kenny. »Ich nehme an, dass mehr als fünf- oder sogar zehntausend solcher Messer hergestellt worden sind.«

»Auf dem Foto, Sergeant«, sagte Olivia, »gibt es – Flecken.

Ich nehme an, es ist Sperma auf der Klinge. Wir können einen DNA-Vergleich machen.«

Er sah sie lange an, sagte jedoch nichts.

»Gab es bei diesem Fall hier eine Kamera, Sergeant?«, fragte Olivia.

»Ja, eine nagelneue. Eine dieser Digitalkameras.«

»Unser Täter ließ eine Digitalkamera am Tatort zurück. Wir haben diese Fotos daraus«, sagte Matt.

»Und eine Maske?«, fragte Olivia weiter.

»Eine schwarze Skimaske.«

»Wir glauben, Sergeant, und das meint auch die Psychiaterin, die das Profil erstellt hat, dass unser Täter schon zuvor getan hat, was er in diesem Fall getan hat. Das heißt, er verfolgt eine junge Frau, bis er in ihre Wohnung einbricht. Dann fesselt er sie mit Plastikstricken an ihr Bett ...«

Kenny wandte sich um, ging zum Schrank und entnahm ihm etwas. Er kehrte mit einem Plastikbeutel voller Plastikstricke zurück.

»Mit solchen?«

»Mit solchen«, sagte Matt.

»... und wenn er sie ausreichend in Angst und Schrecken versetzt und ihre Kleidung aufgeschnitten hat«, fuhr Olivia fort, »demütigt er sie sexuell und macht Fotos von den verschiedenen Stadien seines Verbrechens.«

»Und dann bringt er seine Opfer um?«

»Nein. Das bezweifeln wir«, sagte Matt. »Wir nehmen an, dass er das Opfer in unserem Fall nicht töten wollte. Es geschah unbeabsichtigt.«

»Würden Sie mir zustimmen, Sergeant«, fragte Olivia, »dass es Ähnlichkeiten im *modus operandi* unseres Täters und der anscheinend gestern Nacht beabsichtigten Tat dieses Mannes gibt?«

»Ich glaube, dass dieser Schluss berechtigt ist«, sagte Kenny. »Und was machen wir jetzt?«

»Ich weiß es nicht«, bekannte Matt. »Ich habe keine Ahnung, wie die rechtliche Prozedur ist. Aber ich weiß, dass es reicht, um meinem Lieutenant davon zu berichten.«

Sergeant Kenny wies auf das Telefon auf seinem Schreibtisch. Matt wollte den Hörer abnehmen und hielt dann inne.

»Wäre es möglich, das ich einen Blick auf den Mann werfe?«, fragte er. »Das heißt nicht, das ich ihn verhören will. Ich habe nur das Gefühl, ich sollte ihn mir ansehen.«

Olivia sah Matt überrascht und missbilligend an.

Kenny überlegte einen Moment. Dann nickte er, erhob sich und nickte von neuem, diesmal zur Tür.

»Wenn Sie Waffen haben«, sagte er, als er seine Dienstwaffe aus dem Holster nahm und auf seinen Schreibtisch legte, »sollten Sie diese besser hier lassen.«

Matt und Olivia legten ihre Pistolen auf den Schreibtisch, was Matt Gelegenheit verschaffte, sich Kennys glänzenden Revolver genauer anzuschauen. Es war, wie Matt äußerst überrascht sah, ein Smith & Wesson Modell 29 in Kaliber .44 Magnum. Identisch, abgesehen von dem Fünf-Zoll-Lauf bei diesem, mit der Waffe, die Clint Eastwood in den Filmen berühmt gemacht hatte.

Nun, warum auch nicht? So groß wie Kenny ist, spürt er vermutlich nicht mal den Rückstoß.

Sergeant Paynes Erfahrungen mit Gefängnissen beschränkten sich auf diejenigen in Philadelphia und eine Zelle in Spring Lake, New Jersey. Dort waren er und Mr Chadwick T. Nesbitt IV., beide sechzehn, eine Nacht lang eingesperrt gewesen, weil man sie beschuldigt hatte, den Frieden in der Gemeinde an der Küste gestört zu haben, weil sie um Mitternacht ohne Badeanzug im Atlantik geschwommen hatten.

Das Gefängnis in Daphne war nicht wie das in seiner Erinnerung. Es erinnerte Matt mehr an ein Hospital. Es war makellos. Die Wände waren weiß gefliest. Die Gitter der sechs Zellen waren weiß. Die Toiletten in den Zellen waren aus rostfreiem Stahl, und es gab kein Graffiti an den Wänden.

Die erste Zelle war leer. Sergeant Kenny wies auf die zweite. Darin befand sich ein großer Mann mit Bürstenhaarschnitt. Der Mann trug einen weißen Overall, auf dessen Brust in Rot DAPHNE JAIL aufgestickt war.

Matt trat an die Zelle heran und sah hinein. Olivia verharrte neben ihm.

Homer C. Daniels lächelte zuerst – wenn auch ein wenig unsicher – das junge Paar an, das bei Sergeant Kenny stand und in seine Zelle schaute.

Dann verschwand das Lächeln.

»Wer sind Sie?«, fragte er, und als er keine Antwort erhielt, wandte er sich ärgerlich an Kenny. »Verdammte Scheiße! Wer sind diese Leute, Sergeant?«

»Hüten Sie Ihre Zunge, Mr Daniels«, sagte Sergeant Kenny. »Sie sehen doch die Dame!«

»Ich bin Sergeant Payne, Mr Daniels«, sagte Matt. »Und dies ist Detective Lassiter. Wir sind von der Mordkommission der Polizei Philadelphia.«

»Was wollen Sie von mir?«, fragte Daniels.

»Es tut mir Leid, Sir, aber das ist ungefähr alles, was ich Ihnen sagen kann, ohne dass Ihr Anwalt anwesend ist.«

Matt wandte sich um und ging zur Tür, durch die sie den Zellenblock betreten hatten. Er stoppte kurz davor, außer Sicht der Zelle, und gestikulierte heftig, dass Kenny ihm folgen sollte, doch Kenny wartete, bis sich Olivia von der Zelle abgewandt hatte und zur Tür ging.

Beide blickten Matt verwirrt an.

Matt sagte etwas mit Lippensprache zu Sergeant Kenny. Er musste es dreimal wiederholen, bis Kenny verstand. Er dachte darüber nach, zuckte mit den Schultern und wiederholte dann, was Matt ihm mit Lippensprache mitgeteilt hatte.

»Sie meinen, das ist Ihr Täter, Sergeant?«, sagte er etwas lauter, als er normalerweise sprach.

»Zweifellos«, sagte Matt dröhnend. »Das ist er. Es passt alles. Das Messer, die Maske, die Digitalkamera. Derselbe *modus operandi*. Wir brauchen nur die DNA-Analysen zu vergleichen, und es gibt keinen Zweifel daran. Ich beantrage noch heute Nacht die Auslieferung.«

Olivia schüttelte ungläubig den Kopf.

Matt forderte Olivia und Kenny mit einer Geste auf, durch die Tür zu gehen. Als sie hindurch waren, schloss er sie.

»Jetzt rufen wir den schwarzen Buddha an«, sagte er zu Olivia.

Olivia verdrehte die Augen.

O Scheiße! Da geht wieder mein Mundwerk mit mir durch.

»Der ›schwarze Buddha‹ ist der Spitzname meines Lieutenants«, sagte Matt erklärend zu Kenny. »Er ist ein afroamerikanischer Gentleman, der noch etwas größer ist als Sie, Sergeant, und gilt als der beste Ermittler zwischen Bangor, Maine, und Key West, Florida.«

»Noch größer als ich?«, fragte Kenny.

»Größer als Sie, Sergeant«, bestätigte Olivia.

Kenny lächelte. »Wie wollen Sie die Auslieferung beantragen?«

»Ich habe keine Ahnung«, bekannte Matt. »Ich werde Lieutenant Washington fragen.«

»Was sollte das vorhin da drinnen?«, wollte Kenny wissen.

»Als ich diesen Hurensohn sah, ärgerte mich die Vorstellung, dass er diese Nacht tief und friedlich schläft und denkt, er kommt morgen auf Kaution frei. Und dann erinnerte ich mich, was Washington mir gesagt hat ...«

»Der schwarze Buddha?«, unterbrach Kenny.

Matt nickte.

»Er sprach darüber, dass ein Verdächtiger, der (a) Zeit hat, um über seine Sünden nachzudenken, und (b) nicht viel schlafen kann, einem wahrscheinlich mehr erzählen wird als ein ausgeschlafener.«

»Du denkst doch nicht wirklich daran, ihn zu verhören?«, fragte Olivia.

»Ich werde genau das tun, was Washington mir sagt«, erwiderte Matt.

»Hallo?«, meldete sich eine Frauenstimme. Matt erkannte sie als die von Martha Washington.

»Matt, Martha«, sagte Matt.

»*Martha* Washington?«, fragte Sergeant Kenny lächelnd. Matt lächelte ebenfalls.

»Er ist unter der Dusche, Matt. Und Sie sind im tiefen Süden, wie ich hörte?«

»So tief, wie man nur sein kann«, sagte Matt. »Ich stehe hier bei einem Sergeant, der wie der Zwillingsbruder Ihres Mannes aussieht. Ich muss wirklich mit Ihrem Mann sprechen. Wann soll ich zurückrufen?«

»Ich gebe ihm eben das Telefon«, sagte Martha. »Bleiben Sie dran.«

»Ich bin bereits verärgert, weil Sie mich nicht eher angerufen haben«, ertönte Washingtons Stimme aus der Leitung. »Und ich mag es nicht, gestört zu werden, wenn ich mitten beim Duschen bin. Nachdem das gesagt ist, dürfen Sie fortfahren.«

»Es ist unser Täter, Jason.«

»Sie werden mir die Frage verzeihen, Matthew, aber beruht Ihr Glaube auf etwas mehr als auf Ihrer Intuition?«

»Sergeant Kenny hat mir das Messer gezeigt, das er hatte. Es ist ein Zwilling des Messers auf den Fotos. Er hatte eine Digitalkamera – eine neue – und einen Beutel Plastikstricke. Er versuchte, ein Fenster der Wohnung einer jungen Frau aufzustemmen, als er von der Bürgerwache erwischt wurde.«

»Wer ist er?«

»Sein Name ist Homer C. Daniels. Weiß, männlich, einsneunundsiebzig, knapp zweihundert Pfund, Mitte dreißig. Er ist Händler exotischer Autos, stammt aus Las Vegas und fährt geschäftlich durch das ganze Land.«

»Weshalb hat man – ich nehme an die Polizei von Daphne – ihn festgenommen?«

»Voyeurismus, ein minderes Delikt, und Fahrerflucht, was etwas schwerwiegender ist.«

»Besteht eine Möglichkeit, wenn auch nur die geringste, dass er gegen Kaution freigelassen wird?«

»Nicht heute Nacht.«

Es folgte eine Pause von dreißig Sekunden.

»Ich rufe gleich zurück, Matthew. Darf ich davon ausgehen, dass die Batterie Ihres Handys voll aufgeladen ist?«

»Das nehme ich an.«

»Ausgezeichnet«, sagte Washington, und dann war die Leitung tot.

Matt legte den Hörer des Telefons auf Sergeant Kennys Schreibtisch auf.

»Er wird zurückrufen«, sagte Matt.
»Möchten Sie hier warten?«
»Ich glaube, das sollte ich tun.«
»Wir haben hier immer einen Pott Kaffee«, sagte Sergeant Kenny.

Matts Handy klingelte eine Viertelstunde später.

»Ich habe soeben mit Mrs Solomon gesprochen«, sagte Washington. »Indem sie, was ich wirklich hoffe, berechtigtes Vertrauen in Ihre Einschätzung der Lage setzt, schickt sie einen stellvertretenden Staatsanwalt – vermutlich Steven Cohen, wenn sie entscheidet, dass Peter Wohl ein oder zwei Tage ohne seine Dienste auskommen wird. Während wir telefonieren, wird ein Telex vorbereitet, mit dem die Behörden von Daphne gebeten werden, Mr Daniels in Gewahrsam zu halten. Reisevorbereitungen werden ebenfalls getroffen. Man wird Ihnen die Einzelheiten mitteilen.«

»Jawohl, Sir«, sagte Matt.

»Ich hoffe wirklich, dass ich das nicht verfrüht sage: guter Job, Matt!«

»Danke, Sir.«

»Bitte teilen Sie das Lob mit Detective Lassiter.«

»Jawohl, Sir.«

18

1

»Wir werden aus dem Hotel auschecken müssen«, sagte Olivia fast sofort, als sie in den Mustang stiegen. »Wir hätten von Anfang an nicht dort wohnen sollen.«

»Die Alternative wäre anscheinend gewesen, am Strand zu schlafen«, sagte Matt.

»Die Alternative wäre jedes der Motels gewesen, die ich sah, als wir von der Interstate nach Daphne abbogen.«

»Jedes Mal, wenn ich in einem Motel an einer Autobahn wohne, kann ich kein Auge zutun, weil aus den benachbarten Zimmern die Geräusche ungezügelter Leidenschaft oder das Weinen eines Babys oder das Bellen eines Hundes stören – manchmal alles auf einmal. Was ist falsch an unserem guten Hotel?«

»Morgen kommt ein stellvertretender Staatsanwalt«, sagte sie. »Ich will nicht, dass er bei seiner Rückkehr nach Philadelphia erzählt: ›Als ich dort unten eintraf, hatte Payne seine Gespielin in einem stinkvornehmen Hotel einquartiert.‹«

»Daran hatte ich nicht gedacht«, bekannte Matt. »Und es scheint eine nackte Tatsache zu sein, dass ich meine Gespielin in einem stinkvornehmen Hotel einquartiert habe. Du hast Recht, wir ziehen besser hier aus, bevor unser schändliches Geheimnis öffentlich bekannt wird. Aber am Morgen. Nicht heute Abend.«

Matt schaute Olivia an, erwartete ein Lächeln. Sie lächelte nicht.

»Denkst du das von mir, dass ich deine Gespielin bin?«

»Das war deine Formulierung, Mutter, nicht meine.«

In den nächsten zehn Minuten schwiegen sie, bis sie von der vierspurigen Bundesstraße abbogen und durch Fairhope fuhren.

»Hey, sieh dir das an!«, rief Matt fröhlich und wies hin. »Trattoria.«

»Was?«, fragte Olivia.

»Es würde mich nicht überraschen, wenn dies ein italienisches Restaurant wäre«, sagte er. »Trattoria klingt nicht Polnisch. Wie wäre es damit, Gespielin? Ein bisschen *linguini*, eine gute Flasche Rotwein, vielleicht sogar mit Kerzen, die auf Flaschen flackern, die mit tropfendem Wachs bedeckt sind?«

»Nenn mich niemals mehr so«, sagte sie kalt.

»Entschuldigung«, sagte Matt. »Ich wollte gerade hinzufügen: ›Und *dann* können wir zum Hotel fahren und herumspielen.‹ Interessiert dich das überhaupt, Detective Lassiter?«

»Fahr nur zum Hotel, bitte.«

»Du willst mir nicht sagen, was ich Falsches getan habe?«

»Aus deiner Perspektive vermutlich nichts.«

»Und aus deiner?«

»Ich habe nachgedacht.«

»Worüber?«

»Über uns.«

»Was über ›uns‹? Heute Nachmittag – Himmel, von dem Augenblick an, als ich dich zum ersten Mal sah – dachte ich, ›uns‹ wäre schön, und ich wünschte zu denken, das Gefühl wäre gegenseitig.«

»Es passierte zu schnell«, sagte Olivia. »Und du bist gefährlich.«

»Wieso, zum Teufel, bin ich gefährlich?«

»Du denkst nicht, das ist dein Problem«, sagte sie.

»Nenn mir ein Beispiel, Mutter.«

»Du hättest nie ohne Erlaubnis mit dem Täter reden sollen.«

»Warst du dort, als ich sagte: ›Ich kann nicht mit Ihnen sprechen, wenn Ihr Anwalt nicht anwesend ist‹, oder ähnliche Worte dieser Art?«

Als sie keine Antwort gab, fragte er: »Sonst noch etwas Gefährliches, was ich getan habe?«

»Als du in Philadelphia den Kerl verfolgt hast, bist du betrunken gewesen.«

»Ich war nicht betrunken. Und du wirst dich erinnern, dass ich ihn geschnappt habe.«

»Nachdem du zweimal gefallen bist.«

»Ich bin über einen verdammten Draht gestolpert.«

Sie schnaubte.

»Und der Sergeant der Highway Patrol gab dir Pfefferminzpastillen. Er sah, dass du betrunken warst.«

»Sagt man dazu nicht ›ein Esel schilt den anderen Langohr‹?«

»Ich gebe es wenigstens zu.«

»Okay. Ich gebe es zu. Ich war besoffen. Zufrieden?«

»Und wir hätten von Anfang an nie in das Hotel gehen sollen. Du hättest daran denken sollen, was es bedeutet, wenn es jemals herauskommt.«

»Mir war nicht klar, dass unser Aufenthalt in dem Hotel – in dem wir übrigens getrennte Zimmer haben – dir für immer ein feuerrotes Kainsmal auf die Stirn drücken würde.«

»Es würde verdammt sicher verhindern, dass ich in der Mordkommission bleibe«, sagte Olivia.

»Sieh mal, du solltest darauf vorbereitet sein, Olivia – Himmel, bist du naiv – alle möglichen witzigen und/oder blöden Bemerkungen von den Jungs in der Mordkommission über unsere ›Ferien‹ in Alabama zu hören. Ob wir nun in irgendein schäbiges Motel gehen oder nicht, es wird immer vermutet werden, dass wir es miteinander getrieben haben.«

»Und man wird denken, dass ich (a) in die Mordkommission ging, (b) einen Blick auf das Ass von Sergeant warf, der den Deputy Commissioner ›Onkel Denny‹ nennt, und (c) in sein Bett gehüpft bin. Und du weißt das. Du weißt, dass ich deshalb nicht in der Mordkommission bleiben darf. Und es ist dir gleichgültig.«

»So sehr ich auch das Gegenteil wünsche, ich finde, du hast absolut keine Chance, in der Mordkommission zu bleiben.«

»Meinst du?«

»So ist es. Ich bin nur in der Mordkommission, weil Mariani die Idee hatte, die fünf Besten bei der Prüfung zum Sergeant ihre Verwendung wählen zu lassen.«

»Es hatte nichts mit deinem ›Onkel Denny‹ Coughlin zu tun?«

»Nein, verdammt, es hatte nichts damit zu tun. Er hat sogar versucht, es mir auszureden. Das ist eine Tatsache.«

Sie schnaubte wieder.

»Und er hatte vermutlich Recht. Niemand weiß mehr, dass ich nicht zu einem Ermittler der Mordkommission tauge, als ich selbst.«

»Erstaunlich! Das ich das erste Bescheidene, was ich jemals von dir gehört habe.«

»Ah, leck mich!«

»Das kannst du vergessen!«

Der Portier des Grand Hotels öffnete die Tür für Olivia.

»Olivia, möchtest du mit mir zu Abend essen?«, fragte Matt.

»Ich glaube, ich werde ein Sandwich in meinem Zimmer essen. Trotzdem vielen Dank.«

Sie lächelte den Portier an und betrat das Hotel.

2

Matt fuhr zurück nach Fairhope, aß Linguini mit italienischen Würstchen und trank eine Flasche Merlot – eine ganze Flasche –, während er über die Unterschiede der Denkprozesse der beiden Geschlechter grübelte.

Dann fuhr er vorsichtig zum Grand Hotel zurück, fragte nach Botschaften – es gab keine – und ging dann in die Hotelbar. Dort setzte er sich ganz allein an einen Tisch auf einen Polsterstuhl und bestellte das erste von fünf Glas Famous Grouse on the rocks. Der Gedanke, einen Martini-Scotch – oder sogar einen irischen – zu trinken, gefiel ihm nicht besonders.

Zwischen Drink drei und vier rief er aus der Bar über das

Haustelefon Miss Olivia Lassiter an. Der Hoteltelefonist sagte, er könne ihn leider nicht verbinden, denn Miss Lassiter habe eine Nachricht hinterlassen, dass sie heute Abend von keinen Anrufen gestört zu werden wünsche.

Zwischen den Drinks vier und fünf summte sein Handy.

Der Anrufer war Detective Joe D'Amata.

»Der schwarze Buddha hat mich beauftragt, anzurufen, Matt. Sie sollen bei Delta Flug 311 auf dem Flughafen Mobile sein …«

»Mobile?«

»Das hat er gesagt. Ankunft zwölf Uhr fünfunddreißig.«

»Man spricht das hier übrigens ›Mow-*beel*‹ aus, nicht ›Mow-*bile*‹.«

»Kein Scheiß?«

»Sagen Sie ihm, ich werde auf dem Flughafen ›Mo-*beel*‹ sein. Wen schickt Mrs Solomon runter? Hat sie sich entschieden?«

»Ich weiß nicht«, sagte Joe. »Es ist unser Täter, wie?«

»Es sieht so aus, Joe.«

»Gut für Sie, Matt. Haben Sie sich amüsiert?«

»Absolut, Joe.«

»Ja, das kann ich mir denken.« D'Amata lachte und legte auf.

Nach dem fünften Famous Grouse machte Matt die Kellnerin auf sich aufmerksam und bezahlte die Rechnung.

»Ich hatte all den Spaß, den ich für eine Nacht ertragen kann«, sagte er zu ihr.

An der Rezeption hinterließ er den Auftrag, ihn um halb sieben zu wecken. Dann ging er zu Bett.

Matt erwachte mit einem Kater und einem schweißnassen Unterhemd.

Er wunderte sich darüber und schnüffelte, und als er erst richtig den säuerlichen Geruch wahrnahm, erkannte er, dass er einen Albtraum gehabt hatte.

Ich stinke stets wie der aufgewärmte Tod, wenn ich einen Albtraum gehabt habe. Und dies war noch einer der besseren Art.

Ein Ford-Van, gefahren von Warren K. Fletcher, weiß, 31, aus Germantown, setzte zu ihm zurück. Offenkundig hatte er vor, ihn zwischen dem Van und dem Porsche einzuklemmen und zu zerquetschen. Zuerst konnte er den stupsnasigen .38er nicht aus dem Holster ziehen, so sehr er es auch versuchte, und als er ihn schließlich herausbekam, konnte er nicht damit feuern, ganz gleich, wie hart er am Abzug zog. Als er schließlich schießen konnte, feuerte er fünfmal und schoss fünfmal daneben.

Er hatte das Gleiche schon zuvor erlebt, und wenn er zum letzten Mal danebenschoss und der Van ihn zu zerquetschen drohte, war er für gewöhnlich aufgewacht.

Aber ich kann mich nicht erinnern, in der vergangenen Nacht aufgewacht zu sein.

Vermutlich lag es am Alkohol.

Und Fletcher als der Star meines Albtraums? Für gewöhnlich ist es Susan.

Hat es eine Bedeutung, dass Fletcher wieder in den Albträumen auftaucht?

Das verschwitzte Unterhemd roch so übel, dass er es nicht mit der restlichen Kleidung einpacken mochte. Stattdessen duschte er damit und begann es zu waschen.

Zur Hölle damit! Ich kaufe mir einfach ein neues Unterhemd!

Er warf das Unterhemd in den Mülleimer und nahm eine lange Dusche. Von neuem grübelte er über die Ungerechtigkeiten der Welt, und dann kam ihm eine Eingebung.

»Zum Teufel mit ihr!«, sagte er laut, und als er aus der Dusche trat, ging er noch nackt und tropfend zum Telefon auf dem Nachttisch und rief die Concierge an.

Die Concierge sagte, im Laden des Lakewood Country Club könne er Golfschläger mieten und Golfschuhe kaufen.

»Und wie ist es mit einem Golfspiel? So früh wie möglich?«

»Nun, vielleicht morgen. Vielleicht hört der Regen morgen rechtzeitig genug auf, sodass der Platz bespielbar ist. Soll ich eine Abschlagzeit für Sie reservieren?«

»Morgen werde ich leider fort sein. Vielen Dank.«

Da er den Telefonhörer in der Hand hielt, erinnerte er sich daran, dass er zwei Anrufe tätigen musste, und er erledigte sie.

Zuerst rief er Colonel Richards an und erzählte ihm, dass er glaube, der Spanner sei der gesuchte Täter, und dass ein stellvertretender Staatsanwalt auf dem Weg von Philadelphia hierher war. Und dann rief er Sergeant Kenny an und erzählte ihm, dass er kurz nach zwölf den stellvertretenden Staatsanwalt am Flughafen Mobile abholen würde.

»Ich nehme an, wer auch immer kommt, er will den Chief sofort sprechen. Wird er dann erreichbar sein? Sobald ich vom Flughafen zur Polizeistation komme?«

»Dann wird er bestimmt hier sein.«

»Wenn er mit mir sprechen muss, Sie haben ja meine Handynummer.«

»Richtig«, sagte Kenny, »macht es Ihnen etwas aus, mir zu sagen, was Sie heute Vormittag tun werden?«

Bis zu diesem Moment hatte Matt keine Ahnung gehabt – weil das Golfspiel ausfiel und es regnete –, wie er den Morgen verbringen sollte. Aber jetzt kam ihm eine Idee.

»Ich werde mir Aussagen von dem Colonel notieren. Und von dem alten Mann …«

»Mr Chambers Galloway«, warf Kenny ein. »Ich gebe Ihnen seine Telefonnummer.«

»Und jedem sonst – vielleicht Fats Gambino, wenn ich auf dem Weg zum Flughafen Zeit habe.«

Kenny lachte tief und kehlig und erinnerte Matt an Jason Washington. »Der gute Fats hat seine Firma am Airport Boulevard, nur ein paar Meilen vom Flughafen entfernt. Sie können sie gar nicht verfehlen. Ich schlage vor, dass Sie Ihren Besuch nicht ankündigen.«

»Und ich besuche jeden sonst, wenn Sie das für eine gute Idee halten.«

»Ich werde darüber nachdenken und es Ihnen sagen, wenn Sie herkommen.«

»Danke, Kenny.«

»Gern geschehen.«

Matt spielte einen Moment mit dem Gedanken, sich ein Frühstück vom Zimmerservice bringen zu lassen, entschied sich jedoch dagegen, nicht wegen des Gedankens, den er auf dem Weg zum Speiseraum hatte: Nach einem gemütlichen Frühstück würde er Detective Lassiter anrufen und ihr sagen, wenn sie jetzt wach war, hatten sie Arbeit zu erledigen. Dann würde er sie in der Hotelhalle treffen, und sie konnte auf dem Weg nach Daphne bei McDonalds einen McMuffin und Orangensaft als Frühstück nehmen.

Sie kam eine Minute nach ihm in den Speiseraum, noch bevor der Kellner Kaffee gebracht hatte.

Mann, sieht diese Frau gut aus!

»Guten Morgen«, sagte Matt.

»Guten Morgen, Sergeant«, erwiderte Olivia. »Darf ich?« Sie wies auf einen Stuhl am Tisch.

»Selbstverständlich.«

Er lächelte sie an. Sie erwiderte das Lächeln, doch es war nur ein kurzes Verziehen ihrer Lippen, ohne die geringste Wärme oder Herzlichkeit.

Okay, wenn du die Kühle spielen willst, kannst du mich am Arsch lecken.

Olivia setzte sich.

»Wir werden heute Morgen die Aussagen von Colonel Richards und Mr Galloway einholen«, sagte Matt, und ohne auf eine Erwiderung zu warten, widmete er dann seine volle Aufmerksamkeit der Frühstückskarte.

3

Matt Payne hatte soeben seine belgischen Waffeln mit Erdbeeren und Sahne zu Ende gegessen, die er nach seinem Toast mit Rindfleischscheiben auf pochierten Eiern bestellt hatte, und sah, dass Detective Lassiter ihren Vollkorn-Toast verzehrt hatte, als er glaubte, seinen Namen gehört zu haben.

Er blickte zum Tisch des Oberkellners und sah gerade noch, dass die Frau dahinter in seine Richtung nickte und einen jungen Mann im Straßenanzug zu ihm schickte.

»Sergeant Payne?«, fragte der junge Mann.

Matt nickte.

»Mein Name ist Roswell Bernhardt, Sergeant. Ich bin Anwalt. Genauer gesagt Mr Homer C. Daniels' Anwalt.«

»Ich will ja nicht unhöflich sein, Sir, aber ich finde, ich sollte nicht mit Ihnen sprechen.«

»Ich verstehe«, sagte Bernhardt. »Bestimmt. Aber ich hatte gehofft, Sie können mir den Namen von jemandem im Büro Ihres Staatsanwalts geben, mit dem ich sprechen kann.«

»Ich weiß nicht, welchen Namen vom Büro der Staatsanwaltschaft ich nennen könnte, außer dem der Staatsanwältin selbst. Das ist Mrs Eileen McNamara Solomon.«

»Ich habe hört, dass jemand auf dem Weg hierher ist«, sagte Bernhardt und fügte hinzu: »Sergeant Kenny hat mir das gesagt.«

Wenn Kenny diesem Knaben einen Namen genannt und gesagt hat, wo ich zu finden bin und dass jemand herkommt, muss er ihn mögen. Was soll's!

»Ich werde jemanden vom Büro der Staatsanwaltschaft auf dem Flughafen treffen, Mr Bernhardt, um …«

»Jemanden mit der Befugnis, eine Verfahrensabsprache zu diskutieren?«

»… halb eins«, fuhr Matt fort. »Ich weiß nicht, wer es ist oder welche Befugnis er oder sie haben wird. Aber wenn Sie mir Ihre Karte geben, werde ich sie weitergeben und ausrichten, dass Sie mit ihm/ihr sprechen möchten.«

Bernhardt zog eine Visitenkarte hervor und gab sie Matt, bedankte sich überschwänglich und ging.

»Was hatte das alles zu bedeuten?«, fragte Olivia.

»Ich habe wirklich keine Ahnung«, sagte Matt. »Bist du fertig mit dem Frühstück?«

Sie stand auf, ging zum Tisch des Oberkellners und wartete dort, bis er die Rechnung ausgestellt hatte.

»Wenn du mir bitte die Schlüssel gibst, werde ich mein Gepäck im Wagen verstauen«, sagte sie dann.

Er gab ihr wortlos die Wagenschlüssel. Dann ging er auf sein Zimmer, packte und bezahlte die Rechnung. Er beeilte sich nicht und ließ Olivia warten.

Als er in den Mustang stieg, sagte sie nichts.

Oh, Mann, sie sieht gut aus.

Wird Sie denn den ganzen Tag sauer bleiben?

Für immer?

Das ist anscheinend eine entfernte Möglichkeit.

Nun, wenn dieses zickige, irrationale Verhalten gestern Nacht ein

Anzeichen auf die Zukunft war, ist das vielleicht gar nicht mal so schlecht.

»Es ist besser, geliebt und verloren zu haben, als überhaupt nicht geliebt zu haben«, wie es so schön heißt.

Das glaubst du keine Minute lang, und das weißt du.

Halte einfach die Klappe, und vielleicht wird sie sich abkühlen. Oder erwärmen.

Ein vertrautes Gesicht tauchte durch die Drehtür in den Empfangsbereich für eintreffende Passagiere auf, doch es war nicht das von Steven Cohen, Esquire, sondern das von Michael J. O'Hara.

»Sherlock Holmes in Fleisch und Blut!«, begrüßte Mickey Matt. »Und die Schöne mit dem Biest!«

»Ich will gar nicht fragen, was Sie an die Redneck Riviera bringt, Mickey«, begann Matt.

»Was haben Sie gesagt? Die ›Redneck Riviera‹?«

Matt nickte. »So nennt man sie hier.«

»Ich werde einen langen Artikel schreiben, und das gibt ihm prima Farbe.«

»Aber ehrlich gesagt hatte ich erwartet, Steve Cohen oder jemand anderen vom Büro der Staatsanwältin zu sehen.«

»Die saßen auf den billigen Sitzen«, sagte Mickey. »Sie werden gleich hier sein.«

Mickey wandte sich an Olivia.

»Stanley bat mich, Ihnen auszurichten, dass ihm das mit dem *Ledger* und mit diesem Phil Donaldson Leid tut und dass er versuchen wird, es wieder gutzumachen.«

»Stanley?«

»Stanley Coleman, alias…«

»Das ist sehr nett von Mr Colt, aber nicht nötig«, sagte Olivia.

»Wer ist ›sie‹, Mick, die gleich hier sein werden?«, wollte Matt wissen.

O'Hara drehte sich um und wies hin.

Steven Cohen, Esquire, und Lieutenant Jason Washington standen etwa in der Mitte der langen Schlange der eintreffenden Passagiere der Economy Class.

»Den Boss habe ich nicht erwartet«, sagte Matt.

»Sie wollen bei diesem Fall nicht den geringsten Fehler machen. Um Ihretwillen, Matty. Ich hoffe wirklich, dass dieser Typ derjenige ist, nach dem ihr sucht.«

»Er ist es, Mick. Dessen bin ich mir sicher. Wie haben Sie davon erfahren?«

»Ein kleiner irischer Vogel namens Denny hat es mir gezwitschert.«

»Willkommen an der Redneck Riviera, Boss«, sagte Matt. »Hallo, Mr Cohen.«

»Indem Sie mich mit ›Mister‹ ansprechen, Matt, deuten Sie an, dass ich nicht willkommen bin an der – wie haben Sie gesagt ›Redneck Riviera‹?«, erwiderte Cohen und streckte Matt die Hand hin.

»Es freut mich wirklich, Sie zu sehen. Und ja, so wird sie genannt. Hier gibt es einen wirklich spektakulären Strand. Oli... Detective Lassiter und ich haben ihn gesehen, als wir von Pensacola aus herfuhren.«

Cohen gab Olivia die Hand.

»Matt sagt, er ist sicher, dass dies der Täter ist«, sagte Mickey.

»Ich hoffe es wirklich«, meinte Cohen.

»Nun, sehen wir uns diesen Kerl an«, sagte Washington. »Mick hat einen Wagen reserviert.«

»Der Polizeichef wird uns empfangen«, sagte Matt.

»Vielleicht, *nachdem* wir uns im Hotel einquartiert haben«, sagte Washington. »Mick hat für uns Zimmer im Marriott reservieren lassen. Sind Sie dort auch, Matt?«

»Nein, Sir«, antwortete Matt und blickte verstohlen zu Olivia. »Wir sind im Acht-Dollar-Motel gleich hier in Daphne. Detective Lassiter fand das Marriott ein wenig zu teuer für uns.«

»Eigentlich heißt es Nine Dollar Inn, Sergeant«, korrigierte ihn Detective Lassiter.

»Wie auch immer, es ist das Motel für siebenunddreißig Dollar, wenn man gleich vorne an der Kasse bezahlt und den Touristenrabatt bekommt«, sagte Matt. »Aber was soll's.«

Sie sammelten ihr Gepäck und gingen zum Autoverleih, wo ein Lincoln Town Car auf Mr Michael J. O'Hara wartete.

»Ich glaube, es ist am besten«, sagte Washington zu Detective Lassiter, »wenn Sergeant Payne uns mit Mr O'Haras Wagen fährt. Unterwegs kann er uns über alles ins Bild setzen. Unterdessen können Sie zur Polizeistation fahren, unsere Ankunft ankündigen und sagen, dass wir den Polizeichef sprechen möchten, wann es ihm am ehesten passt.«

»Jawohl, Sir«, sagte Detective Lassiter.

Matt überreichte ihr die Schlüssel des Mustangs.

»Danke«, sagte sie mit einem spröden Lächeln.

Der Mustang blieb auf dem ganzen Weg vom Flughafen durch Mobile, auf der Brücke über die Mobile Bay und bis nach Daphne zum Joseph Hall Criminal Center hinter dem Lincoln.

Während der Fahrt berichtete Matt alles, was Washington und Cohen seiner Meinung nach wissen sollten. Er zeigte ihnen die Gambino-Autohandlung und erzählte, dass er mit dem Besitzer, Fats Gambino, gesprochen und dass Fats ihm den Peterbilt-Truck gezeigt hatte, mit dem Mr Daniels in Mobile eingetroffen war.

»Ich habe mit dem Chief gesprochen, und er sagte, er hat soeben von einem Richter in Mobile einen Durchsuchungsbefehl für den Truck bekommen, doch er will warten, bis ich mitkommen kann, bevor er sich den Truck ansieht.«

»Haben Sie das Fahrzeug betreten?«, fragte Washington.

»Nein.«

»Gut«, sagte Cohen.

»Er musste den Truck sicherlich irgendwo auftanken«, sagte Washington nachdenklich. »Wenn er das in Philadelphia getan und mit einer Kreditkarte bezahlt hat, würde das seine Anwesenheit hier nachweisen. Auf dem Weg hier runter hat er vermutlich mit Bargeld bezahlt, wenn er so vorsichtig ist, wie wir annehmen. Aber vielleicht hat er nicht so viel Bargeld gehabt und eine Kreditkarte benutzt. Es ist eine Überprüfung wert.«

»Jawohl, Sir«, sagte Matt.

»Ich muss ein Foto von diesem Truck haben«, sagte Mickey. »Wie finde ich den Weg hierher zurück?«

»Nachdem wir die freundliche Einladung des Chiefs, Zeugen seiner Durchsuchung des Fahrzeugs zu sein, angenommen haben, werde ich etwas mit Detective Lassiter arrangieren, um Sie hierher zurückzubringen«, sagte Washington.

»Ich hätte gern ein Foto von Ihnen beiden, wie Sie den Truck durchsuchen«, sagte Mickey.

»Sergeant Payne und ich haben in jüngster Zeit genug persönliche Publicity gehabt, trotzdem vielen Dank, Michael.«

»Es gibt gute und schlechte Publicity, Jason«, sagte Mickey. »Und Sie beide könnten sicherlich einige der guten Art gebrauchen.«

»Wenn Sie mir verzeihen, Michael, ich versuche eine Reihe von guten Gründen zu entwickeln, die Mr Daniels klar machen werden, dass ein Leugnen seiner Beteiligung keine Option mehr für ihn ist.«

»Das wird vielleicht leichter sein, als Sie denken, Jason.«

»Sie werden sich merken, *Sergeant*, dass Sie mich mit ›Lieutenant‹ ansprechen, wenn wir über offizielle Dinge sprechen?«

»Jawohl, Sir.«

»Aber hallo!«, sagte Mickey. »Wir haben hier einen schlecht gelaunten schwarzen Buddha. Die billigen Sitze im Flieger sind ein wenig zu eng für Sie, nicht wahr, *Lieutenant*?«

Cohen lachte.

Washington ignorierte die Bemerkung.

»Warum glauben Sie, dass es weniger schwierig für mich sein wird, Mr Daniels vis à vis zu überreden, all das zu gestehen, was Sie – mit Ihrer großen Erfahrung in diesen Dingen – glauben, dass es den Tatsachen entspricht, Sergeant?«

»Weil er seinen Anwalt zu mir geschickt hat, der eine Andeutung vis à vis einer Verfahrensabsprache machte«, sagte Matt.

»Versuchen Sie, sich gut zu benehmen, Steve«, sagte O'Hara zu Cohen. »Wir sind in der Gesellschaft der beiden einzigen Cops in Philadelphia, die in einer normalen Unterhaltung Dinge wie ›vis à vis‹ sagen.«

»Halten Sie die Klappe, Mick. Ich will etwas über diesen Anwalt hören«, sagte Cohen. »Was haben Sie ihm gesagt?«

»Ich habe ihm gesagt, ich würde Ihnen – wen auch immer Mrs Solomon herschickt – seine Visitenkarte geben.«

»War das absolut alles?«

»Das war absolut alles.«

»Keine Andeutungen oder Vermutungen, dass ich an einer Verfahrensabsprache interessiert sein könnte?«

»Nichts. Ich habe ihm gesagt, dass ich nur seine Visitenkarte weitergeben würde, weil Sergeant Kenny ihm erzählt hat, wo ich zu finden bin.«

»Und wer ist Sergeant Kenny?«

»Örtlicher Cop. Ein guter. War sehr hilfreich.«

»Und wann und wo fand diese Unterhaltung statt?«, wollte Cohen wissen.

»Beim Frühstück.«

»Wenn er Matt im Nine Dollar Inn aufgesucht hat, muss er wirklich an einer Verfahrensabsprache interessiert sein«, meinte O'Hara.

»Eigentlich war es im Marriott. Wir haben gestern Nacht dort gewohnt.«

»Und ihr seid ausgezogen, bevor jemand aus Philadelphia eintrifft, der sich fragt, was Sie in dem Grand Hotel tun? Und darüber reden könnte?«

»Im Grand Hotel?«, fragte Washington.

»Das Marriott ist ein Grand Hotel. Einer der Sterne in der Galaxie der Marriott Resorts. Als ich Stanley erzählte, dass wir hierhin fliegen, sagte er, ich soll im Marriott wohnen. Es sei großartig.«

»Ich muss fragen, Matthew. Haben Sie sich hier unschicklich mit Detective Lassiter verhalten?«, sagte Washington.

»Wir hatten getrennte Zimmer. Sie schlief in ihrem Bett und ich in meinem.«

Das ist die Wahrheit. Zugegeben, nicht die ganze, aber die Wahrheit.

»Aber Sie haben etwas mit ihr, richtig?«, fragte Mickey.

»Gehen Sie zum Teufel, Mick.«

»Beantworten Sie bitte Mr O'Haras Frage«, sagte Washington.

»Eine Zeit lang dachte ich, es könnte etwas sein, aber wenn es das war, dann besteht es nicht mehr.«

»Ich bekenne, dass mich diese Diskussion über Matts Sexleben ungemein fasziniert«, sagte Cohen, »aber können wir auf den Anwalt dieses Kerls zurückkommen? Sie sagen, Sie haben seine Visitenkarte, Matt?«

Matt holte sie hervor und gab sie ihm.

»Funktionieren Handys aus Philadelphia hier unten?«, fragte Cohen.

»Meines tut es«, sagte Matt und überreichte Cohen sein Handy.

4

Als Matt Sergeant Kenny in der Polizeistation neben einem etwa dreißigjährigen Mann im Straßenanzug stehen sah, stellte er überrascht fest, wie verblüffend die Ähnlichkeit zwischen Kenny und Washington tatsächlich war.

»Ich muss ein Foto von diesem Typ mit Ihnen machen, Jason«, sagte O'Hara.

»Sergeant Payne«, sagte Kenny. »Dieser Gentleman möchte mit Ihnen und den anderen Leuten aus Philadelphia sprechen.«

Der Mann bei Kenny lächelte, marschierte zu Matt und streckte ihm die Hand hin.

»Sergeant, ich bin Special Agent Bendick vom Federal Bureau«, sagte er.

»Federal Bureau wovon?«, fragte Matt unschuldig.

»Investigation, natürlich. Das *FBI*.«

»Wie kann ich dem FBI helfen?«, fragte Matt.

»Die Frage ist, wie das FBI Ihnen helfen kann, Sergeant«, sagte Special Agent Bendick. »Ein Telefonanruf hätte Ihnen die ganze Reise hier runter erspart. Aber es ist ja kein großer Schaden entstanden. Wir werden von jetzt an den Fall übernehmen.«

»Allmächtiger!«, sagte Mickey O'Hara. »Ihr Jungs schämt euch überhaupt nicht, wie?«

»Wie bitte?«

»Sie haben mich verstanden, J. Edgar Hoover junior. Ihr tut alles, um das FBI günstig in die Zeitungen zu bringen, richtig?

Ich kann bereits die Schlagzeile sehen, richtig? ›FBI nimmt Philadelphia-Mörder fest‹.«

»Wer sind Sie?«, fragte Special Agent Bendick.

»Mein Name ist O'Hara.«

»Und sind Sie eine Art Gesetzesbeamter?«

Mickey schüttelte den Kopf.

»Nein. Ich konnte es nicht bis zu den Cops bringen. Meine Eltern waren verheiratet«, sagte Mickey. Er zog seine Digitalkamera hervor und richtete sie auf Special Agent Bendick, Sergeant Payne und Lieutenant Washington.

»Ich möchte nicht fotografiert werden, wenn es Ihnen nichts ausmacht«, sagte Special Agent Bendick und hob vergeblich die Hand – Mickey wich geschickt aus –, um die Linse zu verdecken und ein Foto zu verhindern.

»Mann, hat man euch in Quantico auf der Schule für kleine Jungs nichts von der Pressefreiheit erzählt?«, fragte Mickey.

»Sir«, sagte Washington, »wenn wir das Gefühl haben, dass irgendwelche Unterstützung vom FBI bei dieser Ermittlung für uns nützlich sein könnte, werden wir auf dem entsprechenden Dienstweg darum bitten.«

»Und wer sind Sie?«, fragte Special Agent Bendick.

»Mein Name ist Jason Washington. Ich bin Lieutenant der Mordkommission der Polizei von Philadelphia.«

»Ich bin Special Agent Bendick vom Büro Mobile des FBI, Lieutenant …«

»Wie Sie schon gesagt haben.«

»Und weil der Fall die Staatsgrenzen überschreitet, ist das FBI …«

»Ich glaube nicht, dass dieser Fall die notwendigen Kriterien für die Zuständigkeit des FBI erfüllt, Mr Bendick«, sagte Steve Cohen.

»Und darf ich fragen, wer Sie sind?«

»Mein Name ist Steve Cohen. Ich bin ein stellvertretender Staatsanwalt in Philadelphia.«

»Ich kann Ihr Verhalten wirklich nicht verstehen …«, begann Special Agent Bendick.

»Sie sind verständlicherweise ein wenig sauer, J. Edgar junior, weil Sie versuchen, ihnen die Lorbeeren zum Ruhm des

FBI zu klauen«, sagte Mickey. »Leider haben Sie sich die falschen Jungs ausgesucht.«

Er schoss schnell ein weiteres Foto.

»Wenn Sie uns entschuldigen würden, Mr Bendick«, sagte Washington, »wir haben einen Termin beim Chief.«

»Hier entlang, Lieutenant«, sagte Sergeant Kenny und winkte sie zu einer der Stahltüren.

»Mr O'Hara«, sagte Washington. »Dies ist eine offizielle Polizeiangelegenheit, in die ich Sie zu diesem Zeitpunkt leider nicht einweihen kann. Vielleicht möchten Sie hier bleiben und Ihre Unterhaltung mit Mr Bendick fortsetzen?«

Sergeant Kenny wartete, bis Cohen und Matt durch die Stahltür gegangen waren, und folgte ihnen dann.

Special Agent Bendick blickte auf die geschlossene Tür, schaute dann zu Mickey O'Hara, der abermals seine Kamera anhob, und dann wandte er so viel Würde auf, wie er konnte, und marschierte aus dem Gebäude.

»Ich muss gestehen, dass ich nicht sehr erfreut war, als Commissioner Coughlin mir erzählte, dass Mickey uns begleitet«, sagte Washington. »Aber jetzt?«

»Er war Spitze«, sagte Cohen.

»Wie hat Mickey ihn genannt, ›J. Edgar junior‹?«, fragte Matt lachend.

»Ich bezweifle, dass es das Letzte war, was wir von ihm gehört haben«, meinte Cohen.

»Zum Teufel mit diesem Arschloch!«, stieß Washington kalt hervor.

Matt war überrascht. Washington ließ sich sehr selten zu vulgärer Ausdrucksweise hinreißen.

Washington drehte sich zu Sergeant Kenny um und reichte ihm die Hand.

»Mein Name ist Washington, Sergeant«, sagte er.

»Wie geht es Ihnen?«, sagte Kenny. »Payne sagte, Sie sind ungefähr so groß wie ich.«

»Und dies ist Mr Cohen, ein stellvertretender Staatsanwalt.«

Sie schüttelten sich die Hände.

»Detective Lassiter sollte Ihnen sagen, dass wir hier sein werden, sobald wir uns im Hotel einquartiert haben.«

»Sie ist beim Chief. Kommen Sie, ich bringe Sie rein.«

»Danke.«

»Haben Sie hier unten irgendwelche Verwandte, Lieutenant?«, fragte Kenny.

»Soweit ich weiß, habe ich keine, aber ein erster Blick auf die genetischen Eigenarten macht das zu einer entfernten Möglichkeit, nicht wahr?«

5

Mr Walter Davis, ein großer, schlanker Mann Mitte vierzig mit grauem Nadelstreifenanzug mit Weste, war der Special Agent in Charge (SAC) des FBI-Büros Philadelphia.

Er spürte die Anwesenheit seiner Sekretärin an der Bürotür und blickte von den Dokumenten auf seinem Schreibtisch auf.

»Ja, Helen?«, fragte er mit einer Spur von Ungeduld in der Stimme. Er hatte gebeten, nach Möglichkeit nicht gestört zu werden.

»Ich weiß, ich weiß. Aber es ist Burton White, der SAC in Mobile …«

»Stellen Sie ihn durch. Danke, Helen.«

Walter Davis kannte Burton White, seit sie zusammen auf der Polizeiakademie in Quantico, Virginia, gewesen waren, und ihre Wege hatten sich seither oftmals gekreuzt. Sie waren gemeinsam in den Diensträngen aufgestiegen. Nicht ganz gleich hoch, denn ein SAC in Philadelphia war ein wichtigerer Posten als ein SAC in Mobile.

Es ist stets erfreulich, mit einem gleichrangigen Kollegen zu sprechen, der nicht ganz so weit aufgestiegen ist wie man selbst, dachte Davis, während er auf das Aufleuchten des Lämpchens auf seiner Telefonanlage wartete.

Das Lämpchen ging an, und Davis schnappte sich den Hörer.

»Burton, Sie alter Hurensohn! Wie geht's, Buddy? Wie laufen die Dinge dort unten im sonnigen Süden?«

»Es regnet, und dies ist das Herz des Dixie, Walt. So steht es auf unseren Auto-Nummernschildern.«

»Nun, es ist schön, Ihre Stimme zu hören, Buddy. Was kann Philadelphia für Ihren Außenposten im Herzen des Dixie tun?«

»Ich habe ein kleines Problem mit den örtlichen Cops. Mit *Ihren* örtlichen Cops. Ich dachte mir, Sie können mir – dem Bureau – dabei helfen.«

»Ich werde tun, was ich kann, das wissen Sie. Meine örtlichen Cops? Was treiben die denn da unten?«

»Sie hatten dort oben einen Mord.«

»Wir haben hier oben 'ne Menge Morde.«

»Es geht um eine junge Frau, die in ihrem Apartment vergewaltigt und ermordet wurde. Man hat im NCIC nach einem ähnlichen *modus operandi* gesucht.«

»Dieser Mord stand auf den Titelseiten. Anscheinend waren die Cops tatsächlich am Tatort, konnten die Tür jedoch nicht aufbrechen, weil es keine Anzeichen auf gewaltsames Eindringen gegeben hat. Die Cops bezogen eine Zeit lang ziemliche Prügel in der Presse.«

»Nun, einer meiner Agenten hörte von dem Fall, und in einem kleinen Ort auf der anderen Seite der Bucht gab es einen ähnlichen *modus operandi*, und er fuhr hin, um das zu überprüfen …«

»Und es war der Mann, den die Polizei hier sucht? Gut für Sie, Burton! Ein bisschen günstige Publicity kann dem Bureau nie schaden, nicht wahr? Sind Sie sicher, dass Sie den richtigen Mann haben?«

»Als mein Special Agent dort eintraf, waren Ihre Leute aus Philadelphia bereits dort.«

»Was Sie nicht sagen. Das ist sonderbar. Ich habe erst gestern mit dem Commissioner zu Mittag gegessen – mit Commissioner Ralph J. Mariani –, und er hat mir nichts davon erzählt.«

Der Hurensohn! Es kann unmöglich sein, dass Cops aus Philadelphia den weiten Weg nach Alabama reisen, ohne dass Mariani alles darüber weiß. Und er hat mir kein verdammtes Wort davon gesagt!

»Es waren Cops von der Mordkommission Philadelphia hier, plus ein stellvertretender Staatsanwalt.«

»Nun, aber Ihr Mann hat übernommen, nicht wahr, Burton?«

»Er biss auf Granit, Walt. Ich hatte gehofft, Sie können mit jemandem dort oben reden.«

»Sie haben nicht zufällig irgendwelche Namen bekommen?«

»Da war ein Lieutenant Washington, ein Sergeant Payne und ein weiblicher Detective – ihren Namen weiß ich nicht –, ein stellvertretender Staatsanwalt namens Cohen und irgendein Klugscheißer, ein Reporter namens O'Hara, der meinen Agenten beschuldigte, schamlos zu versuchen, die Lorbeeren für die Verhaftung für das FBI zu klauen. Meinen Sie, Sie können dort oben ein Wort in das richtige Ohr sprechen?«

Natürlich könnte ich das. Und dann würde Mariani mir damit den Mund stopfen. Mit großer Freude.

»Nein, ich glaube nicht, dass ich das kann, Burton.«

»›Nein‹? Einfach so? ›Nein‹?«

»Lassen Sie mich über die Leute von Philadelphia erzählen, mit denen Sie es zu tun haben, Burton«, sagte Davis. »Fangen wir mit dem Sergeant an. Erinnern Sie sich, dass vor ein paar Monaten einer meiner Leute einen Terroristen umlegen musste?«

»Sie meinen den Typen mit dem Maschinengewehr? Die Schießerei wie am O.K. Corral?«

»Genau dieser Fall. Nun, er hatte einen örtlichen Cop bei sich, der sagte, wie mir aus zuverlässiger Quelle berichtet wurde: ›Einige meiner besten Freunde sind FBI-Agenten, aber ich möchte nicht, dass meine Schwester einen heiratet.‹«

»Ein richtiger Klugscheißer, wie?«

»Dessen Vater Seniorpartner in unserer vielleicht bedeutendsten Anwaltskanzlei ist. Das ist der Sergeant. Der Lieutenant ist vermutlich Jason Washington. Ist das ein großer, stämmiger Schwarzer?«

»Das ist der Mann. Mein Agent sagt, er ist ein Hüne.«

»Der mit einer Lady verheiratet ist, die sich in den gleichen gehobenen Kunstkreisen bewegt wie unser Bürgermeister, und der zufällig einer der besten Ermittler bei Mordfällen ist, den ich jemals kennen gelernt habe.«

»Ich verstehe.«

»Mr Cohen ist einer unserer über zweihundert stellvertretenden Staatsanwälte. Er ist spezialisiert auf die Anklage bei

Mordfällen. Bei denjenigen, die ihn kennen, ist er sehr geschätzt – mit anderen Worten, auf einer Skala von eins bis zweihundert käme er ziemlich nahe an zweihundert heran. Nach meiner Einschätzung ebenfalls.«

»Nun, sie benahmen sich nicht gerade mit kollegialer Höflichkeit, ganz gleich, wer sie sind. Sie standen da mit diesem kriegerischen Reporter …«

»Und das ist niemand anders als Mr Michael J. O'Hara, Burton, der Reporter und Pulitzer-Preisträger vom *Philadelphia Bulletin*«, unterbrach Davis. »Seit ich hier der SAC bin, versuche ich eifrig, ein gutes Verhältnis zu ihm zu kultivieren. Ohne nennenswerten Erfolg. Ich kann nur hoffen, dass Ihr Agent ihn nicht gegen sich aufgebracht hat.«

Es herrschte lange Schweigen in der Leitung, bevor Davis fortfuhr: »Deshalb aus den erwähnten Gründen, Burton, nein, ich kann hier kein Wort in das richtige Ohr sprechen. Wenn Sie meinen Rat hören wollen, empfehle ich Ihnen, sich von diesen Leuten fern zu halten – sehr fern –, es sei denn, sie bitten um Ihre Unterstützung. In diesem Fall schlage ich Ihnen vor, äußerst kooperativ zu sein.«

6

»Chief Yancey«, sagte Jason Washington, »ich wäre Ihnen sehr dankbar, wenn ich ein paar Minuten irgendwo privat mit Mr Cohen und Sergeant Payne sprechen könnte, bevor wir mit Mr Daniels reden.«

»Sie können dieses Büro benutzen«, sagte der Chief.

»Sie sind sehr freundlich, Sir«, sagte Washington und wartete darauf, dass die anderen gingen.

»Was soll das?«, fragte Cohen, als die Tür geschlossen war.

»Vorausgesetzt, es findet Ihre Billigung – keine angedeutete und gewiss keine widerwillige Billigung –, werde ich ein Szenario für das erste Verhör vorschlagen.«

»Schießen Sie los.«

»Sergeant Kenny wird Mr Daniels in seiner Zelle an Händen

und Füßen fesseln und ihn herbringen – ich nehme an, hier gibt es keinen besonderen Verhörraum, und dieses Büro ist so gut wie jeder andere Raum, wenn der Chief es uns zur Verfügung stellt. Kenny wird Mr Daniels dann hier an einen schweren und hoffentlich unbequemen Stuhl ketten, wenn einer aufgetrieben werden kann.

Hier wird Daniels dann zehn Minuten lang warten – mit Sergeant Kenny, der außerhalb seines Sichtbereichs steht –, während absolut nichts passiert. Ich glaube, diese zehn Minuten werden ihm viel länger vorkommen.

Es ist möglich, dass er austreten muss, und ich hoffe es. Das wird Sergeant Kenny die Gelegenheit geben, ihm nach fünf Minuten Bitten die Erlaubnis zu erteilen, während ein weiterer stummer Beamter hinter Daniels' Stuhl steht. Kenny führt ihn dann in seine Zelle zurück und dann wieder hierher, und die ganze Zeit trägt Daniels Handschellen und Fußfesseln. Bei seiner Rückkehr hierher wird wieder die Zeituhr zehn Minuten lang ticken.

Ich glaube, seine einzige Erfahrung, Hand- und/oder Fußfesseln zu tragen, hat er gemacht, als er von der Bürgerwehr festgenommen wurde. Wenn einer an Händen und Füßen gefesselt ist, fühlt er sich hilflos und gedemütigt.«

»Sie wollen damit doch nicht zu weit gehen, Jason?«, wandte Cohen ein.

»Handschellen und Fußketten sind normale Sicherheitsvorkehrungen. Nichts wird stattfinden, was man möglicherweise als Androhung körperlicher Gewalt auslegen könnte. Als Nächstes wird sein Anwalt erscheinen. Mr Daniels wird ihn fast mit Sicherheit fragen, was los ist, woraufhin Mr Bernhardt ihm die einzige Antwort geben wird, die er weiß – dass sie auf die Polizei warten. Ich hoffe, das Wort ›Mordkommission‹ wird fallen. Und weitere zehn Minuten werden vergehen. Dann wird Sergeant Payne das Büro betreten und mit dem ersten Verhör beginnen …«

»*Sergeant Payne*?«, fragte Cohen ungläubig. »Und wo bin ich?«

»Haben Sie bitte Geduld mit mir. Ich werde dankbar für jeden Einwand oder Vorschlag sein, den Sie vielleicht haben werden, aber lassen Sie mich zuerst aussprechen.«

»Fahren Sie fort.«

»Payne wird ein Aufzeichnungsgerät aufbauen, und zwar äußerst gemächlich. Eines mit zwei Mikrofonen wäre gut, und wenn wir eines mit vier finden können, wäre das noch besser.«

»Ein wenig Theater, Jason?«

Washington nickte.

»Wenn das Aufnahmegerät aufgebaut ist, wird Matt Sie respektvoll vom Flur hereinrufen. Sie treten ein, und Matt wird sagen: ›Mr Daniels, dies ist Mr Cohen, ein stellvertretender Staatsanwalt von Philadelphia, der auf die Anklage von mutmaßlichen Mördern spezialisiert ist.‹ Und dann wird er das Tonband einschalten und mit der üblichen Prozedur anfangen. ›Dieses Gespräch wird mit Mr Homer C. Daniels in Zusammenhang mit der Ermordung von Cheryl Williamson geführt‹, et cetera. Sie kennen den üblichen Ablauf.«

Beide nickten.

»Und dann wird Matt sagen: ›Mr Daniels, ich gehe davon aus, dass Sie über Ihre Rechte belehrt worden sind, die das oberste Bundesgericht der Vereinigten Staaten mit dem ›Miranda Beschluss‹ festgelegt hat, aber nur um sicherzugehen, dass Ihnen Ihre verfassungsmäßigen Rechte in dieser Situation völlig klar sind, werde ich sie Ihnen in Anwesenheit Ihres Anwalts noch einmal aufzählen.‹«

»Und ihn noch einmal über seine Rechte belehren?« Cohen lächelte jetzt.

Washington nickte.

»Danach wird Matt etwas in diesem Sinne sagen: ›Mr Daniels, ich bin Sergeant Matthew Payne, Dienstnummer soundso, von der Mordkommission Philadelphia …‹«

»Hat er das nicht bereits gesagt?«, unterbrach Cohen.

»Möglich, aber manchmal ist eine Wiederholung nützlich«, erwiderte Washington und fuhr fort: »›Und jetzt sage ich Ihnen, wir glauben ohne jeden Zweifel, dass Sie gegen Paragraf 2502b des Strafgesetzbuches von Pennsylvania verstoßen haben, als Sie Miss Cheryl Williamson getötet haben, dass Sie, mit anderen Worten, schuldig des Mordes zweiten Grades sind.‹«

»Ich hoffe wirklich, dass Mr Daniels an diesem Punkt einen kleinen Hoffnungsschimmer sehen wird. ›Zweiten Grades? Das kann nicht so schlimm sein wie ersten Grades. Vielleicht werde ich überhaupt nicht hingerichtet.‹«

»Ich glaube, ich verstehe, worauf Sie hinauswollen, Jason«, sagte Cohen.

»An diesem Punkt, Steve, werden Sie seine Hoffnung zerstören, indem Sie Matt unterbrechen und Mr Bernhardt eine Kopie der Seite vierunddreißig des Strafgesetzbuches überreichen und sagen – sozusagen von einem Anwalt zum anderen: ›Ich weiß nicht, ob Ihnen das zur Verfügung stand, Sir, vielleicht möchten Sie einen Blick hineinwerfen.‹ Und wenn er einen Moment dafür Zeit gehabt hat, werden Sie kollegial hinzufügen: ›Sie sehen, der einzige Unterschied zwischen Mord ersten und zweiten Grades besteht darin, dass der Mord ersten Grades vorsätzlich ist und der zweiten Grades, weil der Beschuldigte an der Verübung eines Verbrechens beteiligt ist. Ein wenig weiter unten auf der Seite werden Sie sehen, dass ›Verübung eines Verbrechens definiert ist als …‹«

»… Teilnahme oder Komplizenschaft bei der Ausübung«, nahm Cohen den Faden auf und zitierte auswendig, ›oder als der Versuch, es zu verüben oder Flucht nach der Verübung oder beim Begehen eines Raubes, einer Vergewaltigung oder der Erzwingung von perversem Geschlechtsverkehr durch Gewalt oder Drohungen, bei Brandstiftung, Einbruch oder Kidnapping.«

»So versteht er inzwischen, dass er wirklich in Schwierigkeiten steckt«, sagte Matt.

»Und dieses Verständnis werden Sie verstärken«, sagte Washington, »indem Sie in etwa so fortfahren: ›Mr Daniels, ich werde Ihnen jetzt gleich nicht viele Fragen stellen, weil es, ehrlich gesagt, nicht nötig ist. Ich werde das durchgehen, was wir bereits wissen, und Ihnen dann die Gelegenheit geben, sich mit Ihrem Anwalt zu beraten. Und wenn Sie möchten, können Sie und er dann mit Mr Cohen sprechen.«

»Und dann zähle ich auf, was wir haben«, sagte Matt. »Womit fange ich an?«

»Ich schlage vor, mit der Kamera. ›Wir haben die Kamera, die Sie am Tatort zurückgelassen haben, Mr Daniels, und die Aufnahmen, die sie enthielt. Wir wissen, dass Sie die Kamera in

New York am Times Square im Foto- und Elektronikgeschäft sowieso – gekauft haben.‹ Wissen Sie das Datum?«

»Ist hier drin«, sagte Matt und wies auf seinen Laptop.

Washington nickte.

»›... und wir haben Ihre Unterschrift auf dem Verkaufsbeleg. Unter den Aufnahmen in der Kamera sind diejenigen des Messers, das Sie benutzt haben und das die Polizei Ihnen hier abgenommen hat. Eine der Aufnahmen zeigt Sperma auf der Messerklinge. Wir haben berechtigten Grund zu der Annahme, dass es sich um Ihr Sperma handelt und dass wir einen Richter überzeugen können, dass es einen ausreichenden Grund für ihn gibt, einen Durchsuchungsbefehl zu erteilen, der uns genügend Material verschaffen wird, sodass ein DNA-Vergleich gemacht werden kann ...‹«

»Ich verstehe«, sagte Matt.

»Zu großer Optimismus ist gefährlich, wie ich versucht habe, Ihnen schon zuvor klar zu machen«, sagte Washington. »Das trifft besonders auf jemanden wie Sie zu, der ein übersteigertes Selbstbewusstsein hat, das nicht ganz berechtigt ist.«

Matt schaute ihn an, sagte jedoch nichts.

»Könnten Sie sich mit diesem Szenario überhaupt anfreunden, Steve?«, fragte Washington Cohen.

»Es könnte sogar klappen, Jason«, erwiderte Cohen.

»Ich werde das akzeptieren, wenn es Ihre volle Billigung bedeutet«, sagte Washington.

Cohen dachte einen Moment darüber nach und nickte dann.

»Matt, Sie gehen mit Ihrem Laptop irgendwo hin, wo es ruhig ist – vielleicht in Mickeys Wagen –, und frischen Ihr Gedächtnis über die Einzelheiten auf. Ihr Auftritt wird wirkungsvoller sein, wenn Sie ohne weiteres aus dem Gedächtnis zitieren können, zum Beispiel das Datum, an dem er die Kamera gekauft hat.«

»Jawohl, Sir.«

»Ich brauche Ihnen nicht zu sagen, dass Sie Ihren Laptop nicht bei sich haben werden, oder? Ich will nicht, dass er beschlagnahmt wird.«

»Nein, Sir.«

»Es sollte nicht länger als zehn Minuten dauern, Ihr

Gedächtnis aufzufrischen, und während dieser Zeit werde ich hier die Bühne herrichten und Sergeant Kenny über seine Rolle ins Bild setzen – und erklären, wie wichtig sie in unserer Theateraufführung ist.«

»Jawohl, Sir«, sagte Matt.

Cohen wartete, bis Matt ging und die Tür hinter sich schloss.

»Jason, Sie und ich sind diesen Weg lange Zeit zusammen gegangen«, sagte er. »Und Sie wissen, dass Sie immer auf mich zählen können. Aber sagen Sie mir, warum Sie Matt dabei mitspielen lassen? Er ist ein netter Junge, und ich mag ihn wirklich, aber …«

»Hauptsächlich wegen der erzieherischen Aspekte. Dies ist sein erster Fall bei der Mordkommission.«

»Und wenn er ihn vermasselt?«

»Das glaube ich nicht. Er ist klug, kann schnell schalten et cetera.«

»Aber wenn er die Sache trotzdem vermasselt?«

»Dann werden wir beide wissen – Matt und ich, meine ich –, dass er nicht in die Mordkommission gehört, nicht wahr?«

»Dann heißt es also, schwimmen oder untergehen?«

»Diese Formulierung werde ich mir merken«, sagte Washington. »Sie ist so tief schürfend.«

»Was ist mit Daniels, wenn Matt die Sache vermasselt?«

»Dann, wenn ein psychologisch geführtes Verhör scheitert, befürchte ich, werde ich leider auf das Gummischlauch-System zurückgreifen müssen.«

Cohen lachte.

»Das ist eigentlich nicht so lustig«, sagte Washington. »Ich würde dieses wandelnde Stück Dreck wirklich gern mit einem Gummischlauch bearbeiten.«

19

1

Als Sergeant Kenny Homer C. Daniels vom ›Haftbereich‹ der Polizeistation Daphne zum Verwaltungsbereich und zum Büro des Chefs führte, war er sogar noch mehr an Händen und Füßen gefesselt, als Jason Washington sich das vorgestellt hatte.

Der Polizeichef war in seinen Lagerraum gegangen und hatte einen weißen Segeltuchbeutel mit der Aufschrift ›Gefangenen-Beschränkungssystem‹ geholt. Er enthielt drei Gurte aus dickem Sattelleder und schwerem Segeltuch, eine Y-förmige Kette und anderes Zubehör. Das System sah aus, als wäre es selten benutzt worden – wenn überhaupt jemals.

Jetzt konnte Washington sehen, wie es funktionierte, wenn es angewandt wurde. Der Hüftgürtel war im Rücken zugeschnallt. Vorne, verbunden mit zwei schweren Ketten, waren Handschellen. Daniels konnte seine Hände mit Schellen an den Gelenken nicht weiter als ein paar Zentimeter bewegen. Daniels Fußknöchel waren mit kleineren Versionen des Hüftgürtels versehen. Seine Fähigkeit, sich zu beugen, war stark eingeschränkt. Washington wunderte sich, wie er sich mit diesen Fesseln überhaupt setzen konnte.

Als Sergeant Kenny seinen schlurfenden Gefangenen durch die Tür ins Büro des Chiefs führte, sagte Washington »Zeit« und drückte auf die Knöpfe seines Tag-Heuer-Chronometers.

»Ich habe noch nie gesehen, dass jemand tatsächlich die

Knöpfe an einer dieser ausgefallenen Uhren gedrückt hat«, sagte Steve Cohen in spöttischem Staunen.

Washington hielt sein Handgelenk hoch, damit Cohen das Zifferblatt des Chronometers sehen konnte.

»Sie ist äußerst nützlich, wenn Sie Eier kochen, Steve. Man braucht keine wilden Vermutungen anzustellen, ob dreieinhalb Minuten vergangen sind oder nicht.«

»Ich bin beeindruckt.«

»Das sollten Sie auch sein.«

Drei Minuten und vierzig Sekunden, nachdem Sergeant Kenny durch die Tür herauskam, trat ein sehr großer Polizeibeamter ein, und dann ging Kenny zu seinem Büro, in dem sich Washington und Cohen aufhielten.

»Er möchte mal pinkeln«, sagte Kenny.

»Zeit«, sagte Washington und drückte verschiedene Knöpfe an seiner Uhr, bevor er hinzufügte: »Wunderbar.«

Genau fünf Minuten später sagte Washington: »Sergeant Kenny, werden Sie bitte Mr Daniels zurück zu seiner Zelle begleiten, damit er sich von dem Druck auf seine Blase erleichtern kann?«

»Je mehr ich darüber nachdenke, wie sich der Dreckskerl von seinem sexuellen Druck erleichtert, desto lieber würde ich ihn in die Hose pinkeln lassen«, sagte Kenny.

»Das ist zwar ein interessanter Gedanke, aber es würde sicherlich – wie Mr Cohen uns schnell sagen würde – Mr Daniels' Bürgerrechte verletzen«, sagte Washington.

»Führen Sie ihn zum Pinkeln, Kenny«, sagte Cohen.

Es dauerte sieben Minuten und zwanzig Sekunden, bis Mr Daniels zu seiner Zelle hin- und zurückgebracht wurde.

»Zeit«, rief Washington, als Daniels wieder mit winzigen Schritten durch die Tür ins Büro des Chiefs schlurfte.

Nicht ganz zehn Minuten später sagte Washington: »Matt, gehen Sie zum Chief und fragen Sie ihn, ob Mr Bernhardt sich mit seinem Mandanten beraten will …«

»Jawohl, Sir«, sagte Matt und verließ Kennys Büro.

»Jason, was sagt Ihr Drehbuch, wenn Daniels unter vier Augen mit seinem Anwalt sprechen will?«

»Ich bezweifle, dass er das will«, erwiderte Washington.

»Aber wenn, kann es nur zu unserem Vorteil sein. Ich bezweifle, dass er ihn gesehen hat, seit der Chief den Durchsuchungsbefehl bekommen hat. Der Anwalt würde ihm das sagen, dessen bin ich sicher.«

Roswell Bernhardt, Esquire, erschien. Der große Beamte der Polizei von Daphne, der vor der Tür des Büros vom Chief stand, öffnete die Tür für ihn, und er ging hinein.

»Zeit«, sagte Washington und drückte Knöpfe auf seinem Chronometer.

Ungefähr eine Minute später erschien Matt in Kennys Büro.

»Sie sind vorbereitet, nehme ich an, Sergeant Payne?«, fragte Washington. »Sie sind in acht Minuten und fünfzehn Sekunden dran.«

»Jawohl, Sir.«

Acht Minuten später sagte Washington: »Viel Glück, Matt.«

Matt, der ein Tonbandgerät und zwei Mikrofone trug, durchquerte den Raum, wartete darauf, dass der Uniformierte ihm die Tür öffnete, und betrat das Büro des Chiefs.

Und nach vier Minuten kam er wieder heraus.

»Ihr Auftritt, Steve«, sagte Washington.

»Aber ich werde mich nicht schlachten lassen, wenn ich einen lausigen Auftritt hinlege«, sagte Cohen und durchquerte den Raum.

Fünf Minuten danach kam Polizeichef Charles Yancey in Sergeant Kennys Büro.

»Werde ich hier im Weg sein?«

»Natürlich nicht«, sagte Washington. »Und es verschafft mir die Gelegenheit, Ihnen zu sagen, wie sehr wir alle Ihre Unterstützung zu schätzen wissen.«

»Dies ist nicht mein erster Mordfall«, sagte Yancey. »Aber ich hatte es nie mit einem perversen, mörderischen Dreckskerl wie diesem zu tun. Und ich habe nie Großstadt-Cops bei der Arbeit gesehen.«

»Wir arbeiten genau auf die gleiche Weise wie Sie.«

»Den Teufel tun Sie. Kenny hat mir erzählt, was Sie getan haben – tun. Wird es klappen?«

»Manchmal klappt es, manchmal nicht. Das hängt zu einem großen Teil davon ab, wer das Verhör führt.«

»Und davon, dass Ihr Sergeant so gut ist?«

»Wir sind dabei, das herauszufinden«, sagte Washington.

»Kenny hat mir von Ihrer Auseinandersetzung mit dem FBI erzählt. Passiert das immer?«

»Ich weiß nichts von *immer*. Aber es passiert viel zu oft, befürchte ich. Die vom FBI sind anscheinend sehr besorgt um ihr Image.«

»Sie scheinen immer – zwischen uns zwei Cops gesprochen – von oben auf uns herabzusehen.«

»Sonderbar«, sagte Washington. »Das habe ich irgendwo schon mal gehört.«

Yancey lächelte ihn an.

»Möchten Sie sich einen Kaffee holen, während Sie warten?«

»Sehr freundlich von Ihnen, aber ich möchte lieber hier bleiben.«

»Hölle, ich hole den Kaffee«, sagte der Polizeichef.

Er war noch nicht aus dem Verwaltungsbereich hinaus, als die Tür seines Büros geöffnet wurde und Matt Payne – mit dem Tonbandgerät und den Mikrofonen – und Steve Cohen herauskamen.

Cohen ging zu Washington.

»Mr Daniels hat darum gebeten, unter vier Augen mit seinem Anwalt zu sprechen«, sagte er.

»Wie ist es gelaufen, Steve?«

»Matt hat seine Sache höllisch gut gemacht, und ich sage das nur, weil wirklich ein Lob für ihn fällig ist.«

»Ich habe nichts anderes erwartet«, sagte Washington. »Worüber werden sie reden, was meinen Sie?«

»Vermutlich über meine Weigerung, mehr anzubieten als lebenslänglich ohne die Möglichkeit bedingter Haftentlassung.«

»Darüber haben Sie mir gar nichts erzählt.«

»Sie haben nicht danach gefragt«, sagte Cohen. »Mein Boss will, dass dieser Kerl für immer von den Straßen verschwindet. Ich habe ihr gesagt, dass es im ganzen Land unaufgeklärte Vergewaltigungen gibt, vielleicht sogar Vergewaltigungen mit Mord, die jetzt an die Oberfläche kommen, nachdem wir diesen Kerl gefasst haben.«

»Detective Lassiter hat fruchtlose Stunden herumtelefoniert ...«

»Sie hat mit der Polizei in Großstädten telefoniert. Ich bezweifle, dass sie irgendwann in nächster Zukunft dazu gekommen wäre, mit Daphne zu telefonieren.«

»Da haben Sie Recht.«

»Nun, jedenfalls sagte Eileen, wir können uns nicht darauf verlassen, und sie entschied, dass wir genug haben, um hier auf keinen anderen Handel einzugehen als lebenslänglich ohne bedingte Haftentlassung.«

»Eileen ist hart«, sagte Washington bewundernd.

»Ich persönlich hätte lieber, das der Hurensohn die Todesstrafe bekommt«, sagte Cohen. »Aber das ist emotional bedingt. Dem Interesse der Bevölkerung ist am besten damit gedient, wenn er für immer hinter Gittern gehalten wird, anstatt das Risiko einzugehen, dass er Hafturlaub bekommt oder nach zehn Jahren freigelassen wird.«

»Isaac ›Fort‹ Festung«, sagte Washington. »Der wurde zu lebenslänglich verurteilt und spaziert in Frankreich herum und isst Weintrauben.«

»Ja.«

»Irgendwelche Entwicklungen in diesem Fall?«

»Die verdammten Franzosen lassen sich immer noch Zeit. Ich finde, es hat mehr damit zu tun, dass sie uns verarschen wollen, als sonst was.«

»Jeder außer Eileen hätte vermutlich inzwischen aufgegeben«, sagte Washington. »Sie ist so zäh wie hart.« Er lächelte.

»Was ist so lustig?«, fragte Cohen.

»Es erinnert mich nur daran: ›... sich an ein höheres Gericht zu wenden‹«, sagte Washington.

Cohen lachte.

Als die Ehrenwerte Eileen McNamara Solomon auf der Richterbank gesessen hatte, war ein gerade verurteilter Verbrecher, dem eine lange Gefängnisstrafe bevorstand, im Gerichtssaal aufgesprungen, zu einem Fenster gerannt und durch die Scheibe in den Tod im Innenhof des Gerichts gesprungen.

Befragt von der Presse, wie sie sich fühlte angesichts dieses bedauernswerten Zwischenfalls, hatte Richterin Solomon geantwortet: »Ich kann nur annehmen, dass er sich an ein höheres Gericht gewandt hat.«

Matt kam in Kennys Büro.

»Ich vergaß eines, bevor ich dort reinging«, sagte er. »In dem Moment, in dem ich den Mund aufmachte, wurden meine hinteren Zähne wässrig.«

Cohen lachte.

»Das passiert mir auch«, sagte er. »Für gewöhnlich nach zehn Minuten in einem Schlussplädoyer, das eine halbe Stunde dauert.«

»Ihr Blasenproblem beiseite, Matthew«, sagte Washington, »wie würden Sie Ihren Plausch mit Mr Daniels einschätzen?«

»Ich weiß nicht«, sagte Matt.

»Sie ›wissen nicht‹?«, fragte Washington ungläubig.

»Ich glaube, er weiß, dass wir ihn haben«, sagte Matt. »Aber ich habe keine Ahnung, wie er darauf reagieren wird. Er könnte sich entscheiden, es darauf ankommen zu lassen. Was hat er denn zu verlieren?«

Washington stieß einen nichts sagenden Grunzlaut aus.

Drei Minuten später kam Roswell Bernhardt, Esquire, aus dem Büro des Chiefs und sagte, im Austausch für eine schriftliche Garantie, dass die Stadt Philadelphia keine Todesstrafe beantragen würde, sei Daniels bereit, ein volles Geständnis abzulegen, bei der Ermittlung voll zu kooperieren und sich mit einer Auslieferung einverstanden zu erklären.

2

Um 17 Uhr 45 stieg Mr Walter Davis die Marmortreppe des Rittenhouse Clubs hinauf und betrat das Gebäude durch eine Drehtür. Er verharrte in der Halle lange genug, um die Tafel mit den Namen der Mitglieder zu überprüfen und festzustellen, dass die Messingplatte mit dem Namen MARIANI, R. nach links geschoben war und sich jetzt in der Spalte der Anwesenden befand.

Er fand Commissioner Mariani in der vertäfelten Bar mit First Deputy Commissioner Coughlin, was ihn nicht überraschte. Aber dass bei ihnen an einem der runden Tische Brewster Cortland Payne II., Esq., saß, war eine Überraschung für ihn.

Mariani winkte Davis herüber. Die Männer schüttelten sich die Hände. Davis setzte sich. Ein Kellner kam an den Tisch, und Davis bestellte einen Scotch on the rocks. Die anderen signalisierten stumm mit einer Geste, dass sie im Augenblick nichts bestellen wollten.

Davis fragte sich, wie lange sie schon hier waren. Er spürte, dass die Drinks auf dem Tisch nicht ihre erste Runde waren.

»Wir haben eine kleine Feier, Walter«, sagte Mariani. »Es freut mich, dass Sie Zeit haben, sich zu uns zu gesellen. Ich konnte Sie nicht besonders benachrichtigen.«

»Es ist mir immer ein Vergnügen, das wissen Sie. Was feiern wir?«

Als ob ich das nicht wüsste.

»Mr Homer C. Daniels hat einer Auslieferung zugestimmt.«

»Und wer ist das?«

Als ob ich das nicht wüsste.

»Sie wissen es nicht?«

»Ich bin mir nicht sicher«, sagte Davis.

»Er ist der Mann, der Cheryl Williamson mit Plastikstricken ans Bett fesselte, Obszönitäten an ihr beging und sie dann tötete.«

»Und Sie haben ihn gefasst?«

»Die Polizei in Daphne, Alabama, hat ihn. Er wurde von einer dieser zivilen Bürgerwachen festgenommen, als er offenbar im Begriff war, in die Wohnung einer anderen jungen Frau einzubrechen. Er ist ein Händler für ausgefallene teure Autos und stammt aus Las Vegas.«

»Es würde mich überhaupt nicht überraschen, Walter«, sagte Coughlin, »wenn er solche Verbrechen im ganzen Land begangen hätte.«

»Eine zivile Bürgerwehr hat ihn gefasst. Wenn dies nicht so ernst wäre, könnte man fast darüber lachen. Sind Sie sicher, dass er der Täter ist, Ralph?«

»Wir sind sicher. Wir schickten Sergeant Payne dort runter, um ihn zu überprüfen. Payne sagte, dass alles passt, und nur um sicherzugehen, schickte ich Jason Washington dorthin, und Eileen Solomon entsandte Steve Cohen. Es passt nicht nur alles, sondern er gab Payne auch ein Geständnis und stimmte, wie schon gesagt, seiner Auslieferung zu.«

»Washington und Cohen sind in Alabama?«, fragte Davis.

»Ich dachte, das hätten Sie gehört«, sagte Mariani unschuldig. »Washington sagte, das FBI war dort, um seine Unterstützung anzubieten.«

Davis schüttelte verneinend den Kopf.

»Aber selbstverständlich geben wir jede Unterstützung, die wir geben können, Ralph«, sagte er. »Sie brauchen nur zu fragen.«

»Danke, Walter«, sagte Mariani. »Wir wissen das zu schätzen.« Er lächelte Davis an und fuhr fort: »So feierte *ich*, als Eileen Solomon mich vor einer Stunde anrief, um mir zu erzählen, dass sie soeben mit dem Justizminister von Alabama gesprochen hat. Er sagte ihr – für den Fall, dass Daniels seine Meinung ändert und doch Einspruch gegen eine Auslieferung einlegt –, dass der Gouverneur von Alabama seine Auslieferung anordnet, sobald wir darum ersuchen. Und vor gerade ein paar Minuten rief der Detective der Mordkommission Joe D'Amata, ich glaube Sie kennen ihn …?«

»Aber sicher.«

»… Denny vom Flughafen aus an und sagte, dass er und die anderen, einschließlich einiger Leute vom Labor, an Bord der Maschine um siebzehn Uhr fünfzig nach Alabama gehen. Joe hat das Auslieferungsersuchen bei sich für den Fall, dass es gebraucht wird.«

»Sie haben dies offenbar ziemlich perfekt gemacht«, sagte Davis.

»So sieht es aus, Walter. Und Denny und Brewster feiern die hervorragende Leistung des jungen Payne – angefangen damit, dass er diesen Kerl dort unten gefunden hat – in seinem ersten Fall bei der Mordkommission.«

Mr Davis' Scotch on the rocks wurde serviert.

Er hob sein Glas und prostete Brewster Cortland Payne II. zu.

»Auf Sergeant Payne«, sagte er. »Und auf die Gefahr hin, dass ich Denny ärgerlich mache, Brewster, Sie wissen, wie gern ich hätte, dass Ihr Sohn für das Federal Bureau of Investigation arbeitet. Das Angebot gilt immer noch.«

»Ebenfalls das von Mawson, Payne, Stockton, McAdoo & Lester, Walter, aber die Polizei scheint ihn fest in ihren Klauen zu haben.«

3

»Bevor Steve und Matt sich dem Schnaps widmen und blau werden«, sagte Washington, »scheint mir eine Analyse angebracht, wo wir sind und wohin wir müssen«, sagte Washington.

Mr Cohen zeigte Lieutenant Washington den Mittelfinger.

Sie saßen in Sesseln um zwei zusammengeschobene Tische in der Bird Cage Lounge des Grand Hotels.

Vielleicht verständlich, wurden sie von anderen Gästen mit einiger Neugier betrachtet. Da waren zwei gewaltige Schwarze, die wie Brüder aussahen, einer davon in Polizeiuniform. Ein zweiter uniformierter Polizeibeamter saß dabei, der ziemlich klein war. Eine attraktive junge Frau in der sonst männlichen Runde schien so weit wie möglich von dem einzigen jungen Mann der Gruppe entfernt zu sitzen. Und schließlich saß da ein würdevoll aussehender Mann in einem zweireihigen grauen Anzug mit fein gemusterter Krawatte neben einem Mann mit wild zerzaustem, rotem Haar, der ein gelbes Polohemd und ein gelbrot-kariertes Jackett trug.

»Wo stehen wir juristisch, Steve?«, wollte Washington wissen.

»Joe D'Amata ist jetzt in der Luft«, sagte Cohen. »Er hat den Haftbefehl für Daniels und das Auslieferungsgesuch, für den Fall, dass sich Daniels anders besinnt und sich nicht mehr freiwillig ausliefern lassen will …«

»Und wenn er gegen eine Auslieferung Einspruch einlegt?«, fiel ihm Washington ins Wort.

»Eileen hat mit dem Generalstaatsanwalt von Alabama telefoniert«, erwiderte Cohen. »Er hat ihr gesagt, dass der Gouverneur den Auslieferungsbefehl unterschreiben wird, sobald er ihn bekommt. Wenn wir diesen Weg beschreiten, müsste ich nach Montgomery, was die Frage aufwirft, wie komme ich dorthin?«

»Mr Cohen«, sagte Chief Yancey, »wenn Sie fahren müssen, können wir Sie in vermutlich weniger als drei Stunden dorthin bringen. Es ist eine gerade Strecke die I-65 rauf. Die Staatspolizei wird Sie gern fahren.«

»Die Staatspolizei?«

Yancey nickte. »Wir machen das immer so. Wir nennen es Stafette. Ein Wagen holt Sie hier ab und fährt dann so weit die I-65 rauf, wie er für gewöhnlich patrouilliert. Ein anderer Wagen der Staatspolizei trifft Sie dort. Und dann werden Sie von einem weiteren Wagen mitgenommen, bis Sie in Montgomery sind. Es ist ein wenig kompliziert, aber Sie kommen dort an, und die Staatspolizei fährt Sie gern.«

»Nun, das würde das Problem wirklich lösen«, sagte Cohen. »Aber lassen Sie uns hoffen, dass es nicht nötig sein wird.«

»Kenny?«, fragte der Chief.

»Ich arrangiere das, falls wir es brauchen«, sagte Sergeant Kenny.

»Okay, damit ist dieser Punkt geklärt«, sagte Cohen. »Wo war ich stehen geblieben? Okay. Joe ist mit zwei Labortechnikern im Flugzeug, wir wissen noch nicht, wer es ist, und ebenfalls zwei Detectives. In Atlanta steigen sie um, fliegen nach Pensacola, nehmen einen Mietwagen, vermutlich zwei, und fahren hierher zum weltberühmten Nine Dollar Inn, in dem Matt und Olivia wohnen.«

»Ich hatte einen Anruf von Peter Wohl, Steve«, sagte Washington. »Wir wissen, wer die Detectives sind: Mutt und Jeff.«

»Tatsächlich?«, fragte Matt. »Was werden sie machen, wenn sie hier sind? Und was ist mit Stan Colt?«

»Ich weiß nur, dass Inspector Wohl gesagt hat, wen er schickt. Sie werden auf Daniels' Truck aufpassen, solange er hier ist. Wenn wir einen Truck finden, der groß und stark genug ist, um Daniels' Truck nach Philadelphia abzuschleppen – mitsamt Inhalt –, fahren sie damit zurück.«

»Wann durchsuchen wir den Truck?«, fragte Chief Yancey.

»Womit wir bei diesem juristischen Punkt wären, Chief«,

sagte Cohen. »Matt hat die Aussagen von Fats Gambino und Ihnen. Fats Aussage, dass er sah, wie Daniels den Truck und Anhänger auf seinem abgeschlossenen und bewachten Parkplatz abgeschlossen hat und dass der Truck seither unter Bewachung stand. Sie sagen aus, dass die Schlüssel für den Truck und den Anhänger in Ihrem Besitz sind, Daniels bei seiner Festnahme abgenommen worden sind und seither stets in Gewahrsam der Polizei gewesen sind. Morgen werden die Labortechniker eine Untersuchung durchführen, um festzustellen, dass niemand irgendeines der Schlösser gewaltsam geöffnet hat. Sie werden eidesstattlich erklären, das sie keinen solchen Beweis gefunden haben. Ich weiß es nicht mit Sicherheit, aber dann werden sie vermutlich feststellen, welche Fingerabdrücke und was sie sonst außen am Truck sicherstellen können – Dinge, die zwischen hier und Philadelphia verloren gehen könnten –, und dann eine flüchtige Durchsuchung im Innern des Trucks und der Zugmaschine durchführen. Wenn sie keine Leiche finden – was hier nicht völlig ausgeschlossen ist – oder sonst etwas Spektakuläres, werden sie die Zugmaschine und den Anhänger versiegeln und die Verladung auf das Fahrzeug beaufsichtigen, das wir schließlich finden, um alles nach Philadelphia zurückzutransportieren.«

»Das ist anscheinend höllisch viel Arbeit«, meinte Yancey. »Alles nach Philadelphia zu bringen, meine ich.«

»So ist es«, pflichtete Cohen ihm bei. »Mein Boss ist daran interessiert – und ich bin das auch –, die Beweiskette zu sichern. Wir haben hier drei Zuständigkeitsbereiche. Philadelphia, Daphne/Baldwin County und – weil der Truck in Mobile, Alabama, ist – die Mobile County. Aber ich glaube, es ist unter Kontrolle. Juristisch wird die Durchsuchung von der Polizei Mobile durchgeführt, auf Grund des Durchsuchungsbefehls, den der Richter der Mobile County ausgestellt hat. Matt und ich – und ebenfalls Mutt und Jeff, um alles abzudecken – werden dort sein. Und wenn Sie jemanden schicken könnten …«

»Ich glaube, Sergeant Kenny und ich können Zeit finden, um dort zu sein«, fiel ihm Yancey ins Wort.

»Dann kann jeder von uns unter Eid bezeugen, dass die Polizei von Philadelphia und die Polizei von Daphne Zeugen der Durchsuchung waren – und die Kontrolle über das Beweismaterial hatten – von der Zeit an, in der die Polizei Mobile den Durchsuchungsbefehl durchführte und Daniels' Schlüssel in die Schlösser steckte.«

»Kenny und ich werden dort sein«, wiederholte Yancey und fragte dann: »Wie werden Sie ihn nach Philadelphia schaffen?«

»Das muss noch entschieden werden«, sagte Washington. »Ich habe Sergeant Payne eine Liste von anderen Leuten gegeben, von denen er und Detective D'Amata sich Aussagen holen sollten, was sie für die nächsten ein, zwei Tage beschäftigen wird. Detective Lassiter und ich haben für den Flug reserviert, der Mobile morgen Nachmittag um dreizehn Uhr fünfzehn verlässt. So bleibt mir vielleicht ausreichend Zeit, um mit Detective D'Amata zu sprechen …«

»Ich fliege morgen zurück?«, fragte Olivia.

»Um dreizehn Uhr fünfzehn …«, sagte Washington.

Sie war offensichtlich überrascht von der Ankündigung. Ebenfalls Matt. Als er sie jedoch ansah, war ihm klar, was das kalte, zornige Glitzern in ihren Augen zu bedeuten hatte.

Sie denkt, ich hätte alles darüber gewusst. Hölle, sie denkt, ich habe Washington gebeten, sie heimzuschicken.

»… aber da Mr Cohen und Detective D'Amata drei Stunden zusammen in einem Wagen hierher zurückfahren, sehe ich da kein Problem. Sehen Sie eines, Sergeant Payne?«

»Nein, Sir.«

»In diesem Fall ist unser Gespräch beendet, und Sie dürfen den Kellner rufen, und Sie und Steve können anfangen, sich zu betrinken.«

»Wenn das alles ist, Sir, darf ich mich dann entschuldigen?«, fragte Olivia.

»Olivia, ich hoffe, Sie verstehen, dass dies ein Versuch von Humor gewesen ist. Wir werden ein paar Drinks nehmen und dann zu Abend essen.«

»Ich habe Kopfschmerzen, Sir.«

»Das tut mir Leid. Kann ich irgendetwas für Sie tun?«

»Nein, danke. Ich fühle mich einfach nicht …«

»Ich verstehe«, sagte Washington und – stets Gentleman – stand auf. »Morgen werden Sie sich bestimmt besser fühlen.«

»Möchtest du, dass ich dich zum Motel bringe, Olivia?«, fragte Matt.

»Ich nehme ein Taxi, danke.«

»Ich weiß nicht, ob es hier Taxis gibt«, sagte Matt.

Ich hoffe wirklich, dass es keine gibt.

»Wir haben das Nächstbeste«, sagte Chief Yancey. »Kenny?«

Kenny sprach in das Mikrofon, das an sein Hemd geheftet war.

»Barbara-Anne, schick einen Streifenwagen, der am nächsten beim Grand Hotel ist, um Detective Lassiter zu ihrem Motel zu fahren. Sie wird vor der Eingangstür warten.«

»Vielen Dank«, sagte Detective Lassiter.

Sie schauten ihr nach, als sie aus der Bird Cage Lounge ging.

»Sie wollte nicht mit Ihnen fahren, wie?«, fragte Mickey O'Hara. »Ist es das, was man einen ›Streit unter Liebenden‹ nennt?«

»Gehen Sie zum Teufel, Mickey«, fuhr Matt ihn an.

»Worüber regt sie sich auf, Matt?«, fragte Washington. »Offensichtlich ist sie wegen irgendetwas verärgert.«

»Ich glaube, sie denkt, ich hätte arrangiert, dass sie zurückgeschickt wird«, sagte Matt.

»Das kann ich schnell richtig stellen, wenn Sie das möchten.«

»Sie will in der Mordkommission bleiben«, sagte Matt. »Besteht eine Chance, dass sie das kann? Sie ist ein ziemlich guter Cop.«

»Matt, Ihre Loyalität ist lobenswert …«

»Ist es das, was es ist, ›Loyalität‹?«, fragte Mickey.

»Mickey«, sagte Washington kalt und ärgerlich, »manchmal, wie jetzt, wissen Sie nicht, wann Sie aufhören müssen.« Er wandte sich wieder Matt zu. »Was Detective Lassiters Wunsch, in der Mordkommission zu bleiben, anbetrifft, so befürchte ich, dass dies natürlich nicht in Frage kommt. Und Sie sollten das wissen.«

Matt wusste nicht, was er sagen sollte.

»Und mir fällt gerade etwas anderes ein«, sagte Washington. »Als ich mit Commissioner Coughlin sprach, deutete er an, dass sich Ihr Vater freuen würde, wenn Sie ihn anrufen. Und ich hatte das Gefühl, dass der Commissioner einen Anruf von

Ihnen nicht als unwillkommene Störung seiner Zeit betrachten würde.«

»Nun, dann sollte ich jetzt gleich anrufen«, sagte Matt. »Solange ich noch nüchtern sprechen kann.«

Er erhob sich am Tisch und ging durch eine Glastür zu einem Bereich zwischen Hotelgebäude und der Bucht. Sie konnten sehen, wie er sein Handy hervorholte.

»Ich glaube, hier haben wir einen Fall von tobendem Testosteron«, sagte Cohen. »Und ich mache mich nicht lustig über ihn.«

»Aus diesem Grund ist er blind und taub gegen seine Überheblichkeit und Frechheit«, sagte Washington.

Er blickte zwischen Chief Yancey und Sergeant Kenny hin und her.

»Ich glaube, ein Wort der Erklärung ist angezeigt. Sergeant Payne trägt die Dienstmarke seines Vaters. Kurz bevor Matt geboren wurde, wurde sein Vater im Dienst erschossen, als er auf einen stummen Alarm reagierte. Deputy Commissioner Coughlin war der beste Freund seines Vaters. Er ist Matts Patenonkel.«

»Cop zu sein hat er in seinem Blut, wie?«, sagte Sergeant Kenny.

»Als Vorwort dazu sage ich, dass ich – vielleicht zu offensichtlich – stolz auf unseren jungen Sergeant bin, mich manchmal jedoch frage, ob er nicht ein wenig zu hoch fliegend für seine Erfahrung ist.«

»Er hat einen guten Job beim Fall Daniels gemacht, Jason«, sagte Steve Cohen. »Absolut professionell.«

»Und jetzt weiß er das. Das ist ja meine Rede, Steve. Unser Matty ist nicht mit zu großer Bescheidenheit belastet.«

»Und er wird Gold wert im Zeugenstand sein«, fuhr Cohen fort. »Wenn wir abstimmen müssten, würde ich sagen, Matt ist ein höllisch guter Cop.«

»Ich schließe mich dem Winkeladvokaten an«, sagte O'Hara. »Können wir jetzt endlich etwas zu trinken bekommen?«

4

»Nesbitt Residenz«, meldete sich der Butler der Nesbitts am Telefon.

»Brewster Payne, Porter. Ist Mr Nesbitt zu sprechen?«

»Ich bin überzeugt, für Sie wird er zu sprechen sein, Mr Payne. Einen Moment, bitte.«

Einen Augenblick später war Chadwick Thomas Nesbitt III., Vorsitzender des Aufsichtsrats von Nesfood International Incorporated in der Leitung. Er hatte auf dem Golfplatz hinter dem linken Flügel seiner Villa mit einem neuen Putter geübt.

»Wenn du nicht mein Anwalt wärst, würde ich gern von dir hören. Was ist die schlechte Nachricht, die du mir zu dieser Zeit unbedingt sagen musst? Das Finanzamt oder was?«

»Eigentlich, Tom, hat dies einen gewissen Zusammenhang mit dem Finanzamt.«

»O Gott, was nun?«

»Dein Vermögen ist beschlagnahmt, und du kommst möglicherweise in den Knast.«

»Das halte ich nicht für lustig.«

»Ich hatte ein paar Drinks mit Denny Coughlin im Rittenhouse Club, kurz bevor ich heimfuhr.«

»Und ich habe nicht mal die richtigen Dinge über Matty gesagt, oder? Es war alles im Fernsehen. Du musst sehr stolz auf ihn sein. Hölle, wir alle sind stolz auf ihn.«

»Das bin ich. Ich habe soeben mit ihm telefoniert. Er bestätigte, was mir Denny Coughlin gesagt hat. Es gibt keinen Zweifel daran, dass der Kerl, den man in Alabama festgenommen hat, derselbe ist, der das Williamson-Mädchen getötet hat.«

»Und was passiert jetzt mit ihm? Sein Anwalt plädiert, dass er eine unglückliche Kindheit gehabt hat, und er kommt mit mildernden Umständen davon?«

»Ich bezweifle, dass dies geschehen wird. Eigentlich scheint Denny sich nur Sorgen zu machen, wie er nach Philadelphia zurückgeschafft werden kann.«

»Kämpft er gegen die Auslieferung an? Haben wir diplomatische Beziehungen mit Alabama?«

»Das Problem ist das des Transports, Tom. Ihn mit einer

Linienmaschine zurückzubringen führt zu einer Menge von Problemen, wie du dir sicher vorstellen kannst. Die Presse, zum Beispiel. Und die Beschränkungen selbst für Polizisten, Schusswaffen in Flugzeugen zu tragen, zum Beispiel.«

»Komm zur Sache, Brewster. Dein Freund Denny Coughlin möchte Nesfoods Citation benutzen, um diesen Typen hierhin zurückzubringen, richtig? Und er hat dir vorgeschlagen, mich anzurufen?«

»Nein, das hat er nicht. Ich bezweifle wirklich, dass ihm jemals in den Sinn gekommen ist, dein Flugzeug zu benutzen.«

»Dies ist deine Idee?«

»Die mir vor ein paar Minuten kam, kurz bevor ich dich anrief.«

»Nach wie vielen Drinks?«

»Vier oder auch fünf.«

»Du bist mein Rechtsberater – berate mich. Warum sollte ich?«

»Nun, zum einen wären alle Kosten voll absetzbar.«

»Und du hast mich so oft darauf hingewiesen, dass man erst Geld ausgeben muss, bevor man behaupten kann, dass es für geschäftliche Zwecke ausgegeben wurde und es folglich vom Einkommen abgezogen werden kann. Du weißt, wie viel es kostet, dieses Flugzeug zu betreiben.«

»Es wäre unbestreitbar gute Public Relations für dich, Tom.«

»Und dein Kumpel Denny hat nichts mit deiner Idee zu tun?«

»Das habe ich dir schon gesagt, Tom.« Paynes Stimme klang jetzt eisig.

»Das hast du. Und ich höre immer noch zu.«

»Ich denke mir, es wäre zum Vorteil für beide Parteien, wenn du mit Alvin Martin telefonierst und ihm sagst, dir sei zu Ohren gekommen – du kannst meinen Namen nennen, wenn du willst –, dass die Polizei ein Problem hat, diesen Kerl zurückzutransportieren, und dass Nesfoods International, als besorgte, gute, kooperative Bürger unserer schönen Gemeinde …«

»Und du hast zufällig die Geheimnummer des Bürgermeisters, richtig?«

»Nein, aber ich habe eine, die er mir gegeben hat, falls ich je mit ihm zu sprechen wünsche, Tag oder Nacht.«

»Lass hören.«

5

Homer C. Daniels blickte auf, als die Tür seiner Zelle aufgeschoben wurde. Einen Augenblick später tauchten darin der gewaltige schwarze Sergeant und der fast so große weiße Cop mit dem Fesselungs-System auf.

»Stehen Sie bitte auf!«, befahl Kenny.

»Ist all dies nötig?«, fragte Daniels. »Ich kooperiere. Ich unternehme keinen Fluchtversuch.«

»Es ist die vorgeschriebene Prozedur«, sagte Sergeant Kenny und forderte ihn mit einer Geste auf, sich umzudrehen.

Wenn es nach mir ginge, du weißer, perverser Abschaum, würdest du den Rest deines Lebens gefesselt mit diesem Ding verbringen.

»Wenn Sie auf die Toilette müssen, gehen Sie jetzt«, sagte Kenny. »Sie werden eine Zeit lang keine andere Gelegenheit haben.«

»Wohin gehe ich?«

»Sie haben Ihrer Auslieferung nach Philadelphia zugestimmt, richtig?«

Daniels nickte.

»Dorthin gehen Sie.«

Daniels erleichterte seine Blase.

Sergeant Kenny und Officer Andrew Terry legten Daniels die Gurte an. Dann legte ihm jeder eine Hand auf den Arm und führte ihn, während er aus dem Haftbereich, über den Flur und durch eine andere Tür schlurfte.

Sie verließen das Gebäude.

Draußen stand eine Reihe von Streifenwagen, zwei mit der Aufschrift DAPHNE POLICE DEPARTMENT auf den Türen, zwei mit den Lettern STATE TROOPER auf der Kofferraumhaube und zwei schwarze Limousinen – ein Ford und ein Mercury – mit mehreren Antennen am Heck und auf den Dächern, jedoch ohne Polizeiaufschrift. In der Reihe der Wagen befanden sich ebenfalls ein rotes Ford Mustang Cabrio und ein Lincoln Town Car.

Ein Blitzlicht zuckte auf, und Daniels sah einen rothaarigen Mann mit schrillem Sportsakko, der ihn mit einer Digitalkamera fotografiert hatte. Eine hintere Tür des Streifenwagens der

Polizei von Daphne, der dicht neben dem Hintereingang hielt, stand offen, und Sergeant Kenny führte Daniels hinein. Er achtete darauf, dass sich der Gefangene nicht am Türrahmen den Kopf anstieß, und als er saß, legte er ihm den Sicherheitsgurt an und schloss die Tür. Der große weiße Cop setzte sich hinters Lenkrad.

Als Daniels aus dem Wagenfenster sah, bemerkte er den jungen Sergeant der Mordkommission aus Philadelphia, den Kriminalbeamten von der Mordkommission, der vor ein paar Tagen aufgetaucht war, den stellvertretenden Staatsanwalt und vier andere Männer in Zivil, die Kriminalbeamte oder Anwälte sein konnten.

Während er beobachtete, verteilten sich die Männer auf die anderen Wagen.

Wieder blitzte es, und Daniels sah, dass der rothaarige Mann von neuem fotografierte.

Sergeant Kenny sprach in das Mikrofon, das an sein Hemd geheftet war.

»Wir sind bereit.«

»Wohin fahren wir?«, fragte Daniels.

»Wir müssen den Auslieferungsbefehl von einem Richter unterzeichnen lassen«, sagte Kenny.

Die Reihe der Autos setzte sich in Bewegung und fuhr in einem weiten Kreis über den Parkplatz. Daniels sah, dass die Leuchtleiste auf dem Dach des Wagens der Staatspolizei an der Spitze der Kolonne rot und blau blinkte, jedoch nur auf diesem Wagen.

Sie gelangten vom Joseph Hall Criminal Justice Center auf einen vierspurigen Highway. Zwei weitere Streifenwagen der Polizei von Daphne blockierten den Verkehr in beiden Richtungen, um dem Konvoi zu erlauben, auf den Highway zu fahren.

Der Konvoi bog nach links ab und fuhr gerade unter der erlaubten Höchstgeschwindigkeit aus Daphne hinaus gen Fairhope. Mehrmals sahen die Fahrer vorausfahrender Autos die Warnlichter des Wagens der Staatspolizei an der Spitze des Konvois. Sie dachten, eine Beerdigungsprozession nähere sich, machten respektvoll Platz, bremsten ab oder stoppten und hielten vergebens nach einem Leichen- und Blumenwagen Ausschau.

In Fairhope bog der Konvoi bei einem Einkaufszentrum nach links auf den U.S. Highway 98 ab und dann nach einer halben Meile auf einer zweispurigen Asphaltstraße abermals nach links in einen Komplex von eingeschossigen Backsteingebäuden.

Daniels sah ein Schild: »Baldwin County Satellite Courthouse«.

Der Wagen mit Daniels stoppte vor einem der Gebäude. Kenny stieg vom Rücksitz her aus. Scheinwerfer flammten auf, und als Daniels ausstieg, sah er, dass er von Kameras aufgenommen wurde, die das Logo von drei verschiedenen Fernsehgesellschaften trugen.

Während Kenny ihn an einem Arm hielt und ein Staatspolizist am anderen, schlurfte Daniels in das Gebäude und wurde in einen kleinen Gerichtssaal geführt. Der Saal wurde – nach den Schildern an den Wänden zu urteilen – oftmals benutzt, um Führerschein-Prüfungen durchzuführen.

Roswell Bernhardt, Esquire, saß an einem der beiden Tische gegenüber der Richterbank. Er stand auf, gab Daniels die Hand und schaute dann zu, wie Kenny ihm die Fesseln abnahm und ihn aufforderte, sich neben Bernhardt zu setzen.

Der stellvertretende Staatsanwalt von Philadelphia und ein anderer Mann, der wie ein Anwalt aussah, setzten sich an den anderen Tisch gegenüber der Richterbank, legten Aktentaschen darauf und kramten dann in deren Inhalt. Der junge Sergeant der Mordkommission und andere setzten sich in die ersten Reihen der Sitzbänke.

Ein großer Mann in einer Polizeiuniform mit zwei Brauntönen – er trug eine Dienstmarke und war mit einem großkalibrigen Revolver bewaffnet – schaute in den Raum, zog seinen Kopf zurück und trat einem Moment später zur Seite.

»Alle erheben sich!«, befahl er.

Alle standen auf.

Ein sympathisch wirkender Mann in Richterrobe betrat den Gerichtssaal und setzte sich auf einen mit Leder bezogenen Stuhl mit hoher Rückenlehne.

»Das Rundreise-Bezirksgericht tagt jetzt unter dem Vorsitz

des Ehrenwerten Reade W. James«, verkündete der braun Uniformierte.

»Guten Morgen«, sagte Richter James. »Bitte nehmen Sie Platz.«

Alle setzten sich.

»Das Gericht nimmt Notiz von der Anwesenheit des Justizministers von Alabama«, sagte Richter James. »Und womit verdienen wir die Ehre?«

Der Mann neben Steve Cohen erhob sich.

»Guten Morgen, Euer Ehren. Wenn das Gericht erlaubt, darf ich Mr Steven Cohen vorstellen, der ein stellvertretender Staatsanwalt von Philadelphia, Commonwealth of Pennsylvania, ist.«

»Guten Morgen, Mr Cohen. Willkommen in Alabama. Sie haben Geschäftliches vor dieses Gericht zu bringen?«

»Guten Morgen, Euer Ehren. In Philadelphia ist ein Haftbefehl für die Festnahme von Homer C. Daniels ausgestellt worden, der beschuldigt wird, gegen Paragraf 2502b des Strafgesetzbuches von Pennsylvania verstoßen zu haben, der Mord zweiten Grades ist. Es ist vereinbart worden, Euer Ehren, dass Mr Daniels, der mit seinem Anwalt in diesem Gericht anwesend ist, bereit ist, auf seine Rechte auf eine Auslieferungs-Anhörung zu verzichten und nach Philadelphia zurückzukehren, um sich für diese und andere Anklagepunkte zu verantworten.«

»Welche Anklagepunkte sind das?«, fragte Richter James.

»Kurz gefasst, Euer Ehren, Mord dritten Grades, Vergewaltigung, Erzwingung abartigen Geschlechtsverkehrs, Raub, Diebstahl, Hehlerei, schwerer tätlicher Angriff, einfacher tätlicher Angriff, vorsätzliche Gefährdung einer anderen Person, Einbruch, unbefugtes Betreten, Besitz einer Waffe zur Ausübung eines Verbrechens und Leichenschändung

»Mr Bernhardt«, sagte Richter James, »kann das Gericht davon ausgehen, dass der Mann, der neben Ihnen sitzt, Mr Homer C. Daniels ist und dass Sie als sein Anwalt fungieren?«

Bernhardt erhob sich.

»Ja, Euer Ehren.«

»Mr Daniels …«, begann Richter James und unterbrach sich, um fortzufahren: »Würden Sie sich bitte erheben, Sir?«

Homer C. Daniels stand auf.

»Haben Sie irgendwelche Probleme damit, dass Mr Bernhardt als Ihr Anwalt fungiert?«

»Nein, Sir.«

»Sind Sie sich der Art und der Einzelheiten all der Anklagepunkte bewusst, die gegen Sie in Pennsylvania erhoben werden?«

»Ja, Sir.«

»Und hat Mr Bernhardt Ihnen erklärt, dass Sie, sollten Sie es wünschen, nach dem Gesetz das Recht auf eine Auslieferungs-Anhörung haben, bei der Sie Argumente anführen können, warum Sie nicht nach Philadelphia gebracht werden sollten angesichts einer oder aller Anklagen, die dort gegen Sie erhoben werden?«

»Ja, Sir.«

»Und nachdem Sie über Ihre Rechte nach dem Gesetz in dieser Sache belehrt wurden, wünschen Sie trotzdem, auf eine Anhörung zur Auslieferung zu verzichten, was bedeutet, dass Sie innerhalb der nächsten zehn Tage entsprechenden Polizeibeamten Pennsylvanias übergeben werden, die Sie dann nach Pennsylvania zurückbringen, wo Sie sich für die gegen Sie erhobenen Anklagepunkte verantworten müssen?«

»Ja, Sir.«

»Dieses Gericht stellt also fest, dass sich Mr Daniels seiner Rechte in dieser Sache bewusst ist und trotzdem freiwillig auf eine Anhörung verzichtet«, sagte Richter James und machte eine Geste, die Steve Cohen richtig deutete, dass er jetzt Mr Daniels die entsprechenden Dokumente vorlegen konnte.

Er ging zu Daniels' Tisch, legte gebundene Schriftsätze vor ihn hin und händigte ihm seinen Kugelschreiber aus. Daniels kritzelte schnell seine Unterschrift auf die Dokumente.

»Darf ich mich der Bank nähern, Euer Ehren?«, fragte Cohen.

Richter James winkte ihn zur Richterbank. Cohen überreichte ihm die Dokumente. James sah sie sich an und unterzeichnete sie.

»Sie wissen, Mr Cohen, dass der Staat Pennsylvania Mr Daniels binnen zehn Tagen in Gewahrsam nehmen muss?«

»Euer Ehren, Sergeant Matthew Payne von der Mordkommission der Polizei Philadelphias – und andere Polizeibeamte von Philadelphia – sind in diesem Gerichtssaal anwesend und darauf vorbereitet, Mr Daniels binnen der vorgeschriebenen Zeit in Gewahrsam zu nehmen.«

»Dann ist die Sache damit anscheinend beendet«, sagte Richter James und stand auf.

»Alle erheben sich!«, befahl der Polizist in der Uniform mit den zwei Brauntönen.

Alle standen auf.

Richter James verließ den Gerichtssaal.

Sergeant Kenny legte Daniels die Fesseln an. Als er fertig war, führten Kenny und der Staatspolizist ihn zurück durch das Gerichtsgebäude und setzten ihn dann auf den Rücksitz des Streifenwagens der Polizei von Daphne.

Danach verließ der Konvoi den Gerichtsgebäude-Komplex, fuhr zurück zum U.S. Highway 98 und bog darauf ein. Drei Meilen weiter bog er nach links auf die zweispurige Asphaltstraße und eine halbe Meile weiter auf den Zubringer zum Fairhope Municipal Airport.

Dort fuhr der Konvoi auf den Parkbereich und zu einer Cessna Citation. Eine fast identische Citation und ein halbes Dutzend andere Geschäftsflugzeuge standen auf der Parkfläche.

Mickey O'Hara sprang aus dem Lincoln und rannte an der Reihe der Polizeiwagen vorbei, um an Ort und Stelle zu sein, wenn Daniels aus dem Streifenwagen der Polizei von Daphne geholt wurde.

Als O'Hara dort war, hatte er viel Zeit, sich die kleine Zeremonie anzusehen.

Der Justizminister von Alabama stieg aus dem schwarzen Mercury und ging auf den Streifenwagen aus Daphne zu, in dem Daniels saß. Der Fahrer und die Staatspolizisten beeilten sich, um sich hinter ihm aufzustellen.

Steve Cohen ging zu dem Streifenwagen. Er war mit O'Hara im Lincoln gefahren. Matt Payne und Joe D'Amata nahmen Positionen hinter ihm ein. Chief Yancey, einige seiner Beamten und die Detectives Martinez und McFadden standen an einer Seite.

Auf ein Nicken des Mannes in der Zivilkleidung hin öffnete

einer der Staatspolizisten die Tür des Streifenwagens und half zuerst Sergeant Kenny und dann Mr Daniels heraus.

»Mr Daniels«, sagte der Mann. »Ich bin Baxley Williams, Justizminister des Staats Alabama. Und dies ist Sergeant Matthew Payne, ein Polizeibeamter aus Philadelphia, Pennsylvania, der einen Haftbefehl für Ihre Festnahme hat.«

Daniels schwieg.

Williams wandte sich an Matt.

»Sie können jetzt den Gefangenen in Gewahrsam nehmen.«

Matt ergriff Daniels' Arm. Sergeant Kenny zog seine Hand fort.

Cohen gab D'Amata ein Signal. D'Amata nahm Handschellen von seinem Gurt, ging zu Daniels und legte sie ihm an

»Sergeant Kenny, möchten Sie mir hierbei helfen?«, fragte D'Amata.

Kenny begann das Gurtsystem zu lösen, mit dem der Gefangene gefesselt war.

Als er damit fertig war, sagte D'Amata: »Kommen Sie bitte mit« und führte Daniels zu der Cessna Citation.

Matt ging schnell zu dem Flugzeug, traf als Erster dort ein und stieg an Bord.

Als Daniels in die Kabine kam, zeigte er ihm, wo er sich hinsetzen sollte, auf den hintersten Sitz, der für gewöhnlich vom Steward besetzt wurde. Dann nahm er Handschellen von seinem Gurt, ließ eine Schelle um Daniels linkes Handgelenk zuschnappen und die andere um das Aluminiumrohr des Sitzes.

D'Amata beobachtete es.

Steve Cohen kam an Bord, gefolgt von Mickey O'Hara.

»Lasst uns fliegen«, sagte er.

Matt ging nach vorne und klopfte an die Cockpittür. Ein Mann in blauem Hemd mit den Schulterklappen eines Ersten Offiziers öffnete.

O'Hara machte ein Foto von ihm.

»Sie können jetzt jederzeit starten«, sagte Matt.

Der Copilot ging durch die Kabine und betätigte den Türschließ-Mechanismus.

O'Hara machte sein Foto.

Bevor der Copilot ins Cockpit zurückkehren konnte, startete der Pilot den Motor.

Joe D'Amata ging zu Homer Daniels.

Mickey O'Hara fotografierte sie.

»Das Gesetz sagt, Sie können während Start, Flug oder Landung nicht gefesselt sein«, sagte D'Amata. »Das Gesetz sagt ebenfalls, dass ich die Befugnis habe, jedwede notwendige Gewalt anzuwenden, um sicherzustellen, dass Sie in Gewahrsam bleiben. Ich werde Ihnen jetzt diese Handschellen abnehmen, und Sie werden Ihren Sicherheitsgurt anlegen. Wenn es auch nur so aussieht, als würden Sie daran denken, aus diesem Sitz herauszukommen, werde ich Sie erschießen. Haben wir uns verstanden?«

Daniels nickte.

D'Amata nahm ihm die Handschellen ab.

Die Citation setzte sich in Bewegung.

Von seinem Sitz aus konnte Matt sehen, dass jeder darauf wartete, dass sie startete.

Er bezweifelte, dass sie ihn durch die dunkel getönte Fensterscheibe der Citation sehen konnten, doch er winkte trotzdem. Die Citation rollte zur Startbahn, bog darauf ein und beschleunigte sofort zum Start.

Matt konnte sehen, dass mindestens die Hälfte der Polizeibeamten auf dem Parkbereich zum Abschied winkten.

Als er sich vom Fenster abwandte, machte Mickey O'Hara ein Foto von ihm.

6

Nicht ganz so viele Leute oder Repräsentanten der Presse erwarteten die Citation auf dem Northeast Philadelphia Airport, wie es bei der Ankunft von Stan Colts Citation der Fall gewesen war. Aber fast so viele.

Der Ehrenwerte Alvin W. Martin war da, saß mit einer Gruppe prominenter Offizieller und Bürger an Tischen im Flatspin Restaurant, dessen Fenster einen Ausblick auf die Flugzeuge boten, welche die Hauptlandebahn benutzten.

Zu den Offiziellen zählten Polizeichef Ralph Mariani – der hauptsächlich dort war, weil er im Polizeifunk gehört hatte, dass der Bürgermeister auf dem Weg zum Flughafen war – und sein erster Stellvertreter Dennis V. Coughlin – der dort war, weil er es wollte.

Bei ihnen saß Mr Chadwick Thomas Nesbitt III., Aufsichtsratsvorsitzender von Nesfoods International. Er war auf Einladung des Bürgermeisters dort, der ihm öffentlich – das heißt, vor den versammelten Fernsehkameras und Pressefotografen – dafür danken wollte, dass er großzügig das Flugzeug zur Verfügung gestellt hatte. Neben Mr Nesbitt III. saß Mr Chadwick Thomas Nesbitt IV., ein Vizepräsident von Nesfoods International. Er war dort, weil er die Flugabteilung von Nesfoods International angerufen und darum gebeten hatte, über die Ankunft der Citation informiert zu werden.

Als verkündet wurde, dass die Nesfoods-Citation soeben um Lande- und Rollanweisungen gebeten hatte, war Mr Nesbitt IV. in eine Unterhaltung mit Mr Stan Colt vertieft. Der Filmschauspieler hatte sich irgendwie eine Reißverschlussjacke mit der Aufschrift PHILADELPHIA POLICE DEPARTMENT zugelegt.

Im so genannten VIP-Bereich des Flatspin Restaurants saßen ebenfalls der Besitzer Mr Fred Hagen und Mr Brewster Cortland Payne II., Esquire. Und Amelia M. Payne, Dr. med. Letztere war über die Ankunftszeit der Citation von Commissioner Coughlin informiert worden. Mr Payne war dort als stolzer Elternteil. Dr. Payne war anwesend, weil sie einen Blick auf ein interessantes Beispiel von Geistesgestörtheit werfen und ebenfalls, weil sie den Moment des Triumphs ihres kleinen Bruders erleben wollte.

Die Ehrenwerte Eileen McNamara Solomon hatte ebenfalls Zeit in ihrem überfüllten Terminplan gefunden, um im Flatspin Restaurant zu sein, hauptsächlich, weil sie einen Blick auf Mr Daniels werfen wollte, um einzuschätzen, wie er von den Geschworenen bewertet werden würde, sollte er seine Meinung ändern, sein Geständnis widerrufen und sein Recht in Anspruch nehmen, eine Jury in Alabama zu verlangen.

Außerhalb des Restaurants, jedoch gerade noch innerhalb des Flughafengeländes – wo eine viermotorige B-24 Liberator ständig als Denkmal für Captain Bill Benn stand, Mr Hagens Onkel, der im Zweiten Weltkrieg als Pilot einer B-24 gefallen war –, wartete ein kleiner Kreis weiterer Weißhemden und ihre Wagen auf Mr Daniels.

Captain Henry Quaire und Lieutenant Jason Washington von der Mordkommission standen neben Captain David Pekach von der Highway Patrol und den leitenden Captains des 8. Polizeidistrikts und der Kripo Nordost zwischen der B-24 und dem Vorfeld vor dem Hangar des Nesfoods International Aviation Department, wo die Citation parken würde.

Ungefähr zwanzig Uniformierte – und ihre Wagen – warteten vor dem Hangar selbst.

Ungefähr drei Viertel von ihnen haben hier beruflich nichts zu suchen, dachte Deputy Commissioner Coughlin insgeheim. Daniels musste nur vom Flugzeug in einen Streifenwagen verfrachtet und zur Haftzelle im Kellergeschoss des Rundhauses gebracht werden. Es schien berechtigt zu sein, einen Wagen zu schicken – oder auch zwei, denn es bestand die geringe Möglichkeit eines Platten oder Unfalls –, doch dies war ein Zirkus, der nicht nötig war. Homer C. Daniels war nicht der erste des Mordes Angeklagte, der transportiert werden musste.

Doch Coughlin wusste, dass er nichts gegen den Rummel tun konnte, selbst wenn er die Befugnis gehabt hätte, sie alle wegzuschicken. Er verstand ihre Neugier und ihr Gefühl, zu Recht anwesend zu sein. Dies war ein Fall der Mordkommission, folglich waren Quaire und Washington zuständig. Der Northeast Philadelphia Airport befand sich im Zuständigkeitsbereich sowohl des 8. Polizeidistrikts als auch der Kripo Nordost, daher die Anwesenheit beider Leiter. Und die Highway Patrol hatte stadtweite Befugnis, und deshalb nahm sich Dave Pekach die Freiheit, herzukommen und zu beobachten, wie Homer C. Daniels nach Philadelphia zurückgebracht wurde.

Mr Michael O'Hara, der in dem Moment aus seinem Sitz aufgestanden war, als die Räder der Citation den Boden berührt hatten, um eine letzte Aufnahme von Daniels auf seinem Sitz zu machen, und fast das Gleichgewicht verloren hätte, als der Pilot stark abgebremst hatte, stieg als Erster aus dem Flugzeug.

Er nahm eine Position ein, um Daniels zu fotografieren, wie er von Bord ging, die sehr der Eddies, Stan Colts ›persönlicher Fotograf‹, glich, als der Colt bei der Landung auf dem Northeast Airport fotografiert hatte.

Als Nächster ging Mr Steven Cohen von Bord der Citation, gefolgt von Detective D'Amata, dann Daniels, wieder mit Handschellen, und schließlich Sergeant Payne.

Der Leiter des 8. Distrikts und der Leiter der Highway Patrol gingen zum Flugzeug, und ein Wagen der Highway Patrol, einer vom 8. Distrikt und ein weiterer der Highway Patrol fuhren vor.

Detective D'Amata setzte Daniels in den Wagen des 8. Distrikts und stieg dann ebenfalls ein. Die drei Wagen fuhren davon. Mr Cohen, Sergeant Payne, Mr O'Hara und die beiden Captains blieben neben dem Flugzeug zurück.

»Man wünscht Sie dort drüben«, sagte Captain Pekach und wies zu der Gruppe der VIPs.

Sergeant Payne sah sich aufmerksam auf dem Flughafen um. Er konnte Detective Lassiter nirgendwo entdecken.

Es waren wenig Vertreter der Presse anwesend, um dies für die Nachwelt festzuhalten. Es hatte weniger als eine Minute gedauert, Daniels vom Flugzeug in den Wagen des 8. Distrikts zu bringen. Da die Presseleute nichts sonst zu tun hatten – darauf hatte der Bürgermeister spekuliert –, wandten sie ihre Aufmerksamkeit ihm zu.

Der Bürgermeister lächelte zuerst Steven Cohen, Esquire, an und schüttelte seine Hand, dann lächelte er Sergeant Payne an und schüttelte ihm die Hand. Staatsanwältin Solomon, ebenfalls gewählte Offizielle, wurde fotografiert, als sie Mr Cohen die Hand schüttelte.

Der Bürgermeister winkte Mr Nesbitt III. an seine Seite.

»Ich habe eine kurze Erklärung abzugeben«, begann der Bürgermeister. »Eine schreckliche Tragödie hat sich in unserer Stadt abgespielt, und nichts kann sie jemals ungeschehen machen. Aber ich möchte diese Gelegenheit nutzen, um zu sagen, wie stolz ich nicht nur auf unsere Polizei und das Büro der Staatsanwaltschaft, sondern auch auf unsere engagierten Bürger bin. Sobald Mr Nesbitt von Nesfoods International erfuhr, dass dank wirklich erstklassiger Polizeiarbeit und wirklich erstklassiger juristischer Arbeit von Mrs Solomon und ihren Mitarbeitern der Mann, dem dieses abscheuliche Verbrechen zur Last gelegt wird, in Alabama in Haft ist, rief er an, um anzubieten, sein Firmenflugzeug zur Verfügung zu stellen – zu keinerlei Kosten für die Stadt –, um den mutmaßlichen Mörder nach Philadelphia und vor Gericht zu bringen. Ich danke Ihnen, Mr Nesbitt.«

»Es schien das Mindeste zu sein, was Nesfoods tun konnte, Mr Mayor«, sagte Mr Nesbitt. »Nesfoods International möchte verantwortungsvoll handeln, und wir fühlen uns dem Wohl der Bürger von Philadelphia verpflichtet.«

»Und ich muss dies sagen«, fuhr der Bürgermeister fort. »Bei einigen Teilen der Presse hat es vor kurzem einige unglückliche und nach meiner Einschätzung auch unfaire Kommentare gegeben, dass gewisse Polizeibeamte zu viel Zeit damit verbringen, meinen guten Freund Stan Colt vor der Begeisterung seiner Fans zu schützen, anstatt zu versuchen, einen Mörder zu fassen. Ich denke, dies beweist ohne jeden Zweifel, dass unsere Polizei beide Dinge gleichzeitig tun kann.«

Bürgermeister Martin ließ keine Fragen der Presse zu. Er wandte sich um und duckte sich schnell in seine wartende Limousine.

Mr Nesbitt III. schüttelte Sergeant Payne die Hand und stieg in seinen Crown Victoria.

Captain Quaire und Lieutenant Washington schlenderten heran.

»Was kommt als Nächstes, Boss?«, fragte Sergeant Payne.

»Kommen Sie morgen zur Arbeit, nachdem Sie Ihren Sondereinsatz für die Abteilung Dignitary Protection beendet haben. Wie ich hörte, fliegt Mr Colt morgen um Viertel nach elf ab.«

»Eigentlich sollte ich heute Abend nach dem letzten Termin abfliegen«, sagte Stan Colt. »Aber ich wollte nicht abreisen, ohne Sie noch einmal zu treffen. Sie müssen mir alles erzählen, was geschehen ist.«

»Da gibt es nicht viel zu erzählen«, sagte Matt.

»Quatsch. Nach diesem Termin heute Abend schmeiße ich eine kleine Dankesparty im Restaurant La Famiglia. Mit Ihnen, Mickey, Ihrem Freund Nesbitt Vier, Terry und einer Hand voll anderen.«

»Stan, ich weiß nicht ...«

»Es ist alles arrangiert. Sie können jetzt nicht nein sagen. Ich muss weg. Noch ein Mittagessen – zu dem ich bereits zu spät komme – und dieser Termin heute Abend, und dann bin ich hier fertig.«

Commissioner Coughlin nickte, was Sergeant Payne richtig als Befehl auslegte, Mr Colts kleine Dankesparty am Abend zu besuchen und ihm alles zu erzählen, was geschehen war.

Mr Colt boxte Payne freundschaftlich an die Schulter und stieg in seine Limousine. Beamte der Highway Patrol starteten ihre Motorräder, und mit heulenden Sirenen eskortierten sie die Limousine vom Flughafengelände.

»Wenn meine Kinder nichts dagegen haben, mit zwei alten Männern zu Mittag zu essen, werden Denny und ich jetzt essen gehen.«

»Er hat keine Wahl in dieser Sache«, sagte Dr. Payne. »Ich will alles über diesen perversen Kerl erfahren.«

»Ich auch«, sagte Deputy Commissioner Coughlin. »Wie wäre es gleich hier im Flatspin? Da gibt es ein wirklich köstliches Mahi-Mahi.«

20

1

In der niedrigen Begrenzungsmauer um den Innenhof des Payne-Hauses in Wallingford gab es eine Nische mit einem Telefon, doch als es klingelte, wollte Patricia wirklich nicht den Hörer abnehmen.

Sie schämte sich nur ein bisschen – *dies muss lüsternes Interesse sein* –, doch in Wahrheit war sie fasziniert von der Befragung ihres Sohnes durch ihren Mann und ihre Tochter über seine Begegnung mit Homer C. Daniels.

Sie kannte Amelia M. Payne, Dr. med., bevor sie ihre ersten Schritte gemacht hatte – sie war die einzige Mutter, die Amy jemals gekannt hatte, ihre richtige hatte sie nie kennen gelernt –, und sie hatte Matt geboren. Sie waren ihre Kinder.

Und sie empfand mütterlichen Stolz für beide. Amy war ein anerkanntes Genie, und Matt – zwar nicht ganz so schlau – hatte sein Studium auf der University of Pennsylvania mit *summa cum laude* abgeschlossen. Und sie wusste, dass ihr Mann ein sehr guter Anwalt und Amy eine hoch angesehene Psychiaterin war und Matt die Sergeant-Dienstmarke seines Vaters trug.

Aber dieses Wissen hatte sie nicht darauf vorbereitet, mit ihnen zusammenzusitzen und zuzuhören, wie sie über dieses scheußliche Verbrechen sprachen, über den Mann, der es begangen hatte, über seine Motive und die juristischen Aspekte der ganzen schmutzigen Folge der Ereignisse. Sie besprachen es wie Profis, statt wie Vater und Sohn und Tochter.

Und es war nicht nur eine müßige Unterhaltung. Sie besprachen es jetzt über eine Stunde lang, seit Brewster mit seinem schwarzen Cadillac unerwartet vor Amys verbeultem Suburban und Matts neutralem Polizeiwagen auf dem Zufahrtsweg zum Haus gefahren war. Er hatte vom Flatspin Restaurant aus, wo sie zu Mittag gegessen hatten, angerufen, und Patricia hatte gefragt, wir groß die Chancen seien, dass »die Kinder« zum Abendessen nach Hause kommen würden. »Mal sehen«, hatte er gesagt, doch nach seinem Tonfall zu schließen, war es unwahrscheinlich gewesen.

Doch dann waren sie gekommen und hatten sie überrascht und erfreut. Brewster hatte erklärt, Matt könne nicht zum Abendessen kommen, er müsse bei Stan Colt sein, deshalb seien sie jetzt gekommen. Sie waren sofort in den Innenhof gegangen, hatten es sich auf den gepolsterten Gartenstühlen bequem gemacht und angefangen, über Homer C. Daniels zu reden.

Unaufgefordert hatte Mrs Newman, die Haushälterin der Paynes – eine grauhaarige Frau Mitte fünfzig – eine Kanne Kaffee und ein Tablett mit Toastbrot, Leberwurst, Senf und eingelegten Zwiebeln serviert und sich dann auf einen Stuhl bei der Tür gesetzt. Patricia freute sich darüber, dass Mrs Newman vom Gespräch über Homer C. Daniels ebenso fasziniert war wie sie.

Und dann klingelte das Telefon, und Patricia wollte mit keinem reden und sagte das auch.

»Geh du bitte ran, Elizabeth«, rief sie Mrs Newman zu. »Und wimmele ab, wer auch immer es ist. Ich werde zurückrufen.«

Mrs Newman nahm ihr tragbares Telefon und sprach hinein. Dann stand sie auf und ging zu ihnen.

»Mrs. Nesbitt für Mr Payne«, sagte sie. »Sie ließ sich nicht abwimmeln.«

»Verdammt!«, stieß Brewster C. Payne, Esq., hervor.

»Nicht Sie«, sagte Mrs Newman. »Die *junge* Mrs Nesbitt für den *jungen* Mr. Payne.«

»Scheiße«, sagte der junge Mr Payne.

»Matty!«, tadelte seine Mutter.

Mrs Newman überreichte ihm das Telefon.

»Und wie geht es dem etwas leichtsinnigen Ernährer meiner Patentochter?«

»Gott, du bist so ein Arschloch, Matt …«, sagte Daffy Nesbitt.

»Danke, dass du dies mit mir teilst. Ich werde Mutter erzählen, was du gesagt hast.«

»… aber ich werde dir trotzdem einen Gefallen tun.«

»O Gott!«

»Ich sollte dir dies vermutlich wirklich nicht erzählen, aber Chad meint, ich soll es dir sagen.«

»Du bist wieder schwanger?«

»Nein, verdammt!«

»Können wir bitte zum Punkt dieser faszinierenden Unterhaltung kommen?«

»Wir haben ein paar Leute hier, bevor wir zu dem Empfang im Four Seasons gehen«, sagte Daffy.

»Welche Leute?«, fragte Matt.

»Alte Freunde von uns, von dir«, meldete sich Chad Nesbitt.

»Und ich möchte, dass du mit schwarzer Krawatte erscheinst und uns deine üblichen schlechten Manieren ersparst«, sagte Daffy.

»Was bekomme ich dafür?«

»Terry«, mischte sich Chad ein.

»Ist sie der Trostpreis?«

Chad lachte.

»Ich kann mir nicht vorstellen, warum«, sagte Daffy, »aber sie mag dich wirklich. Sie hat mich gefragt, ob du kommen wirst.«

Na, das ist aber interessant!

Detective Lassiters Handy war abgeschaltet. Und die Bitten, ihn anzurufen, die er auf ihrem Anrufbeantworter und bei der Kripo Nordwest hinterlassen hatte, waren unerfüllt geblieben.

»Erzähl mir mehr«, sagte Matt.

»Du könntest Terry zum Abendessen im Four Seasons und dann auf die Party in La Famiglia mitnehmen.«

»Wessen Idee ist das?«

»Meine«, sagte Daffy. »Sie wirft sich dir nicht an den Hals.«

»Nun, ich weiß nicht. Mir gefällt es besser, wenn sich die Frauen mir an den Hals werfen.«

»Wie du willst, du Bastard«, sagte Daffy.
»Wann findet das Besäufnis bei euch statt?«
»Gegen fünf«, sagte Daffy.

»Was hatte das alles zu bedeuten?«, stellte Dr. Payne die Frage, die sich ihre Mutter soeben widerstrebend verkniffen hatte, weil sie sich sagte, dass sie das nichts anging.

»Daffy will, dass ich vor dem Colt-Dinner im Four Seasons nach Society Hill komme. Sie haben einige Leute eingeladen. Ich nehme an, in Wirklichkeit will sie, dass ich alle unterhalte, indem ich was über Homer C. Daniels erzähle.«

»Es ist unfreundlich, so zu denken, Matt«, sagte Patricia Payne. »Sie sind deine ältesten Freunde.«

»Und sie wollen wieder Amor spielen und mich mit Terry Davis verkuppeln.«

»Du willst also nicht hinfahren?«, fragte Amy.

»Wie Mutter sagt, sind Chad und ich lange befreundet«, erwiderte Matt, und noch während er es sagte, wurde ihm klar, dass es durchschaubar lahm klang.

2

Um 23 Uhr 48, als Matt Payne La Famiglia verließ – ein Nobelrestaurant in der South Front Street, gerade unterhalb der Market Street mit Ausblick auf den Delaware River –, war er fast überzeugt, dass er bei Terry Davis Glück haben würde.

Alles war gut verlaufen. Er hatte sofort die kleine Schachtel mit den Manschettenknöpfen für sein Smokinghemd gefunden, als er in seinem Apartment hastig seinen Smoking angezogen hatte – was fast nie geschah.

Terry sah sehr gut aus, als er zu der Party kam, und sie freute sich anscheinend wirklich, ihn zu sehen. Und er kam sogar mit den Leuten aus, die Chad und Daffy eingeladen hatten. Viele davon kannte er sein ganzes Leben lang. Doch für gewöhnlich, wenn er sie gesellschaftlich sah, hatte er das Gefühl, dass er etwas Schreckliches getan hatte, was ihn ans untere Ende der

Gesellschaft gebracht hatte. Wie zum Beispiel ein Cop zu werden. So sah er sie selten gesellschaftlich. Und wenn, dann zeigte er ihnen – wie Daffy sagte – oftmals seinen Arsch und brachte jeden in Verlegenheit.

Heute Abend hatte es keine solchen Peinlichkeiten gegeben, abgesehen von einer unbedeutenden Ausnahme.

»Ich wusste gar nicht, Payne, dass Sie ein Sergeant sind. Das habe ich erst aus der Glotze erfahren«, hatte K. Andrew Stansfield II. gesagt, als er sich zu Matt gesellt hatte, der aus einem der Fenster auf den Delaware River hinausschaute.

»Das stimmt, Stansfield.«

Matthew M. Payne, Chadwick Thomas Nesbitt IV und J. Andrew Stansfield II. hatten gemeinsam auf der Episcopal Academy graduiert. Stansfield war dann auf die Princetown University gegangen, danach zur Harvard School of Business Administration, und schließlich hatte er bei Stansfield & Stansfield, Immobilienmakler, eine Stelle gefunden.

»Ich befürchte, ich weiß tatsächlich nicht, was das bedeutet«, sagte Stansfield.

»Es bedeutet, dass ich vier Prozent mehr verdiene, als ich als Detective verdient habe«, sagte Matt. »Das kommt auf über zweitausend pro Jahr.«

»Ist das alles?«, sagte Stansfield, echt überrascht.

Seine Miene verriet, dass er den Verdacht hatte, von Matt auf den Arm genommen zu werden.

»Nun, da gibt es gewisse berufliche Privilegien«, sagte Matt.

»Zum Beispiel?«

»Zum Beispiel, wenn Terry und ich von hier zum Four Seasons fahren, parke ich gleich davor auf dem Kopfsteinpflaster des Stockton Place«, sagte Matt. »Wenn Sie versuchen, dort zu parken, Stansfield, werden Sie abgeschleppt.«

»Ja, ich weiß«, sagte J. Andrew Stansfield, nickte und wirkte ein wenig verwirrt. Terry Davis drückte Matts Arm. Und als er sie ansah, lächelte sie und zwinkerte ihm zu.

Und Terry hatte gut geduftet, als sie auf der Fahrt zum Four Seasons in Matts Porsche gesessen hatte. Er konnte sehr nahe beim Eingang parken – weil Sergeant Al Nevins von der Abteilung Dignitary Protection dort die Ankunft von Stan Colt erwartete und mit Matt reden wollte.

»Wir treiben später Spielchen«, sagte Nevins. »Die Limousine wird Colt und die Bolinskis …«

»Bolinski ›The Bull‹?«, unterbrach Matt.

Nevins nickte.

»… die Limousine wird sie zurück zum Ritz bringen. Dort gehen sie hinein, fahren mit dem Aufzug ins Kellergeschoss und gehen in die Gasse hinaus, wo sie in einen Suburban steigen und zum La Famiglia fahren.«

»Clever«, meinte Matt.

»Mit etwas Glück wird es klappen«, sagte Nevins.

Casimir Bolinski, L.L.D., Esq., den Matt noch nicht kennen gelernt hatte, erwies sich als sehr netter Kerl, der während des Banketts gern mit Matt und Terry in einem Sälchen neben dem Speiseraum geblieben wäre, wenn ihn seine Frau nicht gefunden hätte.

»Schatz, wir fahren danach zum La Famiglia. Ich möchte diesen komischen französischen Fraß nicht essen …«

»Du gehst dort rein und setzt dich neben den Kardinal und den Monsignore. Du trinkst nur Wasser, und wenn sie dich vorstellen, überreichst du ihm dies.«

Sie gab ihm einen Umschlag, der einen Scheck enthielt.

»Mein Gott, Antoinette! So viel?«

»Du hast die West Catholic absolviert«, sagte Mrs Bolinski. »Du schuldest es ihnen. Sie haben Mickey und Stan rausgeworfen. Dich nicht. Außerdem ist es von der Steuer absetzbar.«

Dann hatte Mrs Bolinski ihren Mann in den Speiseraum gezogen.

Terry Davis duftete wieder herrlich im Porsche, als Matt mit ihr vom Four Seasons zum La Famiglia fuhr. Dort konnte er nicht vor dem Eingang parken, sondern musste auf den angrenzenden Parkplatz fahren.

Auf dem ersten halben Dutzend Parkflächen beim Eingang standen rote Plastikkegel – ähnlich den Hütchen, die für Fahrbahnmarkierungen benutzt wurden.

Als Matt endlich einen freien Parkplatz gefunden hatte und mit Terry zum Lokal ging, hielt sie seine Hand. Er sagte sich, dass dies Entschädigung genug für die Unannehmlichkeiten war.

Beim Essen saß Matt neben Casimir Bolinski, Esq., und gegenüber von Michael J. O'Hara, der spürte, dass sie in Terry Davis eine dankbare Zuhörerin hatten, und er unterhielt sie mit Geschichten ihrer gemeinsamen Zeit auf der West Catholic High School.

Der Kardinal war nicht zum La Famiglia gekommen, doch Monsignor Schneider war da und saß neben Stan Colt.

Das Menü begann mit einem enormen Antipasto und endete mit Spumoni, auf die ein Schuss Amaretto geschüttet worden war. Mehr als einmal rieb Miss Davis ihr Knie gegen das Matts. Oft genug, um in ihm das Gefühl zu wecken, dass es nicht ganz zufällig war.

Und es gab ein anderes Anzeichen auf kommende gute Dinge bei der ersten der beiden Verabschiedungen. Die erste fand im Restaurant statt.

»Sie müssen uns an der Küste besuchen kommen, Matt«, sagte Stan Colt. »Terry, reden Sie ihm gut zu, dass er kommt.«

»Das werde ich«, sagte Terry und drückte wieder Matts Arm.

Als sie das Restaurant verließen, stellte Matt überrascht fest, dass der Leichenwagen von Classic Livery mit den dunkel getönten Scheiben nicht auf dem Bürgersteig auf Colt und sein

Gefolge wartete, doch dann sah er Sergeant Nevins und ein halbes Dutzend Männer, die er als Detectives erkannte, diskret den Weg zum Parkplatz säumen.

Als sie dort eintrafen, sah Matt den Leichenwagen, Mickey O'Haras Buick Rendezvous, einen schwarzen Oldsmobile und drei neutrale Wagen auf den Parkplätzen, die mit roten Plastikkegeln blockiert gewesen waren.

Dort fand eine zweite Gute-Nacht- und Abschiedszeremonie statt. Monsignor Schneider schien sich nur widerwillig zu verabschieden, und Matt staunte, wie stark der Geistliche dem Wein zugesprochen hatte.

Aber schließlich war jeder in die Fahrzeuge eingestiegen, und sie fuhren davon. Terry nahm wieder Matts Hand und lehnte sich gegen ihn, was darauf schließen ließ, dass sein Arm um ihre Schultern nicht unwillkommen sein würde. Sie gingen Arm in Arm über den Parkplatz zum Porsche.

Das einzige Problem war jetzt anscheinend, wohin sie fahren sollten.

Mein Apartment kommt schon mal nicht in Frage. Da sieht es nach meinem schnellen Duschen und Umziehen wüst aus. Und da ist vermutlich irgendetwas, Haare, Lippenstift auf einem Handtuch, was auch immer, was verrät, dass Olivia – zum Teufel mit der blöden Ziege! – dort übernachtet hat.

Terry wohnt im Ritz-Carlton, doch wenn wir dorthin gehen, wird es ihr vermutlich peinlich sein, wenn ich mit in ihr Zimmer gehe, und es wird bei einem kurzen Kuss und dann ›gute Nacht‹ bleiben.

Kann ich ihr vorschlagen, in ein anderes Hotel zu gehen?

Scheiß drauf. Doch das Apartment.

Matt öffnete für Terry die Tür des Porsches, stieg dann ebenfalls ein und ließ den Motor an. Er sah, dass die Parkfläche vor ihm leer war.

Wenn kein Zementblock im Weg ist, kann ich einfach losfahren.

Es gab keinen Zementblock, und er fuhr los.

Er bog nach links ab – die einzige Einfahrt/Ausfahrt war dort, wo er hineingefahren war, und er musste dort wieder hinausfahren – und schaltete das Fernlicht ein.

»Was, zum Teufel, ist das?«, fragte er laut, beschleunigte schnell und bremste ebenso schnell.

»O mein Gott!«, sagte Terry. Sie hatte bemerkt, was er gesehen hatte.

Ein Mann lehnte sitzend am Heck eines geparkten Wagens, die Beine gespreizt und vor sich ausgestreckt. Eine Frau kniete neben ihm und wischte über sein Gesicht. Er blutete aus dem Mund.

Matt sprang aus dem Porsche.

»Was ist passiert?«

»Wonach sieht es denn aus?«, fuhr ihn die Frau an. »Wir sind überfallen worden.«

»Ich habe ihm meine Brieftasche gegeben, warum mussten sie das trotzdem tun?«, fragte der Mann und spuckte aus. Was wie der Teil eines Zahns aussah, flog aus seinem Mund.

»Haben Sie ein Handy?«, wollte die Frau wissen. »Wir brauchen einen Krankenwagen.«

Matt griff nach seinem Handy.

»Mein Gott, sie kommen zurück!«, stieß der Mann hervor.

Matt sah, wohin er blickte.

Am äußersten Ende des Parkplatzes waren zwei junge Männer in dunkler Kleidung.

»Sind Sie sicher, dass sie es sind?«, fragte Matt.

»Das sind sie, das sind sie, das sind sie«, sagte die Frau.

»Stehen bleiben!«, rief Matt laut. »Ich bin Polizeibeamter.«

Die beiden begannen zu rennen.

Einer von ihnen hielt etwas, das eine Schrotflinte mit verkürztem Lauf oder ein Softballschläger sein konnte, in der Hand.

»Wo, zum Teufel, waren Sie, als wir Sie brauchten?«, fuhr die Frau Matt an.

Matt rannte zurück zum Porsche und sprang hinein. Er warf Terry das Handy auf den Schoß.

»Was soll das?«, fragte Terry.

Er fuhr los, bevor sich die Tür geschlossen hatte.

Zuerst gab er Vollgas und bremste erst, als er das Ende der Parkreihe erreichte. Als er nach links bog, reflektierte die Windschutzscheibe des Porsche plötzlich gleißendes Licht.

Es krachte.

»Du Scheißer!«, stieß Matt aus und trat voll auf die Bremse.

Das Objekt in der Hand des Mannes war offensichtlich kein Softballschläger.

Von neuem krachte es. Teile der Windschutzscheibe zerbröselten.

Matt tauchte aus dem Porsche, und halb rollte er sich, halb kroch er zwischen zwei parkende Autos.

Er zog seinen Colt Officer's Model .45 hinten aus seinem Gürtel und lud durch. Eine Patrone flog heraus. Er hatte eine in der Kammer gehabt.

Bleiben fünf.

Er rannte zwischen die Wagen, ließ sich auf die Knie fallen und spähte vorsichtig um die Stoßstange eines Buicks.

Die beiden Gangster erkletterten einen Maschendrahtzaun am Ende des Parkplatzes.

Matt stand auf, hielt die Waffe in beiden Händen und rief: »Das wär's! Runter vom Zaun!«

Einer der beiden gehorchte, einer nicht.

Einen Moment wusste Matt nicht, was er tun sollte.

Dann sprang der zweite Gangster vom Zaun herunter, griff in seine Jacke, zog eine halbautomatische Pistole hervor und begann wild zu feuern.

Im nächsten Augenblick krachte wieder die Schrotflinte, und sofort folgten in Matts Nähe das Splittern von Glas und das Kreischen von Metall.

Matt feuerte viermal, schaltete erst den Mann mit der Schrotflinte aus, dann den mit der Pistole. Der Gangster mit der Schrotflinte stürzte zu Boden und blieb dort reglos liegen. Der Mann mit der Pistole nicht. Er begann von Schmerzen gepeinigt zu schreien.

Matt nahm den Ersatzladestreifen für die .45er aus der Brusttasche des Smokingjacketts, wo er ihn hinter dem weißen Taschentuch verwahrt hatte, stieß den leeren Ladestreifen aus und setzte den neuen ein.

Dann hielt er die Waffe mit beiden Händen und ging vorsichtig zu den beiden Männern am Boden. Der mit der Schrotflinte lag auf dem Rücken, den Kopf in einer Blutlache. Eine von Matts Kugeln hatte ihn in die rechte Wange getroffen.

Der andere schrie.

Matt sah die Pistole – auf den ersten Blick sah sie in der Dunkelheit wie eine Browning .380 aus –, behielt den Mann im Auge, bückte sich, nahm sie ihm vorsichtig mit zwei Fingern ab und steckte sie in seine Gesäßtasche.

»Hast du sonst noch Waffen?«, fragte er und klopfte den sich krümmenden Mann ab, um sich zu vergewissern, dass er jetzt unbewaffnet war.

Dann ging er zurück und hob die Schrotflinte vom Boden neben der Leiche auf. Er machte kehrt und ging schnell zum Porsche und den Opfern der beiden Gangster.

Als Erstes sah er, dass nur ein Scheinwerfer funktionierte. Dann entdeckte er die Schrotlöcher in Haube und Tür und im Rahmen der Windschutzscheibe, von der nicht viel übrig war. Im nächsten Augenblick roch und sah er Benzin unter dem Porsche.

»Allmächtiger!«, murmelte er. Er legte die Schrotflinte aufs Wagendach und riss die Beifahrertür auf.

Terry schaute ihn verständnislos an.

Dann sah er, dass ihr Gesicht blutete.

»Alles in Ordnung?«

»Alles in Ordnung?«, plapperte sie nach.

Er löste ihren Sicherheitsgurt, nahm sein Handy von ihrem Schoß und zog sie aus dem Wagen.

An ihrem Kleid war Blut, doch als er sie berührte, schlug sie seine Hand weg, als ob er sich unschickliche Freiheiten bei ihr herausnahm. Er führte sie um die Ecke und lehnte sie an einen Ford-Kombi.

Dann ging er zu den Opfern.

»Es ist vorüber«, sagte er. »Alles wird in Ordnung kommen.«

»In Ordnung? In Ordnung?«, fuhr ihn die Frau an. »Was, zum Teufel, ist mit Ihnen los? Hören Sie denn nicht dieses Schreien?«

»Ich rufe Unterstützung«, sagte Matt. »Hilfe wird bald hier sein.«

Er tippte 911 in sein Handy, während er zu Terry zurückkehrte.

»Polizeifunk«, meldete sich Mrs Angelina Carracelli, die seit zweiundzwanzig Jahren im Job war, nach dem zweiten Klingeln.

»Hier spricht Sergeant Payne, 471. Es sind Schüsse gefallen. Officer braucht Hilfe.«

Mrs Caracelli wartete darauf, dass der Sergeant ihr nähere Einzelheiten mitteilte. Als nichts kam, sagte sie: »Sergeant?«

»Funk«, sagte Sergeant Payne, und er klang ein wenig distanziert, »das stimmt nicht genau. Mir geht's prima. Ich brauche keine Hilfe. Aber es sind Leute hier, die Hilfe benötigen.«

»Sie sagten, ›es sind Schüsse gefallen‹, Sergeant?«

»O ja. Jede Menge Schüsse.«

»Wo ist Ihre Position, Sergeant?«

»Ich brauche zwei Rettungswagen – nein drei. Und die Feuerwehr. Es gibt ausgelaufenes Benzin.«

»Wo ist Ihre Position, Sergeant?«

»Ich bin auf dem Parkplatz beim Restaurant La Famiglia in der South Front Street.«

»Sind Sie verletzt?«

»Nein. Mir geht's prima, danke.«

»Sind Sie in Uniform, Sergeant?«

»O nein, ich bin nicht in Uniform«, antwortete Matt lachend.

Mrs Carracelli zog mehrere schnelle Schlüsse. Zuerst, dass der Anruf ernsthaft war, kein schlechter Scherz von jemandem. Zweitens, dass mit dem Sergeant etwas nicht stimmte: Seine Stimme klang sonderbar, und er war anscheinend ein wenig desorientiert. Vielleicht war er verletzt oder sogar schwerer verwundet.

Sie schaltete die Telefonleitung auf stumm und drückte die entsprechenden Knöpfe.

Jeder Wagen mit Polizeifunk in Philadelphia hörte drei schrille Pieptöne und dann die Durchsage:

»Officer braut Hilfe, South Front Street, Parkplatz beim Restaurant La Famiglia. Schusswaffengebrauch. Officer braucht Hilfe, Parkplatz beim Restaurant La Famiglia, South Front Street. Schusswaffengebrauch. Achtung, Polizist in Zivil am Tatort.«

Die drei schrillen Pieptöne und die Durchsage wurden ebenfalls in dem Buick Rendezvous gehört, in dem Mr und Mrs Casimir Bolinski die Market Street hinauf zum Ritz-Carlton Hotel gefahren wurden.

»Scheiße«, sagte Michael J. O'Hara, als er den Rendezvous mit quietschenden Reifen wendete. »Dort ist Matty!«

Als Lieutenant Gerry McGuire und Sergeant Al Nevins in ihrem neutralen Crown Victoria dem schwarzen Suburban die Market Street hinauf folgten, hörten sie dieselbe Durchsage im Polizeifunk.

McGuire nahm das Mikrofon.

»Dan sieben-vier und Dan sieben-fünf, setzen Sie den Einsatz fort«, sprach er hinein, dann warf er Nevins das Mikrofon zu, während er verzweifelt nach einer Lücke im Verkehr auf der Market Street Ausschau hielt, damit er wenden konnte.

»Funk«, sprach Sergeant Nevins ins Mikrofon. »Dan sieben-eins unterstützt Officer in der Front Street. Bedenken Sie, dass ein Polizist in Zivil am Tatort ist.«

Mrs Carracelli öffnete die Telefonleitung.

»Sergeant, identifizieren Sie Ihre Einheit und schildern Sie die Lage.«

»Mein Name ist Payne, Mordkommission«, sagte Matt. »Es gab einen bewaffneten Raubüberfall, Täter zwei männliche Schwarze, einer bewaffnet mit einer Pistole, einer mit einer Schrotflinte.«

»Gibt es irgendwelche Verletzte?«, fragte Mrs Carracelli und bemühte sich um eine ruhige Stimme.

»Einer der Täter scheint tot zu sein. Der andere lebt. Er braucht einen Rettungswagen. Mindestens eines der Opfer wird einen Ambulanzwagen brauchen. Vielleicht auch ein drittes Opfer. Und ich brauche die Feuerwehr. Es ist Benzin am Boden.«

»Sind Sie verletzt?«

»Nein. Mir geht's prima. Sie haben mich nicht getroffen.«

»Hilfe ist unterwegs.«

»Ich kann die Sirenen hören. Sagen Sie ihnen, dass ich weit hinten auf dem Parkplatz bin.«

»Hilfe ist unterwegs«, wiederholte Mrs Carracelli und drückte wieder auf die Stummtaste der Telefonleitung. »Alle Einheiten, die auf ›Unterstützung für Officer‹ in der South Front Street reagieren, Achtung. Schüsse auf Polizisten, und Polizeibeamte in Zivil sind am Tatort. Einer befindet sich auf dem Parkplatz. Achtung, alle Einheiten in der South Front Street, Schüsse auf Polizisten, und Polizeibeamte in Zivil sind am Tatort. Einer befindet sich auf dem Parkplatz. Verdächtige der Schießerei zwei männliche Schwarze. Beide sind angeschossen worden und befinden sich noch am Tatort.«

Matt blickte auf Terry hinab.

Sie sah zu ihm auf, und ihre Augen spiegelten Entsetzen wider.

»Hilfe ist unterwegs«, sagte er. »Du kannst sie hören ...«

»Was ist – mit dem Mann, der schreit? Kannst du nichts für ihn tun?«

»Ich würde ihm gern noch eine Kugel verpassen, wenn du das möchtest.«

»Mein Gott, ich kann nicht glauben, dass du das gesagt hast. Du bist wirklich ein kaltblütiger Bastard, nicht wahr?«

Matt sagte sich, dass es keinen Sinn hatte, mit ihr zu streiten.

»Es wird gleich jede Minute Hilfe hier sein«, sagte er und ging zu der Stelle, an der die beiden Gangster lagen.

Auf halbem Weg dorthin lockerte er seine Fliege und öffnete seinen Kragen.

Er war schweißgebadet.

Er blickte auf sein Handy und drückte eine eingespeicherte Nummer.

3

Inspector Peter F. Wohl meldete sich in seinem Haus in der Norwood Street in Chestnut Hill, Nordwest-Philadelphia.

Als Wohls Handy trillerte – in einem Aufladegerät auf dem Nachttisch –, war er nackt und im Begriff, in seinem Schlafzimmer eine achtundzwanzigjährige Frau mit der erklärten Absicht zu jagen, ihr das einzige verbliebene Kleidungsstück, ein schwarzes Nylonhöschen, auszuziehen.

Beim Trillern des Handys sagte er »Scheiße«, und die junge Frau, die sich nur Sekunden zuvor entschieden hatte, Peter bei seinem verruchten Tun gewähren zu lassen, fügte leise »Amen« hinzu.

Amelia Alice Payne, Dr. med., kannte Inspector Peter Wohl gut genug, um zu wissen, dass er nicht nur den Anruf beantworten würde, sondern dass er auch vermutlich das Aus für den Abend bedeuten würde, der so reizend und viel versprechend begonnen hatte.

Der Ausdruck von Peters Gesicht, als er den Worten des Anrufers lauschte, bestätigte ihre schlimmsten Befürchtungen ebenso wie seine fast im Plauderton gestellte Frage: »War es ein gutes Schießen?«

Amy war lange genug Peter Wohls Freundin, Geliebte und Fast-Verlobte, um mit dem Polizeijargon gut vertraut zu sein.

Mit anderen Worten, sie wusste, dass ein ›gutes Schießen‹ eines war, bei dem der Polizeischütze nicht nur völlig berechtigt zu Schusswaffengebrauch und tödlicher Gewalt bei der Ausübung seines Dienstes war, sondern dass die Umstände zu dieser Berechtigung offensichtlich für diejenigen sein würden, die in dem Zwischenfall ermittelten, offiziell die Internal Affairs Division der Polizei und das Büro der Staatsanwaltschaft und inoffiziell Philadelphias Zeitungen, Radio- und Fernsehstationen und über ein Dutzend Bürgerrechts-Organisationen.

»Nun, Sie kennen die Prozedur«, sagte Inspector Peter Wohl zu dem Anrufer. »Man wird Sie zur Internal Affairs bringen.«

Er drückte auf die Aus-Taste, warf das Handy aufs Bett und sah Amy an, die noch an der Stelle war, an der sie vor dem Trillern des Handys gewesen war: Sie stand auf der Matratze und stützte sich an den rechten Bettpfosten.

»Es tut mir Leid«, sagte er.

»Leck mich, Peter«, sagte sie wütend.

»Vielleicht ein wenig später«, sagte Wohl. »Aber im Augenblick muss ich zur Internal Affairs Division.«

»Das musst du verdammt nicht!«, zürnte Amy weiter. Ein

Teil ihres Verstandes – der Teil der Psychiaterin – sagte ihr, dass sie die Beherrschung verloren hatte, was sie störte, während ein anderer – rein weiblicher – Teil von ihr sagte, dass sie jede Berechtigung der Welt hatte, wütend auf den chauvinistischen Kerl zu sein, der seinen Dienst über das Hasch-mich-Spiel mit ihr stellte, besonders weil sie sich fast genau in diesem Moment entschieden hatte, sich fangen zu lassen.

Er schaute sie mit einem selbstgefälligen und nachsichtigen Lächeln auf den Lippen an und goss noch Öl ins Feuer ihres Zorns.

»›Das muss ich verdammt nicht‹?«, ahmte er sie spöttisch nach.

»Peter, du hast einen Stellvertreter«, sagte sie, als sie glaubte, sich genügend unter Kontrolle zu haben. »Unter dir und deinem Deputy gibt es drei Captains und vermutlich viermal so viele Lieutenants.«

»Das stimmt«, gab er zu.

»Es gibt etwas, das man beim Management als Delegieren von Befugnissen und Verantwortlichkeiten bezeichnet«, fuhr Dr. Payne sachlich fort.

»Da stimme ich dir zu. Ich glaube, du fragst, warum ich, als Cäsar meines kleinen Imperiums, persönlich hinzueilen muss, wann immer einer meiner Untertanen ein freundliches Gesicht und ein ermunterndes Wort braucht?«

»Das ist es im Großen und Ganzen, ja.«

»Normalerweise wäre ich deiner Meinung, nachdem ich nach deinem letzten etwas emotionalen Ausbruch über das Thema ein wenig nachgedacht habe.«

Sie spürte, dass wieder Zorn in ihr aufstieg, und hielt nur mit Mühe den Mund, während Peter seine Unterwäsche fand und anzog. Erst als sie sicher war, dass sie sich unter Kontrolle hatte, sprach sie wieder.

»Lass mich raten. Dies ist eine Ausnahme von der Regel, richtig?«

»Richtig.«

»Verdammt, Peter. Es wird immer eine ›Ausnahme von der Regel‹ sein.«

»Das am Telefon war Matt«, sagte er.

»O Gott!« Ihr Zorn wurde sofort von mütterlicher Besorgnis ersetzt. »O Gott, nicht schon wieder!«

»Leider sieht es so aus, befürchte ich«, sagte Wohl.

»Was ist passiert?«

»Matt sagte, er war – gleich nach der Colt-Party – auf dem Parkplatz beim Restaurant La Famiglia. Sagt dir das etwas?«

Amy nickte. Sie kannte das Restaurant gut.

»Und er wurde Zeuge eines bewaffneten Raubüberfalls. Die Gangster schossen auf ihn, und er schoss zurück und schaltete beide Täter aus – einen für immer.«

»Warum, zum Teufel, hat er nicht einmal, ein einziges Mal, wegsehen können?«

»Er ist ein Cop, Schatz«, sagte Wohl.

»Ist er wohlauf?«

»So klang er für mich.«

Sie sprang vom Bett und blickte sich im Schlafzimmer um.

»Wo, zur Hölle, ist der verdammte Büstenhalter?«, fragte sie leise mehr sich selbst als Peter.

»Vermutlich im Wohnzimmer«, meinte Wohl.

Sie sah ihn an, hob ihren Rock auf und zog ihn an.

»Ich nehme an, du wirst nicht mehr hier sein, wenn ich zurückkehre?«, fragte Wohl.

»Ich fahre mit dir«, sagte sie.

»Ich bezweifle, dass du das tun willst«, erwiderte er.

»Bilde dir bitte nicht ein, zu wissen, was ich tun will«, sagte sie. »Du willst ja nur nicht, dass ich mitkomme.«

»Okay«, gab er zu. »Ich will es nicht. Und ich bezweifle, dass Matt dich im Augenblick sehen will.«

Sie schlüpfte in ihre Schuhe, verließ das Zimmer und kehrte zurück, während sie ihren Büstenhalter anzog.

Sie drehte Peter Wohl den Rücken zu.

»Hakst du ihn zu, bitte?«

»Komisch«, sagte er, nachdem er einen Moment herumgefummelt hatte. »So viele Probleme hatte ich nicht, ihn aufzubekommen.«

Sie erwiderte nichts, bis sie sicher war, dass er ihn zugehakt hatte, und dann drehte sie sich um und schaute ihm in die Augen.

»Ich kann nicht glauben, dass du so unberührt von alldem bist, wie du tust«, sagte sie. »Du weißt, was dies für ihn bedeuten wird.«

»Ich bin wirklich unglücklich darüber, wenn du das meinst«, erwiderte er. »Aber nein, ich weiß nicht, was dies für ihn bedeuten wird. Ich hoffe, dass es ein gutes Schießen war, und ich hoffe, dass er bereits all die Fragen überstanden hat, die so etwas nach sich zieht.«

»Du meinst, nach den ersten paar Mal *gutes Schießen* wird es leichter?«, fragte sie sarkastisch.

Er schwieg einen Moment.

»Ich hoffe es für Matt«, sagte er schließlich.

Sie sah ihn lange an, verließ dann das Schlafzimmer und streifte einen Pullover über den Kopf.

»Es ist deine Entscheidung«, sagte sie. »Wir können mit zwei Wagen fahren, oder ich kann mit dir fahren.«

Er schaute sie im Spiegel an, während er seine Krawatte band, sagte jedoch nichts.

Als er fertig war, wandte er sich um und sah sie direkt an.

»Danke«, sagte er.

»Wofür?«

»Du weißt, wofür.«

Er nahm ein Tweed-Sakko aus seinem Schrank und folgte ihr aus dem Schlafzimmer und durch das Wohnzimmer zur Tür.

Seine Wohnung war einst das Quartier der Dienerschaft über den ehemaligen Stallungen gewesen, die später zu den Garagen des Herrenhauses aus der Jahrhundertwende und nun zu ›Luxus-Apartments‹ umgebaut worden waren.

Sie gingen zur Außentreppe und zu seinem neutralen Crown Victoria. Er schloss Amy die Tür auf, und sie sah zu ihm auf und küsste ihn.

»Verzeih mir, dass ich so eine Zicke war«, sagte Amy.

»Hey, ich verstehe dich.«

Er schloss die Wagentür hinter ihr, ging um den Crown Victoria herum zum Fahrersitz, stieg ein und fuhr den Zufahrtsweg hinauf am Herrenhaus vorbei zur Norwood Street, in die er nach rechts einbog.

»Blitzende Lichtorgel und heulende Sirene?«, fragte Amy.

»Wir werden vermutlich vor ihm bei der Internal Affairs sein«, antwortete Wohl.

Er griff unter das Armaturenbrett und zog ein Mikrofon hervor.

»S-1«, sprach er hinein.

»Kommen, S-1«, erwiderte der Polizeifunk – diesmal eine Männerstimme.

»Ich bin auf dem Weg von meinem Haus zur Internal Affairs«, sagte Wohl.

»Verstanden.«

Er legte das Mikrofon auf den Sitz.

»Kannst du Denny Coughlin darüber informieren?«, fragte Amy.

Er nahm das Mikrofon.

»Funk, S-1. Haben Sie die Position von Commissioner Coughlin?«

»S-1, er ist im Methodist Hospital.«

»Was ist dort los?«

»Ein Officer wurde angeschossen, nachdem er bei einem Raubüberfall auf der South Broad Street eingriff. Und Achtung, da gibt es eine neue Meldung ›Unterstützung für einen Officer, Schüsse in der Front Street‹. Kam erst vor ein paar Minuten.«

»Okay, danke.«

Er legte das Mikrofon ab.

»Wenn du mit deiner Frage meinst ›weiß er davon?‹, lautet die Antwort ›nein, aber er wird binnen Minuten davon erfahren.‹«

»Er kann Mutter und Dad Dinge viel besser beibringen, als ich das kann.«

»Fast mit Sicherheit schlafen sie um diese Uhrzeit. Willst du sie wirklich aufwecken?«

»Nein«, sagte sie nach kurzem Nachdenken. »Aber sie werden gekränkt und verärgert sein, wenn sie von keinem informiert werden.«

»Willst du sie wirklich aufwecken?«, wiederholte er und fuhr fort, als er keine Antwort erhielt: »Du wirst sie nur aufregen. Du – oder Coughlin –, ihr könnt sie am Morgen informieren, wenn sich die Dinge ein wenig beruhigt haben.«

»Guten Morgen, Mom«, sagte sie sarkastisch. »Rate mal, was gestern Nacht wieder passiert ist?«

Er lachte freudlos.

»War es ein gutes Schießen, Peter?«, fragte sie fast schluchzend.

»Nach dem, was Matt gesagt hat, war es das«, erwiderte er. »Wir werden es bald herausfinden.«

4

Mickey O'Hara traf über eine halbe Minute vor den ersten beiden Polizeiwagen – ein Streifenwagen des sechsten Distrikts und Lieutenant Gerry McGuires neutraler Crown Victoria von der Dignitary Protection – auf dem Parkplatz ein.

Er war längst auf dem Parkplatz, die Kamera bereit, bevor der uniformierte Streifenbeamte, McGuire und Nevins aus ihren Wagen stiegen, ihre Waffen zogen und vorsichtig den Parkplatz betraten.

O'Hara entdeckte Matt Payne lange, bevor der ihn sah – oder, vielleicht genauer gesagt, ihn zur Kenntnis nahm.

Matt stand am fernen Ende des Parkplatzes, die Pistole gezogen, und schaute auf etwas hinab, was O'Hara erst nach einigen Sekunden erkannte: ein Mann, der sich am Boden wand.

»Matt! Matty! Alles mit Ihnen in Ordnung?«

O'Hara sagte sich, dass Matt ihn im Crescendo der Sirenen nicht hören konnte.

Doch als O'Hara schließlich so nahe heran war, dass er das qualvolle Stöhnen des Mannes auf dem Boden hörte, wandte sich Matt um und schaute zu ihm.

Sofort verwandelte sich O'Hara – und gewiss nicht mit Absicht – vom besorgten Freund zum Journalisten.

Mann, ist das ein gutes Fotomotiv! Ein gut aussehender junger Cop im Smoking, mit herabgezogener Fliege, die Waffe in der Hand, der auf den Bösewicht hinabschaut! Die Gerechtigkeit siegt!

Er hielt die Digitalkamera ans Auge und schoss ein Foto. Und drei weitere zur Sicherheit.

»Warum haben Sie so lange gebraucht, Mickey?«, fragte Matt.

»Was, zum Teufel, ist passiert, Matt?«

»Diese beiden Typen ...« Er hob die Pistole und wies zu der zweiten Gestalt am Boden. Dann wartete er geduldig, bis Mickey Fotos von der Leiche gemacht hatte, bevor er weitersprach: »Diese beiden Typen überfielen ein nettes schwarzes Ehepaar der Mittelklasse, das zum Abendessen ausging. Der Mann gab einem der Täter seine Brieftasche, doch diese Bastarde schlugen ihm trotzdem mit einer Waffe die Zähne ein. Ich griff ein und versuchte, sie zu schnappen, und sie feuerten mit einer abgesägten Schrotflinte und offensichtlich einer .380 Browning ...«

»Mann, Payne«, sagte Lieutenant McGuire, »was hat Sie denn hergebracht?«

»... bepfefferten meinen Wagen und töteten fast meine Freundin, und ich habe sie ausgeschaltet«, vollendete Matt fast im Plauderton.

O'Hara, Nevins und McGuire betrachteten ihn neugierig.

»Alles in Ordnung mit Ihnen?«, fragte McGuire besorgt.

»Mir geht's prima. Sie haben mich verfehlt«, erwiderte Matt. »Die Opfer sind dort drüben.«

Sergeant Nevins kniete sich neben den verletzten Täter, der ihn hasserfüllt anstarrte.

»Sie werden's überleben«, sagte er. »Ein Rettungswagen ist unterwegs.«

Er richtete sich auf.

»Die beiden hatten Waffen?«, fragte er. »Wo sind sie?«

Matt zog vorsichtig die Browning aus seiner Gesäßtasche und hielt sie Nevins und McGuire hin. McGuire nahm sie entgegen.

»Die Schrotflinte habe ich auf mein Wagendach gelegt«, sagte Matt.

»Mickey, verschwinden Sie hier!«, befahl McGuire.

O'Hara ignorierte ihn.

»Wo genau, Matt?«, fragte er.

»Gleich um die Ecke«, sagte Matt. »Zwei ärgerliche Frauen. Die Ehefrau des Opfers, die wissen wollte, wo ich war, als ich gebraucht wurde, und meine Freundin – vielleicht wäre Ex-Freundin zutreffender –, die mich soeben als kaltblütigen

Hurensohn bezeichnete, weil ich auf die beiden Gangster geschossen habe.«

»O'Hara, ich habe Ihnen gesagt, dass Sie verdammt von hier verschwinden sollen!«, rief McGuire ihm nach.

»Ich nehme an, die Feuerwehr ist unterwegs?«, sagte Matt zu McGuire. »Zusätzlich zu dem anderen Schaden haben sie offenbar eine Benzinleitung getroffen. Überall am Boden ist Benzin. Oder vielleicht haben sie den Tank erwischt.«

McGuire näherte sich ihm vorsichtig.

»Warum geben Sie mir nicht Ihre Waffe, Payne?«, fragte er.

»O ja, natürlich. Das habe ich vergessen.«

Er überreichte McGuire die Waffe mit dem Griff voran, während drei Uniformierte und zwei Männer heranrannten, die gekleidet waren wie diejenigen, die sie wegen Rauschgifthandels zu verhaften hofften. Alle hatten ihre Pistole in der Hand.

McGuire entfernte den Ladestreifen, zählte die Patronen, die er enthielt, und stieß dann die Patrone in der Kammer aus.

Matt griff in die Brusttasche seines Smokingjacketts, zog das andere Magazin heraus und gab es McGuire.

»Dies ist das Magazin, jetzt leer, das in meiner Waffe steckte«, sagte er. »Und irgendwo dort drüben liegt eine leere Patrone, die ich unabsichtlich ausgestoßen habe, als dies anfing.«

»Die Spurensicherer werden sie finden«, sagte McGuire.

Er hielt Matts Pistole vorsichtig an der Riffelung des hölzernen Griffs und wollte sie in seine Jackentasche stecken.

»Ich finde, Sie sollten sie mir wiedergeben«, sagte Matt.

»Was?«

»Die Vorschriften besagen, dass der erste leitende Beamte, der bei einem Tatort eintrifft und die Dienstwaffe des Beamten überprüft, die er benutzt hat, das Magazin entfernt, die verbliebenen Patronen zählt, dieses Magazin in Besitz nimmt und dem Beamten die Waffe zurückgibt, der sie daraufhin mit einem neuen Magazin lädt und in sein Holster steckt.«

»Sergeant, dies ist ein Beweisstück«, sagte McGuire.

»Mit Verlaub, Sir, so lauten nicht die Vorschriften.«

»Halten Sie den Mund, Sergeant«, sagte McGuire.

»Jawohl, Sir«, sagte Sergeant Payne.

Ein Rettungswagen begann rückwärts auf den Parkplatz zu fahren.

Ein sehr großer Lieutenant des 6. Distrikts kam angerannt.

»Mein Name ist McGuire«, sagte McGuire. »Dignitary Protection Unit. Ich bin der erste leitende Beamte am Tatort.«

»Ich habe gesehen, dass Sie sich um den Fall kümmern«, sagte der Lieutenant des 6. Distrikts.

»Ich habe Sergeant Payne seine Dienstwaffe abgenommen und werde ihn jetzt zur Internal Affairs transportieren.«

»Sie sind der Schütze, Sergeant?«, fragte der Lieutenant.

»Ich denke, all die Fragen sollen ihm bei der Internal Affairs Division gestellt werden«, sagte McGuire. »Nevins wird Ihnen sagen, was wir wissen. Wollen Sie bitte mitkommen, Sergeant Payne?«

»Jawohl, Sir.«

Lieutenant McGuire legte Sergeant Payne eine Hand auf den Arm und führte ihn über den Parkplatz zu dem neutralen Crown Victoria der Dignitary Protection, der dort mit laufendem Motor, eingeschalteten Scheinwerfern und immer noch zuckenden, versteckten blauen Blinklichtern wartete.

Er setzte Matt auf den Rücksitz, schloss jedoch nicht die Tür.

Nevins kam einen Moment später zum Wagen.

»Sie fahren, Al«, sagte McGuire. »Ich fahre auf dem Rücksitz mit Payne mit.«

Sie tauschten fragende Blicke, zuckten mit den Schultern, und dann setzte sich Nevins hinters Lenkrad und McGuire auf den Rücksitz zu Matt.

21

1

In Philadelphia ermittelt die Internal Affairs Unit bei jedem Abfeuern – sogar bei unabsichtlichem – einer Polizeiwaffe. Selbst wenn der Gebrauch einer Polizeiwaffe den eigenen Tod zur Folge hat, bleibt die Verantwortlichkeit und Befugnis für die Durchführung der Ermittlung bei der Internal Affairs. Die Mordkommission »unterstützt«.

Diese Politik war ins Leben gerufen worden, als sich verschiedene Bürgerrechtsorganisationen beschwert hatten, dass polizeilicher Schusswaffengebrauch – ob tödlich oder nicht – vertuscht wurde, wenn die Mordkommission oder Kripo ermittelte. Nur der Internal Affairs Unit, einer Eliteeinheit, die bereits die Ermittlungen bei polizeilichen Straftaten durchführte, konnte zugetraut werden, dass sie bei polizeilichem Schusswaffengebrauch umfassend und parteilos ermittelte.

Als die Meldung ›Officer braucht Unterstützung, Schusswaffengebrauch‹ über den Polizeifunk in jedes Polizeifahrzeug in Philadelphia ging, wurde sie auch im Crown Victoria empfangen, der Inspector Michael Weisbach von der Internal Affairs Division zugeteilt war. Weisbach befand sich zu diesem Zeitpunkt auf dem Heimweg, nachdem er an einem gesellschaftlichen Ereignis teilgenommen hatte.

Er reagierte nicht auf die Funkmeldung, hauptsächlich nicht, weil er von der South Front Street weit entfernt war und ihm klar war, dass mindestens zwanzig, wenn nicht gar dreißig andere Einheiten am Tatort sein würden, bevor er dort eintreffen konnte.

Aber er sagte zu seiner Frau: »Ich hoffe wirklich, dass keiner getroffen wurde. Ich bin ziemlich erschöpft.«

Als er jedoch bei seinem Haus eintraf, hatte er durch andere Meldungen über den Polizeifunk erfahren, dass er nicht so bald zu Bett gehen konnte. Und nachdem er seine Frau abgesetzt hatte und zum Büro der Internal Affairs in der Dungan Road in Nordost-Philadelphia fuhr, kam mehrmals die offizielle Bestätigung.

»I-2, Funk.«

»I-2, kommen.«

»Wir haben zwei Verdächtige, einer verletzt, einer tot, beim Tatort ›Unterstützung für Officer, Achtung Schusswaffengebrauch, South Front Street‹.«

»Okay. Ich bin auf dem Weg zur IAD.«

Dann spielte sein Handy die ersten Takte von ›Rule Britannia‹.

»Weisbach.«

»Inspector, hier spricht Captain Fein, sechster Distrikt.«

»Hallo, Jake.«

»Zwei Verdächtige, einer verletzt, einer tot, beim Tatort ›Unterstützung für Officer, Achtung Schusswaffengebrauch, South Front Street‹.«

»Ich bin auf dem Weg zur IAD. Danke für den Hinweis.«

»Inoffiziell, Mike, es sieht nach berechtigtem Schusswaffengebrauch aus.«

»Das hoffe ich wirklich. Noch mal vielen Dank, Jake.«

Er hatte soeben das Handy auf den Beifahrersitz gelegt, als es von neuem ›Rule Britannia‹ spielte.

»Weisbach.«

»Kimberley, Boss. Ich habe soeben einen Anruf von Lieutenant McGuire von der Dignitary Protection erhalten. Er war der erste leitende Beamte am Tatort in der South Front, und er bringt den Schützen her.«

»Ich bin unterwegs.«

»Das wird Ihnen nicht gefallen, Boss. Der Schütze ist Sergeant Matt Payne.«

»O verdammt.«

»Wollen Sie, dass ich die FOP anrufe?«

»Ja, bitte. Und bringen Sie Payne in ein Vernehmungszimmer und unternehmen Sie nichts sonst, bis ich dort bin.«

»Jawohl, Sir. Da ist noch was, Boss.«

»Lassen Sie hören.«

»Stan Colt und sein Gefolge waren dort. Die Presse hat Wind davon bekommen, und es wimmelt am Tatort davon. Ich sehe es am Fernseher hier im Büro. Sie haben die Primetime-Shows abgebrochen, um es live zu senden. Es ist wirklich 'ne Menge dort los.«

2

Zwischen der Stadt Philadelphia und der Ortsgruppe #5 der Gewerkschaft Fraternal Order of Police (FOP) ist vertraglich vereinbart, wenn irgendein Polizeibeamter, ungeachtet seines Dienstrangs, in Untersuchungshaft genommen wird und der Grund zu einer strafrechtlichen Anklage führen könnte, dass die betreffende Polizeieinheit, die den Polizeibeamten festnimmt, zur gleichen Zeit, wie sie ranghohe Offizielle der Polizei benachrichtigt, die Fraternal Order of Police informiert.

Die FOP schickt dann einen Anwalt, um sicherzustellen, dass die Rechte des festgenommenen Polizeibeamten in keiner Weise verletzt werden und dass er in jeder Weise, die als notwendig erachtet wird, unterstützt wird.

Es sind Anwälte bei der Ortsgruppe #5 der FOP unter Vertrag, die auf Abruf für juristischen Beistand bereitstehen. Andere Anwälte von Philadelphia stellen der Ortsgruppe #5 ihre beruflichen Dienste *pro bono publico* zur Verfügung.

Vielleicht ist der meistangesehene dieser letzteren Gruppe Armando C. Giacomo, Esquire, ein schlanker, drahtiger, stets elegant gekleideter Italiener, der seinem Land als Kampfpilot des Marine-Corps gedient und dann heimgekehrt war, um entweder der erfolgreichste Strafverteidiger in Philadelphia zu werden oder der zweitbeste. Der andere Träger dieses inoffiziellen Titels war Colonel J. Dunlop Mawson, Esquire, von der Anwaltskanzlei Mawson, Payne, Stockton, McAdoo & Lester.

Der Unterschied zwischen den beiden bestand im Wesentlichen in ihrer Klientel. Colonel Mawson, der oftmals Einzelpersonen verteidigte, die des Diebstahls, der Veruntreuung, Unterschlagung, des Betruges oder sonst wie illegal erworbener Riesensummen an Geld angeklagt wurden – und entsprechend entlohnt wurde –, lehnte es ab, jemanden mit irgendwelchen Verbindungen – wie entfernt auch immer – zum organisierten Verbrechen oder dem illegalen Handel von verbotenen Substanzen zu verteidigen.

Mit dem Argument, dass selbst die verabscheuungswürdigsten Schufte nach der Verfassung der Vereinigten Staaten ein Recht auf die bestmögliche Verteidigung haben, verteidigte Armando C. Giacomo, sehr oft erfolgreich, die verabscheuungswürdigsten Schurken, die angeblich Beziehung zum organisierten Verbrechen und/oder dem Rauschgifthandel hatten, und wurde entsprechend entlohnt.

Mr Giacomos Vereinbarung mit der Ortsgruppe #5 der Fraternal Order of Police sah vor, dass er seine Dienste nur in Fällen anbot, die seines Talents würdig waren. Wie der ›normale‹ Gangster seine Dienste nicht in Anspruch nehmen konnte, wurde auch kein Cop von ihm verteidigt, der zum Beispiel betrunken Auto gefahren war oder seine Frau geschlagen hatte. Er zog es vor, Polizeibeamte zu verteidigen, die angeklagt waren, Bürgerrechte verletzt zu haben, und – vor allem – Polizeibeamte, die in ihrem Dienst gesetzwidrig getötet hatten.

Als die Ortsgruppe #5 der Fraternal Order of Police durch Captain Daniel Kimberly von Internal Affairs informiert wurde, dass ein Sergeant wegen der Ermittlung des Schusswaffengebrauchs bei zwei Verdächtigen – bei einem tödlich – in Untersuchungshaft genommen wurde, suchte er sofort Mr Giacomos geheime Telefonnummer in seinem Verzeichnis heraus. Und er war überhaupt nicht überrascht, dass Mr Giacomo trotz der späten Stunde sagte, er werde sofort zur IAD fahren, der FOP-Repräsentant sollte ihn dort treffen.

3

Der Chefredakteur des *Philadelphia Bulletin*, Roscoe G. Kennedy, reagierte auf eine Computer-Nachricht von Michael J. O'Hara

> Kennedy
> Halten Sie Platz frei auf Seite 1 für ein dreispaltiges Bild plus 350-400 Worte Text und 3 oder 4 weitere Fotos
> O'Hara

auf verschiedene Weise. Zuerst mit Ärger. O'Haras Botschaft klang eher nach einem Befehl als nach einer Bitte oder einem Vorschlag.

Ganz gleich, wie viel Geld und Vergünstigungen O'Haras Freund Casimir Bolinski, das Football-Ass, das zum Anwalt geworden war, der Geschäftsleitung für die Dienste von Michael O'Hara herausgeleiert hatte, es änderte nach Meinung von Roscoe G. Kennedy nichts an der Tatsache, dass Michael J. O'Hara Reporter und er, Roscoe G. Kennedy, der Chefredakteur war und deshalb dem Reporter sagen konnte, was und wann er es zu tun hatte, nicht umgekehrt.

Der zweite Grund seines Ärgers war, dass er zu O'Haras Büro gehen musste, um festzustellen, welch unsterbliche Prosa Michael J. O'Hara für würdig hielt, mit einem dreispaltigen Foto auf der ersten Seite zu erscheinen, bevor er sich die Zeit nahm, sie ihm zu schicken.

Dies war eigentlich doppelt ärgerlich. Mr Kennedy fand, dass ein kleiner Reporter kein Anrecht auf ein teuer ausgestattetes Privatbüro hatte – O'Haras Charles-Eames-Sessel aus exotischem Holz und mit Kalbsleder bezogen war nur weiteres Salz in die Wunde –, und um dorthin zu gelangen, musste er an seinem Schreibtisch aufstehen und durch die Redaktion gehen. Das bedeutete, dass er an den vielen Schreibtischen der anderen Journalisten und Reporter vorbeigehen musste, die somit sahen, dass der Chef O'Hara aufsuchte, statt ihn antanzen zu lassen.

Der dritte Grund zum Ärger: Roscoe G. Kennedy wusste,

wenn O'Hara einen Knüller für Seite eins mit einem großen Foto und Text zu haben glaubte, dann hatte der Hurensohn vermutlich Recht.

Roscoe G. Kennedy war ehrlich genug, um zuzugeben – wenn auch manchmal mit zusammengebissenen Zähnen –, dass Mickey O'Hara ein höllisch guter Schreiber war und sich seinen Pulitzerpreis verdient hatte.

So widerstand Mr Kennedy dem Drang, Mr O'Hara zu sich zu zitieren, um über seinen jüngsten Beitrag für den *Bulletin* zu diskutieren, sondern stand stattdessen auf, um durch die Redaktion zu gehen und höflich an die Tür von O'Haras Büro zu klopfen.

Er sah, dass Mr O'Hara Besucher in seinem Büro hatte, Casimir ›The Bull‹ Bolinski und vermutlich Mrs Bolinski, und er lächelte sie an.

»Was haben Sie für mich, Mickey?«, fragte Mr Kennedy.

O'Hara hob eine Hand von der Tastatur seines Computer-Terminals, auf der er mit großer Schnelligkeit getippt hatte, und wies auf den Bildschirm seines persönlichen Computers (im Gegensatz zu dem des *Bulletin*).

Darauf war ein sehr scharfes Foto von einem gut bekannten Polizeibeamten Philadelphias zu sehen. Er trug einen Smoking, hielt ein Handy in einer Hand und eine Colt .45er in der anderen und stand ein bisschen triumphierend vor einem Mann, der am Boden lag.

»Davon gibt's noch mehr«, sagte O'Hara.

Der Chefredakteur schaute auf die anderen Aufnahmen vom Parkplatz und las dann Mickeys Story auf dem Computerbildschirm. Er sprach erst, als O'Hara fertig getippt hatte und auf die Sendetaste drückte. Dann sagte er: »Tolle Story, Mickey! Wirklich großartig! Der Wyatt Earp von Philly schlägt wieder zu.«

Mickey stand auf.

»Was haben Sie gesagt?«, fragte er.

»Wie wäre als Schlagzeile ›Phillys Wyatt Earp und böse Jungs bei Schießerei am La Famiglia Corral?‹?«

»Sie Hurensohn«, sagte Mickey. »Das ist ein Cop, der seinen Job macht.«

»Pass auf, was du sagst, Michael«, sagte Casimir. »Antoinette …«

»Ein gottverdammter Cop im Smoking, dem es offensichtlich Spaß macht, Leute abzuknallen …«, begann der Chefredakteur.

»Sie Hurensohn! Sie sind nicht besser als der gottverdammte *Legder*!«

»Nennen Sie mich nicht Hurensohn, O'Hara. Das nehme ich nicht hin.«

»Dann machen Sie keine klugscheißerischen Bemerkungen über einen Cop, der seine Pflicht tut, Sie arroganter, elitärer, verfluchter …«, Mickey schwieg kurz und suchte nach der größten Beleidigung, die ihm einfiel, bevor er triumphierend weitersprach, »… Hurensohn und Besucher der Missouri School of Journalism!«

»Michael, ich sage es dir nicht noch einmal«, mahnte Casimir.

»So können Sie nicht mit mir reden, O'Hara!«

»Ich habe es doch soeben getan. Was wollen Sie dagegen tun?«

Mr Michael J. O'Hara nahm geduckt Kampfstellung ein und ballte die Hände zu Fäusten.

Mr Roscoe G. Kennedy stellte sich der Herausforderung.

Er griff Mr O'Hara mit einem wilden Schwinger an. Mr O'Hara wich dem Schlag geschickt aus, fintierte mit seiner Rechten, drosch Mr Kennedy mit der Linken auf die Nase und als Nachschlag mit seiner Rechten in den Bauch.

Mr Kennedy fiel zusammengekrümmt auf den Boden und riss den Computer-Terminal des *Bulletin* mit.

Casimir J. Bolinski, Esquire, sprang von Mr O'Haras Charles-Eames-Sessel auf, eilte durch das Büro, schlang seine Arme um Mr O'Hara und trug ihn ohne große Mühe durch die Redaktion – vorbei an vielen Mitgliedern des Personals vom *Bulletin* – und in einen Aufzug. Mrs Bolinski folgte ihnen.

Mr Kennedy rappelte sich vom Boden auf und schwankte zur Tür.

»Sie sind gefeuert, Sie verrückter irischer Hurensohn! Gefeuert!«, brüllte er. »Wenn ich mit Ihnen Arschloch fertig bin, werden Sie nicht mal mehr einen Job beim *National Enquirer* bekommen!«

Mrs Bolinski streckte Mr Kennedy die Zunge heraus.

Zehn Minuten später, als die Anwendung von Eis Mr Kennedys Nasenbluten gestoppt hatte – dachte er ernsthaft über Mr O'Haras jüngsten – und wenn es nach ihm ging, gewiss letzten – Beitrag für den *Bulletin* nach.

Und dann rief er seinen Assistenten und wies ihn an, auf Seite eins der kommenden Ausgabe Platz für ein dreispaltiges Foto plus vierhundert Worte Text und für weitere kleinere Fotos im Innenteil zu reservieren.

4

Als Inspector Weisbach in die Internal Affairs Unit kam, sprach Captain Daniel Kimberly mit Lieutenant McGuire und einem anderen Mann, der Polizeibeamter zu sein schien. Von Payne sah er nichts.

Kimberly erwartete seine Frage.

»Ich habe Sergeant Payne in das Vernehmungszimmer geschickt und ihn gebeten, zu warten«, sagte Kimberly. »Nichts sonst. Und ich habe die FOP angerufen.«

»Gut«, sagte Weisbach.

»Sie hat soeben zurückgerufen, um mich zu informieren, dass Mr Armando C. Giacomo unterwegs hierher ist, um Sergeant Payne zu vertreten.«

»Welch ein Glück für Sergeant Payne«, sagte Weisbach.

»Inspector, dies ist Lieutenant McGuire …«

»Wie geht es Ihnen, Lieutenant?«

»Guten Abend, Sir. Oder guten Morgen, Sir. Und dies ist Sergeant Al Nevins, Inspector«, sagte McGuire.

»Sie waren der erste leitende Beamte am Tatort?«

»Jawohl, Sir.«

»War ein Uniformierter vor Ihnen dort?«

»Nein, Sir. Mickey O'Hara war als Erster dort – ungefähr dreißig Sekunden vor uns. Als Nevins und ich eintrafen, hatte er bereits ein Foto von Payne gemacht und stand bei dem Mann, den Payne niedergeschossen hatte.«

»Ich hörte, dass auf zwei Männer geschossen wurde, stimmt das?«

»Jawohl, Sir. Auf einen tödlich. Payne blies ihm das Gehirn heraus.«

»Wie können Sie das *wissen*, Lieutenant?«

»Nun, Sir, Payne hat es uns gesagt. Und wir sahen die Leiche. Die Kugel traf ungefähr hier.«

Er wies auf sein Gesicht.

»Hat Payne Ihnen ebenfalls erzählt, was passiert ist?«

»Er sagte, es habe einen bewaffneten Raubüberfall auf ein Paar gegeben, das seinen Wagen vom Parkplatz holen wollte. Er sei kurz danach dort aufgetaucht und habe die Räuber zum Stehenbleiben aufgefordert. Sie rannten davon, und er verfolgte sie. Sie feuerten mit einer Schrotflinte und einer halbautomatischen Pistole auf ihn, und er schoss beide nieder.«

»Haben sie ihn getroffen?«, fragte Weisbach.

»Nein, Sir«, sagte McGuire und zögerte.

»Fahren Sie fort, Lieutenant«, forderte Weisbach ihn auf.

»Payne war ein bisschen mitgenommen, Sir.«

»Wie mitgenommen?«

»Er verhielt sich sonderbar, wissen Sie«, sagte McGuire.

»Nein, das weiß ich nicht.«

»Nun, da war die Sache mit seiner Waffe«, sagte McGuire.

»Was war mit seiner Waffe?«

»Ich habe sie ihm natürlich abgenommen«, sagte McGuire und wies auf einen der Schreibtische im Zimmer. Es lagen zwei Ziploc-Tüten darauf. Eine enthielt Matts Officer's Model Colt .45 Pistole, die andere ein Magazin.

»Natürlich?«, fragte Weisbach.

»Jawohl, Sir, und er schnauzte mich an, ich sollte sie ihm zurückgeben. Er machte mir keine Probleme, sagte mir jedoch, ich sollte sie ihm zurückgeben, nachdem ich die verbliebenen Patronen im Magazin gezählt hatte.«

»Haben Sie zu diesem Zeitpunkt geglaubt, Lieutenant, dass Sergeant Payne (a) eine Gefahr für andere oder sich selbst dastellt und/oder (b), dass er irgendeine Straftat begangen hat?«

»Nein, Sir. Nach dem, was ich sah, war es ein gutes Schießen.«

»Zwei Dinge, Lieutenant. Es gibt kein gutes Schießen. Jedes Schießen ist bedauerlich. Einige sind leider nötig, doch es gibt kein ›gutes Schießen‹.«

»Sir, ich meinte …«

»Zweitens, Lieutenant, könnten Sie es wertvoll finden, Ihre Erinnerung hinsichtlich der Vorschriften im Umgang mit der Waffe eines Polizeibeamten in einer derartigen Situation aufzufrischen.«

»Sir?«

»Der Sergeant hatte Recht, Lieutenant. Ohne irgendeinen Grund zu der Annahme, dass der Polizeibeamte, der geschossen hat, eine Gefahr für sich selbst oder andere darstellt, oder der Annahme, dass der Polizeibeamte eine Straftat begangen hat, schreiben die Vorschriften vor, dass ihm seine Waffe zurückgegeben wird, nachdem der Leiter am Tatort die verbliebenen Patronen im Magazin gezählt hat und dieses sicherstellt.«

»Inspector, ich dachte, die Waffe wäre ein Beweisstück …«

»Das haben Sie angedeutet. Der springende Punkt ist, dass ein cleverer Anwalt wie zum Beispiel Mr Giacomo argumentieren kann, dass Ihr Entwaffnen von Sergeant Payne gegen die Vorschriften verstößt und ein Beweis für Befangenheit ist.«

»Mein Gott, das wusste ich nicht.«

»Offenkundig. Nun, gab es einen anderen Hinweis auf das, was Sie für sonderbares Verhalten von Sergeant Payne hielten?«

»Er war – irgendwie – abwesend, Sir. Distanziert ist vielleicht das richtige Wort.«

Das Telefon auf einem der Schreibtische klingelte, und Captain Kimberly ging hin, um den Anruf entgegenzunehmen. In diesem Moment wurde die Tür geöffnet, und Inspector Peter Wohl und Amelia A. Payne, Dr. med., betraten das Zimmer.

»Hallo, Mike«, sagte Wohl. Er nickte den anderen zu.

»Wo ist er?«, fragte Amy.

»Schatz!«, sagte Wohl mahnend.

»Peter, wie ich hörte, wird Sergeant Payne nicht mehr bei Special Operations verwendet«, sagte Weisbach.

»Das stimmt.«

»Sie werden verstehen, dass mich das zu der Frage veranlasst, was Sie hier tun und …«

»Was wir hier tun?«, brauste Amy auf. »Mein Gott! Ich will meinen Bruder sehen, *das* tun wir hier!«

»… Dr. Payne hier zu suchen hat«, sprach Weisbach aus.

»Inspector«, sagte Captain Kimberly, »das war Captain Hollaran am Telefon. Er und Commissioner Coughlin sind unterwegs hierher. Er hat gefragt, wer der leitende Beamte am Tatort war. Ich habe ihm gesagt, dass Sie es waren.«

Weisbach nickte verständnisvoll.

»Wenn Sie mir nicht sagen können, dass Sie offiziell hier zu tun haben, Peter«, sagte Weisbach, »dann muss ich Sie und die Lady leider bitten, zu gehen.«

»Ich bin keine *Lady*, verdammt, ich bin Ärztin. Und ich verlange, meinen Bruder zu sehen!«

»Reg dich nicht auf, Schatz«, sagte Wohl. »Mike hält sich nur an die Vorschriften. Das muss er.«

»Zum Teufel mit seinen Vorschriften! Zum Teufel mit ihm! Ich will meinen Bruder sehen!«

»Peter …«, begann Weisbach.

»Inspector Weisbach, mit Ihrer Erlaubnis, möchte ich mit der Dame hier bleiben, bis Commissioner Coughlin eintrifft.«

Die Tür wurde von neuem geöffnet.

Armando C. Giacomo trat ein. Er trug ein Tweed-Sakko, eine graue Flanellhose, ein Pyjama-Oberteil und Pantoffel.

»Es tut mir Leid, dass ich so lange gebraucht habe, um herzukommen«, sagte er. »Hallo, Mike. Amelia. Peter. Was bringt euch beide her?«

»Sie wollen mich meinen Bruder nicht besuchen lassen«, sagte Amy. »Sagen Sie ihnen, dass sie mich zu ihm lassen müssen.«

»Folgere ich richtig, dass es sich um Sergeant Payne handelt, der angeblich in diesen unglücklichen Zwischenfall verwickelt ist?«

Weisbach nickte.

»Ich bin mir nicht sicher, ob man Ihnen Zugang zu Ihrem Bruder gewähren muss, Amy«, sagte Giacomo. »Aber ich bin mir absolut sicher, dass ich das Recht habe, den Häftling zu besuchen, begleitet vom Arzt meiner Wahl. Ist das korrekt, Inspector Weisbach?«

»Ich denke, Sie können einen Polizeiarzt haben, Sir«, sagte Weisbach. »Ich werde überprüfen, ob ich Dr. Payne zulassen kann.«

»Das ist Haarspalterei, Inspector. Wenn die Polizei, die bei vielen Anlässen, wie wir beide wissen, Dr. Payne bei der Ermittlung von Verbrechen als Beraterin konsultiert hat, kann ich mir nur als Grund, ihr als meine Beraterin den Zugang zu dem Häftling zu verweigern, vorstellen, dass Sie persönlich voreingenommen gegenüber meinem Klienten sind, entschlossen, ihm seine nach der Verfassung garantierten Rechte zu nehmen, oder vielleicht ...«

»Er ist da drin, Sir«, sagte Weisbach und wies auf die geschlossene Tür des Vernehmungszimmers.

Amy ging schnell zu der Tür und zog sie auf.

Sergeant Payne saß an einem Tisch.

Tränen rannen über seine Wangen.

Er lächelte wie ein Kind, als er Amy sah.

»Ich nehme an, ich habe es wieder getan, nicht wahr, Amy?«

Er schlug sich plötzlich mit der linken Hand auf die rechte und starrte ärgerlich darauf. Nach einer Weile zog er die linke Hand fort und schaute auf die rechte. Er hob die rechte Hand zitternd vom Tisch. Dann schlug er damit wieder auf den Tisch.

»Ich habe keine Ahnung, was mit mir los ist«, erklärte er mit einem scheuen Lächeln. »Ich tue es einfach weiterhin.«

»Allmächtiger!«, stieß Armando C. Giacomo hervor.

Er wandte sich Inspector Weisbach zu, der fast so entsetzt und unglücklich aussah, wie er sich fühlte.

»Inspector, ich glaube, Dr. Payne ist im Begriff, mich zu beraten, dass nach ihrer beruflichen ärztlichen Einschätzung Sergeant Payne aufgrund der Ereignisse heute Nacht verständlichen seelischen Schmerz, Furcht und Schock erlitten hat und nicht in der Lage ist, irgendwelche Fragen von jemandem zu beantworten. Stattdessen braucht er dringend ärztliche Behandlung. Hätten Sie damit Probleme?«

»Nein, Sir«, sagte Weisbach. »Ich werde einen Krankenwagen bestellen.«

»Nein, verdammt!«, rief Amy aus dem Vernehmungszimmer. »Er hat für heute Nacht genügend Sirenen gehört und blitzende Lichter gesehen.«

Die Männer blickten verlegen fort.

Doktor Payne nahm Sergeant Payne in die Arme, drückte ihn

an sich und streichelte über seinen Kopf. Er schluchzte unkontrolliert.

Nach einer Weile betrat Peter Wohl das Vernehmungszimmer.

»Nimm ihn«, befahl Amy.

Sehr behutsam zog Wohl Matt aus Amys Armen und nahm ihn in seine eigenen.

Sie ging zu Kimberlys Telefon und wählte eine Nummer aus dem Gedächtnis.

»Hier spricht Dr. Payne. Ich brauche sofort ein Privatzimmer, überall, nur nicht in der Psychiatrie. Ich werde gleich mit dem Patienten dort sein.«

Sie legte auf, blieb jedoch mit der Hand auf dem Telefon nachdenklich stehen.

Captain Frank Hollaran und First Deputy Commissioner Coughlin traten ein.

»Amy, Schatz«, sagte er, als er sie sah. »Ich bin mir nicht sicher, ob du hier …«

»Halte einfach die Klappe, Onkel Denny«, unterbrach sie. »Jetzt kümmere *ich* mich um ihn.«

Dann hob sie die Stimme.

»Hilf ihm auf, Peter. Wir bringen ihn hier raus.«

Einen Augenblick später erschien Wohl in der Tür des Vernehmungszimmers, einen Arm um Matt gelegt.

Matt lächelte scheu alle an, als Wohl ihn durch das Zimmer und zur Tür hinausführte. Keiner sagte etwas.

5

Sergeant Matthew Payne lag auf der Seite im Krankenhausbett, die Arme über dem Gesicht, als die Tür geöffnet wurde.

Zuerst blickte er ärgerlich, dann neugierig. Er tastete nach dem Knopf zum Verstellen des Betts. Als es sich hob, rollte er sich auf den Rücken, verschränkte die Arme vor der Brust und schaute etwas abwehrend zu den beiden Ärzten, die das Krankenzimmer betraten. Der eine war eine Ärztin – seine Schwester. Der andere Arzt war ein kleiner, korpulenter Mann Anfang fünfzig.

Es war Aaron Stein, Dr. med., Professor der Moses und Rebecca Wertheimer Psychiatrie der Medizinischen Fakultät der University of Pennsylvania und ehemaliger Präsident der American Psychiatric Association. Dr. Stein hatte viele seiner Kollegen überrascht – und noch viel mehr verärgert –, als er Amelia Payne, Dr. med., als seine psychiatrische Assistentin ausgewählt hatte. Sie war damals gerade erst zweiundzwanzig Jahre alt geworden.

Seither hatte sie unter ihm gearbeitet – er bestand stets darauf, ›mit ihm‹ zu sagen –, und man nahm allgemein an, dass Dr. Stein für Dr. Paynes gegenwärtige Position beim Joseph L. Otterby Institut Professor der Psychiatrie verantwortlich war.

»Ich muss wirklich verrückt sein, wenn Amy Hochleistungs-Verstärkung gerufen hat«, sagte Matt.

»Wie fühlen Sie sich, Matt?«, fragte Dr. Stein.

»Ich fühle mich wie mit Drogen betäubt«, sagte Matt. »Ich kann mir nicht vorstellen, warum.«

»Ich habe dir nur eine Schlaftablette gegeben«, sagte Amy.

»Stand auf der Flasche ›für Elefanten‹?«

Dr. Stein lachte.

»Wie lange bin ich hier?«, fragte Matt.

»Du hast gestern durchgeschlafen«, sagte Amy.

»Lass mich fragen«, sagte Matt. »Vor ein paar Stunden fiel Licht durch die Fenster. Ist dies der Morgen des zweiten Tages?«

»Ja, das ist er«, sagte Dr. Stein lächelnd.

»Normalerweise kann ich die Zeit sagen, indem ich auf meine Armbanduhr blicke«, sagte Matt. »Aber die ist anscheinend verschwunden. Und sowohl das Telefon als auch der Fernseher scheinen nicht zu funktionieren.«

»Sie brauchten Ruhe, Matt«, sagte Dr. Stein.

»Ist das eine höfliche Art, einem Irren zu sagen, dass er versucht hat, die Wände hochzuklettern?«

»Es ist nur das, was ich gesagt habe«, erwiderte Dr. Stein. »Sie brauchten Ruhe, Matt. Und wir Hochleistungs-Psychiater benutzen Worte wie ›Irre‹ nicht mehr – eigentlich bedeutet es ›vom Mond beeinflusst‹ – aber Sie sind weder irre noch verrückt, noch gaga oder was sonst Sie denken.«

Matt musste lächeln. Er erinnerte sich an das, was sein Vater über Dr. Stein gesagt hatte. »Er sieht aus und handelt wie ein bartloser Weihnachtsmann.«

»Was stimmt dann nicht mit mir?«, fragte er.

»In der Sprache der Laien«, sagte Dr. Stein. »Wissen Sie, was Vollblut-Rennpferde und Überflieger unter den Workaholics gemeinsam haben?«

»Wir bringen anderen Leuten eine Menge Geld ein?«, fragte Matt unschuldig nach kurzem Überlegen.

Dr. Stein lachte.

»Sie wissen nicht, wann sie aufhören sollten. Sie verstehen nicht, dass sie Grenzen wie normale Pferde und andere Menschen haben«, sagte er.

Er wandte sich an Dr. Payne.

»Er ist in Ordnung«, sagte er. »Ich werde jetzt mit ihm reden. Ich piepe Sie an, wenn wir fertig sind. Und auf dem Weg hinaus lassen Sie zweimal Frühstück herschicken.« Er wandte sich wieder Matt zu. »Ich habe Sie nie ohne Appetit gekannt. Was möchten Sie essen? Nutzen Sie meine Anwesenheit aus. Ich bekomme, was ich mir wünsche.«

»Ich bin ein bisschen hungrig«, bekannte Matt.

»Schicken Sie die Stationsschwester«, sagte Dr. Stein zu Amy. »Sie wird ein bisschen fett, und es wird ihr gut tun, unsere Bestellung des Frühstücks aufzunehmen.«

»Okay«, sagte Matt. »Amy ist fort. Das war ein sehr gutes Frühstück, vielen Dank. Und jetzt hoffe ich, Sie werden mir sagen, was mit mir nicht in Ordnung ist.«

»Ich habe Ihnen bereits gesagt, was ich über Ihre Verfassung denke. Wollen Sie hören, was Ihre Schwester über Ihre Verfassung denkt?«

»Ich wage kaum zu fragen.«

»Eine Zeit lang war sie wirklich besorgt um Sie, und sie hat mich des Öfteren aufgesucht, um mir zu sagen, dass sie sich Sorgen macht.«

»Ist das ethisch?«

»Ethisch hin oder her, sie liebt Sie. Sie ist eine ziemlich gute Ärztin. Wir sind Freunde. Sie kommt zu mir und spricht sich aus. Es ist geschehen – sie kann es nicht rückgängig machen, dass sie mit mir gesprochen hat. Wollen Sie hören, was sie denkt?«

»Okay.«

»Sie hat eine Theorie entwickelt – im Wesentlichen, dass Sie nicht wissen, wer Sie in Wirklichkeit sind.«

»Was denkt sie, wer ich wirklich bin?«

»Im Wesentlichen der psychologische Erbe Ihrer Mutter.«

»Ich weiß nicht, was sie damit meinen kann.«

»Dass Ihre psychologische Natur sanft, freundlich, vielleicht sogar intellektuell ist. Jedenfalls das Gegenteil von einem Krieger.«

Matt warf seine Hände hoch, um anzuzeigen, das er keine Ahnung hatte, worauf Amy hinauswollte.

»Sie denkt, Sie haben sich Ihr Leben lang von Ihren Rollen-Modellen beeinflussen lassen, um zu glauben, dass Sie zu einem Krieger bestimmt sind«, sagte Dr. Stein.

»Von welchen Rollen-Modellen?«

»Commissioner Coughlin, zum Beispiel, der Cop aller Cops«, sagte Stein. »Aber hauptsächlich von der Legende Ihres biologischen Vaters, der heldenhaft im Dienst starb. Und von Ihrem Onkel, dem Cop-Captain, wie hieß er noch gleich?«

»Dutch«, sagte Matt. »Captain Dutch Moffitt.«

»Der ebenfalls heroisch bei der Erfüllung seiner Pflicht starb, richtig?«

»Er hatte gerade einen Jüngling aufgefordert, seine Waffe fallen zu lassen, damit er ihn nicht erschießen musste, und irgendein gottverdammter Junkie erschoss ihn mit einer .22er.«

»Aber er starb heldenhaft, richtig?«

»Ich nehme es an.«

»Und er starb heldenhaft gerade zu dem Zeitpunkt, als Ihnen das Marine-Corps sagte: ›Nein danke, Sie erfüllen nicht unsere Anforderungen‹, richtig?«

»Man hatte bei der ärztlichen Untersuchung irgendetwas an meinem Ohr auszusetzen«, sagte Matt.

»All diese Dinge kombiniert, zwangen Sie nach Dr. Amy Paynes Theorie, zur Polizei zu gehen, um Ihre Männlichkeit zu beweisen, um zu beweisen, dass Sie ein Krieger sind.«

»Okay.«

»Nun, so intelligent wie Sie sind, konnte Ihnen nicht verborgen bleiben – nach Amys Theorie –, dass Vorbild Nummer eins, Commissioner Coughlin, einen Job für Sie arrangiert hatte, der keine richtige Polizeiarbeit war. Mit anderen Worten, Sie schlichen nicht in einer Uniform und mit Waffe und Schlagstock in dunklen Straßen herum. Und im Unterbewusstsein war Ihnen klar, dass Coughlin und Wohl, Rollen-Modell zwei, Sie nicht als ihresgleichen, also Krieger, akzeptierten, sondern eher für ein Weichei hielten, das beschützt werden musste.«

»Hat sie Ihnen all dies erzählt?«, fragte Matt.

»Und dann erschossen Sie den Serien-Vergewaltiger von Nordwest-Philly und versuchten zu beweisen, dass Sie tatsächlich ein Krieger und ganzer Mann sind.«

»Ich habe nicht versucht, irgendetwas zu beweisen. Ich habe diesen Hurensohn erschossen, weil er versuchte, mich mit seinem Van zu überfahren.«

»Doch trotzdem, selbst nach dieser kriegerischen Tat, waren weder Coughlin noch Wohl überzeugt, dass Sie ein Krieger sind. Der Beweis dessen, sagte Ihnen Ihr Unterbewusstsein, kam an dem denkwürdigen Tag, als die richtigen Cops, die wahren Krieger, im Begriff waren, den Bösewichtern entgegenzutreten, und man Sie einen Block weit weg in Sicherheit schickte, angeblich um einen Journalisten zu beschützen.«

»Ich muss verrückt sein, denn ich fange an, zu denken, dass Amy vielleicht etwas durchschaut hat.«

»Ich bin noch nicht fertig. Sie hat viel darüber nachgedacht.«

»Fahren Sie fort.«

»Und abermals riskierten Sie Ihr Leben, um zu beweisen, dass Sie ein ganzer Mann sind, ein Krieger, als ein böser Bube in der Gasse auftauchte und Sie ihm entgegentraten.«

»Er hatte auf uns geschossen! Was hätte ich tun sollen?«

»Sie sind ein intelligenter junger Mann. Sie hätten sich ducken oder weglaufen können. Doch Sie waren getrieben von dem Drang, Ihre Männlichkeit zu beweisen.«

»Mein Gott!«

»Und weichen wir kurz vom Thema ab: Dr. Payne meint, dass Ihr Interesse an so vielen Mitgliedern des anderen Geschlechts in Wirklichkeit ein deutliches Anzeichen auf Ihr Verlangen ist, ihre Männlichkeit zu beweisen. Und das wiederum ist ein weiterer Beweis, dass Sie an Ihrer Männlichkeit zweifeln.«

»Und all die Zeit habe ich gedacht, sie wäre meine Freundin.«

»Sie sprach zu mir von einem Arzt zum anderen. Billigen Sie ihr so viel zu, Matt. Dies war kein belangloses Gerede.«

»Was hatte sie sonst zu sagen?«

»Zunächst begannen Sie Ihre Männlichkeit zu beweisen, indem Sie Detective wurden, dann Sergeant, und in letzterem Fall lernten Sie wie besessen, weil es so ungemein wichtig für Sie war, bei der Prüfung gut abzuschneiden – vorzugsweise besser als jeder andere.«

»Sonst noch etwas?«

»Sie sagten ihr, glaube ich, dass Sie Albträume wegen der Ereignisse in Doylestown hatten?«

»Und zehn Sekunden, nachdem ich das gesagt hatte, wurde mir klar, dass es ein Fehler gewesen war.«

»Haben Sie jemals Albträume wegen der anderen Schießereien gehabt, Matt?«

»Was soll's, die Kuh ist aus dem Stall. Ja. Die meisten Albträume wegen Doylestown, aber dann und wann habe ich Albträume wegen des Kerls, der versuchte, mich mit dem Van zu überfahren, und jetzt werde ich vermutlich welche wegen des Kerls haben, den ich soeben auf dem Parkplatz beim La Famiglia erschossen habe.«

»Sie sagten, ›der Kerl mit dem Van, der Kerl, den ich soeben erschossen habe‹. Aber ›Doylestown‹ haben Sie nicht erwähnt.«

»In Doylestown habe ich niemanden erschossen«, sagte Matt. »Der Kerl, hinter dem wir her waren, erschoss das Mädchen, das uns zu ihm brachte.«

»Ist das alles, was sie für Sie war?«

Matt dachte darüber nach und zuckte dann mit den Schultern.

»Nein. Ich glaubte, sie zu lieben. Ich musste meine Männlichkeit beweisen, nehme ich an.«

Dr. Stein stieß einen Grunzlaut aus.

»Amy denkt, Ihr Weinen um das Mädchen in Doylestown

war das erste deutliche Anzeichen auf Ihre bevorstehenden, unkontrollierbaren psychischen Probleme, und sie meint, die Albträume scheinen diese Theorie zu bestätigen.«

Matt schaute ihn an, sagte jedoch nichts.

»Dann wurden Sie zum Sergeant befördert und durften Ihre Verwendung wählen. Sie entschieden sich für die Mordkommission, hauptsächlich, weil die Mordkommission für das Nonplusultra der kriegerischen Verwendungen bei der Polizei gehalten wird.«

Matt schüttelte den Kopf.

»Die Krieger – Amys Bezeichnung – sind bei der Highway Patrol oder beim Bombenräumungskommando, nicht bei der Mordkommission«, sagte er.

Dr. Stein zuckte mit den Schultern, äußerte sich jedoch nicht direkt dazu.

»Wo Sie sofort sozusagen ins kalte Wasser geworfen wurden und in Dinge gerieten, die über Ihre Fähigkeiten, damit fertig zu werden, hinausgingen«, fuhr er fort. »Und Sie bemühten sich nach Ihren besten Kräften. Dies an sich, glaubt Ihre Schwester, hat Sie sozusagen an den Rand der Verzweiflung getrieben, doch dann wurden Sie vor zwei Nächten in diesen letzten Zwischenfall verwickelt, und das führte schließlich zum zwangsläufigen Resultat. Sie erlebten sozusagen einen emotionalen Zusammenbruch.«

»Nun, ich nehme an, sie hat mich durchschaut, wie?«

»Sie glaubt, die Situation richtig eingeschätzt zu haben.«

»Und was sollte ich nach Meinung meiner allwissenden Schwester dagegen tun?«

»Auch das ist für sie ziemlich klar. Sie denkt, Sie sollten sich damit abfinden, wer Sie wirklich sind, und dann die entsprechenden Schritte unternehmen. Das wäre für sie, aus dem Polizeidienst auszuscheiden, auf die Rechtsakademie gehen und ein geeigneteres Leben für jemanden mit Ihrer psychologischen Natur anfangen.«

»Und Sie stimmen ihr zu, richtig?«

»Das habe ich nicht gesagt. Sind Sie daran interessiert, zu hören, was ich denke?«

»Ja, natürlich.«

»Ich möchte nicht, dass Sie mich bei ihr zitieren, Matt. Ich hätte gern Ihr Wort darauf.«

»Klar.«

»Ihre Schwester ist eine gute Psychiaterin und eine prima Lehrerin. Vielleicht war ich aus diesem Grund schrecklich enttäuscht über fast alles, was sie zu sagen hatte, und gewiss über ihre Theorien. Sie waren überhaupt nicht professionell – obwohl sie so gut ist, dass einige Details stichhaltig sind –, sondern eher die fast mütterlichen Gedanken einer liebenden Schwester. Darüber hinaus hätte sie wissen sollen, dass man als Arzt nicht einmal mit dem Gedanken spielen sollte, jemanden zu behandeln, für den man tiefe Gefühle hat. Es trübt das Einschätzungsvermögen. In diesem Fall spektakulär.«

»Wollen Sie damit sagen, dass sie sich in allem irrt?«

»In fast allem.«

»Was sie meint, ergibt viel Sinn für mich«, sagte Matt. »Was ist also Ihrer Meinung nach mit mir nicht in Ordnung?«

»Das habe ich Ihnen gesagt, als ich zum ersten Mal hier reinkam. Sie sind wie ein Vollblut-Rennpferd. Sie meinen, Sie haben ein bodenloses Fass an Energie, aus dem Sie Kraft beziehen, körperlich und seelisch, und dass Sie nicht zu stoppen sind. Das haben Sie nicht, und Sie sind zu stoppen.«

»Ich habe herausgefunden, dass ich zu stoppen bin, Dr. Stein. Hat Amy Ihnen gesagt, wie ich zusammengebrochen bin?«

Matt demonstrierte es, indem er eine zitternde Hand hob und damit auf das Bett schlug.

»In allen Einzelheiten. Einschließlich, wie Sie geheult haben und sich trösten ließen, als sie Sie wie eine Mutter in den Armen hielt. Kurz gesagt, Superman, Sie haben typische Symptome emotioneller Erschöpfung gezeigt. Die Behandlung ist im wesentlichen Ruhe und der Rat ›fordern Sie sich von jetzt an nicht so hart‹.«

»Das ist alles?«

»Ich finde, Sie sollten ein paar Mal Dr. Michaels aufsuchen. Er sagte, er würde sich freuen und Sie wären nicht der erste Cop, mit dem er über so etwas spricht, weil Sie keineswegs der erste Cop sind, dem so etwas widerfahren ist.«

6

»Kommen Sie herein, Doktor«, sagte Aaron Stein zu Amy Payne. »Wir müssen über den Patienten in 1411 und Ihre Beziehung zu ihm sprechen.«

»Was hatte Keyes Michaels zu sagen?«, fragte Amy.

»Dr. Michaels und ich stimmen darin überein, dass der Patient an verständlicher emotioneller Erschöpfung gelitten hat, von der er sich – da er sozusagen einen gesunden Körper und Geist hat – schnell erholen und keine bleibenden Schäden behalten wird.«

»Nun, da bin ich anderer Meinung, Aaron.«

»Nach Rücksprache mit seinem behandelnden Arzt und nach Konsultation von Dr. Michaels habe ich entschieden, dass ein weiterer Krankenhausaufenthalt nicht indiziert ist, und ich habe seine Entlassung angeordnet.«

»Ohne mich zu konsultieren?«

»Das bringt uns zu diesem Punkt, Doktor«, sagte Stein.

»Wie bitte?«

»Sie sind Matts Schwester, nicht seine Ärztin. Das haben Sie anscheinend vergessen. Es ist unethisch – ganz zu schweigen blöde – von einem Arzt, jemanden zu behandeln, mit dem der Arzt eine familiäre oder andere emotionale Verbindung hat. Es trübt das Einschätzungsvermögen. Das wissen Sie. Oder wussten Sie jedenfalls. Sie scheinen es vergessen zu haben.«

»Also gut«, sagte sie nach einer Weile. »Ich habe mich geirrt. Tut mir Leid.«

»Haben Sie jemals die Redensart ›Arzt, heile dich selbst‹ gehört, Doktor?«

»Natürlich habe ich das gehört.«

»Wären Sie an meinem Rat interessiert, wie Sie das tun können, Doktor?«

»Es würde mich interessieren, zu wissen, was Ihrer Meinung nach geheilt werden muss, Doktor«, sagte Amy, die zunehmend ärgerlich wurde.

»Ich werde Ihnen sagen, was ich tun werde. Ich werde Ihnen das Rezept geben, das ich empfehlen würde, und von da an, wenn Sie nur halbwegs die intelligente, engagierte Ärztin sind, für die ich Sie halte, werden Sie in der Lage sein, zu erkennen, was meiner Meinung nach mit Ihnen nicht in Ordnung ist.«

»Bitte tun Sie das, Doktor.«

»Heiraten Sie den Cop, Amy. Bekommen Sie ein Baby. Mehrere Babys.«

Sie sah ihn echt schockiert an.

»Sie meinen das ernst, nicht wahr?«

Er nickte.

»Sie sind eine junge Frau in gebärfähigem Alter. Tun Sie, was die Natur für Sie vorsieht. Widmen Sie Ihre sehr gesunden, sehr normalen mütterlichen Instinkte Ihrem eigenen Kind, nicht Ihrem Bruder.« Er schwieg kurz und fügte dann hinzu: »Nach meiner Einschätzung würde Sie das zu einer noch besseren Ärztin machen, als Sie bereits sind.«

Sie schaute ihm in die Augen, sagte jedoch nichts.

»Das Rezept, das Sie für Ihren Bruder entwickelt haben, trifft auf Sie zu. Sie sind ein Überflieger-Workaholic und weigern sich, zu glauben, dass die Quelle Ihrer Kraft jemals versiegen kann. Und das erste Symptom Ihres zwangsläufigen – sofern Sie nichts dagegen unternehmen – emotionellen Zusammenbruchs ist Ihre wahnhafte Beziehung zu Ihrem Bruder. Sie sind nicht seine Mutter, und Sie sind nicht seine Ärztin.«

»Den Cop heiraten? Babys bekommen?«

Er nickte von neuem. Nach einer Weile fügte er hinzu: »Ich hätte gern Ihr Wort, Doktor, dass Sie sich, was den Patienten in 1411 anbetrifft, von diesem Moment an als seine Schwester betrachten, nicht als seine Ärztin.«

»Jesus!«

»Ich werde das als ›selbstverständlich‹ auslegen. Bringen Sie jetzt Ihren Bruder heim und versuchen Sie, ihn dazu zu bringen, dass er es leicht nimmt.«

7

»Haben Sie einen Moment Zeit, Denny?«, fragte Polizeichef Ralph J. Mariani an der Tür von First Deputy Commissioner Coughlins Büro.

»Selbstverständlich.«

»Was haben Sie über Matt gehört?«

»Seine Schwester hat soeben angerufen. Sie wollen ihn aus dem Krankenhaus entlassen. Sie wird ihn zum Haus seiner Eltern in Wallingford bringen.«

»Das ist schnell gegangen, nicht wahr?«

»Sie sagen, er ist in Ordnung – dass er nur seelisch erschöpft war.«

»›Sie sagen‹? Seine Schwester, meinen Sie?«

»Nein. Er wurde von unseren beiden Psychiatern untersucht. Dr. Michaels – Sie kennen ihn?«

»Klar. Keyes Michaels. Guter Mann. Kommt aus einer ganzen Familie von Cops.«

»Und von Dr. Aaron Stein, dem Ober-Zwerg beim UP Medical Center.«

»Ich habe allmählich das Gefühl, Denny, dass Sie ihn nicht mögen ...«

»Unter uns, Ralph?«

Mariani nickte.

»Dr. Michaels ist wirklich stolz darauf, dass er mit Dr. Aaron Stein zusammenarbeiten kann. Es würde mich sehr überraschen, wenn Michaels mit Stein bei irgendetwas nicht übereinstimmte. Selbst wenn es wirklich so wäre.«

»Was meinen Sie damit?«

»Sie waren nicht bei der Internal Affairs, als Matty zusammenbrach«, sagte Coughlin. »Ich war dort. Ich hätte heulen können. Ich kann noch gar nicht glauben, dass er so schnell wieder in Ordnung gekommen ist.«

»Michaels und Stein sind Psychiater, und Sie sind keiner, Denny«, sagte Mariani.

Coughlin zuckte mit den Schultern.

»Sie haben mich gefragt, Ralph.«

»Nun, es war ein gutes Schießen«, sagte Mariani. Er legte einen Aktenhefter auf Coughlins Schreibtisch. »Das ist Mike Weisbachs erster Bericht. Payne hat völlig nach den Vorschriften gehandelt. Eines der Opfer – die Frau des Mannes, der überfallen und zusammengeschlagen wurde – will sich sogar dafür entschuldigen, dass sie gesagt hat: ›Wo, zur Hölle, waren Sie, als wir Sie brauchten?‹ Sie sagte, sie sei aufgeregt gewesen und wolle sich entschuldigen. Das Einzige, was nicht den Vorschriften entsprechend getan wurde, war das Handeln des Lieutenants von der Dignitary Protection – wie war noch sein Name?«

»McGuire.«

»… der Payne die Waffe als Beweisstück abnahm.«

»O Gott.«

»Payne regte sich zu Recht darüber auf.«

»Er hat sich nicht darüber beschwert«, sagte Coughlin. »Er ist ein guter Cop und guter Kollege.«

»Aber Sie machen sich seinetwegen Sorgen, richtig?«

»Ja, ich mache mir seinetwegen Sorgen. Er braucht eine Pause. Eine lange.«

»Das wirft ein Problem auf. Wenn Dr. Michaels ihn für diensttauglich erklärt, bedeutet das …«

Coughlin nickte und vollendete den Satz: »… dass er morgen zum Dienst erscheinen muss.«

»Wissen Sie, ob irgendein Urlaub für ihn ansteht?«

»Er hat etwas über vierhundert Überstunden. Ich habe soeben sein Stundenkonto überprüft.«

»Sorgen Sie dafür, dass er dreißig Tage von den Überstunden abfeiert, Denny. Befehlen Sie es.«

Coughlin nickte.

8

Patricia Payne hielt ihren Sohn an beiden Armen und sah prüfend zu ihm auf.

»Alles in Ordnung mit dir, Schatz?«

»Amy sagt, ich muss die Zwangsjacke nur tragen, wenn ich das Grundstück verlasse«, sagte Matt. »Sie hat sie in ihrem Wagen.«

»Sei nicht so ein Arschloch, Matt«, sagte Amy. »Du hast gehört, was Doktor Stein gesagt hat.«

»Was hat er gesagt?«, wollte Patricia Payne wissen.

»Dass Matt und ein Esel gemein haben, dass sie ihre Grenzen nicht kennen, und Matt seine erreicht hat. Er muss sich nur ausruhen.«

»Er hat ›Vollblut-Rennpferd‹ gesagt, nicht ›Esel‹«, sagte Matt.

»Er braucht nur Ruhe?«, fragte Patricia.

»Das ist alles, Mom«, sagte Amy. »Wirklich.«

»Kannst du dir etwas Urlaub nehmen?«, fragte Patricia Payne.

»Das kann ich bestimmt«, meinte Matt.

»Nun, geh und sag es deinem Vater. Er tigert im Innenhof hin und her und wartet darauf, zu erfahren, was los ist.«

Matt ging zum Innenhof, und Patricia Payne führte ihre Tochter ins Haus, wo sie Bestätigung suchte – und fand –, dass ihr Sohn nur über seine Grenzen getrieben worden war oder sich selbst getrieben hatte und jetzt Ruhe brauchte.

Matt hatte dies gerade seinem Vater zu Ende erzählt und wollte ihm sagen, dass Amy eine andere ärztliche Theorie hatte, die er gar nicht für so abwegig hielt, obwohl Dr. Stein und Dr. Michaels anderer Meinung waren, als Deputy Commissioner Dennis V. Coughlin, gefolgt von Captain Frank Hollaran, in den Innenhof kam.

Coughlin hielt etwas in der Hand, was wie eine Aktentasche aussah, jedoch die Größe einer Damenhandtasche hatte. Matt fragte sich, was es war.

»Ich habe soeben mit Dr. Keyes Michaels gesprochen, dem Polizeipsychiater, Brewster«, sagte Coughlin. »Guter Mann. Kommt aus einer Familie von Cops. Kennt Cops. Sagt, dass das Einzige, was mit Matty nicht stimmt, Erschöpfung ist und dass er nur Ruhe braucht.«

Er wandte sich an Matt.

»Auf Befehl des Commissioners bist du jetzt in Urlaub. Dreißig Tage.«

»Na großartig«, sagte Matt.

Coughlin überreichte ihm die handtaschengroße lederne Aktentasche.

»Die gehört dir«, sagte er.

»Was ist darin?«

»Deine Pistole. Du hast sie bei der IAD vergessen.«

»O ja. Danke.«

Er legte das handtaschenähnliche Ding auf die Feldsteinmauer im Innenhof.

»Matt«, sagte Brewster Payne. »Warum gehst du nicht rein und holst uns etwas zu trinken?«

Als Matt außer Hörweite war, suchte – und fand – Brewster C. Payne von Dennis V. Coughlin die Bestätigung, dass Matt nur seelisch und körperlich erschöpft war und Ruhe brauchte.

Als Matt den Barwagen über die Steinfliesen in den Innenhof rollte, traf Armando C. Giacomo, Esquire, ein.

Er trug jetzt seine normale, maßgeschneiderte Kleidung.

»Brewster, mir ist klar, dass ich hier hereinplatze …«

»Unsinn, Manny, Sie brauchen hier keine Einladung.«

»Eigentlich bin ich gekommen, um meinen Mandanten zu sehen«, sagte Giacomo. »Wie geht es Ihnen, Matt?«

»Prima.«

»Man hat mich informiert, natürlich inoffiziell, jedoch glaubwürdig, sowohl von den Cops als auch vom Büro der Staatsanwaltschaft, dass nichts, was Sie auf dem Parkplatz beim La Famiglia getan haben, in irgendeiner Weise gegen irgendein Gesetz von Pennsylvania verstoßen hat. Im Jargon der Juristen war es ein berechtigtes Schießen, Matt, und Sie sind aus dem Schneider.«

»Manny, wir wissen zu schätzen, wie schnell …«, begann Brewster C. Payne.

Giacomo winkte ab, um anzuzeigen, dass Dank unnötig war.

»Aber Sie nehmen einen Schluck, Manny, richtig?«

»Ich dachte schon, Sie würden niemals fragen.«

Als Nächstes trafen Lieutenant Jason Washington und Detective Joe D'Amata ein. Als Matt ihre Getränke einschenkte, klingelte das Telefon in der Nische in der Feldsteinmauer, und Brewster C. Payne meldete sich.

Der Anrufer war Mr Stan Colt, der von der Westküste aus anrief. Der Monsignore hatte ihn angerufen, sagte Mr Colt, und ihm erzählt, er hätte gehört, dass Matt ein wenig unpässlich sei. »Kann ich mit ihm sprechen, wenn es ihm wieder etwas besser geht?«, fragte Mr Colt.

Sergeant Payne versicherte Mr Colt, dass es ihm prima ginge, dass er nur ein wenig erschöpft sei und bestimmt zur Westküste kommen würde, und zwar bald.

Als Nächster traf Peter Wohl ein. Als er über den mit Wagen fast zugeparkten Zufahrtsweg zum Haus kam, wurde er von Mrs Patricia Payne und Dr. Amelia Payne abgefangen.

»Amy hat mir erzählt, was Sie für Matt getan haben, in der Nacht als – es geschah«, sagte Patricia Payne. »Und ich möchte mich nur bedanken.«

»Das ist absolut unnötig«, erwiderte Wohl. »Ich war einfach froh, dort zu sein. Ich betrachte Matt – euch alle – als Familie.«

»Und wir Sie auch, Peter«, sagte Patricia Payne bewegt. »Nicht wahr, Amy?«

»Ja«, stimmte Amy zu und sah ihn angespannt an. »Ich nehme an, das tun wir wirklich.«

Ihr Tonfall kam Peter Wohl sonderbar vor, und er schaute sie mit gehobenen Augenbrauen an. Er wollte anscheinend etwas sagen, doch dann sah er etwas anderes und lächelte stattdessen.

»Sieh an, wer da kommt! Mutt und Jeff.«

Die Detectives Charles McFadden und Jesus Martinez stiegen aus ihrem neutralen Crown Victoria der Special Operations und kamen den Zufahrtsweg herauf.

Sie verharrten und wirkten verlegen, als sie Wohl sahen.

»Sir«, sagte McFadden und schluckte die bittere Pille, »Captain Sabara sagte, er hätte nichts dagegen, wenn wir uns den Rest des Tages frei nehmen – wir haben soeben den Truck zum Parkplatz für die beschlagnahmten Wagen gebracht –, und kamen hier raus, um zu sehen, wie es Sergeant Payne geht.«

Wohl nickte.

»Was macht er?«, fragte McFadden.

»Er war erschöpft, wirklich erschöpft«, sagte Amy. »Aber es geht ihm jetzt prima, und er freut sich, euch zu sehen.«

Detective Martinez blätterte die Zeitung auf, die er in der Hand hielt, und streckte sie Dr. Payne hin.

»Meine Mutter hat dies für mich aufbewahrt – Charley und ich fuhren gerade von Alabama rauf, als dies geschah«, sagte er. »Ich wusste nicht, ob Pay… Sergeant Payne die Zeitung gesehen hat oder nicht.«

Es war der *Philadelphia Bulletin* mit einem dreispaltigen Foto von Matthew M. Payne, wie er im Smoking und mit der Pistole in der Hand bei einem Mann stand, der auf dem Boden lag.

Mrs Payne zwang sich mühsam zu einem Lächeln.

»Nein, ich bezweifle, dass er dies gesehen hat. Es ist sehr freundlich von Ihnen, Detective, daran zu denken, ihm dies zu bringen.«

Eine Stunde – und ein paar Flaschen Alkoholhaltiges – später waren alle Besucher fort, und Matt und Brewster Payne waren wieder allein im Innenhof.

»Nun, ich weiß nicht, ob dies die Ruhe war, die Aaron Stein dir verschrieben hat, aber ich weiß nicht, wie es hätte verhindert werden können, und ich glaube, auf lange Sicht gesehen war es gut für dich«, sagte Brewster C. Payne.

»Mit mir ist alles in Ordnung, Dad.«

»Was wirst du dreißig Tage lang machen? Hast du darüber schon nachgedacht?«

»Abgesehen davon, den Porsche zu reparieren – er ist auf dem Parkplatz für sichergestellte Fahrzeuge, sagte Peter …«

»Du wirst ihn reparieren lassen?«

»Ich weiß nicht. Er ist ziemlich beschädigt.«

»Du hast Zeit, dich zu entscheiden.«

»Ich kaufe mir vielleicht einen anderen Wagen, einen weniger auffallenden, passend für einen hungrigen Jurastudenten.«

Brewster Payne sah ihn lange an, ohne etwas zu sagen.

»Wann hast du dich dazu entschieden?«, fragte er schließlich.

»Im Krankenhaus«, sagte Matt.

»Darf ich mich dazu äußern?«

»Ich hatte erwartet ›endlich, Gott sei Dank ist er zu Verstand gekommen!‹ zu hören.«

Brewster Payne lachte. »Ich wäre erfreut, wenn du dich endlich dazu entscheiden würdest, Matt, aber ich weise dich darauf hin, dass dies eine sehr wichtige Entscheidung ist und man wichtige Entscheidungen nicht impulsiv treffen sollte.«

»Okay.«

»Warum fährst du nicht für ein paar Tage nach Cape May und beobachtest von der *Final Tort* aus das Auf und Ab der Wellen? Das hilft mir immer beim Denken, wenn es wirklich sein muss.«

Matt dachte einen Moment darüber nach und nickte dann.

»Du hast vermutlich Recht. Wie üblich. Aber ich meine wirklich, dass meine Tage als Wyatt Earp von Philadelphia vorüber sind.«

22

1

Die Theorie, dass Matt von der *Final Tort V*, der Neunzehn-Meter-Yacht der Paynes, das Auf und Ab der Wellen beobachten und ernsthaft nachdenken konnte – und, wie sein Vater hoffte, zufällig dabei etwas Ruhe bekommen würde –, war eine ausgezeichnete Idee, klappte jedoch in der Praxis nicht, hauptsächlich wegen ihres Kapitäns.

Der Kapitän der *Final Tort V*, der pensionierte Chief Petty Officer Al Bowman von der Küstenwache, der seit Matts zehntem Lebensjahr bei den Paynes war, als das Familienboot, die *Final Tort II*, eine viel kleinere Hatteras gewesen war, befand sich in Urlaub.

Matt hatte die Handhabung kleiner Boote von Chief Bowman gelernt und war ziemlich stolz darauf, zu wissen, dass er Chief Bowmans Kriterien auf diesem Gebiet erfüllt hatte.

Wenn sie mit der *Final Tort V* zusammen ausliefen, kam der Chief normalerweise nur auf die Brücke, um Matt ein weiteres Bier zu bringen. Während Chief Bowmans Abwesenheit sprang ein anderer, viel jüngerer ehemaliger Chief Petty Officer der Küstenwache für ihn ein, der sichtlich nervös war, als Matt ans Steuerpult trat, die Maschinen anließ und ihn bat, die Leinen zu lösen mit der offensichtlichen Absicht, mit ihm selbst am Ruder auf See hinauszufahren.

Selbst als Matt es schaffte, die *Final Tort V* vom Kai fort in den

Atlantik hinauszubekommen, ohne sie auf Grund zu setzen, wich der Aushilfskapitän nie weit von Matt oder dem Steuer fort.

Schlimmer war jedoch, dass der Aushilfskapitän im *Bulletin* sowohl das Foto von Matt bei der Überführung von Homer C. Daniels als auch das Foto, das Matt im Smoking und mit der Pistole in der Hand auf dem Parkplatz beim La Famiglia zeigte, gesehen hatte. Er nahm natürlich an, dass Matt ihm begeistert über den mörderischen Vergewaltiger und die Schießerei mit zwei Räubern erzählen würde. War es wirklich wie in den Stan-Colt-Filmen gewesen? Und wie war Stan Colt in der Realität?

Das Problem wurde noch verstärkt, weil der Aushilfskapitän ein wirklich netter Kerl war, nicht der Typ, zu dem man sagen konnte: ›Ich wünschte, Sie würden die Schnauze halten und sich verpissen!‹, obwohl dieser Gedanke Matt des Öfteren in den Sinn kam.

Und schließlich, wenn Fische im Atlantik waren, zeigte keiner Interesse daran, an die noch so verlockenden Köder an den vier Ruten anzubeißen, die Matt auswarf.

Um 14 Uhr sagte Matt: »Ich glaube, wir sollten Schluss machen. Wollen Sie das Boot heimfahren?«

Der Aushilfskapitän war offensichtlich erfreut, weil er um seine beruflichen Dienste gebeten wurde.

Matt, auf dem Fischerstuhl, die Füße auf der Reling am Heck, beobachtete das aufgewühlte Wasser und hatte Zeit für zwei Bier und einige private Gedanken, bis er sah, dass sie fast am Anlegeplatz waren und er nach vorne gehen und die Taue befestigen musste.

Er war zu keiner tief schürfenden Erkenntnis gelangt, nur zu dem Schluss, dass er sich dies morgen nicht wieder antun würde.

Als er nach vorne ging, sah er ein vertrautes Fahrzeug, einen Buick Rendezvous mit mehreren Antennen neben dem Haus stehen.

Michael O'Hara lag auf einem Liegestuhl an der Anlegestelle und trank aus einer Bierflasche. Der Liegestuhl stammte von der Terrasse des Hauses. Neben Mickey stand ein Kühler, den er offenbar mitgebracht hatte.

Er winkte, erhob sich jedoch erst aus dem Liegestuhl, als Matt rief: »Hey, Mickey. Wollen Sie die Leine fangen?«

Beim dritten Versuch schaffte Mickey es, woraufhin er fragte: »Was soll ich damit tun?«

Matt widerstand der Versuchung, ihm das Erstbeste zu sagen, was ihm in den Sinn kam, und sagte stattdessen: »Wickeln Sie die Leine zweimal um diesen Pfosten und halten Sie sie fest.«

Als er sah, dass Mickey das getan hatte, ging er nach achtern, um die Heckleine festzumachen.

Ich frage mich, was er hier will. Aber was soll's? Ich freue mich wirklich, ihn zu sehen.

»Sie haben sich nicht am Telefon gemeldet«, sagte Mickey als Begrüßung. »Ich war drauf und dran, die Cops zu rufen.«

»Auf dem Wasser nennt man das Küstenwache, nicht die Cops«, sagte Matt. »Merken Sie sich das.«

»Warum haben Sie sich dann nicht am Telefon gemeldet?«

»Vielleicht hatte ich das Handy nicht eingeschaltet«, antwortete Matt und bediente sich mit einem Bier aus dem Kühlbehälter, »und zum anderen war ich vielleicht außer Reichweite.«

»Das sollten Sie nicht sein«, sagte O'Hara.

»Nun, tut mir Leid. Ich bitte um Verzeihung.«

»Ich meinte dies«, sagte Mickey und klopfte auf seine Hemdtasche, in der etwas steckte, das für Matt wie ein Handy aussah. »Sie werben mit weltweitem Service. Sie benutzen Satelliten.«

»Dann hatte ich vermutlich mein Handy nicht eingeschaltet.«

»Vermutlich.«

Matt kam in den Sinn, dass er mit Mickey verschwinden sollte, bevor der Aushilfskapitän von Bord der *Final Tort V* ging, denn sonst würde er sich vermutlich bei allem Folgenden anschließen, was sicherlich ein paar Bier und dann vermutlich ein Abendessen einschloss.

Schlimmer noch, er würde vermutlich Mickeys Namen wiedererkennen und Fragen stellen, wie es war, ein berühmter Reporter zu sein, und sogar noch schlimmer, Mickey würde es ihm mit Freude erzählen.

»Ich hatte nur ein Schinken- und Käsesandwich zum Mittagessen«, sagte Matt. »Lassen Sie uns etwas essen gehen.«

»Gedünstete Muscheln«, kündigte Mickey an. »Ich hatte überhaupt kein Mittagessen, und Muscheln halte ich für eine ausgezeichnete Idee.«

Er nahm den tragbaren Kühler und verließ die Anlegestelle.

»Fahren wir morgen raus?«, rief der Aushilfskapitän von der *Final Tort V*.

»Ich werde Sie anrufen!«, rief Matt zurück.

Im Buick Rendezvous fragte Mickey: »Alles okay mit Ihnen, Matty?«

»Mir geht's prima.«

»Ich habe gehört, Sie waren eine Zeit lang ziemlich kaputt.«

»Eine Zeit lang war ich ziemlich kaputt, aber jetzt geht's mir wieder prima.«

Mickey überreichte ihm sein Handy.

»Rufen Sie Denny Coughlin an und sagen Sie's ihm. Er macht sich Ihretwegen Sorgen.«

»Hat er Sie hergeschickt, damit Sie mir Gesellschaft leisten?«

»Er hat mir erzählt, wie ich hier hinkomme«, sagte O'Hara. »Sie müssen erst die Null-null-eins wählen.«

»Zuerst null-null-eins?«

»Das sind die Vereinigten Staaten«, erklärte O'Hara.

»Ich dachte, da sind wir.«

»Das ist ein Satellitentelefon. Man muss erst den Code des Landes wählen. Rufen Sie Denny an, um Himmels willen.«

Matt drückte die Zahlen, einschließlich der Null-null-eins für das Land, dann die Vorwahl für den Bereich Philadelphia, dann Commissioner Coughlins Nummer. Schließlich wurde er mit ihm verbunden.

Er erzählte ihm, dass es ihm gut ging, vielen Dank; dass Mickey ihn gefunden hatte, dass sie in seinem Wagen unterwegs waren, um Muscheln zu essen; und noch mal, dass er sich prima fühle, vielen Dank, dass sich in der halben Minute nach derselben Frage nichts verändert hatte.

»Wird Mickey im Weg sein, Matty? Er wollte dich wirklich besuchen. Ich dachte mir, dir gefällt vielleicht ein wenig Gesellschaft, und so habe ich ihm gesagt, wo er dich finden kann.«

»Ich freue mich über seinen Besuch. Vielen Dank.«

»Nun, trink ein paar Bier und ruh dich ein wenig aus. Und ruf mich hin und wieder an, okay?«

»Werde ich tun«, versprach Matt und drückte auf den Aus-Knopf.

Sie saßen an der Bar des Ocean View Bar & Grill und betrachteten den Ozean, während sie zwei Dutzend dampfende Muscheln aßen und jeder zwei Flaschen Heinekens trank. Abgesehen von »Reichen Sie mir bitte den Tabasco«, gab es keine Unterhaltung.

Matt schob die zweite Schüssel mit leeren Muschelschalen von sich, trank sein Bier aus, bat beim Kellner um eine neue Runde und fragte dann Mickey: »Darf ich Ihnen eine persönliche Frage stellen?«

»Schießen Sie los.«

»Waren Sie jemals im Ausland?«

»Nein. Warum sollte ich?«

»Was soll dann das Handy mit der weltweiten Vorwahl null-null-eins als Landescode?«

»Ich spiele mit dem Gedanken, nach Europa zu fliegen«, sagte Mickey.

»Tatsächlich. Weshalb?«

»Eigentlich, Matty, ist das einer der Gründe, weshalb ich den weiten Weg hergekommen bin. Der andere war, mich zu entschuldigen, weil ich Sie nicht besucht habe, nachdem mir Doc Michaels erzählte, dass er Sie aus der Klapsmühle entlassen hat. Ich war beschäftigt.«

»Sie haben mit Dr. Michaels über meine geistige Verfassung gesprochen, nehme ich an?«

»Er sagte, die ärztliche Ethik verbietet ihm, über Ihren Fall mit mir zu reden, aber nebenbei gesagt, Sie hätten nichts, was nicht mit ein wenig Ruhe geheilt werden könnte. Er ist ein guter Kerl.«

»Und er schlug Ihnen vor, mich zu besuchen?«

»Nein«, sagte Mickey, und sein Tonfall ließ darauf schließen, dass ihn die Frage sogar noch mehr überraschte. »Nachdem ich erfuhr, dass Sie in der Klapsmühle und heraus waren, rief ich Ihre Mutter an, und sie führte mich an der Nase herum und wollte nicht damit rausrücken, wo Sie sind. So rief ich Ihren Vater an, das Gleiche, und ich sah Sie im Geiste irgendwo in einer Gummizelle. Ich suchte Doc Michaels auf und sprach mit ihm, und er sagte mir, was ich Ihnen soeben erzählt habe, und dann rief ich Denny an und fragte ihn, wo Sie sind, und er erzählte es mir. So fuhr ich hierher.«

»Erzählen Sie mir über Europa.«

»Ich sagte schon, ich war beschäftigt. Ich war in einen Vertragsstreit mit meinen Auftraggebern verwickelt.«

»Weswegen?«

»Ich habe meinem Chefredakteur in den Arsch getreten«, sagte Mickey. »Ihm eine blutige Nase geschlagen.«

»Warum?«

»Es war eine Sache des journalistischen Prinzips«, sagte Mickey. »Die Anwälte des *Bulletin* sagten, es sei ein Grund für meine Kündigung, wenn ich mich nicht bei dem Hurensohn entschuldige, was ich erst am Morgen, nachdem der Papst Drillinge geboren hat, tun werde.«

»Und wie steht die Sache jetzt?«, fragte Matt lächelnd.

»Casimir konterte, dass in dieser Ära der Political Correctness beruflich inakzeptables Verhalten eines Vorgesetzten sei, einen Untergebenen in einem Raum voller Kollegen mit ›Sie verrückter irischer Hurensohn‹ anzuschreien …«

»Hat er Sie tatsächlich so bezeichnet?«, fragte Matt und konnte ein Lachen kaum unterdrücken.

Mickey nickte grinsend und fuhr fort, indem er offenbar Casimir Bolinski wortwörtlich zitierte: »›… und einem angesehenen Journalisten und Pulitzer-Preisträger wie Mr O'Hara vor der gleichen Versammlung seiner Kollegen anzudrohen, seinen Einfluss zu nutzen, um sicherzustellen, dass Mr O'Hara nie wieder einen Job bekommt, nicht einmal beim *National Enquirer*, eine Zeitschrift, die im Allgemeinen von verantwortungsbewussten Journalisten verachtet wird.«

»Das hat er getan?«

»Während aus seiner lädierten Nase Blut aufs Kinn und von dort auf sein Hemd tropfte«, sagte Mickey.

»Warum seid Ihr beide aufeinander losgegangen?«, wollte Matt wissen.

»Das ist unwichtig. Der Hurensohn hat mich noch nie leiden können, und das beruhte auf Gegenseitigkeit. Es passierte einfach.«

»Und was geschieht jetzt?«

»Wir haben eine dreißigtägige Abkühlungszeit begonnen. Man hofft, dass ich in dieser Zeit meine Meinung ändere und mich entschuldige – man weiß, dass ich das nicht tun werde –, und Casimir hofft, dass Kennedy sich in aller Form und öffentlich für seine abfälligen Bemerkungen und sein Verhalten mir gegenüber entschuldigt – was er möglicherweise tun wird. Während dieser Zeit ruhen meine beruflichen Dienste für den *Bulletin*. Ich bekomme natürlich weiterhin volles Gehalt.«

»Was können wir beiden Ausgestoßenen der Gesellschaft in den nächsten dreißig Tagen tun?«, fragte Matt.

»Deshalb bin ich hergekommen, um mit Ihnen darüber zu reden«, sagte Mickey.

»Whisky und wilde, wilde Weiber? Wollen Sie nach Atlantic City fahren? Wie wäre es mit Vegas?«

»Casimir hat die verrückte Idee – schon seit Jahren –, dass ich ein Buch schreiben soll.«

»Davon haben Sie mir schon erzählt, Mick. Und ich habe Ihnen gesagt, dass die Idee für mich überhaupt nicht verrückt klingt.«

»Die ursprüngliche Idee war eine Sammlung meiner Reportagen, Matt, und ich habe sogar schon angefangen, Material dafür zusammenzustellen.«

»Ich weiß.«

»Aber jetzt hat Casimir einen Verleger angerufen und ihm gesagt, der Verlag bräuchte wirklich ein Buch über ›Fort‹ Festung, und ich wäre genau der Richtige, um es zu schreiben.«

»Warum über ihn?«

»Casimir sagte, die Froschfresser können uns nicht länger hinhalten – er hat sich mit dem Fall beschäftigt, nehme ich an –, und sie werden den schleimigen Hurensohn ausliefern.«

»Da bin ich mit Casimir einer Meinung«, sagte Matt. »Wenn die Franzosen Festung zurückschicken, wird das landesweit für

Schlagzeilen sorgen. Man wird eine Menge Bücher darüber verkaufen. Und Sie sind genau der Richtige, um ein Buch darüber zu schreiben.«

»Ja, nun, der Verlag wirft eine Menge Geld für mich raus – was ich übrigens nicht zurückzahlen muss, auch wenn ich das Buch nicht schreibe oder es ihnen nicht gefällt –, und ich habe vor, nach Frankreich zu fliegen und ihn mir anzuschauen.«

»Darum das weltweite Telefon?«

»Ja. Meine Mutter wird wahnsinnig in dem Pflegeheim, wenn ich sie nicht einmal pro Tag anrufe. Ich glaube, eine Minute Gespräch mit diesem Handy aus dem Ausland in die Staaten kostet an die neun Dollar, aber was soll's.«

»Je mehr ich darüber nachdenke, desto großartiger finde ich die Idee«, sagte Matt.

»Kommen Sie mit mir«, sagte O'Hara.

»Was?«

»Kommen Sie mit. Was sonst haben Sie zu tun?«

»O Mann!«, entfuhr es Matt. »Das war ein Steilpass übers ganze Spielfeld.«

»Sie sind schon in Frankreich gewesen, richtig? Sie sprechen sogar ein bisschen Französisch?«

»Sehr wenig«, sagte Matt. »*Ouvrez la porte de mon oncle*. Das heißt: ›Öffnen Sie die Tür meines Onkels‹, wenn Sie das notieren wollen.«

»Das ist mehr, als ich Französisch sprechen kann. Kommen Sie mit, Matt. Natürlich gehen alle Kosten auf mich. Na?«

Matt sagte nichts.

»Ich weiß bereits alles, was ich über den Hurensohn wissen muss. So brauche ich nur einen schnellen Blick auf sein Bauernhaus zu werfen, vielleicht ein paar Fotos davon und von ihm und seiner Frau zu machen, und dann können wir nach Paris fahren oder wohin auch immer, eine Menge Wein trinken und *cherchez la femme*.«

»Mick, wenn ich nicht denken würde, dass Sie nur nett zu dem armen einsamen Matt sein wollen, würde ich tatsächlich in Erwägung ziehen, mitzukommen.«

»Ich möchte, dass Sie mitkommen, weil ich nicht allein dorthin reisen will, okay?«, sagte O'Hara.

Allmächtiger, der meint das ernst!, dachte Matt. *Mister Titelseite persönlich, der kämpferische Raufbold der Redaktion, hat Angst, Philadelphia ganz allein zu verlassen.*

Warum nicht? Was habe ich sonst zu tun?

»Was soll's, Mick, warum nicht?«, sagte Matt.

Mickey nahm sein Handy aus der Hemdtasche, drückte eine Taste und hielt es an sein Ohr.

»Was ist mit der Null-null-eins-Prozedur?«, fragte Matt.

»Der Bulle hat auch so eins. Sie speichern an die hundert Nummern anderer Leute mit einem von ihnen«, erklärte Mickey und hob dann eine Hand, um Matt nicht zu Wort kommen zu lassen.

»Antoinette, hier ist Michael. Wäre es bitte möglich, dass ich mit Casimir spreche?«

Es dauerte ein paar Minuten, bis Mr Bolinski in der Leitung war. Er erklärte, dass er im Pool geschwommen hatte.

»Matt sagt, dass er mitkommt, Casimir«, sagte O'Hara. »Veranlasse alles Entsprechende.«

Bolinski sagte etwas, das Matt nicht hören konnte.

»Haben Sie einen Reisepass? Ist morgen Nacht zu früh für Sie?«, fragte Mickey.

»Ja, und nein«, antwortete Matt.

»Das geht für Matt in Ordnung, Casimir. Veranlasse alles.«

Bolinski sagte wieder etwas, was Matt nicht verstehen konnte.

»Es geht ihm prima. Er war erschöpft, das ist alles.«

Mickey lauschte noch kurz und unterbrach dann die Verbindung.

»Der Bulle sagt, er freut sich zu hören, dass es Ihnen wieder gut geht.«

»Das ist nett von ihm.«

Mickey drückte einen anderen Knopf seines weltweiten Handys und hielt es ans Ohr.

»Hi, Mom«, begann er. »Wie geht es dir?«

Er sprach fünf Minuten lang mit seiner Mutter und reichte das Handy dann Matt.

»Wollen Sie Ihre Mutter anrufen?«

»Eigentlich nicht.«

»Um Himmels willen, sie ist Ihre Mutter. Rufen Sie an.«

Matt rief seine Mutter an. Er sagte ihr, dass es ihm gut ging, danke, und dass er morgen mit Mickey O'Hara nach Paris fliegen würde.

2

Als sie am übernächsten Morgen mit dem Air-France-Flug 2110 auf dem Charles de Gaulle International Airport in Paris eintrafen, zeigte der französische Zoll großes Interesse an Mr O'Haras brandneuem Gepäck. Es war ein Kauf in letzter Minute gewesen, nachdem Matt darauf hingewiesen hatte, dass sie ein paar Wochen lang fort sein würden und Mickey mehr Platz als in seiner Reißverschlusstasche mit dem Aufkleber der Philadelphia 76er brauchen würde. Die Zollbeamten nahmen sich das Gepäck misstrauisch vor, bevor sie O'Hara passieren ließen.

Außerhalb des Zollbereichs wartete ein Mann mit Chauffeursmütze auf sie, der ein Schild mit der Aufschrift M. O'HARA hochhielt.

Er fuhr sie in einem neuen Mercedes zum George V Hotel, wo sie eine Suite erhielten, die aus zwei Schlafzimmern, zwei Badezimmern und einem Wohnzimmer bestand. Aus zwei Fenstern im Wohnzimmer konnten sie, wenn sie genau hinschauten, die einen Block entfernte Champs-Elysées sehen.

Sie packten ihr Gepäck aus, gingen dann zur Champs-Elysées, warfen einen schnellen Blick auf den Arc de Triomphe am anderen Ende und machten sich auf die Suche nach einem Lokal, in dem sie frühstücken konnten.

Dann besuchten sie die US-Botschaft am Fuß des Hügels. Dort versprach der Presseoffizier ein wenig widerstrebend – nachdem Mickey ihm gedroht hatte, auf der Stelle mit seinem weltweiten Telefon den Senator von Philadelphia anzurufen –, einmal pro Tag, wenn Mickey anrief, die jüngsten Entwicklungen angesichts der Auslieferung von Isaac Festung mitzuteilen.

Als sie die Botschaft verließen, sagte Matt, dass sie sich in der Nähe zweier berühmter Wahrzeichen von Paris befanden, die sie gut zu Fuß erreichen konnten: das Louvre Museum und Harry's New York Bar.

»Sehen wir uns schnell das Museum an«, meinte Mickey. »Nur damit wir sagen können, wir haben es gesehen. Und dann werden wir in die Bar gehen und ein paar heben.«

Ein paar Minuten vor elf gingen sie ins Museum und verließen es acht Stunden später, bis sie zur Zeit der Schließung von drei Museumswächtern hinausgeführt wurden, die taub gegen Mickeys Argument waren, dass er von der Presse sei und ein Recht auf bevorzugte Behandlung habe.

Er kündigte Matt sofort an, dass sie morgen wieder in den Louvre gehen müssten.

»Ich könnte den ganzen verdammten Tag damit verbringen, mir nur die Venus von Milo anzusehen«, erklärte Mickey.

Während sie in Harry's New York Bar saßen, riefen sie ihre jeweiligen Mütter an. Als Matt seiner Mutter erzählte, dass sie den größten Teil des Tages im Louvre verbracht hatten und erst vor Minuten in Harry's New York Bar eingetroffen waren, lachte sie wissend.

»Amüsier dich gut, Schatz«, sagte sie. »Aber ruh dich ein bisschen aus.«

Als sie die Bar vier Bier und eine Stunde später verließen und in Richtung Oper gingen, wo Matt sich an ein Restaurant erinnerte, das sein Vater besonders gemocht hatte, gab Mickey eine philosophische/historische/literarische Bemerkung von sich:

»Wussten Sie, dass dies das Lokal ist, in dem Hemingway herumzulungern pflegte?«

»Davon habe ich gehört.«

»Wussten Sie, dass er ein Zeitungsmann war, bevor er Schriftsteller wurde?«

»Auch das habe ich gehört.«

»Ich meine keinen kleinen Schreiberling bei einem Provinzblättchen«, sagte Mickey. »Er arbeitete hier für die *Herald-Tribune.* Er sagte einmal in einer Rede, seiner Meinung nach sei die Arbeit für eine Zeitung das beste Training, das er jemals hatte, um Schriftsteller zu werden.«

»Das wusste ich nicht, aber ich bin überzeugt, dass er Recht hatte«, sagte Matt.

»Ja, das hatte er vermutlich«, murmelte Mickey.

Und Matt dachte: *Bin ich hier in Gesellschaft des nächsten Tom Clancy? Des nächsten Sowieso, der Millionen mit dem Bestseller über Dinosaurier verdiente?*

»Wann wollen Sie nach Cognac-Boeuf fahren, Mick?«

»Was ist das?«

»Dort ist Festung.«

»Bald. Aber nicht sofort. Ich habe Ihnen ja gesagt, ich will zurück in den Louvre. An einem Tag kann man nicht halb so viel sehen, wie es dort zu sehen gibt.«

In den nächsten fünf Tagen entwickelten sie eine Routine. Beim Aufwachen, während Matt beim Zimmerservice Frühstück bestellte und darauf wartete, telefonierte Mickey mit dem Presseattaché der Botschaft und surfte dann mit Matts Laptop im Internet. Er klickte die Webseite des *Bulletin* an und hielt sich und Matt über die Ereignisse in Philadelphia auf dem Laufenden.

Nach dem Frühstück fuhren sie mit einem Taxi zum Louvre. Matt sah so mehr von dem Museum als bei seinen vorherigen Besuchen – über ein Dutzend – der Lichterstadt an der Seine. Einmal verließen sie das Museum, um zu Mittag zu essen, doch das kostete Mickey zu viel Zeit, sodass sie an den nächsten Tagen im Stehen an einem Imbisstand im Museum etwas aßen.

Matt schaffte es, Mickey zu überreden, kurz auf den Eiffelturm hinaufzufahren – Mickeys Reaktion war: »Was soll das?« und »Ist das auch bestimmt sicher? Das Ding ist völlig verrostet.« – und Napoleons Gruft zu besichtigen, doch das war so ungefähr alles.

Sie riefen täglich ihre jeweiligen Mütter an, für gewöhnlich aus Harry's New York Bar, nachdem der Louvre schloss. Und dann gingen sie zum Abendessen und danach zweimal in Jazzlokale am Ostufer der Seine.

Matt erkannte, dass er sich gut amüsierte, hauptsächlich weil Mickey das war, was sein Vater als ›guter Reisegefährte‹ bezeichnete. Schon nach drei Tagen duzten sie sich und tranken Brüderschaft.

Am Morgen des sechsten Tages rief Mickey. »Hey, das solltest du dir ansehen!«

Matt, der ein Croissant verzehrte, ging zu Mickey, der an seinem Laptop saß. Der Bildschirm zeigte die Titelseite des *Bulletin*, und für einen Moment verstand Matt nicht, was ihm gezeigt wurde. Und dann sah er in einem Kasten ›Heute in dieser Ausgabe: Polizei nimmt Fastfood-Restaurant-Mörder fest. Seite 3, Absatz 2.‹

Es war kein großer Artikel, obwohl er eine doppelte Verfasserangabe hatte.

ZWEI FESTNAHMEN IM FASTFOOD DOPPELMORD

VON RICHARD HIGBEE UND BETTY-JO WOLFF

Philadelphia – Police Commissioner Ralph J. Mariani kündigte heute früh die Festnahme ›ohne Zwischenfall‹ von Lawrence John Porter, 20, und Ralph David Williams, 19, in ihren Zimmern im Paschell Homes Project an. Die beiden, Cousins, werden des Doppelmordes an Ms Maria M. Fernandez und Police Officer Kenneth J. Charlton beschuldigt, der bei einem Raubüberfall auf das Roy Rogers Restaurant in der South Broad Street, Ecke Snyders Street geschah.

»Wir haben die beiden einige Zeit lang rund um die Uhr observiert«, sagte Commissioner Mariani, »die Festnahme jedoch aufgeschoben, während unwiderlegbare Beweise gegen sie gesammelt wurden.«

Mariani sagte, diese Beweise schließen die Mordwaffe ein, eine Handfeuerwaffe Kaliber .38, die von Polizeitauchern, unterstützt vom Philadelphia Treasure Hunters Club, gestern aus dem Schlick des Schuylkill River geborgen wurde, in den sie geworfen worden war.

Mariani lobte die Mitarbeit der Schatzsucher, die mit der Polizei das schlammige Wasser des Schuylkill absuchten, als

weiteres Beispiel »für das ich dankbar und stolz bin«, der zivilen Zusammenarbeit mit der Polizei.
Philadelphias Bürgermeister, Alvin W. Martin, sagte in einer separaten Erklärung: »Alle Bürger von Philadelphia können auf den Professionalismus und den Pflichteifer der Beamten der Special Operations Division Task Force, die ich gebildet habe, stolz sein, denn sie haben diese Personen unter äußerst schwierigen Umständen festgenommen.«

»Mein Gott, was für eine beschissene Story«, sagte O'Hara. »Und für dieses lahmarschige Gewäsch brauchten sie zwei Schreiber.«

»Das ist nicht viel, oder?«, sagte Matt. »Für all die Mühe, die für den Job aufgewandt worden ist.«

»Andererseits«, sagte O'Hara nachsichtiger, »könnte mein Freund Kennedy den Artikel durch Redigieren versaut haben. Ich kenne diese Betty-Jo Wolff. Sie hat eigentlich Talent.«

O'Hara blickte eine Weile nachdenklich vor sich hin, und nachdem Matt seine Miene gesehen hatte, war er nicht sehr über das überrascht, was als Nächstes kam.

»Matty, wenn du nicht wirklich wieder in den Louvre gehen willst – du warst früher schon oft da, richtig?«

»Ja, das stimmt.«

»Wie wäre es dann, wenn wir dorthin fahren – ich habe den Namen vergessen, den du gesagt hast …«

»Cognac-Boeuf«, warf Matt ein.

»Richtig. Wo dieser Drecksack ›Fort‹ Festung ist.«

»Klar, Mick. Gute Idee. Wir sollten uns einen Wagen mieten. Ich weiß nicht, ob wir dort unten einen mieten können.«

»Sieh zu, ob du einen Lincoln oder einen Cadillac bekommen kannst. Diese französischen Wagen sehen für mich winzig aus. Ich hätte wirklich gern meinen Rendezvous.«

3

Die Concierge in der Halle des George V erklärte, dass es unmöglich sein würde, einen Cadillac oder Lincoln zu bekommen – geschweige denn einen Porsche oder Buick Rendezvous –, und sie empfahl deshalb einen Mercedes.

»Es sei denn, Monsieur möchte einen Jaguar?«

»Reden wir über einen Jaguar«, sagte Matt.

Er bezahlte die Miete für den Jaguar mit seiner American Express Card, denn immer, wenn er versucht hatte, eine Rechnung zu übernehmen, hatte O'Hara eisern darauf bestanden, dass die ganze Reise auf seine Kosten ging. »Steck dein verdammtes Geld weg«, hatte er jedes Mal gesagt.

Bei der Unterzeichnung des Abbuchungsbelegs erinnerte sich Matt an das, was Detective Olivia Lassiter zu ihm in Alabama gesagt hatte, als er nicht mal auf den Beleg geschaut hatte, bevor er unterzeichnet hatte, und seine erste Reaktion war: *»Zum Teufel mit ihr!«*

Sie blieb jedoch den ganzen Tag lang in seinen Gedanken, und als er um 18 Uhr 30 in der Hotelbar saß und hoffte, dass Mickey den Louvre verlassen würde, bevor man ihn hinausschmiss, erinnerte er sich, dass Mickey sein weltweites Handy in der Suite gelassen hatte. Nach einem weiteren Drink ging er in die Suite, wählte null-null-eins, dann eine Nummer in Philadelphia und wurde mit einigen Schwierigkeiten mit der Kripo Nordwest der Polizei von Philadelphia verbunden.

»Detective Lassiter, bitte.«

»Wer ruft an?«

»Sergeant Payne.«

»Hallo, Matt. Wie geht es dir?«

»Prima.«

»Ich habe gehört …«

»Mir geht's prima, Olivia. Danke der Nachfrage. Fast hätte ich dir eine dieser Postkarten ›Amüsiere mich im schönen Paris, wünsche du wärst hier‹ geschickt, aber dann sagte ich mir, was soll's, ich rufe dich an.«

»Matt, ich arbeite.«

»Kann ich dich später anrufen?«

»Das halte ich für keine sehr gute Idee«, sagte Olivia. Und legte auf.

An nächsten Morgen um zehn schauten Matthew M. Payne und Michael J. O'Hara, beide äußerst verkatert, zu, wie ihr Gepäck in ein pulverblaues Jaguar XK8-Cabrio geladen wurde. Dann stiegen sie ein. Matt setzte sich ans Steuer, Mickey auf den Beifahrersitz. Matt fuhr über die Avenue George V auf die Rue Pierre Charron, bog dann nach rechts auf die Champs-Elysées und fuhr zur Autobahn A20.

Sie rasteten in Orléans, aßen zu Mittag und fuhren dann weiter, diesmal Mickey am Lenkrad. Um 19 Uhr 30, als es bereits zu dunkel war, um Fotos zu machen, fuhren sie im Dorf Cognac-Boeuf auf das Kopfsteinpflaster vor dem Le Relais.

»Sieht aus, als stünde das Haus hier seit Jahrhunderten«, bemerkte Matt.

»Sieht wie eine Bruchbude aus«, meinte Mickey. »Ist das die einzige Unterkunft, die wir bekommen können?«

»Leider, es sei denn, du willst bis Bordeaux fahren.«

Mickey schaltete wortlos den Motor aus und stieg aus dem Jaguar.

Die einzige Unterkunft, die sie bekommen konnten, war ein Einzelzimmer. Es enthielt zwei Betten und ein Waschbecken. Das Bad und Wasserklosett befanden sich in separaten Räumen am Ende eines schmalen Flurs.

»Und ich wette, du schnarchst, nicht wahr?«, fragte O'Hara.

Ihr Abendessen – Lamm vom Grill – war sehr gut, ebenfalls der Wein dazu. Um 21 Uhr zogen sie sich auf ihr Zimmer zurück.

»Ich will früh aufstehen, ihr Haus suchen und ein paar Fotos machen«, kündigte Mickey an. »Dann eine Weile hier rumlungern und sehen, ob ich ein paar Aufnahmen von Festung machen kann, und dann höllisch schnell von hier verschwinden.«

Sie riefen ihre jeweiligen Mütter an, schalteten das weltweite Handy ab, weil die Batterie leer zu werden begann, und gingen dann zu Bett.

»Weißt du, was ich sonst noch – außer dem Aufladen des

Handys – deinetwegen gestern Nacht vergessen habe, als du entschlossen warst, ganz Paris leer zu saufen?«, fragte Mickey.

»Ich kann kaum erwarten, es von dir zu hören.«

»Ich habe den Armleuchter in der Botschaft nicht angerufen.«

»Du kannst den Armleuchter in der Botschaft am Morgen anrufen«, sagte Matt.

Um 21 Uhr 30 schliefen beide.

4

Als es in Cognac-Boeuf, Frankreich, 21 Uhr 30 war, wurde es in Philadelphia, Pennsylvania, 15 Uhr 30.

Um 15 Uhr 33 trat Dianna Kerr-Gally, Sekretärin des Ehrenwerten Alvin W. Martin, auf die Türschwelle seines Büros und hüstelte.

»Was ist los?«, fragte er.

»Ich habe Eileen Solomon in der Leitung«, sagte Dianna.

»Stellen Sie durch«, wies der Bürgermeister seine Sekretärin an.

»Sie will wissen, ob es einen Grund gibt, weshalb sie Sie nicht gleich besuchen kann.«

»Mich besuchen? Anstatt mit mir am Telefon zu sprechen?«

Dianna nickte.

»Hat sie gesagt, was sie will?«

Dianna schüttelte den Kopf. »Nein.«

Er zuckte mit den Schultern.

»Meinen Sie, dass ich mit ihr reden sollte?«

»Ich meine, Sie sollten mir sagen, ob es irgendeinen Grund gibt, weshalb Sie sie nicht gleich empfangen können.«

»Sagen Sie unserer geschätzten Staatsanwältin, dass meine Tür für sie stets offen steht«, befahl der Bürgermeister. »Und schieben Sie alles auf, was auf dem Terminplan steht, bis sie auftaucht.«

Die Ehrenwerte Eileen McNamara Solomon, gefolgt von Detective Al Unger, tauchte zehn Minuten später im Vorzimmer des Bürgermeisters auf und wurde sofort von Dianna Kerr-Gally in sein Büro geführt.

»Dies ist ein Gespräch unter vier Augen«, sagte Eileen Solomon. »Macht es Ihnen etwas aus, uns allein zu lassen?«

Mrs Kerr-Gally setzte ein dünnes Lächeln auf und verließ das Büro.

Unsere Frau Staatsanwältin ist wirklich verärgert wegen irgendetwas. Was mag der Grund sein? Und was hat es mit mir zu tun?

»Sie wirken ein wenig aufgeregt, Eileen«, sagte der Bürgermeister. »Was ist passiert?«

»Ich hatte soeben einen Anruf von Walter Davis«, begann Eileen. »Er sagte mir, er sei wirklich erfreut, mir erzählen zu können, dass Isaac Festung bald nach Philadelphia zurückgebracht werden wird.«

»Nun, das ist gewiss eine gute Nachricht nach all dieser Zeit.«

»Besonders, dass er zuverlässig vom juristischen Attaché unserer Botschaft in Paris informiert wurde – Sie wissen, Alvin, dass aus Gründen, die ich nie wirklich verstanden habe, FBI-Agenten, die Botschaften zugeteilt sind, ›juristische Attachés‹ genannt werden?«

»Nein, ich kann nicht sagen, dass mir das bekannt war«, gab Martin zu.

»Neu formuliert, der *FBI-Agent* bei unserer Botschaft hat Davis gesagt, dass der französische Gerichtshof Isaac Festung ausliefern will.«

»Und aus irgendeinem Grund, den ich nicht verstehe, ärgern Sie sich darüber?«

»Davis sagte, sobald der französische Gerichtshof seine Auslieferung beschließt, werden ihn die juristischen Attachés – sprich FBI-Agenten – in Gewahrsam nehmen und dann werden sie und U.S. Marshals ihn in die Vereinigten Staaten begleiten.«

»Sie werden mir erklären müssen, befürchte ich, was daran falsch sein soll.«

»Als ich Richterin war, Alvin, und Festung die Kaution sausen ließ und verschwand, kostete es mich viel Mühe und eine

Menge Geld des Steuerzahlers – zu versuchen, ihn aufzuspüren. Nachdem er in *meinem* Gericht wegen Mordes verurteilt worden war und – überhaupt nicht überraschend für mich – das FBI ihn nicht hatte finden können, geschweige denn hierhin zurückbringen und einsperren können, kostete es mich weitere Mühe und viel Geld des Steuerzahlers, um ihn aufzuspüren und hierher zurückzuholen.«

»Und das FBI war dabei nicht sehr nützlich, nehme ich an?«

»Das FBI hat nur Interpol in Kenntnis gesetzt, Alvin. ›Hey, Jungs, die örtlichen Cops hier suchen nach diesem Typen. Wenn ihr über ihn stolpert, ruft uns an, ja?‹«

Bürgermeister Martin war versucht zu lächeln, jedoch klug genug, um zu wissen, dass dies nicht der richtige Zeitpunkt dafür war.

»Und seit ich die Staatsanwältin von Philadelphia wurde«, fuhr Eileen Solomon fort, »haben meine Leute in ganz Europa gefahndet, um diesen Verbrecher endlich aufzuspüren. *Wir* haben von der französischen Polizei erfahren, dass er in irgendeinem Kaff in Frankreich untergetaucht ist, und als Interpol und das FBI nichts taten, um ihn zurückzuholen, schickte ich zwei stellvertretende Staatsanwälte dorthin – auf Kosten des Steuerzahlers – um ihnen Feuer zu machen.«

»Ich verstehe«, murmelte Alvin W. Martin, obwohl er in Wirklichkeit nichts verstand.

Er wusste nur, dass er die Ehrenwerte Eileen McNamara Solomon noch niemals so verärgert erlebt hatte, und er zog den Schluss, dass es sehr gefährlich war, Mrs Solomon zu verärgern.

»Ich habe nicht vor, hier herumzustehen und dankbar zu lächeln, wenn das FBI oder die Marshals Festung aus dem Flugzeug führen«, erklärte Eileen McNamara Solomon.

»Ich kann verstehen, wie Sie sich fühlen, Eileen«, sagte Martin.

»Ich will, dass ein Cop aus Philadelphia ihm Handschellen anlegt«, sagte sie. »Ich will, dass ein Cop aus Philadelphia ihn zurückbringt.«

»Das kann ich verstehen«, sagte der Bürgermeister.

»Diese Bastarde versuchen immer diese miese Tour. Sie

tauchten sogar in Alabama auf und versuchten Jason Washington die Festnahme von Homer C. Daniels zu klauen.«

»Davon wusste ich nichts«, sagte der Bürgermeister wahrheitsgemäß. »Nennt man es ›eine Festnahme klauen?‹ Das klingt ja fast wie ein Streich von Jungs auf der High School.«

District Attorney Solomon war anzusehen, dass sie Bürgermeister Martins Sinn für Humor nicht teilte.

»Nun, was können wir – Sie und ich, Eileen – tun, um die Dinge in Ordnung zu bringen?«

»Was wir tun können, Alvin? Wir können Ralph Mariani anrufen und ihm sagen, dass er einen Cop – vorzugsweise einen von der Mordkommission – nach Frankreich schicken soll, bevor das FBI mit seiner miesen Tour durchkommt.«

»Wird dafür noch genügend Zeit bleiben?«

»Es wird genügend bleiben müssen«, erklärte Eileen McNamara Solomon.

5

»Mordkommission, Lieutenant Washington.«

»Mariani, Washington. Ist Quaire da?«

»Nein, Sir, das ist er nicht.«

»Kommen Sie bitte her, Jason. Sofort.«

Nachdem Commissioner Mariani Lieutenant Washington die Lage erklärt hatte, war er überrascht und ein wenig ärgerlich, Washingtons amüsierten Gesichtsausdruck zu sehen.

»Dies ist nicht lustig, Lieutenant. Wir sollten besser in der Lage sein, etwas zu unternehmen, und zwar unverzüglich.«

»Wie der Zufall so spielt, Commissioner, ist in diesem Moment zufällig ein Mann von der Mordkommission in Frankreich.«

»Wie ist das möglich?«

»Sergeant Payne war – bis vor zwei Tagen jedenfalls – in Paris, Sir.«

»Ich habe befohlen, dass er dreißig Tage Urlaub nimmt!«

»Jawohl, Sir. Das hat er getan. Er und Mr O'Hara. Sergeant Payne hat seiner Mutter erzählt, und sie hat es mir gesagt, dass Mr O'Hara ziemlich hingerissen von den künstlerischen Schätzen des Louvre ist.«

Der Commissioner wartete darauf, dass er fortfuhr.

»Es gibt Gerüchte, Sir, dass Mr O'Hara und Mr Kennedy, der Chefredakteur des *Bulletin* ...«

»Ich weiß, wer das ist«, unterbrach Mariani ungeduldig.

»... sich in der Redaktion der Zeitung geprügelt haben ...«

»Im Ernst?«

»... und dass Mr O'Hara dreißig Tage lang von seinem Dienst entbunden ist. Laut meiner Information – abermals über Sergeant Paynes Mutter – spielt Mr O'Hara mit dem Gedanken, ein Buch über Isaac Festung zu schreiben. Jedenfalls, Sir, sind die beiden in Frankreich.«

»Wie können wir Kontakt mit ihnen aufnehmen?«

»Sie sind – oder waren – im George V Hotel in Paris, Sir«, sagte Washington. »Und Mr O'Hara hat, wie ich hörte, eines der neuen weltweiten Satellitentelefone. Es sollte kein Problem sein, ihn zu erreichen.«

Commissioner Mariani nahm den Hörer seines Telefons ab.

»Arrangieren Sie ein Voranmeldungsgespräch mit entweder Sergeant Matthew Payne oder Michael O'Hara im George der Fünfte Hotel in Paris, Frankreich«, befahl er.

Zehn Minuten später wurde Commissioner Mariani informiert, dass sowohl Mr O'Hara als auch Mr Payne an diesem Morgen aus dem Hotel ausgecheckt und keine Nachsendeadresse hinterlassen hatten.

»Ich wusste, dass es zu gut ist, um wahr zu sein«, sagte Mariani. »Was ist mit diesem weltweiten Telefon von O'Hara? Können Sie an die Nummer kommen?«

»Das dürfte kein Problem sein, Sir.«

»Nun, besorgen Sie sie. Rufen Sie sie an und sagen Sie ihnen, dass sie mich anrufen sollen.«

»Jawohl, Sir.«

»Und Sie sollten feststellen, wer sonst einen gültigen Reisepass hat – haben Sie einen?«

»Er ist gerade erneuert worden, Sir.«

»Lassen Sie sonst jemanden fliegen, für den Fall, dass wir nicht zu Payne durchkommen. Hölle, sie könnten auf dem Heimweg sein.«

Eine halbe Stunde später rief Lieutenant Washington Commissioner Mariani an und berichtete ihm, dass er Probleme hatte, an O'Haras Telefonnummer heranzukommen, dass er jedoch daran arbeite und hoffe, sie in Kürze zu haben.

Er berichtete ebenfalls, dass er für jemanden einen Flug nach Paris reserviert hatte. Es musste noch entschieden werden, wer fliegen würde, aber es war reichlich Zeit, um diese Entscheidung zu treffen. Die nächste verfügbare Maschine nach Paris mit einem freien Platz flog erst morgen Nachmittag von New York ab. Als Washington hinzufügte, dass nur Erste-Klasse-Plätze zu bekommen waren, kam die nächste Frage des Commissioners, die er erwartet hatte: »Gibt es nichts Billigeres?«

»Nein, Sir, wir sind in der Touristen-Saison, Sir.«

»In diesem Fall würde ich vorschlagen, dass Sie sich alle Mühe geben, O'Haras Telefonnummer zu bekommen«, sagte Commissioner Mariani. »Halten Sie mich auf dem Laufenden, Lieutenant. Ich werde dem Bürgermeister sagen, dass wir keine Mühen scheuen, um seine Wünsche zu erfüllen.«

»Jawohl, Sir.«

Zwei Stunden danach rief Lieutenant Washington wieder den Commissioner an.

»Sir, ich habe die Telefonnummer. Ich musste sie von Mr Casimir Bolinski erfragen. Aber als ich anrief, sagte die Ansage, dass es abgeschaltet ist. Vermutlich über Nacht, Sir. Ich werde es am Morgen von neuem versuchen.«

»Nein«, sagte Commissioner Mariani. »Sie, oder jemand, an den Sie die Aufgabe delegieren, wird diese Nummer alle dreißig Minuten anrufen, bis sich jemand meldet.«

6

Mr Michael J. O'Hara stand beim ersten Tageslicht auf, ohne Sergeant Payne zu stören. Er ging über den schmalen Flur zu dem Gemeinschaftsbadezimmer, warf einen Blick hinein und entschied, dass er ungewaschen bleiben würde, bis sie ein anständiges Hotel gefunden hatten.

Dann – mit weniger Problemen, als er erwartet hatte – bekam er eine Wegbeschreibung in Form einer skizzierten Karte der Piaf Mühle, stieg in den Jaguar und fuhr dorthin.

Er hatte ein wenig Schwierigkeiten, die Fotos zu machen, die er haben wollte. Ein halbes Dutzend französische Gendarmen bewachten die Mühle, und als sie ihn entdeckten, versuchten sie, ihn zu verscheuchen. Doch schließlich bekam er, was er wollte, und konnte sogar ein Foto von Isaac ›Fort‹ Festung machen, der auf der Türschwelle des alten Mühlengebäudes stand.

Dann fuhr er zum Le Relais zurück und hatte das Gefühl, eine Mission erfüllt zu haben. Er hatte alles, was er brauchte. Er würde Matty wecken, sie würden frühstücken und dann ›Sayonara, Cognac-Boeuf!‹ oder wie auch immer dieses verdammte Kaff hieß.

Er hatte bereits den Jaguar gestoppt, als ihm einfiel, dass er vergessen hatte, das Handy mitzunehmen. Er hatte vorgehabt, zu sehen, wie viel es aufgeladen wurde, wenn er es an den Zigarettenanzünder des Jaguars anschloss.

Er ging auf ihr Zimmer, schaltete das Licht an, weckte Matty und forderte ihn auf, aufzustehen, denn sie würden nach dem Frühstück sofort von hier verschwinden. Dann nahm er das Handy und ging zum Jaguar. Die Batterie war jetzt wirklich leer. Er hatte es offenbar gestern Abend nicht richtig ausgeschaltet.

Die cleveren Engländer hatten den Innenraum des Jaguars offenbar entwickelt, um ihn zu verärgern. Er brauchte fast fünf Minuten, um den Zigarettenanzünder zu finden. Er befand sich im Aschenbecher, und zwar an einer solchen Stelle, dass sie vom Fahrer nur gesehen werden konnte, wenn er sich fast ganz bückte und um den Schalthebel herum schielte.

Matt kam gerade in die Kombination aus Bar und Speiseraum des Le Relais, als Mickey endlich eintraf.

Mickey erklärte, dass er Probleme gehabt hatte, den Zigarettenanzünder zu finden, jedoch schließlich Erfolg gehabt hatte und die Batterie des Handys jetzt aufgeladen war.

»Vielleicht auch nicht, Mick«, sagte Matt. »Manchmal hat der Zigarettenanzünder nur Saft, wenn die Zündung an ist.«

»Scheiße!«

Mickey ging zurück zum Jaguar und entdeckte sofort, dass Matt sich geirrt hatte. Das Loch des Zigarettenanzünders war heiß, auch wenn die Zündung ausgeschaltet war. Der Beweis war, dass das zuvor stumme Gerät seine Melodie dudelte.

Mickey fragte sich, was, zum Teufel, Casimir – er war die einzige Person, der die Nummer bekannt war – zu dieser Zeit wollte. Es war hier Viertel nach acht, also 2 Uhr 15 in den Staaten.

»Was ist los, Casimir?«

»Sind Sie es, Mickey?«

»Ja. Wer spricht da?«

»Jason Washington.«

»Was, zum Teufel, wollen Sie?«

»Ist Matt da? Und wie geht es ihm?«

»Ihm geht's prima. Wir wollten gerade frühstücken. Soll ich ihm etwas ausrichten?«

»Können Sie ihm nicht einfach das Handy geben, Mick?«

»Ich glaube, die Batterie reicht nicht so lange«, sagte Mickey. »Ist dies wichtig? Es ist doch nichts passiert?«

»Es ist wichtig, Mick, und es ist nichts passiert.«

»Bleiben Sie dran. Ich werde ihn holen.«

»Heute Nachmittag, wie?«, fragte Mickey, als Matt vom Jaguar zurückgekehrt war und das Wesentliche seines Telefonats mit Lieutenant Washington und einem etwas schläfrig klingenden Commissioner Ralph J. Mariani berichtet hatte. »Ist das sicher?«

»So sagt Mariani. Er sagte, Eileen Solomon hat ihm erzählt, dass sie mit der Botschaft gesprochen hat.«

»Dieser Bastard in der Botschaft hat mir kein Sterbenswörtchen davon gesagt.«

»Vielleicht weil du vergessen hast, ihn anzurufen.«

»Leck mich, Matty. Haben sie gesagt, wo?«

»Justizpalast in Bordeaux. *Palais de Justice.*«

»Nun, dann sollten wir nach dem Frühstück dorthin fahren«, meinte O'Hara.

»Eigentlich«, sagte Matt nachdenklich, »wird das ein ziemlich großer letzter Akt. Die fette Lady singt. Der letzte Akt vom Wyatt Earp von Philly. Ich gebe den Job auf, Mickey.«

»Du willst doch nicht wieder von diesem Scheiß anfangen, oder?«

»Wieder?«

»Du hattest neulich ein paar Drinks – acht oder zehn – zu viel, Freund, nachdem du deinen kleinen Plausch mit Lady Detective gehabt hast.«

»Und das habe ich dir erzählt?«

»Du warst ein wenig – redselig, Matty. Du sagtest unter anderem, du würdest dich niemals wieder verlieben und den Job hinschmeißen. *Ad infinitum.*«

»Daran kann ich mich gar nicht erinnern.«

»Du erinnerst dich auch nicht an das, was ich dir gesagt habe?«

»Nein.«

»Ich sagte, du kannst dich vermutlich glücklich preisen, weil diese Detective Sowieso dir den Laufpass gegeben hat – ich habe sie nie gemocht. Sie ist eine von den zickigen Damen, die nie zufrieden sind und in erster Linie an sich und ihre Karriere denken. Du könntest so wenig daran ändern, wie ich Balletttänzer werden könnte. Du bist ein Cop, Matty. Ein guter. Es liegt dir im Blut.«

Die Unterhaltung wurde unterbrochen, als Mr Isaac Festung die Kombination aus Bar und Speiseraum des Le Relais betrat.

Zwei Gendarmen begleiteten ihn.

Er trug einen fleckigen weißen Poncho und eine ausgebeulte blaue Baumwollhose, und seine Füße in den Ledersandalen waren nackt.

Festung ließ seinen Blick durch das Lokal schweifen und entdeckte Mickey.

Er ging an den Tisch.

»Sie waren heute Morgen bei meinem Haus und haben Fotos gemacht«, sagte er anklagend.

»Ja, das war ich.«

»Krankhaftes Interesse? Oder journalistisches? Oder gibt es da keinen Unterschied?«

»Ich bin Reporter, wenn es das ist, was Sie meinen«, sagte O'Hara.

»Nun, dann muss ich Ihnen leider sagen, dass ich im Augenblick keine Interviews gebe.«

»Das ist gut, denn ich möchte gar keins.«

»Was tun Sie dann hier?«

»Ich bin nur mit ihm hergefahren«, sagte O'Hara und nickte zu Matt hin.

Festung heftete den Blick auf Matt.

»Sie sind Reporter?«

»Nein, das bin ich nicht, Mr Festung«, sagte Matt. »Ich bin Polizeibeamter. Ich bin hier, um Sie in Gewahrsam zu nehmen, wenn das Revisionsgericht Ihre Berufung abweist.«

»Nun, dann befürchte ich, auch Sie haben Ihre Zeit verplempert, mein junger Freund. Dies wird nicht geschehen.«

»Das werden wir heute Nachmittag in Bordeaux mit Sicherheit wissen, nicht wahr? Und ich bin nicht Ihr junger Freund, Mr Festung. Ich bin Sergeant Matthew Payne, Dienstnummer 471, Mordkommission der Polizei von Philadelphia.«

Festung sah Matt lange in die Augen, und als Matt ohne auch nur zu zwinkern seinem Blick standhielt, verlor er offenbar seinen Appetit auf das Frühstück, denn er machte plötzlich auf dem Absatz kehrt und verließ das Le Relais, gefolgt von den beiden Gendarmen.

»Das war ein gutes Gefühl, gib es zu«, sagte Mickey.

»Ich weiß nicht, ob es ein ›gutes‹ Gefühl war, Mick, aber es war ein richtiges.«

»Lass uns höllisch schnell von hier verschwinden«, sagte Mickey.

Und sie verschwanden.

Der neue Roman um das
MARINE-COPRS

1. Juni 1950. Captain Ken McCoys Bericht über einen möglicherweise bevorstehenden Angriff Nordkoreas erregt so viel bürokratischen Unwillen, dass er nicht nur vertuscht, sondern McCoy selbst aus dem Marine-Corps gefeuert wird. Doch zwei Gruppen sind nicht beeindruckt von dem politischen Hickhack: die flügge werdende CIA, die prompt McCoy anwirbt, sowie die Nordkoreaner, die am 25. Juni ihre Invasion über den 38. Breitengrad starten. Sofort werden alte Veteranen aktiviert. Korea wird nicht nur ihr neues Schlachtfeld, sondern ihre größte Herausforderung von allen …

ISBN 3-404-14933-5

BASTEI
LÜBBE

»Dieser Roman müsste mit einem Aufkleber versehen werden: Achtung! Hochexplosiv!«

STEPHEN KING

Der Geologe John Waters führt ein glückliches Leben in Natchez, Mississippi. Doch die Bekanntschaft mit einer Frau, die offenbar jedes Detail aus seiner bewegten Vergangenheit zu kennen scheint, stürzt den Geologen in einen Strudel aus Hass und Gewalt, der ihn an den Rand des Wahnsinns bringt.

ISBN 3-404-15160-7

BASTEI LÜBBE

»Ein intelligenter Krimi – atemberaubend gut«

AKTUELT

Ein junges Mädchen wird mit einem Schlangenbiss ins Krankenhaus von Sydney eingeliefert. Die These von Annika Niebuhr, Ärztin und Schlangenexpertin: Mordversuch. Doch damit nicht genug. Ihr Freund Simon soll Selbstmord begangen haben. Als Annika einen anonymen Brief bekommt, ahnt sie, dass es ein Verbindung zwischen den beiden Todesfällen geben muss …

ISBN 3-404-15156-9

BASTEI LÜBBE

**Kalt ist der Winter, kalt und schwarz:
Denn die Pest geht um in Oxford**

1349, *Oxfordshire*: Die gesamte Bevölkerung des kleinen Dorfes Nether Ditchford wird von der Pest ausgerottet. Der Ort verschwindet von den Landkarten.
Oxford, heute: Der junge Student Daniel Warren und die Journalistin Therry Moon geraten in ein Netz dunkler Intrigen, als sie eine Firma überprüfen, die Millionen in ein Bauprojekt gesteckt hat. Seltsame Todesfälle ereignen sich und werden vertuscht – auch von den Behörden. Und dann wird ein Mann mit ungewöhnlichen Symptomen ins Hospital eingeliefert. Er war an Ausgrabungen in der Nähe von Oxford beteiligt, Ausgrabungen, die auf die Ruinen eines Dorfes gestoßen sind: Nether Ditchford ...

ISBN 3-404-14972-6

BASTEI
LÜBBE